四季
在山水间
流淌

喳西泰 著

团结出版社
UNITY PRESS

图书在版编目（CIP）数据

四季在山水间流淌 / 喳西泰著. -- 北京 ：团结出
版社，2023.12
　　（且持梦笔书其景 / 林目清主编）
　　ISBN 978-7-5234-0762-2

　　Ⅰ．①四… Ⅱ．①喳… Ⅲ．①散文集－中国－当代
Ⅳ．①I267

中国国家版本馆CIP数据核字(2024)第002678号

出　　版　团结出版社
　　　　　　（北京市东城区东皇城根南街84号　邮编：100006）
电　　话　（010）65228880　65244790
网　　址　http://www.tjpress.com
E－mail　65244790@163.com
经　　销　全国新华书店
印　　刷　成都市兴雅致印务有限责任公司

开　　本　145mm×210mm　　1/32
印　　张　68
字　　数　1700千字
版　　次　2024年4月第1版
印　　次　2024年4月第1次印刷

书　　号　978-7-5234-0762-2
定　　价　398.00元（全9册）

四季有序是释然

——《四季在山水间流淌》自序

　　小时候，父亲不管动土修房、挖沟建渠、杀猪宰羊，还是上山背炭、下河捞鱼、进洞挖煤，都要悉心翻看老皇历或是小小农历本，左掐掐，右算算，神神道道，看是诸事顺利，还是诸事不宜。母亲虽然有时笑他是"迷信脑壳"，但父亲总是坦然一笑，说："我才不是迷信呢，我是要与老天爷和谐，与大自然和睦，与四季时序和气。"现在想起来，父亲的行为并非封建迷信，也不是思想迷糊，而是敬畏四季、敬畏自然、敬畏风雨的表现。

　　就如乡亲们进山伐木需提前祭祀山神雨神，入江捕鱼需提前祭拜风神河神一样，就连宰杀年猪之前，乡亲们也要燃香祭祀一番天蓬元帅二师兄，虔诚祈求二师兄保佑来年风调雨顺、粮食丰产，不出现风灾雨灾人灾。虽然乡亲们也许并不清楚是否存在山神、河神、土神、风神、雨神等神灵，但乡亲们觉得一旦要侵犯大自然、冒犯大自然、破坏大自然、惊扰四季时序，就得先打声招呼，提前禀告一声，做到有礼在先，有节在前。否则，大自然动怒就会迁怒于人们，发生不可估量和意想不到的磕磕碰碰和天灾人祸，乡亲们说这是报应。

　　乡亲们不管祭祀老天，还是敬畏神灵，还是祭奠祖先，他们获得的是一种自我安慰、自我暗示和自我慰藉，求得的是一种心理坦然、心理释然和心理平衡。如果他们不敬畏自然和神灵，一旦发生祸端，他们就会愧疚不已，煎熬不已，后悔不迭。

乡亲们顺应自然，在自然界面前，在四季更替中间，他们觉得甚是渺小，甚是无能为力。但乡亲们不屈服于大自然，不依赖于大自然，也想致力于改造大自然、创造大自然，改变他们"脸朝黄土背朝天"的自然环境，以及"肩挑背驮，挖泥畚土"的自然命运，但他们灵魂深处总是有隐隐的担忧和悠悠的恐惧，那就是得罪不起"老天爷"，惊扰不起各方"神灵"，生怕哪一天祸事祸端就会悄无声息地降临到自己头上。

乡亲们在山上伐木时，有被大树撞死的，有被大蛇咬亡的；在江河捕鱼时，有不小心翻船溺亡的，有被风雨刮进江河的；在掘地建房垒墙时，有从墙体上摔下来断腿的，有锄头掘到自己的脚背脚踝的；在树上采摘野果草药时，有被镰刀割伤的，有断枝断丫摔坏脊椎的；在放炮凿山开路时，有被炸药炸断手臂的，有被飞石砸伤头颅的。即便不死不亡，但伤筋动骨也得一百天，下不了床，入不了地，干不了活，严重影响着他们的生产生活。即便伤筋动骨一百天，但乡亲们还是愿意活着，愿意熬着，他们信奉"好死不如赖活着"，只要还能活着，就是希望，就有希望，还能创造奇迹。

特别是家里的顶梁柱一旦倒下，就如大山轰然倒塌，让人心悸，让人心痛，让人心碎。记得邻村的老四家，妻子精神失常，每到秋日树叶变黄飘落的时候，就四处奔跑乱窜，让人凄然惶然；儿子也在孩童时爬树掏鸟窝摔断了左腿，即便后来治愈，也是拖着残腿一瘸一拐地前行，做不得半点重活。可就是这样的家庭，上天并不眷顾，也不怜惜，在老四进山烧炭时，摔下山崖一命归去。

患病的妻子在清醒时，难以忍受这般境地，竟扯下一根晾晒烟叶的草绳悬梁呜呼了。好在儿子身残志不残，尽管父亲母亲弃他而去，但他在乡亲们的鼎力帮助下，安排料理好父母的后事后，依然顽强地生活着，还给村里的木匠师傅当起了学徒，让人心生敬佩敬意，不得不伸出大拇指佩服得五体投地。几年后，他的日子熬出来了，他的美好干出来了，不仅娶了心仪的妻子，还生下了乖巧的儿子。

还有二狗子，小时候家穷，也未上学读过多少书，好不容易长大，也还有一副硬朗的身板和一把扛鼎的力气，父母高兴得不得了，好说歹说让他三叔带他到山西煤窑挖煤挣钱。前几个月还好，每个月都能按时给父母寄来上千元的苦力钱，但好景不长，因煤窑瓦斯爆炸，叔侄二人双双被埋入地下。返回故里的，只有两具冰冷的骨灰盒，和两抔清冷的骨灰。

乡亲们见惯了劳动中的祸事祸端和生离死别，早已见怪不怪，早已习以为常，早已看惯了生死，看惯了风月，即便有人死有人亡有人残，乡亲们也坦然面对，也等闲视之，不呼天抢地地哭喊，也不悲悲戚戚地哭嚎，有的甚至一滴眼泪也不落下。他们早已把悲痛化为力量，又扛起锄头，又握起镰刀，又背起背篓，又牵起耕牛，又挑起生活的重担负重前行着。

在四季有序更替中，在自然无形改变中，在社会规则前行中，乡亲们虽然有一股倔劲、韧劲和闯劲，但他们的心是释然的，是坦然的，是泰然的。即便父亲年轻时因下地洞、钻煤洞落下肝腹水的重疾，在56岁时就早早撒手人寰，但母亲却没有流下一滴眼泪，也无半点抱怨，而是毅然决然挑起家庭的重担，将顶梁柱的担子扛在自己身上，为儿子娶妻成家，为女儿选夫嫁人，也如男人一般做着顶梁柱该做的事情。直到她69岁时，患胃癌随着父亲而去。

受父老乡亲的长期熏陶，受父母的谆谆教习，我也常以平常心、平和心看事处世，不以物喜不以己悲，更不会大喜大悲，情绪不会大起大落。我觉得这是一件传家宝，值得世代相传相袭。

四季，顾名思义就是一年交替中的四个季节，即春夏秋冬，每个季节3个月。四季对人的影响是极大的。春季，人的气血从里面往外走，自然界处于万物生发萌发之时，《黄帝内经》上讲，要"夜卧早起，广步于庭"；夏季，人们心烦气躁，易于发脾气，要"晚卧早起，无厌于日"；秋季，秋高气爽，起居生活要注意养生养心，要"早卧早起，与鸡俱兴"；而冬季，天寒地冻，要避冷保暖，要"早卧晚起，必待日光"，跟着阳光溜达遛弯，不偏不倚。

对于四季歌，大多数人也是熟悉熟知、知根知底的。"春雨惊春清谷天，夏满芒夏暑相连，秋处露秋寒霜降，冬雪雪冬小大寒。每月两节不变更，最多相差一两天。上半年来六廿一，下半年是八廿三。"古人对四季的感知是不尽相同的，其心情也是随着季节的变化而变化。

面对春天，朱熹是"等闲识得东风面，万紫千红总是春"，王安石是"春色恼人眠不得，月移花影上栏杆"；面对夏天，白居易是"力尽不知热，但惜夏日长"，秦观是"芳菲歇去何须恨，夏木阳阴正可人"；面对秋天，刘禹锡是"自古逢秋悲寂寥，我言秋日胜春朝"，辛弃疾是"欲说还休，却道天凉好个秋"；面对冬天，陆游是"儿童冬学闹比邻，据岸愚儒却子珍"，杜甫是"天时人事日相催，冬至阳生春又来"。不管季节怎么变化，不管时令怎么变换，但古人等闲视之、泰然处之的心却未曾改变，一直传承至今。

人们对四季也有着别样的称呼。比如对于春天，人们就会称为阳春、三春、九春、青春、芳春、青阳、艳阳等。比如李白就有"况阳春召我以烟景，大块假我以文章"，孟郊有"谁言寸草心，报得三春晖"，杜甫有"白日放歌须纵酒，青春作伴好还乡"，陆机有"烈火厉劲草，丽服鲜芳春"。就连乡亲们也别具一格，竟将他们辛辛苦苦种植的庄稼称作阳春，也是多么富有诗意，他们是天生的浪漫主义诗人，是土生土长的浪漫主义诗人。

对于夏天，人们也会称为朱明、朱夏、长赢、长夏、昊天等。比如《汉书·礼乐志》中有"朱明盛长，敷与万物"；《尔雅·释天》中有"春为发生，夏为长赢"；《素问六节藏论》中有"春胜长夏，长夏胜冬"等等。对于秋季、冬季，人们的称呼更是百花争艳、芳菲斗艳，在此不一一列举。

不管古人，还是今人，对四季以怎样的称呼和称谓，都是想表达一种对四季的敬畏、对时序的敬畏。我对四季也是敬畏的，对时序更是敬畏的。2022 年，在全世界抗击新冠疫情的大背景下，我更是关注关切四季更替，也如小时候父亲那般掐着日月，算着日子，盼望平安稳定的日子早日到来。在这些日子里，写下了许多关于四季的零零散散的文章，表达自己面对疫情豁达乐观的态度，也是面对四季更替的释然。

谁无暴风劲雨时，守得云开见月明。美好的日子终究会到来，就如乡亲们坚守他们的美好日子到来一样，尽管有时需要几代人来坚守，也不足惜。我将零零散散的文字归拢起来，集结成散文集《四季在山水间流淌》。四季在山水间更替，总是一幅旖旎的山水画，一幅绝妙的山水图，它不随着灾难灾情的到来而改变。

《四季在山水间流淌》共有 7 辑，近百篇文章，30 万余字。7 辑分别为四季款款而来、四季乐乐而游、四季美美而食、四季平平而过、四季悦悦而读、四季静静而听、四季欣欣而饮。带你畅游四季，徜徉四季，沐浴四季，感受四季。在多姿多彩的四季芬芳里，带你感受四季的风景美景、打卡四季的景观景点、享受四季的美食美物、体验四季的平安平常、阅读四季的好书好文、聆听四季的故事趣事、畅饮四季的美酒美醇，呈现的是一席丰盛的文字视宴和文字大餐。

你读《四季在山水间流淌》，就如你走出城堡，走出院落，走出心围，来到大自然里，聆听着大自然的声音，感受着大自然的情怀。在这个虚拟的大自然里，有风声雨声相伴，有星光月光相随，有春花雪花相陪，有雨水湖水相拥，有蓝天碧海相依……这些都是四季在山水间的呈现，在山水中的展现，在山水中的浮现，那里有你寻觅的诗和远方。四季山水间，就在你的心间。

以上文字，权当为序。

2023年2月4日写于湖北宣恩贡水河畔

目录

CONTENTS

第一辑
四季款款而来

四季总是踏着优美的步履款
款而来，如期而至，带给你非同
一般的享受……

春来早

立春过后，春的脚步迅速蹿过大江南北，绿意慢慢渲染大地和山岗，山花有意泼墨点缀山岚和山峰，有点欣欣然惺忪朦胧的感觉。春的气息和春的味道，随着瓦缝间的炊烟，漫过城市和乡村，肆意袅绕在人们周围，让人们不得不与春撞个惊喜和满怀。

春风知别苦，不遣柳条青。河岸的柳芽见风而长，望日而生，追雨而茂，几天春风的吹拂，就将冬眠的柳枝吹醒了，他们展展头，伸伸腰，蹲蹲腿，开始放松起来，开始律动起来，开始轻舞起来。在芽孢处，一些绿意绿点冒出来亮出来透出来，惊奇地打量着这个世界。

几天工夫，柳芽就爬满了整个柳枝，让光胴胴的柳树披上了一件绿装。春风再一吹，柳芽就渐渐散出叶来，这些叶子就像用剪刀裁剪一样，规则而整齐划一。柳枝总是低姿态呈现着，即便春风再怎么舞动，它们始终垂着头，俯瞰着大地，作深深地沉思状。

满园春色之所以关不住，是因为有春风的遣送和推送。不仅院子里草坪上的野花绽开了花蕾，就连窗台前的第一树桃花，也迎着春风渐次开放了，开得那么耀眼，那么夺目，那么洒脱，在春风里笑意满满，让人也乐开了怀。即便梅花还依然留恋冬雪，想留住冬天的尾巴，但在桃花的妖娆下，它们只好暂避三舍，不得不卸下那一份艳丽和妩媚。

春风，是春天的第一位信使，它及时将第一封邮戳送给雪域高原的春姑娘。春姑娘满面羞涩，一脸娇态，犹抱琵琶般在深山里打扮着、梳妆着。当大地还沉浸在矜持和冷峻里，当高原还保持在粗犷和风尘里，春风一来，立刻为它们灌入琼浆，让它们醉意微醺。

春风是温暖的，是惬意的，是悠哉的，所到之处，无不让人心生暖意醉意。林升在春风里游览皇都临安时，就不知不觉把杭州当成汴州了，发出"暖风熏得游人醉，直把杭州作汴州"的感叹。我在春风里游走，也常常忘记要去的方向，产生了不该有的错觉。

春风有十里柔情。春风不像冬风那么冷酷，也不像夏风那么猛烈，更不像秋风那么激烈。春风很轻，轻得看不出一丝破绽，轻得听不见一点响动。春风很柔，柔得挑不动一根发丝，柔得带不动一尾鸟羽。春风，柔情似水，柔情万丈，即便鲁莽的汉子，在春风里也断然不会剑拔弩张。

春风有着清新的味道。道路旁，田园间，溪沟边，到处散发着鱼腥草的腥味、野韭菜的清香、三月蒿的艾香、山胡椒的椒香和小鱼儿的鱼香。人们闻味而来、闻风而动，他们挎着篮子、提着筐子，走出室外，走进春风里，去沐浴春风的气息，去感受春风的柔情，去咀嚼春风的味道。当春风的味道行进在他们的牙缝间和肠胃里，那种沁人心脾的感觉就会如潮水般涌来。

春雨贵如油。如果说春风是春天的第一个宠儿，那么春雨就是春天的第二个宠儿了。解缙就曾吟出"春雨贵如油，下得满街流。滑倒解学士，笑坏一群牛。"的诙谐诗句。乡下的农民最看重春雨了，如果立春过后，还未春雷阵阵，还未春雨绵绵，他们脸上就会顿生焦虑和不安。

春得一犁雨，秋收万担粮；立春三场雨，遍地都是米；春雨满街流，收麦累死牛。这是乡下农民的期盼和希冀。春雨往往如约而至，如期而来，从不和农民失约失信，也不和农民玩飞鸽子的游戏，他们谨守信誉诚信，在立春过后的雨水节气前后，就淅淅沥沥下起一场春雨来。

春雨一来，农民脸上就绽开了笑颜，犹如春风里的桃花笑得那么灿烂。春雨，下得那么宁静，在你稍不留意时，春雨就在一个夜晚将干涸的土地浇湿，将干渴的禾苗喂饱，就连石缝间的青苔也一副酣畅淋漓的样子，像乡下汉子喝足了苞谷酒那么畅快。

春雨一来，河水渐长，水温变暖，一反常态打破冬水的平静。河水开始哗哗流动，河面开始荡起涟漪，河鱼开始激情跳跃，野鸭也毫不逊色，排着队在河面上一阵聒噪，俯首钻进河水里，争先恐后地觅食着春天里的第一块朵颐。当它们吞吞吐吐这春天的美味时，立刻将"春江水暖鸭先知"诠释得无比形象和透彻。

春雨过后，乡下的冬水田理所当然就变成了春水田。乡亲们将冬水田的缺口打开，让春水恣意旺流，冬水田里干涸的泥土、干枯的野草和腐烂的稻茎，立马被春水浸润着、浸泡着。乡亲们趁着天气，牵出耕牛，套上犁铧，将冬水田深耕细翻一遍。春水田顿时就露出崭新的泥土，散发着阵阵泥土芬芳。继而，乡亲们又驰骋在耙架上，让耙齿深深嵌入泥土，将泥土整细整匀。

春雨里，春水旁，我站在一垄即将翻新的冬水田田坎上，就仿佛看见父亲手挥牛鞭，脚踏耙架，口喊号子，飞奔而去。在他身后，溅起一幕雨雾般的泥水，一缕缕青绿的秧苗在我的模糊视线里渐渐平铺荡漾开来，秋后那沉沉的稻穗，仿佛早已爬上了父亲的背架。

满坡的茶园汩汩地吮吸着春雨，就像婴儿如饥似渴地吮吸着奶水。一周过后，茶树不失时机地冒出芽尖，露出一两片新叶，等待着茶农在春天里第一次采摘。让茶农有幸第一次被采摘的茶叶，犹如皇帝第一次揭牌被临幸，让其无比荣耀和荣光。第一片新茶泡出来的茶水，将是一个满园春色和无限春光。

（2023 年 3 月 7 日发表于《恩施日报》，2023 年 3 月 3 日发表于中国作家网，2023 年 3 月 16 日发表于《今日儋州报》）

在春天里撒个欢儿

在春天里，应该干点春天里该干的事情，犹如在夏天里摇蒲扇，在秋天里割稻穗，在冬天里堆雪人一样。春天，是万物复苏的季节，是各种植物吐故纳新的季节，也是各种动物播情撒爱的季节。在春天里，吃上一口烤活鱼，嚼上一口口香糖，就觉得味道格外鲜美，滋味格外悠长。

当春日和煦朗照，气温回旋变暖，小孩子的脸上不再有那么多皱皮，渐渐变得光润而细腻；老人的额头也不再有那么多褶皱，渐渐变得舒展而红润。他们爷孙同携、祖孙相伴、婆孙相偎，沐浴在春光里，徜徉在春风里，行走在湿地公园，平躺在草地间，穿梭于森林中，自是一种惬意和快意。

青年小子们笑意盈盈，踏着滑板，踩着单车，牵着情侣，在广场上飞奔，在道路上飞扬，将青春的激情和洒脱书写得淋漓尽致。就连他们身后的宠物狗、宠物猫也激情四射，跟随主人的步伐而肆意奔跑着。宠物狗、宠物猫跑累了，就歇下来梳理打理一下全身的毛发，尽量将干净利索的身姿展现在春光里，不出现半点违和感。

老黄牛走出栅栏，向空旷的田野喊出春天里第一个音符，虽不余音绕梁，但也响彻山岗。当老农为它套上枷锁、披上犁铧，在清脆的响鞭中，它的步履迈得更加坚韧而挺拔。当第一铧泥土从它身后翻卷过来，老黄牛就看到了春的希望、夏的瑰丽、秋的收获和冬的殷实。老农的银丝在春光里泛着光，他似乎看见脚下的泥土里早

5

已是一片青绿蔓蔓、硕果累累。

被冬天憋得老气横秋的大公鸡也不甘示弱，它飞向房顶，栖息在树梢，对着山川和河流引颈高歌，它唱出了对春天的喜悦，唱出了对大地的喜爱，唱出了对春景的赞美。一鸡唱罢，众鸡和鸣，就连院子里的小花狗也被众鸡带偏了，它竟然忘记自己的本来语言"汪汪汪"，也跟着东施效颦"喔喔喔"起来，惹得其他的鸡一阵讪笑。

解冻的河水格外欢实，哗哗哗地唱着春天的序曲。沉在河底的小鱼也开始鱼翔浅底，肆意摆着尾巴。水鸭动如脱兔，速如闪电，一个箭步插入河水，它们嘴里便有了最味美的春食。小鱼即便被水鸭吞噬，但它们的同伴仍无半点恐惧感和畏惧感，仍欢实地游弋着、聚集着、摆动着。

乡下的小溪紧跟其后，脱去矜持和内敛的外衣，开始叮咚叮咚打着合奏，将冬日的寂寞和阴郁一扫而去。在小溪的合奏下，各种鸟儿争相登场，它们飞出巢穴，飞向田园，飞向蓝天，飞向它们自由的天地，它们寻着食、觅着爱、撒着欢，尽享春天里的每一份时光。

春天一来，各种美味竞相出现。香椿芽、野韭菜、山竹笋、折耳根、山胡椒的香味就会漫步田园山岗，用它们特有的气息和品质吸引着人们去采摘。当这些美味滑入人们口舌，穿越人们肠胃，浸透到人们全身时，就让人们踏踏实实记住了乡愁。无论走到哪里，有这些山间美味存在，就有春天的气味，就有乡愁的暖味。

当我在春天里吃上第一口社饭和第一口荠菜时，我就感觉到春天与我附体了。当我看见鱼儿在河中嬉戏撒欢时，本想带根鱼竿垂钓一下春光，但转念一想，春光既是属于我的，也是属于鱼儿的，不仅我要在春天里尽情撒着欢，也要让鱼儿在春天里尽情撒着欢。于是，我便放弃了垂钓的念头，走向了春天的深处。

（2022 年 3 月 22 日发表于《恩施日报》，2022 年 12 月 15 日发表于《贡水文澜》总第 50 期，2022 年 3 月 29 日发表于《今日儋州报》，2023 年 3 月 3 日发表于中国作家网）

七彩春天

春天款款而来，如娓娓道来的一个故事，如呢喃温婉的一首小诗，如神秘瑰丽的一个梦想，它正一步步趋于稳重、趋于成熟、趋于老练。再历经清明、谷雨两个节气，就要姗姗步入立夏了，又要开始踏入一番新的征程。

春天不是单一的色彩，不是单一的色调，既有姹紫嫣红，又有青山绿水，既有桃红柳绿，又有绿肥红瘦。春天是五彩斑斓的，是五光十色的，是五颜六色的，是色彩缤纷的。春天，是赤橙黄绿青蓝紫的，就如雨水过后，乡村溪边升腾的一道七色彩虹。

绿色，是春天的主色调，是春天的主打歌，如果缺乏绿色就不堪为春天了。有绿色作为春天的铺垫和装扮，感觉春天里的一切都是新的，一切都是赋予希望的，一切都是生活下去的理由。绿树绿叶，就如一件嫁衣，义无反顾将大地嫁到了春天里。

而蓝天碧水，就如一套套嫁妆，紧紧跟随着大地，让大地一嫁到春天就不再孤单和寂寞。因为蓝天里，有白云随意翻飞，有燕子凌空而舞，有小鸟欢快啁啾；因为绿水里，有水声潺潺，有鱼儿嬉戏，有野鸭扑腾。

赤色，即为红色、血色，象征着喜庆、快乐、正义、活力、力量、热情和奔放。春天里的红色无处不在，就连女人身穿的旗袍也是火红的，如山边的一道晚霞，如山间的一片枫林，如檐下的一串红椒，又如灶间的一团烈焰。

春天里的红花，随处可见，什么映山红、一品红、红掌、桃花、玫瑰红、郁金香等，它们都是春天里的宠儿。一旦得到春风的宠幸，一旦得到春雨的滋润，一旦得到春日的沐浴，它们就如六宫粉黛，个个花枝招展、妖娆妩媚，尽情地将一片红心捧于君前。

"疑是口中血，滴成枝上花""啼后血流成底事，只应都作映山红""莫是杜鹃飞不到，故无啼血染芳丛"。在红花里，我最钟情钟爱于映山红了。映山红又叫杜鹃花。古人多借映山红烘托伤春惜春之情、抒发乡愁思念之情、倾诉悲苦哀怨之情、感慨险峻亡国之情，我觉得它是花中感情最为丰富的花君子。远眺漫山遍野的映山红，心地就会一片豁然开朗，就会一阵热血沸腾。

橙色，俗称橘黄色，是红色与黄色的混合色，它是暖色系中最温暖的颜色，能给人以庄严、尊贵、神秘等感觉。春天里的橙色也并不逊色于红色，月季、长寿花、石榴花、君子兰、凌霄、孔雀草、萱草、炮仗花、太阳花等都是橙色花的代表。在姹紫嫣红的春天里，能偶遇一份橙色，算是你的吉祥和幸运。

披云似有凌霄志，向日宁无捧日心。如果你怀揣惆怅，如果你心感寂寥，就出去看看凌霄花和向日葵吧。当你目睹凌霄花，你就会被它的雄心壮志所折服，被它的如喇叭形的花容所叹服。向日葵更是如此，一心追日，有夸父追日的勇气和决心。你见到它们，心底就会徒增一份温暖，倍增一份惬意。

白色，是春天里最为纯洁的颜色。梨花、李花、白玉兰、康乃馨、水仙花、马蹄莲、金银花等就会时不时跳入你的眼帘。清明前后，一朵朵洁白的李花和梨花缀满枝头，像薄云，似轻纱，在春光里摇曳生姿，惊艳了春雷和春风，惹来了蝴蝶和蜜蜂。钻进梨园和李园，你就成了花痴，不知道看哪朵花好，闻哪枝花香。

能够在黄色花中独树一帜的当属油菜花了。油菜花既接地气，又聚人气，能将城里的游客无端地吸引到它的身边来。就连乾隆皇帝也格外垂青油菜花，曾吟诗道："黄萼裳裳绿叶稠，千村欣卜榨新油。爱它生计资民用，不是闲花野草流。"王守仁也说，油菜花开满地金，䳍鸠声里又春深。可见油菜花在古人心中的位置是其他花无与伦比的。

紫色也是春天不可或缺的色调，紫色比红色更胜一筹，因为有红得发紫一说。传说老子在过函谷关之前，关尹喜见有紫气从东而来，果见老子骑着青牛而至。后人就用紫气东来比喻吉祥的征兆。春天里的紫色花也是很常见的，有紫丁香、紫玉兰、紫牡丹、紫瑞香、紫藤花、紫荆花等。

紫藤花开花时气势磅礴，如从高而下垂直飞流的瀑布，又像一道垂挂的布帘。紫荆花不待树枝发芽开叶，就径自满树开放，就连树干上也爬满了紫色的小米粒。等花开到一定程度，树枝树干上才勉强吐出几片新叶。"风吹紫荆树，色与春庭暮。花落辞故枝，风回返无处。"杜甫在怀念舍弟时就曾以紫荆花托物言思，把对舍弟的思念寄情在诗句里。

其实，春天的世界里还有很多颜色，正因为有这些不同凡响的颜色，才让春天多姿多彩，才让世界色彩纷呈。

（2023年3月3日发表于中国作家网）

无茶不成春

茶是大地的精灵，更是春天的宠儿。离开茶去品读春天、鉴赏春天，总有一些违和与遗憾，必定品不出个个中滋味，鉴赏不出个所以然。即便春天万紫千红，即便春光千姿百态，即便春色琳琅满目，也仅是视觉上的冲击和感受，能够给春天带来味觉上的洗礼和记忆的，当属那片一叶动天下的茶叶了。

能够让一片树叶在舌尖上嚼出万般滋味，在齿尖上生津止渴，让人久久回味，让人牵肠挂肚，除了茶叶别无二选。古人说，宁可一日无食，不可一日无茶。茶，在人们的生活和生命里有着至高无上的地位。老家有句俗语，男耕田，女采茶，老婆婆带娃娃，不荒一丘田，不老一苑茶。毋庸置疑，茶与田一样，都是乡亲们的掌中宝和命根子。

茶，对气候最为敏感和敏锐，不像那些迟钝麻木的老树。只要春天一到，最先向春天示好的必定是茶树了。高山生漆低山麻，阳坡桐子阴坡茶。小时候，老家的坡坡岭岭、坎坎角角，特别是背阴之处，到处都是野生的茶树，就连悬崖峭壁，也总是悬挂着几苑郁郁葱葱的茶树，让人一见就为之敬仰，禁不住一阵肃然起敬。

春天一来，流水里最先感知春天的，当然是"春江水暖鸭先知"的野鸭。但在水流之外，我觉得最先感知春天的就是那一畦畦、一垄垄、一簇簇茶叶了，他们总是力所能及地向春天吐出第一片新芽。特别是悬崖峭壁上的茶树，总在春风里在危险处展露着茶的绰约风姿。新茶总是伴随着野鸭的嘎嘎声和扑棱声，给春天呈现第一个惊喜，画上第一个惊叹，写出第一个音符。

采摘春天里第一片新茶，是父老乡亲们的一种荣誉和自豪。当茶叶露出两到三片叶片时，村里的大姑娘和小媳妇就会背着背篓、带着篾篓上坡，小心翼翼地用两指掐着新茶，尽可能完好无损地让新茶脱离母体。大姑娘、小媳妇就像一个个虔诚的接生婆，让新茶脱离母体，就像让茶树一朝分娩。摘到手心的新茶，就如接生婆手中的新生儿新生命，那种由里向外透出的水灵和新鲜，让人既激动又感动，一时半会儿都不忍释手。

采摘回家的新茶，乡亲们都会及时将它们平摊在簸箕里或晒席上，让水珠和水分慢慢蒸发。簸箕和晒席，乡亲们都会用干净的抹布一擦再擦、一揾再揾，生怕上面的灰尘玷污了新茶的纯洁。待水珠和水分消失殆尽，在柴火和铁锅的淬炼中，在人工和手工的揉搓下，在慢火和文火的烘烤中，一捧可以让人魂牵梦绕的炒青，就这么呱呱落地了。

母亲是一名乡下女人，她根本不懂真正意义上的茶道和茶术，就凭她对茶树的敬重和敬畏，对茶叶的喜爱和挚爱，凭借她摸着石头过河逐渐摸索积累的一点经验，也能将一树青叶制作成一杯清新可口的茶水，这不得不算是一个奇迹。母亲制作的新茶细茶好茶，是舍不得喝掉的，都要拿出去卖点油盐钱，供全家人贴补生活。自己喝的茶叶，都是用老枝老叶制作的粗茶。对孩子们来说，最奢侈的事情莫过于能吃上一到两个，母亲用粗茶煮的茶叶蛋，那种浸到血液和骨子里的香气和香味，让我们终生难忘，就像植入到了人的基因里。

苏东坡说，从来佳茗似佳人。的确，一叶新芽、一叶新茗，就如亭亭玉立的佳人，在沸水的冲泡下，她便在方寸之地随水而舞、上下翻飞。倾慕新茗，就如仰慕倾心之人；思慕新茗，就如思念心仪之人。在新春的茶园里，如果有三三两两的丽人在茶间驻足，在茶间吟唱，那便是一幅别开生面、生动无比的画面。

人，都是喜欢讲究仪式感的，在仪式感里体验着、酸爽着自身那份带有半分虚荣心的存在感。在秋天里，都渴望盼望着喝上秋天里的第一杯奶茶。如果少男少女在秋天里能喝上第一杯心仪之人送来的奶茶，心里就会甜得如甘蔗一般，必定会在朋友圈炫耀好一阵子。而在大好春色里，你若能喝上春天里第一杯绿茶，那心情绝不亚于秋天里第一杯奶茶。

奶茶虽名为茶，但并非真正意义上的茶水，若与绿茶、红茶、白茶相提并论，那感觉定没有茶水那么让人趋之若鹜。都说，无鲜不春。不管在城里，还是乡下，春天里让人趋之若鹜的鲜气，就属茶叶的新鲜了。那些好茶之人，都会在春天里争先恐后地尝一道鲜，那就是喝上一口明前茶，因为坊间有"春茶最鲜看明前"之说。明前茶的鲜和嫩，让好茶之人如沐十里春光，只有喝上明前茶才算"不负春光不负卿"。这里的"卿"，无可厚非即为茶也。

那些好茶之人，即为现在的茶粉。古往今来，最为出名的茶粉莫过于乾隆皇帝，他在下江南亲临杭州龙井狮峰山御封了18棵龙井群体种茶树，因此西湖龙井又多了一个雅号"狮峰"。同时，乾隆皇帝品尝了宣恩伍家台贡茶，也大为惊叹惊讶，随即挥毫泼墨书写"皇恩宠锡"4个大字。

诗人余秀华在钟情阿卡时，会情不自禁地吟出"穿越大半个中国来睡你"粗而不俗的诗句。如今，各种香茗穿越世界各地，历经迢迢山水，不辞辛劳地呈于好茶之人手中；一些好茶之人，也会不惜一切代价历经千辛万苦将心仪之茶弄到手、喝到口，大抵也倾注了一份"穿越大半个世界来喝你"的情感。

无茶不成春，品茗正当时。春天来了，怎能不说茶，怎能不喝茶，怎能不议茶？好茶不怕细品，好事不怕细论。每个想与茶结缘之人，不妨都做一个忠实的茶粉，在茶园打个卡，在茶馆打个Call，给茶主打个赏，让你的生命里流出春天新茶那种清新脱俗的光。

（2023年2月27日发表于中国作家网，2023年3月14日发表于《恩施日报》）

季春听雨

这一场雨是季春的雨，来得有点气势汹汹，没有半点缠缠绵绵和含含糊糊，仅听那雨声，就是哗哗啦啦而不是淅淅沥沥，那种唰唰声、啪啪声、欻欻声、吵吵声紧凑地冲击着人的耳鼓和耳膜，给人一种黯然销魂的感觉。在昨日天晴朗朗的时候，当地的气象部门就发出了暴雨黄色预警信号，预计未来 6 小时将有 50 毫米以上降水量，局部地区还会有雷电和小冰雹。

推窗观看天气却是万里无云，一片湛蓝深蓝和瓦蓝，哪有一点暴雨的迹象？很多人不禁发出疑问和质问，这会下雨吗？这会下暴雨吗？鬼打扯鬼打架哟！鬼打扯鬼打架意为极不确信。但感知气温却异常燥热，早已不是季春的暖和天气，那种暖洋洋、慵懒懒、软绵绵的感觉已不复存在，就像进入闷热的夏季，那种闷热好像即刻就会将你蒸熟蒸透一样。但掐指细算立夏的时间，却还差 20 多天呢。不同寻常的气温，大概就是暴雨的前兆和前奏吧。

按照气象部门预计的时间，这场暴雨应该在昨晚子夜时分来临，但它并没有如期而至。老天爷似乎和气象部门开了一个天大的玩笑，暴雨千呼万唤并没有出来，更不要说"犹抱琵琶半遮面"了，连雨星子和雨点子都没有见着。人们见暴雨久久未至，还有点得胜回朝的得意和恣意，不禁自夸自诩自吹自擂道，我说没有雨吧，果不其然。但天气就是这么古怪奇怪，像小孩子的三花脸说变就变，在人们为自己的预测只差打满分而傲娇庆幸的时候，一层层乌云却神不知鬼不觉地大挪移而来，慢慢地将星空包裹得严严实实，没有留下哪怕一丝缝隙。

次日凌晨，天空就如嫫母生气的脸，一片惨淡暗淡，甚至一片漆黑幽暗，看不出一点光色和亮色。不知道是云朵还是雾气霾气，将山头和高层建筑都氤氲着、笼罩着、裹挟着，让人看不清山头和高层建筑的本来面目，就连近处的房子、树木、桥梁也被漆黑吞没着，看不到一点哪怕一点模糊的样子。河面上，也飘来了一层薄雾轻纱，时而上下飞舞，时而左右盘旋，将河流萦绕得像一洼仙池仙地。

这种景象大约持续了两个多小时，人们这才不得不相信大雨真的要来了。鸟儿在林子里紧促地鸣叫，少了平时叫声的婉转和悦耳，还时不时从这棵树上飞到那棵树上，表现出一种局促不安、心神不宁的感觉。细看墙角下，蚂蚁成群结队地搬着家，仿佛它们的老家再也不能待下去了，那种急匆匆火燎燎的忙碌，真不亚于清晨挑担子卖菜菜农的脚步。

送孩子上学的家长们紧赶慢赶，怎么也要在大雨来临之前，将孩子平安送到学校，自己最好也能安然回返到家或是抵达到上班的单位。清晨早起买菜的老大爷老大娘，少了平时三五成群的唠叨和闲扯，都三步并作两步，急促促、颤巍巍地提着菜篮菜袋往家赶，恨不得一步就蹿到家里。骑摩托车的小青年，也悄然撑起了摩托车上的斗篷和雨伞，生怕大雨突然降临来不及停车升篷撑伞，他们的速度明显比平常快了很多、急速了很多。老大爷老大娘总在一旁温馨地提醒嘀咕道，后生娃，骑车别像飙箭的，小心摩托车打滑。

天，实在绷不住了，就像一个即将爆炸的气球，那种"黑云压城城欲摧"的阵势有点让人望而生畏而又茫然无措。突然，冷不丁一声清脆的雷声从云际里泻出，就像一声战前的集结令和集结号。瞬间，就起了一点微风，明显感到一丝凉意浸透到脊背，快速前行的人们不禁打了一个冷噤和寒战，有的人来不及适应，甚至还连续打起了几个喷嚏。

这一声清脆的雷声，像给漆黑的天幕撕开了一道口子，也像是即将决堤的堤岸打开了一个缺口。人们下意识地就感到，豆大的雨点开始落了下来，重重地打在脸上，摔在头顶上，还有一种轻微生疼的感觉。仅仅不到一分钟的时间，雨点紧了起来，密了起来，快了起来。继而，雨点就变成了雨线，后又变成了雨幕。

雨点打在地上，顿时摔成了八瓣，将地上的灰尘溅开，形成规则或不规则的泥花。慢慢地，泥花消失了，地面上开始积存了雨水。不到 10 分钟，地面上的雨水开始流动起来，带动着地面上的灰尘、杂草、杂物向低处洼处移动着、前行着。开始，流动的雨水还是浑黄浑浊的泥水，刹那间，地面被冲刷干净了，浑黄浑浊的泥水也变成了清水白净水。稍不留意，地面水就来不及流动，你若伸脚进去，却不知道将脚放在哪处可以安生。

雨点打在树梢树叶上，那种韵律十足的咻咻声，如天籁之音，像小孩子弹奏的钢琴声，时而舒缓，时而紧凑，时而高亢，时而低沉，时而尖细，时而粗犷，给人带来一种美的享受。在你尽情享受美妙音律的同时，你又不得不心生怜惜和惋惜。树上的花开得正艳正欢，却被雨水打落一片，树下顿时落英一地，突生一种凄然凄凉的感觉，那心境比黛玉葬花不差分毫。就连鸟儿也规规矩矩、老老实实待在树间巢穴里，默不作声地看着一片落英发愣，表现出一种无可奈何花落去的无奈。

雨点打在瓦片上，却是一种啪啪的撞击声，如鼓点，如击钹，如响锣。你在窗前或是檐下聆听瓦片上的雨声，就如欣赏三棒鼓，就如细听八宝铜铃。那种清脆，那种和谐，那种悠扬，比起乡下的老艺人和民间的非遗传承人，有过之而无不及。雨水从檐下飘然落下，就像一道奇特的瀑布，又像一道透明的水帘，水帘和瀑布里的房子就像孙悟空的水帘洞，让人心向往之。

雨点打在河面上，顿时溅起一朵朵水泡和水花，发出连续不断哗哗哗的声响。在雨点还比较稀疏的时候，水花和水泡还荡漾开来，形成一层很规则的涟漪，就像河面上镌刻的一道道很深的皱纹。此时，河面的哗哗声似乎在诙谐地说，俺还年轻着呢，哪有那么多皱纹？正当河面暗自庆幸的时候，河面上的雨点就多了起来、密匝起来，水泡根本来不及荡漾成波纹，只好接二连三地在河面堆积起来。

这阵雨从早上一直持续到夜晚，好像没有停下来的意思。涨水了！风雨桥上驻足观看雨水的游人不禁发出一声惊呼。大雨一来，大多数行人都奔跑着回家躲在窗前看雨，但也有一些来不及回家的人们，只好躲在风雨桥上、凉亭里、楼阁上，一边避雨一边听雨观雨。人，置身在雨境雨景里观雨听雨，心情心境是大不一样的。他们在雨中听雨观雨，殊不知却成了别人观雨听雨的风景。

古人那些听雨的心境在他们身上都会不同程度地显现，既有"清明时节雨纷纷，路上行人欲断魂"的凄凉、"风雨凄凄，鸡鸣喈喈""风雨潇潇，鸡鸣胶胶"的相思、"床头屋漏无干处，雨脚如麻未断绝"的悲苦，也有"渭城朝雨浥轻尘，客舍青青柳色新"的清新、"青箬笠，绿蓑衣，斜风细雨不须归"的思乡、"青草湖中万里程，黄梅雨里一人行"的孤独。

"早蛩啼复歇，残灯灭又明。隔窗知夜雨，芭蕉先有声。"站在雨幕里观雨听雨，我仿佛看见自己就是河岸边那一株雨中傲立的芭蕉。

（2023年3月3日发表于中国作家网）

绿树阴浓夏日长

　　人是最易感知四季时令的动物。当我们穿着短衣短袖、短裙短裤、凉鞋拖鞋兴致勃勃在大街小巷闲逛时,我们知道,夏天来了。是的,时令已经立夏了。立夏,一年之中的第七个节气,也是夏天的第一个节气。立夏,昭示着夏季的开始和夏天的进入。

　　王国维说,最是人间留不住,朱颜辞镜花辞树。尽管人们一再想把春天留住,但春天还是义无反顾、去意决绝地走了。它走得无声无息,走得洒脱自然,走得彻彻底底。就像人老朱颜已改不复存在一样,春天里的各种花朵,也不得不辞谢让其绽放一时的大树。就连那些果实,如红彤彤的樱桃,黄灿灿的枇杷,绿澄澄的李子,也不得不依依不舍地脱离母体。

　　立者,建始也,但它不同于一般的开始,就像高大的建筑物一样竖立起来,让人一眼就能清清楚楚瞧得见。夏者,中国之人也,引申为大也。春种、夏长、秋收、冬藏,万物在四季都在生长,只不过在夏天这种长大更明显、更直接、更突出。夏长,既指夏天万物疯长,也指夏天时间变长。

　　你看,林间的果树长高了一截,树上的果实长大了一圈。院中的花草铺满了大地,花花绿绿一大片。菜园里的韭菜又拔高了一拃,叶片长得又大又肥,等待着农妇去剪去卖。就连邻家那小子的个头也突然噌噌噌长高了一大截,在夏日里像一根笔直的标杆,他头年才买的新衣服却怎么也穿不进去,但青春的律动却时时写在他的脸上。

唐末大将高骈在《山亭夏日》中写道："绿树阴浓夏日长，楼台倒影入池塘。水晶帘动微风起，满架蔷薇一院香。"高骈虽一介"雄赳赳气昂昂"的武夫，但吟出的诗句却不失大诗人的风范，怪不得唐朝是一个诗歌鼎盛的时代。在高骈眼里，夏日是那么浪漫，是那么惬意，是那么恣意。高骈虽是武夫，但也是一个内心缜密而细腻之人。

庄稼人都知道，时令一进入立夏，最明显的有3个物候。一曰"蝼蝈鸣"。南宋费似道说，蝼蝈之形最难相，牙长腿短头尖亮。这就是庄稼人最熟知熟悉的土狗子。二曰"蚯蚓出"。盛唐诗人储光羲把蚯蚓当作田园生活的典型代表，他说，蚯蚓土中出，田乌随我飞。三曰"王瓜生"。王瓜就是乡亲们俗称的屎瓜，一种中药名，具有清热、生津、化瘀、通乳之功效。

土狗子、蚯蚓和王瓜和人一样，对时令最为敏锐敏感，感知力极强。夏季一到，土狗子蝼蛄完全苏醒，开始蚕食蔬菜和庄稼，在夜晚还如乐器一样鸣叫。蚯蚓也伸展着长长的腰肢，在土壤里钻来钻去，爬来爬去，拱来拱去，它们不仅疏松着土壤，还肥沃着土壤。有时，也爬出土外，沐浴着夏日的清幽。王瓜格外显眼，红澄澄的椭圆形瓜果挂在藤蔓上，甚是可爱至极，像一个个小娃娃的圆脑袋。

春天，花是春天的主角，是春天的花旦，千姿百态的花朵占尽了春光春色，可谓五彩斑斓、五光十色。而夏天，树才是夏天的主打歌，是夏天的主色调。各种树在夏天汲取营养，朝气蓬勃生长着，长得枝繁叶茂、郁郁葱葱。在炎热的阳光下，浓浓树荫才是人的最爱，才是人们歇凉纳凉的最好去处。

纸屏石枕竹方床，手倦抛书午梦长。乡下的院落里，大都栽有几棵果树，果树都长得如巨伞一般。炎日里，黄昏下，晚霞中，乡亲们都习惯性搬一把木椅坐在树荫下，摇着蒲扇，喝着酽茶，扯着家常。有的还搬出一把竹制躺椅，斜躺在竹椅上，一边看着古书古籍，一边摇摇晃晃，看累看困了，干脆在摇椅上睡个懒觉，那种闲适和惬意自不必说。没有摇椅的，他们也会随便牵几根草绳麻绳，在上面也能晃悠好一阵子。

量夏称夏也是小时候最乐意做的事情。立夏之后，大人们不仅要看孩子的身高增高没有，还要检验孩子体重增重没有。大人常让孩子脱掉鞋袜，笔直地靠在墙根，用石子或粉笔在墙上做好记号，标识出孩子的身高，等来年立夏再进行测量，看个子长高没有。如果孩子仍未长高，大人们就会戏谑地骂道："矮打杵！打杵子！"打杵就是老家支在竹背篓和木背杈下面歇气歇脚的物件，只有屁股那么高。这种比喻，最贴切最恰当不过。

大人也会拿出 16 两秤和一个笋筐，让孩子蹲在笋筐里，进行称重。体重轻的孩子，就由大人一手提溜着秤环，一手滑动着秤砣。体重重的孩子，就由两个大人联合抬着笋筐。当秤杆还在高高上翘的时候，孩子就迫不及待询问父母多重，然后和头年进行对比，看自己长重了多少。小时候的我，由于营养欠缺，瘦得像一根麻秆，只恨自己长不胖，就如现在只恨自己瘦不下来。

夏季一到，气温一高，孩子们最向往的去处就是有水的地方。他们不是偷偷溜进河水里泡澡，就是躲进池塘里狗刨，但几个小时的享受之后，回家等着的轻则一顿臭骂，重则一次毒打。尽管如此，但他们一背着大人的眼睛，就又重蹈覆辙了。一年四季里，最舒适的是夏季，最困倦的也是夏季。特别是在初夏时节，那不冷不热的气候就如神仙时令，睡觉就是最时髦、最温馨的享受。

你看宋朝诗人苏舜钦多闲适，"树阴满地日当午，梦觉流莺时一声"，在大白天都能在树荫下睡觉，还伴有流莺婉转。杨万里辞官归田，无事可做，不仅早晨睡到自然醒，即便中午也还要补个囫囵觉，"日常睡起无情思，闲看儿童捉柳花"，实在无聊，他就看看儿童采撷柳絮柳花。陆游幽居初夏，叹人老旧友全无，即便午睡后醒来，也无人伴他品茶鉴幽，不由自主发出"叹息老来交旧尽，睡来谁共午瓯茶"的感慨。

男人如此，女人亦然。女诗人和词人朱淑真也说，谢却海棠飞尽絮，困人天气日初长。而在高科技、任务重、快节奏、压力山大的今天，我们也渴盼初夏带来的这份倦意和闲适，想与初夏来一个最激情的拥抱和亲吻，享受一下睡觉的自由和慵懒，但"何时得遂田园乐，睡到人间饭熟时"，这种渴盼仍却遥遥无期。

（2023 年 3 月 22 日发表于中国作家网，2023 年 5 月 16 日发表于《恩施日报》）

阶底蔷薇入夏开

有人说，蔷薇花是春日最后的点缀，也是夏日最初的鲜妍，是暮春的春意阑珊，也是浅夏的宁静安然。我对蔷薇花的感受也大抵如此。暮春夏初，院外墙边的几株蔷薇花就恣意绽放，它既想挽留春天的妩媚，又想喜迎夏天的奔放，就连阳台上那钵紫红色蔷薇也不甘落后，依附在栏杆上，尽力向上攀缘，尽情释放着那抹鲜红的颜色。

白居易对蔷薇花可谓情有独钟，即便陪朋友刘十九、张大夫和崔二十四饮酒，也选在竹叶葳蕤、蔷薇正开、春酒初熟的时候，既可赏花，又能品酒，既可氤氲竹叶清香和蔷薇花香，也能沐浴春酒酒香和美食醇香，真是一举多得。"瓮头竹叶经春熟，阶底蔷薇入夏开。似火浅深红压架，如饧气味绿粘台。"在初夏时节，如果也能体验到白居易和他的朋友这种雅趣和情趣，那真是人之幸事、人之美事。

蔷者，谐音墙也，常指攀缘或蔓生灌木；薇者，草也。蔷薇之所以称为蔷薇，是因为蔷薇生长习性所致。蔷薇耐干旱、耐瘠薄，在土层深厚疏松、肥沃湿润、排水通畅的土壤里生长得更为茂盛。蔷薇在适宜的环境里生长，简直就是一种生命的怒放，一种激情的释放，或者说是一种内敛的放纵。

蔷薇的枝蔓柔弱，就如纤弱的小草，难以独自支撑向上生长的枝叶，常常习惯依附土墙、石墙、篱笆等外部支撑物体进行攀缘生

22

长。就如农人种植的番茄、豇豆、黄瓜，总要依附支架才能正常生长挂果，否则就会倒伏在地上。其娇态媚态俨如林黛玉，有一种纤弱美柔弱美蕴涵其间。

在清澈碧绿的贡水河边和宽阔的兴隆大道，是蔷薇花盛开的天下。这些蔷薇是人工进行栽培的，在花工的培育和修剪下，它们长得一般高，显得错落有致。进入四月，红色蔷薇花开得如火如荼，黄色蔷薇花开得鹅黄争艳，白色蔷薇花开得洁白如雪，可谓琳琅满目，让人美不胜收，目不暇接。

就如《群芳谱》里所言："蔷薇有朱蔷薇、荷花蔷薇、刺梅堆、五色蔷薇、黄蔷薇、淡黄蔷薇、鹅黄蔷薇、白蔷薇，又鹅黑者、肉红者、粉红者、四出者、重瓣厚叠者、长沙千叶者……"蔷薇花是一种生命力极其旺盛的花，无论在山野，还是在田园，无论在乡村，还是在城镇，都能见到蔷薇花的兄弟姊妹。

蔷薇无时不在，无处不在，它是春夏交替之花，见证着岁月的更替，所以它更受人们喜爱。蔷薇和月季、玫瑰被称为中国蔷薇三姐妹，人们在种植、栽培月季、玫瑰的同时，总会寻几株蔷薇一同栽着。在花开时节，三姐妹开的花就会各具特色，各领风骚。

蔷薇既可种子繁殖，也可扦插嫁接。邻居家的阳台上，就有一片艳丽无比的蔷薇，其花深红、火红，那些红色在绿叶中灿烂而夺目，耀眼而生辉，就像一群穿着华丽的贵妇端坐在绿色的地毯之中。其实，这一片蔷薇就是邻居扦插繁殖而成，将整个阳台装扮成了一个浪漫馥郁的初夏。

因艳羡邻居阳台的那份美，在征得邻居同意的情况下，我也会去邻居家的阳台剪几枝含苞待放的蔷薇花，用花瓶插着，用清水养着，让邻居家的那份浪漫馥郁延及到我的小屋。几天过后，几朵蔷薇花次第开放，渐渐释放出鲜艳的色泽和芳香的气味。即便只有几朵蔷薇花，也能全然诠释"密叶翠幄重，脓花红锦张"那种意境来。

百丈蔷薇枝，缭绕成洞房。如今很多新婚宴尔的新房、婚车、蓬门，都用蔷薇花环绕着、装扮着，就连新娘子的头上也戴着蔷薇花编织的花环，即使一月过去，仍能"香云落衣袂，一月留余香"，象征着新婚夫妇的爱情久长久远。花径不曾缘客扫，蓬门今始为君开。有人猜想，杜甫的蓬门花径，大抵就是蔷薇花结篱缀屏之物。他在这间花径蓬门内，常常"肯与邻翁相对饮，隔篱呼取尽余杯"，这该是多么浪漫惬意的事情。

不仅杜甫对蔷薇情有独钟，很多古人对蔷薇也是心心念念。秦观曾感叹雨打芍药、蔷薇无力的惜春之情，发出"有情芍药含春泪，无力蔷薇卧晓枝"的感慨。李商隐也如秦观一样，面对春光流逝，也情不自禁感叹，"回廊四合掩寂寞，碧鹦鹉对红蔷薇"。

但杜牧却是另一番风景，他见着蔷薇就精神抖擞，元气大增，透露出"朵朵精神叶叶柔，雨晴香拂醉人头"的喜悦。高骈也是如此，目睹院内满架蔷薇，也是一种"水晶帘动微风起，满架蔷薇一院香"美的享受。

蔷薇，虽不如牡丹之富贵、海棠之惊艳、玫瑰之热烈，但它仍超凡脱俗，不同凡响，留给人一种宁静美、柔和美、纤弱美，时时给人一种意想不到的惊喜。这种惊喜，让我对春天产生无限眷恋，对夏天却产生无限憧憬，我多么希望在院墙阶底之下，能有一树蔷薇在初夏向我款款而开。

（2023年5月13日发表于中国作家网）

小满温和夏意浓

　　小满时节虽然已过，但仍觉得有写写小满的必要。小满就如一个钢铁侠一般的小伙子，总是在不经意间悄然来到人们身边，它还带着一股侠气、豪气、勇气和傲气。小满一到，大地就充满了希冀和希望，特别是庄稼人就更为欣喜若狂，脸上总是写满了对粮食满仓的无限憧憬。

　　小满是时令进入夏季的第二个节气。从小满开始，北方的大麦、冬小麦等夏熟农作物籽粒开始结果，籽粒逐渐灌浆而变得饱满，但并未成熟，故为小满。所以，古人有"四月中，小满者，物致于此小得盈满"的说法。庄稼人一看到农作物灌浆，就意味着粮食将沉沉地压弯枝头，昭示着不会再过那种"有上顿无下顿"的焦灼日子。

　　小满时节里，父亲总是站在田间地头，眯缝着双眼打量着他精心创作的庄稼，犹如等待一部鸿篇巨著出炉。在炊烟的缭绕里，在小满的温和气息里，在麦收的憧憬里，父亲读懂了对大地的热爱和对物候的敬畏。父亲对全家人生计的焦虑和焦灼，顿时就会变成灿烂的笑容。这种笑容，就如小满里盛开的苦菜花。

　　古人将小满分为3个物候，初候苦菜秀，中候靡草死，末候麦秋至。初候时，以茶为名的苦菜正长得枝繁叶茂，翠绿葳蕤一片；中候时，难以耐阳的一些细软的草类开始被太阳灼死；末候时，麦子开始成熟，大地呈现一片金黄。

在小满时节里，父亲和他们那一辈的庄稼人，总会常常念叨两句谚语，"小满不满，干断田坎""小满不满，芒种不管"。此时的"满"并非指粮食籽粒是否饱满，而是指小满时节的雨水是否盈缺。如果小满时节稻田里不及时灌满蓄满水，就可能造成田坎干裂，导致芒种时节不能正常插秧栽稻。

记得小时候，在此期间，父亲和乡亲们就会不分昼夜，从一个名曰龙洞的阴河里引来渠水，分支分叉慢慢将自家的水田蓄满河水。水田一旦蓄满，就紧紧堵塞缺口，生怕下游的水田主人将上游水田缺口打开。一旦缺口被人打开，几日几夜的辛苦和奔忙就会付之东流。因此，乡亲们也会因为稻田蓄不上水而吵架、闹架，甚至还会大打出手。

那时候的一田水，就是自家一家人生计的保证，可谓田水贵如油。有的地方也将给稻田灌水蓄水，形象地称为抢水。先下手为强。只有抢先将自家稻田灌满，自家的生活才有保障。那时为了确保几亩稻田能正常插秧栽稻，父亲不仅自己不分昼夜忙活，甚至还动员两个哥哥和他一起疏渠引水，还让幼小的我也值守在稻田缺口处。就连回家吃饭睡觉，也是轮流轮番值守。

小满动三车。小满正值初夏，春蚕开始结茧，等待养蚕人采茧缀丝；油菜籽正胀满荚壳，呼之欲出，等待油坊油车榨油；插秧的人，就会肩扛犁铧耙车，将水田整细耙匀。小时候，乡亲们在小满里就是最忙碌的时候，妇女们要搬出丝车准备煮茧缀丝，油坊人要洗净油车，等待磨油售卖，汉子们就会取下耙车，准备带土分苗。小满里，乡下定是一派热闹而繁忙的景象。

《诗经》曰："采苦采苦，首阳之下。"意思是说，在小满时节里，人们都有采撷苦麻菜的习俗。春风吹，苦菜长，荒滩野地是粮仓。苦菜是人们最习以为常的野菜，也是人们在饥寒年代抵御饥饿最好的食物。在战争年代，苦苦菜又称为红军菜、长征菜，当年就有"苦苦菜，花儿黄，又当野菜又当粮，红军吃了上战场，英勇杀敌打胜仗"的歌谣。

小时候看的电影《苦菜花》，更是一段苦难辉煌的历史。如今，不管是城里人，还是乡下人，都会时不时采一筐苦苦菜，做出各种美食享用。吃几夹苦苦菜，不仅可以野菜养生，还可以起到忆苦思甜的作用。那种苦苦清香的味道，顿时就将你拉回不堪回首的岁月当中。

刘长卿就有小满里吃苦菜的嗜好，在《小满》里写道："昨夜玉盘沉大江，夜来忽梦荞麦香。时人但只餐中饱，莫忘旧时苦菜黄。"欧阳修却对麦黄更情有独钟，习惯看麦稍黄，他在《小满》里写道："夜莺啼绿柳，皓月醒长空。最爱垄头麦，迎风笑落红。"祈蚕在元稹眼里，也是一道靓丽的风景，他在《小满》里写道："小满气全时，如何靡草衰。田家私黍稷，方伯问蚕丝。"

小满温和夏意浓，麦仁满粒量还轻。进入小满，天气不断炎热，气温不断升高，人们出汗也不断增多，就会逐渐产生烦躁不安的情绪。擅长养生的人们就会注重吃一些清爽清淡的素食，起到清利湿热、益气生津的作用。小区内的退休老人，就常常在小满里到野外挖一些野菜回来，既锻炼了身体，又补充了养生，可谓一举两得。

小满者，满而不损也，满而不盈也，满而不溢也。细数二十四节气，大小对称的节气有三对，小暑与大暑、小雪与大雪、小寒与大寒，却唯独没有小满与大满。从节气的序列里，就可以看出古人的独具智慧，只所谓"谦受益，满招损"，满极最终会"物极必反"，就如"乐极生悲"一般。徜徉在小满浓浓的夏意里，让我们做一个小满之人，做一个谦虚之人，做一个谨慎之人。

（2023年3月22日发表于中国作家网）

芒种时节忙种芒

　　一进入六月，芒种就赶着趟儿，急匆匆地从山间而来，从河道而来，从空中而来，步履显得急促而奔忙。芒种紧跟在小满之后，生怕一不留神，夏至就窜到了它的前面。看来芒种是个急性子，小满之后的日子都满满当当，充充裕裕，芒种就急着等待接力赛跑，它铆足了劲，用尽了力，凝聚了神，只等待发令枪响，它就会以百米冲刺的速度来到人们身边。

　　其实，芒种忙的不是时令，而是忙的那份农事。芒种掐着乡下人生计的命脉，也把控着乡亲们碗里和锅里是否有东有西可下。一旦不在芒种里忙种，乡亲们就会过上青黄不接的日子，甚至是食不果腹的日子。对于乡亲们来说，芒种就是催征鼓、冲锋号。所以农书上云，斗指巳为芒种，此时可种有芒之谷，过此即失效，故名芒种也。

　　在春播之时，乡亲们或因为安排不当，或因为慵懒之性，造成该播种时未播种，该出苗时未出苗，在芒种前后还可以亡羊补牢，还可以有挽救和补救的机会。一旦错过芒种，就什么机会也没有了，就为时已晚，这可谓过了这个村就没有了这个店。对于错过时令的乡亲们，芒种是乡亲们囤满粮仓的最后一根稻草。

　　小时候，不知道芒种是个啥节气，只知道父亲在芒种前后常会念叨两句话，一是"春争日，夏争时"，二是"芒种不种，再种无用"。然后，父亲就会着手忙着收割带有麦芒的麦子，抢时播下一年一度里最后一期晚稻。在芒种时节，是父亲最为繁忙、最为劳累的时节。

曾经锋利的镰刀也变钝了，父亲会将一把把镰刀按在磨刀石上使劲磨着；他说磨刀不误砍柴工，只有将镰刀磨得锋利光滑，收割起麦子来才不费劲，不耽误时辰。父亲带着一家人站在麦田里久久凝望，像在欣赏他的得意之作。随着一道道麦浪的翻滚，父亲脸上就会绽放出幸福的微笑，像夏季里盛开的一朵野菊。

挂在土屋墙壁上的犁铧、耙车和钉耙，也蒙上了一层灰尘，也渐生了一层薄锈。父亲将它们轻轻取下来，用抹布抹了又抹，用菜油揲了又揲，尽量展现出它们原有的色泽和光滑。适时趁着天晴或是下雨，将一丘丘晚稻田耕了又耕，耙了又耙，尽可能让晚稻田里的泥土细匀，让晚稻田里的蓄水充足。待晚稻田里播下最后一粒稻子，父亲沉沉的心才会稍微轻松地放下。

长大后，对芒种节气才略知一二。"芒种"一词最早见于两汉时期的《周礼》："泽草所生，种之芒种。"元代吴澄在《月令七十二候集解》中解释道："五月节，谓有芒之种谷可稼种矣。"言下之意，芒种是有芒的稻谷类作物可以进行播种。清代学者陈三谟在《岁序总考》中也解释道："芒，草端也；种，稼种也。言有芒之谷此时皆可稼种，故谓之芒种，乃五月之节气也！"意思是说，芒是草顶端的针状物，种是播种的意思；芒种即是有芒的谷物这时候都可以播种了。

芒种一到，气温明显升高，雨量逐渐充沛，空气湿度渐渐变大，这样的气候最适宜晚稻谷类作物种植，芒种就是种植农作物的分界点，也就道明了父亲那句"芒种不种，再种无用"的唠叨话。芒种之时，不仅南方忙着播种晚稻，北方却要忙着收割小麦。同时，还要忙着蓄水、除草、备肥、施肥、杀虫等，样样都要忙起来、干起来。

古代文学作品将芒种分为3侯，一曰螳螂生，二曰鵙始鸣，三曰反舌无声。意思是说在芒种节气里，螳螂卵因气温变化破壳而生，喜阴的伯劳鸟开始在枝头鸣叫，而反舌鸟却感知气温的变化却停止了鸣叫。人们为了迎合芒种的到来，各地也会忙着开展送花神、安苗祭祀、打泥巴仗、煮青梅酒、吃君踏菜等活动。

《红楼梦》第二十七回就有送花神的细致描写："凡交芒种节的这日，都要设摆各色礼物，祭饯花神，言芒种一过，便是夏日了。众花皆卸，花神退位，须要饯行。"三国时期也有"青梅煮酒论英雄"的典故，相传在夏季多吃清热解毒的君踏菜，可以防止长痱子。

其实，很多智慧都来自民间，出自农事。乡亲们在芒种忙种的时候，也不忘总结时令谚语，诸如"端阳好插秧，家家谷满仓""栽秧割麦两头忙，芒种打火夜插秧""芒种有雨豌豆收，夏至有雨豌豆丢""得不得，麦芒水"等，他们会信手拈来，像唱歌佬句一样在他们嘴里脱口而出。

芒种忙忙割，农家乐启镰。古人对芒种节也是情有独钟，常常在诗词里大肆歌咏和赞美。陆游就赞道："时雨及芒种，四野皆插秧。家家麦饭美，处处菱歌长。"范成大也写道："乙酉甲申雷雨惊，乘除却贺芒种晴。插秧先插蚤籼稻，少忍数旬蒸米成。"

芒种是节气，也是传统，更是文化。芒种生忙而是为了全年的农事不慌不忙，不急不乱，有条不紊地周而复始地进行全年的农事。只有在忙中作乐，在忙中收获，在忙中生智，才是劳动的最高境界。

（2023年3月24日发表于中国作家网）

暴性夏至

俗话说，冬至一场风，夏至一场暴。夏至，就像一位刚直烈性而暴的土家汉子，动不动就会大动干戈，时不时就会暴阳暴热，稍不留神就会暴风骤雨。暴性是土家汉子的天性，犹如山间虎豹，他们做事风风火火，说一不二，即便吃肉喝酒也是习惯性猜拳行令，习惯性吃大坨肉，喝摔碗酒，讲大声话。

夏至东风摇，麦子水中捞。记得小时候，在夏至前后，父亲正在院子里打麦，早上虽然艳阳高照、万里无云，待到中午，突然就乌云密布，大雨倾盆。父亲还未来得及收麦，顷刻间，整个院坝铺满的麦秸麦穗就被暴雨淋湿，打下的麦子甚至被积水冲走。父亲望麦兴叹，一脸愁容，满脸愤怒，本来就很火暴脾气的父亲突然大发雷霆，对着天空大声骂道："狗杂种！格老子的！你早不下迟不下，偏偏在老子晒麦打麦时下个不停！"

其实，在父亲的咒骂声中，在暴雨的哗哗声中，依然传来同村父老乡亲们更为暴性的叫骂声。说来也巧，在乡亲们一阵叫骂声过后，云层渐渐散开，暴雨渐渐止停，太阳更为暴烈地照射下来，还在天边挂起了一道绚丽的彩虹。父亲和乡亲们哭笑不得，虽然余怒未消，但仍手忙脚乱地又开始忙活将麦秸麦穗摊开。

夏至一到，玉米地里的玉米林长势格外喜人，一个星期左右，一人多深的玉米就抽出了天花，挂上了玉米棒子，玉米棒子也渐渐吐出了白色、紫色、红色的玉米须，就如土家青年们长出的一缕缕细软的胡须。父亲和乡亲们会一大早就站在玉米地里，憧憬着当年是一个好年景，畅想着玉米可以归仓满仓。但算路不依算路来，父亲和乡亲们的愿景可能就在一夜之间化为泡影。

即便睡觉前还是满天繁星，明月高悬，待乡亲们一觉醒来，却又变了另一番天地。天黑得看不到一丝亮光，大雨如瀑倾泻而下，大风呼呼地刮着，如同无聊人吹着瘆人的口哨。父亲和乡亲们再也睡不着觉，起来在窗前在阶前来回踱步逡巡，心里被大风刮得一阵收紧，他们担心那些茁壮的玉米林禁不起这般风吹雨打。

果不其然，清晨天又放晴了，依然是晴空万里，但玉米地却是一片惨状惨样。茁壮的玉米林不是被大风直接刮断，就是被大风刮得一片倒伏，看着就让人心疼和揪心。父亲站在玉米地前，一脸沉默，急速地抽着旱烟，烟圈在他苍白的头发间缭绕着，与晴空万里下的夏日美景极不对称，极不和谐。父亲不再叫骂，父亲不再愤怒，他得如华佗一般迅速为这些受伤的玉米林进行抢救拯救。

父亲找来背杈，寻来麻线，只要见着有一丝生的希望，父亲就会将玉米秆小心翼翼扶起来，三棵一靠，五株一抱，用麻线将玉米捆绑起来，让它们在即将面临死亡时抱团成活。玉米林看似脆弱，其实也如倔强的乡亲们，只要有一线生的希望，它们就会彼此借力彼此依靠，相互携持地活下去，即便扭曲着身子，也依然要抽出最美的天花，挂上最茁壮的玉米棒子。

夏至插秧也是乡亲们最为乐意做的趣事。即便在暴雨暴风的日子里，乡亲们也不顾一切，依然戴着斗笠，披着蓑衣，甚至简单地裹一块尼龙纸，迎着暴风暴雨弯腰插着植着。他们每后退一步，他们的前方就会绽放一片新绿，散射一片美景。晚上精疲力竭地躺在床上，听着夏至蛙鸣，乡亲们就渐渐进入"稻花香里说丰年"的梦境。

日长长到夏至，日短短到冬至。夏至里，是日长最为长的时节，意味着天亮得最早，夜晚来得最迟。乡亲们正好抢着在这一年中时间最长的时节里，耕耘着土地，伺候着庄稼，收获着喜悦。不到冬至不寒，不到夏至不热。夏至前后也是最热的时候，乡亲们干农活可谓顶着酷暑，即便大汗淋漓，即使身上晒死了一层皮，即使晒得如非洲的黑汉子，家里的媳妇都俏皮地称他们为黑汉子、大黑牛、非洲人，但他们都呵呵一笑，欣然接受着。

夏至也依然有3候，一候鹿角解，二候蝉始鸣，三候半夏生，意味着夏至一到，代表阳性的鹿角开始脱落，雄性的知了开始鼓翼而鸣，喜阴的药草半夏开始出现，而阳性的生物就逐渐衰退了。村里的大姑娘小媳妇也如物候动物，她们开始摇着蒲扇，开始涂脂抹粉，最大限度地散热止痒。

冬至饺子夏至面。为抵御酷暑，每当乡亲们从地里干活回家，家里的老伴儿、老婆子、小媳妇早已为他们准备好了一缸凉茶，和一大碗香气四溢的凉面。村里的女人都是做凉面的高手，即便简单的食材和素材，在她们灵巧的手里捣鼓几下，就会变成既入口又入胃的美食，和匠心独具的杰作。桌边还伴有凉拌黄瓜，清炒苦瓜，腌制白菜……一道道简单的菜肴，既让男人们开胃，更让辛劳的男人们开心。

东边日出西边雨，道是无晴却有晴。虽然夏至有些粗犷暴性，但在暴性的夏至里，也凸生着许多温馨温情，就如土家汉子一旦温情起来，就好像缠绵的柳树条和温顺的小羊羔。

（2023年3月24日发表于中国作家网）

立秋的声音

古人云，天云收夏色，木叶动秋声。一转眼，又到了一年一度立秋的日子。立秋，是秋季的第一个节气，也是"四立"的第三个节气，是万物生长繁茂到萧瑟成熟的时节，是进入秋季的起点。

立秋，一个很霸气很男人的节气。立者，建立树立挺立也；秋者，火一样的禾苗也，意味着金黄、成熟和收获。立秋，俨然一个挺拔魁梧的山里汉子，站在田间地头，挥手示意他脚下的泥土，已迈入成熟和收获。从理论上说，立秋过后，就表明夏天的脚步渐行渐远，夏天的风光到了尽头，但事实并非如此。

气候仍然氤氲在夏天的浓厚氛围里，气温依然高达 37 度，让人热得烦躁不安。不管你动与不动，不管你处在室内还是室外，依然是大汗淋漓，挥汗如雨，汗流浃背。这与人们对立秋前期的预判和期盼大相径庭，都不由自主地感叹，秋老虎来了。因为立秋处在中伏之中，哪有不热的道理，还有二十四个秋老虎等着呢。倘不如此，那地里未成熟的庄稼又怎能成熟变得金黄？

但立秋的声音还是能清晰听见的。春之草，夏之花，秋之叶，冬之雪。正如青草萌发是春天的声音一样，落叶便是立秋的声音，正所谓一叶而知秋。只要一踏入立秋的门槛，树叶就会渐渐脱离母体悄然落下，就如羽毛丰满的鸟儿脱离母亲独自翱翔一样，也如成熟的子女离开父母独自出去闯荡一样。梧桐叶是最能感知立秋的气息的，第一片梧桐叶已在枝头变成了一抹黄色，那渴盼脱离梧桐树的声音正在叶片间充分酝酿。

古人造字的时候，肯定费尽了不少心思，与"秋"字有关的字就不胜枚举，表达着人们对立秋后的各种感知感觉。如一叶知秋是为"楸"，眼里看秋是为"瞅"，嘴里尝秋是为"啾"，心里感秋是为"愁"。

古人最讲究立秋的仪式感。在立秋之时，周代天子会亲自率文武百官到西郊设坛迎秋，并下令武将开始操练士兵。在汉代，文武百官都要换上皂领白衣，在西郊迎秋，仪式结束后再换绛色朝服，直到立冬。宋朝太史官会守在宫中的梧桐树下，等微风吹来，一两片梧桐叶随风落下，那朗朗的"秋来了，秋来了……"的传报声传颂着天下。古人都相信，立秋日戴楸叶，可保一秋太太平平。

立秋过后，人们眼里瞅的满是秋色，他们目光所及之处，草木绿中带黄，月光渐白，云雾浩渺，正是一年最为惬意最为怡爽的日子。立秋与立春、立夏一样，也有3种物候声音，那便是凉风至、白露降、寒蝉鸣。

立秋之初，虽然还酷暑难耐，但吹过的风，顿生了一丝凉意，让你倍感舒服。立秋之后，昼夜温差逐渐变大，清晨时分，大地都笼罩着一层薄薄的雾气，集聚在草尖上、树叶上、花瓣上，甚是惹人喜爱。蝉虫也是感知秋天最敏感的动物，它会最先感阴而鸣，昭示夏天早已离去。

汪曾祺说，秋风一起，胃口大开，想吃点好吃的。事实的确如此，受炎炎夏日的影响，人们每每困乏，食欲大减，有的胖子也因此而消瘦了。但秋风一至，人们无所不用其极地体验着一个"啾"字，他们吃瓜咬秋，品尝秋桃，啃食嫩玉米棒子，吃点烤肉，喝点小酒，想把夏天失去的那点肉膘补回来。

小时候，没有什么好吃的。秋天一到，母亲也会想尽一切办法做点开胃的饭菜，让孩子们增膘恢复体重，母亲笑嘻嘻地说，给娃娃们贴点秋膘。比如做点嫩玉米苞谷粑，烧点番茄叶合渣汤，蒸食一点腊肉粉蒸肉，炖点新鲜排骨汤等等。等孩子们吃过一段时间以后，母亲会借来大秤，一一为孩子们称量体重。只要孩子们增膘了，母亲就会喜上眉梢。

鸟儿虽然不是吃秋，但它们也会对秋的到来感到异常兴奋，它们会汇聚在山林，跳跃在树梢，啾啾地鸣叫着，争先恐后喊出第一声对秋天的问候。就如孩子们吃上秋天里第一口美食，那种兴奋和幸福总是洋溢在脸上。

民间迎秋也是有很多讲究的，其中晒秋就被称为最美的中国符号之一。小时候，一到秋天，母亲会将红辣椒、黄玉米、土豆片、干盐菜等农作物或是农作物产品，晾晒在房前屋后或是院子里，力所能及地将那栋儒雅的老屋装点成一片火红、一片金黄。母亲和乡亲们用晒秋这种最为朴实、最为简单的行为和方式，演绎和诠释着秋天的收获。

纳兰容若说，夜雨做成秋，恰上心头。这便应了"秋在心头便是愁"那句话了。立秋的夜里，你不妨倚在门槛，站在廊下，穿过树林，遥望月亮，仰望星河，让月光和星光轻轻爬上你的肩头，略过你的心扉，让你感受一下秋的脉搏和秋的声音。这一刻，你才觉得闲情逸致，因为月在门前，秋早已上了心头。

（2023年3月24日发表于中国作家网）

秋老虎

秋老虎，并非是一只威震山岗、人见人怕的动物之王山中老虎，它只是一个气象学上的名词。在气象学上，秋老虎是指三伏出伏以后，短期回热后的 35 度以上的天气，一般发生在 8 月至 9 月之间。秋老虎的天气特征一般表现在早晚清凉，而午后高温暴晒。

根据乡亲们历年的经验，如果在立秋当天没有下雨，那么立秋后的 24 天里会同样酷暑难耐，乡亲们就把这 24 天称之为 24 只秋老虎。相反，如果立秋当天下了雨，即便是小雨，气温就会逐渐下降变凉，乡亲们称之为顺秋。所谓一场秋雨一场寒，意味着顺秋后的天气就会变得越来越凉爽怡人。

为何人们将立秋后的炎热天气称之为秋老虎，言下之意在于，立秋后的炎热天气俨然老虎一样凶猛，一样令人惧怕。有人写诗这样描写秋老虎的霸道，"天无云彩地无风，酷暑高温日日同。生态失衡节令乱，清蒸烧烤有无终？""秋后一般日渐凉，焉知余热逞凶狂。鸡雏无奈藏荫下，猪崽难熬卧水塘。"这不得不说，秋老虎是天气中的猛虎凶虎，让人和动物都望而生畏。

乡亲们都是盼望顺秋后的凉爽怡人的天气的，但今年的秋老虎却异常厉害，它不仅午后高温暴晒，就连早晚也如火烧火燎一般，丝毫没有清凉一下的意思，平均每天的气温都在 37 度以上，最高达 40 多度，让人感到烦躁不安，难受不已。即便清晨起床，也是伴着风扇的热风而起，否则你的床单上就会湿漉漉、汗涔涔一大片，就像画的一块不规则的世界地图。

无论你走到哪里，都没有一丝风，更不用说凉风了，好像处于汗蒸的场所一般，稍不留神，你的全身就会大汗淋漓，即便你揪着汗衫去擦额头和满脸的汗水，也无济于事。额头和脸庞就像穿孔的水管，汗水总是迫不及待地向外冒出，向外涌出。

清晨的鸟儿都少了很多欢快和啁鸣，懒洋洋地躲在树荫里、疏影里栖息，它们不敢冒出来，它们不敢跳出来，它们力所能及地张着嘴巴，想呼吸一口树林里的新鲜空气和温润湿气，但都得不偿失，难以如愿，它们吸进口中的依然是高温，依然是火苗，依然是酷热。突然，一只云雀啪的一声从树梢上摔了下来，气息奄奄，想必这只云雀是中暑了吧。

一般的秋蝉为迎候金秋的到来，都会唱得欢，叫得欢，鸣得欢，不厌其烦地唱着它们一生不老的序曲。但今年的秋蝉却慵懒了许多，打蔫了许多，早已没有了歌唱家的气概和高调。它们的声音嘶哑了，它们的曲调低沉了，即便整个晌午，它们也懒得发出一声最悦耳最动听的歌声。

街道上，洒水工人正在为绿化带洒着水、灌着水。绿化带里的泥土被阳光暴晒得呈现出惨白色，裂开了一道道手指宽的缝隙，就像张着的一张张等待饮水的大嘴巴。绿化带里的树木、花草都焦渴得裂开了嘴唇，身子都逐渐干枯了萎缩了，好像再不及时止渴，这些花草和树木就会即刻殒命。

天空晴空万里，即便飘着几块稀疏的云朵，也似即将点燃的棉花一般，冒着火星，散着青烟。太阳火辣辣的，就像火棍抽打在人的身上，你根本不敢抬眼打望日光，稍不注意，你的眼球就会被日光灼伤。风雨桥上的青砖黛瓦，也闪耀着光晕，似乎放上一张白纸就能立刻点燃一样。

河道里，虽然河水依然潺潺流动，但你将手伸进去，将脚踏进去，感受的不是河水的冰凉，却是河水的滚烫。如若你将生鸡蛋放进这河水里，定能将生鸡蛋煮熟蒸熟。在深水的河道里，大人带着小孩，穿着黄色的救生衣，如饥似渴地消受着这深水的清凉。即便肚子饿得咕咕直叫，孩子们也不愿起身露出水外。为躲避秋老虎，很多一身洁白肌肤的孩子，都在河水里晒成了黝黑的非洲人。

高温持续伏魔长，田野生烟树叶黄。乡下的秋老虎似乎更胜一筹，相比城里的秋老虎，真的是青出于蓝而胜于蓝。你看，初秋的玉米虽然还未到收获的季节，但玉米棒子早已干枯得耷拉在秸秆上，撕开玉米壳叶，里面的玉米并不饱满，而是露出瘦瘦的身姿，犹如老人干瘪的嘴唇。玉米秸秆和玉米叶也如干柴一般，及早地步入了耄耋之年和垂暮之年，像一个个弱不禁风的老者。

稻田里也少了"听取蛙声一片"的景象，和"稻花香里说丰年"的喜悦，即将拔节孕穗的水稻少了很多生气和生机，有气无力地吮吸着泥土里仅存的一点水分。稻农们看着这些生死边缘挣扎的水稻，犹如看着在病床上与病魔抗争的孩子，既疼惜怜惜，却又无能为力。

乡下的李子树桃子树梨子树，也早熟了几个时日，将成千上万的果子过早呈现给了人们。但当人们迫不及待地品尝时，这些果子却少了往日的清甜和清脆，却夹杂着些许苦涩和青涩。只有将这些果子洗净放进冰箱一些时日，它们才会慢慢散发出原有的那种独特味道。

走进乡下，即使再凶猛的恶狗，也吐着舌头躺平在树荫下，不想对陌生人狂吠一声，最多抬头瞄上一眼，继而又低头沉睡了。猪栏里的肥猪也是平躺在地板上，一边气喘吁吁喘着粗气，一边吸纳着地板里的凉气，即便主人倒着一瓢美食，它们也懒得动弹一下。猫更不用说，整日跟着主人蜷缩在电风扇旁，呼呼地睡着懒觉。鸡们也少了很多嬉戏打闹，也是成群结队地躲在阴凉处避暑纳凉。

乡下的院子里，晒满了初秋的第一分收获。乡亲们再也不用担心干洋芋片和干洋芋果晒不干而烂掉，也不用担心红辣椒和南瓜片没有及时收进屋被雨淋湿而坏掉。因为他们一查天气预报，还有一个多星期也没有秋雨呢。今年秋老虎的生命力咋就这么强呢？我多么希望"风蒲猎猎小池塘，过雨荷花满院香，沉李浮瓜冰雪凉"的清爽日子早日到来。

（2022 年 8 月 30 日发表于《恩施日报》，2022 年 12 月 15 日发表于《贡水文澜》总第 50 期）

处暑暑未出

　　人们焦急渴盼地等待着处暑时节的到来，本以为处暑时节一到，暑气就会自然消退消亡，但事实并非如此。从清晨到黄昏，从黄昏到深夜，从深夜到凌晨，人们依然时刻处在巨大的不透气的烤炉和蒸笼之中，让人坐立不安，心烦气躁。稍不留神，你就会有被烤炉烤焦、被蒸笼蒸熟的危险。

　　按字面理解和人们内心期盼，所谓处暑就意味着出暑，炎热的酷暑会即将结束。时至处暑，太阳的直射点会继续南移，太阳辐射会逐渐减弱，副热带高压会向南撤退，气温会逐渐下降，暑气会渐次消亡。但老天并不按常理出牌，依旧耍着大牌明星任性的脾气，将最热烈的激情，最火热的热吻，呈现给烦躁不安的人们。

　　古人将处暑分为3候，一候鹰乃祭鸟，二候天地始肃，三候禾乃登。言下之意，处暑节气中，老鹰开始伺机而动，大量捕猎鸟类为食；天地间的万物被秋风一吹，开始枯萎凋零，变成一片萧瑟；田间的黍、稷、稻、粱等农作物，也会结籽灌浆低垂，开始成熟收割。

　　但今年的处暑却与往年不一样，老鹰依然懒洋洋地躲避着热浪，对鸟类丝毫没有捕猎的兴趣和欲望；万物依然碧绿葱绿一片，并没有枯萎凋零萧瑟的意思；黍、稷、稻、粱类等农作物，却因缺少雨水而变得干瘪，难以灌浆成熟。稻田早已干出了裂口，水稻干枯了半个身子，似乎遇火就能燃烧起来。物候打破了惯例和常规，显得极其异常而诡异。

空调市场的买卖也是空前的好，即便你提前一个星期预购，也总是等不到安装的那一天。你只能煎熬地耐心地等待着，渴盼着，冥想着。顾客总是在大汗淋漓的无奈中埋怨商家，嗔怪商家生意好了就不讲诚信，不讲信誉。其实不然，而是那些安装师傅忙不过来。睡在空调房里，我总是在暗自庆幸，庆幸自己有先知先觉的能力。刚一进入初夏，我就毫不犹豫提前给家里安装了 4 台空调。

虽然安装时有点心疼钱的感觉，但面对酷热的夏天和漫长的秋老虎，心态就变成了另外一种心境，只觉得那点钱算不了什么。如果心疼电费，室内温度降低变凉后，你就会情不自禁将空调关掉。但过不了几分钟，室内温度就会陡增，额头、脸部甚至头发间，都开始渗出汗珠，继而会大颗大颗冒出来，渐渐从脸颊边流淌下来。

殊不知，后背的衣衫早已湿漉漉的，紧紧地贴在了后背。你稍稍将后面的衣服向上撂起，后背的汗珠就会立马滚落下来。手臂搭在桌子上翻书，等你再次将手臂抬起时，桌面上早已留下了一大摊汗水，就连书纸也洇湿了一大片。从沙发上站起身来，臀部也明显感到湿濡濡的，黏糊糊的，裤管裹在腿上也总是难以下垂。整个全身就像无数管涌，到处冒着水泡，到处浸着水珠。如果你不及时喝水补充水分，你定会脱水中暑。

走出室外，简直就是一种煎熬和"烤"验。头顶的太阳似乎有九个，个个光芒四射，万丈火光，三百六十度无死角，烤得你头皮发麻，晕眩地转。你如果不穿防晒衣，过不了半个钟头，你的皮肤就会红彤彤一片，像要被烤熟的感觉。再过两三天，你的皮肤就会死掉脱落一层。如果你小心翼翼地去撕扯，你就会撕下一大片薄如蝉翼的白色皮肤。这时看你的臂膀和后背，就像被开水烫过一般。

院子里，家家户户趁着太阳晾晒着陈苞谷烂谷子，新收后的农家也会将丰收的喜悦晒在场坝里，晒在烈日里。那些陈苞谷烂谷子，以及那些新收的农作物，也是经不起太阳暴晒的。过去要经过十天半月才能晒干进仓，但今年晒过两三天，这些粮食里就没有了一点水分，干硬得如铁块青石一般。

更有甚者，那些黄澄澄的玉米，那些金灿灿的稻谷，丝毫不用进入爆米机用烈火烘烤，在水泥地板的烘烤下，噼噼啪啪直接炸出了爆米花。孩子们兴奋至极，迫不及待地跑出去顶着烈日，捡着爆米花就吃，嘴里还不停地吵闹道："好香！好吃！"大人生怕孩子们吃着这种高温下的爆米花对身体不好，虽然极力呵斥和劝阻，但也无济于事。等太阳落下山去，大人便将爆米花隔离出来，用真空袋子装着，等爆米花热气散去，再拿出来食用。

老农光着脊背，裸露着胸脯，穿着一条宽松的短裤，戴着一顶破旧的草帽，趿着一双破损的拖鞋，在烈日里暴走。乡下的柏油马路像一条条滚烫而弯曲的烙铁，如果赤脚踏上去，脚底定会起泡，疼得你哇哇大叫。老农自恃皮厚骨硬，没在乎头上的烈日和脚下的高温，依然悠闲地在柏油马路上行走着。

在途中遇见乡亲，情不自禁停下脚步闲聊了一会儿，等他再次抬脚向前行走时，他的拖鞋再也提不起来了，因为他的拖鞋鞋底早已融化，紧紧地粘贴在了水泥地板上。老农也并不气恼，而是诙谐地学着抖音里的台词打趣道："来时还好好的，怎么就回不去了！"说完，一阵哈哈大笑，在两手的助力下，才将拖鞋拔离地面，继续向前行走着。等他回到家时，拖鞋早已融化不成样子。

以往的辣椒，乡亲们都是等着辣椒老红后，才从树上一个个摘回家去，用线索穿着挂在檐前晾晒，将农家院子装扮得红红火火的，精精神神的。但今年，乡亲们少了很多烦琐的程序，节省了很多劳力，他们可以直接从辣椒树上采摘干好的红椒，拿到集市上去贩卖，而且这种在树上晒红晒干的红椒，大小均匀，颜色一致，更受城里人喜爱。

　　老赵乡下的房子，依然是青砖绿瓦的吊脚楼，虽然在城里带孙子，但也时不时回到乡下打理一下房子。老赵的房子后面有一棵巨大的拐脚树，常年房顶上落叶不断。等儿子儿媳休假时，老赵才有空回家清扫一下房屋。在处暑前夕，老赵逢儿子儿媳州庆假日回家，当他赶到家时，房顶的树叶在青瓦高温的烘烤下，自燃了起来，顿时浓烟滚滚，火光冲天，吓得老赵一阵焦虑不安。

　　好在在乡亲们的帮助下，大伙七手八脚用水管将火浇灭，才避免了一场大的灾难。老赵好一阵后怕，忙搭上木梯，用竹扫帚将房顶上的树叶全部清扫干净，并将拐脚树靠近房屋的树枝全部砍掉。

　　一到傍晚，县城里的人们都会不约而同溜达到凌波桥、文澜桥上纳凉，有的干脆穿着救生衣跳到河里游泳泡澡。天还未黑下来，凌波桥和文澜桥上早已密密麻麻坐满了人，挤满了人，他们也不顾石墩和条石的高温，先下手为强，抢占一个有利位置就坐下。整个贡水河沿河两岸，都是散步的人，纳凉的人，但老天并不眷顾他们，依旧紧封着口袋，吹不出一丝河风，吹不出一丝凉风，依旧散发的是一股股热浪。

　　在人们的喜好里，总认为阳光明媚、万里无云最好，但直到经历过这么一场漫长的酷暑之后，才真正懂得和明白一个道理，有时阴晴不定和大雨滂沱，未尝不是一种奢侈和幸福。但愿酷暑及早消退，凉爽早日到来。

诗意冬韵

　　冬，终也，四时尽也，一年四季之中的老幺老妹。立冬，与立春、立夏、立秋并称"四立"，分别表明一个季节的开始。如果将一年看成花朵从孕育，到绽放，到盛开，到枯萎，到凋零的一生，那么冬天就是花朵凋零凋谢的季节。

　　同样，如果将一年看成粮食从春耕、到夏耘、到秋收、到冬藏的一个漫长历程，那么冬天就无疑是归仓收藏的季节。这个季节，是收官丰收的季节，是人生圆满的季节，同样也是垂暮夕照的季节。

　　与立春、立夏、立秋一样，立冬也有它的"三候"。一曰"水始冰"，意为此时天还不算冷，冰还很薄，人不能正常在上面行走，只能"如履薄冰"般小心翼翼，就如范成大所言，"坐听一篙珠玉碎，不知湖面已成冰。"尽管只是竹篙拨碎薄冰的声音，却听起来如玉碎一般浪漫惬意。

　　二曰"地始冻"，意为中原大地开始受冻，尽管宋朝宋度宗昏庸荒淫，将偏安一隅的南宋送上了穷途末路，但他仍写出了"履霜知地冻，赏雪念民寒"的忧国忧民的诗句，这不得不说是一个极大的笑话，也说明宋度宗是一个言行不一、说做不一的糊涂皇帝。

　　三曰"雉入大水为蜃"，意为野鸡和蛤蜊的花纹相似，古人认为野鸡入水中就转变成了蛤蜊。尽管二者物种不尽相同，但古人能这么认为，一定有它不可名状、不可言说的逻辑。所以，李白

45

在《渡荆门送别》中说："月下飞天镜，云生结海楼。"白居易在《长恨歌》中也说："忽闻海上有仙山，山在虚无缥缈间。"古人写这种亦真亦幻、似真似假的感觉，或许就是写的海市蜃楼。

今年的冬季似乎来得特别迟，尽管已立冬多日，也已过小雪节气，但气温却没有明显下降，在暖阳高照的时候，仍高达20多度，可谓冬季暖阳，这是上天对大地的恩赐和赐予，因为最温暖人心的莫过于冬天的阳光。冬天的暖阳，如雪中送炭，如暗室逢灯，如绝渡逢舟。

"杲杲冬日出，照我屋南隅。负暄闭目坐，和气生肌肤。"白居易就习惯在冬日下，在屋南一角，闭目而坐，在日光里迷醉沉醉，不仅缓和了急躁焦虑，抚平了褶皱沟纹，还治愈了不平心灵，达到了"旷然忘所在，心与虚空俱"的忘我境界。如果也学学白居易，搬一把木椅坐在冬日的暖阳里，品一杯茶，看一本书，吟一首诗，那将是多么惬意舒心的事。

"冉冉晨雾重，晖晖冬日微。草黄迷犊卧，水白见鸥飞。"宋朝的晁公溯更是童心未泯，钟情于在雾气弥漫的早晨，在暖洋洋的冬日里，看牛犊躺在金黄色的草丛里，看水鸟飞翔在白气腾腾的水面上，但此时总忘不了对妻子儿女的思念，发出"妻孥属长至，遥想望吾归"的感叹。

至此，也不禁想起母亲在世时，也常在冬日的暖阳里，坐在院子中挑针引线缝缝补补时的情景。她那花白的头发，在冬日的暖阳下，泛着银色的光芒。也想起外婆在世时蹒跚着脚步，拿着响篙在冬日暖阳的院子里，不时追赶鸡鸭时的情景。那些逝去的时光，如冬日的暖阳再次沐浴心头，不禁让人一番悸动，也让人一番感动。

无可厚非，雪是冬季的宠儿，也是文人墨客笔下永恒的主题。冬天离开了雪似乎很难称之为冬天，就如春天离开了花也谈不上是春天一样。在我居住的小城里，尽管还没有落下第一场雪，哪怕是飘下第一朵雪花，但我很是向往雪花的到来，我憧憬着"终南阴岭秀，积雪浮云端"的那种壮观场面和美好意境，也希望有"柴门闻犬吠，风雪夜归人"那种刻骨的羁旅乡愁。

"最爱东山晴后雪，软红光里涌银山。"尽管杨万里在冬日天寒时，夕阳西下来到户外，看到东山晴后的雪景，不禁一阵惊喜，顿觉是软红的光芒里涌来的一座银山，但瞬间诗人却顿悟了，眼前的雪景再好也只有看的份，发出了"却愁宜看不宜登"的无奈。苏轼却不一样，看见江上大雪纷飞，却想到的是"瑞雪兆丰年"，明年麦子定能丰收，百姓定能吃饱，吟出"万顷风涛不记苏，雪晴江上麦千车。但令人饱我愁无。"的美好愿景。

梅花是冬雪里最傲的风骨，就如"大雪压青松，青松挺且直"的青松一样，不畏严寒严冬，依然开得盛艳，开得惊艳，开得烈艳，早盖过了雪花的气势和风头。宋朝诗人卢梅坡就将雪花和梅花作个比较、分个高下，"梅须逊雪三分白，雪却输梅一段香。"言下之意，雪花和梅花各有千秋，平分秋色，不分上下。

李煜也常将雪花和梅花一起描写，"砌下落梅如雪乱，拂了一身还满"，道出了词人"离恨恰如春草，更行更远还生"的离恨情感和别离之苦。无独有偶，北宋诗人刘著也用"江南几度梅花发，人在天涯鬓已斑"，道出了对故国家园的深切怀念。

冬天的寒冬日的冷，大多是因为冬风引起的，因为人们对风的感知是最为明显的，正如李欣所吟的"行人与我玩幽境，北风切切吹衣冷"。伴随着冬风的当然是冬雨，冬雨在冬风的韵脚里加了一股劲，助了一把威，让冬的寒意更浓，让冬的萧瑟更深，俨然苏轼写的"细雨斜风作晓寒，淡烟疏柳媚晴滩"。如果冬风袭来、冬雨到来，你就不要忘记添衣添被，让风寒侵蚀你的肌肤和身骨。

"荷尽已无擎雨盖，菊残犹有傲霜枝。一年好景君须记，最是橙黄橘绿时。"每个季节都有每个季节的代表物种，比如春桃、夏荷、秋菊和冬梅，但苏轼却一反常态，在《冬景》里跳过冬梅写橙橘，让人耳目一新，倍觉橙黄、橘绿最惹眼、最亮眼。显而易见，在那个年代，苏轼在寒冬里还能吃到橙橘也是幸福满满。

诗意冬韵，韵味十足，意犹未尽，逸韵高致。

（2023年3月25日发表于中国作家网）

落叶之美

当人们感知秋的来临，是从第一片落叶开始的。所谓"见一叶落而知岁之将暮"，指的就是那片随风纷纷而舞的落叶。叶子经过春天的萌发，夏天的滋长，到秋天注定是要枯黄凋落的，因为这是叶子的天命，是叶子的归宿，也是叶子的生命周期。

叶子就如一朵鲜花，从打苞到盛开再到凋零，最终"零落成泥碾作尘"，有的还"化作春泥更护花"，该是多么的壮美而凄美。鲜花的凋零，意味着果实将缀满枝头；树叶的凋落，意味着满树硕果累累。

泰戈尔说，生如夏花之绚烂，死如秋叶之静美。尽管鲜花在夏天绚烂无比、灿烂无常，但在秋后都会如秋叶一样安静静谧地离去，留给大地一份无限宁静肃穆之美。萧瑟的冬日，在裸露的树干下一地黄叶，一地秋声，一地冬韵，如躺着的凡间的纯净美人。这种美，渗透到了大地，浸入到了岩缝，沉入到了寒武纪。

在乡下，目睹光秃秃的柿树上挂满金黄色的柿子时，你还以为柿树上挂满了一只只金黄色的小灯笼。菜园地里，即便寒冬季节，辣椒树叶子虽然落满一地，但红彤彤的辣椒始终粘在辣椒树上不离不弃。山间里，火棘树叶子不畏严寒，尽管火红的火棘果意欲炸裂，但火棘叶仍在寒风里闪耀着青绿的光芒。

春天里，叶子从一片一片开始，渐渐将一棵光秃秃的树干装扮得光鲜而绿意盎然；但到了秋天，叶子又从一片一片开始，将光鲜绿意的树盖树伞剥落成了光秃秃的树干树丫。这一个不经意的轮回，让这棵树长大了一岁，长高了一截，长粗了一圈。同时，树也向土地深深扎深了一层，稳固了一层。

一个新的年轮，悄悄嵌进了树的骨髓，也深深嵌进了树的生命。这个年轮，就如一个小小的光环，那一圈圈的年轮，仿佛就是戴在树脖子上的一块块奖牌，时时见证着树的荣辱，也伴随着树的沧桑。树荣叶荣，树损叶损。只要那棵树被虫噬生病，整个树叶就会泱泱而黄。如若树干茁壮成长，树叶必会枝繁叶茂。

在大山深处，在崇山峻岭，不管你见到的是参天大树，还是歪脖子老树，但凡树还活着，这棵树必定枝多丫多叶多，以叶的姿态绽放着树的飒飒英姿。在老家的小溪边，就有一棵年过百年的老泡桐树，尽管树干已老态龙钟，高耸云端，但一到春夏之交，这棵泡桐树不仅像一顶巨大的雨伞，呵护着全村老小，就连散发的一朵朵泡桐花香，也弥漫了整个山山岭岭和村村寨寨。

一到冬天，泡桐树下的落叶足有一尺多厚，就像铺垫的软软的茸茸的厚厚的地毯。孩子们躺在落叶上，欣赏着从天而降的落叶，就如欣赏凌空而舞的舞娘。落叶在半空中，时高时低，时飘时旋，时快时慢，时而疾冲而下，时而舒缓慢摇，时而如嫦娥舞袖，时而如动兔奔驰，让孩子们看得如痴如醉，如梦如幻。

仰望大树，如"高山仰止，景行行止"，如仰慕山道高僧，如仰止高寿老人。泡桐树自然散发的那种魅力，那种温暖，俨然冬日暖阳。有道是，大树底下好乘凉。躺在泡桐树下，不仅能得到泡桐树的庇护庇佑，还能得到泡桐树的庇荫赐荫，那种安全感和幸福感油然而生。犹如小时候，躺在母亲的怀抱，那种安全感和幸福感就会与生俱来。

人，就如一片叶子，从呱呱坠地到归于尘土，也是经历了一个短暂而又漫长的生命周期。每个人对应的叶子不尽相同，有人对应

50

的叶子绚烂而色彩，有人对应的叶子枯黄而单一。有的人生命周期虽然短暂，但很出彩很精彩；但有的人生命周期虽然漫长，却很糟糕糟粕。

对于叶子的凋落，我是带着赞赏和欣赏的视角和角度去观赏的，甚至是一种仰视和仰慕。观看一片落叶，就如观看一颗长空里刹那间坠落的流星。流星划过，不曾给星空留下痕迹，但叶子飘落，却给树干留下了深深的眷念。

当一片叶子在西风的吹皱下，开始变红、变黄、变干、变枯，最后凋落，这是一个艰难的炼狱过程，也是一个艰难的抉择过程。就如一块好钢，要经过在烈火中"九九一十八难"般的炼狱，才能锻造出它最完美的成色和最深厚的底色。

在我居住的县城浪漫宣恩，最先落下的当数街道上那一片巨大的梧桐叶。"梧桐树，三更雨，不道离情正苦。一叶叶，一声声，空阶滴到明。"几阵秋雨过后，几阵秋风过后，大街小巷渐渐被褐黄色的梧桐叶所覆盖，成为街道里那一道最靓丽的风景。漫天飞舞的落叶，有的独舞独步，有的结伴而飞，有的成群乱窜，可谓壮观不已。一进入街巷，你就徜徉在落叶的意境里，让你有一种吟诗作画的欲望。

寂历秋风晚，闲庭落叶深。老家的院子里，是有很多树木的。一到秋后，既庭院深深，又落叶深深。既有松树毛针，又有花栗树叶，还有水杉树刺。这些落叶干枯后，静静地躺在院子里。母亲对这些落叶是比较钟情的，她舍不得丢弃丢掉，总是用篾制或铁制的笆子收归拢来，作为灶间引火的好燃料。在这些落叶燃烧时噼噼啪啪的响声中，母亲手里的美味美食就应运而生了。

你不难想象，在落叶纷飞的秋日送别该是怎样的场景？"昂头问客几时归，客道秋风落叶飞。"苏轼就曾经体验过这种离别情绪，在追问客人何时再归来时，客人爽快地答道，只有等到来年秋

51

风起、叶落时。如果来年秋风起、落叶时不见故人再来，该是多么的失望和失意？

　　手持把玩一片落叶，你既能目睹到落叶的色泽之静美，又能感知到落叶的内涵之质美，还能嗅闻到落叶的芳香之味美。一片落叶，美得惊魂，美得妖娆，美得惊诧！

　　　　　　　　　　　（2023年3月21日发表于中国作家网）

大雪之美

半个多月前，小雪如山间的小老太，踩着零碎的蹒跚步子，只来到海拔比较高的高山或二高山，悠闲地闲逛打卡了一下，就忍不住停下了脚步。山下的孩子们，眼巴巴地盼望着雪的到来，但最终却只能在抖音里，隔着屏幕与雪来一次相见恨晚的邂逅。儿子就多次说要在寒彻的雪天里，堆一次雪人，打一次雪仗，却总不能如愿以偿。

杨万里说，月是小春春未生，节名大雪雪何曾。一晃，今日又慢悠悠晃晃然到了大雪的节气，但清早起来推窗推门一看，也未曾看见半点雪花飘来，相反还太阳朗照，不得不让人又一次怅然若失。冬天之所以称为冬天，就是因为有天使雪花的莅临。只有如古人身处在"窗前横榻拥炉处，门外大雪压屋时"的雪景里，才会满足心中那份对雪的畅想和念想。

大雪，排行冬季节气中的老三，也排行于二十四节气中第二十一位，标志着仲冬的开始，在整个节气中可谓是小兄小弟、小姊小妹了。《月令七十二候集解》说："大雪，十一月节，至此而雪盛也。"意思是说，进入大雪节气，天气会更冷更寒，比小雪节气里更有可能降雪。

与其他节气一样，大雪节气也有 3 个明显的物候特征，一候鹖鴠（hé dàn）不鸣，二候虎始，三候荔挺出。鹖鴠者，寒号鸟也。在大雪前后，因天气极度寒冷，寒号鸟都懒得鸣叫。此时是阴气最盛最旺时期，所谓盛极而衰，阳气已有所萌动，老虎开始有求偶求配行为。荔挺是一种兰草的名称，它感到阳气的萌动亦开始抽出新芽。

对于鹖鴠寒号鸟是不曾见过的，只是孩提时代读小学在课本中见到过。说寒号鸟是一种懒鸟惰鸟，不善垒窝搭窝，总是在大雪来临之后，才临时抱佛脚，发出悲惨后悔的鸣叫声："哆嗦嗦！哆嗦嗦！寒风冻死我，明天就垒窝！"不管怎么鸣叫，寒号鸟就只打雷不下雨，并不开始建巢搭窝。其实，寒号鸟并非真正的鸟类，只是鼯（wú）鼠的一种，学名复齿鼯鼠。由此看来，寒号鸟天生不垒窝搭窝也就理所当然，见怪不怪了。

参加工作后，多年来一直居住在宣恩浪漫小城里，很少与大雪谋面见面，很难见到"千里冰封，万里雪飘"的盛况盛景。大雪对我来说，成了多年未曾见面的故友。即便有时有雪花的到来，也是零星的几片几朵，刚跑向半山腰就偃旗息鼓了，刚停在草尖上就融化了，刚飘在河面上就随波逐流了，似乎没有半点勇气和底气，俨然一个娇羞的小姑娘，半遮半掩，半羞半答，猛一露头抬头，又倏地一下不见了。

乡亲们有句谚语，叫"小雪封地，大雪封河"。我对于大雪的思念和向往，是由来已久的。我既向往北方"望长城内外，惟余莽莽。大河上下，顿失滔滔"的壮观雪景，也憧憬南方"雪花飞舞，漫天银色"的迷人画面。因为在大雪纷飞的日子里，河水都被封冻成冰成凌了，可以随意地滑冰滑雪、打闹嬉戏。

此时，难免想起李白的诗句"燕山雪花大如席，片片吹落轩辕台"，那该是多大的雪多大的场面啊！即便李白是浪漫主义诗人，但如席般的大雪应是浪漫得有点过了头，夸张得有点过了火，酒醉得有些晕了头，要么就是李白家的竹席并不算大，或者只有巴掌般大小，或是拇指般大小。如果真有李白笔下那般的大雪，那该是多么有趣多么惬意的事情，应该是乡下孩子们最无拘无束的时刻。

与其说，小雪是"犹抱琵琶半遮面"羞答答的小姑娘，那么大雪就是"西北望，射天狼"般莽莽撞撞的大汉子。大雪到来之时，从不羞羞答答、犹犹豫豫、遮遮掩掩，总是说一不二说来就来，总是风风火火、恳恳切切、浩浩荡荡，总是大气势、大格局、大气场呈现在人们眼前，没有半点小家子气，没有一点小女人气。

大雪降落，就如山里汉子饮酒，下得痛痛快快，下得酣畅淋漓。小时候，是见过很多次大雪的。我的老家地处大巴山脚下，一到大雪天，大清早推门放眼望去，远处的山峰被白皑皑的大雪覆盖着，封锁着，一片白茫茫朦朦胧胧的景象，那些凹凸起伏的山峦就像银蛇一般飞舞盘旋，腾跃驰骋，可与"山舞银蛇，原驰蜡象"媲美。

近处的田野，也像铺就的一张巨大的白色地毯，看不到一处庄稼和菜苗，将麦苗和青菜捂得严严实实，不留丝毫缝隙。院子边的竹林都压弯了腰，甚至"啪"的一声折断了枝，沉沉地低垂着。低矮的灌木，一树树，一丛丛，一排排，像被石碾碾过一般，紧紧地贴在地面，匍匐在地上。

门前的松树林挂满了银色的松针凌，像一蓬蓬水晶柱吊挂着、簇拥着、集聚着。院子里也是厚厚的积雪，足有一尺多深，小狗不知深浅猛地一扎进去，就顿时没过了头。抬头仰望屋檐，屋檐的瓦沟瓦渠处挂满了长长的、粗粗的凌钩，屋顶再也看不见一片黛瓦，全被白雪笼罩着。即便炊烟四起，房顶的积雪也无动于衷，丝毫没有欲融化的动向和迹象。

千山鸟飞绝，万径人踪灭。大雪天里，飞鸟早已没了踪迹，不知躲到哪里御寒避寒去了。只有土墙房子的墙洞里，还依稀听见几只麻雀和雷公雀的鸣叫声。他们饿极饿坏了，便迫不得已从墙洞里飞下，在院子中寻觅食物。调皮的孩子们，就会扫尽院中一块积雪，撒一把玉米粒或是稻谷粒，用一根"Y"形木棍支撑着篾筛，用细细的长绳远远地拉着。

待麻雀或雷公雀小心翼翼飞进篾筛下，孩子们便以迅雷不及掩耳之势拉下长绳，麻雀或雷公雀便成了孩子们的囊中之物、瓮中之鳖。每当孩子们捕捉到麻雀或雷公雀，就会欢呼雀跃起来，在雪地里奔跑着、跳跃着、嘶喊着。孩子们并没有将捕获的鸟杀死，甚至烹熟美餐一顿，而是把玩一阵，鼓捣一阵，喂点食物，就又依依不舍地放生了。

大雪纷飞的天气里，虽然路断人稀，无人到别人家拜访造访。但母亲雷打不动的一件事情，就是摸索着在雪地里去寻找蔬菜，否则一家人就只能净吃红薯饭、洋芋饭或玉米饭了。母亲在雪地里，深一脚浅一脚试探着走路，生怕一不小心就脚下打滑，或是一脚踩进深坑深洼。好不容易来到菜地里，却不见蔬菜的半点影子。

母亲只好再一次试探着在雪地里抠菜挖菜撅菜，尽管母亲的双手冻得红肿发紫，但母亲依然全然不顾。待篮子里装满了萝卜、白菜、蒜苗、小葱等蔬菜，母亲才会提着沉重的菜篮，再一次深一脚浅一脚慢吞吞地走回家去。等母亲忙完一家人的3顿饭菜，大家就会聚在火炉旁烤着旺火，聊着家常。

冬天进补，开春打虎。补冬也是母亲在冬日里的必修课。母亲常说，三九补一冬，来年无病痛。母亲注重在冬日里，尽可能为孩子们做一些好吃好喝的，让孩子们长肉增膘。母亲还会做青菜粥、南瓜粥、红薯粥、小米粥，也会熬萝卜汤、羊肉汤、狗骨汤，让孩子们吃下喝下御寒驱寒。

"已讶衾枕冷，复见窗户明。夜深知雪重，时闻折竹声。"我多么希望白居易笔下这么唯美的夜雪画面早点到来，也渴望"忽如一夜春风来，千树万树梨花开"的宏大场景，在这个冬天早日实现。

（2023年3月25日发表于中国作家网）

冬至大如年

"十一月中长至夜，三千里外远行人"，是白居易《冬至宿杨梅馆》中的诗句。白居易在冬至这天，虽然"冷枕单床一病身"，但他仍远离家人，远离家乡，远离亲朋，凄然凄凉地独宿在杨梅馆内，猛然间顿感不但身寒体寒，更觉心寒胆寒。白居易擅长"文章合为时而著，歌诗合为事而作"，从这首诗的字里行间无不体现得淋漓尽致。

冬至，二十四节气之一。冬至并非指节气一到，实质性的冬天就到了。冬至的"至"是极致之意，指北半球在冬至这天是"白天最短，夜晚最长"的一天，意味着过了冬至之后，各个地方的气温就急剧下降，进入最寒冷最彻骨的阶段，要经历数九寒天。所以民间有"冷在三九，热在三伏"和"冬练三九，夏练三伏"的说法。其实，等九九之后，离春天到来也就为期不远了。

古人说，阴极之至，阳气始生，日南至，日短之至，日影长之至，故曰"冬至"。冬至，又名日短至、冬节、亚岁、拜冬等。古人对冬至极其重视，曾有"冬至大如年"的说法。在冬至之时，人们有庆贺庆祝的习俗。比如《汉书》中就说："冬至阳气起，君道长，故贺。"《晋书》上也有记载："魏晋冬至日受万国及百僚称贺……其仪亚于正旦。"

人们之所以庆祝庆贺，是因为他们按照冬至特点认为，过了冬至，白昼一天比一天长，阳气回升，是一个节气循环的开始，也是一个黄道吉日，也是一个良辰美日，值得庆贺，应该庆贺。即便到现在，人们在冬至也如过节一般。北方人就有冬至宰羊、吃饺子、吃馄饨，而南方人亦有冬至吃米团、吃长线面的习惯。

宋朝陆游在《辛酉冬至》中就云："家贫轻过节，身老怯增年。毕祭皆扶拜，分盘独早眠。"元朝王丹桂在《春从天上来·冬至日》中也写道："兔走乌奔。竞西没东生，四序潜分。亚岁方迎，万户千门。欢笑共庆良辰。"这说明古人对冬至之节极其看重，极其重视。

冬至亦有3候，一候蚯蚓结、二候麋角解，三候水泉动。因蚯蚓是阴曲阳生之物，冬至时节，阳气虽生，但阴气仍很旺盛，土中的蚯蚓依然蜷缩着身体。小时候，冬至之后，父亲冬耕一方田地，犁出的新土新泥里，无不翻出一条条蜷缩似死的蚯蚓，桐子树上的鸟儿俯冲直下，一口就将蚯蚓叼走了。没有叼着蚯蚓的鸟儿，尾随在父亲和老牛身后，叽叽喳喳地叫个不停。

麋鹿者，四不像动物也，过去认为它角似鹿，头似马，体似驴，蹄似牛，但又不全像以上4种动物中的一种。《诗·小雅·巧言》中说："水边，岸旁，彼何人斯，居河之麋。"麋与鹿虽然同科，但阴阳相异。古人认为麋角向后而生，即为阴。冬至开始阳生，麋感觉阴气渐退，就开始解掉麋角。《说文》中就云："麋冬至其角。"因麋鹿是特有珍稀动物，所以也不可能见到麋鹿解角的奇迹。

同时，冬至阳气初生，此时山中的河水可以随意流动，还带着温热的温度。冬日暖阳下，走进贡水河畔，水声潺潺，发出"叮叮咚咚"或"哗哗哗"的声音，水面平静得如一面镜子，清澈得可以看见水中游弋的鱼儿。

泉水叮咚声，打破了冬至的静穆。100多只白鹭和骨顶鸡在河中嬉戏游玩，啄着小鱼小虾，只要一听见人的响动和响声，便

"嗖"的一声全隐没在水中去了。待响动响声过去，它们又"呼啦"一声全钻出水面，有的嘴里还悠闲地衔着一条鱼儿，呈现出似吞似吐的状态。

有谚语云："十月一，冬至到，家家户户吃水饺。"每年冬至，无论贫穷还是富贵，饺子是人们冬至的节日饭、必修课。据传说，吃饺子的习俗是纪念医圣张仲景冬至舍药布药而留下的，是不忘张仲景"祛寒娇耳汤"之恩，至今南阳民间还有"冬至不端饺子碗，冻掉耳朵没人管"的民谣，老北京也有"冬至馄饨夏至面"的说法。

小时候，乡亲们对冬至的概念虽没有那么深刻，对庆贺冬至的习俗虽没有那么迫切，但外婆却保留着四川的风俗，每年冬至是必须要吃一餐包面的。老家的包面既不像饺子，也不像馄饨，而是手擀面皮，其馅儿采用腊肉、剩饭、洋芋、盐菜、酢辣子、酱豆子、豇豆、辣椒、蒜瓣、洋葱、韭菜、芫荽、薄荷、生姜、盐粉等众多食材剁制而成。待这些食材剁成浆泥，便将包面手工包成耳朵形。

外婆最心疼我，每年擀制冬至包面，她都会将我叫去，不仅让我品尝她擀制的包面，还手把手教我学做擀制包面的手艺。也许是得到外婆的真传，我对擀制老家的包面也是手到擒来，做出的包面也是鲜味可口，妻子和儿子极其青睐，每次都要吃上一大碗。

梁代宗懔所著《荆楚岁时记》记载："俗用冬至日数九九八十一日，为寒尽。"所谓数九寒天，指人们在冬至过后就开始数九，每九日为一个九。小时候，常常听见父母们数着九日歌："一九二九不出手，三九四九冰上走，五九六九沿河看柳，七九河开，八九雁来，九九加一九，犁牛遍地走。"

但南方数九数得更为复杂，更为形象，更为贴切，"冬至是头九，两手藏袖口；二九一十八，口中似吃辣椒；三九二十七，见火亲如蜜；四九三十六，关住房门把炉守；五九四十五，开门寻暖处；六九五十四，杨柳树上发青绦；七九六十三，行人脱衣衫；八九七十二，柳絮满地飞；九九八十一，穿起蓑衣戴斗笠。"将九九之间，人们随着气温的变化而变化的情形，描写得栩栩如生，听后耐人寻味。

据传汉高祖刘邦在冬至之时吃了樊哙煮的狗肉，汉高祖对其味道赞不绝口，在民间也渐渐养成了吃狗肉的习惯。如今，人们不仅喜欢在大冬天吃狗肉，还喜欢吃涮羊肉、烤全羊、烤乳猪等，都想在冬天增加能量，滋补身体，强壮身体，人们称之为补冬。补冬意在补充能量，补充营养，增加体重，增强体质。

古代上流社会在冬至后还会开展消寒活动，即选择一个9日，一些文人、士大夫相约9人一起饮酒，酒席上必定9碟9碗，因九与酒谐音，成桌者用"花九件"席，以取九九消寒之意。即便现在也有一些文人墨客喜欢在冬至过后，选择一个天晴之日，三五文友一起畅游山水，采撷民风，收纳素材，激发灵感，在酒杯相碰之间，吟诗作对，抒发情怀。

杜甫在《至后》中写道："梅花欲开不自觉，棣萼（dì è，比喻兄弟）一别永相望。"冬至已趋步而来，我只希望，冬至过后，梅花渐次开放，那些离别的朋友也能如己所愿复见，来一次地地道道的消寒酒，不再"一别永相忘"。

（2023年3月26日发表于中国作家网）

诗意梅花

时令刚进入大雪不久，就见宋文先生在微信朋友圈晒了几幅梅花盛开的艳丽照片。这些梅花或单朵独放，或两朵一枝，或多朵齐放，让人看了怜惜而艳羡。真想去梅花盛开的现场，去一睹它的芳姿芳容，去感受一下梅园盛大的场面。如若能捧一枝梅花在手，慢慢品读梅花，慢慢感受梅花，那是多么惬意而舒心的事情。

从小读过王安石赞美吟诵梅花的诗句："墙角数枝梅，凌雪独自开。"就知道梅花骨子里天生就富有一种倔强倔傲、刚毅刚强的品行和性格。进入冬季，大地一片闲适恬静，梧桐树裸露着粗壮遒劲的树干，河流晒着光秃秃的河床，芦苇花闪着白茫茫的羽毛，小溪无精打采地淌着水，只有梅花独树一帜，依然傲然地凌雪凌寒而开。

冬天，是离不开风雪的，也是少不了冷寒的。万物在冬天的洗礼下，不得不倦怠、萎缩、凋敝和萧瑟，只有梅花还打起二十分精神，我行我素与冬天抗着衡，与风雪斗着志，与时光赛着跑，与季节拼着劲。不管风雪再大，温度再低，气候再寒，时光再快，季节再强，除了田野的麦苗还绿油油一片，那就属梅花最艳丽、最光彩、最夺目、最耀眼了。

梅，属于蔷薇科杏属植物，别名春梅、千枝梅、红梅和乌梅。梅花居中国十大名花之首，与兰花、竹子和菊花一起列为"四君子"，与松、竹一起并称"岁寒三友"。《书经》中说："若作和羹，尔唯盐梅。"《礼记·内则》中记载："桃诸梅诸卵盐"。《诗经·周南》也云："缥有梅，其实七兮！"据记载，梅花历史悠久，大约有 3000 多年历史。同时，古时梅子代酪作为调味品，是祭祀、烹调和馈赠时不可或缺、不可多得的好东西。

"疏影横斜水清浅，暗香浮动月黄昏"，是北宋诗人林逋《山园小梅》中的诗句。林逋一辈子既不做官，也不娶妻生子，一个人常年在西湖之畔的孤山上种梅养鹤，过着隐居生活，一生恬淡安逸。林逋在闲时，总是离不开观赏欣赏赞赏梅花。梅花是一种观赏品，一种观赏花。就如林逋一样，欣赏观赏梅花成了很多人的志趣和雅兴。

梅花作为欣赏品被人们大兴观赏，大致起于汉代初期。《西京杂记》就记载："汉初修上林苑，远方各献名果异树，有朱梅，姻脂梅。"这时的梅花品种，既能观花又可结实，一般有江梅和官粉两种。西汉末年扬雄撰写的《蜀都赋》有云："被以樱、梅，树以木兰。"可见，大约在两千年前，梅就成了城市园林树木，栖息生长于各大小城市。

古时，梅花也曾成为艺术之品登上大雅之堂，人们称之为艺梅。艺梅在隋、唐、五代渐盛，隋朝浙江天台山国清寺主章安大师，就常在寺前种植梅树。多年来，梅树梅花环绕着国清寺，成为一道靓丽的风景，迎来了众多烧香拜佛、祈愿许愿的香客。唐代名臣宋景作《梅花赋》，对梅花就大为赞誉赞赏："独步早春，自全其天。"《全唐诗话》中也有"蜀州郡阁有红梅数株"的记载，红梅即指当时四川的朱砂型梅花。

时至宋代，艺梅达到兴盛鼎盛时期，其技艺显著提高，品种明显增多。宋代诗人范成大所著的《梅谱》，搜集了 12 种梅花品种，介绍了梅花的培植栽培方法，堪为中国乃至全世界第一部艺梅专著。书中介绍了江梅型、官粉型、朱砂型、玉蝶型、绿萼型、单杏型等品种，后三种可谓前所未有、史无前例。

"不要人夸颜色好，只留清气满乾坤"，是元代诗人王冕《墨梅》中的句子。王冕爱梅、咏梅、画梅成性成瘾成癖，曾在九旦山上种梅千株，晚年隐居浙东九里山卖画为生。他画梅以胭脂作梅花骨体，花密枝繁，别具风格，其画充满生意，富有生气，常将画格、诗格、人格融为一体，字面虽赞誉梅花，实则自诩立身之德。如果去过昆明曹溪寺的人就会知道，寺内有一株700多年前的元代梅树，虽老态龙钟，虬曲万状，仍年年开花，岁岁结实，实属一个奇观。

明代更胜一筹，种植梅花达到了繁荣昌盛的地步。明朝王象晋所著的《群芳谱》，记载梅花品种达19种，并将梅花分成白梅、红梅、异品3大类。同时，刘世儒的《梅诸》，汪怠孝的《梅史》，皆记梅花甚详。

清代陈昊子的《花镇》，记载梅花21种，其台阁梅、照水梅皆属上品中的新品佳品。龚自珍的《病梅馆记》云："江宁之龙蟠、苏州之邓尉、杭州之西溪，皆产梅。"扬州八怪中咏梅、画梅的名家的李方膺，其画梅以瘦硬见称，老干新枝，欹侧蟠曲，著有《梅花楼诗钞》。

"笔底春风挥不尽，东涂西抹总开花"，是李方膺《题画梅》中的名句，而"冰花雪蕊家常饭，满肚春风总不饥"，是其《墨梅图》中的句子，其功底可窥见一斑。郑板桥在《题李方膺画梅长卷》中评价道："梅根啮啮，梅苔烨烨，几瓣冰魂，千秋古雪。"

李方膺在《题画梅》诗中还写道："挥笔落纸墨痕新，几点梅花最可人。愿借天风吹得远，家家门巷尽成春。"在《梅花卷》也说："予性爱梅，即无梅之可见而所见无非梅。日月星辰梅也，山河川岳亦梅也，硕德宏才梅也，歌童舞女亦梅也……知我者梅也，罪我者亦梅也。"袁枚评价其梅称："傲骨郁作梅树根，奇才散作梅树花,孤干长招天地风,香心不死冰霜下。"

今日冬至又款款而来,想必梅花作为冬之骄子又必将傲立于风雪。那些成片栽植的万株梅花,必定会疏枝缀玉缤纷怒放,它们艳如朝霞,白似瑞雪,绿如碧玉,形成梅海凝云,云蒸霞蔚的壮观景象。它们呈现俯、仰、侧、卧、依、盼等各种雅姿,无不直立、曲屈、歪斜,树皮漆黑多纹而粗糙,枝条虬曲苍劲而嶙峋,给人一种饱经风霜、威武不屈的阳刚之美。

如果你徜徉在梅花丛中,当微风阵阵掠过梅林,穿过梅园,你就犹如浸身香海,会通体蕴香。古梅一树雪精神。如果在形若游龙、遒劲倔强的枝干上,缀以数万朵凌寒傲放的淡梅,再兼覆一层厚厚的积雪,那就俨然天成一幅水墨大写意,让你沉醉其间、迷离其间乐不思蜀而又流连忘返。

(2023年3月21日发表于中国作家网)

儿时的冬天

儿时的冬天显得格外冷，风一吹来，就像要穿透整个身体，钻进每寸肌骨。在冷风面前，每个人都无能为力，他们不是冷得瑟瑟发抖，就是冷得原地打着摆子。实在熬不住，实在忍不住，就在地上用脚蹬着、蹦着、跳着，用手握着、搓着、拉着，力所能及增高一点体温。无论走到哪里，他们都戴着棉帽，缩着脖颈，拢着袖子，尽量与冷风不正面交锋，只想与风擦肩而过，风马牛永不再相往来。

小顽童在雪地里撒泡尿，稍不留神，撒出的尿液就变成了一根长长的冰凌，让他来不及提上裤头，害得孩子吓得半死，妈呀妈呀地喊个不停。任性的孩子在雪地里拉下巴巴，虽然还冒着热气，但等狗嗅着味道跟来，巴巴早已变成硬邦邦的冰坨，让狗硌牙难受得直叫唤。

一些不怀好意的大人，唆使怂恿着憨头憨脑、不谙世事的孩子，用舌头去舔路边冰冷的电杆，没曾想孩子的舌头立马紧贴在电杆上，怎么取都取不脱，怎么扯也扯不开。当孩子的家长得知后，气急败坏地撵到那人的家里，指着鼻子大骂一顿，才肯罢休。

儿时的雪似乎特别大，一下就是漫天飞舞，洋洋洒洒，根本不像现在的雪那么娇羞，那么矜持，那么隐晦，它们下得洒脱，下得豪迈，下得豪爽，来势汹汹，下得气壮山河。如果夜晚突然降雪，就会陆续听见竹子被雪压垮压破压断发出的啪啪声，也会猛然间觉得被子特别冷，好像感觉总有冷风灌进来、钻进来，不是蜷缩在被子里直哆嗦，就是紧紧抱着大人的身体取暖保暖。

即便未到天亮，窗外早已是一片惨白，如同白昼。如果你不畏惧寒冷，披衣下床推门一看，整个山川，整个河流，整个田野都被笼罩在雪下，雾蒙蒙一片，白茫茫一方。房前的松树，结满了细长的凌针；屋后的灌木，委屈地倒伏一地；房檐的檐口，结满了粗壮的凌柱，世界好像都被冷冻了，大地好像都被封冻了。就连家中的水缸，也忍不住结下了厚厚的冰块，在舀水之前，还得用硬物各个击破。

孩子们醒来兴奋得一阵尖叫，下雪喽，下大雪喽！他们不知敬畏，不知严寒，依然还裹着单身衣，穿着开裆裤，趿着破头鞋，就连破袜旧袜也不穿，就径直跑到雪地里打着翻身滚，干着雪坨仗，堆着小雪人，撒着脚丫子奔跑着，跳跃着，大喊着，似乎就是在一望无际的草原上奔驰。

猫啊狗啊鸡啊鸭啊，看见小主人尽情在雪地里欢乐，它们也控制不住自己的情绪，在雪地里尽情撒着欢儿。猫轻盈地一个纵步就跳上猪栏的茅草房檐，震得檐前的凌片哗哗地掉在地上，茅草上的积雪也在动力的牵引带动下，滑下了一大片，落在地上发出啪啪啪的声响。猫以为自己做错了事情，惊得目瞪口呆，睁着大大的圆圆的眼睛，一脸惊慌失措的样子。

狗总是尾随在小主人身后，随着小主人的节奏和花样配合玩耍着，当它与小主人一起刨着积雪时，一旦发现雪下有隐藏的虫子或是冻僵的小鸟时，它就会汪汪汪地发出一阵清脆的吠声。鸡也是好动分子，总想展翅欲飞，想与天公试比高下，每次跃跃欲试，都无奈从半空中跌落下来，将地上的积雪扑棱得一阵乱飞。

孩子们在屋外雪地里玩累了，脸蛋和耳朵早已冻得发红发紫，耳垂上和脚趾脚背上的冻疮因一时发热变得奇痒无比。实在忍无可忍的情况下，孩子们不顾一切地抠着、搓着、捏着，不但痒度痒情没有减轻半分，相反因力度过大，竟将冻疮抠破，鲜血直流。

孩子们忍住疼痛，用结痂的衣袖使劲揩着鼻孔的鼻涕，顿时鼻孔下方早已糙得通红一片，鼻涕壳和鼻涕痂也糊得满脸都是。来不及揩的孩子，总是用力呼着鼻子，尽力让长长的鼻涕缩回鼻孔，然后忍不住一口吞下。还有的孩子懒得揩，也懒得呼，任由鼻涕长流不止，直流到他们的嘴里，便一气呵成一口吃下，还用舌头卷上几卷，舔上几舔，看得大人都目瞪口呆，又贻笑大方。

小时候的土墙房子的窗户都是没有玻璃的，父亲为了不让刺骨的寒风刮进屋内，便买来薄薄的尼龙纸和皮纸，将窗口一一封上。尼龙纸和皮纸都是白色的，一来可以抵挡寒风，二来可以增加屋内的亮度。孩子们上学，也是提前为脚底塞上野棉花、棕毛片，再裹上裹脚布、薄胶纸，然后套上解放鞋、半筒靴，或是稻草鞋。为防止脚底打滑摔倒，还套上一副铁制的或是藤蔓编织的脚码子。每个孩子手里都提着或是挑着一个小火炉，在山间雪地里跋涉着，奔波着。

母亲为让一家人在大冬天能有棉鞋穿，总是提前几个月，为每个人下着鞋样，纳着鞋底，裁着鞋帮。母亲眼神并不好，手腕的力度也不大，即便穿针也不那么方便容易。煤油灯下，烤火塘边，总是母亲飞针走线的身影，经常熬更守夜到午夜。冬天到来，当孩子们穿上母亲制作的灯芯绒棉鞋，一股暖意就会涌上心头。

柴门闻犬吠，风雪夜归人。大雪天的夜晚，一家人总是坐在火塘里静候外出未归的亲人。当听着阶沿的狗吠声，当听见熟悉的脚步声，在确定亲人已平安归来，一家人悬着的不安的心才稍稍平静下来。在乡下的夜晚，一犬吠影，百犬吠声，只要老家的狗发出第一声迎接主人的吠声，其他的狗也会跟着狂吠起来。不用你侧耳细听，嘈杂的狗吠声就会传遍山谷。

当炊烟从房顶渐渐冒出来，或是太阳从云间照下来，房顶的积雪就会慢慢松动，突然呼啦一声，一大片积雪从房顶滑落下来，吓得猫狗鸡鸭躲避不及，被砸个正着，发出一声声尖叫。屋前的松树也是如此，松针凌也慢慢融化脱离，哗哗哗地从树上掉落下来。由于身体的重量逐渐减轻，松树便慢慢又挺直腰杆，舒展筋骨了，回到了雪前挺拔从容的模样。

当太阳朗照，大地氤氲着暖烘烘的氛围。那些年纪大的大爷大妈，就搬出长条凳或是矮木椅，选个向阳的地方，倚着老墙根、土墙垣而坐，漫无目的、漫无边际拉着家常，扯着闲话，嚼着舌根，喝着粗茶。他们不是议论东家的黑牛又下崽了，就是谈论西家的母猪又怀儿了；不是议论老张家又讲了一个漂亮的儿媳妇，就是谈论老李家的儿媳妇和婆婆又在割裂（方言，闹矛盾）了；不是羡慕别人家今年的收成有余，就是叹息自己家去年的粮食不好。在他们眼里，老家的一草一木、一水一土、一人一物，都是他们谈论不完的话题。

无所事事而又不合群的老人，干脆将自家床沿上又薄又板又黑的被褥拿出来，在太阳下进行暴晒，也并不害怕别人家笑话。他们一边暴晒，一边用竹棍进行捶打，急切希望被褥厚起来、松起来、暖起来。随着啪啪啪地拍打声，浓浓的灰尘立马扩散开来。比较穷的妇人，翻出自家破旧的棉袄，一边暴晒，一边清理着棉袄缝隙里的跳蚤和虱蛋。

村里的壮劳力和年轻的妇女们，则趁着天晴抢时进行冬耕冬耘，他们要把一家人的生计稳妥地耕耘在土地里，植根在大地上，让"瑞雪兆丰年"和"今冬麦盖三层被，来年枕着馒头睡"变成现实，不再仅仅是一个在梦里期盼的神话。

（2023年2月22日发表于中国作家网）

第二辑
四季乐乐而游

美景总是随着四季的步履相约而生，带上亲人，带上朋友，带上可爱的小动物，到每个打卡地快乐一游……

贡水之滨

悠悠贡水，横亘千年，波澜不息，东流不止。在神奇的北纬30度的湖北宣恩境内，有一条美丽的河流，名曰贡水河，是宣恩人的母亲河，与酉水河堪称宣恩的姊妹河。贡水河犹如上天抛掷的一块蓝田美玉，在人间幻化成了一眼福泽万民的清泉。

从古至今，清澈碧绿的贡水河，又名渭溪或玉带溪，俨然绿色的玉带绕过穿过县城，又如嫦娥仙子舞动的华彩霓裳，曼舞飘逸。浪漫宣恩有了仙山贡水的点缀和装饰，让这座精致小城更灵动、更灵气、更雅趣、更别致。

宣恩贡水，古称渭溪、邑前河水、朝贡水。有道是，黄河之水天上来，奔流到海不复回。悠悠贡水，也有它的源头和来头。《施南府志》曾记载："玉带溪，在县（宣恩）东乡，自咸丰县之孙家坝发源，经马河坝龙溪坪洗上入县境，绕城而下名忠建河，入清江，古称渭溪即此。"源于何时、何地、何由被称为贡水，宣恩民间有很多神奇的传说，多与清朝乾隆皇帝、明朝开国皇帝朱元璋等有着密切的关系。

清晨，当第一缕晨曦从东方升起，贡水河就像一个刚睡醒的孩子，眨巴着眼睛，翻动着睫毛，泛着蓝色清波，露出可爱的笑容，迎接着县城里早早苏醒的人们。7点一到，贡水河岸边的钟楼里，准时传来12响钟声。钟声洪亮而高亢，浑厚而高远，就像老将军战前的动员令，即便远居郊区和乡下，也能清楚地听见。

莫道人行早，更有早行人。随着钟声戛然而止，整个县城的人们开始忙碌起来。街道上，挑担的、推车的、背篓的、提包的、拉菜的、拖运的，各自行色匆匆，他们从四面八方的大街小巷冒出来，钻出来，涌出来，不忍心慢下半拍脚步，各自向着自己的目的地奔去。有的还是从郊区、从乡下赶过来的，为的是抢占有利地形，得到一个好的经营摊位。

一到摊位前，就开始清着嗓子高喊，新鲜的蔬菜啦，无公害蔬菜啦，便宜的蔬菜啦！直到他的摊位前围满了看蔬菜、挑蔬菜、买蔬菜的人。随着他们面前成堆成垛的蔬菜慢慢矮下去、少下去，他们脸上的笑容就逐渐多起来、密起来、聚起来。尽管有些人是公鸭嗓，但他们喊出的叫卖声，也如初冬里流出来的一股清音，有些婉转而动听。

上班的，上学的，锻炼的，遛狗的，撸猫的，玩鸟的，也急匆匆从小区的大楼里溜出来，他们或开车，或骑车，或打车，或步行，或遛弯，或跑步，按照各自的节奏和步伐开启着新一天的征程。爷爷奶奶、外公外婆带娃的，也一边做着早锻炼，一边遛着娃，老人和小孩的脸上始终绽放着笑容，小孩总是发出咯咯的清脆笑声，像深秋里盛开的灿烂的雏菊。

早餐店里，早已冒出了烟火气，冒出了热和气，冒出了热气腾腾的水蒸气，炉内的火苗烧得正旺，锅里的美食早已飘出了香味。特别是淡淡的醋香，清新的韭香，浓郁的麻辣香和刺鼻的胡椒香，早已诱惑着食客不由自主地移动着脚步向店里走来。

来一碗牛肉面！来一碗炒豆皮！来一笼小笼包！来一笼粉蒸肉！来一个油炸粑！来10个水煮饺！……食客接连不断的点餐声让服务员和餐店老板乐开了花，"好嘞！""来嘞！""到嘞！"的回应声，不断从她们口中脱口而出。客人吃饱临走出门时，店里的小喇叭总不会忘了报客人扫码付费的声音，店主也不会忘了说声："您慢走，下次再来！"

风雨桥上，各大小广场，贡水河边，早已聚满了晨练的，跳舞的，抖音直播的。不管是打太极的，还是跳广场舞的，还是拍抖音的，都散发着一种向上、健康的乐趣和幸福。不管是老爷爷老奶奶，还是大爷大妈，都显得精神矍铄、精神焕发、步履稳健，与年轻人并无二异。

桥，是贡水河的脊梁和骨架，将宣恩南北两岸连在一起、融在一起。贡水河上，有无数道大大小小、形态各异的桥梁，他们以大桥、二桥、三桥三兄弟为主体，中间穿插着惹虹桥、凌波桥、兴隆桥、风雨桥、莲花桥、鸽子花桥等，惹虹桥已成为很多游人的打卡地。正因为有了这些桥梁的富集，宣恩人更团结在一起、凝聚在一起、奋斗在一起。

楼，也是贡水河的特色。坐落在贡水河上的亭台楼阁不计其数，有游客熟知的墨达楼、钟楼、莲花鼓楼，还有游客少于了解的珠亭、翠亭、晓亭等。这些亭台楼阁中最为壮观的当属墨达楼了。

墨达楼是施南土司行宫仿古建筑，总体3300多平方米，依山体由低向高而建，呈五梯台进式，整个造型似飞龙奔腾，似飞龙戏水。墨达楼中楼中有阁，阁上有亭，回廊相连，与兴隆老街连为一体，于雄伟壮观中透出富丽、俊俏和神奇。特别是夜间华灯初上的墨达楼，显得更为富丽堂皇，如皇宫大殿、海市蜃楼一般，堪与洪崖洞媲美。

宣恩的桥，让宣恩既有"一桥飞架南北"的气势，也有"小桥流水人家"的温婉。宣恩的楼，让宣恩既有"山外青山楼外楼""白云千载空悠悠"的开阔胸境，也有"楼观岳阳尽，川迥洞庭开"的豁达洒脱。宣恩的桥和宣恩的楼，在初冬里显得更为肃穆大气，更为精神抖擞。

初冬的贡水，少了"乱石穿空，惊涛拍岸，卷起千堆雪"的滚滚长江之恢宏气度，多了一份宁静与安详。枫树叶与银杏树将贡水河装扮得一片火红，一片金黄，与土家吊脚楼上金黄色的玉米，火红的辣椒，以及田垄里金黄色的水稻，构成了一幅美丽的乡村油画，谱写了一曲丰收的景象。

夜晚来临，丰富多彩的夜生活便在惹溪街开启，烤活鱼一条街便开始热闹了，沸腾了。同时，风雨桥畔的风情小吃街也开始风情起来，浪漫起来，游客可以在此随心所欲地点上自己喜欢的小吃，来满足舌尖上那份渴盼，那份希冀，那份食欲。

夜晚的贡水河，更是灯的世界，灯的海洋。站在凌云塔上俯瞰，贡水河就像静卧在山底的一条巨龙。这条腾飞的巨龙，就像飞舞在九霄之上，翱翔在海底之下，大有"大壑长千里，深泉固九重。奋髯云乍起，矫首浪还冲。"之霸气。

（2023年3月7日发表于中国作家网）

神奇的呼伦贝尔土鱼河

呼伦贝尔，一个优雅而诗意般的名字，它是广阔草原的代名词和形象标签，代表着辽阔、诗意和悠远。能与呼伦贝尔大草原来一次亲密接触，徜徉在它的怀里沐浴它的魅力和神奇，是很多驴友的梦想和念想。

在神奇的北纬30度的贡水之滨，却有着一个浓缩版、精华版的呼伦贝尔，它拥有呼伦贝尔大草原般的美丽和辽阔，它一样令驴友们思慕之、向往之，它就是湖北省宣恩县珠山镇的土鱼河。有人说，土鱼河是呼伦贝尔大草原散落在北纬30度的一粒绿色珍珠，幻化成了大山深处的一块小草原。在秋高气爽的天气，在云淡风轻的日子里，邀约几个文友便一同踏上了去土鱼河小呼伦贝尔之旅。

土鱼河离宣恩县城并不远，驾车向南前行五六千米，走和平，上铁厂坡，一路盘山而上，弯弯拐拐，曲曲折折，过孟家湾，穿九子抱母银杏所在地茅坝塘，就已到了土鱼河的边缘。一路柏油马路，风景秀丽，树木葱郁。时令虽秋意正浓，但沿路的杉树和柏树如排兵布阵的精兵强将，仍威武而挺拔，丝毫看不出被秋风洗礼过的痕迹。就连公路两旁栽培的各种花朵，也还以最惊艳最靓丽的姿态与秋风抗衡，力所能及将花的容颜和芳香久留人间。

一进入土鱼河的地界，就对大山深处的呼伦贝尔土鱼河产生了无限憧憬和向往。大家总是发出疑问，为何人们将土鱼河称为小呼伦贝尔？土鱼河究竟神奇在哪里？在一连串的疑问中，车辆早已到达了土鱼河的终点，停泊在土鱼河村委会的大院中。

文友们迫不及待下了车，立刻被眼前的风景所吸引，不得不发出一阵惊叹和感叹，赞美之声脱口而出。映入眼帘的，便是几栋古朴典雅的农家乐，第一栋农家乐呈现出一派丰收的喜悦景象。农家乐是两层楼的楼房，二楼的走廊上挂满了金灿灿的玉米棒子，就如农家乐的腰身缠绕着一根金腰带。

一楼的拐角处，堆满了锯好的干柴，摆得整整齐齐，十分井然有序，稍微留神细看，整个柴堆还呈现出一定规则的图案。仅看二楼悬挂的玉米和一楼的干柴，就知道主人是勤劳朴实的人家。宽敞的院子里水泥地板上，晒满了剥好的玉米粒，还零星地散落着壳叶还未曾撕开，刚从玉米地里掰回来的玉米棒子。

女主人穿着一件紫红色碎花衣裳，一见有游客到来，立马喜盈盈迎了出来，将山里人的热情好客堆写在脸上。柱头上拴着一条小黄狗，随着女主人的招呼声，也汪汪汪叫唤数声，但并没有要咬人的意思，屁股迎着客人的脚步声扭得溜圆，尾巴摆得扑闪扑闪的。文友来不及多想，也不顾小黄狗是否有恶意，立马牵着儿子从小黄狗身边走过，爬上了农家乐的二楼，近看、远望着四周的风景。

50 多岁的男主人听见外面的欢笑声，也从房里走了出来，同样一脸笑意写在了他沧桑带有古铜色的脸上。在与农家乐合影留念后，文友迫不及待地向男主人打听土鱼河的由来。男主人打了一个哈哈，在他爽朗的笑声中，他渐渐揭开了土鱼河那层神秘的面纱。

土生万物，万物归土。当文友问及这里为何叫土鱼河时，男主人便说起了土生万物的理论。这里平均海拔在 1200 米，虽地处高山，但常年流水不断，响水潺潺。相传在很久很久以前，在村庄山坡下与东门关接壤处，有一个名叫龙家坪的地方，有条长约二三十米的小溪，汇集后从半山中涌了出来，形成一汪泉水。

泉水冬暖夏凉，清澈见底。让人们惊奇的是，泉眼里经常会流出全身无鳞甲，长约两寸，呈绛色的小鱼。大家也不知道这是什么鱼，因它与大江大河里的各类鱼的形状迥异，又是土生土长的鱼，大家干脆就叫它土鱼儿，该村便也顺理成章随鱼名叫土鱼河了。

男主人还介绍说，这条溪流虽然太小，但它也是宣恩八景之一东门关飞瀑的源头。源头之水顺山流到暗洞中，从高罗板寨的东门关半山腰的山崖处喷涌而出，成了一道奇特的风景东门关瀑布。东门关瀑布虽没有李白笔下"飞流直下三千尺"的气势，但也有飞流直下数百丈的惊人之处，让人拍案叫绝。

天苍苍，野茫茫，风吹草低见牛羊。绕过几栋农家乐和农舍，从一家农舍的左侧向上，便是一条进入草场的石级路，石级路从草场底部直达山顶，像一条直插山顶的直线。眼前是一块方圆2000多亩的草场，虽没有牛羊成群、万马驰骋的景象，但两旁的芭茅草和松柏树早已将石级路湮没其中，人行走在石级路，就会被丰茂的芭茅草包围着、包裹着。

跳出石级路，尽量选在较高的地段向外张望，目之所及，视野极其开阔。远处，蓝天与山峰并集，云朵穿梭其间；近处，就如一幅以灰褐色为主调，以芭茅草为主景的水墨画。芭茅草形态各异，姿态万千，有昂头迎风飘摇的，有低头随风而舞的，有歪头依附树枝的，有俯仰瞩目大地的，有横卧疆场沉睡的……但这些姿态各异的芭茅草，就如秋天里的第一批使者，第一时间将秋的信息传递到了这高山之巅。

虽没有见到风吹草低见牛羊的景象，但我想起29年前，我刚参加工作的前几年，就驻扎在九子抱母银杏所在地的茅坝塘，土鱼河村便也是我经常下乡落脚的地方。那时候的土鱼河，与现在的土鱼河简直是天壤之别，没有农家乐，没有游客，就连村委会办公的地方都没有，只有一间低矮的青瓦房，是畜牧场两个职工办公的地方。

那时候的这里就是一块穷乡僻壤的土地，但这里却是一块世外桃源之地。一到春夏季节，这里绿草如茵，翠木萋萋，一群群洁白的、灰色的山羊在草场上贪婪地啃食着青草；马、牛、骡、驴也不甘落后，不甘示弱，在草场上奔跑着，驰骋着，打闹着。天空万里无云，一片瓦蓝，似乎是天与草场连为一体，不分你我。放牧人经常带着孩子，骑在马背上唱着山歌，吹着木叶小调，尽情地挥洒着草原上的豪情和豪迈。那时候的土鱼河，真的是呼伦贝尔大草原裁下的一方布角，降落在七姊妹山之下，珠山贡水之上，让人心驰神往。

"发什么愣呢？快向山顶挺进吧！"正在我回忆出神之际，文友们突然大声提醒道。我慢慢从思绪中抽身而出，与文友们继续向山顶爬去。山顶之处，到处是密密麻麻的灌木丛和映山红树。眼下，映山红虽已过了开花的季节，但目睹眼前阵容庞大的映山红树，就可以想象春天里映山红花开之后，是怎样的花海盛况。

记得在前年的春天里，与同事们也来过一趟，当时映山红开得正艳正丽正欢，站在山林里，就置身在花的海洋里，花的气息里，仿佛自己和男同事都成了花神，女同事成了花仙子。同事们哪曾见过这种阵势，一路惊讶不已，感叹不已，下山之时，还不忘挖几株映山红带回家去喂养。

不知不觉来到山顶，当你习惯性打开 GPS 定位时，才发现这里却是海拔 1500 多米的高山。来到山顶，这里便是另一番"无限风光在险峰"的景象，山顶以险、峻、奇著称。山顶就如一道山峰，像鬼斧神工切割一般，将山顶切得如快刀斩乱麻，山下却是悬崖峭壁、万丈深渊。

山顶的东侧和西侧形成两种截然不同的世界，西侧即我们站立之侧，平坦如席，缓缓地铺向山底，但东侧却是壁立千仞，垂直而下，一插到底，如刀砍斧削一般，根本没有一点舒缓的意思。还好，山顶最高处的悬崖边，与山顶平齐，屹立着一块巨石，驴友们每每到此，都会跳上巨石合影打卡，但也有恐高者是断然不敢造次的。

向东侧远处眺望和俯瞰，山峰层岚叠嶂，此起彼伏，一派蔚然壮观景象。山峰下，层层梯田错落有致，高速公路像一条巨龙穿山而行，一栋栋楼房依稀可见。巨龙般的高速公路带着山里人的希冀和梦乡，挣脱了大山的束缚，冲出了大山的禁锢，飞向了山外。

随着时代的进步，这里的一方世外桃源的原生态景象渐渐不复存在，土鱼儿不再从泉眼里冒出来了，东门关飞瀑再也不再呈现了，草场再也没有牛羊成群了，辽阔的草场也被树木覆盖了，湮没了。但土鱼河这个小呼伦贝尔各种神奇的传说，仍在乡间荡漾开去，村民们仍不遗余力地将土鱼河神秘的土鱼儿、仙女洞、龙头岩、雷打岩等神奇的传说娓娓道来，让游客听后如痴如醉，流连忘返。

（2023年3月7日发表于中国作家网）

老街新韵

即便再繁华、再喧嚣的城市，也不可避免地有许许多多沉寂多年的小街背巷和巷道阡陌，穿插穿梭其中。这些小街背巷和巷道阡陌，犹如城市的血管和神经遍布其间，给城市赋予了无限的灵气和灵动，也给城市注入了无限的生机和生趣。

老百姓习惯性称这些小街背巷和巷道阡陌为老街。老街之所以老，是因为这些老街都有一定的历史感、沉淀感和厚重感。仅观一座城市的一条老街，就可以反观这座城市悠悠流逝的岁月和沧海桑田般的历史。

老街一般都由石板和砖块铺垫而成，石板和砖块也让千千万万的行人踏得低洼不平，甚至千疮百孔，有的还长出了厚厚的、茸茸的青苔和细毛。走进老街，走进老城，就启动了对一座城市回忆的模式，也开启了对一座城市的新征程、新向往的畅想序幕。

"老街的记忆，兴隆从此有了你。"——这是湖北宣恩兴隆老街的宣传语。兴隆老街就如一本厚重的历史故事书，追述着如烟如云如幻的往事，里面市井百态、人间烟火应有尽有，是繁华闹市市井百态的缩影，焕发着新韵新生新的气象。每次唤起它的名字，就如母亲唤起孩子的乳名，氤氲着无限的温馨、温厚、温柔和温暖。

相传，兴隆老街始建于清朝乾隆年间，因安徽商帮在此做烟墨生意，生意极其兴隆而得名。它既是商贾往来、通货交易的埠口，也是穿湘达渝的茶盐古道，承载了一代代宣恩人的历史记忆。宣恩

79

的耄耋老人，一谈起兴隆老街，就会娓娓道来，津津乐道，有摆不完的"龙门阵"，忆不完的"旧时情"。

兴隆老街坐落在珠山凌云塔之下，贡水河之上，是吊脚楼群的集聚地。楼群依山而建，层层叠加。根据地形，吊脚楼分半截吊、半边吊、双手推车两翼吊、吊钥匙头、曲尺吊、临水吊、跨峡过洞吊等等，呈现出雕梁画栋、檐角高翘、走马转角、石级盘绕的壮观景象，大有空中楼阁诗画之意境。

兴隆老街主街长度 2085 米，占地面积 41800 余平方米，与民族风情街、惹溪街、文澜桥、凌波桥、贡水大桥、墨达楼、钟楼、贡水走廊一起，融为"三街三桥两楼一廊"一体，成为游客"用眼睛观市井生活，用嘴巴品味人间烟火"的最佳去处。

沿贡水河大桥南岸而进，即可进入别具一格的寨遇广场，矗立在眼前的就是神秘的"寨遇"雕塑。白天观看"寨遇"雕塑并无神秘之处，就如豪门土司的一道拱门。但一到夜晚，华灯初上，神奇的拱门上就会飞瀑而下，飞瀑里影影绰绰飘出"仙山贡水·浪漫宣恩"几个彩色大字，让人一下就似进入了人间胜景。即便你的头发和衣服被飞瀑浸润打湿，你也在所不惜，无所顾忌。

沿游客中心而上，就可以看见一座院落挨着一座院落，一栋楼房连着一栋楼房，城市广场、鹿鸣院、精品酒店、步行街和民宿等6 个院落，就如相亲相爱的 6 个兄弟，分了小家而没分大家，紧紧围绕在老者老街周围，就像老街膝下承欢的大大小小的 6 个儿子。

院子之间有街巷连接，亭台楼阁穿插其间，显得布局合理，错落有致。整条街道，集土家族、苗族、侗族风情一起，既有土家族的韵味，又有苗族的风貌，还有侗族的风情，让你在一条街道里，就能徜徉到、领略到不同民族的风情、风貌和风俗。这些古朴典雅的仿古建筑，和绚丽多姿的民风民俗，无不给人一种美的享受。

不管是远观兴隆老街，还是近瞧兴隆老街；不管是宏观兴隆老街，还是微观兴隆老街，这些吊脚楼都各有特色、风格别致、各有千秋，可谓千楼自别、相互竞秀、独树一帜，给人一种强烈的审美冲击感。

同时，这些吊脚楼群还有一种流动的视觉效果和浪漫情调。它们布局自由灵活，变化多端，"有的依山顺势，层叠而上；有的绕弯淄脊，错落有致；有的背山占崖，居高临下；有的沿沟环谷，生动活泼；有的雄居山巅，气势壮观。"仿佛就像一只只展翅高飞的雄鹰，翱翔于贡水河畔，虽是静物，却使人感到极强的流动感、飞跃感。

墨达楼是兴隆老街最好的邻居，墨达楼亦是仿古式建筑，也飞檐翘角，雕刻造型是象、牛、鹿3种神兽头像。一到傍晚，霓虹灯一亮，墨达楼与兴隆老街就成了一个整体。倘若在风情街一边品着美味小吃，一边翘首对望，墨达楼和兴隆老街就成了宣恩的洪崖洞。洪崖洞虽处于嘉陵江畔，墨达楼与兴隆老街虽处于贡水河畔，但二者都成了当地具有层次和质感的城市景区和商业中心。

深入老街里面，里面不仅有购物综合体，也有市场自营景点，还有星级饭店和旅游精品民宿，基本上集约了旅游吃、住、行、游、购、娱等"六要素"。在周末或是闲暇之余，邀三五同伴，或是陪妻子儿女，在老街里漫步散心，一路有奶茶、油粑粑、糍粑、土家炕洋芋等美味相伴相随，让你惬意万分。

在春节等盛大节日里，可以在这里领略到多彩的非遗文化、古老的土司文化和少数民族文化带来的无穷魅力，感受到舞龙灯、狮子灯、采莲船、打连厢等热闹场面，还能体验到打糍粑、写春联、推石磨、舂碓窝等传统农事活动。

兴隆老街并不老，只要你一走进这里，就可以观新景，品新食，住新宿，赶新潮，泛新韵。

（2023年3月21日发表于中国作家网）

古韵悠悠野椒园

对于宣恩人乃至恩施州人来说，对野椒园感到并不陌生，因为它是传承、践行良好家风家训的好地方。野椒园，位于湖北省宣恩县晓关侗族乡西北3千米处的野椒园村。野椒园有上下两个侗寨，上为张氏侗寨，下为杨氏侗寨，两个侗寨合称为野椒园侗寨。

嘉庆年间，只因为张氏侗寨的老祖宗张先耀，带着家室从外地来到这片野椒林的地方，他随口说道："风水宝地野椒园，发家旺丁最长远。"从此，野椒园的地名就传开了。野椒园虽地处偏远的大山深处，草木深深，山峰绵绵，沟壑纵横，但走进野椒园，一点也感受不到"野"蛮与"野"俗，相反是氤氲在文明、淳朴、优雅的氛围之中，是宜居宜游宜教的好去处。

初冬时节，山下云雾茫茫，天地连在一起，隐没在浓浓的云雾之中。但车辆一驶进晓关境内，同样是雾霭缭绕，如一片仙山一般。车进入野椒园境内，暖烘烘的太阳便从沉沉的雾霭中折射下来，渐渐将雾霭推散开去，露出了一座座山峰本来的峻奇面目。

映入眼帘的，是正在修建的侗族风雨桥，已初显规模和雏形。风雨桥横跨公路两侧，凌空而舞，其雄伟壮观的气势和态势，与县城的侗族文澜桥相比，有过之而无不及。不远处，还有高耸在半坡上的侗族鼓楼，楼体呈金山模样。风雨桥和鼓楼毗邻而建，将侗乡"逢寨必有鼓楼，遇河必有风雨桥"的说法诠释得淋漓尽致。

车停靠在一农家院子，院子的主人忙从房间里迎了出来，热情地与我们打着招呼，主动给我们介绍着游玩野椒园张氏杨氏两个侗寨的路径。从农家院子右侧沿栈道而上，是一个椭圆形的山堡，名曰水井堡。尽管已是初冬，但山堡上的茶园仍一片青绿，将"只此青绿"四字描绘得堪称神话。

玲珑骰子安红豆，入骨相思知不知。水井堡顶上，一棵巨大的红豆树王矗立在眼前，呈英文字母"r"形，相传有1200多年的树龄。仰视红豆树王，红豆树有老态龙钟的感觉，就如一个高龄老僧，端坐在堡顶云端，树干斑驳参差，树皮出现多处皲裂，就连几个大的枝丫也被锯掉，就如人失去了双臂，树干树丫上缠满了枯藤，长满了杂草，给人一种"枯藤老树昏鸦"的感觉。

未洗染尘缨，归来芳草平。站在水井堡上目视远方，雾霭仍依稀零散地飘落在山间，给一座座山峰平添了几分仙气。山间里，各种树木在深秋和初冬的洗礼下，都变成了红色、褐红色、黑红色和金黄色，与少部分的不落叶树木的青绿掺杂在一起，构成了一幅泼染的彩色乡村油画。

水井堡脚下，便是去杨氏侗寨的路径。途中，有一棵红豆杉结满了红豆，看见火红的密密麻麻的红豆子，就不禁想起了"红豆不堪看，满眼相思泪""摘得一双红豆子，低头，说着分携泪暗流"的诗词句。睹物思人，双眼也禁不住一阵潮湿，好像所念之人就在近前眼前。

"敬天祖、凛国宪、爱亲长、隆师友、课子孙、睦族邻、勤耕读、崇节俭、励廉耻……""诫不孝、诫不弟、诫不忠信、诫无礼仪、诫无廉耻、诫游手好闲、诫酗酒、诫赌博……"临近杨氏侗寨，就可以清晰地看见杨氏家谱家训十二条和十七诫。字里行间，无不彰显着严的家训和淳的家风。严的家训和淳的家风，犹如一股股春风，吹拂着山野，沐浴着杨氏子孙。

绿竹入幽径，青萝拂行衣。穿过一片幽静的竹林，整个杨氏侗寨的院子便呈现在眼前。杨氏侗寨静卧在马上湖三山两溪的相思谷中，侗寨两边有小桥流水、小溪环绕，与水井堡上的红豆树王相互照应，将"枯藤老树昏鸦，小桥流水人家"的意境神韵，勾勒得近乎神来之笔。

杨氏侗寨被幽深的竹林竹园环抱着、簇拥着，由3个四合天井式院落组成，相传杨氏先祖也是在嘉庆年间，从湖南保靖远道迁入。杨氏侗寨有18个堂屋，分布在三山两溪三峰之间，房屋多为正屋。单体的吊脚楼，呈一正一厢房或一正两厢房，堂屋内有神龛，神龛下供有家神，供杨氏子孙祭拜。

在一号四合天井院落里，一名满头白发的老奶奶，手扶着吊脚楼廊坊，笑眯眯地与我们拉着家常。尽管她80多岁高龄，但她仍很健谈，思路清晰，竭力将杨氏家史断断续续地向我们推介。

此时，暖烘烘的太阳完全拨开云层，很温暖地照射在杨氏侗寨的四合天井里。老奶奶白色的头发在阳光里泛着银色的光芒，与古老的四合天井寨子相互映衬，更增添了杨氏侗寨的神秘色彩。

老奶奶看见溪流对面的院子里，同样一位满头银发的老奶奶坐在椅子上晒着太阳，她双手拢着嘴，大声喊道："阿姐！过来晒太阳啦！""要得！要得！"对面的老奶奶应声答道，便踩着蹒跚的零碎脚步向这边走来。踏在光润圆滑的青石板上，看见青苔满布的黛青色瓦片，杨氏侗寨的历史厚重感油然而生。

张氏侗寨与杨氏侗寨相比，更为古朴，更为典雅，更为清幽，似乎是隐居在山林里的得道仙人，距今有200多年历史。张氏侗寨也由3个相邻的天井和12栋单体吊脚楼组成，面积达1780余平方米。吊脚楼楼下有窄窄的过道，犹如小城里的巷道，单体吊脚楼群合围在天井院落四周，静静地守护守候着整个张氏侗寨。

整个侗寨呈穿斗式建筑，屋挨屋，檐对檐，走廊连着走廊，并循环闭合，排水沟有阴沟阳沟，明暗相间。整个院落呈现一体，天井与天井之间，相互依靠，相互依托，相互照应，就如 3 个要好的兄弟，肩并着肩，背靠着背，头挨着头。

张氏侗寨里有半边火炉、燕子楼，屋内有神龛、雕花窗户、鼓钉磉礅、半月形青石磴、扫檐万字格、瓜瓜齐等，其设计巧妙，做工精良，与侗寨里的簸箕、犁铧、猪槽、风谷机、石磨、篾篓、斗笠、蓑衣、连枷、草鞋马等古老的什物一起，将张氏侗寨勾勒得更为古色古香，就如一本厚厚的历史书，被专家誉为"武陵第一古侗寨"。

特别是房顶的布瓦更是与众不同，布瓦表面集满了厚厚的尘土，长满了茸茸的青苔，落满了腐腐的树叶。房顶屋脊的瓦片造型奇特，在屋脊的正中间堆积成垛，垛脊呈现出各种精美的图案，图案有实型和空型，图中有图，形中藏形。

"功昭漢室光先傑，化溥漁陽裕後昆。"百忍堂内，14 个金灿灿的繁体式行书大字悬挂在板壁正中间的神龛位置，神龛两旁是两幅张氏先祖画像，两侧的板壁上悬挂着"忠""孝""学""廉"4 幅忠孝学廉故事画图，营造着浓浓的耕读谋生、尽忠尽职、清正廉明的家训氛围。

百忍堂外的院子里，有 30 个矮小的圆柱形石柱，供孩子们在石柱上练步走步。石柱上分布均匀地写有"从善如登，行恶如崩"8 个大字，旨在时时提醒张氏子孙走好人生每一步，终生要行善从善。

张氏侗寨进寨之处，傲然屹立着一棵参天大树，一棵具有 600 多年历史的古枫树。古枫树高约 50 多米，如一把巨大的晴雨伞，时时庇护保佑着整个寨子。古枫树苍劲挺拔，枝繁叶茂，尽管已入冬季，但树叶并未变红，而是随着冬风的吹袭，才慢慢从树上飘落而下，拼到最后一丝力气。

古枫树的树干下方有一个巨大的树洞，能伸进人的脑袋，寨子里的人们称之为许愿洞。虔诚的人们常常在树下焚香烧纸，许下美好心愿。若能将写好的心愿顺利投进许愿洞，表明美好心愿定能圆满实现。

85岁高龄的张嗣常老人回忆说，这个树洞是他爷爷的爷爷辈儿时，淘气的孩子们玩青石做的耍碓，长期撞击树干所致。看见空空如也的树洞，仿佛穿越到了遥远的古代，看见一群顽劣的孩子们，正在你抢我夺着手中的耍碓，拼尽全力撞击着一棵饱经风霜的枫树……

据考证，历史上的张氏侗寨极其繁华热闹，曾是川盐古道的必经之地，传承汇集了丰富的文化遗产。薅草锣鼓、侗族大歌、侗族舞、拦门酒、合拢宴、龙灯、采莲船、土纸制作、火炮制作、民间绣活等非物质文化应有尽有。

夏雨茸茸湿楝花，南风树树熟枇杷。如今，野椒园开发了野椒园枇杷园，一到5月，就会给来这里的游客呈现一场盛情的枇杷盛宴。

（2023年3月7日发表于中国作家网，2023年5月23日发表于《恩施日报》）

神奇旖旎的花园堡

都说花园堡是冬季游玩的好去处。花园堡是一个生态观景园，也是一个生态观光园，位于湖北省宣恩县珠山镇白鹤井社区北面，原名园艺村。花园堡是一个绵延起伏的山堡，站在山下仰望，花园堡就如一条盘亘在山峰的巨蟒。据说，白鹤井还有一个美丽而神奇的古老传说。

古时候，在园艺村生长着一棵高大茂盛的树木，一年四季成群的白鹤栖息在树冠之上。一口深井居于树下，明亮干净而清澈。这里的人们常常汲取深井里的井水煮沸泡茶，杯中升腾的热气幻化成一对展翅飞翔的白鹤，人们便随之将井取名为白鹤井。在土司时期，这里的山取名宜山，山间建有宜亭，是人们憩息歇息的好场所。在清朝嘉庆年间，白莲教造反，让城里大量的土民上宜山躲藏逃命，人们为了感恩感激，便将宜山更名为保民山或保庆山。

虽无从探寻那口白鹤井的详址，但一想到它的仙气和神奇，就特别想心向往之。从县城出发，沿贡水河北岸的建设路向东边前行，来到文澜桥桥头，左转从镇中和邮政夹道巷子沿栈道而上，或是再向前步行百余米，进入原奶牛场地界，同样左转沿环山公路而上，就可进入花园堡。花园堡是一个盛大的彩色花园，面积达230亩，其间绿、黄、红、橙、褐五色交织，红枫、银杏、乌桕、紫薇、绿竹、青松等彩色树种，让花园堡绚丽多彩、多姿多彩。

栈道，是花园堡的一大特色。不管是沿山而上的栈道，还是山腰盘旋的栈道，还是山顶匍匐前行的栈道，都如一条条腾飞的巨龙，似一条条盘曲的蟒蛇。张大千说，山至高处人为峰，海到尽头天是岸。沿栈道拾级而上，当到达山顶，立刻让你体验到"山高我为峰，海阔心无界"的辽阔感觉，脚下的房屋、河流、车辆、人群都变得那么渺小，那么微不足道，一种豪迈、一种胸境顿时涌上心头。

花园堡虽不及泰山之高巅，也不及泰山之雄壮，但一到花园堡的山顶，俯视山底，眺望贡水，远视山岚，近观树木，你情不自禁也有"会当凌绝顶，一览众山小"的错觉。就连对面的凌云塔也隐没在树林之中不见踪影，远处的双龙湖群峰只能依稀可见，脚下的万物都如乌龟慢步，如蚂蚁爬行，如一个个漆黑的小斑点。

"梅衰未减态，春嫩不禁寒。""闻道梅花坼晓风，雪堆遍满四山中。"梅树梅花是花园堡的主打歌，也是花园堡的主色调。花园堡的山堡上、山坳间、山峰中，到处都种植着梅树。有的成片成块，是单一的梅树；有的穿梭于其他花木之间，与其他花木雨露均沾，共享共存。尽管时令还未到梅花开花的季节，但你一走进梅园，你就会被氤氲在梅香的气息里。那种从泥土里散发出来的原汁原味的梅香，直扑入游人的心怀。

身处其间，我仿佛看见眼前的梅花园雪压枝头，千万株梅花凌雪凌寒尽情绽放。那种场面，就如一个浓缩的冬天，也如一个绽放的春天。卢梅坡说，有梅无雪不精神，有雪无诗俗了人。尽管眼前只见到梅树，还未见梅花和雪花，但我觉得我并不是一个头脑简单的无诗俗人，心里总有一种想吟诗作对、写歌作画的冲动。只想在晚日里，"日暮诗成天又雪，与梅并作十分春"，不留下缺雪少诗的遗憾。

来到山顶，便是一个偌大的观景台，名曰云起台。云起台面积大约620多平方米，直径约30米。云起台正中央是一个突起的环形雕塑，高约 20 米，中间悬挂一口铜钟，重 5.2 吨。站在云起台上，游客可以 360 度角俯视宣恩县城的全城美景。仰视雕塑，塑像就如一位远古而来的耄耋老者，显得老态龙钟，精神矍铄，而又老当益壮。

傍晚，站在云起台上俯视全城，整个县城尽收眼底。那个灿若星河、霓虹四射、灯火如昼的浪漫小城，就如一个温顺的孩子，躺在母亲怀里吮奶。那种安详，那种宁静，那种和睦，全写在小城脸上。此时，月亮刚从山间冒出来，将小城尽情沐浴在月光里，笼罩在月光里，呵护在月光里。

"悠悠贡水河，巍巍墨达山。巴人故土，蛮夷苗疆，历史悠久，源远流长。……"云起台寓意运气东来，游人可敲钟祈福。2021 年 2 月 5 日，即古历腊月二十四日，花园堡首次开园，由老、中、青、少、童 5 名代表朗诵祈福辞，随着钟声的远播，随着诵辞的流传，将祝福和祝词传递传达给八方人民。

众所周知，北纬 30°线贯穿四大文明古国，是一条神秘而又奇特的纬线。在花园堡的山顶，立有一块巨石，名为北纬 30°石。该石从中间一分为二剖为两半，北纬 30°线从正中穿越而过。你若站在标识台上向前跨越一步，纬度立刻就会发生明显的变化，让你顿生惊奇错愕之感。大自然真是诡异而又神奇，竟鬼斧神工般给花园堡画上了浓墨重彩的一笔，无形给花园堡增添了浓郁的神秘色彩。

花园堡也是一个巨大的橘园。冬日里，半山坡的橘林沉沉地压着枝头，金灿灿的橘子，如一只只小灯笼悬挂在树间，那么诱人，那么清香。如果你走进橘林，闻着橘果诱人的香气，你会忍不住出手采摘一个，迫不及待送进嘴里品尝。那种入口即化、甜水四溢的感觉，就会布满全身，传送到每根神经和毛细血管。

一川草色青袅袅，绕屋水声如在家。橘园的顶端，便是一个偌大的草坪。尽管冬季寒气逼人，但草坪仍还是绿油油、绿莹莹一片，就像从呼伦贝尔大草原上裁下的一块，从蓝天碧海里扯下的一角。

草坪是孩子们的乐园，孩子们在家长的陪伴下，在草坪上打闹、嬉戏、玩耍，他们奔跑着，滚爬着，翻动着，做着游戏，跳着舞蹈，唱着歌谣，其乐融融。草坪间还有洞中民宿，名曰霍比特民宿，里面冬暖夏凉，可谓别有洞天，洞天福地，定是游客休憩娱乐的好去处。

彩虹大道是花园堡的另一美点。架在空中的彩虹大道就是一道匠心别致的立交桥，它弯弯曲曲，环环绕绕，从高至低缓缓旋转，呼哧而下，首尾恰到好处地与高低两处的公路无缝对接，像一条巨大的彩龙横亘在半坡之上。如果你用无人机在空中拍摄观看，彩虹大道蔚然壮观，与一条飞舞的真龙别无二致。

整个花园堡就是一个庞大的花园。不管你行走在哪里，映入眼帘的就是那些彩色的树和各种花草。圆叶牵牛、南天竹、锦绣杜鹃、海边月见草、红花酢浆草、宽叶韭、大滨菊、黑麦草等花草应有尽有，遍布其间。仅听这些花草的名字，就诗意满满，意境深深，景色美美。

花园堡从县城山脚沿栈道而上，再从山顶沿公路而下，可谓一起一伏，一波一浪，一峰一谷，带给游客不少惊喜、惊艳和惊叹，最终穿过西门沟隧道，行物流园路，闭合到达县城。只要你绕花园堡走上一遭，你心中定会有一座偌大的花园，这座心中的花园将"面朝大海，春暖花开"。

（2023年2月15日发表于《工友》总第266期，2023年3月23日发表于中国作家网）

书香不怕巷子深

老话说，酒香不怕巷子深。意思是说，只要酒酿得好，加工的技术高，即便在很深的巷子里，食客和酒客也能自然而然闻香而来。其实，只有陈年老窖启开，才能达到这种真正的效果。不光酒香如此，书香亦然。书吧、书店、书苑和书院不应都开在城市显眼处和城市热闹处，也可以走进深深的巷道，走进隐蔽的巷子。读书，是凑不得热闹的。读书，不需要赶集赶场。

读书，要的就是一种闲适静谧的环境，不受外界打扰和烦扰，心才能静下来，才能沉下去。如果心烦气躁，受外界喧嚣之扰，定不能走进书本里去。显然，这样的读书也就不能往心里走、往实里走，充其量也就摆了一副欲读书、苦读书的样子，没有半点幸福快乐可言，这与读书的雕塑人像没有两样。雕塑人像看书，即便看十年百年，头脑中都装不进一字一言，这样读书就是做作作秀。

宣恩，是一座文明的小城，是一座雅致的小城，是一座富有内涵气质的小城。小城的文明和雅致，是需要书香相伴的，是需要书卷气充盈的。有书香相伴，有文化气息滋养，自然就赋予了小城的内在和气质。一个城市的品位如何，首先得看它是否具有书卷气，所谓腹有诗书气自华，没有内涵的城市即便外表打造得再富丽堂皇，也是一个没有灵魂和没有灵性的躯壳。就如戏子即便穿上龙袍，仍还是戏子，也变不成真正的皇帝。

鹿鸣书院就顺应了众多读者的需求，开在了深深的巷道之中，诞生在宁静的老街心脏。鹿鸣书院就如一树迎春花，虽然开在偏僻的宁静之所，看似无人问津，但人们总能闻香纷至沓来。鹿鸣书院位于湖北省宣恩县城兴隆老街的施南巷，不管你从兴隆广场沿步步高商业街而上，再走段步行街，还是从墨达楼旁的石梯拾级而上，都能直接进入施南巷。站在施南巷，一眼就能瞧见鹿鸣书院的院名。

仅听鹿鸣书院这个名字，就极其诗情雅致，就有诗和远方。"鹿鸣"源于《诗经》中的《小雅·鹿鸣》，"呦呦鹿鸣，食野之苹。……呦呦鹿鸣，食野之蒿。……呦呦鹿鸣，食野之芩。……"全诗歌唱主人敬客，歌唱嘉宾懿德，以及宴享活动对人心的维系，其内容正大平直，风格中和典雅，既丰腴又婉曲，一派祥和气象。

走进鹿鸣书院，一种书卷气和墨香味就会扑鼻而来。书院的装饰清新淡雅，给人一种空旷空灵的感觉，又像进入时空隧道，即刻让你穿越到悠远的历史长河之中。待在鹿鸣书院里，氤氲在鹿鸣书香里，仿佛看见的是一群鹿儿在呦呦鸣叫、悠闲地吃着各种蒿草的画面，以及周王宴会群臣吹拉弹唱、琴瑟和鸣的场面。

鹿鸣书院一层有书洞，二层有书吧，完美融合现代装修风格和书咖概念，勾画出一块独具匠心的美学空间，给读者平添了无限想象空间。博尔赫斯说，如果有天堂，大概就是图书馆的模样。鹿鸣书院犹如天堂，可以让你闻书香而来，让你畅读拾取，获得知识，增强智慧，来一次最有意义的打卡体验。

《小雅·鹿鸣》流传甚广甚远。东汉末年，曹操将诗句部分内容引入《短歌行》，表达求贤若渴的心情。唐宋以后，科举考试举行的宴会上，亦歌唱《鹿鸣》，称为"鹿鸣宴"。鹿鸣意为人才济济，书院以鹿鸣命名，是表达对贤才将才的渴求态度。此书院为何亦叫鹿鸣书院，自有它一番不同寻常的来历。

鹿鸣书院所在地，在古时有一个书院考棚，名叫鹿鸣宾馆。是清朝咸丰年间，宣恩知县陈文照购买兴隆街旧址于改土归流后所建。从此，吸引贤才、培养人才，文化礼仪之风在宣恩盛行。如今沿用鹿鸣一词，既沿袭了知县陈文照建立书院的精神意义，也能用土家族的特殊礼仪宴待宾客，礼待贤士贤才。

鹿鸣书院外部环境优雅，文化氛围浓厚。鹿鸣书院的左边是高耸云端的地标式建筑天合地脊，对面是由著名作家梁晓声题匾的"朱俊人才工作室"。天合地脊造型呈DNA双螺旋结构，蕴含土家族儿女亲近、团结、紧密、合作、互利、交融等文化元素，其高耸入云又表明土家族儿女永攀高峰，从不止步。朱俊工作室常常有三五文学爱好者聚在一起，畅谈文学，创作文学，与鹿鸣书院相得益彰、交相辉映。

在你空闲之时，在你需充电之时，在你消除疲乏之时，你不妨来鹿鸣书院。觅一本兴趣读物，或坐或靠，或倚或躺，或默读或诵读，或一人独享，或与知己对谈，然后饮一杯多山咖啡，来一次阅读最美好的体验。书香、墨香和咖啡香交织一起，心却跟随书本人物、书本故事在跌宕起伏着，在悲欢离合着。

朱熹说，读书之法，在循序渐进，熟读而精思。不思考的阅读，犹如牛吃草料不反刍。牛不反刍，势必不得消化；人读书不思考，势必会读成书呆子。你在鹿鸣书院读书，就会给你思考的理由，给你思考的空间，给你思考的意义。你只有时时阅读，随时思考，你才能成长，才能成才，才能成人。

一座小城，就是一隅书海。一个巷道书院，就是一种奇缘。如果你是一个有品位的人，如果你是一个寻求诗和远方的人，如果你是一个读书明智明理的人，我在浪漫宣恩想你，我在兴隆老街鹿鸣书院等你陪你读书。因为，书香不怕巷子深。

（2023年3月23日发表于中国作家网）

桨声灯影贡水河

秦淮河的桨声灯影，让朱自清和友人俞平伯如痴如醉，流连忘返，情不自禁地写出了散文名篇《桨声灯影里的秦淮河》。兔年（2023年）的春节里，富有"仙山贡水·浪漫宣恩"美誉的湖北省宣恩县贡水河里，也有别具一格、独具匠心的桨声灯影，让游客心向往之并趋之若鹜。一时间，贡水河的游客可谓爆棚爆满，挤满了沿河两岸和旮旮旯旯。

秦淮河的船，有大船和小船"七板子"，朱自清和友人俞平伯就是乘坐的"七板子"；而贡水河的船也有两种，花船和竹筏子。花船上"仙山贡水·浪漫宣恩"几个大字，特别显眼惹眼，在竹筏子前面或侧面引路，花船上有一群贡水仙子穿着民族服装载歌载舞，恰似从大唐盛世穿越而来。

竹筏子由38节竹排连接而成，一字排开，长200多米。每节竹排上有一名桡夫手持桡片，很有规律很有节奏很有美感地伐着水。每节竹排上立有一把巨大的黄色晴雨伞，伞下有座椅，座椅可容纳大人2人，小孩可容纳2到3人，但必须得有大人陪着。整个竹筏便形成一条巨大的黄色龙舟，首节竹排上配有一个巨大的龙头，末节竹排上当然就配有龙尾。

行在竹筏上，可以坐着，可以靠着，可以半躺着，没有半点视线遮挡和局促感，既可以随意拨弄手机刷着抖音，也可以闭目养神睡个囫囵觉，还可以谈天说地，还可以随性望远，还可以顾盼两岸的风景，全凭游客当时的心情和喜好。两岸参差不齐的楼房、楼阁、树木，在河中形成了若隐若现的倒影，恰似水天相接，不分上下。

贡水河的水，虽比不上瘦西湖的水和秦淮河的水，不如它们那般大家闺秀，那般高贵优雅，但贡水河的水是小家碧玉，质朴而灵动，清新而自然，阳光而纯洁，虽然"处在深山人未识"，但也有"终有时日露峥嵘"的时刻。贡水河的水，有"小桥流水人家"的温婉，有"舟行碧波上"的纯粹，有"人在画中游"的质感。它蓝得如蓝天里扯下的一块西兰卡普，它绿得如草原上裁下的一块呼伦贝尔。目睹之，定会眼前一亮；手捧之，定会不忍释下。

贡水河的水静得像一面镜子，只有微风吹拂时，才能荡起浅浅的波纹。那只白色水鸭和那只黑色水鸭，常年始终相依相伴，始终搀扶而行，一点也不惧人，像一对如胶似漆的恋人，又像一对举案齐眉的夫妻，更像一对相互携持的金婚老人。桡夫一伐水，就会响起哗哗哗的水流声，那波光粼粼的波纹就在两只水鸭身边荡漾开去。

贡水河里的灯，是最撩人最勾人最聚人的东西。当夜幕垂垂之时，两岸的灯便齐刷刷亮开了，像是喊着口号一般。不管是路灯、霓虹灯，还是悬挂的大红灯笼，还是整整齐齐的树灯，都各自亮闪着，各自喜庆着，各自迷蒙着，各自欢悦着。这些灯，都发出黄黄的散光，反晕出朦胧的烟雾，在暗暗的水波里，逗起了缕缕涟漪。

竹筏上的灯并不明朗，给人若隐若现、若即若离的恍惚感觉，只有花船上的灯更清晰，色调更浓重，光线更明了。只有在这种灯光里，贡水仙子的歌声才更嘹亮，妙舞才更精彩，才能更抓住游客的心。仙子们歌唱时，像山谷里传来的清音，余音绕梁；仙子们载舞时，像屏幕上播放的画面，即便仙子们有多少根发丝，你也能辨识得清清楚楚。

竹筏没有启动时，便成一条笔直的直线停靠在贡水河的南岸，像一条慵懒的、悠闲的黄龙在岸边荡来荡去，飘来飘去，轻盈得如一片竹叶，但始终没有离开河岸的视线。只有竹筏启动的那一刻，游客坐在上面打卡时，桡夫伐开那一片柔水时，竹筏才略显有一些沉重，好像承载的不是100多名游客和38个桡夫的重量，而是宣恩厚重的历史和贡水河满河的旖旎。

傍晚6点半一到，竹筏龙舟准时开拔。随着花船上主持仙子的一声吆喝，停靠在惹虹桥下岸边的龙舟开始缓缓启动。此时，惹虹桥是最爱凑热闹的主，桥身即刻吐出浓浓的白色烟雾，将整个惹虹桥萦绕在其间，笼罩在其间，包裹在其间。远望惹虹桥，惹虹桥就像悬挂在半空云层中的鹊桥，人在桥上行走，恍若牛郎与织女鹊桥相会。那双向奔赴的爱情，总是感动着人间的你我。惹虹桥吞云吐雾的情调和格调，将"仙山贡水"演绎注脚得淋漓尽致。

龙头开始在河中摆动，龙身龙尾尾随而动，全凭着龙头的感觉行事。坐在龙舟上的游客，惬意得很，浪漫得很，醉意得很，恣意得很，既可以满眼仰望满天繁星和那一片皎月，也可以环顾两岸影影绰绰的灯光，这种灯光最为迷人，最为晕眩，还可以俯视河中的粼光和倒影，这些粼光和倒影最为悠然，最为旷然，像是美丽的海底世界。

游客左盼，还能听见花船上贡水仙子唱的宣恩民歌，也能看见仙子们跳的仙女般的轻盈曼舞。歌声如山谷回响，如琵琶轻弹；曼舞如嫦娥舞裳，如仙女挥袖。游客恍若不是在贡水河之上游玩，而是在九霄银河之上逗留。虽是凡间平常人，但也体会体验到了一把仙道侠骨的瘾，游客们大呼过瘾，大喊上瘾。

慢慢地，龙舟渐渐在河中扭曲，在河中盘旋，形成巨大的"S"形，或是八卦图，既像一条盘绕的巨蟒，又像一条随时准备腾空而起的巨龙。临近贡水一桥桥洞，龙头开始扭直，龙身和龙尾也开始曲中见直，缓缓成一条直龙。一桥上方前后共有8个狮头鱼身的石雕喷着水，形成简易的水瀑，像要给龙舟来一次从天而降的淋浴。龙头穿过南边的第一个桥洞，就像穿越了时空隧道，进入到重庆的洪崖洞。

贡水一桥前方南岸，就是有洪崖洞之称的墨达楼和兴隆老街，北岸是风情步行街。墨达楼和兴隆老街以及风情步行街的灯光，比起惹虹桥附近的灯光更广阔更辽阔，更宏大更深远，简直就是灯的世界。墨达楼和兴隆老街在灯光里呈现，就如海市蜃楼那般迷幻，那般让人心醉。游客坐在龙舟上仰望墨达楼和兴隆老街，就如在海市蜃楼里游走，在辉煌迷幻的皇宫中穿行。

再向前，还能观赏到五彩斑斓的音乐喷泉。音乐喷泉的手笔也是大刀阔斧，气势恢宏，色彩多姿多彩，形式变幻莫测。贡水河两岸的人，不管是看龙舟等龙舟的，还是观喷泉寻小吃的，可谓游人如织。人们肩并着肩，脚靠着脚，背挨着背，缓缓前行，慢慢蠕动，生怕一不小心就将身上的肉挤掉一块。

龙舟的龙头慢慢转向回转，龙身和龙尾又随着龙头打道回府。渐渐地，龙头从贡水一桥北岸的第一个桥洞伸出来，探出来，钻出来，就像从仙人洞里出来一般，给人"神龙见首不见尾"的感觉。直到整个龙身从桥洞出来，成一条直线慢慢前行至惹虹桥下。如果你坐龙舟巡游饿了，北岸惹溪街的烤活鱼在那里殷勤地等着你去品尝。

刘禹锡说，山不在高，有仙则名；水不在深，有龙则灵。珠山虽不高峻，但赋有七姊妹山的仙气，贡水虽不深渊，但有龙舟游巡。贡水河，既有了仙气，也有了灵气，名声在渐渐远播。如果朱自清先生还在，来一趟贡水河坐舟泛游，感受一下桨声灯影里的贡水河，他定不会再发出"我们的梦醒了，我们知道就要上岸了；我们心里充满了幻灭的情思"的感叹。因为，贡水河里的桨声灯影不是梦，是现实中的现实，是快乐中的快乐。

（2023年2月17日发表于中国作家网）

97

懒猫十三

今年放寒假，儿子从孝感带回来一只小花猫。只因坐动车不方便携带，儿子只好采取快递的方式邮寄回家。那天，儿子去恩施将小花猫领回家，一打开笼子，小花猫就惊恐地逃了出来，顿时跑得无影无踪，钻进沙发犄角旮旯就不肯出来。

这只花猫的主人是儿子的一个上海籍大学同学，这么算来，这只花猫可谓是远道而来的客人。有客自远方来，不亦乐乎。有花猫远道而来，我自然是高兴的、乐乎的。现在的孩子也不怕别人笑话，年纪轻轻就主动当上了花猫的父亲，还亲切地称花猫为儿子。儿子的上海籍大学同学，自然就成了花猫的爸爸，儿子自己也顺理成章当上了花猫的干爹。

小花猫在沙发犄角旮旯大概待了半个多小时，才试探性从沙发边探出头来，还警觉地向外张望，它确信外面没有任何危险后，才慢慢溜达出来，显得格外怕人。当我试着向它靠近亲近它时，它却又一个箭步逃离开去，还不时回头向我看了看，确定一点都不认识我。我是它来到贡水这个异地后，见到的又一个陌生人。

听儿子说，小花猫之所以怕人，是因为小花猫曾是一只流浪猫，是他的同学在路边捡拾的。他的同学觉得，小花猫可能是与它的父母或是兄弟姊妹失散了，便以失散的谐音将小花猫取名为十三。可能十三在流浪的过程中，受到过多次惊扰、惊吓和惊恐，所以一见到陌生人就会情不自禁地防御性逃离。

　　小花猫在客厅里各个角落转悠了一阵，才明白这就是它的新家，我们一家3口才是它未来的主人。小花猫渐进式向我们靠近，仍然不停地打量着我们，看未来的主人是和蔼可亲，还是凶神恶煞。这时我才发现，小花猫长得异常标致，虽是一只男猫，但身材并不臃肿，显得颀长而精神；一身金黄色毛发里，镶嵌着浅白色条纹，像一位将军身披着一身盔甲。

　　小花猫的两只眼睛并不一样，一只眼睛瞳孔呈纯白色，一只眼睛瞳孔呈纯蓝色，就像西方帅小伙的眼睛，显得有些高贵和富贵。两只眼睛虽然颜色不尽相同，但一样显得晶莹透亮，特别有神，特别聪颖聪慧。一看小花猫的模样，我并不觉得它就是一只流浪多时的流浪猫，而是一只来自贵族家庭的宠物猫。

　　十三在房间里东瞧瞧、西望望，熟悉着新环境里的一切东西。可能觉得屋子里的主人并无恶意，也无任何危险，急躁的情绪和高度的警觉才慢慢放松下来。它喵喵喵地叫了几声，声音柔和而细软，即便在隔壁也难以听得见，似乎在告诉它的干爹，它已经饿了。如果它是一个小伙，定然是一个温柔体贴的小伙子。儿子心领神会，似乎注定与小花猫心有灵犀，便站起身将猫粮从袋子里取出来，放进碗里。

　　十三吃得津津有味，一边吃，还一边望着我们，好像在说这家虽比不上上海的大都市，但感觉仍还不错，是它值得在寒假期间陪它干爹留下来的地方。吃饱喝足后，十三顿时来了精神，也不再畏惧生人，而是自由自在地在房间里跑来跑去、蹦来蹦去。虽然前后间隔不到一个小时，但它的表现却显得判若两人。

　　十三似乎跑得还不过瘾，不是一步跳上吃饭的餐桌，在餐桌上转来转去，就是一个箭步飞上鞋柜，在鞋柜上拨弄着花钵。花钵里的绿萝顿时遭了殃，没一会儿就被十三抓得不成样子，就连花钵里的泥土也溅得鞋柜上到处都是。妻子大声叫嚷着，甚至拿出衣架做出要打它的样子。十三顿时觉得不妙，扭转头飞也似蹦向地板，再一次躲进了沙发角落里。直到妻子开门出去，十三又才冒头慢悠悠溜达出来。

为了让十三及早感受到家的感觉和家的温暖，我是尽量试探着抱着它、亲昵它、亲吻它。刚开始，十三并不接受，很是反抗和抗拒，极不配合我将它抱在怀里，或是将它举在手里，它不是用嘴咬我，就是用爪子抓我，让我躲避不及，手上顿时起了血痕，甚至冒出了血珠。但我并不恼它，也不吼它，而是笑着说，你小子居然还咬我抓我啊，胆儿真大啊！说完，再一次将它紧紧搂在怀里。十三见我并没有伤害它的意思，也渐渐平和下来，蜷缩在我的怀里呼呼大睡起来。

儿子对十三格外上心，比对他自己还好过千倍万倍。他又在网上及时为十三买来了猫床、猫笼、猫钵，为了让十三爪子发痒了有抓的地方，专门买来了抓板和蹭痒器。为了让十三大小便方便，还买来了猫砂和便器。儿子对十三想得极为周到，甚至还为十三买来了玩具。

十三知道儿子对它特别好，所以对它的干爹显得格外亲，总是在他身边蹭来蹭去，叫来叫去，甚至跳上儿子的电脑桌在他的键盘上抓来抓去。十三是儿子的心肝宝贝，他舍不得教训它、呵斥它，而是任由十三肆意跋扈，还亲昵地假装嗔怪道，你怎么这么调皮啊。

十三是一只爱睡觉的猫，一天大多数时间都是在昏睡中度过的。和十三混熟后，每次我下班回家，都看见十三躺在儿子的床上呼呼大睡。尽管儿子在电脑上玩游戏玩得开心至极，还大声嚷嚷，但它仍在睡梦中呼呼地打着轻微的鼾声。

我一进家门，第一件事情就是跑去将十三从睡梦中抱起，在它的额头轻吻几下，然后揽在怀里，一边看着电视剧，一边逗十三玩耍。但玩不了一会儿，十三的睡意又陡增，两眼低垂而微闭，将身子慢慢蜷缩起来，匍匐在我的大腿上就悠然自得地睡着了，细微的鼾声再一次在房间里响起。如果不有意叫醒它，它是不会自己醒来的。因此，我们都亲昵地称它为懒猫。

一晃，懒猫在我家来了半个多月了，俨然成了家庭的一分子，全家人早已习惯了与猫嬉戏逗玩，也习惯了猫的叫声和猫的鼾声，即便猫假装咬几下、抓几下，也感觉是一种家的幸福和温暖。如果上学时儿子将十三带走，我定会好长一段时间不习惯。在不习惯的岁月里，我会极为想念着它，盼望着下一个假期，儿子再次把它带回来。

（2023年3月10日发表于中国作家网）

麻　雀

　　"寒雀满疏篱，争抱寒柯看玉蕤。忽见客来花下坐，惊飞。"你知道苏轼笔下这么可爱的鸟儿是什么吗？其实，就是我们身边最为常见最为普通的麻雀。

　　我在小区院子里散步时，总有一些麻雀不是在桂花树上啁啾，就是在你脚边啄食，它们一点也不畏惧，还调皮地在你前方跳来跳去，蹦来蹦去，还时不时抬头向你打望几眼，似乎根本没有将你放在眼里。更有甚者，还会有一只两只麻雀肆无忌惮地飞向你的肩头，让你小小惊吓一下。

　　麻雀没有华丽的羽裳，全身呈棕色和黑色的斑杂状，身材短小，脸颊上还有一块丑得不能再丑的黑斑，就如少女的脸上突生的一块黑色胎记。它的嘴短粗而强壮，其喙成圆锥形，嘴峰稍曲，尾巴短之又短。仅凭外观形象，麻雀在鸟族中算不上一个佼佼者。

　　麻雀的胆大注定它活动在有人类居住的地方。麻雀的巢常常筑在屋檐下、墙洞里、燕窝里、树梢上，麻雀不善独处喜群居，它们飞到哪里都成群结队，从不单枪匹马或独来独往。即便出去偷吃粮食，也是三五成群结伴而行。但麻雀也是好打架斗殴的主，常常争斗得不可开交，甚至相互啄得血流不止。

　　对于来自乡下的我，对麻雀的印象并不很好，与麻雀相处也并不友好。在那个物资匮乏的年代，粮食就是乡亲们的命根子，而麻雀又常常是偷吃粮食的罪魁祸首，所以乡亲们对麻雀并不待见，甚至还恨之入骨，恨不得欲除之而后快。我不知道乡亲们为何对麻雀有如此大的偏见，同样是喜鹊和燕子偷吃粮食，为什么乡亲们就看得过去能泰然处之呢？但受乡亲们的影响，我对麻雀也是漠然视之。

春种一粒粟，秋收万颗子。秋收时节，每家每户的院子里一片金黄，在秋阳里泛着一层金色的光芒。光芒里映衬着乡亲们丰收后的喜悦和幸福，也映衬着乡亲们丰收后的希冀和希望。院子里铺满了晒席、簸箕，晒席和簸箕被一层厚厚的稻谷、麦子、玉米、黄豆、花生等粮食覆盖着，也被乡亲们浓浓的笑意覆盖着。

晒粮虽是一份喜悦，但也有一丝烦恼。晒粮必须有人值守在粮食边，否则鸡鸭和麻雀就会趁人不注意，三个一群、五个一伙偷偷跑来偷吃。如果你任由鸡鸭和麻雀啄食，那么一天至少有几十甚至百来斤粮食就不复存在了。几十百来斤粮食，在那时可是一家人几天的口粮啊。大人们白天都要下地干活，晒粮的这份苦差事就自然而然落在了孩子们身上。

秋日当空，大人们一大早就将各种粮食尽可能搬运到院子中晾晒。等大人们上坡出工后，孩子们就会习惯性搬出一把小椅子坐在院子里，手持一根竹响篙，犹如一个值守边疆的士兵。即便你坐在院中，麻雀也不惧怕。它们仍偷偷摸摸不带一点响动就来到了晒席边，站在粮食里使劲地啄着、嗦着、吞着，恨不得在极短的时间内吃个肚儿溜圆。

麻雀也很机警聪明，警惕性极高极强，它们常常与孩子们打着心理战和持久战。它们首先躲在院子边的果树上，既不鸣叫，也不发出响声，一旦看见孩子们开小差打盹不注意时，就电闪雷鸣般俯冲而下，以迅雷不及掩耳之势停在晒席里啄食，它们一边快速啄食，还一边小心张望。

只要孩子们一动身或是发出"喔喔"的吼声，或是响篙发出

"哗哗"的响声，它们立刻就会回转身直接飞回到果树上。片刻，它们又故技重演，重新俯冲而下飞回到晒席里。它们时时保持灵活机动的战斗状态，如果晒粮的孩子是个勤快人，对它们勤于呵斥追赶，它们就会快速出动又快速收队；如果晒粮的孩子是个懒惰人，对它们疏于管理和追打，它们就会任性地在粮食里胡作非为。

那时候，我与麻雀的较量可谓疲惫不堪、心烦意乱，在我大声吼叫大声磕响篙把它们赶走刚一坐定，那群胆子大、脸皮厚、战斗力强的麻雀又叽叽喳喳飞回到晒席里，还大口大口啄着粮食，大声鸣叫着，对我嘲笑着，似乎是在向我发出挑战。

长此以往，我也就改变了战术。在晒粮前，我会准备好几支橡皮枪和一堆小石子儿，只要麻雀一来，我就会用橡皮枪将小石子以射箭般的速度射向它们。人都怕死，何况麻雀。一只只麻雀在我的枪下死于非命，其他的麻雀见状也忌惮于橡皮枪的威力，也只好作罢暂时收敛了许多。

有时，我也会采取请君入瓮、自投罗网的办法来捕捉麻雀。我会在晒席里支几个筛子或筐子，筛子和筐子下的木棍上会套上一根细绳，等到成群结队的麻雀在筛子和筐子下啄食时，我就使劲拉动木棍，让筛子和筐子迅疾盖住麻雀。在我运气好或是麻雀背运时，一次都可以逮住七八只麻雀。在冬天雪地里，也可以采取同样的办法去捕捉麻雀。小时候掏鸟窝，也是见麻雀窝必掏，因为心里对麻雀有一种刻骨的憎恨。

在麦地里，在秧田里，在稻田里，在油菜地里，也是麻雀最猖狂最猖獗的地方。只要有粮食的地方，它们就会见缝插针，无孔不入。乡亲们为了防止麻雀偷吃粮食，也是无所不用其极。他们在有粮食的田地里，不是扎稻草人哄赶，就是连夜把守值守，甚至还带着家里的狗。

"飞向着光亮飞翔／飞过无尽无底的迷茫／最多伤了翅膀／至

少还有一点希望／飞朝着太阳飞翔／哪怕最终是奔向死亡／最多没了羽裳／至少还有最初的信仰"。听了韩磊的歌曲《麻雀》，我突然对麻雀有了新的认识认知。其实现在想来，无论麻雀多么令人讨厌，它也只是为了它的一日三餐，也是为了生计而疲于奔命。如果每一个人能做一只麻雀，都有麻雀一般的信仰，那他一生就没有完成不了的事情。

（2023年5月19日发表于中国作家网）

燕　子

　　小燕子，穿花衣，年年春天来这里。一看见晨雾中一群凌空求雨的燕子，就想起了小时候的儿歌《小燕子》，还不由自主地哼唱起来，也情不自禁地想起儿时和燕子的许多往事。

　　燕子来时新社，梨花落后清明。老家似乎是燕子的天堂，每年春天一到，燕子就准时如约而至。三三两两的燕子，就时不时来到我家溜达，在屋檐下、门楣下和堂屋里盘旋，意在寻找能让它们筑巢的地方。燕来旺家门。燕子和喜鹊一样，都是吉祥鸟和益鸟。乡亲们对燕子格外喜爱和欢迎，对燕子的登门造访从不感到厌烦厌恶，或是追赶驱逐，还会主动为燕子搭建能筑巢的地方。

　　燕子并不嫌贫爱富，总是挑贫穷和睦心善的人家安家，因为它们知道，富贵人家会嫌弃它们不干净。诗人、作曲家和漫画家左河水曾吟道："离洋舍岛伴春归，织柳衔泥剪雨飞。不傍豪门亲百姓，呢喃蜜语俩依偎。"燕子最接近人类，最亲近人类，常在农家屋檐下、房舍内筑巢安身。即便它们将粪便拉得遍地都是，乡亲们仍乐呵呵地掩灰清扫干净，从无怨言。

　　燕子寻觅筑巢的地方，就如老家大姑娘找婆家看男方的房子和家境，老家称为看人家或是看廊场。每当燕子在我家飞来飞去，左看看，右瞧瞧，母亲就会笑着说，燕子看人家来了，今年全家定有喜事到来。母亲忙催促父亲和哥哥，及早为燕子搭建巢台，以免燕子又飞到别人家去了。

父亲和哥哥搬来木梯，搭在堂屋大门门楣上，或是堂屋楼板下的横梁上，或是墙外柱头上，在门楣转角处，或是在楼板横梁上，或是在墙外柱头上，钉上两到三颗长铁钉，然后在铁钉上搁上一块四方形小木板，或是一块完好的瓦片。燕子飞来逡巡几次，一旦中意它的新家，就会衔来泥巴开始筑巢。

衔泥燕，声喽喽，尾涎涎。燕子是伟大的建筑家，它凭一张巧嘴就能在几天工夫将新巢筑好。燕巢都是燕子用衔来的泥和草茎用唾液黏结而成，内铺细软的杂草、羽毛、破布条、青蒿叶等。燕子的新巢极富艺术性，整个巢穴就如半边葫芦，又似皿状，巢口极小，仅能容下燕子自身能自由飞进飞出。巢穴表面有很多规则性花纹，就如凸起的版画和壁画。仰视观瞻燕子的巢穴，就如在欣赏一件建筑艺术品。

巢穴一旦筑好，燕子就会衔来羽毛或是茅草，将羽毛和茅草蜷伏在巢穴内，便于自己栖息起来舒适而安稳。每个燕窝里都居住着一只公燕和一只母燕，俨然一对和睦的小夫妻，常会看到夫妻俩嬉戏打闹，不是亲嘴，就是呢喃。不管是公燕还是母燕，都是容貌极佳的小鸟。

作家郑振铎对燕子这样描写道："一身乌黑发亮的羽毛，一对劲俊轻快的翅膀，加上一双剪刀似的尾巴，凑成了那样可爱的活泼的一只小燕子。"在郑振铎眼里，燕子是可爱的，活泼的，勤劳的。在乡亲们的心目中，燕子就是他们最忠诚的朋友，就如家庭的一分子。

燕子体型较小，翅膀尖窄，尾巴凹形，似一把锋利张开的剪刀，两足短小而柔弱，羽毛色泽单一，有的带有金属光泽的蓝或绿色，无不增添了燕子的美观。古人将燕子称为玄鸟，《诗经》有云："天命玄鸟，降而生商。"《楚辞·离骚》王逸注："玄鸟，燕也。"古人又将燕子看成神鸟，《山海经》记载，"北海之内有山，名曰幽都之山。黑水出焉，其上有玄鸟、玄蛇、玄豹、玄虎、玄狐蓬尾。"乡亲们为何那么至爱燕子，就不足为奇了。

燕子因两足短小而柔弱，不便于长时间站立，飞行便是它们的强项，它们是鸟类中的顶级飞行员。不管是清晨，还是傍晚，不管是天晴，还是下雨，都会看见一群群燕子凌空飞翔。它们或横冲，或俯降，或升腾，或盘旋，每一个姿势和动作都那么干脆利落而完美有致，从不拖泥带水，从不犹犹豫豫。飞累了，它们又一同整整齐齐地停歇在电线上，一个挨着一个，一个靠着一个，像一群秩序井然、威武严肃的空军。再次起飞时，并不需要喊出口令和彼此邀约，它们会心有灵犀、心领神会、不约而同地同时展翅高飞。

啾啾筑巢忙，安居孵幼崽。每年 5 至 6 月，燕子开始产蛋孵化，每次 4 至 6 个，燕蛋呈乳白色，就如白色的珍珠。公燕与母燕共同孵化，大约半个月后，幼燕出壳。大燕每天天刚亮就飞出巢外觅食，寻到满嘴的虫子，再次飞回巢内将虫子均衡分给每只小燕。每次看见大燕嘴对嘴喂食小燕时，就不得不想起母亲将食物嚼碎嘴对嘴喂食孩子们的情景。雏燕只需喂食 20 多天，就可以自己飞出觅食了。但母亲嘴对嘴喂食孩子却要几年，其中的艰辛可想而知。

燕子是候鸟，因季节变化而迁徙，极受文人所推崇和青睐，他们常借燕子或惜春伤秋，或渲染离愁，或寄托相思，或感伤时事，意象之盛，表情之丰，非其他物类所能及能比。元代杂剧家乔吉就以"莺莺燕燕春春，花花柳柳真真，事事丰丰韵韵"，元代著名散曲家张可久也以"鸟啼芳树丫，燕衔黄柳花"，来表达春光之美好和惜春之深情。

燕子习惯雌雄颉颃，飞则相随，从不单身，被文人看成坚贞爱情的象征。《诗经》有云，"思为双飞燕，衔泥巢君屋""燕尔新婚，如兄如弟""燕燕于飞，差池其羽，之子于归，远送于野"；元代文学家周德清也说，"月儿初上鹅黄柳，燕子先归翡翠楼"，作者渴望比翼双飞、孤苦凄冷的心情溢于言表。

燕子春去秋回，不忘旧巢，也被文人借来抒发昔盛今衰、人事代谢、国破家亡的感慨和悲愤。晏殊的"无可奈何花落去，似曾相识燕归来，小园香径独徘徊"，姜夔的"燕雁无心，太湖西畔，随云去。数峰清苦，商略黄昏雨"，文天祥的"山河风景元无异，城郭人民半已非。满地芦花伴我老，旧家燕子傍谁飞"，就极力表达了这种心情心境。

也有文人借燕子表达羁旅之愁，状写漂泊流浪之苦的。周邦彦的"年年如新燕，飘流瀚海，来寄修椽"，张可久的"望长安，前程渺渺鬓斑斑，南来北往随征燕，行路艰难"，苏轼的"有如社燕与飞鸿，相逢未稳还相送"，韩愈的"早日羁游所，春风送客归。柳花还漠漠，江燕正飞飞"，就能很好地说明这一点。

"去岁辞巢别近邻，今来空讶草堂新。花开对语应相问，不是村中旧主人。"今年新来的燕子，看见老家的变化，无不惊讶惊奇，犹如我几年回到故乡一样，儿时的故乡早已不复存在，几经寻找都寻觅不见。此时才恍然大悟，自己早已不是村里的主人。

（2023年3月9日发表于中国作家网）

兔年言"兔"

老家有句歇后语，叫"大年三十逮兔子，有它过年，没它也过年"。比喻某物对整个事件无关大局，起不了任何决定性作用。寅去卯来，兔年闪亮登场。在兔年里，中国独特的兔文化不禁让兔子成为人们交谈和议论的话题。

乡亲们在生活劳作中积累而归纳总结的歇后语，他们称为"攒言子"，根据兔子攒的言子还比较多。比如，"抓把兔子草喂骆驼，不是好料"，比喻品质不高，质量不好。"打兔子碰上黄羊，捞了个大外快"，比喻获得意外之财或意外惊喜。"兔子逼急了，还会咬人"，比喻再弱的群体在逼急时也会反击反抗。

生肖中的"兔"对应着十二地支中的"卯"，排行第四，兔年即为卯年。兔年起算自二十四节气中的立春，因为生肖年依附于干支纪年，而干支纪年又是干支历的纪年方法，历代官方历书（即皇历）皆如此。这么说来，公历 2023 年 1 月 22 日，正式进入兔年，到 2024 年 2 月 9 日结束。一日十二时辰中的"卯"时，为清晨 5 时至 7 时，又称为兔时。

兔子是一只极温柔的兔。小时候是听着兔子的儿歌长大的，"小兔子乖乖，把门儿开开，快点儿开开，我要进来"，这说明兔子是乖乖兔。"小白兔白又白，两只耳朵竖起来，爱吃萝卜爱吃菜，蹦蹦跳跳真可爱"，这说明兔子是可爱的兔。"静如处子，动如脱兔""守如处女，出如脱兔"，就兔子本身而言，就体态娇小，行动迅捷，善于跳跃，性情温和，特别惹人喜爱。孩子们对兔子更是钟情怜爱，以养之为乐。

兔子是一只有智慧的兔。人们常说，"兔子不吃窝边草"，说明兔子有着充分的自信心和自信力，充分相信那些身边之物犹如身外之物，迟早都会纳入自己麾下，囊入自己怀中，甘愿选择与邻为善，不争不夺不抢，顺其自然。狡猾的兔子为躲避猎人，也还有"三窟"。《战国策·冯谖客孟尝君》中，冯谖劝孟尝君："狡兔三窟，仅得免其死耳。今有一窟，未得高枕而卧也。"这说明兔子懂得"以退为进，以弱胜强"的道理，深懂凡事留后路的道理。

兔子是一只有身份的兔。民间将兔子尊称为"兔儿爷"，乡亲们常常在闲暇之时和劳作之余，用泥巴精心捏造出月宫中玉兔的形象，供奉在自己家中，以祈福消灾免灾。《花王阁剩稿》中就有记载："京中秋节多以泥抟兔形，衣冠踞坐如人状，儿女祀拜之。"后来，人们把玉兔进一步艺术化、人格化、神圣化，塑造成不同的兔儿爷。兔因形象而美好，被老百姓看作瑞兽。传说，英雄吕布的坐骑就是一只"赤兔"，有"人中吕布，马中赤兔"的说法，这说明兔子的地位极其显赫。

兔子是一只很文艺的兔。很多文学作品中都有兔子的出现，兔子的形象。神话故事《拟天问》就有"月中何有，白兔捣药"。玉兔捣药出自汉乐府《董逃行》，相传月亮中有一只洁白如玉的兔子，称作"玉兔"，常拿玉杵跪地捣药蛤蟆丸，服用即可成仙。《西游记》也有小玉兔溜下凡间，挥舞捣药杵与孙悟空对战的情节。久而久之，玉兔就成为月亮的代名词。辛弃疾在《满江红·中秋》即以玉兔表示月亮，有"著意登楼瞻玉兔，何人张幕遮银阙"的词句；诗人贾岛也有"上人分明见，玉兔潭底没"的诗句。

兔子是一只很悲情的兔。兔子天生弱小，注定是被猎狗追逐猎杀的对象，尽管富有智慧，但一生也极具悲情。狡兔死，良犬烹。

良犬虽然功劳卓著，但也逃脱不了被"烹"的下场。《东周列国志》有云："吾闻'狡兔死而良犬烹'。敌国如灭，谋臣必亡。"俗语"不见兔子不撒鹰"，比喻行动要及时，要适时合适，但也将兔子作为了最终的捕猎目标。比如宋代释普济《五灯会元》中就记载："布大教网，漉人天鱼，不如见兔放鹰，遇獐发箭。"

兔子是一只极诗意的兔。只因兔子与月亮难逃干系，关系密切，古人善于将兔子作为吟诗赋辞的对象，来表达自己内心那份独特的感情。李白在《古朗月行》中就写道："白兔捣药成，问言与谁餐？"杜甫在《新婚别》中也说："兔丝附蓬麻，引蔓故不长。"元稹在《田野狐兔行》中同样写道："鹰怕兔毫，犬被狐引。狐兔相须，鹰犬相尽。"李白也好，杜甫也罢，还是元稹也好，都是将兔子作为了他们抒发情感、睹物思人的对象。

兔子是一只带福气的兔。辞寅年，迎卯年；拜虎年，接兔年。人们常借春联大书特书兔年的喜气、福气、祥气和瑞气。比如"虎年已去春风暖；兔岁乍来喜气浓""金杯醉酒乾坤大；玉兔迎春岁月新""玉兔生辉，照宽改革路；春风得意，吹绽文明花""北斗回寅，万户金鸡争唱晓；东风送暖，九霄玉兔喜迎春""爆竹辞旧岁，玉兔毫毛生紫气；华灯迎新春，金龙捷足入青云"。兔年的祝福语也别具一格，既接地气，又聚人气。

兔子是一只好口碑兔。因兔子极其温和善良和纯洁友好，在人们心目中的口碑极高、信誉极好，人们在产业、商业和销售中常常借用玉兔代言自己的产品，代指自己的产品，并用玉兔命名公司。比如江西广丰的月兔橱柜、山东玉兔食品有限公司、杭州玉兔遮阳篷有限公司、杭州月兔空调、南通玉兔集团有限公司、温州月兔电器集团有限公司等。就连台风之名也离不开兔子。比如台风"月兔号""玉兔号"等。

挥别金虎，喜迎玉兔。在五彩的烟花中，在浓烈的年味里，在喜庆的灯笼下，在祥和的氛围里，兔年早已捷足先登，玉兔已蹦蹦跳跳出现在人们面前，那种祥瑞之兆和祥瑞之气，弥漫了整个人间。

（2023年3月26日发表于中国作家网）

第三辑
四季美美而食

美食是大地的宠赐，是四季的福泽，是人们的福祉。每个季节都会应时而生很多美食美果，你不妨美美而食，美美而品……

萝卜羹和野味长

小时候，母亲在菜园地里摘菜的时候，总是会哼着欢乐的童谣："青菜叶叶儿，萝卜梗梗儿，茄子把把儿，番茄果果儿，辣子吊吊儿，韭菜馅馅儿……"；在以萝卜为原材料做菜肴的时候，母亲也会唱道："萝卜丁丁儿，萝卜条条儿，萝卜片片儿，萝卜丝丝儿，萝卜坨坨儿，萝卜皮皮儿……"母亲在童谣里唱出了她对全家人生活的憧憬，尽管当时生活拮据而艰苦，但母亲对未来仍充满了无限希望。

秋季一到，母亲会及时拾掇规整菜地，将菜地里的杂草除净，进行深耕细翻，用长线或是草绳量好窝子彼此之间的尺寸和距离，用薅锄勾勒出整齐划一的窝子，然后丢上几粒萝卜种子，掩上一层薄土或是火灰，泼上半瓢稀粪，点种萝卜就算完成了。

时隔两三天，米粒般大小的萝卜种子，就适应了土壤里的湿度和温度，吸收了土壤里的水分和养分，迅速破土而出，露出一片细小的叶子出来，像一个圆圆的小脑袋，惊奇地打量着这个全新的世界。有的白茎弯曲弓着身，有的白茎直溜顶着头，尽情沐浴着阳光和雨露。再过两三天，整个窝子就一片青绿，放眼观看整块菜地，萝卜菜叶就像操场上排兵布阵的士兵，欣然等待母亲来检阅。

萝卜种子是长情之物，也是最不娇情的蔬菜，沾土即生，见风就长，不管是在沃土里，还是在石砾间，只要给它提供一块小小的领地，它就会不加选择欢实肆意地滋长。母亲说，萝卜菜最打得粗、下得蛮，最经得起风雨磨砺，就像我们山里娃，尽管吃的粗粮和野菜，照样长得水灵而壮实。

一个星期过后，整块菜地就会乌泱泱一大片，一蓬蓬、一丛丛、一簇簇，萝卜菜相互依偎着，相互簇拥着，相互依靠着，大约一拃来长。萝卜菜叶嫩绿得像婴儿的脸蛋，一捏就会出水出油，时不时会促使你的食欲大增，恨不得生吃几口。母亲提着竹篮，端着菜箕，来到菜地里精挑细选萝卜秧。母亲虽是一名农妇，但她深谙去莠存粮、去芜存菁的道理。

她拨弄着每个窝子里的萝卜秧，将粗壮结实的萝卜秧留出三到四根，其他的萝卜秧就连根拔起，装在事先准备好的竹篮或菜箕里。此时，留存的萝卜秧会受到影响而倒伏或是偏斜，母亲就会用手抠出周边的泥土将萝卜秧培植着。采回来的萝卜秧，母亲用井水淘洗干净，或文火炒食，或焯水凉拌，或煨做羹汤。

我记忆最深的，觉得味道最美的，还是母亲用嫩绿的萝卜秧做成的玉米粥。在青黄不接的时候，萝卜秧做的玉米粥就是全家人的主粮，也是全家人抵御饥饿的最佳食物。母亲将萝卜秧切细，稍微用热水焯一下备用。母亲在房梁上割下一小截猪油，在锅底煎出油汁，铲出油渣，倒入一瓢井水，丢进一匙食盐，待汤烧开后，将焯好的萝卜秧均匀地撒进汤里。

等汤再次烧开后，一边用锅铲搅拌，一边将细腻的玉米粉撒进锅里。这样制作的玉米粥清纯可口，既有萝卜秧的清香，又有玉米粉的清甜。孩子们即便吃上几大碗，也还咂巴着嘴舍不得放碗。

如今，我最钟情在火锅里或是肉汤里下鲜嫩萝卜秧，会不自然地想起陈著的诗句："晓对山翁坐破窗，地炉拨火两相忘。茅柴酒与人情好，萝卜羹和野味长。"同样感受到了古人一边烤火、一边饮酒、一边享受萝卜羹的那份惬意和那份恬淡。

萝卜长到一定的时候，也就是萝卜的块茎长到一定的时候，就能分辨出萝卜的颜色了。母亲既种红萝卜，也种白萝卜，还种青萝卜。红萝卜红得发紫，白萝卜白得晶莹，青萝卜青得发乌。如果要生吃萝卜，当属青萝卜最为爽口，红萝卜有些辣舌辣喉，而白萝卜又淡而无味。

母亲会根据萝卜的种类和特性制作出不同的菜肴，红萝卜是泡菜坛子里的珍品，泡出来的酸水色香味俱全，白萝卜最适宜做萝卜干、萝卜丁，或是炖新鲜排骨，青萝卜因清脆最适合做各种凉菜。读初中住校的时候，每周母亲都会用稀辣酱和少许酸水，腌制出清爽可口的酸萝卜丝，算是我在校读书的下饭菜。

打霜过后的萝卜味道更纯更正。冰天雪地里的白菜会被冻蔫，而萝卜菜一点也不惧寒，依然昂着头傲视群雄。在乡下，一到冬天，房檐下到处晾晒着萝卜条和萝卜缨子，和金黄色玉米棒子、红彤彤的辣椒串一起，将丰收的喜悦写成了一道靓丽的风景。

一旦水分晾干，萝卜条就会被拌上食盐、辣椒粉和一些作料，储藏在坛子或容器内，待滋味悠长之时，就取出来食用。而萝卜缨子就会被切成细末，做成盐菜倒匐在坛子里，待酸味渐长之时，就可以取出来蒸梅干菜扣肉。萝卜全身都是宝，就连萝卜籽，也是助力消化的一剂良药，即便萝卜皮，如今也让人制作成了酸辣可口的泡菜。

乡下的农民有着从泥土里迸发出来的智慧，即便吃着平常的萝卜，也会总结出一些俗语俚语，极度夸赞着萝卜的各种好处和妙处。诸如"萝卜白菜，各有所爱""萝卜扯了眼眼在""冬吃萝卜夏吃姜，不劳郎中开药方""萝卜响，咯嘣脆，吃了能活百来岁""青菜萝卜糙米饭，瓦壶天水菊花茶""姜开胃，蒜败毒，常吃萝卜壮筋骨"等等。

"密壤深根蒂，风霜已饱经。如何纯白质，近蒂染微青。"这也是古人对萝卜最为绝佳、最为由衷的赞美。

（2023年3月9日发表于中国作家网）

春笋满山谷

　　春笋是一道美食，无论是鲜笋炒肉，还是干笋炖肉，都能在舌尖上留下醇香的美味和永久的记忆。如果厨技高超和厨艺精湛，还能以春笋为食材，做出更多让食客回味无穷的美食来。

　　记得母亲就能做出酸笋、泡笋、炸笋等美味，让孩子们总在春天循着春笋的味道，屁颠屁颠地跟着母亲跑来跑去，嘴里还不停地吵闹着，"我要吃笋笋"。母亲并不心烦厌烦，总是心平气和地回答道，好，好，好，吃笋笋，我给你们做，让你们吃个饱，吃个够。

　　那时候，春笋既是一道主食主菜，也是一种饥饿时可以充饥的零食。春天吃不完的嫩笋，母亲就会将嫩笋切片焯水晾干，储存在密封的袋子里，以便青黄不接的时候拿出来应急，或是等到冬天有腊肉的时候，炖一锅香喷喷的腊肉，让全家人共享打牙祭。

　　等孩子们长大点以后，母亲就会带着孩子们在山上挖竹笋，在溪边扳竹笋。山上的竹笋胖嘟嘟的，像孩子的小脑袋，甚是喜人可人。溪边的竹笋杨柳细腰，根本不用挖锄、镐锄去挖，用手轻轻一扳，只听嘎嘣脆一声响，竹笋就自然而然到了人的手中。

　　不管是山上胖嘟嘟的竹笋，还是溪边杨柳细腰般的竹笋，只要一到我们的篮子里和撮箕里，就是我们收获的一份喜悦和战果，大家都喜不自胜，甚至眉飞色舞。如今，回忆此情此景让我不得不想起一副对联来，"稻草扎秧父抱子，竹篮装笋母怀儿"，这就是有名的"一联辨龙虫"的故事。

相传安徽太湖县有一李姓状元，其子懒惰成性，不学无术，其侄子却勤奋好学，聪颖过人。一日中午放学，两个孩子路过正在插秧的稻田，老农便问，听说对联"稻草扎秧父抱子"的下联至今无人对出，你们能对出吗？状元的儿子不假思索就答道："寡妇偷人也怀儿。"惹得老农们一阵讪笑。

但状元的侄子稍加思索就答道："竹篮装笋母怀儿。"深得老农们的赞许。状元知道后不禁喟然长叹："犬子不才，出言鄙俗，虫也；侄儿俊秀，淡俗而雅，龙之征也。"后来，状元之子连秀才也没考中，但其侄子却中了状元，成了国家的栋梁之材。

解缙却对山间竹笋并不看好，甚至还有一种偏见，做出"墙上芦苇，头重脚轻根底浅；山间竹笋，嘴尖皮厚腹中空"的对联，借以讽刺那些只会夸夸其谈而没有实际能力的人。我不知道解缙如果品尝了山间竹笋的美味，还是否能作出这般的对联来。

记得老家邻村有一个张姓的莽汉，在妻子得重病去世后，不知道他使了何方妖术，也不知道他有何等魅力，竟然将妻子的亲侄女弄到手成了夫妻。莽汉也由原来的姑父一下降低辈分，变成了丈夫。相反，侄女在莽汉孩子面前，却由原来的姐姐一下提高辈分，变成了后妈。乡亲们觉得这桩婚事有点别别扭扭，稀里糊涂，就很形象地戏谑莽汉道："你是既砍竹子又扳笋子，通吃啊！"见乡亲们戏谑自己，莽汉也不生气，还呵呵一笑，居然还有点"春风得意马蹄疾，一日看尽长安花"的喜悦。

尽管有大片大片的竹笋，母亲也如乡亲们一样，是不会让孩子们整片整片、整块整块毁坏竹笋的。在采挖采摘的过程中，总是有选择性地攫取，一旦整块整片毁坏破坏竹笋，来年就再也不可能在原地能长出竹笋来。母亲说，这要给我们自己留一条后路，也是给自己留一条活路，凡事都不能做尽做绝。

其实，留下的竹笋就是留下的竹种，留下的希望，只有种子还在，只有希望还在，就不怕来年无春笋可采，无竹笋可吃。这也如父亲常念叨的一句话，"只要青山在，不怕没柴烧"，其道理如出一辙。在和左邻右舍和亲朋好友相处的过程中，父亲和母亲也是抱着这种信条，做到"做人留一线，日后好相见"。父亲母亲和周围团转的人能和睦相处，能亲如一家，个中缘由就源于此。

采挖采摘回来的竹笋，都有壳叶包裹着，就像竹笋穿着的层层新衣和绒衣。壳叶上还有很多毛茸茸的细毛和刺毛，一旦细毛长硬长粗，就会刺人蜇人，令你不仅疼痛难忍，还让你奇痒无比。在挖笋和扳笋的过程中，母亲总一再叮咛和叮嘱，要小心毛毛啊！母亲这种不厌其烦的叮咛叮嘱，老家方言俗称为扎呼。只有至亲至爱的人，才会对你呵护扎呼。

在给竹笋剥去壳叶的时候，大家更是小心翼翼，生怕壳叶上的尖毛刺毛扎进手里。"紫箨坼故锦，素肌擘新玉。"箨者，即为竹笋外层一片一片的壳。剥下的紫色壳叶似一匹匹锦缎，剥出的嫩笋像鼓起的一块块新玉，让人爱不释手。母亲总是将剥出的嫩笋在手中端详良久，就像捧着孩子们的脸，左看右看好一阵才肯释手。

白居易当年所处的地方，就是"春笋满山谷"的竹笋之乡。一到春天，漫山遍野的竹笋就破土而出，俨然我的老家一样，竹笋占领着他的一隅乡土。白居易也和乡亲们一样，喜欢品尝春笋，在品食春笋时情不自禁地吟出《食笋》一诗。"此州乃竹乡，春笋满山谷。"白居易感到何等庆幸，自己能所处竹乡之地。倘若那时我也能赋诗，定然也会吟出"春笋满山谷"的句子来。

三国时期，吴国孟宗哭竹生笋哭出了大孝，留下了"滴泪朔风寒，萧萧竹数竿。须臾冬笋出，天意报平安"的美名。苏东坡说，"无肉令人瘦，无竹令人俗。若要不瘦又不俗，除非顿顿笋烧肉。"这说明苏东坡何等钟情钟爱竹笋。宋代济南人李荙吃笋成仙，能身轻神逸，行步如飞，乘云而起。尽管我们吃笋不能成神成仙，但也有一种飘飘然的感觉，都以每年春季到来能最早吃上春笋而沾沾自喜。

尽管初食春笋时价格昂贵，正如李商隐所言，"嫩箨香苞初出林，五陵论价重如金"，但妻子还是常常不惜重金到街市上买几个春笋回来尝鲜，她说吃的不仅是春笋，更多吃的是春天的味道和泥土的芬芳。每当咀嚼脆生生、甜滋滋的春笋，就仿佛看到了家乡"春笋满山谷"的场面，以及母亲为我们做各种春笋美食的情景。

（2023年3月18日发表于中国作家网）

春来粉粑香

虽然还春寒料峭，但仍挡不住春天早来的脚步。妻子从街市里买回几个白而晶莹的粉粑，烤着吃，蒸着吃，煎着吃，都香味浓厚。特别是蒸着吃，粉粑软糯细腻，柔中带滑，蕴含着黄豆粉馅儿的清香和壳叶粉粑叶的芬芳，那滋味有点让人受不了。即便在急着干活，只要闻到粉粑的香味，就会不自然停下手中的活计，闻香而去。

记得和妻子结婚后的头几年，每次到她老家去，她的嫂子是个极其能干、极其勤快的农村女人，她虽然在田间正忙着活，即便抢收抢种，但只要听到妻子喊她吃粉粑，或是闻着家里岳母做出的粉粑香味，她就会立马丢下活计，放下锄头镰刀，跑回家吃几个粉粑先过瘾，然后才再重新上坡下地干活。尽管妻子和岳母笑她，但她仍笑着说，谁叫你们的粉粑诱人撩人呢。

妻子从小也好粉粑这一口，缘于岳母是做粉粑的一把好手。她做出的粉粑在十里八村首屈一指，大家吃了都说好。即便在她们那个小村的场上叫卖，她的粉粑总是最先被抢售一空。岳母去世多年，再也不能吃到岳母亲手制作的粉粑味道。妻子每次逛街，只要哪里有老人卖粉粑，妻子必买无疑，因为她想感受和回味一下岳母粉粑的味道。

岳母知道孩子们喜欢吃粉粑，只要春天一到，岳母就会开始筹备做粉粑的各种原料。一年四季里，岳母不分春夏秋冬，不分寒来暑往，只要孩子们想吃了嘴馋了，她都会照例想办法做出来，满足孩子们的心愿和愿望。等孩子们长大后，她又有了孙子和外孙，她亦是如此。孙子和外孙们，也是一群粉粑的小馋虫，仍是一群粉粑的忠实粉丝，总是吵着闹着，要粉粑吃。

春天里，岳母就会精挑细选上等的糯米和大米，去除杂质和石子，用乡下的石磨或是碓窝，慢慢磨出或舂出细腻的米粉，用塑料袋封存着。米粉越细越好，最好是捻在手里有柔滑的手感，这样的米粉做出的粉粑，才格外爽口诱人，一点都不硌牙，也没有粗糙之感。等正式做粉粑的时候，岳母还要用篾制簸箕，把黄豆簸筛出来，让破损、霉坏的黄豆摘选到一边，同时将石子、杂质、泥土清除干净。

岳母簸筛黄豆时，黄豆在簸箕里滚来滚去，发出哗哗哗的声音，如千军万马，如大雨倾盆。岳母两手的节奏感极强，在她一抖一松的节奏中，那些颗粒饱满的黄豆都顺从地乖乖地滚落到箩斗里。就如一个个调皮捣蛋的孩子，即便当时再调皮再闹腾，在她的摇晃下，在她的哄睡中，孩子们都会乖乖地安然睡下，恬静极了，发出呼呼地酣睡声。

傍晚，岳母在炉上生上文火，支一口铝锅或是铁锅，将黄豆倒进去炒熟炒酥，直到黄豆颜色变黄裂口散香。趁热打铁，岳母又将炒好的黄豆倒进石磨或是碓窝，磨出或舂出黄豆粉。此时，黄豆就香气四溢，特别是磨出粉的当口，香气格外浓郁，整个房间都能清晰地闻到。嘴馋的孩子们就会偷着抓几把黄豆，迫不及待地塞进嘴里解馋。

岳母假装生气，用喂食石磨的弯头细木条追打他们，尽管他们一边跑，一边叫喊，但仍不忘往嘴里塞香喷喷的炒黄豆。这根弯头的细木条，孩子们都叫它磨抓子，它负责推磨者一边推磨，一边握在手里给磨眼喂东西。有了磨抓子的帮助，就可以减少一个专门站在石磨边喂磨的劳力。但磨抓子的使用，是极其讲究技法和技巧的，稍不留意，不仅握不住它，也派不上用场，只有岳母她们这种长年累月用过它的人，它才会乖乖听话，言听计从，否则就会调皮地从手中滑落到地上。

做粉粑之前，还得准备好包裹粉粑的粉粑叶。包裹粉粑的叶子名叫琴叶榕，一听名字就是一个美妙的树种，像一个漂亮村姑的名字，它又叫山甘草、山沉香、过山香、铁牛入石、牛根子等。乡亲们之所以用它包裹粉粑，是因为琴叶榕是一种极有用处的中草药，它味甘、微辛、性平，有祛风除湿、解毒消肿、活血通经之功效。

趁天晴，岳母就会背着背篓，带着镰刀上山采摘琴叶榕。采摘回来的琴叶榕叶子，岳母会用盐水泡上半个小时，用细刷一张一张刷洗干净。为防止琴叶榕的叶子在包裹时容易破损折断，岳母还会用开水将叶子焯软，这样包裹起来就方便得多，轻便得多，容易得多。

一切准备就绪，岳母就将糯米粉和大米粉按一定比例混合，一般糯米粉比大米粉略多略重一点，否则蒸出的粉粑就没有糯性和黏性，吃不出那种撕撕扯扯、牵牵引引的味道。混合均匀后，就要加入干净清凉的井水或是泉水，加水的火候也要掌握精准，否则蒸出的粉粑不是太硬像啃石头，就是太稀太粘太绸包不成形。

加水后，就要双手迅速揉和，像揉面粉一般。在揉揉的过程中，还得讲究揉、揉、压、按、推、擀、捏等技法，就如老中医推拿一般。岳母揉粉的技艺娴熟，可谓水到渠成，不用半个小时，那些灰尘般的米粉，瞬间就变成了一堆任由揉捏的粉团。粉团稍微发酵一会儿，就可以用琴叶榕叶子包裹了。

岳母在炉上架好蒸甑，从粉堆里撕下一小块粉团，在手里揉捏成四四方方的片状，用调羹舀出黄豆粉，倒在片块中间，然后将片块对折，将周边的缝隙捏在一起，同样将琴叶榕的叶子对折，将对折后的粉粑放进去，粉粑就成功地做好了。随着蒸盥里的水烧开，蒸盥里的蒸叶上也就陆陆续续放满了包裹好的粉粑。待再蒸上一个多小时，粉粑的香味渐渐散发出来，溢满了整个房间。

在外玩耍的孩子们，闻见粉粑的香味，不用大人叫唤，就会蜂拥而至，吵着闹着要吃粉粑。岳母看见嘴馋的孩子们进屋，就高兴地咧开嘴笑，忙揭开蒸盥盖子，用筷子夹着热气腾腾地粉粑出来，放在一排排碗里，待稍冷却后就让孩子们吃个够。可孩子们等不及，不容粉粑冷却，不是用筷子夹着，就是直接用双手去抓，迫不及待地去尝一口鲜味。

真的是猫抓糍粑，脱不了爪爪。孩子们越是想早吃，越是滚烫吃不顺利，孩子们不是急得嗷嗷叫唤，就是被烫得嗷嗷叫唤，惹得大人们一阵哂笑，直骂他们是小馋鬼、饿吃佬。其实，大人们也按捺不住自己的心情，也心急火燎地抓起粉粑就吃，烫得连吹冷气，嘴巴吐着舌头。由于粉粑的糯性和黏性，他们不断撕扯着，纠缠着，就如藕断丝连。

自从岳母去世后，这种吃粉粑的热闹场面再也不复重现。每当妻子从外面买回几个粉粑邀我一起吃时，我就情不自禁地想起了岳母，想起了她包粉粑时种种场景。那些场景让孩子们终生难忘，而又有一种莫名的幸福、思念和伤痛。

（2023年3月19日发表于中国作家网）

香椿美味

　　晏殊写的诗"峨峨楚南树，杳杳含风韵"，描写、赞美的就是香椿树。香椿树是一种古树，象征着长寿和高龄。《列子·汤问》就有云："上古有大椿者，以八千岁为春，八千岁为秋。"庾阐在《采药诗》中也说，"椿寿自有极，槿花何用疑。"范仲淹在《老人星赋》中也写道："会兹鼎盛，荐乃椿。"民间之所以将父母称作为椿萱，大概就源于此，也是希望父母能健在能健康长寿，才有椿萱并茂一说。

　　香椿作为一种春天的美食和树上的美味，却是很早很早的事情，并非现代人特有的发明和专利。

　　品食香椿却早在汉代。食用香椿时，香椿曾与荔枝一起作为南北两大贡品，深受皇上及宫廷贵人的喜爱。苏轼就盛赞："椿木实而叶香可啖。"他还在《春菜》中写道："岂如吾蜀富冬蔬，霜叶露芽寒更茁。"《山海经》中也有"成候之山，其山多櫄木"的记载，其櫄木即为香椿，古代民间也还有"常食椿巅，百病不沾，万寿无边"的说法。

　　三月八，吃椿芽儿。每年春季谷雨前后，香椿树就会冒出嫩芽，长出嫩叶，供人们采摘采食。香椿叶厚芽嫩，绿叶红边，犹如玛瑙和翡翠，香味浓郁，营养价值远高于其他蔬菜，为宴宾的名贵佳肴。就如芫荽菜和鱼腥草一样，很多食客不适应椿芽这种奇特的香味和气味，反倒说是臭味，还唯恐避之不及，这不得不说是各有所爱。

雨前椿芽嫩如丝，雨后椿芽如木质。采摘椿芽最讲究个时节时令，在椿芽发出三到四个叶片为宜，这时的椿芽最脆嫩最丰腴，此时"山珍梗肥身无花，叶娇枝嫩多权芽"，做出来的菜肴吃起来才"食之竟月香齿颊"。如若采摘太早，椿芽会太少，采摘过迟，椿芽就会变成木质难以咀嚼下咽。

古人在采摘椿芽的时刻，倘若有客人到来，定会再三挽留客人，一同品尝椿芽的美味和美酒的香味，"腊酒犹浮瓮，春风自放花。抱孙探雀舟，留客剪椿芽。"吃饱喝足，还会"无限村居乐，逢人敢自夸。"那种闲情逸致自在椿芽的咀嚼中和美酒的吞咽中，得到了满足和升华。

老家的乡亲们也是有吃椿芽的习俗和习惯的。我家的房前屋后就有很多香椿树，一部分是土生土长的椿树，另一部分是父亲每年栽下的。父亲不管是在山间砍柴，还是在溪沟割草，只要看见哪里有椿树苗，他就会想尽一切办法将椿树苗挖了回来，然后移栽到房前屋后。

几年下来，房前屋后就形成了一块香椿林。树木大者，竟有碗口般粗大，树上枝丫繁茂；树小者，还仅一根独枝。整个香椿林显得参差不齐，错落无致。春天一来，不仅有成群的喜鹊在高大的椿树上叽叽喳喳，也还有云雀在香椿林里闹个不停。每当喜鹊一叫，母亲总会说家里要来贵客了。

每到谷雨前后，椿树林的椿芽散发的香气就会弥漫房前屋后，方圆几百米都能清晰地闻到。乡亲们称采椿芽为打椿芽，采摘高树大树上的椿芽，他们会支着一架木梯，木梯的顶端靠在椿树上，下端稳稳地戳进泥土里。如若还嫌不稳，就由一人脚踩木梯第一档横木，两手将木梯稳稳地撑着。然后，采摘者放心大胆地攀上木梯，手持镰刀将玛瑙般的椿芽逐一采摘下来。

也有胆大者，根本不用木梯，他们腰间别着镰刀，两手抱着椿树，两脚蹬着椿树，屈着背，弓着腰，稍一用力，就像猴子一样迅疾地爬上了椿树，将椿芽打了下来。恐高者既不用蹬木梯采摘，也不直接爬上树梢采摘，而是事先准备一根长长的竹竿，在竹竿顶端绑上一把镰刀或是一个铁钩，站在地上手持竹竿就可以将椿芽钩下来。

矮小的椿树，小孩子都可以站在地上将椿芽掰了下来。但对于那些没有分枝分杈的独枝椿树，父亲和母亲是不让孩子们直接将椿芽苞撅下来的，一旦撅了下来，这根椿树就会不再长高了，犹如人断了头还怎么成活？

在采摘椿芽的过程中，总是潜藏着一定的风险和危险。我的一个远方亲戚表叔，就在爬梯打椿芽时摔了下来，只因头直接落地磕在了石头上，当场就殒命了。这是他们全家人心里一道过不去的坎，从此他的家人便禁止了采食椿芽，灾难令乡亲们唏嘘不已、感叹不已。

采摘下来的椿芽，先将木枝、大梗和粗叶挑选出来，留下青翠欲滴的芽苞，在滚烫的开水中焯一会儿，将水分挤出，就可以做各种精美的菜肴了。最常见的莫过于做香椿炒鸡蛋、香椿拌凉菜、香椿煎面饼，还可以香椿拌豆腐、油渣香椿鱼、香椿拌面条等等。

其实，香椿是一种脸皮厚的食材，只要你想得到，就可以做出一道物美价廉的可口菜肴来。为何古人和现代人都追捧热捧香椿芽，因为香椿芽还具有多种药用价值，能开胃健脾、清热利湿、抗衰老等。

年年岁岁花相似，岁岁年年椿不同。今年的椿芽又是一个丰收之年，既占据了菜市场的柜头，也占据了吃货们的心头，但愿你既能吃出月香齿颊的滋味，又能吃出延年益寿的况味。

（2023 年 3 月 24 日发表于《知恩》，2023 年 5 月 16 日发表于中国作家网）

麦子从岁月里走来

对于我这个从泥土里走出来的农民后代来说，一粒粒麦子就如一粒粒金子。麦子不仅有黄金般的颜色和肤色，而且还有黄金般的内质和价值。在饥饿难耐的岁月里，在哪里见到一粒麦子，就会眼前一亮，就会一阵惊喜，犹如看到一粒金子，势必会弯腰虔诚地拾起来揣进裤兜，回家后放进难以满仓的粮柜里。

小时候，跟着父亲母亲侍弄过庄稼，麦田里留下了我太多的足迹和记忆。进城工作后，见到的都是以麦子为原材料制作的食品，却很难见到麦子原有的影子。但我对麦子的样子始终记忆犹新，它椭长形，两头尖，中间鼓，中间一分为二，生有一条细长的凹槽，实属一个玲珑的小精灵。这条凹槽就像分水岭，将一粒麦子的地域地界分得十分均衡，而且还呈对称形，显得十分精致美观。

不管在家里，还是在餐馆，抑或在小吃摊前，当我吃着馍馍、嘞着面条、品着饺子、嚼着油条、食着煎饼时，首先想到的还是那金黄色的麦子和那一望无垠的麦浪。老家虽是莽莽大山，但门前却是一片坦途，有望不到边的旱地和水田。老家有两句谚语，叫"三春不赶一秋忙""白露早寒露迟，秋分种麦正当时"。秋天虽然是秋忙秋收的季节，但麦子独一无二，它却在秋季里播种。

秋天一到，就是父亲与土地深情交融的时候。父亲将秋收过后的土地深翻细耙整平，将水田开沟放水变旱。父亲在耕耙土地的时候，我总爱跟在父亲和耕牛身后，不是捡拾母子洋芋，就是捡拾折耳根。鸟儿也和我一样，行动敏捷地捕食着泥土里深翻出来的蚯蚓和虫子。虽然只是一个大清早，父亲身后就留下了一大片新鲜的土地，像一块即将画满图画的布景。

父亲种麦很是讲究，他总是用绳索进行丈量和测量，确保每垄麦地的宽度一致。父亲将麦种播进泥土，就将一家人的生计植进了地里，他希望全家人的生计能在泥土里生根发芽，茁壮成长。秋雨过后，麦粒种子在泥土里泡胀发芽，神不知鬼不觉地就在一夜之间冒出土来，即便泥土表面有石子压着，有枯叶挡着，它也会不屈不挠地迂回着探出头来。

几天过后，麦苗就齐刷刷地长出一拃来长，就像菜园里的一畦畦韭菜，青翠欲滴，一片葳蕤。父亲站在麦地里张望，就像站在一块绿油油的地毯上。当冬季雪花飞舞，雪花重重地覆盖在麦地里，这时父亲最为兴奋。"冬天麦盖三层被，来年枕着馒头睡。"即便棉花般的雪花还在飞扬，父亲仍坚持每日清晨到麦地打卡打望，将他的希望和憧憬踩进麦地里，留在雪地里。

阳春三月，天气回暖。麦苗青春勃发，浑身透着一股子劲，颀长的身段在阳光里泛着光。春风吹来，麦苗情不自禁地舞动着身姿和霓裳，将大地舞动得一派生机勃勃。母亲在麦地里除着草，像在给麦地理着发，又像在给孩子梳着头，她要让麦苗轻装上阵、放下一切包袱恣意生长。

再过一段时日，麦苗就初露锋芒，开始抽着穗，灌着浆，显得如"小荷才露尖尖角"一般稚嫩和青涩。麦穗抬着头仰望着蓝色的苍穹，舒展着长长的睫毛，在白云下，在微风里，它开始扬着花、散着香。麦穗的花期很短，像害羞的小姑娘，最多不过半小时，短到几分钟。虽然花期不长，在它短暂的释放和绽放里，却孕育出了一颗颗饱满的麦粒。

初夏的阳光格外暖，初夏的微风格外勤。在阳光和风声的洗礼下，麦子开始渐渐成熟，褪去稚嫩和青涩，逐步被成熟和金黄所取代。父亲光着古铜色臂膀，露出黝黑发亮的后背，沐浴在麦浪的柔波里。父亲抑制不住内心的激动和喜悦，弯腰俯下身子去轻轻抚摸一支麦穗。尽管麦芒扎着父亲的手，麦茬扎着父亲的脚，但父亲的喜悦早已盖过了身体的疼痛。

父亲扯出一支麦穗，在手里揉搓几下，用嘴小心翼翼地吹出麦壳，籽粒饱满的麦粒就悠然自得、情趣盎然地躺在了父亲的掌心。父亲微笑着，胡茬在父亲嘴边弯成了一枚新月。"一，二，三，四……"他一粒粒数着麦粒颗数，那种幸福感和满足感顿时洋溢在他的脸上。父亲觉得不过瘾，还将一颗最大的麦粒丢进嘴里，心满意足地咀嚼着、品尝着，麦粒的清香和白色的琼浆顿时填充了父亲的口腔。

远处蔚蓝天空下，涌动着金色的麦浪。就在那里，曾是你和我爱过的地方。李建的《风吹麦浪》，勾起了儿时很多记忆。懵懂的孩子们，总爱在麦田边嬉闹追打，捉迷藏，唱儿歌，扮家家，做游戏，放风筝。那种天真和快乐，总是伴着麦浪一起翻滚着、涌动着。

收麦是最激动人心的时刻。在最好的天气，父亲动员全家人将麦子收割成捆，用背杈背回院子。在太阳的暴晒下，麦粒在麦穗上收水脱落。我家的院子很大，少量的麦子，父亲就用连枷拍打；大量的麦子，父亲就套着耕牛用石磙碾压。如果收割麦子不抢着好天气，一旦麦子倒伏在雨地里，一年的收成就会付之东流，全家人的生活也会失去着落。

夕阳之下，晚霞当空。火红的霞光与金黄的麦粒交相辉映，勾勒出一幅丰收的图画。父亲站在风车边，将打麦场打出的麦子倒进风车里。在风叶旋转的节奏里，杂物杂草和沉渣就从风车口分离出去，精挑细选后晶莹剔透的麦子，就从撮箕形的下口中滑落下来。

　　放眼望去，家家户户的院坝里都是一片金黄。麦秸秆码起的麦秸垛，就像巨大的蘑菇，又像一栋栋草房子。为庆贺丰收，用新麦磨面轧制面条和包一餐包面，是免不了的，这也是新麦丰收后最隆重的仪式感。仓廪实而知礼节，衣食足而知荣辱。吃着新麦的滋味，父亲总是忘不了教育孩子要节约粮食，捡麦穗便成了孩子们必修的功课。

　　"小麦绕村苗郁郁，柔桑满陌椹累累。""夜来南风起，小麦覆陇黄。"在寂静的黄昏，在清净的夜晚，在对故乡思念的岁月里，看见一望无垠的麦浪正在向我徐徐铺开。

　　　　　　　　　　（2023年3月16日发表于中国作家网）

一碟蚕豆泻乡愁

鲁迅在小说《社戏》里写道："岸上的田里，乌油油的都是结实的罗汉豆。"鲁迅所言的罗汉豆，其实就是蚕豆，我的老家叫得比较俗气，称之为大豌豆。蚕豆还有很多别称，诸如胡豆、佛豆、兰花豆等。鲁迅对蚕豆可谓情有独钟，在他很多文章里都提到了蚕豆，比如六斤吃炒盐豆、孔乙己吃茴香豆等。

古人和蚕豆也有一些渊源，甚至特别喜爱。江南才子范烟桥在《茶烟歇》中写道："初穗时，摘而剥之，小如薏苡，煮而食之，可忘肉味。"能让范烟桥"可忘肉味"的美食，其实就是极其寻常的蚕豆。可想而知，范烟桥对蚕豆是何等垂爱，能从普通蚕豆中吃出胜于肉味的味道。

宋代诗人舒岳祥常常将蚕豆与樱桃、青梅一起食之，味道格外鲜美，其诗"清明已自断百果，樱豆从头次第尝""翛然山径花吹尽，蚕豆青梅存一杯""莫道莺花抛白发，且将蚕豆伴青梅"，就可以窥见一斑。不管他与家人同食，还是与客人同饮，蚕豆、樱桃和青梅就如同"三剑客"，是绝对不会单食的。

蚕豆一般在秋天播种，它是一种最随意、最随性、最随和的植物，既可以成块连片在田间种植，也可以在路边、坎边、崖边、溪边随便点个窝子，丢下一至两粒蚕豆种子，它就可以旺盛生长，长出令人垂涎欲滴的蚕豆荚。

小时候，为了让自己能随便吃上蚕豆，就向母亲要来几捧蚕豆种子，用小镐锄在房前屋后挖几个小小的窝子，不用施肥，就将蚕豆种子丢进去，用薄土掩上，来年春末夏初，就可以吃上青嫩软糯的蚕豆。吃上自己种植出来的蚕豆，那种幸福感和成就感，就会油然而生，瞬间会将得意和满足不经意地写在脸上。

有人这样描写蚕豆枝、蚕豆叶和蚕豆花，"蚕枝叶嫩青青美，窈窕淑娘亭亭来。蚕豆花开芯里黑，淡雅花瓣紫中芳。"蚕豆如亭亭玉立的女子，娇艳妩媚，淡雅清芳。季春时节，蚕豆秧长成半人之高，蚕豆叶绿油油的，蚕豆花就像一张小脸，花瓣上的两个黑点，就像两只水汪汪的大眼睛。彩色蝴蝶在蚕豆花上停歇咀蕊，你是很难甄别出蝴蝶和蚕豆花各自的风采的。

蚕豆花刚刚谢下，蚕豆花的根部就会长出米粒般大小的蚕豆荚。此时，蚕豆花萎缩成干枯的花片，紧紧贴在蚕豆荚上。待蚕豆荚长成小指般大小，蚕豆花就依依不舍地脱落在地。为让蚕豆荚顺利成长，长出的蚕豆颗大饱满，母亲总会让孩子们带上镰刀和背篓，将蚕豆秧的顶部割下，称之为打顶抹杈。

孩子们总嫌麻烦，就直接用手掐掉蚕豆秧的顶部。如果用力过轻，蚕豆秧的顶端难以一时掐断，就会损坏蚕豆荚；如果用力过猛，又会常常将蚕豆秧连根拔起。孩子们总是不得要领，往往会惹祸上身，不是招来母亲的责骂，就是迎来父亲的耳光。孩子们为了避嫌，就将损坏或是连根拔起的蚕豆秧悄悄地藏在树丛里。但天下没有不透风的墙，即便如此，也难逃过父亲母亲的法眼，责罚总是免不了的。

采摘回来的蚕豆叶，母亲会剁细煮熟喂猪。虽然有一股青臭味和苦涩味，但大猪小猪仍吃得津津有味。只见它们一头埋在食槽里，长久不肯抬头，争得不亦乐乎，发出一连串"啪啪啪"的吃食声。听见猪子发出"啪啪啪"和"哃哃哃"的吃食声，母亲就会露出喜悦的笑容。如果蚕豆叶一时喂不完，母亲会剁细晒干储备，作

135

为冬季喂猪的干饲料。

　　春末夏初，蚕豆长成拇指般大小，此时最为鲜嫩，也是吃蚕豆的大好时机。嘴馋的孩子们路过别人家的蚕豆地时，会小心翼翼地偷偷摘几荚蚕豆荚，用手剥出蚕豆丢进嘴里生吃。顿时，那股清香和芬芳顿时在舌尖上打滚，在口腔中充盈。运气不佳时，孩子们正在享受美味时，就会被大人发现着一顿臭骂。即便找骂，孩子们也乐呵呵地，笑嘻嘻地，忙不迭地跑开。

　　为了尝鲜，母亲就会安排孩子们到自家蚕豆地里，采摘一大筐荚大豆鼓的蚕豆荚。大家齐心协力地将蚕豆荚中的蚕豆剥离出来。大家一边剥豆，一边唱着蚕豆谣："蚕豆青，蚕豆黄，青的嫩，老的黄，由青转黄太匆忙。"不知不觉，一大筐蚕豆荚不费吹灰之力就早早剥完了，尽管大家手指有些生疼，也没有一人叫苦叫累。

　　母亲以蚕豆为食材的美食还没有做出来，孩子们就迫不及待地想尝口鲜。孩子们用竹签将蚕豆一粒粒串起来，像串联的一串串绿宝石，然后放在火上烤食，或是伸进火灰里焖食。待烤熟或焖熟后，孩子们你抢我夺，生怕吃不上第一口。大家一边吃着，一边咂着嘴，一边舔着竹签上的余香，只差将竹签吞咽进去。

　　母亲也是想尽千方百计制作出各种让孩子们满意的蚕豆菜，她在煎、炒、煮、炸、焖、蒸中随意回旋，让得心应手在一碟蚕豆菜中尽情绽放。最简单地一道蚕豆菜，就是青葱爆炒蚕豆。在烈火的爆炒下，香葱的香味顿时融进蚕豆里，爆炒的蚕豆外酥里嫩，轻轻一嚼，就即刻融化了，香气溢满鼻腔和口腔，让你久久回味。

　　母亲做的最复杂的一道蚕豆菜就是豆瓣酱，其工艺极其繁杂。母亲将老熟的蚕豆晒干，用大火爆炒直至蚕豆表皮裂开，在石磨上褪去豆皮，用簸箕上下来回颠簸，清除掉豆皮备用。母亲将赤褐色的干豆瓣放进开水中泡软，捞出将水分沥干，平摊在簸箕上，覆盖上南瓜叶、黄荆树叶，使其长出金黄色的毛霉。一旦操作不当，长出的就是黑霉、白霉，制作出的豆瓣酱味道就差之甚远。

待豆瓣金黄色毛霉长满长足，就及时揭掉南瓜叶和黄荆树叶，将簸箕放在烈日下暴晒，待豆瓣干枯后，就除去豆瓣中的毛霉。母亲又将豆瓣在开水中泡软，捞起沥干水分，拌上食盐、辣椒粉、大蒜瓣、花椒粉、冰糖粒等作料，装进坛子里焖上半个月以上，就可以食用了。豆瓣酱是最味美的下饭菜，特别是吃面条拌上一匙豆瓣酱，几大口就可以将一碗面条嘣完。

老家出远门打工的乡亲们，什么也不用带，但带上一瓶两瓶豆瓣酱是免不了的。他们的母亲、妻子或是姐妹，会在头天夜里就用罐头瓶子将制好的豆瓣酱装好，瓶口用尼龙纸和胶项圈封紧，放上几个月都不会坏。其实，亲人们装进的不仅是豆瓣酱，还有亲情、爱情和牵挂。

当打工人在异乡异地启开豆瓣酱瓶盖时，一股香味和乡愁就会从瓶中腾腾升起，氤氲在打工人周围。当家乡人聚在一起吃上一口家乡的豆瓣酱，就好像与家乡的亲人在对话、在表白、在互诉衷肠，彻骨的思念顿时就会化作泪水在眼中涌流。

（2023年3月17日发表于中国作家网）

更出馨香是芋头

栗子炖芋头，似乎是一种最绝佳的美食做法，也是一种最奇妙的搭配，不管是喝芋头汤栗子羹，还是吃芋头肉和栗子肉，都能给食客一种惊诧、惊艳和惊喜。栗子透出的绵劲十足的栗香味和芋头渗出的糯软绵绵的清香味，总是从舌尖齿尖一直滑入九曲回肠，让人心旌荡漾，浮想联翩。

元代词人王哲最热衷于栗子炖芋头，他曾盛赞道："你待坚心走。我待坚心守。栗子甘甜美芋头。"在他的多首词里，还经常提到栗子炖芋头的美事。"栗子味招全道子，芋头滋味引回头。""栗子味堪收。更出馨香是芋头。""栗子二三个。这芋头的端六个。"这些词句，不胜枚举，可以随手拈来。

苏东坡对汤芋大为赞赏，对其色香味更是赞不绝口，在吃汤芋时就吟道："香似龙涎仍酽白，味如牛乳更全清。莫将北海金齑鲙，轻比东坡玉糁羹。"清代诗人李调元在《食芋赠君章》中也吟道："栽树多栽柳，可作析薪具。种蔬多种芋，可作凶年备。"提醒人们即便种菜也要多种芋头，以备荒年灾年凶年应急之需。

"闭门品芋挑灯，灯尽芋香天晓。"七品县令郑板桥对芋头格外偏爱挚爱，在清净寂寥的夜晚，在无人相谈甚欢的时刻，总爱闭门挑灯煨芋、品芋，直到天明破晓。也许，在煨芋、品芋之时，一幅绝美的竹画早已胸有成竹，早已在他脑际闪现并脱颖而出。李白饮酒是作诗的灵感来源，而郑板桥品芋也许是他画竹的灵感源泉。

刘墉戏逗乾隆皇帝吃荔浦芋头的故事也十分有趣。当时正是中秋前夕，乾隆皇帝在刘府便以中秋节为题作出上联——"天上月圆人间月半，月月月圆逢月半"，要求刘墉即刻对出下联，意欲为难一下刘墉。哪知刘墉不假思索当即以春节为题就作出了下联——"除夕年尾初一年头，年年年尾接年头"。在饮酒之际，刘墉将生芋头和熟芋头混在一起呈现给皇上，皇帝见刘墉吃芋头狼吞虎咽，便也随手拿一个芋头就吃，却怎么也啃不动，更难以下咽，谁知皇帝拿的是一个生芋头。

芋头，也称青芋、芋芃和毛芋头，只因它的形状酷似蹲鸱之状，也有人将芋头称为蹲鸱。《史记》中就有记载："岷山之下，野有蹲鸱，至死不饥，注云芋也。盖芋魁之状若鸱之蹲坐故也。"晋代左思在《蜀都赋》中也写道："坰野草昧，林麓黝儵，交让所植，蹲鸱所伏。"

芋头是喜众之物，无论它与其他哪种食材搭在一起，都是一种美丽的邂逅，都是一种机缘的巧合，都能给人一种意想不到的收获。在盛产芋头的乡下，谁人没有吃过芋头烧鲜肉、芋头炖排骨、芋头烧扁豆？或是将芋头烧熟捏细，拌上肉末泥、豆腐泥、大蒜泥，搓成芋头丸子，不管蒸食还是下汤，味道都美得不可胜收。

如果你经验不足，一旦买到芋头母，你无论如何也做不出芋头的美味来，因为芋头母怎么炖、怎么煮、怎么蒸，都不会熟烂。芋头母是用来繁殖生长小芋头的。就如我刚参加工作时，对买猪肉毫无经验，竟将一块母猪肉买到单位食堂。看着一块精瘦肉、净瘦肉，还以为捡了一块大元宝。哪只不管厨房师傅怎么做，猪肉就是嚼不动、嚼不烂，就像一块磕牙的老橡皮。惹得当年那些同事，多年来还一直笑话我、取笑我。

芋头母的繁殖力极强。小时候，我家门前有块烂泥田，甚是肥沃。因营养过剩，栽上水稻总得不到好的收成，水稻不是因长势过剩而倒伏，就是因长势过旺而生病。父亲干脆不再将它作为稻田使用，而是将烂泥田开渠放干，从邻村堰塘边挖来两个芋头母，随手丢在烂泥田里，也不去怎么管它，哪曾想第二年，整个烂泥田都被芋头叶覆盖了。此后几年，自家芋头总也吃不完，父亲就挖回分送给周边的邻居。

芋头不仅可以在多水的地方适宜生存，即便在旱地里，也能尽情发挥它旺盛的生命力。我家菜地旁边有一口水井，常年不干。父亲将挖出的小块芋头母丢弃在田坎边，我捡回两个用小镐锄栽在水井旁。每次去井边打水时，总不忘给芋头母浇点水。没过多久，芋头母竟然发出了新芽，长出了希望的嫩叶。

随着叶子一天天长大，居然有筛子般大小，有的甚至有簸箕般大小。清晨，晶莹剔透的露珠在叶片上滚来滚去，荡来荡去，犹如小精灵在叶片上跳着欢快的舞蹈。后来，山芋逐步向周围拓展扩散，竟然长成了一大片。当叶子繁茂的时候，孩子们就喜欢躲在芋头地里捉迷藏、躲猫猫。有时因为犯错害怕父母责骂，也会悄无声息地藏在芋头地里不出来，甚至躺在芋头叶下睡着了。

芋头属无性繁殖，即根茎繁殖，很难见到芋头开花，只有一些野生的水芋在六七月份高温时才会开花。野芋开花时，姗姗来迟，花色淡黄，其形亭亭，端庄艳丽，像宫中贵妇。云南有种红芋，又叫开花芋、麻红芋，每到六七月份，马蹄莲似的花朵就会竞相绽放，其花也可以烹饪食用。

你在超市选购芋头时，尽量选择体型匀称而结实的芋头，这种芋头不但水分少、肉质洁白，而且淀粉多、肉质香脆而蓬松。在制作芋头菜肴时，切忌用手直接碰触芋头，只因它体内含有皂苷，能刺激皮肤发痒甚至肿痛，让你难以忍受。

白酒一壶，蹲鸥一盂，白首一人，看鸟啼花落。在我白发苍苍的时刻，如若能像郑板桥一样吃芋饮酒，或是吃一顿芋头宴，看鸟语花香，看日升月落，回味人生境况，那该是一种怎样的惬意和雅致？这一天，我等待着。

（2023年3月19日发表于中国作家网）

一树樱桃带雨红

暮春时节，在乡下的一个樱桃基地里，鲜红娇嫩的樱桃挂满了枝头，犹如一串串红色的珍珠，红色的玛瑙，让人爱不释手，垂涎欲滴。400多亩樱桃基地，成了一片洒满珍珠的海洋。如果你走进基地，定会被眼前的景观叹为观止。

昨晚，刚下过一阵小雨，给红彤彤的樱桃洗了一把脸，浴了一次身，让粒粒樱桃显得更透亮、更娇艳、更深红，可谓"绿葱葱，几颗樱桃叶底红。""惆怅墙东，一树樱桃带雨红。"看见此情此景，不禁感叹春光易老，时光易逝，岁月如梭。李煜就曾发出"樱桃落尽春归去"的感叹。

"流光容易把人抛，红了樱桃，绿了芭蕉。"子在川上曰，逝者如斯乎。樱桃渐红，芭蕉转绿，可见季节已向前推进，迈入了初夏时节。俨然我自己，也不知不觉跨过了不惑之年，走过了一个季节，进入知天命的年纪。知天命，在一定程度上意味着你不得不服老，不得不服命，不得不服输，少时的干劲、闯劲、猛劲和拼劲，随着时光流逝早已荡然无存。

游客们慕名而来，竞相打卡、拍照、采摘、品尝、购买，争先恐后地吃个嫩、尝个鲜。走时，还不忘给家人和亲友带回一份暮春的喜悦和问候。这是大地在暮春里，给人们馈赠的最好的礼物。暮春，"樱"你而美；暮春，"樱"你而艳；暮春，"樱"你而媚；暮春，"樱"你而娇；暮春，"樱"你而更加幸运。

　　只因为樱桃如小巧玲珑的小女子可爱至极，人们对樱桃的称呼，也如男人们称自己的妻子一样，变化多端。男人们称自己的妻子时，亲昵的叫法不外乎有娇妻、爱妻、老婆、亲爱的，但老家的汉子们称自己的妻子就有点粗俗不雅，就如他们大碗吃肉、大碗喝酒、大声说话、大言不惭，什么都无所顾忌，什么堂客、媳妇子、婆娘、姑娘客、家里的、屋里的等叫法会脱口而出。

　　对樱桃的叫法也是如此。人们对樱桃儒雅的叫法可多着呢，什么莺桃、英桃、樱珠、荆桃等，就像叫的那些美得惊艳的小女子的名字，清新而高雅。有时也给樱桃一些高端大气的叫法，诸如车厘子、玛瑙等。老家的人们都如老家的汉子一样，总是不肯对樱桃叫那些稀奇古怪腻人而油腻的名字，而是从一而终，他们说叫樱桃叫惯了，格外亲切，格外随意，不肯更改。

　　樱桃之名首见于《吴普本草》，"樱桃，旧不著所出州土，今处处有之，而洛中、南都者最盛，其实熟时深红色者谓之朱樱，正黄明者谓之蜡樱……"《本草纲目》也介绍说，"樱树不甚高，春初开白花，繁英如霜。叶团有尖及细齿。结子一枝数十颖，三月熟时须守护。"为何樱桃又叫莺桃，皆因黄莺喜欢啄食的缘故。又因它果形颇似桃，圆又如璎珠，故而得其名樱桃。

　　后梁宣帝对樱桃格外垂青，在《樱桃赋》中赞道："懿夫樱桃之为树，先百果而含荣；既离离而春就，乍苒苒而冬迎。……叶繁抽而掩日，枝长弱而风生；且得蔽乎羲赫，实当暑之凄清。"唐元稹对樱桃也喜爱有加，在《山鸟》中云："柏树台中推事人，杏花坛上炼形真。心源一种闲如水，同醉樱桃林下春。"

　　小时候，老家很少见到成块连片的樱桃林，更难见到几百亩一片的樱桃基地，除非在山林里散见几棵不大不小的樱桃树。我印象最深的就是土木结构的老屋门前，长了一根巨大的樱桃树，大概有母亲经常为我们盛菜汤的瓷钵钵那般大。据说，是父亲和母亲刚安家那年栽下的。樱桃树的茁壮成长，见证了父亲和母亲一起不同寻常的沧海桑田。

一到春天，这棵樱桃树枝丫繁茂，像撑在地上的一把巨大的雨伞，小孩子是很难一口气爬上去的。樱桃花参差，香雨红霏霏。花开时节，樱桃树白光光一片，像一个体胖的贵妇拢着一件宽大的白色睡裙。不管天晴，还是下雨，隔老远就可以听见蜜蜂的嗡嗡声。

走近细瞧，就能看见千万只蜜蜂不是在樱桃树周围盘旋，就是在樱桃花上咀蕊采蜜。其阵势庞大而壮观，就像千军万马集聚在偌大的操场，接受樱桃树最严厉的检阅。一阵大雨过后，樱桃树下就会落英一地，让人有些惶然凄然。如果大雨落得过早，樱桃花还未到谢幕的时候，一旦花瓣被大雨打落在地，当年的樱桃势必就会减产，甚至会到没有樱桃吃的地步。

一般情况下，这棵樱桃树都极为争气，也极为抗压，从不让我们一家人失望。满树红彤彤的樱桃，像点的一盏盏红色小灯笼，格外耀眼，格外惹眼，格外醒目，馋得周围的孩子们直流口水，甚至偷偷摸摸在树下不是用石子土坷垃抛打，就是用竹竿敲打。胆量大者，就不顾一切如迅猴一般爬上树，一边采摘，一边狼吞虎咽地吃着。

父母也不吝啬，任由周围的孩子们偷食，从不责骂谩骂，也不指责斥责，甚至会主动从树上摘下来送给周围的孩子们吃。俗话说，做贼者心虚，意为做贼时最经不起恐吓和惊吓。我们那时候还小不懂事，也会做出一些出格的事情来。

眼见邻居不顺眼的小孩子，爬上树偷食我家的樱桃，我和哥姐们也不吱声，蹑手蹑脚地走到树下大喝一声，谁家的小崽子在偷樱桃啊？！顿时吓得孩子屁滚尿流，甚至从树上摔了下来。记得有个孩子因此而摔坏了腿，父母还将我们狠狠教训了一顿。

如今这棵巨大的樱桃树早已不复存在，但儿时因其而生的趣事乐事仍历历在目，让人难以忘怀。"斜日庭前风袅袅，碧油千片漏红珠。""洽洽举头千万颗，婆娑拂面两三株。""天明不待人同看，绕树重重履迹多。"又到了采摘樱桃的大好时节，你不如趁晴好天气，与家人一起，与亲友一起，与同事一起，走进樱桃林，来一次樱桃盛宴，品尝一下晚春的滋味吧。

（2023年3月19日发表于中国作家网）

美味山胡椒

山中野菜除了折耳根、野韭菜外，当属山胡椒了。山胡椒也和折耳根、野韭菜一样，都是凉拌菜肴的最佳食材，而且价格实惠，是土家人、侗家人地地道道的下饭菜，甚至是下酒菜。如果你是一个勤快人，不用到菜市场或菜摊上采购，自己上山或是遛弯都可以随便将这些野菜采摘回来。

我老家的猛叔是一个爱喝酒之人，但他从不烂醉，在他喝酒之时，他既不需要大鱼大肉，也不需要四菜一汤，就着几碟山中的凉拌小菜，他也吃得津津有味，喝得不亦乐乎。在一咀一啜的过程中，猛叔将春色滑进了肠胃，将日月咽进了脉搏。他说，山胡椒、折耳根和野韭菜就是他提神醒脑、解除疲劳的一剂良药，离开了山胡椒这些山里野菜，他就如同丢了魂一般魂不守舍，坐立不安。

春末夏初，猛叔就会腰里别着镰刀，手里提着竹篮，不是在溪边溜达，就是在林中穿梭，为的就是采摘折耳根、野韭菜、山胡椒之类的野菜回来。每次大获丰收，猛叔就如一个欢天喜地的孩子，一路唱歌逍遥，一路蹦蹦跳跳，将一个老顽童的形象演绎刻画得淋漓尽致。

猛叔曾是一个老光棍，胡子拉碴的样子，家里也没有一个家的样子，到处一片狼藉不堪，很难得到村里姑娘们的芳心。即便四十多岁了，他的婚姻仍纹丝不动，像太行山、五指山压着一般。但猛叔并不是一个好吃懒做的人，几亩薄田却打理得井井有条，地里的庄稼长得像村里的姑娘们一样水灵，让很多庄稼人艳羡不已。

　　有人说，上帝的安排就是最好的安排。猛叔在一次山里采摘山胡椒时，意外碰见外村来山里采摘山胡椒的寡妇徐大妹。徐大妹因患低血糖昏倒在地，个高体壮的猛叔不容分说，就将徐大妹背起，一路小跑来到了附近的药铺。毋庸置疑，徐大妹成了猛叔的妻子，猛叔还当了现成的爹，因为徐大妹膝下有一个可爱的6岁儿子，叫他爹叫得欢实着呢。

　　徐大妹嫁过来后，乡亲们却不善叫她的本名，却喜欢叫她山胡椒妹，徐大妹也乐于接受。猛叔干脆简略省事，就以谐音叫她椒妹，意为娇妹。从此，3人相依为命，猛叔却变了个样，不再是那个胡子拉碴的男人，每天如早上八九点钟的太阳，感觉每天都是新的，每天都充满了无限活力，他的浑身有使不完的劲。

　　猛叔大言不惭地在村里宣扬，山胡椒就是他和椒妹的媒婆。从这以后，猛叔对山胡椒就更钟情更钟爱了。猛叔将房前屋后的荒地开垦出来，跑进山林挖了几十兜山胡椒树苗回来，移栽到荒地里。后来，猛叔的瓦屋就被山胡椒林包围着，氤氲在山胡椒的浓厚氛围里。即便二人躺在床头说情话，也能清晰地闻到山胡椒的味道。

　　山胡椒是老家的出产之物，几乎每片山林里都可以寻觅得到，就连我老家的院坝边，大哥也栽了几棵。几年后，几棵山胡椒树长得枝繁叶茂，像撑开的巨大阳伞。在山胡椒开花结籽的时候，孩子们就爱躺在树下吮吸山胡椒散发的奇特香味。山胡椒是阳性树种，喜爱光照，抗寒力极强，在肥沃湿润的砂质土壤里最易见到它们的身影。就连山坡、林缘、路旁、溪边、坎间，也能捕捉到山胡椒的影子。

　　每年初春，当油菜花、樱桃花等各种花竞相绽放的时候，山胡椒也不甘寂寞，也不甘示弱，它也要赢得春天里属于它的那一隅地盘，也要赢得春天里属于它的那一抹芳姿，它要成为春天里最傲娇的宠儿。即便它是光胴胴的树干树枝，即便它无芽无叶，它也倔强地向春天傲视群雄，向寂寥的旷野宣告：春天，我来了，我义无反顾地来了。

干巴巴的树枝里慢慢打出花苞。初显端倪的花苞极小，只有米粒般、花椒粒般大小，一粒接着一粒，一粒连着一粒，像用丝线串着缠绕在树枝一般。几天过去，花苞渐渐打开，花粒渐渐扩大，花苞慢慢将树枝包裹着，香气渐渐从花苞里散发出来。整个树枝，就像裹着的一件金黄色的绒衣。

微风吹来，山胡椒摇动着整个树枝，就像在风里舞动着霓裳，抖落着一身凡尘。阳光下，山胡椒花金灿灿一片，折射出一种刺眼的光芒。山林里，只要山胡椒花盛开，就像一匹黄色的织锦。乡亲们说，山胡椒花也有公母之分，相比之下，公花花朵较大，开花时花朵向外翻卷，色泽更为鲜艳，而母花截然相反，花朵较小，花朵向内收敛，色泽较为清淡。

村里的吃货们不待山胡椒花凋谢结籽，就会直接采花食用。采来的山胡椒花，他们不是拌着蒜泥、荷香叶、芫荽叶、食盐、酱油和酸醋腌食，就是将山胡椒花裹上面粉、蛋液，掺着蒜苗、葱叶等，炸成山胡椒油饼食用。不管哪种吃法，都是吃货们的最爱。

山胡椒叶子是一种特别能隐忍的树叶，只有等到山胡椒花整体谢幕时，它才千呼万唤始出来，它把一切光彩夺目的机会全让给了山胡椒花。山胡椒叶是伴着山胡椒籽一起成长的，当山胡椒籽还只有芝麻般大小的时候，山胡椒叶才慢慢露出新芽。当山胡椒籽长成米粒般大小时，山胡椒叶子才逐渐舒展开来，长出一到两片的树叶。

迫不及待的山里人，即便看见山胡椒籽还只是一个嫩泡泡儿，他们也不惜将山胡椒籽摘下来腌食，那种从骨子里牙齿间散发出来的辛味辣味，就如在咀嚼不同寻常的人生。只要你能一口气吃下山胡椒不眨一下眼皮，人生际遇里什么苦痛你都能扛得住。吃不完的山胡椒，乡亲们也会腌制好后，用坛子、罐子、瓶子储存起来，即便大半年后拿出来食用，仍是那么新鲜。

受小时候的影响，我对山胡椒也是情有独钟。无论是吃饭、吃面，还是喝一口小酒，只要闻着有山胡椒清新的味道，我就会必吃一碟无疑。那种五味杂陈的感觉，总能勾起儿时很多记忆和老家很多回忆。在记忆和回忆里，就会参透悟透生活的很多哲理。

出门在外的游子，也是好老家山胡椒这一口的，总是在电话里唠叨要老家的亲人为他们腌制一瓶山胡椒邮寄过去。当他们揭开瓶盖时，一股浓烈的山胡椒味伴着乡愁味就会萦绕在他们心头，呛得他们会扭头偷偷地抹一下眼角晶莹的泪花。

（2023年3月19日发表于中国作家网）

香酥九香虫

　　九香虫,何许虫也?其实就是乡下最为常见,最为普通,最俗不可耐,最令人讨厌的打屁虫。打屁虫又叫屁巴虫、臭虫、放屁虫、臭屁虫等,但不管人们怎么叫它,它都逃脱不了臭名远扬、臭名昭著的嫌疑。打屁虫一般呈青色或黑色,拇指般大小,既可凌空飞舞,也可快速爬行,其形状恰似水龟,一般靠吸食花蕾、花瓣、叶片、嫩叶、果实的汁液为食。只要你一不小心触碰到它,它就会即刻发出奇臭无比的气味,让人忍受和接受不了。人们一般对它都避而远之,或是敬而远之,唯恐避之不及。

　　在乡下,打屁虫随处可见。杂草上,农作物上,树叶上,岩石下,到处都有它们的身影。人们一见到它,不管它是否发出臭味,都会习惯性条件反射手捂鼻孔,生怕它的气味散发出来。它们能见缝插针,只要哪里能容下它们弱小的身子,它们就会不遗余力飞来。它们除自行飞进房间外,还会随着乡亲们劳作回家时跟进来。

　　它们一般附在苕藤上、猪草中、牛草间,或是收获的玉米、花生、稻谷、麦穗、杂豆中,或是采摘的辣椒、韭菜、白菜、豇豆等蔬菜里,尾随着乡亲们进入到他们的房间里,还在房间内四处溜达逗留,真可谓无孔不入。但乡亲们对打屁虫,也是"过街老鼠,人人喊打",只要一见到打屁虫的影子,打屁虫必死无疑,不是被乡亲们捏死掐死,就是被乡亲们踩死拍死,绝不会留下一个活口。就连家里的鸡鸭,对打屁虫也是深恶痛绝,一见到打屁虫就会一口啄食吞下，毫不留情和迟疑。

为何打屁虫摇身一变并且扶摇直上变成九香虫，还全靠它自己体内有一种九香虫油的缘故。这种内含九香虫油的打屁虫，一经炒熟之后，就会即刻散发出香味，变成香美可口、祛病延年的美食。打屁虫之所以能逆袭逆转变成九香虫，还与李时珍和《本草纲目》有关。

李时珍对打屁虫颇有研究，他在《本草纲目》中记载："九香虫，产于贵州永宁卫赤水河中。大如小指头，状如水龟，身青黑色。至冬伏于石下，至惊蛰后即飞出，不可用矣。"《中药大辞典》也记载："九香虫对于神经性胃病，精神忧郁而致的心口痛，脾肾阳虚的腰膝酸软乏力、阳痿、遗尿等症有显著疗效。"所以李时珍夸赞打屁虫："咸温无毒，理气止痛，温中壮阳，久服益人，土人多取之，以充人事。"

第一次知道打屁虫可食，还是在参加工作之后，感觉是一件不可思议之事。当时听一个吃货同事说起此事，甚是惊奇和诧异，还用一种异样的眼光打量着他，以为他是不是得什么怪病了。但经一番考究，才知道打屁虫确实可食，还是一道美味，便也如打屁虫一般尾随着同事去到他家，饱餐了一顿打屁虫，其味道确属一绝。

同事住在贡水河边，贡水河里的鹅卵石下匿藏着大量的黑色打屁虫。翻开一块石板，就可以在石板下捉上十几只，短时间内来不及捉进袋子里的打屁虫，它们就会快速飞开或是爬进其他鹅卵石缝隙里。只要你对它们穷追不舍和穷追猛打，它们迟早都会被你收获囊内。

捉回家的打屁虫，还得用盐水清洗数次，待打屁虫身上的垢物清洗干净，臭气散发干净，就将打屁虫倒入烧热的锅里，慢慢烘烤变干变酥。在烘烤过程中，打屁虫一经变干变酥，香味就渐渐散发出来，先前的臭味就会逐渐消失殆尽。在炕干烘烤好的打屁虫里，再适量加入食盐、香油、香葱、蒜苗、干辣椒和其他佐料，再进行翻炒煸炒，待打屁虫身体表面呈现闪亮的光色，美味香酥的九香虫就算制作完成了。

九香虫虽为虫，而且是奇臭无比的臭虫，但经过一番厨艺加工后，也是美酒入喉进胃的好向导。只要嚼上两口九香虫，那种嘎嘣脆的香味就会溢满口腔，让你情不自禁想让美酒将九香虫送进人的体内。一旦美酒和美味搭配，谁个还不想一醉方休？同事对吃打屁虫有了瘾，工作之余，闲暇之时，就会带上一个袋子，在河边去捕捉打屁虫。但打屁虫最好的捕捉季节，是在每年的秋季。

三国鼎立时期，战争连年，兵荒马乱。一位将军带兵来到贵州赤叶河边，但士兵们突然都腹痛不止。正在将军无计可施的情况下，恰遇一老农肩担柴火摔了一跤。将军忙上前将他扶起，见将军一脸难色，老农便问个中缘由。不容分说，老农就跑到河边鹅卵石中捕捉了大量的臭屁虫，回家将臭屁虫放进温水散发臭屁焙干后，让士兵们吃了立刻腹痛痊愈。从此，臭屁虫能治腹痛的消息就不胫而走，迅速传开了。

随着人们生活水平的提高，打屁虫与知了猴、蝗虫、蚕蛹、蜂蛹一样，列入菜谱，逐渐成了席上珍品，就连外国人对九香虫也赞不绝口，而且价格逐年攀升，身价达到几百元一斤。要想在酒店和餐馆吃上一口九香虫，并非容易之事。九香虫虽味香好吃，但也不要贪口贪杯，因为九香虫毕竟是野生虫类，体内携带着很多寄生虫，多吃或是不熟而吃，定会对人的身体带来影响。过量食之，也会中毒胸闷。

倘若人从吃九香虫中能吃出个道道来，明白为什么奇臭无比的打屁虫，能变成人人推崇的九香虫，能变成价值不菲的金疙瘩，那你吃九香虫就算没有白吃。

（2023年2月27日发表于中国作家网）

吊一锅乡愁

露从今夜白，月是故乡明。时令进入白露和秋分之间，秋意渐浓，秋色渐深，秋虫渐没，就连蝉声和蟋蟀声，也少了几分热烈和清欢，感受到的是一阵阵前所未有的凉意。月光如水，静静地泻在大地上，即便清澈的河水，也让月光洗得一片洁白。那荡漾开来的波纹，让月影、云影、山影和树影，更为欢实欢乐，也更为随性魔性。

这样的夜晚，最适宜适合邀三五好友，或是约几个同乡，温一壶老家的苞谷老烧，烧一锅土家腊肉，邀明月一起共饮共吟，来几句土得掉渣的下里巴人的诗句和唱词，也算是一种难得的诗意和惬意。这样的夜晚，最容易让人想起小时候的家乡，一家人在月夜下围着一鼎黑黢黢的吊锅吃肉喝酒时的场景。

我的老家在大巴山脚下，四周都是巍峨的高山和纵深的峡谷，处于地地道道的大山深处。老家的房子都是土木结构的青瓦房，通风性和通透性极强，只要家里生火，就会从烟囱和青瓦间冒出一缕缕袅袅炊烟。老家的青瓦房分为正屋、私檐和拖檐，乡亲们一般将正屋用作堂屋和房屋，私檐和拖檐用作灶屋和火屋。乡亲们所称的房屋，并非笼统的房子，而是特指的睡觉的卧室，而火屋就是冬天烤火取暖的房间。

老家的灶屋和火屋里，都有大小不同的两鼎吊锅，有的家里甚至有 3 到 4 鼎。吊锅是老家的主要烹饪器具之一，主要功能是通过炖、煮、熬、焖等方式制作土味美食。灶屋间的土灶上，在两口巨大的铁锅之间，都凿有较小的一个灶孔，灶孔上放置着一鼎吊锅。灶孔与灶洞相通，灶洞里的火苗可以直达吊锅底部，其温度和热度极高，最易将掉锅里的食物烹熟，将食物里的美味激发出来。

家家户户的火屋里，都有一个火塘。比较讲究的人家都会在火屋里，挖一个四方形一米左右的深坑，深坑四周用比较光滑的青石或是砖块砌成，防止火灰四处扩散，也方便人在烤火取暖时放脚。一般的人家，也不挖坑，直接从野外搬来几块青石或砖块，靠着墙角围城一个半圆形或椭圆形，简单的火塘就这么形成了。

火塘上方都用铁丝悬挂着几根横木，横木上均匀地钉着铁钉，方便炕腊肉、熏腊肉时悬挂猪肉、羊肉、牛肉和鸡肉。那时候的老家，根本见不着冰箱，落后的经济条件也不允许购买冰箱，要想长时间储藏肉类食品，根本不可能。但勤劳智慧的乡亲们总能想出法子，居然能想出熏腊肉、炕腊肉、风干腊肉的办法来储藏肉类食品，不得不说是一种杰出的人间创举。

要想将烟熏火燎黑黢黢的腊肉制作成香味儿浓厚的美食，乡亲们又急需想出一种绝妙的办法，此时吊锅便应时应势应运而生。乡亲们在火塘上方吊一根木质吊钩，吊钩用竹筒套着，竹筒上设置着机关，按动机关，就能方便吊钩按需求随时升降。吊钩都是乡亲们从大山里寻求而来，一根自然的天然的吊钩寻得实属不易。

父亲为了寻得一根称心如意的吊钩，会别着镰刀翻山越岭几座大山，既要考虑吊钩长度适宜，也要考虑吊钩粗细适度，还要考量吊钩是否光滑。父亲每每寻得一根好的吊钩，就如获至宝，总是横看看竖看看，比捡着一个金元宝或百元大钞还高兴，立刻将欣喜和快乐写在了他苍老的脸上。

吊锅有大小之分和高矮之分，小的吊锅仅瓷钵般大，大的吊锅却有脸盆般大，乡亲们在购买吊锅时，总是根据自己家里的人口多少来确定吊锅的大小。那时，我家有7口人，算是人口众多的人家。父亲购买吊锅时，总是精打细算，买一口中小的吊锅，放在土灶上，方便烧洗脸水、洗脚水和开水。有时家里人少时，也方便在吊锅里烹饪食物，焖一锅油洋芋，煮一锅青菜玉米糊，熬一锅红豆小米粥，煎一锅小葱豆腐汤。

父亲还会买一口脸盆般大的吊锅，在这口吊锅口沿的对称处，安置着一个半圆形铁丝吊环，直接将吊锅悬挂在吊钩上。老家的地理位置海拔较高，当深秋来临就提前进入到了冬季，寒意渐渐侵袭着每一位乡亲的身体。乡亲们大都提前谋划，准备着冬季御寒的柴火，他们不是将田野里老化的桐子树、木子树锯掉砍掉，就是将深山里的老树兜、老树桩挖起，堆在自家房前屋后风干备用。

火塘里的吊锅一般是不启用的，只有等到家里来人来客或是逢年过节时，才隆重地请吊锅再一次出山。一旦家里来客，或是父亲的生日，或是逢年过节，母亲就会将吊锅从吊钩上取下来，用热水浸泡一个时辰，然后撒上一把洗衣粉，用竹刷或是清洁球使劲清洗，直到吊锅里里外外都干干净净。

一旦大的吊锅被启用，必定会炖上一大锅腊肉。深秋的夜晚，或是大雪的冬夜，最忙的是母亲了。母亲将烧好的腊猪蹄、腊排骨或是炕好的五花肉清洗干净，用菜刀和砍刀切成四方形小块，加点干辣椒、红花椒、大蒜瓣、生姜片、干橘皮等佐料，辅料一般是干洋芋果、海带丝、苕粉条、白萝卜。佐料和辅料备齐，就直接下锅开炖。

有时，母亲也会将腊肉切成大坨，大杂烩炖着一锅菜肴，里面有咸酸菜、洋芋块、萝卜条、胡萝卜丁、藕片等等。对于母亲而言，大杂烩使用的食材，只有母亲想不到的，没有母亲办不到的，只要她一旦想到，就会竭尽所能去尝试。母亲常说，不试它一烙铁，怎么知道做出来的饭菜好不好吃。正因为有母亲千百次的尝试，孩子们才一次次吃上了乡间的土味佳肴。

尽管母亲制作工艺简单，也没有千奇百怪的上好佐料，但这些普通食材一旦在吊锅里走一遭，一旦在吊锅里经历一段时辰，这些普通食材就发生了离奇般的化学反应。一家人围在火塘边，一边烤火取暖，一边聊着家常，一边吮吸着从吊锅里散发的香味，真可谓一举多得。

嘴馋的孩子们等不及，闻着吊锅里散发的香味，就想即刻享用吊锅里的美食。父亲绝不允许孩子们提前偷食，母亲只有等到父亲出去上厕所或阶沿吸烟的当口，才悄悄用竹筷夹几块腊肉出来，让孩子们尝尝，治治孩子们的馋瘾。

待吊锅里的腊肉和辅料全部炖熟炖透，母亲才会在灶间蒸一甑蓑衣饭，再炒几个咸菜小菜，将碗筷齐刷刷搬至火塘边，大喊一声，开饭喽！孩子们听见喊声，一窝蜂就到灶间去端饭去了。家里的客人是免不了要喝一口小酒的，尽管全家人都不胜酒力，但父亲也会用一两的小酒杯为自己倒上一杯，陪客人呷上一口。那浓浓的亲情顿时弥漫满了整个房间，也写满在每个人的脸上。

如今，老家的大瓦房早已不复存在，旧式大大小小的吊锅也湮没在历史长河里，新的现代式的吊锅却有了新的花样。但吊锅始终是大巴山里挥之不去的记忆，也是乡亲们生生不息的见证。吊锅里吊出的不仅是一锅美食，一锅亲情，更是一锅满满的乡愁，让外出的游子一生值得牵挂和挂念。

（2022年11月15日发表于《恩施日报》，2023年2月20日发表于中国作家网）

糊汤豆皮

　　受新一波新冠疫情的影响，在孝感读大学的儿子不得不在学校寝室上网课。儿子在给我和他母亲打电话问候时，无不流露出一丝烦躁和不安。但他念叨得最多的，还是想吃一碗老家宣恩的糊汤豆皮，还说要我和他母亲代他吃上一碗，并拍上照片和视屏发给他，让他看着视频和照片过过干瘾，解解馋瘾。

　　儿子在和他同学闲聊时，谈及老家宣恩的美食，虽然宣恩的美食多得不计其数，但儿子更多的是向同学推荐推介宣恩的糊汤豆皮。儿子从小自打能吃饭时，糊汤豆皮就是不可缺少的食物，是他的挚爱最爱。在他还不怎么会说话时，总是吵着闹着，哼哼唧唧要吃糊汤汤。儿子所说的糊汤汤，其实就是糊汤豆皮。

　　虽然很多孩子爱挑食，但儿子只要饿了，对糊汤豆皮总是情有独钟，来者不拒。吃糊汤豆皮时那种狼吞虎咽的样子，诙谐极了，可爱极了。有时一碗糊汤豆皮吃完，儿子满嘴满脸都糊上了一层厚厚的糊汤浆汁，俨然成了一副小花猫脸。他还意犹未尽，还用小小的红润舌头，使劲地舔着、卷着唇边的糊汤浆汁，生怕遗漏一点。

　　我的老家巴东是没有豆皮这种食物的，自从来到宣恩工作，就与糊汤豆皮结下了不解之缘。20世纪90年代初，中专毕业的我被分配到宣恩乡下工作。在那个"交通基本靠走，通讯基本靠吼，治安基本靠狗，取暖基本靠抖，娱乐基本靠手，吃饭基本靠不怕丑"的年代，在下乡的过程中，饿了能吃上一碗面条或一碗豆皮充饥，

157

是极其难得的事情，还得靠"脸厚不挨饿"的不怕丑，谁家喊就谁家吃，否则你就会饥肠辘辘一整天。同时，你还得和百姓搞好关系，拉近距离，打成一片，不然是没有半个人喊你吃饭的，更不用说喊你喝酒了。

那时候，老百姓家里没什么好吃的东西，能有充足的豆皮供家里人吃，就已经是很好很殷实的人家了。记得第一次跟随同事下乡，在老百姓家里吃的就是一碗香喷喷的糊汤豆皮。闻着碗里奇特的豆香和韭香，我不知道是一种什么食物，还不敢肆意动口，便小声问了问同事。同事说，这你都不知道么？这是我们宣恩的土特产和美食糊汤豆皮。

那时，第一次就深刻记下了糊汤豆皮这个名字。当时已走了很远的山道，又到了晌午的时间，早已饿得"饥肠响如鼓"咕咕叫闹个不停了。见同事动口动筷开吃，我便也用筷子大口大口狼吞虎咽起来。不到5分钟，一大碗糊汤豆皮就三下五除二被我利利索索干掉了。似乎饿意未消，但又不好意思开口让主人再添一碗，只好客气地悻悻地放下了碗筷。

临出主人家的大门，总不忘客客气气地说声多谢多谢，主人家也会客客气气地回应道，不用谢不用谢，下次来了到屋又给你们煮糊汤豆皮吃。听见主人家说上这句话，我们心里暖烘烘的，热乎乎的，期待着下次能再次品尝他家的美食。我们也就顺水推舟，再次诠释演绎着"脸厚不挨饿"的最高境界，笑着说："下次一定来，一定来！"

岳母生前是制作豆皮的一把好手，常常受到周围邻居们的夸赞。岳母知道孩子们都喜欢吃豆皮，总是在闲暇之余，或是在传统节日前后，精心制作出清香无比的豆皮，不是让长轿车捎给孩子们，就是让孩子们到她家去亲手煮给孩子们吃。岳母制作豆皮熟食，也是花样很多，不是煮着吃，就是炒着吃，还用香油炸着吃。

不管怎么个做法和吃法，孩子们都会垂涎欲滴。

　　岳母在制作豆皮时，会精挑细选上好的大米和绿豆，最好是选取当年新收的大米和绿豆。岳母选好大米和绿豆后，会用泉水井水淘洗干净，尽量不留下泥巴和沙子，然后用温水浸泡大半个晚上。第二天清晨天刚亮，岳母就用石磨将泡胀的大米和绿豆磨出乳浆。仅看见那洁白色的乳浆从磨缝中流出，就仿佛看到了灶前那一碗碗清爽可口的糊汤豆皮，在等着我们去品尝。

　　为了改变豆皮的颜色，增加豆皮的香度，岳母还会在磨乳浆时，将韭菜叶、菠菜叶、葱蒜叶、芫荽叶剁细加入进去，或是加入一些有色果汁果肉，甚至加入一点肉末或佐料，让制作出的豆皮既"小伙子乖"（方言，外观好看之意），又能见之食欲大增。

　　待磨完乳浆，岳母在灶洞里烧上文火，在洗净的铁锅里倒上一些清油，用锅铲在锅里铲来铲去，掀来掀去，尽量让清油均匀分布在铁锅整个表面。一切准备妥当，就将磨好的乳浆倒入自制的漏斗里，拿着漏斗围着锅底慢慢旋转，以便漏斗根部漏出的乳浆成线，在锅底形成不规则的圆圈。随着岳母手腕的抖动和旋转，锅底里的圆圈越来越大，最后覆盖了整个锅底。

　　成线成圈的乳浆在文火烧烤的作用下，慢慢变干变绿，在确定没有粘锅的情况下，岳母会用锅铲小心翼翼地将豆皮翻过身来，继续用文火烘烤。在整个制作过程中，火候一定要精准独到，否则火势火力过大，就会将豆皮烤煳烤黑。一旦烤煳烤黑，豆皮做出的熟食就会既苦又涩，达不到美食的效果。

　　制作出来的豆皮晾晒在竹竿上，待水分蒸发或被吸干，干枯的豆皮用塑料袋封着可以保存一段时间不坏，方便人们随时取用食用。妻子也许遗传到了岳母的基因，或是得到了岳母的真传，她在做糊汤豆皮时也是一把好手，常常在家里小露一手，让家人解解馋、填饱肚。

159

　　煮糊汤豆皮时,先在热锅里煎点香油,待香油冒着青烟的当口,就加入适量的清水,然后撒入食盐、胡椒粉、花椒粉、鸡精等佐料烧开。清水不宜太少,也不宜太多,清水太少煮出的糊汤豆皮太干,清水太多煮出的糊汤豆皮太稀,都不是最佳口味。清水的适度,全靠需煮豆皮的剂量而定,都得靠平常经验的长期摸索积累。

　　水开后,就将成线的豆皮揉断揉细揉碎慢慢丢进煮沸的锅里,用锅铲轻轻翻动着搅动着,尽量不让豆皮成坨成块。此时,还得抓紧时间打出一个鸡蛋,搅拌成蛋清蛋黄均匀的蛋液,切一点葱叶末蒜叶末。待豆皮煮熟,及时将蛋液和葱蒜末倒入锅里,迅速搅动几下,等蛋液变熟即可起锅。

　　心急吃不了热豆腐,同样心急也吃不了热豆皮。刚起锅的糊汤豆皮温度极高,你还得耐心等待几分钟,待糊汤豆皮稍稍冷却后才能慢慢享用食用,否则你就会被糊汤豆皮烫出水泡血泡。冷却后的糊汤豆皮,不管是吃进嘴里,喝进嘴里,滑进嘴里,都可以入口即吞,不用大口大口咀嚼,更不用担心被噎着呛着。这种流食,不仅老人和小孩子喜爱,就连中壮年人也对它青睐有加。

　　如今,不管是宣恩的早餐店,还是夜宵店,抑或是星级酒店,都有大厨为客人精心准备的糊汤豆皮。只要你对糊汤豆皮钟爱有加,点上一碗糊汤豆皮,大厨就会为你潜心用心制作出来。来到宣恩,不仅让你吃上烤活鱼记住宣恩这座浪漫小城,即便吃上一碗简单的糊汤豆皮,也会让你记住宣恩这座精致小城。来一次宣恩,就会在舌尖让你流连忘返,乐不思蜀。

　　(2022年12月13日发表于《恩施日报》,2023年3月23日发表于中国作家网)

鲜味庖汤

一进入古历冬月，在乡下精心喂养的那些年猪，就已经长得膘肥体大，虔诚地等待着乡亲们去屠宰。这时，就会陆续接到或收到乡下的亲朋好友盛邀吃庖汤的电话或短信。只要一接到或收到乡下的亲朋好友盛邀吃庖汤的电话和短信，一股温馨温暖和幸福快乐就会油然而生。

乡亲们习惯性称吃杀年猪饭为吃庖汤或吃刨汤。"庖"与"刨"侧重点不尽相同，"刨"侧重于屠宰的过程，而"庖"侧重于烹饪庖制的过程。庖者，厨房厨师也，庖丁为文惠君解牛的故事就盛传不衰。杨万里在《西溪先生和陶诗序》中就云："东坡以烹龙庖凤之手。"《孟子·梁惠王上》也云："是以君子远庖厨也。"

只因为杀年猪时，要用滚烫的开水除去清理干净猪毛，需用锋利的铁制刮刀去刨，所以乡亲们更多的时候说吃杀年猪饭为吃刨汤，这样称呼显得更形象更生动更贴切。屠夫将年猪抽刀放血，在几个棒劳力的协助下，将还在喘息喘气的年猪推入巨大的椭圆形木质澡盆里。

屠夫一边泼洒滚烫的开水，一边氽入冰凉的冷水，尽可能掌控着水的适宜温度。因为水温太高容易让猪皮烫伤溃烂，水温太低就会造成猪毛清除不掉。你看屠夫那麻利的动作和娴熟的技巧，就知道屠夫早已对除毛的工序能做到手到擒来，游刃有余。

只见屠夫一手提着猪腿，一手握住刨子，用尽全力，用好巧力，用尽臂力，向内侧刨着刮着。在刨刮的过程中，还时不时翻动着猪身，尽可能在最短的时间内，将猪毛剔除干净。屠夫一边除毛，一边开着玩笑，讲着笑话，吹着牛皮，可谓三下五除二，在不经意间，不到一支烟的工夫，整个猪身就变得干干净净，白白嫩嫩。

你只要瞧瞧猪身有多干净，就知道屠夫的刨功有多深。如果眼见猪头或是猪脚上哪里还有剩毛，几个帮工就会故意嘲笑屠夫的手艺，这时屠夫就会红着脸辩解道："杀猪杀屁股，各有各的杀法。"说完，立即拿好刨子向有毛的地方仔细刨去。

吃庖汤就是吃的一个鲜味。《老子》里说"治大国若烹小鲜。"古人以鱼和羊为味美食物，从味觉上体验到了鲜活、鲜美、新鲜、鲜嫩、鲜汤之感，吃庖汤亦是如此。孔颖达解释说："鲜，明也，取其春时草木蕃育而鲜明。"吃庖汤的鲜味最明显的就是体现在吃猪血上。猪血，乡亲们又称为旺血、财血。在杀年猪时，谁家的猪血多、猪血旺，就昭示着主人家来年丰衣足食，财源滚滚。

乡亲们在屠宰年猪时，都会提前半小时将年猪从圈内栏内撵出来，用细竹条抽打着猪屁股，尽可能让年猪在院子里多奔跑、多活动，促进年猪的血液循环，这样在屠宰时，年猪放血才多。待一切准备就绪，就意味着年猪的生命将走到尽头。

只听屠夫一声"开搞"，屠夫和几个帮工蜂拥而上，掐尾巴的掐尾巴，揪耳朵的揪耳朵，捉猪腿的捉猪腿，拉的拉，推的推，扯的扯，搡的搡，不用吹灰之力，几个壮汉就将年猪架到了方凳上。生命即将走到尽头，年猪也会发出声嘶力竭的惨叫，甚至进行力所能及地挣扎。鸟之将死，其鸣也哀。听见年猪发出的嚎叫声，即便人也有些于心不忍。这时，帮工摁的摁，压的压，抱的抱，踩的踩，无所不用其极，屠夫一手提刀，一手按头，对准猪喉迅疾猛插一刀，只见殷红色的猪血顿时喷涌而出。

　　老练的屠夫一般都不会失手，只有那些愣头青和毛头小子般的屠夫才有可能手法不准，甚至连锥连插几刀，既不见刀伤刀口，也不见猪血喷出，这样既搞得屠夫自己尴尬至极，也让主人家极不高兴。因为老不见旺血喷出，就意味着主人家财血不旺，主人家就会心生疙瘩，蒙上阴影。

　　在屠夫插刀之时，主人家一般都会远远地看着，当看到猪血喷涌而出之时，既感到暗自高兴，也感到暗自伤悲，因为与猪早已有了深厚的感情，一分难舍难离之情在所难免。特别是每天给猪喂食的主妇们，此时都会躲在远远的角落暗自抹泪。抹完泪，伤尽情，便双手端着猪血进厨房撒盐去了。只有撒上盐粒盐粉，血才会在短时间内凝固成块。

　　吃庖汤的鲜味还在于吃猪肉的热气。那种刚屠宰的猪肉，还带着热气，还带着余温，还有一种跳动感。你通过用手触摸，用眼感观，用鼻嗅闻，就会刺激你的味蕾流出口水，激发你舌尖上的食欲，立刻想大快朵颐一顿。特别是看见热气腾腾的猪心、猪肝、猪腰、猪肚、猪肠，你就会迫不及待地想美餐一顿。

　　在吃庖汤时，乡亲们是爱热闹的，也爱凑热闹，就像栽秧时吃栽秧酒一样，左邻右舍、跟前块头的乡亲们，只要主人家一声吆喝，大家也不客气，也不扭捏，随喊随到，随叫随到，提起筷子，端着饭碗，握着酒杯，说吃就吃，喊喝就喝，乡亲们称为吃庖汤宴。吃庖汤宴时，大伙儿大坨吃肉，大碗喝酒，吃出了乡里人的豪迈，吃出了乡里人的和谐，并且吃完东家吃西家，主动轮流转，没人吝啬吝啬一次。

　　庖汤宴的主菜就是一口汤锅，将火锅底料下入锅内，氽入适量的冷水，用大火烧至滚开。将冒着热乎气的猪血、猪肚、猪腰、猪肝、猪肠、猪肉切好，加入各种佐料腌制入味，将白菜、韭菜、芫荽菜、菠菜、金针菇、菌子、蒜苗、葱叶等蔬菜择净洗净备用。等汤料烧开，就随心所欲地将这些食物下入锅内，等汤锅再次滚开即可食用。大伙儿一边尽情享用，一边相互敬酒，庖汤的美味和酒的香味融为一体，在乡亲们的身体内游走着，跋涉着，奔波着。

吃庖汤并非仅吃汤锅火锅，主人家还会将新鲜的猪肉切成大块，肥瘦兼而有之，然后从酸菜坛里掏出酸萝卜、酸辣椒、酸姜丝、酸葱头，与新鲜猪肉一并炒食。这样炒食的猪肉，肥而不腻，软中带糯，油香四溢。只要你一上口，就会忍不住再吃第二口、第三口、第四口。除此之外，主人家还会将新鲜排骨剁成大块，从自家地里扯回几个大白萝卜，也同样切成大坨，让客人共享一锅萝卜排骨汤。

为让客人开胃下饭下酒，主人家还会烹饪其他一些菜肴。如油炸洋芋片、油炸花生米、油炸豆腐条，腌制折耳根、小葱头和芹菜梗，端一碗稀豆豉、霉豆腐，还会熬一钵韭葱胡辣汤等等。待大伙儿酒足饭饱吃得尽兴喝得畅快后，大伙儿才会说着祝福话，挺着大肚皮，摸着油腻嘴，嘻嘻哈哈慢慢从主人家散去。

现在，庖汤已不仅是乡下的美味，它早已名正言顺、大步流星走进了城里，以大菜名菜主菜的身份进入到高档酒店的餐桌。如果你真要原汁原味吃到庖汤的鲜味，你还是到乡下走一遭吧。

（2023年1月15日发表于《工友》总第265期）

好喝不过油茶汤

在宣恩民间有这样一句谚语，好吃不过猪蹄髈，好喝不过油茶汤。猪蹄髈从小就比较常见，吃得较多，是母亲的拿手好戏，也是孩子们的最爱挚爱。对于油茶汤，却是一个比较生疏的新鲜事物，直到长大在宣恩参加工作后，才第一次听说这样一个名字。

记得 20 多年前，第一次到岳母家去做客，岳母做的第一道迎接我的美食，就是一碗香喷喷的油茶汤。油茶汤清香四溢，碗里面飘着油珠、茶叶、花生米、爆米花、核桃仁、炸黄豆和葱蒜叶。美食既要看品相，又要闻气香，还要尝味道。只有三者俱佳，色香味俱全，美食的美誉才名副其实。仅闻油茶汤的清香，就迫不及待拿起汤匙品尝起来。

喝一口油茶汤，可谓五味俱全，其汤汁芳香，油而不腻，里面的花生米、爆米花、核桃仁、炸黄豆等干货清脆爽口，酥润爽滑，咀嚼越久，越回味良久，真是九曲十八弯，格外荡气回肠。油茶汤一旦进入肠胃，经过肺腑，流进血液，顿时让人神清气爽，精神倍增。

油茶汤刚入口时，有一股清清的、淡淡的、涩涩的清苦茶叶味道，继而就会散发出花生、米花、核桃和黄豆的油炸香味。待你将汤汁喝完，将干货吃完，清淡味、苦涩味、芳香味和油炸味就会混杂在一起，融入在一起，糅合在一起，纠缠在一起，让你意犹未尽，回味无穷，陡增再来一碗的希冀和欲望。

　　岳母是土家族的后人，油茶汤也是土家祖先遗留下来的一份珍贵的馈赠。在宣恩坊间，就流传着油茶汤是土家放牛娃"摆家家"发明的传奇故事。据说一名放牛娃在山间放牛时，拾得一捧油茶籽，在瓦罐中熬出茶油，又在山里采来一捧新鲜茶叶，用茶油煎炸，和着随身携带的炒苞谷，饮着山泉凉水，就有滋有味地吃了起来。

　　放牛娃越吃越觉香，越吃越有滋味，随口就将这种食物叫作油茶汤，随即在乡间广泛流传下来。其实，民间还有另外几种油茶汤来源起源的说法版本。一说油茶汤是明朝土家族人，用粗茶叶、茶油、玉米、蒜苗等煮汤团年过年而得名；二说油茶汤是汉代土家族士兵，用合茗叶、茱萸、芝麻等熬汤饮用防治瘴气而来。

　　清朝嘉庆年间《龙山县志》记载："有所谓油茶者，取黄豆、苞谷、芝麻、米花、腐干、干松茹、腊肉钉，以脂油炮炒之，撩起；下水，油锅内加茶叶，煎数沸，酌碗中，泡诸物饷客以示敬。"这算是迄今为止最有说服力的官宣，既对油茶汤的原材料进行了说明，也对油茶汤的制法进行了诠释。

　　吃过岳母捧出的油茶汤，我连声说好吃好喝，并虚心向岳母讨教油茶汤的做法。岳母笑而不答，马上从房间翻箱倒柜找出花生、大米、黄豆、核桃等原材料。只见岳母在火塘里生上旺火，架上三脚，支起一口洗净的铁锅烧着。岳母向铁锅里倒上少许菜油，等菜油烧热，就将原材料一宗宗炸酥炸脆炸香，捞起滤油备用。

　　接着，岳母又将铁锅洗净烧干，换上一匙事先熬好的猪油，待猪油融化，就将切好的蒜苗、姜丝、花椒、胡椒、鸡精和少许精盐，倒入锅中爆炒，等这些佐料爆出香味，取适量的干枯茶叶加进去再次翻炒。同时，取出一个中度饭碗，将先前炸好的原材料混合均匀分好，装入碗中。等茶叶炒焦散出清香，加适度的井水烧沸。茶汤烧开冒泡一会儿，就起锅直接将茶汤倒入盛装油炸原材料的碗里。

高温的茶汤一倒进碗里，碗里立即就会发出嗞嗞的声音，冒出透亮的泡泡。那些油炸的原材料在沸水的冲击浸泡下，顿时从碗底飘起来，浮起来，在碗里飘荡着，摇曳着，俯冲着，摆动着。此时，这碗灵动而富有灵气的油茶汤就算大功告成了。如果在喝油茶汤时，提前还油炸一块软酥带糯的糍粑，那滋味更是一绝，吃起来定是满口含香。

土家油茶汤可谓久负盛名，与藏族酥油茶、蒙古族奶茶一起被誉为中国三大名饮。油茶汤也是土家传统四道茶中制作最为讲究的一种，其中的白鹤茶、泡米茶、鸡蛋茶制作更为随性随意随便，唯有油茶汤待客才是一种最高礼遇。

只有家中来了尊贵的客人，在主人家心中有特别分量的客人，主妇才会捧出自己精心制作的油茶汤。在过年的时候，乡亲们还会在油茶汤中加入血豆腐，昭示来年财源旺盛，能挣大钱发大财。血豆腐是将新鲜猪血、豆腐、肉末、花椒、辣椒粉、胡椒等混合拌匀，捏块熏干而成，用油炸熟即可食用。

乡下有句俗语，叫"油茶汤不冒气，巴坏傻女婿"。巴，土家语，即烫的意思，土家方言中有"巴到起烫"一说。即便你是主人家尊贵的女婿，如果你对油茶汤的习性不了解，轻易动口去喝去吃去饮，难免会上当被烫伤嘴巴。假如你去岳父岳母家做客，千万别被岳母家的极度热情冲昏头脑，端着油茶汤就大口去吃。

因为刚做好的油茶汤猪油飘在上面，温度热度极高，但又不冒出一点热气，你会草率地误以为油茶汤已经冷却，待你猛地大口灌下去，轻者会烫得舌头脱层皮，重者会烫得满嘴起泡。即便主人家再怎么热情好客，你在吃油茶汤时，都要矜持一点，斯文一点，含蓄一点，切忌像"大坨吃肉，大碗喝酒"那样豪爽豪迈。

油茶汤是土家人心底的那一份乡愁和乡情，他们常说，"不喝油茶汤，心里就发慌""一日三餐三大碗，做起活来硬邦邦""一天不喝油茶汤，满桌酒肉都不香。"由此可见，对油茶汤的情结已植入他们的肉体和骨髓，甚至进入土家人的血液和基因。

每次到乡下，在土家吊脚楼里喝上热气腾腾的油茶汤，就会突然想起去世的岳母，想起她兴致勃勃做油茶汤时的模样，也会情不自禁地想起那些动人的诗词："吊脚楼里，曾放胆溢香迷住匆匆客；武陵山下，莫不惊叹娟婵拨火熬春茶。"我仿佛看见影影绰绰的吊脚楼里，在烟雾缭绕的树林间，一位婵娟般的女子正在拨弄着焰火，虔诚地熬着一锅油茶汤。

（2023年2月14日发表于《恩施日报》）

开胃酸辣汤

农村老话说，宁可食无肉，不可饭无汤。饭前啜口汤，抑或饭后喝碗汤，似乎是人们长期养成的饮食习惯，或是一种饮食文化。因为汤不仅可以加速进食，也可以帮助消化，还可以有助健康，所以也有"饭前一口汤，不用进药房"的说法。

有研究表明，早餐喝汤可以润肠养胃，饭前喝汤可以增加饱腹感，减少食物摄入量，达到瘦身减肥的目的，而冬季喝汤，可以驱寒，增强肌体免疫力。汤者，食物加水煮熟后的汁液也，比如高汤、鸡汤、羊头汤、狗肉汤等，或是烹调后以汁液为主的副食，比如胡辣汤、酸辣汤、银耳汤及各种粥类。

据说，我国泱泱 5000 年历史，食文化仅 1000 多年，而汤文化却长达 3000 多年之久，这不得不说汤文化远古持久。喝汤也是极其讲究的。有人喝汤浅啜浅饮，喝出了文明，喝出了礼仪，喝出了素养，而有人喝汤钟情大碗喝大口喝，喝出了豪气，喝出了豪迈，喝出了义气。

因此，可以从喝汤的举止上，看出一个人的修养修为如何，也可以看出一个人的文明教养程度。有人喝汤如品汤，用汤匙慢咂慢尝，慢抿慢咽，可谓谦谦君子，礼仪君子；有人喝汤一副馋相，如下山老虎，大口喝大口吞，恨不得一口将汤碗吞进，喝完还情不自禁将碗底舔一舔，将碗口旋一旋，一副意犹未尽的样子，一看就是莽夫鲁夫。即便汤温极高，他也在所不惜，依然狼吞虎咽，尽显先下手为强之能耐。

在小酒馆吃饭，汤自然是少不了的美食。有人喝汤，将汤舀入碗中，待汤温降低，要么用调羹慢饮，要么用吸管慢吸，极显大家风范；而有人喝汤，将汤舀入碗中，也不管汤温如何，总是显得迫不及待，端着汤碗就猛地开喝，直烫得叫爹喊娘，也不肯将汤碗放下，也不肯比其他人慢一拍、慢一步，如饕餮之兽，如饿虎扑食。

我似乎也是一个极其爱喝汤之人，虽算不上喝汤的谦谦君子，但也算不上喝汤的鲁莽之夫。我喝汤既不像大户人家的千金小啜小饮，也不像《水浒传》中的 108 个梁山好汉那样狂喝暴饮，我要么边吃边喝，要么饭后慢慢喝上一碗。边吃边喝，意在加速进食，减少饭量，而饭后慢喝，意在漱口清理口腔。

上班后，大多都在单位食堂就餐。根据食堂提供的食物，早餐总免不了要来一碗小米粥、玉米粥、大米粥、银耳汤、甜酒水、豆浆水等，而中餐和晚餐总也少不了要来一碗海带汤、萝卜汤、排骨汤、鸡汤、胡辣汤、酸辣汤等。在这些粥类和汤类之中，我最钟情的还是那碗开胃的酸辣汤。

酸辣汤近似于北方的胡辣汤，其特点就酸和辣。如果你胃口不好，脾胃有恙，有厌食之感，不妨就来一碗酸辣汤，酸、辣之味双管齐下，定会刺激的你的味蕾，让你胃口大开，食欲大增，饭量大升。在家做饭时，一旦有食欲不振，妻子就会习惯性做一碗酸辣汤。在我的记忆里，这个生活小窍门是母亲留传给我们的。

小时候，母亲最爱做粥类和汤类，她尽可能让孩子们吃饱饭，长好身体。那时候的家境极其拮据，可谓入不敷出，不可能大鱼大肉，也不可能山珍海味相伴。母亲总是就地取材，用现有的食材，做出一些开胃的食物，比如做酸辣汤。酸辣汤的食材也很简单，一是做好的酢辣子，二是野韭菜，三是食盐、菜油和佐料。其中比较复杂的程序，就是提前做好酢辣子。酢辣子的"酢"本念"zuò"，但乡亲们的方言习惯性读"zhà"，就如醉酒之意。

秋天过后，菜地里的辣椒红得发紫，红得通透，红得诱人，全家人怎么吃都吃不完，吃不赢。如果不抢收回家，辣椒就会烂在地里，甚是可惜。晴天，母亲用背篓将红辣椒抢收回家，将比较嫩比较脆比较亮很新鲜的红辣椒拣出来，用井水洗净沥干，泡在酸水坛里，等过十天半月，再将泡辣椒捡出来食用，也是上等的开胃菜和下饭菜。

剩余的比较老的比较枯的比较皱的红辣椒，母亲不是用来晾晒干辣椒，就是用来做酢辣子，不让辣椒浪费一点，丢弃一点。母亲提前选好上等的玉米粒，用石磨磨出玉米粉，用箩筛筛了又磨，磨了又筛，尽可能让玉米粉又细又软又滑。接着，母亲将洗净的红辣椒放入木盆内，双手各持一把菜刀，双刀齐下，紧凑地剁着红椒。

深秋夜晚的煤油灯下，常常能听见菜刀叮叮咚咚剁东西的声音，那定是母亲又在剁红辣椒了。母亲边剁边翻，边翻边剁，动作极其娴熟，也极其优雅，那声音也极富有节奏感和韵律感，像在歌唱，像在赋诗。那极具节奏感的声音，如鼓点，如锤音，如钟摆。如果你随着那声音起舞，定会越跳越欢，越舞越乐。

待红辣椒剁成泥状，母亲便将玉米粉、食盐、蒜泥、姜泥等原料均匀地撒进去，再次一遍又一遍砍剁，直到玉米粉完全融入泥状的辣椒里。此时，酢辣椒的香味渐渐散发出来，但更多的是散发的辣椒的辣味和辛味。稍不留神，辣味和辛味就会钻入眼眶，进入鼻孔，让你涕泗横流。母亲每次在砍剁酢辣椒时，总会忍不住流下眼泪。母亲只好提前准备一条润湿的毛巾，用来擦拭眼泪。

酢辣椒剁好后，还不能称之为酢辣椒，要想成为酢辣椒，还有一个酢的过程和酢的程序，就是在酸菜坛内使其变酸的过程。母亲将一口巨大的酸坛子里里外外洗净滤干，将剁好的酢辣椒一瓢一瓢装进坛内，边装边用瓢底扎紧，待全部装完，就盖上坛盖，坛沿放水封住坛口。这样放上两到三个月，里面的酢辣椒酸味渐出，颜色更加透黄，一看就格外诱人。

做好的酢辣椒可以直接与鲜肉、腊肉炒食，也可以单独炒食，都是极其美味的好菜。在做酸辣汤时，还得在野外采点野韭菜、葱蒜苗回来，还可以采点小白菜、小菠菜等。待水开后，加入一点油、盐、胡椒粉、花椒粉、鸡精等，将适量的酢辣椒撒入进去，边撒边搅拌，谨防酢辣椒成块成坨。待酸辣汤煮成稀糊状，再加入少许切细的野韭菜、葱蒜苗及其菜叶，这样成品酸辣汤就算完成了。

在吃饭时，吃一口饭，再吃一口酸辣汤，或是酸辣汤拌着饭一同进食，其中酸味和辣味就会被激发出来，迸发出来，显出它们的独特味道和优势，酸味可谓酸爽，辣味可谓辛辣，酸辣味一起就将人的味蕾惊扰得无地自容，让你欲罢不能，欲说还休。酸辣汤就如一个能说会道的劝酒者，让你面对酒的诱惑都会拜倒在它的脚下。

一碗简单的酸辣汤，既酸出了土家人的率性和直性，也辣出了土家人的乡愁和乡音。在异地他乡，如果能共享一碗酸辣汤，飧食一碗酸辣汤，那便是同根同地同祖的老乡，酸味和辣味便会将他们紧紧拴在一起，连在一起，永不分离。

（2023年2月20日发表于中国作家网）

风味煎饼馃子

在湖北宣恩风情小吃街有一道风味小吃，名曰煎饼果子。煎饼果子原名煎饼馃子，只因"馃"字属于生僻字，煎饼馃子摊位的老板老谢为让本地人易识易记，干脆就将"馃"字简单化、简易化，改为"果"字，其实"果"字与"馃"字还是有很大差异的。

"果"大多指瓜果之类和各种植物的果实，而"馃"却指类似于瓜果形状的点心，如荞麦馃、香油馃等。著名作家周立波在《暴风骤雨》中写道："手提一篮子香油馃子，在道上叫卖。"煎饼馃子本是天津的著名小吃，从遥远的天津来到宣恩，可谓长途跋涉，不远千里。

风情小吃街风味十足，各种小吃琳琅满目，整整排成了一条长街长廊。没有做不到的，只有想不到的。什么煎的、煮的、炸的、烤的、蒸的、烧的、泡的、烫的，应有尽有，汇聚了全国各地的特色小吃，让人津津乐道，不知选择哪样好。但孩子们更钟情于煎饼馃子，每次来给儿子买煎饼馃子捎带回家，摊位前都围满了中、小学生，即便有大人和老人，他们也是给孩子、孙子跑腿代购的。

孩子们昂着头，伸长着脖颈，翘首期盼煎饼馃子早点拿到自己手中。孩子们争着抢着点单，迫不及待提前扫码付钱，生怕比别人慢了半拍而吃不上。摊主老谢夫妻俩依然平心静气，笑容满面，口里念叨着别急别急，按先来后到的顺序依次为每个孩子潜心地做着煎饼馃子。

老谢名叫谢奎，40多岁的年纪，宣恩县万寨乡罗针田村人。因多年在外漂泊劳累，满头早已花发纵横，满脸早已饱经风霜，但精神仍很矍铄，一开腔说话就笑声朗朗，比年轻人都还富有朝气和中气。老谢曾在天津打工，学得一手做煎饼馃子的手艺，得知家乡风味小吃崛起，便毅然决然回到了贡水河畔。

老谢夫妻俩面前各自有一口平底摊锅，油渍早已浸润到摊锅里，显得油腻而光滑，但极其干净，似乎能照见人影。二人麻利地从各自的面盆里舀出一瓢稀粥状的面浆，均匀地平摊在摊锅上。摊锅上的面饼并不厚实，大约只有薄纸壳那般厚度，中间略厚，越到周边越薄，到达边缘便只有纸张一样的厚度了。

摊锅下的火炉温度不宜过高，只能文火慢摊，大火急摊就会导致煎饼摊煳变味。如果真的摊煳变味，老谢是绝对不会再售卖让客人去吃的，否则就亲手砸了自家的牌子，影响摊位的声誉。老谢将火候掌握得极其精准，随时调控着火势的大小和摊锅的温度，让风味美味的煎饼馃子在摊锅里孕育而生。

大约几分钟过后，面浆逐渐变干起皱，有的地方还冒出了鼓泡，面浆的生味逐渐散发出香味，颜色由浅黄变成橙黄，面皮就基本熟透了。此时，就得抓住时机在熟透的面皮上平摊一个生鸡蛋。老谢将鸡蛋壳打破，将蛋黄蛋液打在面皮上，用擀条将蛋黄蛋液均匀地擀开散开，使其覆盖在整个面皮上。待鸡蛋变干变熟，紧贴在面皮上，面皮散发出浓郁的清香，整个面皮就算做成了。

老谢用小铲轻轻地铲动面皮底部，使面皮及时与摊锅分离，然后在面皮上部刷上辣椒油、辣浆汁，撒上酸辣萝卜丁、火腿丁、细葱花，放入生菜叶、脆薄片，按照客人各自喜好和需求，还可以加入热狗、鱼排、弹力肠、鸡柳、香肠、肉肠、辣条、肉松和培根等。加好配菜，就将整个面皮卷起成筒，让全部配菜包裹在其中，然后用菜刀从中间一分为二，两段首尾一致重叠在一起，装入牛皮纸袋中。

老谢放进去的脆薄片，其实名叫馃箅儿。馃箅儿是将麦面粉、玉米粉、大米粉和成稀粥，将菜油烧至适当高温，然后放入进去油炸。炸好的馃箅儿香脆可口，嚼起来嘎嘣脆，可单独食用，也可以作为煎饼馃子的主料放入进去。

从舀出面浆到煎饼馃子做成，老谢都是一气呵成，中间没有半点停顿和犹豫，那娴熟的动作和工艺的技巧，看得客人眼花缭乱，就像在欣赏着一段非遗展演，有的老人会禁不住脱口而出："好功夫！"得到煎饼馃子的孩子，一脸笑容，双手抱着煎饼馃子，迫不及待就呼哧呼哧开吃起来。

原始的玉米粉、麦面粉、大米粉和成的面浆，在高温的洗礼下，在摊锅的锻造下，在老谢的捣鼓下，终将面浆骨子里的香气香味激发出来，以一种极致的姿态呈现在人们面前。面皮的柔和和馃箅儿的香脆形成鲜明对比，生菜的生味与面皮的熟味相得益彰，主料和佐料相互配合相互协同，一种前所未有的风味小吃就此诞生了。

还没有得到煎饼馃子的孩子，眼巴巴地看着，巴望着，对已得到煎饼馃子的孩子，眼里无不透露出一种羡慕和艳羡，嘴巴不自觉蠕动着，甚至流出了口水。待老谢将下一个煎饼馃子做好，等急了的孩子立马上前就双手接住了。吃煎饼馃子是会上瘾的，很多孩子都会每天不离煎饼馃子，我的儿子也是如此。每次我回家问他带什么吃的，煎饼馃子是必带之物。

说起煎饼馃子，似乎还与大奸臣秦桧有关。相传南宋时期，人们对卖国贼秦桧恨之入骨，京城有个丁姓小食贩将面团做成人形，下油锅炸之，取名"油炸秦桧"。这种食品外酥里嫩，色泽金黄，咸香适口，成为老少皆宜、妇幼皆喜的传统早点。在人们吃"油炸秦桧"享受美味的同时，也咬牙切齿地大骂秦桧，恨不得嘴里吃的就是秦桧的肉。

到清朝末年，山东习武人老刀背井离乡，在饥饿难耐的时候，就捡来两根"油炸秦桧"充饥。老刀吃着吃着，就想到用"油炸秦桧"裹着辣酱吃，那该是多么味美的东西。于是，老刀一直念叨着"煎饼裹着！煎饼裹着！……"后来，老刀定居于天津卫，煎饼馃子的名字就这样叫开叫响了。

老谢夫妻俩每天至少要做100多个煎饼馃子，节气里还可能超过几百个，每个煎饼馃子都让客人记忆犹新，回味无穷。老谢说，不管生意再好，活计再忙，也要潜心、用心做好每一个煎饼馃子，不能敷衍，不能马虎，不能应付。敷衍客人，就是敷衍自己，糟蹋自己，欺骗自己。

煎饼馃子从天津移居到宣恩，从大都市辗转到小县城，让这里的人们爱上了它，好上了这一口，这就是美食风味的魅力。如果你也想尝一尝煎饼馃子的滋味，你不必劳心费神、车马劳顿跑到天津去，你只要莅临浪漫宣恩县城，来到文澜桥畔的风情小吃街，老谢随时在那里等着你，可以简简单单地满足你的愿望和心愿。这里的煎饼馃子，定会让你不枉此行，不虚此行。

（2023年5月16日发表于中国作家网）

特别的腊八粥

　　小时候，一进入农历腊月，就掰着手指头数着日子，眼巴巴地盼望着过腊八节。因为在传统的腊八节里，不仅可以穿好看的衣服，喝美味的腊八粥，还能吃杀年猪饭。更重要的是，紧接着的腊月初九是我的生日，全家人都会围着我转，热热闹闹给我庆祝生日。

　　腊八节，即农历腊月初八，又称法宝节、佛成道节或成道会等。古时候，在腊八节这天，无论朝廷官府、寺庙寺院，还是黎民百姓，都要喝腊八粥，泡腊八蒜，吃腊八面，到了清代就更加盛行，一直沿袭至今。因为过了腊八节，就意味着拉开了过年的序幕。

　　腊八节喝腊八粥的习俗也像一股春风，吹遍了老家那个偏僻的小山村，让小山村的孩子们都有一个幸福快乐的童年。即便现在人到中年，对儿时仍有很多值得回忆回味和感慨感动的瞬间。孩子们经常蹦着跳着唱着腊八节的儿歌："腊月有个腊八节，喝了腊粥去看雪。腊八节，真够味，过了腊八到年尾。到年尾，忙不退，家家户户办年味。"孩子们一唱起儿歌，整个山村就沸腾了，就喜庆了，鞭炮声就会在孩子们的吵闹声中时时响起，回荡在整个山谷。

　　喝腊八粥也是极其讲究的。虽然各地腊八粥的用料不尽相同，但基本上都离不开大米、小米、糯米、高粱米、紫米、薏米等谷类，也离不了黄豆、红豆、绿豆、芸豆、豇豆等豆类，还不能少红枣、花生、莲子、枸杞、栗子、核桃仁、杏仁、桂圆、葡萄干、白果等干果。

南宋文人周密在《武林旧事》中说："用胡桃、松子、乳覃、柿、栗之类作粥，谓之腊八粥。"《燕京岁时记》里也云："腊八粥者，用黄米、白米、江米、小米、菱角米、栗子、去皮枣泥等，和水煮熟，外用染红桃仁、杏仁、瓜子、花生、榛穰（zhēn ráng）、松子及白糖、红糖、琐琐葡萄以作点染。"

老家的腊八粥可没有这么多讲究。特别是在我的家里，全家7口人可谓家大口阔，一年到头全靠父母挖泥畚土收点粮食。老家多是山地坡地，土地极其贫瘠，还是黄泥土和烂泥田，粮食收成并不高，能够让全家人吃饱不饿肚子，那已是最庆幸和烧高香的事情。如遇天气不给力，遇暴风暴雨绵雨，庄稼就会颗粒无收。一到青黄不接的时候，父母脸上就堆砌满了焦虑和皱纹。

母亲虽不能按教科书上的教条，精挑细选腊八粥所需的各种食材，拮据的家境也容不得母亲那么去做，但母亲也是极其讲究仪式感的。用母亲的话说，家里条件虽然不允许，但气质和仪式不能输，也不能丢。一到腊月，母亲就忙活开了，风雪风雨里，常常看见母亲忙忙碌碌的身影。

她不仅将房子、院子里里外外打扫一遍，将铺笼帐盖、衣物被褥拆洗一遍，还将冬蒜剥离成瓣洗净，撒盐、泼醋泡上一大坛酸辣可口的腊八蒜。再让父亲选个黄道吉日，请屠夫来家屠宰年猪，让全家人高高兴兴、幸幸福福、团团圆圆吃上一顿年猪饭。特别是听见肥猪如洪钟般的叫声在山野回荡，就是孩子们最兴奋、最激动的时刻。

更重要的是，母亲竭尽所能收集做腊八粥所需的食材。因家境特殊，母亲只能就地取材、因地制宜进行选取。母亲来来回回在庄稼地里穿梭，急急忙忙在家中翻箱倒柜，为的就是尽可能找全找齐做腊八粥所需的原料，让做出的腊八粥味道更美，颜色更鲜，香味更浓。经过母亲家里和地里两点一线的奔波，大米、高粱米、黄豆、花生、栗子、杏仁、南瓜子、葵花籽、红糖等原材料终于备齐了。

腊月初八一大早，母亲就起了床。母亲将水缸用竹刷清洗干净，到一里路外的水井将水缸挑满，从阶沿抱回几捆劈好的柴块，然后为全家人煮好早饭，喂好鸡鸭猪狗牛羊，就开始熬制腊八粥了。母亲说，腊八粥需文火慢炖慢熬，让8种食材充分融入彼此，容纳对方，依存对方，才能熬出美味和鲜味。心急吃不了热豆腐，心急也吃不了腊八粥。熬制腊八粥，就是熬人的性情性子，一点都急不得，一点都燥不得，一点都快不得。

母亲将各种食材淘净洗净，不留一粒沙子石子，不留半点杂质杂物，用玉米芯、柴木灰将铝鬴（gǔ）彻彻底底、里里外外糙洗一遍，让铝鬴白净澄亮，然后将淘洗干净的食材按照一定的比例放进铝鬴内，凭借她多年积累的经验决定给铝鬴内加入多少的井水。加水太少，腊八粥就会过干变成腊八饭；加水太多，腊八粥就会过稀变成腊八汤了。

母亲将煤球炉的火门调成最适合状态，让火力控制在最适宜的温度，就将装好食材汆好井水的铝鬴架在煤球炉上慢慢熬炖。母亲一边熬制，一边用锅铲悉心随时翻动，生怕铝鬴底部烧煳。只要腊八粥有了煳味怪味涩味，腊八粥就基本泡汤了，再也吃不出那种美味和鲜味。大约炖了三四个小时，腊八粥早已变成稀稠状，里面的食材也变得柔软细腻，浓郁的香味早已溢满整个房间。

为了增强腊八粥的口味和口感，增提香气和香味，母亲在熬制的同时，还会将腊肉、鲜肉剁成泥状，加入其中。只听母亲一声"吃腊八粥啰"的呼唤，孩子们像野鸭一样从门外扑进屋来，生怕来迟一步就没有自己那一份。母亲一边为孩子们递上竹筷、调羹和腊八粥，一边悉心叮嘱道："斯文点！斯文点！别抢！别抢！小心烫着！"

尽管母亲一再提醒，孩子们依然争先恐后，狼吞虎咽起来。有的孩子还一时不慎，将嘴唇、舌头烫得直打哆嗦，连声说好烫好烫。每年母亲总要留下一大碗腊八粥，不让孩子们吃完，为的是第二天为我庆生让我吃下。在为我庆生时，母亲还会给我煮一碗腊八面，想尽一切办法打一个荷包蛋。

深冬大雪的傍晚，一家人吃完腊八粥，不是摸着鼓鼓的肚皮欣赏着雪景，打着雪仗，堆着雪人，就是围在火塘边烤火聊着家常，讲着故事，哼着山歌。孩子们手脚总不停歇，依然拿着火钳一刻不停在火塘里爨（cuàn）着火、烤着苕、烧着芋。似乎他们的肚皮仍未被腊八粥填满，还要这些食物进一步填充。

记得最深刻的一次，是我满 7 岁头天母亲做腊八粥时的情景。那天天下着鹅毛大雪，不到半天工夫，菜地、田园就被大雪覆盖了，路上也封路结凌了。母亲为了出去寻找做腊八粥的食材，一不小心就摔倒了，而且膝盖摔破流血了，脚踝也扭伤了。但母亲依然坚持将各种食材备齐，才一瘸一拐地回家。

母亲全然不顾自己身体剧烈的疼痛，依然忙着将最味美的腊八粥做好，递在孩子们手中。端着母亲做好的腊八粥，孩子们都不是滋味，争着闹着要让母亲先吃第一口，但母亲笑着说："我就是为你们做的，只要你们吃得高兴，吃得开心，我就高兴开心了。"我觉得这是母亲做得最特别、做深沉的腊八粥。

现在，每当腊月吃上八宝粥或是腊八粥时，就会情不自禁想起母亲为孩子们做腊八粥时的情景。这种回忆，让人有一种钻心般疼痛。

腊味年味

　　我的老家在俗有川鄂咽喉、神农明珠和小武汉等美称的湖北省巴东县沿渡河镇，与四川巫山县城近在咫尺，比邻相望。老家有神农溪庇佑，还有两条不大不小的陈家河、两河交叉着，缓流着，融合着。老家的年味，既饱含着川味，又蕴含着鄂味，可谓川鄂两味交织交融，互渗互透。

　　老家的年味就是一壶劲头十足的苞谷酒，一锅香气四溢的腊猪蹄，一盘外焦里嫩的腊咸鱼，一堆火焰翻飞的泥塘火。在老家，年味就是腊味，乡亲们说无腊不成年，无腊不得欢。怎一个"腊"字了得，什么菜都与腊字扯得上很深很浓的关系，可谓牵牵绊绊，千丝万缕。离开腊味说年味，年味就淡了，年味就轻了，甚至不堪为年。

　　大年三十，家家户户的年夜饭，最出色最拿手最称心的菜，也是乡亲们认为的当家菜、镇宝菜、心仪菜，无外乎就是用海带丝或是干洋芋果、干菌子炖的腊猪蹄，用酱豆子或是酢辣椒炒的五花腊肉，用酒糟水或是梅干菜蒸的腊扣肉，用腊猪肠拌上玉米粉和酢辣子蒸的腊肠饭，用拼盘拼的腊香肠或是腊猪头肉，用卤水卤制的腊猪尾、腊猪脚。这些菜颜色红润透亮，油而不腻，香气扑鼻，让乡亲们既一饱眼福，也一饱口福，浸润着浓浓的腊味年味。

　　进门一盅酒，是老家的待客之道，也是待客之礼。小时候，乡亲们过门为客，无论乡亲们走进哪家，即便串一下门，扯一会儿白，摆一阵儿古，拜一两句年，主人家先不倒茶，也不敬烟，而是用搪瓷盅子或是玻璃杯子捧上火塘边刚炖热炖好的白酒，然后端出生的或是炒熟的葵花籽、花生仁、南瓜子或是馓子、金果等油炸食品，让客人随心所欲、有滋有味下酒。

这种很随意非正式的喝法，乡亲们叫"扯冷疙瘩"。乡亲们扯冷疙瘩，并不讲究，也不别扭，更不客气，可以火塘边一圈人共饮那一盅酒，轮流啜饮，逐个咂饮，大家也不嫌弃哪个有病，也不担心哪个嘴臭，直到慢慢喝完；也可以各自倒一杯酒自己喝自己的，彼此之间既不谦让，也不扯皮，喝时相互邀一下，喊一下，碰一下，没多大工夫，大家的杯子都底朝天了。能喝者，可以继续倒酒再喝；不能喝者，可以就此打住，放下杯子闲聊，政策宽松得很，自由得很。

这种白酒都是当地所产的玉米制作的苞谷酒，乡亲们习惯性称作为苞谷老烧。这种苞谷酒也浸透着浓浓的腊味，是用日晒和火炕的玉米酿制的，喝起来劲头大，度数高，醉得快，既火辣又火腊，虽然口味纯正，但醉起来就会让你轻者醉意醺醺，重者就会让你"月朦胧，鸟朦胧"，直接被干趴下。在你快醉的时候，主人家才会又捧出一杯自制的炒青茶和一根廉价的香烟为你解酒醒酒。

进入冬月腊月，乡亲们就开始制作腊制肉品了。母亲是制作腊制肉品的高手。每当父亲请屠夫将年猪宰杀后，母亲就连夜将猪肉块均匀地抹上一层厚厚的食盐粉、花椒粉、辣椒粉、胡椒粉、茴香粉、橘皮粉、蒜蓉末、生姜末等，囤在一口很大的木质圆缸内，蒙上一层尼龙纸，压上重重的石块，腌制大约3至4天。

待猪肉腌透，盐味浸润到猪肉的每个细小的局部、旮旯和细节处，作料味道充分融入肉内，母亲就会将猪肉一块一块从缸内提起来，滤干水滴水分，稳稳当当地挂在离火塘较近的墙壁上，或是火塘的正上方的四方架上。熏制腊肉也是很讲究的，否则熏出的腊肉味道就不纯正、不地道，不是熏得肉质太硬了，就是没有熏好发臭了。腊肉的味道是否恰到好处，是否地道纯正，是需要花一番硬功夫和巧功夫的。

母亲熏制腊肉，也有她一套独特的秘方。母亲到山里砍一些柏枝叶、松树针、杉木刺、椿树皮、黄荆树回家，到田野间寻一些干黄蒿，还将平时收集的枇杷叶、柚子叶、柑子皮、橘子皮、柚子皮，还刮一些草皮腐叶，一并堆积在火塘里，用文火慢慢熏制。如果火力太猛，就会将猪肉表面熏成硬壳，里面发臭腐烂；如果火力太小，就起不到熏制作用，新鲜猪肉始终不会变腊。

在一个半月之内，母亲总是坚持在山林里、田野间寻找熏制腊肉的这些特殊材料，守在火塘边烧着火，看着火，爨着火，精准地掌握着火候，直到腊肉熏出红褐色，水分干涸，透出一股诱人的腊味和香味。让天然香料燃烧时，散发的香味和香气，通过烟火味和烟火气直接熏进潜伏进肉块里。仰望墙壁上或是火塘上方红中发亮的腊猪肉，闻着那股诱人的腊肉香气，孩子们就会垂涎欲滴，恨不得即刻就将腊肉吃进嘴里。

腊肉熏好，正好年关将近。母亲总是第一时间取下一块腊肉，烧好洗净，切成大坨肉大块肉，混合着干洋芋果在火塘边的吊锅里炖熟炖粑炖烂，即便没牙的老人吃，也能入口即化，绝不会塞牙哽喉。吃时，再下一些海带丝、红薯粉条和白菜叶，那滋味格外悠长，腊味格外久远。浓浓的年味，便在母亲第一锅腊肉里铺开了，启开了，拉开了浓浓的年味序幕。

母亲不仅将猪肉制作出腊味，就连猪大肠、猪肝、猪肺、猪肚也不吃新鲜的，也想尽办法让它们褪去新鲜的腥臭味，焕发出腊味的精彩。母亲将猪大肠用盐粉翻来覆去洗净，在开水中焯熟，捞起滤干水分，挂在火塘边熏制一个星期左右，取下来洗净，切成肠片或肠丝，拌上玉米粉和醡辣椒，放进坛内焖上十天半月，再拿出来加入少许青蒿蒸出腊肠饭，不仅有青蒿的清香味，也有腊肠的香腊味，还有酢辣椒的酸辣味，其味道可谓五味俱全。腊肠饭既是孩子们的最爱，也是大人们喝苞谷酒时的绝好下酒菜。

乡亲们认为猪身上最差的肉，莫过于猪颈部的肉，乡亲们称为项圈肉。这部分的肉，不仅没有瘦肉，还是一块肿起隆起的泡肉，如泡沫一般，味道极差极淡。但母亲将它熏腊后，激发出它的腊味，让泡肉中的水分尽可能流失，然后煮熟与红薯粉和洋芋粉炒食，加一些蒜苗葱末和辣椒瓣，也是一道绝佳的美味。

不仅如此，母亲还会将新鲜鸡肉、羊肉、牛肉、狗肉和鲜鱼，如猪肉一样腌制熏制，将腊味引诱出来，引导出来，散发出来，可谓是无所不腊，不腊不欢。那些平淡无奇的肉类和食材，只要在母亲几经捣鼓下，它们就会改头换面，发生质的变化，让腊味在年味里独领风骚，别具一格。

老家的年味，既是烟熏火燎的腊味，也是一股浓浓的母亲味道和乡愁味道。父母虽然去世多年，但这种年味早已铭刻在血液和基因里，渗透到肌体和骨髓里，已根深蒂固，坚不可摧，让人一辈子不得忘怀，终生值得回味和想念。在大年三十，在万家灯火的团年饭里，仿佛又看见母亲正俯身在火塘边，腌制腊肉，制造腊味，勾勒年味。

（2023年2月22日发表于中国作家网）

第四辑
四季平平而过

四季里总是祸福相依相伴，平平安安而过，健健康康而过，快快乐乐而过即好。活在当下，过好当下，珍惜当下……

家有十六两公平秤

在 20 世纪七八十年代，我家老屋的墙壁上常常挂着一杆十六两制的老秤。秤杆并不粗，秤砣也不大，秤钩也不长，秤盘像一个撮瓢，用干牛皮做成，但整个秤体都摸得光润圆滑而锃亮，可见它的年代已很是久远。当我读书后知道一斤等于十两时，就一直很纳闷，为什么我家的老秤是十六两一斤呢？在母亲用老秤称东称西的时候，我总是询问母亲。母亲读书甚少，她也说不出个所以然，她就说这是老祖宗们定下来的老规矩、硬规矩。

祖父读的古书甚多，他对十六两制秤的来历知道得清清楚楚。祖父解释说，秦始皇统一六国后，由丞相李斯负责制定度量衡标准。李斯很顺利地制定了钱币、长度等方面的标准，如何制定重量方面的标准却犯了愁。于是向秦始皇请示，秦始皇随手批下"天下公平" 4 个大字。

李斯为了避免今后出现问题而遭到罪责，就以"天下公平" 4字的笔画数 16 作为标准，定出了一斤等于十六两的重量标准，这一标准一直被沿用了 2000 多年。十六两秤又叫十六金星秤，它由北斗七星、南斗六星和福禄寿三星组成，旨在告诫做买卖的人要诚实守信，童叟无欺。否则，短一两就无福，少二两就少禄，缺三两则折寿。

祖父也常将十六两秤的来历说与儿孙们听，告诫儿孙们在处事为人时，一定要讲诚信、讲信誉、讲信用，不期瞒欺骗欺诈。特别是在对待老年人和幼小孩子时，更要礼让三分、谦逊三分、和睦三分。

　　母亲不是做生意的买卖人，甚至一蔸白菜、一把韭菜都没有卖过，但她却用这杆老秤称出了公平。20 世纪七八十年代，每家每户都不宽裕，常常是吃了上顿没下顿，需找左邻右舍和亲戚朋友借东借西，比如借食盐借煤油、借玉米借面粉，甚至借红苕借洋芋。

　　在没有东西下锅饿肚皮的时候，乡亲们都顾不了情面和脸面，都觍着老脸张口给邻居说好话。其实，乡亲们彼此之间都不生分，也没嫌隙，都很和善，也无须说出一箩筐好话来哀求。乡亲们善解人意，都说谁家都有个为难的时候，只要哪家开口，都照借不误，还说一家有难，八方来援。

　　农村借东西时，能用容器衡量的尽量用容器衡量，就不再用秤称出斤两。母亲在给别人家借食盐时，就习惯性用小碗衡量，借出去时借一堆碗一冒碗，别人归还时就只要一平碗一浅碗。在无法用容器衡量时，母亲则用十六两秤来称出个芝麻颗数。比如在给别人家借玉米时，借出去时总是旺秤垂着，而别人归还时总是折秤翘着。

　　母亲说，别人不在万不得已的时候，谁会觍着脸借东西？如果再与别人斤斤计较，那别人的脸面往哪里搁？老家附近有一个寡妇，带着一个女儿相依为命。她常常牵着她的女儿，带着一个蛇皮袋子来我家借玉米或是借红苕。在我的记忆里，母亲借与她们母女俩的东西就从未还过。但每次她来借东西时，母亲并不甩脸色，仍是和颜悦色地和她说着话，不等对方先开口，就主动将玉米或是红苕借给了她。

　　母亲觉得，让别人开口将借字说出口，定是一件很尴尬很难堪的事情。为了不让别人尴尬难堪，母亲就心领神会，只要家里东西还有，母亲就二话不说会直接借给她。在我家缺粮少油时，母亲也会犯难，会一筹莫展，在思量再三后，她便带着十六两秤和蛇皮袋子出门了。母亲向别人家借东西时，从不用别人家的秤，她习惯性用自家的十六两秤，方便她在归还别人家东西时，多给别人家归还一点。

母亲信奉"有借有还，再借少难；有借多还，再借不难"的信条，在借与被借之间，她不想让别人吃亏，更不能对别人缺斤少两。那时候，粮食就是命根子，对别人缺斤少两就似要别人的命，会让人记恨一辈子，对别人多斤多两，别人也会感恩一辈子。只因为母亲对周边人特别关心关怀，周围的人对母亲也是感恩戴德。记得 20 世纪 80 年代我家新修房子时，周边的人看在母亲平时为人的份上，不是给我家借来木料，就是给我家借来砖瓦，不是给我家借来粮食，就是给我家借来猪肉。

周边人借来的粮食和猪肉，母亲都用十六两秤称好，让二哥记在账本上。在称秤时，秤杆总是向下倾斜垂着，尽量称出的斤两比实际斤两要多。在归还给别人家东西时，别人复秤后才发现比他家原来借出来时的东西多得多。正因为有周边人的帮助和支持，我家的房子也就很快很顺利修好了。

母亲也用这杆秤称出了满满母爱和慈爱。在我们年幼时，母亲为了看孩子们长高了没有、长胖了没有，就习惯性用十六两秤称出我们的体重。她将年幼的孩子放在箩筐里，用十六两秤的秤钩勾住箩筐系绳，让大人用扁担穿过秤环抬着，称出的斤两她也会小心翼翼地默记在心里，如果下次称孩子体重时少斤少量了，母亲就会自责说自己没有把孩子养好育好。

如今，这杆十六两秤沉寂在了墙角，就连秤星也脱落得所剩无几了，秤砣也锈迹斑斑，秤盘也破洞损坏了，发挥不了它应有的作用，但它传承下来的家风和家训，仍时时激励着我们走稳脚下的每一步路。它虽然逐渐让人淡忘和遗忘，但每当说到"半斤对八两——差不多"的歇后语时，我又会立刻想起它。

（2023年3月12日发表于中国作家网）

老家的炊烟

我的老家在大巴山脚下一个名不见经传的小山村,村庄小得几乎在地图上都难以寻觅得到。即便找到,也是一个微乎其微的小不点,但村庄里的炊烟却蔚为壮观,不同寻常。老家四面都是高山峡谷,还有一条河流穿村而过,有炊烟的日子,村庄就格外瑰丽而温暖。

小时候,常常和伙伴们一同在山顶上放牛放羊,一同在山顶俯瞰整个村庄的炊烟。山顶脚下,是一个偌大的平坝,平坝里不是一栋栋房子,就是一畦畦水田。整个坝子名曰代书坪,一户接着一户、一户挨着一户的大瓦房,鳞次栉比地呈现在眼前。这些大瓦房,犹如肩并肩、面对面、背靠背、手牵手、踵接踵的土家汉子,给人一种亲密无间的感觉。

天刚露出鱼肚白,那些古朴的、明快的、浓郁的炊烟,就悄无声息地从各家各户的烟囱里和瓦缝间袅袅升起,弥散在乡村上空,与薄薄的山雾对接相融,烟与雾合二为一、融为一体,最终与山间的云朵一同消失在遥远的天际。各家各户的炊烟变化多端,时而粗壮,时而纤细;时而笔直,时而弯曲;时而清晰,时而迷蒙,但不管怎么变化,都显得错落有致、富有章法。

老家的炊烟,在清晨、晌午和黄昏都各具特色、各显形态。清晨,各家各户的鸡将人们急促地唤醒,还时常伴有一阵狗吠和羊叫,鸡鸣、狗吠和羊叫打破了山村原有的宁静。第一缕炊烟从起得最早的人家烟囱升起，继而一户接着一户的炊烟相继腾空而出。

暖暖远人村，依依墟里烟。朦朦胧胧的晨光中，总见到晨起的人们影影绰绰、忙忙碌碌的身影，他们不是上山打柴，就是下田耕地；不是上山割草，就是下地播种。还依稀看见各家各户的老婆婆、大姑娘、小媳妇，在房前屋后抱柴火、挑井水、扫院子的身影，这些迷人的炊烟，她们才是最勤劳、最智慧的创造者。

清晨的炊烟湿漉漉的、软糯糯的，就连黛青色的瓦片和高耸的烟囱上也是露珠涟涟。树叶上、草尖上、花瓣上也集聚了一粒粒晶莹剔透的水珠，一旦炊烟漫过它们，炊烟就浸润在水珠里被吸附进去，给水珠增添了一缕朦胧的色彩，有时又让水珠更加晶莹透亮。

在清晨的炊烟里，总能听到爱的呢喃，不是听到小夫妻互诉衷肠的声音，就是听到父母呼儿唤女早起、叮嘱添衣增裤的叮咛。待一轮红日从东方冉冉升起，将清晨的露珠蒸发散发开去，整个村庄的炊烟就更加浓厚了。直到每家每户将早饭吃过了，将猪喂饱了，锅碗瓢盆刷净了，浓重的炊烟才渐渐消失殆尽。

晌午阳光下的炊烟就更加明朗，更加迷人，如果没有风，每个烟囱的炊烟既粗壮又笔直，直上云霄，与蓝天对接，有"大漠孤烟直"的壮观。空中的云朵是炊烟的最佳伙伴，它们相见恨晚，一见倾心，炊烟一经碰到云朵，就紧紧相拥、紧紧相融、倾诉衷肠，二者尽可能糅合一起，糅杂在一起，然后在碧蓝的天空里化作扫帚云、航线云，化作腾空的白龙马，化作奔跑的小白兔。

如果此时遇到一阵风，晌午的炊烟就变得不那么规则规矩了，有点不安分守己起来。炊烟变得弯弯曲曲、零零散散、点点滴滴，甚至七零八落，看不出半点规则和形状，顿时失去了美感和质感。但只要风一旦停下，它们又魔术般聚集在一起、堆积在一起、幻化在一起，演化成千奇百怪的形状和奇形怪状的物种。

晌午的炊烟大多夹杂着浓郁的饭菜香味，从剁、砍、削、切、炒、擀、揉、捏、包等各种动作的声音中，就能清清楚楚听到饭菜香气的浓烈。加上炊烟的弥漫和扩散，就更加加重了饭菜香气的散射。如果哪家炖了腊猪蹄，哪家包了韭菜馅饺，哪家炒了回锅肉，哪家擀了宽刀面，乡亲们一闻便知。待每家每户的炊烟冒得最热烈时，就能听到孩子们在院子里大声呼唤大人回家吃饭的声音。

傍晚，当太阳西落，当天色渐暗，当油灯点亮，各家各户的炊烟又从灶膛的火焰里滋生出来，穿过漆黑的囱道，弥漫在浓浓的夜色之中。此时，仍有披星戴月的乡亲在田间劳作，仍有挥汗如雨的乡亲在地里刨食，因为他们知道，只有自家粮仓粮柜满了，只有自己锅里碗里有了，自家的炊烟才更加雄厚殷实，自家的炊烟才更富有硬气和底气。

月光下的炊烟像是一束光，从房顶直射开去。此时，你站在高处眺望整个村子的炊烟，就显得高处不胜寒，似乎有一种清冷的感觉。整个村子都被迷迷蒙蒙的炊烟包裹着、依偎着，像一层薄纱，像一缕青雾，顿生虚无缥缈的错觉。雨雾中炊烟的缥缈，与月光下炊烟比起来，就更青出于蓝而胜于蓝了，显得更为虚无，更为曼妙，有"雨余渔舍炊烟湿""炊烟漠漠衡门寂"的销魂。

乡亲们整日的问候都与炊烟有关，不管是路途相遇，还是登门造访，大家第一句话总是会问吃了吗？吃饭了吗？今天吃的啥？如果哪个人腼腆地说还未吃呢，另一个人必定竭力邀约对方去家中做客，陪客人吃一餐便饭，饮一盅老酒，感受一下主人家的烟火气。乡亲们彼此之间心底透亮敞亮，没有一丝间隙和隔阂，更无被烟呛着，被火冲着，大家说走就走，说吃就吃，说喝就喝，随随便便，大大方方，简简单单。

如今，老家的生活条件渐渐改善，散发那浓浓炊烟的大锅大灶，逐渐被小锅小灶、液化气天然气灶所取代，只有在过年过节和遇红白喜事的日子里，需用大锅大灶发挥作用的时候，才能依稀见到儿时记忆里的炊烟。但与鸡鸭鱼肉相伴的炊烟，与锅碗瓢盆相欢的炊烟，早已刻在了每个人的记忆里和灵魂深处，让人挥之不去，让人浮想联翩。

一缕炊烟，就是一种乡愁；一缕炊烟，就是一份牵挂。

（2022年6月21日发表于《恩施日报》，2022年12月15日发表于《贡水文澜》总第50期，2023年3月1日发表于中国作家网）

一蓑烟雨

田塍望如线，白水光参差；农妇白纻裙，农父绿蓑衣。小时候，乡下的稻田里这样的插秧场景屡见不鲜。一到插秧季节，不分男女老少，不分天晴下雨，乡亲们照例及时踏着季节和时令的节拍行事，免得误了农事而懊懊悔悔大半个春秋。

即使烟雨蒙蒙，即便细雨霏霏，乡亲们也披着蓑衣、戴着斗笠、光着脚板、卷着裤腿、躬着身躯在稻田里摸爬滚打。杨万里在《插秧歌》中云："田夫抛秧田妇接，小儿拔秧大儿插。笠是兜鍪蓑是甲，雨从头上湿到胛。"就如古人一样，乡亲们插秧也都穿蓑戴笠拖儿带仔齐上阵，力所能及地为插秧做点事，哪怕雨水让全身湿透。

乡亲们在穿蓑戴笠插秧时，即便只戴着一顶草帽，披着一块尼龙布，也心静如水，六根清净，只一门心思将秧插好插齐，等秋后有一个好的收成，既植绿了稻田，又植净了心田，正所谓："手把青秧插满田，低头便见水中天。六根清净方为道，退步原来是向前。"在插秧劳作过程中，将一退一进的空间哲理和人生哲理诠释得形象而生动。

在插秧之前，在飘洒的春雨里，也常常看见乡亲们穿着蓑衣、戴着斗笠、牵着耕牛，在一望无垠的稻田里耕耘细耙。在烟雾缭绕的清晨，或是薄雾漫天的午后，乡亲们就如身穿铠甲，头戴盔帽，手持长矛，驾驭耕牛，在风雨中驰骋战斗。

193

乡亲们双腿笔直地站在铁耙木耙上，像将军像豪杰像斗士，手扬长鞭长绳，大声吆喝呐喊，耕牛就像腾空而起的战马，人牛合一在田野里挥斥方遒、指点江山、飞跃奔腾。在他们脚下，浑黄平展的水田就是他们的战场；在他们身上，浑浊泥水染黄的布衣就是他们的战袍。

蓑衣、斗笠和雨伞一样，注定是为雨而生的。离开了雨，蓑衣和斗笠大抵就失去了它的本来用途和原始意义。但蓑衣和斗笠，自古以来就是天生绝配，离开其中一个，另一个就难以独善其身。

父亲是土生土长的农民，他一生与土地打着交道，在土坷垃里不仅与耕牛结下了深厚情谊，还与蓑衣、斗笠有着独特的情感。老房子的板壁上、土墙上挂着几件半新半旧的蓑衣，这些蓑衣都是父亲亲手一针一线制作的，这些蓑衣也陪着父亲风里来雨里去飘摇大半生，就如父亲相依为命、同生共死的兄弟。

老家房前，是一片坦途的荒地，父亲随时都将山里寻来的棕树苗，移栽到这片荒地里。几十年下来，这片荒地俨然成了棕树的领地，大大小小、高高低低的棕树，整整齐齐、郁郁葱葱地排列着、生长着。父亲总要清早起来给这些棕树进行修剪，不是剪掉多余的棕叶，就要用镰刀剥去老去的棕毛。父亲说，这就像给孩子理发一样，只有经常整理打理，孩子才看起来干干净净、利利索索、精精神神。

父亲将修剪的棕毛积攒起来，用塑料袋子装着，等棕毛积攒到一件蓑衣的分量，就趁阴雨绵绵的天气，在家缝制蓑衣。父亲是制作蓑衣的能工巧匠，就如村里的老裁缝。在动手之前，父亲早已在心底勾勒出了蓑衣的形状和轮廓，就如我写诗作文之前的腹稿，总是做到心中有数、胸有成竹。

父亲缝制的蓑衣，不仅样式新颖美观，还厚实结实，穿着也舒适得体，冬天还能保暖御寒，深受乡亲们的喜爱。只要哪家需要，父亲就会将缝制好的蓑衣赠予他人；如果哪家想请父亲前去缝制蓑衣，父亲也爽快答应，从不推辞。

晴带雨伞，饱带饥粮。这是乡下人的良好习惯，他们骨子里天生就有安不忘危、未雨绸缪的潜在意识。父亲也是一样，不管天晴下雨，父亲总习惯性将蓑衣带着，以防天气有变。即便天气晴朗，父亲在田间劳作疲惫不堪的时候，也可以顺势躺在蓑衣上休息片刻，抽一根他认为能提神醒脑的旱烟。

在玉米成熟收割之前，为防止牲畜糟蹋和盗贼偷盗，父亲总是在夜晚独自一人带着蓑衣，在玉米地里值守。即便倦了困了，父亲也不回家，他以大地为席，以星空为被，随便就在蓑衣上躺下打盹，直等到天亮才慢慢回家。父亲多少个日日夜夜的坚守和辛劳，为的是能多收获几粒玉米，让全家人少饿肚子。

冬日里，在大雪纷飞的天气，父亲也经常披着蓑衣、戴着斗笠，在风雪里打柴、耕地、整田、挑石、除草。即便蓑衣和斗笠上飘满了雪花，父亲却仍不肯歇息。终有一日，父亲在陡峭的山坡上除草，劳累过度昏倒滚下，只因有蓑衣的保护才没有受到大的伤害。在后怕之余，父亲说，蓑衣就是他的保护神和保护伞。

青箬笠，绿蓑衣，斜风细雨不须归。父亲在 56 岁却一病不起，就再也没有归来，永远地离开了陪伴他一生的蓑衣。父亲没有给后辈留下什么值钱的东西，唯有几件像样的蓑衣挂在寂静的墙壁上。将父亲安葬后，母亲对儿女们说，还是给你们父亲捎去一件蓑衣吧，免得他在那边受冷受冻。

遵照母亲的心愿，二哥将家里最新的蓑衣找了出来，拿到父亲坟头，轻轻地盖在父亲的坟上。几十年过去，这件蓑衣早已腐烂化水，流进了我们对父亲深深思念和想念里。

（2023 年 2 月 19 日发表于中国作家网，2023 年 3 月发表于《鄱阳湖文学研究》总第 46 期）

悠悠转转石磨情

　　小时候，在远房四爷爷家的大院里，放置着一个巨大的石磨，石磨占据着整个磨坊 2/3 的空间。石磨由两层尺寸相同的磨盘咬合而成，称为上扇和下扇。上扇与下扇之间由铁制或木制的磨心相连，称为磨脐子，咬合之处錾有排列整齐的磨齿，用来碾碎粮食和其他东西。石磨的磨面像一个圆形的篾制簸箕，上面有一个拳头大的磨眼，用来漏下玉米、大豆和麦子等粮食。

　　四爷爷和他的几个兄弟的家，是一个宽阔的四合院，院子里栽满了桃树、李树、核桃、枇杷等果树，石磨就静静地躺在一根巨大的李树下。为遮阳避雨，四爷爷还用麦草秆、稻草秆、玉米秆、丝茅草给石磨搭起了一个棚子。四爷爷还在石磨的周围，均匀地放置了几个用青石头和树疙瘩苑做成的凳子。

　　乡亲们在轮流磨东西时，就可以随时坐下来歇息、喝茶和抽烟。如果逢上正是果子成熟的时节，在饥饿口渴的时候，乡亲们还可以随手摘几个桃子、李子充饥解渴。四爷爷是大方人家，对乡亲们随手摘果子一事从不吝啬，也不计较，还主动摘下来用井水洗净、刮皮，用盆子盛着送给前来磨东西的人。

　　天晴的时候，石磨就相对悠闲和清闲，因为乡亲们都要抢着好天气，不是抢种抢收，就是除草施肥。一到阴雨绵绵的天气，棚子下就挤满了前来磨豆子、磨玉米、磨面粉、磨辣椒、碾稻谷的乡亲们。棚子下好不热闹，乡亲们嘻嘻哈哈，不是拉家常，就是摆龙门阵，不是扯散白，就是说黄段子，不是东家长李家短，就是打一下情骂一下俏。三个女人一台戏，如果遇到3到5个大姑娘小媳妇聚在一起，就真能掀翻半边天。

为抢占有利地形，很多人都是天刚麻麻亮就背着、挑着要磨的东西赶来了。母亲为让孩子们能及早吃上面粉和米饭，她总是起得特别早。我家离四爷爷家还有两里多路程，母亲为了能排上第一号，总是在头天晚上就拾掇好要磨的麦子和稻谷，并且提前放在背篓上。第二天，鸡刚叫头遍，母亲就起了床。来不及梳洗和打扮，母亲就披头散发地背着东西上路了。她一边气喘吁吁吃力地走着，一边用双手打理着散乱的头发。

来到四爷爷家院子里，四爷爷才刚刚披衣起床。四爷爷总是说，老大家媳妇儿你来得太早了啊。父亲排行老大，长辈们就称母亲是老大家媳妇儿。母亲总是以孩子们的口吻和四爷爷打着招呼，四爷爷，我又来给您家添麻烦了。四爷爷见母亲身子瘦弱，总是主动帮母亲卸下背篓，将要磨的粮食倒进磨盘，还将驴子或黄牛从圈里牵出，喂好稻草，用一块红布蒙上驴面或牛面，套上绳索，用鞭子轻轻一抽，驴子或黄牛就乖乖地围着石磨转了起来。

心急吃不了热豆腐，用石磨磨东西心急可不行，心急磨出的东西粗糙不细腻，制作出来的饭菜肯定难以下咽，味道也逊之又逊。母亲耐下性子，每次从磨眼拨漏下的粮食均而又少，还用筛子筛过多遍，然后还磨过几次。这样磨出的东西，既细腻又均匀，加上石磨的地气和灵气，母亲做出来的饭食就格外味美而香甜。一粒粮食穿越石磨，就如同穿越了时空隧道，如同穿越了人间美味。

母亲每次去四爷爷家磨东西，我都像跟屁虫一样跟在母亲身后。四爷爷总喜欢将我揽在怀里，摸着我的头，给我讲与石磨有关的事情，还摘一些果子给我吃。他说，他家的石磨是村里的老石匠偏老头李老憨打的。李老憨年轻的时候，不是打石碑，就是打石磨，不是打石墩，就是打石厩，其手艺在家乡首屈一指。

李老憨长着一张细皮嫩肉的白皙脸，在十里八乡算是一个潘安之貌的美男子，在给大户人家王富贵家打门墩的时候，被王富贵家的闺女瞧上了，二人一见倾心。但王富贵说他癞蛤蟆想吃天鹅肉，总觉得门不当户不对，一怒之下，未等李老憨将门墩打完，就几闷棍将李老憨赶出了家门。

从此，李老憨一蹶不振，郁郁寡欢。在王富贵闺女嫁人时，李老憨还害了一场大病。从此，李老憨再也未曾对哪个姑娘家瞧上一眼，也终生未娶。后来，李老憨不管在哪家做活计，都是沉默寡言，默不作声。李老憨70多岁的时候，王富贵的大闺女一病不起，在听说她香消玉殒的时候，李老憨也喝下农药随着去了。四爷爷每次讲到此，就唏嘘不已，叹息不已。

石磨最初叫硙，到汉代才叫磨，相传是鲁班发明。曹雪芹在《红楼梦》中就以林黛玉的口吻出了一个谜语："騄駬何劳缚紫绳？驰城逐堑势狰狞。主人指示风雷动，鳌背三山独立名。"其谜底就是小毛驴儿拉磨。读清朝文人赵翼的诗句："路迢迢而非远，石迭迭而无山，雷哄哄而未雨，雪飘飘而不寒。"如果你不看诗题，你断然不会想到他吟作的竟是石磨。

乡亲们在与石磨的长期磨合中，不仅磨砺了不急不躁的性情和脾性，也磨出了底层人物的哲理和智慧，以石磨为主题的歇后语"盲驴拉磨，瞎转圈""驴子赶到磨道里，不转也得转""黄鼠狼进磨坊，硬充大尾巴驴""老驴啃石磨，嘴硬"等等，乡亲们能张口就来。

悠悠转转石磨情，渐行渐远石磨魂。如今，老家的石磨就如四爷爷他们那一辈的乡亲们，早已随着岁月的变迁，沉寂在了故乡的土地上，他们的身影已渐行渐远。但石磨留给人们舌尖上的美味和刻骨铭心的乡愁，却早已植在了乡亲们的血脉和基因里。

（2022年7月5日发表于《恩施日报》，2022年7月12日发表于《今日儋州报》，2022年12月15日发表于《贡水文澜》总第50期）

母亲的千层底

　　在我家鞋柜里，至今还保存着一双千层底布鞋，那是母亲生前为我纳的最后一双千层底。这双布鞋，虽然让我穿得鞋底都磨薄磨破了，鞋尖大脚趾处还穿破了一个大洞，但我仍舍不得扔掉，还将它洗得干干净净，用塑料袋装好储存在鞋柜里。在想起母亲的时候，我都会拿出来看一看，穿一穿，试一试。此时，心里总是免不了涌起一阵莫名的惆怅，眼里也总是泛起一阵无端的潮湿。

　　外祖母是做布鞋的高手。受外祖母的影响和熏陶，母亲十几岁就能单独纳千层底布鞋了。这种布鞋，因鞋底用白布裱成袼褙，多层叠起纳制而成，取其形象而得名。千层底布鞋，穿着舒适，轻便防滑，冬季保暖，夏季透气吸汗。母亲纳的千层底布鞋，有单鞋直口鞋、紧口鞋、松紧鞋，还有凉布鞋和灯芯绒棉鞋。随着季节的变换和气温的变化，母亲就会适时提前为我们做出各种不同的布鞋。

　　母亲的嫁妆木箱里，没有什么值钱的宝贝，唯一的宝贝就是一本很大很厚的杂志书。杂志书的纸页里夹着全家人穿的布鞋鞋样，鞋样既有鞋帮鞋样，也有鞋底鞋样。只有鞋帮和鞋底搭配得天衣无缝，做出来的鞋才美观合脚、耐穿舒适。这些鞋样都是母亲用收集的旧报纸或薄纸壳精细剪辑而成，并按每个人的单鞋、凉鞋、棉鞋进行分类，规规矩矩地放在书本里，便于母亲用时能及时找到。

　　如果鞋样折断或是破损，母亲都会用糨糊和纸片精心补上。多年后，尽管很多鞋样千疮百孔，但母亲都将它们修补得完完整整。

周围很多邻居家做鞋，为图方便和简便，自家从不留下鞋样，都是按着鞋码大小找母亲寻借鞋样。很多大姑娘小媳妇都是丢三落四的主，不是将鞋样遗落，就是将鞋样损坏，很难做到物归原主或原样归还，但母亲都毫无怨言，总是照借不误。

在我读小学时，总想找一本课外书看看，无奈家里除了课本就是母亲那本藏有鞋样的杂志书。母亲虽然对鞋样管得严管得紧，但禁不住杂志书里面内容的诱惑，我还是趁母亲不备，将杂志书从木箱里翻了出来。当时根本不知道鞋样是母亲按规律、按顺序存放的，就胡乱地将鞋样取出来，乱七八糟地堆在一起，等我将书里的内容浏览一遍后，鞋样就再怎么也恢复不了原位，我急得焦头烂额、抓耳挠腮，只好乱点鸳鸯谱将鞋帮和鞋底的鞋样胡乱搭配在一起。

等母亲做鞋需要鞋样时，拿出夹有鞋样的杂志书就傻了眼。母亲心知肚明，她知道就我爱看书，这事肯定与我脱不了干系。母亲不愠不怒，心平气和地将我叫到身边，指着杂志书问我，这是你干的吧？我不敢正视母亲的眼睛，生怕她动起怒来拿细竹条打人，就两手垂立在胸前，怯生生地点了点头。母亲见我主动诚实地承认了，脸上立马堆起笑容，摸着我的头说，没事没事，下次注意。

母亲为了方便我下次再看杂志书不至于将鞋样放混放乱，母亲便让我将每个鞋样都写上家庭成员的名字，并在同一双的鞋帮、鞋底鞋样上编上同一个号码。这样一来，不管我再翻阅杂志多少次，都能将鞋样物归原位。

母亲做布鞋多在夜晚，或是阴雨绵绵的天气。在天气晴朗的时候，母亲都要和父亲一起在田间劳作，从启明星升起直到日落西沉。夜晚，母亲为全家人准备好饭菜，待一家人吃饱歇息后，就在浑浊的煤油灯下一针一线纳着鞋底。母亲戴着老花镜，手指上箍着铁顶针，她飞针走线专注的神情和姿势就如一帧油画。母亲时而用顶针使劲顶着大针，时而用牙齿撕扯着棉线，时而将大头针在她银丝中细滑几下，那娴熟的动作就如一个能工巧匠在作一番精彩的表演。这种表演，总是持续到夜深人静。

当梅雨季节比较闲的时候，母亲就要趁机做好各种做鞋的准备。她搬出小木椅和长板凳，在长板凳上支上案板，然后端出针线笸箩。针线笸箩犹如母亲针线活的收纳箱，里面装满了线头、线圈、顶针、剪刀、锥子、布壳、木尺、鞋样、大头针、碎布头等各种杂什物件。母亲在文火上熬制一瓢糨糊，就开始打起布壳来。布壳是做鞋帮的常用物件，都是用破衣服、破床单的旧布头做成。

母亲坐在木椅上，两手在笸箩里挑选着有用的旧布头，然后一层接着一层抹上黏稠性很强的糨糊，大约粘上 3 到 4 层，布壳就基本制作完成了，还可根据自己的需要来限制布壳的大小。将布壳在文火上烤干或在阳光下晒干后，就可以留存备用了。

做鞋最关键的步骤就是裱千层底。母亲找出鞋底鞋样，将鞋样紧贴在布壳上，左手紧紧掐住鞋样和布壳，防止鞋样和布壳之间错动和移动，右手拿住剪刀，依鞋样尺寸和大小剪出鞋底的布壳模样。剪出的布壳鞋样还得用白布条镶上边，镶边的布壳鞋样既美观好看，又防止布壳鞋样边沿脱落，可谓一举两得。

母亲将镶边的布壳鞋样放置在案板上，将破衣服、破裤头、破床单、破被褥、破袜子、破毯子等破物件撕成破布块或破布条，一层一层按着布壳鞋样的大小和样式进行堆砌。母亲堆砌千层底，就如父亲垒砌土石墙，一丝一毫都不能马虎，显得十分集中和专注。有次母亲正在堆砌千层底时，一不留神，一只公鸡打鸣飞了过来，正好落在母亲的千层底上，导致母亲堆砌半成的千层底毁于一旦。

母亲气得不行，随手提起竹响篙将公鸡追逐了很远，嘴里还不停地骂道："砍脑壳死的！砍脑壳死的！看我不把你炖成汤喝了！"尽管母亲气得眼冒金星，但母亲还是折了回来，并没有将那只公鸡炖了。那时单纯的我，真以为母亲要将那只公鸡炖了，可以尽兴地打一顿牙祭，心里还不免一阵暗暗窃喜，哪知后来却落了空。

堆砌完成的千层底，还需贴上一层崭新的白布，这样纳出的鞋底才体现出新意。母亲堆的千层底既平整又紧匝，纳起千层底来就更容易更迅捷。母亲纳千层底时，总是从脚尖处开始，到脚跟处收尾，并在千层底脚心处纳出一朵花儿，其间的针脚整齐、紧凑、密整，不管横看竖看斜看都是笔直的一条线，就如父亲点种的玉米窝子，或是手插的秧苗，怎么看都是整整齐齐、方方正正，俨然一幅艺术作品。

鞋帮也是用布壳做成，先用鞋样依葫芦画瓢裁剪出鞋样，然后里子用新白布或黑布裱好，面子一般用新黑布或灯芯绒裱成。为让鞋子好看，让小孩子喜欢，母亲还会在小孩子的千层底鞋帮上绣出花草或是小动物。上鞋便是最后一道工序，我们最期盼母亲给我们新鞋上鞋的日子。母亲找出紧实耐磨的线团，将线头穿进大头针，将鞋帮和鞋底两头对齐比准，用锥子扎好眼，开始上起鞋来。母亲心灵手巧，一双鞋子只要半天工夫就能大功告成。

每次穿上母亲纳的千层底布鞋，都让同学们和伙伴们好一阵羡慕，都说有会做鞋子的妈真好。母亲也注重言传身教，总是督促两个姐姐从小就开始学做布鞋，还一再叮嘱说姑娘家不会纳千层底布鞋、不会缝缝补补，谁家愿娶？两个姐姐也得到真传，小小年纪就学到母亲的手艺。

破布千层针线密，微芒一道用心专；春晖暖暖于何买，着在我身值万钱。如今，每当看着鞋柜里那双破旧的千层底布鞋，心中总会涌起一股暖流，暖流里总是流淌着母亲的慈爱和关爱，让我一辈子铭记于心。

（2022年5月10日发表于《恩施日报》，2022年12月15日发表于《贡水文澜》总第50期，2023年3月1日发表于中国作家网）

年过五十

如果将人这一辈子看作春、夏、秋、冬四季的话，那么年过五十，大概就意味着进入人生的秋季了。显而易见，秋季既有收获，也有萧瑟。如果活得明白、活得轻松、活得洒脱，那么就会喜获丰收和硕果累累；如果活得糊涂、活得沉重、活得憋屈，那肯定就只剩下悲苦怅然和满目萧瑟了。

年过五十，最明显的生理变化就是两鬓斑白、满头银发。和我同龄的人，大多都已鬓成霜雪满头了，额头的皱纹就如农民挖掘的沟渠，深深浅浅，弯弯曲曲，纵纵横横。要填平它，大抵需要很多时间和更多的饱经风霜。老年斑也像形影不离的跟屁虫，悄然爬上了肿泡泡的脸，就如在宣纸上胡乱涂鸦了几块山水。脸上的水墨画，只见黑白相间的山峰和峡谷，以及一些沟壑和丘陵，却难以呈现一片山清水秀的美景。

年轻时随时保持油光水滑的头发早已不复存在，也渐渐乱糟糟起来，如秋天里的一把野草，好像一碰星火就会燃烧掉一大片。星星之火，可以燎原。那些秃顶秃头的汉子，大概都是因为他们乱糟糟的头发碰见了星火而燎原了吧。他们早已养成了不再打理头发、不再修剪髯须、不再修理边幅的习惯，邋里邋遢、畏畏缩缩早已写进了他们的字典和内心。

年轻时恨不得一日将皮鞋擦三遍的好习惯，也渐渐被懒惰散漫所取代，不是学会了平躺，就是学会了内卷，过去起床都将被子叠得方方正正、整整齐齐的爱好，也不知道什么时候丢到了爪哇国，起床都是脚一蹬开被子，就不管不顾了。即便床上像狗窝，家里像牛圈，地上垃圾成堆，也见怪不怪、顺其自然了。

年过五十，走起路来脚下不再生风，也没有"春风得意马蹄疾"的气概，你不知不觉就会觉得脚抽筋、腿打战、腰酸疼，什么风湿痛、关节疼、肩周炎、头昏脑涨、消化不良、腰椎间盘突出、眼花耳鸣这些不速之客，都会如约粉墨登场，它们无须你的盛情邀约，也无须你点头同意，就恣意妄为地走进了你的生活，如同一块嚼后的泡泡糖，想甩也甩不掉。

年过五十，除了你的颜值、饭量和酒量开始降低，其他的东西就开始增高了。以高血脂、高血糖、高血压为代表的高氏集团，正一步步走进你的身体，让你不得不谨遵医嘱，这不能吃那不能喝，这不能玩那不能去，只好一天中规中矩、言听计从地听医生使然。此时，你变得就像一个无比听话、无比懂事、无比乖巧的小孩子。

年过五十，你不再将事业置于第一位，也开始考虑父母、考虑妻儿、考虑亲友、考虑家庭。你不再为工作而拼命，不再不分昼夜、不分黑白地忘我工作。你不再动不动夫妻拌嘴将离婚挂在口头，也开始哄妻子、顾孩子、低面子、收性子，将陪伴和和谐放在了首位。年过五十，你也开始考虑退居二线，隐退山林，想在家看孙子、带外孙了，开始向往那种含饴弄孙、子孙绕膝、种菜养花的感觉了。

年过五十，你不再有年轻时"指点江山，激扬文字"的豪迈，也不再有鹰击长空、挥斥方遒的勇气，你万事求稳，做到不激进、不涌进、不冒进、不冒险。那种遇事豪情万丈、意气风发、爱打头炮、爱当出头鸟的个性早已荡然无存，常将稳中求进、稳中求稳、进中保稳挂在嘴边，遇事都谨小慎微，"三思而后行"，并且善于走中庸之道，不再偏激而行，即便出行散步也还小心脚踩死蚂蚁。

　　年过五十，你遇事不再火冒三丈，不再怒火中烧、不再吹毛求疵，不再挑别人毛病，不再枪对枪炮对炮地硬干，你学会了忍气吞声，学会了忍辱负重，学会了忍痛割爱，甚至学会了忍辱偷生，终于弄明白了"小不忍则乱大谋"、百忍成钢的道理。

　　年过五十，很多尴尬事就会尴尬地出现。在和别人交谈时，急迫需要对方大声说话，否则你只见对方嘴巴在动，却不明白对方说的所以然。对方问你的问题，你不是啊哦嗯，就是微笑着呵呵呵，因为你根本就没有听清楚对方的具体问题，根本就无从答起，但又不好意思让别人再复述一遍。此时在别人面前，你就如同一个呆里呆气的人。

　　年过五十，你的眼睛也不好使起来，远看是远视，近看是近视，看什么都是迷迷糊糊，重重叠叠，仅看见一个大概，看不出庐山的真面目，即便穿个大头针也似打枪，虽有一百发子弹也无法一弹命中。年过五十，你的手开始哆嗦起来，端饭碗、端酒杯、端茶缸开始使不上劲，甚至抖抖颤颤，一不小心还会将手中的东西打落，碎成一地。年过五十，你的腿也不好使了，走不了多远，你就会脚转筋、脚起泡、腿打战、腿筛糠，你开始渴望有拐杖有人搀扶的生活。

　　在和朋友一起聚餐喝酒时，你不再有年轻时的胆气、豪气和霸气，根本没有胆量端着酒杯和酒碗一饮而尽，过去那种"一口闷"的劲头和飒爽，早已成了"当年勇"，只好象征性地抿一口、舔一点。过去对酒的爱好和渴望，早已变成对酒的畏惧和恐惧。懂你的人，会劝你少喝一点，叮嘱你当心身体；不懂你的人，会认为你不够朋友、不讲义气，当年那么能喝的人怎么今天变得这么隐忍而矜持？是不是勇士变成孬种了？即便有人和你拼酒，你也不会大胆地站起来应战，也只会小心翼翼地周旋和回避，即便有人将海量的高帽子戴在你的头上，你也不会被吹捧弄得得意忘形，只会怯怯地弱弱地回应一句，好汉不提当年勇。

年过五十，我觉得最明显的变化就是，以前的领导、朋友和同事，见到我碰到我都称我为小吴，如今的领导、朋友和同事都改称我为老吴了。小，就还意味着年轻；老，就意味着夕阳西下了。如果你超过五十，还能有所作为，还能大有可为，那必定是夕阳红了。如果你少不更事就能做出一番事业，别人肯定夸你少年得志，还强调说你有志不在年高。

年过五十，你身上的芒刺就会逐渐变钝变软，你的臭脾气、臭毛病、臭德行也会逐渐收敛，那种锋芒毕露的率真，那种遇事争第一的率直，早被时间和经历洗礼得清醒了头脑，芒刺早已被磨砺得变成了不善伤人的老茧。你会主动低头，你会主动认输，你会主动认错，你会主动与人为善，你不再与人争得面红耳赤，你不再一言不合就动手动粗，你不再为了浅显的面子与人大打出手，你开始懂得了吃亏是福的道理。

年过五十，你对过去一再计较的东西变得不再计较，你对过去一再注重的东西变得淡然视之，你对过去一再郁闷的东西变得泰然处之，你对过去一再耿耿于怀的事情变得释然坦然，你对万事万物开始看得开、想得开、离得开、丢得开，对一切事物都能做到"宠辱不惊，看庭前花开花落；去留无意，望天空云卷云舒。"总之，人过五十，你开始变得现实而实际，注重当下和眼下，不再虚无缥缈、不再好高骛远、不再天马行空、不再云里写诗，更多想的是土里生活、土里生火、土里刨食，更注重了眼前的苟且，而逐渐淡化了诗与远方。

如果按人能活一百岁来计算的话，人过五十，就意味着已经活了半辈子了，超过五十，就可以毫不犹豫、毫不夸张地说，活了大半辈子了。其实，即便你活了大半辈子了，也无须炫耀，该炫耀的不是你活了多长时间，而是你在活着的有限时间里，你经历了什么，你获得了什么，你顿悟了什么，你积淀了什么，你学会了什么，你收获了什么，这就是五十而知天命。

如果什么都没有，什么都不知道，什么都不是，仅为一张透明的白纸和一架空心的躯壳，那就意味着对天命不知不解、一知半解，没活清楚没活明白，那就赶快避而不谈。如果你人生的积淀里看不到任何东西，你又要"立牌坊"去夸夸其谈，去自我标榜，去自圆其说，势必让人心生厌恶。

人一辈子都是在哭声中出生，在骂声中成长和老去，然后在别人的哭声中离去。年过五十，你不仅经历了被父母骂、被老师骂、被领导骂，也正在经历和快要经历被儿女骂、被孙子骂，你目睹了太多人生百态、见惯了太多生离死别，你对怪事变得不再大惊小怪，对世界不再充满好奇，对疑问不再刨根问底，你的心开始静了，气开始平了。

年过五十，就慢慢步入了花甲之年，也离古稀之年为期不远了，但愿你的经历和经验越来越丰富、越来越老成，也期望你的心态越来越年轻、越来越快活，将未来的人生活成一道亮丽的风景。

（2023年3月12日发表于中国作家网）

满床书籍夜从容

古人既爱"醉里挑灯看剑"，也爱"一盏秋灯夜读书"，在书籍的海洋里徜徉别样的风景和风情。"满床书籍夜从容"，是宋朝诗人葛绍体《夜读》里的诗句。葛绍体习惯在夜里挑一盏油灯，与书籍对话，与明月共饮，既闻书香墨香，又品酒香茶香，氤氲在"灯烬落红烟缕碧，五更风雨咽疏钟"的从容、豁达的意境里。

三更有梦书当枕，夜半无眠月作灯。与古人一样，我也有一个爱夜读的习惯。我的床头可谓一片狼藉，这种狼藉除了书籍别无他物。床头上、枕头边横七竖八地堆满了各种大大小小的书籍和读本，既有小说、散文，也有杂文和诗歌，还有其他的科普读物。在睡眠之前，总习惯性打开书本，在书页里畅游，在文字里沐浴。即便一目十行，即便随意浏览，即便只看目录，也给心底播撒了一颗清新的种子。

如果再有一点闲情和雅兴，可以酌一杯小酒，无须什么美食和美味，权当将书籍和文字作为下酒菜。在你看完一篇文章哑一口，在你读完一首诗歌抿一口的乐趣中，自然而然早已被书中的文字融化了，也被杯中的美酒微醺了。带着一丝满足，带着一丝微醉，带着一丝希冀，带着一丝憧憬，慢慢进入梦乡，一定会做一个颠覆人生的美梦。

尽管床头和枕边一片狼藉，妻子将我界定到邋遢之人的行列，但我能与书籍共枕，能与文字交融，能与古人穿越，能与文人畅谈，能与骚客交流，妻子对我的这种"加冕"，无疑是对我的一种褒奖。虽与每个作者未曾面对面、背靠背，也未曾肩并肩、踵接踵，无半点肌肤之亲，无半句话语交谈，但却一直是心连心、心交心。在书的世界里，我们早已成了挚友，早已有了挚爱，早已结下了深情。

在书的世界里与文人闲聊，与哲人论道，与诗人浅吟，自有一番惬意在心头，那种轻松感和愉悦感不言而喻。即使工作再累，琐事再繁，心情再糟，只要拧开台灯，往床背一靠，拿起书本咀嚼文字，潜心与作者对话，心就自然静了下来，烦恼就自然挥之而去。看书后那种"不管风吹浪打，胜似闲庭信步"的从容和"宰相肚里能撑船，将军额头能跑马"的超脱，就会孕育而生。

你不再会被纷纷扰扰的琐事烦扰，你不再会被鸡毛蒜皮的小事计较，你不再会被陈芝麻烂谷子的事闹心。你会逐渐想得开、看得开、放得开、离得开，那种洒脱和超脱从此就会伴你左右、陪你一生。"霜夜灯前读，林间静处思。""静夜诵佳什，泠然如梦醒。""起把离骚读幽闷，楚词还似楚江长。"只要我们在夜读时静思，就会如梦初醒，就会江水长流。

有人夜读后感悟道："静心夜读便远离尘世之纷扰了，唯有书里精神的圣徒奔赴而出，唯有书里高洁的名字为人生杀青压卷，唯有书里的人物一时相见恨晚。"想想，的确如此。他道出了每个夜读人的心声，也说出了每个夜读者的心里话。

在小说里，你会为众多小说人物"捏一把汗"，你会为跌宕起伏的故事情节"揪一把心"，你会为悲情的主人公"流一把泪"，你会为反面人物"骂一声娘"。在散文里，你会为温润的文字和鸡汤般的语言"叫一声好"；在诗歌里，你会为一句曼妙的诗句"拍一次掌"。即便你是铮铮硬汉和铁石心肠，一见到书，一进入书的世界里，你的心就软了，你的硬气就融化了。

总之，你拿起书本，你就不是你自己，你的心随书而动，你的情随书而移。在书里，你找到了闺密，你寻到了挚友，你追到了知己，你看到了"诗与远方"。很多孤独的人，在书里不再孤独，很多落寞的人在书里不再落寞，很多自弃的人在书里得到了自信，很多黑暗的人在书里看见了光明。书籍的伟大，文字的力量，语言的魅力，竟如此这般有魔力和法力。

少儿好学如日出之阳，壮而好学如日中之光，老而好学如秉烛之明。中国人总能秉持"三更灯火五更鸡，正是男儿读书时"的古训，弘扬了"一盏孤灯夜读书"的美誉。欧阳修能"挑灯夜读书，油涸意未已"，唐伯虎能"名不显时心不朽，再挑灯火看文章"，袁枚能"寒夜读书忘却眠，锦衾香烬炉无烟"，而晋平公能秉烛夜读，孙敬能悬梁刺股，匡衡能凿壁偷光，孙康能囊萤映雪，他们都是夜读的典范。

人家不必问贫富，但有读书声便佳。不管你处于贫穷还是富贵，只要你心里有书，你心里有读书之声，你就是富贵的，你就是高贵的，你就是精神的主宰者。夜读吧，给你贫瘠的心田撒一把沃土，给你饥饿的内心增一份食粮。夜读，可以放过自己，可以放逐自己，可以放下自己，让自己自然而然返璞归真，将自己还原成原本的我、原来的我。

（2023年3月12日发表于中国作家网）

老家的石磙

石磙，是老家的一道靓丽的风景，也是老家的一件古老的物件。在 20 世纪七八十年代，老家每个偌大的院子或场坝里，都放置着一个巨大的石磙，乡亲们用来脱粒小麦、稻谷、高粱、豆类等农作物，以便让粮食及时脱离母体穗子。

穗子，犹如乡村里一个村姑村媳的名字，既朴实又优雅，既端庄又大方，它是孕育粮食的母体，俨然怀胎十月的母亲。怀胎十月，一朝分娩，母亲要遭受巨大的疼痛和折磨，才能诞下一个鲜活的幼小生命。

穗子也是一样，为让粮食一粒不剩地脱离自己，它也要遭受石磙的一道道碾压、轧压和倾轧，其疼痛和折磨不言而喻。穗子一旦将粮食脱离干净，就自然成了弃物和废物，它不是被用来作为肥料的原料，就是被用来喂养牲口，有的甚至被当作柴草一把火烧掉。

石磙虽是一件普通的石器农具，但用现在时髦的话说，石磙可谓是打麦场和打谷场上一件脱粒神器。离开了石磙，乡亲们脱粒粮食就格外耗时费力，会大大降低劳动效率。石磙，不仅见证了乡亲们农耕农耘的沧桑岁月，也目睹了乡亲们因丰收和歉收而产生的一次次悲喜。如果打麦场和打谷场上有打不完的麦穗和稻穗，乡亲们自然而然就喜不自胜，笑声朗朗，幸福满满。相反，乡亲们就会愁眉枷锁，默不作声，为全家人的生计而堪忧。

石磙一般用大青石或大糙石凿制而成，石头质地都比较坚硬。

石碾呈现出很规则的圆柱体，一头略大，一头略小，两端正中间有一个圆洞，称为碾眼，用来套住木质碾架。在套上碾架滚动时，略大的一头套在外圈，略小的一头套在内圈，这样牛拉起来就相当省力，穗子受力也就格外均匀。

在我的记忆里，老家的房屋有两处，两处房屋的院子都相当宽敞而平整，自然就成了我家和邻里乡亲们粮食丰收后脱粒粮食的最理想场所。记得小时候，大队组织基干民兵和普通民兵训练，都会将队伍拉到我家的院子里。民兵们端着枪，走着风一样的步伐，杀声阵阵，响彻云霄。

我坐在院子里的石碾上，或是趴在院子里的石碾上，看得我直傻眼，心情激动不已，精神振奋不已，发誓长大后也要当一个响当当的民兵。这个愿望让我如愿以偿，参加工作后就顺利当上了乡镇武装部长，俨然成了一名名副其实的管民兵的干部。与乡村民兵打交道，一打就是五六年。石碾，也就成了成就我梦想的奠基石和引路者。

父亲无师自通，他虽然没有跟过石匠师傅，但他凿制的石碾在十里八村也是出了名的。他凿制的石碾，不仅外观美观大方，而且用起来也好用耐用。第一处老家院子里的石碾，是父亲用青石打造而成的。父亲请乡亲们用绳索、篾条将一块巨大的青石捆牢套好，用木杠将青石请回院子。"嗨咗！嗨咗！嗨咗！……"乡亲们在抬青石时喊出的号子声响彻山谷，即使林子中的鸟儿也惊得呼啦一下全飞远了。

乡亲们将青石置放在我家院子里的东角处，父亲每天天不亮就起了床，摸摸索索找出铁锤和钻子，就开始叮叮当当凿打起来。父亲首先将青石观看了四五分钟，在头脑中大致勾勒出予以成形的石碾模样，尽量做到心中有数、胸有成竹，绝不随意乱下一钻一锤。

父亲将钻子定在青石上就如定海神针，丝毫不再向左向右或向前向后挪动一分一毫，每一锤下去，也是做到力度适中，在分寸把握上力求精准狠。当朝阳从院子里的果树上撒落下来，犹如播撒的一道道金光，映衬着父亲头顶的银发和额头的汗水，就如一幅绝妙绝伦的雕刻版画。

父亲不畏酷暑，即便烈日当头，也一刻不作休息，他只想青石早日在他手里脱胎换骨，变成乡亲们盼望已久的石磙。半个多月过去，父亲手中的铁锤和钻子，在父亲有板有眼的挥舞和比画中，奏出了一段段、一首首悦耳动听的协奏曲。"完成了！完成了！完成了！"一天清晨，父亲在院子里的东角处发出惊呼声。

母亲和乡亲们听见父亲的惊呼声，不约而同地从四处赶来，只见一个光滑圆润、美观大方的石磙静静地躺在父亲面前。乡亲们左看看右看看，站着看看又蹲下看看，大呼"好石磙！好石磙！"在乡亲们的齐心协力下，大伙儿将石磙直立起来，大头着地，小头朝上，就如一个魁梧壮实的小伙子，不仅品貌端庄，而且威武彪悍。

当初夏麦子成熟，当秋后水稻丰收，石磙和我家的院子就成了乡亲们的抢手货。父亲总是让邻里乡亲先打麦穗或稻穗，还主动从自家牛栏内将牛牵出来，套上磙架，挥舞着牛鞭，让牛一圈一圈、一道一道从穗上碾过。父亲碾穗累了，就卸下磙架，让牛在一边悠闲地吃着草料，他自己则坐在石磙上，吧嗒吧嗒地抽着旱烟。当烟斗里的烟丝抽完，他就将烟杆烟嘴一头拿住，使劲在石磙上磕来磕去，尽量让烟斗里的烟屎完全磕出来。

乡亲们也相互帮衬，待父亲将院子里的穗子碾透，乡亲们就忙用木杈或尖杈将穗子翻过来暴晒。如此这般三四遍，在石磙吱吱呀呀的歌声中，穗上的粮食也就完全脱离了。眼看着一粒粒粮食都能如期归仓，乡亲们脸上都乐开了花。

闲暇时节，石磙就安安静静地躺在院角，任凭风吹雨打，任凭日晒雨淋，体味着少有的孤独与寂寞。父亲为了能让石磙发挥其闲暇作用，经常将石磙直立起来，方便母亲在石磙上放上簸箕，晾晒盐菜、豇豆、土豆片、番薯片等菜肴。但院子里的鸡鸭也极不知趣，常常飞上簸箕偷食，甚至将簸箕踩翻打翻，免不了响篙的敲打在等待着它们。

小时候，孩子们的臀部因长时间坐在温度较高的地方而生疮，大人一般是不让孩子们进药铺买药擦拭的，他们只需要将石磙横立在地面，待夜晚石磙温度冷却后，第二天一大早将生疮的孩子叫起来，让孩子紧贴石磙坐上一两个时辰，坚持3到4天，孩子臀部的痤疮就会不治而愈。

石磙并非现代仅有的产物，早在唐朝就已出现，当时的石磙名曰碌碡。晚唐诗人薛能在《嘉陵驿》中就写道："蚕月缲丝路，农时碌碡村。"北宋诗人楼璹在《碌碡》中也写道："田力机巧事，利器由心匠。"就连雍正皇帝在《碌碡》中，也有"如轮转机石，历碌向东皋"的诗句。

如今，石磙早已退出了脱粒粮食的原有历史舞台，有的成了铺路石，有的成了砌坎石，有的成了墙角石，有的成了景观石，但它们在历史的长河里，不仅碾出了乡亲们的甜蜜生活，也碾出了乡亲们浓浓的乡愁。即便离乡的游子，只要在异乡哪个旮旯犄角看到一个石磙，就会情不自禁想起家乡很多与石磙相关的难以忘却的往事。

（2023年3月1日发表于中国作家网）

方寸之间

2022 年 11 月，在经历了几个月的腹胀腹痛和拉肚子的折腾折磨后，在单位组织年度体检时，我花了一点血本，特意自费 3000 多元口服了一粒胶囊胃镜，便查出胃内长有一个长达 6 毫米的胃息肉，还伴有多处糜烂和红肿等问题。体检报告出来后，几位体检医生都给我打来电话，一再提醒我要趁早入院手术治疗，免得小问题拖出大问题。言下之意，如若不趁早手术治疗，就有可能良性酿变成恶性，带来不可估量的灾难性后果。

对于医生的叮嘱叮咛，我一向是一个听话的"孩子"，可谓言听计从，从不与医生忤逆或对着干。因为我知道，与医生背道而驰绝对没有好下场，是最终害了自己，也害了家人和朋友。在安排好单位各项工作后，便下决心入院治疗。我没有任何置疑和迟疑，便径直来到当地的县人民医院挂号，在消化内科直接办理了住院手续。

护士站的护士小姐，很热情很礼貌地将我带到 7 楼的 43 号病床。走进病房，我立刻被眼前的情景惊呆愣住了。这个病房是 3 个病床的病房，分别是 42 号床、43 号床和 45 号床。也许是 44 是一个不吉利的数字吧，其谐音似乎就是"死死死"的意思，医院特意没有设置这个号的床位，可能担心没有哪个病人愿意躺上去吧。我突然想起，农村红白喜事上份子钱都不愿挂 36 号，因为在农村 36 是人生的一道坎；也想起城里人买房不愿买 74 号，因为谐音为"去死"之意。

病房里住着两位病号大爷。一位大爷接近 80 来岁，满头白发，戴着一顶毛线编织的灰色毡帽，静静地坐在 45 号病床床沿，满脸清瘦，但精神饱满，一看就是大病初愈的样子。他后面的方凳上坐着他的儿子，大概 50 多岁，也已满头花发，亦是默不作声。看见他们病床床头收拾妥当的行李，就知道已经做好了出院的准备，只等医生递上出院通知书。

另一位大爷坐靠在 42 号病床床头，脸瘦得皮包骨头，一头遭乱的头发像一包杂乱的稻草，一脸痛苦的模样，也是一言不发孤零零地坐在那里。我进病房后，病房里的 3 个人没有人主动与我打个招呼说声欢迎，因为医院里是忌讳说欢迎或再见之类的话的，我也没有主动向他们问好，因为来到这里根本没有什么可说好的。

尴尬之余，我也放下自己简简单单的行李，整理了一下病床上陈旧的床单，也呆呆地坐上病床，毫无目的地拨弄着手机。不到 10 分钟，一名男性主治医生进病房打破了病房的宁静："45 号床，您可以出院了！"主治医生的一声号令，似乎是给 45 号病床的老人带来了生的希望，意在说："您没事了！"老人顿时露出了宽心的笑颜，双手颤抖着接过主治医生手中的出院通知书，连声说了三声"谢谢"，便转身对他儿子邀请道："咱们走吧！"

父子俩临出门时，没有忘记给 42 号病床的老人打声招呼，说了一句"您慢慢休养，我们先走了"，也许是他们早成了同病相怜的病友，但对于我这个初来乍到的陌生病友来说，父子俩却无暇顾及，好像我根本不存在一样。父子俩走后，病房里又是长时间的沉默。我偷偷打量了一下老人，老人仍是两眼无光地愣在那里，瘦削的双脸却掩藏不住被病痛折磨的神情。

为了打破病房里的清冷和尴尬，我主动抬头转身对身旁的老人问道："大叔，您是哪里不舒服啊？"老人见我问他，便勉强露出羞涩的浅笑，没有多大力气地回答道："肠出了一点问题。"老人一打开话匣子，便不再沉默，主动与我道出了他肠出毛病的原委。

老人说，他原来身体特别好，肠根本没有任何问题。前段时间在坡上干活饿了回家，连续吃了6个柿子，因消化不良导致肠道阻塞。老伴都怪他饿嘴老鸹儿嘴馋，不仅要身体疼痛遭大罪，还要花一大坨冤枉钱。老人说着说着，有些后悔不迭，但一再念叨道，世上哪有后悔药可吃呢。

经了解，老人姓李，今年才67岁，是本地人，儿子在外地打工挣钱。老人已住院一个星期，出来之时，有老伴陪着，但老伴双腿也患有病疴，行动极不方便，在老李稍有好转后，老伴便回家侍弄那些鸡鸭了，只有老李一个人孤零零地待在病房。

当天下午，我按照医生的吩咐，分别做了血检、心电图、彩超、CT等检查，为第二天的胃肠镜手术做前期准备。回到病房，便听见主治医生在和老李唠叨和叮嘱，今天不能再吃任何东西，并且晚上7点钟开始，要开始猛喝一种名叫复合聚乙二醇电解质粉的泻药，得用温水浸泡，需饮用大约4000毫升的药水。

老李很无奈地说，你们一再叮嘱我不能吃东西，我都4天没吃东西了，肚子里哪还有什么东西可泻？但一到傍晚7点，老李还是遵照医嘱和我一起比着赛喝那酸不拉几的泻药。但这泻药的泻功似乎并不强，直到10点，我和老李既没有解大手也没有解小手，肚子里的东西好像临危不惧岿然不动。

护士小姐见我们还未开始腹泻，难免有些着急，直催促我们多喝药多喝水。拗不过护士小姐的督导督办，我们只好又违心地狂喝猛饮起来。由于我们的肚子只进不出，就像两个打了气的皮球，撑得又大又圆，只差要爆炸了。好在一到11点钟，我和老李的肚子开始松动了，时不时地和他争着上厕所，不是撒泡尿，就是苦蹲苦挣争取多拉点肚内的东西。

就这样，我和老李喝了泻药就拉，拉了又开始猛喝泻药，直闹腾到凌晨5点。在这期间，护士小姐总不忘时不时来病房督查督导，既怕我们喝泻药偷懒，又怕我们拉肚子偷工。天亮时，我们都拉得筋疲力尽，特别是老李，本已羸弱的身子，更是疲惫不堪了。趁此机会，我们才稍稍睡了一个囫囵觉。

刚到8点，迷迷糊糊的我们就被护士小姐叫醒，要求我们洗漱完后下到2楼肠胃镜室外等候。我邀约老李一同来到2楼肠胃镜室外，哪知早已等候着多人。因我要做无痛性全麻胃肠镜手术，只得叫来妻子签字画押，顺便陪护招呼一下。见等候在外做肠胃镜检查或手术的病人，大都有亲人陪着，大家还有说有笑，只有老李孤孤单单地坐在铁椅上，面无表情，心如止水。

老李被先于我叫进手术室，他先做了胃镜检查，等他出来时，双手用力捂住腹部，一脸痛苦不堪的模样，额头上的皱纹似乎打了结，一圈缠着一圈，一圈绕着一圈，一圈盖着一圈。一看见老李的样子，就知道他检查时遭受到了多么大的罪。因为老李心疼钱，不愿多花银子注射麻药，只好硬扛着硬挺着。

老李出来后，仍等了很长一段时间才轮到叫我，直到我快做完手术医生叫醒我时，我又才瞥见老李被再一次叫进手术室，进行肠镜检查。我麻药全醒后，由妻子搀扶着回到病房，又过去了很长一段时间，才见老李继续捂着腹部，颤巍巍地回到病床。

护士小姐见我们双双回到病房，便及时来告诉我必须超过4个小时后才能吃一些流食，但老李因胃内有出血现象，被告诫千万不能吃东西，哪怕是稀饭面条等流食。傍晚，主治医生再次来到病房给我们讲病情，当他谈到老李的胃肠有这问题那问题时，明显感觉到老李的惊讶和无助。

待主治医生走出病房，老李并不想第一时间将自己的病情告诉儿子儿媳，而是首先拨通了老伴的电话。但老李也没有听清楚医生说的什么问题，就稀里糊涂地给老伴乱说一气，虽然没有说完，老李就明显烦躁不安，啪的一声挂掉了老伴的电话。

老伴急得不行，忙不停拨打着老李的电话，但倔强的老李任凭手机叫个不停，他就是不愿意去接老伴的电话。起初我以为老李没有听见手机铃声，便有意提醒他有电话来了。老李还是很有礼貌地回答我，他不想接。

但老李的老伴也是倔驴脾气，老李越是不接她电话，她越是不停打来。眼见老李老两口老是僵持着，我便又好言劝说老李，您还是接一下电话吧，免得老伴担心。无奈之下，老李才又勉强接了电话，又稀里糊涂地不完整地向老伴复述了一遍自己的病情。通话中，还和老伴争吵了几句，还埋怨老伴总是怪他不该吃那 6 个柿子。接完老伴的电话，老李便扭过身去，很委屈地躲在被子里闷着，直到我的妻子给我送来红豆稀饭和牛奶。

见我囫囵吞枣喝着稀饭和牛奶，明显见老李饿意难耐，他 4 天未进食的肚皮是极其想吃东西的，但一想到医生的叮嘱，他还得继续坚强地忍着。实在难熬的老李起身来到窗前，拉开一丝缝隙向窗外眺望，窗外的马路对面，是初中孩子们朗朗的读书声，再远处便是梅园堡和层林尽染的山林。看见窗外这萧瑟的冬景，再联想到自己目前的病情和况景，老李感到一种无端的落寞和悲凉。

此刻，我又收到单位同事的短信，说有个年轻的同事也需请10 天病假去武汉做一个较大的手术，要我在钉钉办公软件上批准一下假期。晚上，又接着耳闻以前同事的妻子，也因恶性肿瘤在州医院手术花去了几万元，原来漂亮的外形和身姿现在也都变得瘦骨嶙峋。我突然觉得世事无常，人生有太多的变故。

特别是在小小狭窄的病房里，听主治医生给你谈论病情时，你那种生怕听到不好消息的那种心境，真的是无法用言语来形容。不管你心有多大，心胸有多么宽广，在面对自己的病情时，都会不自然地咯噔一下，特别是突然听到重病的消息时，就会惊得目瞪口呆，甚至呆若木鸡。继而，就是那种无助和无奈，真希望这不是真的，或许就是一个神仙开的玩笑。

手术后的第二天凌晨，妻子准时给我又送来了糊汤豆皮，无形给我低落的心增添了一丝慰藉和温暖。但老李眼巴巴地干看着我吃早餐，我感觉到老李的馋虫在他肚皮里翻江倒海着，让他不能自己。老李作了很强的思想斗争，老是唠唠叨叨着，是吃呢还是不吃呢？最终，他还是忍不住背着医生叫来了一碗面条，狼吞虎咽而下。

当查房的医生问他道："你吃早餐了吗？"老李故意隐瞒道："你们不是说不准吃嘛！"当医生告诉他可以吃点稀饭之类的流食了，老李突然一笑，对医生坦白道："我已经吃过面条了。"医生也被老李整得有些懵头，笑着说，你还很调皮呢！

又输了一天的消炎液，老李面对每天护士递来的住院病人日清单，见上面对他来说很是庞大的医疗费用时，他就像被硬食呛着噎着了喉咙，让他有些喘不过气。他多次跑到主治医生办公室，一再要求想早点出院，拿药回家去吃。主治医生拗不过他的坚持，只好勉为其难地同意他回家治疗。

当医生告诉他，出院后还需在外面的药店购买一些药品，医生担心他年纪大了买不好，提醒他最好给住在县城的儿媳打个电话，让儿媳来给他办理。但老李还是很果断地摇了摇头，坚持自己去买，不想给孩子们添半点麻烦。

老李临走时，提着半拉子的行李，回头对我说："你安心养病，望你早日康复！"我连忙也说："您回去后一定要好好静养，将身体养好！"他虔诚地向我点了点头，连说要得要得！老李走后，这个狭窄的方寸之地就留下了 43 号病床的我，一连几天再也没有新的病友住进来。

我只希望，这个狭窄的方寸之地，永远没有人惦记着它，争着抢着用它。

（2023年5月21日发表于中国作家网）

暖心野棉花

冬日的周末，在郊外游玩或是散步，常常看见路边、河边、坎边长着一丛丛似棉花般的植物。这种植物根状茎斜或垂直，头顶都顶着3至5个小白帽。小白帽呈棉花状，棉花白里透黑，花里藏着漆黑的黑籽，多了就像飘落的雪花集聚在草尖之上，好看极了。

如果你小心翼翼地将这些棉花采摘下来揉搓几下，然后握在手心，一种暖意就会油然而生。小时候冬天在山间放牛放羊，割草砍柴，当手冻得发紫难以忍受的时候，随手采摘一大捧这种棉花，包裹在手掌手背上，冻得发紫的手顿时就热乎起来。

其实，这种植物名叫野棉花。只因为这种植物，不是人们如种植水稻、玉米一样特意播种种植的，是它自己随心所欲地生、恣意随性地长，有时田间多了，人们对它还有一种厌恶嫌弃之感，对它弃之如敝屣，把它打入野草之册，所以人们给它的名字赋予了一个"野"字。甚至在薅草除草之时，会毫不留情地一锄当野草铲掉它。

"一把伞伞，打破碗碗，碗碗一开花，暖和穷人家。"小时候，常常听着或跟着唱着这样几句儿歌。儿歌所唱的植物名叫打破碗花花，打破碗花花其实就是野棉花的别名。只因为野棉花开花的时候，花葶直立，疏被柔毛，聚伞花序，花片紫红色或粉红色，似花碗被打破的碎片，所以人们形象地称之为打破碗花花。

野棉花还有很多别名，如秋牡丹、盖头花、铁丝筋、铁钞、满天星、五匹风等，各地皆叫法不同，属于毛茛科银莲花族或银莲花亚族。我的老家地处大巴山深处，大都属于中性沙质土壤，最适宜野棉花生长。每年 7 月至 10 月，漫天遍野便是野棉花的世界。不管是森林里，还是小溪边；不管是田野里，还是大路旁；不管是沟边涧边，还是塘边湖边，对野棉花来说，都是应长尽长，独领风骚。

老家没有成片成块的牡丹花，也没有成山成岭的木槿花，那些稍微名贵的花朵，似乎与老家无缘，最多也就零星的几株或是几丛。只有生命力极其旺盛、身份极其卑微的野棉花，就像老家的乡亲们，最适宜生长在这片贫瘠的土地上。不管这方山水怎样穷恶，不管这方土地怎样贫瘠，不管这方地域怎样落后，它们都一如既往地守护守候着，建设改变着，守终如始，不离不弃。

野棉花的种子不管随风飘多远，在空中飞舞多时，但最终还是落到了这片土地上，再次发芽、生根、长叶、开花、结实。乡亲们也一样，尽管他们的心大了，尽管他们的心野了，想去山外闯荡世界，想去外面发财发展，但叶落归根的情结最终又让他们回到了这片土地。他们常说的"金窝银窝不如自己的狗窝"，在外面闹腾折腾得再远再久，还是觉得老家这片贫瘠的土地最适宜他们张扬地生长。

野棉花开花的时候，就热闹极了，艳丽极了。放眼望去，目之所处都是野棉花的身影。它们虽不是乡亲们特意种植却胜于有意种植，它们不请自来，是夏天和秋天里的不速之客。它们或独株成行，或两株相伴，或三株成朋五株一伙，或一丛丛一片片，或一块块一坡坡。

它们个性张扬而不暴戾，随性而不蛮夷，想怎么生就怎么生，想怎么长就怎么长，想怎么开花就怎么开花，尽可能将大地装扮得靓丽无比，从不受外界约束，也不被外界拘泥。野棉花的花朵虽不大，三片苞片，五片萼片，形状极美，简约而深邃，简单而丰富，能让人一睹它的芳容，不留半点余地，但又内涵多情。就如乡下的小姑娘，简简单单，大大方方，朴朴实实。

野棉花的香气并不浓郁，只有一点淡雅之香，只有一点儒雅风度，却也能将蜜蜂和蝴蝶招之即来挥之不去。特别是成群结队的蝴蝶飞舞在野棉花的花丛里，停歇在野棉花的花蕊上，让你顿时就分不清哪里是野棉花的花朵，哪里是花蝴蝶的颜色。花蝴蝶的色彩和野棉花的色彩混搭在一起，融合在一起，产生了一种花中无蝶、蝶中藏花的错觉美。只有蜜蜂的嗡嗡声似乎在提醒蝴蝶们，须矜持含蓄一点，不要占尽别人家的风头。

冬日里，野棉花的花朵褪去绚丽的色彩，退出华丽的舞台，取而代之的便是戴着一顶毛茸茸的、棉软软的小白帽，以一种素雅和含蓄的姿态呈现在人们眼前。这时，你在田野里逡巡，你在山野里眺望，你在小河边俯视，到处都是白茫茫一片，似白棉，似雪花。

当野棉花的小白帽完全撑开张开，球形状的绒棉极其软和极其轻盈，只要微风一吹，绒棉就会轻易脱离株体，随风而舞，随风而旋。风停绒停，只有风静时，绒棉才会不情愿地飘落在沟沟坎坎、角角落落、旮旮旯旯。不管落在何处，尽管在山崖里，即便在岩缝间，它们也毫无怨言。

小时候的冬天似乎特别冷，也许是当时没有多少御寒避寒的衣物，孩子们的脸上、耳朵上、手背上、脚趾头，到处都是冻得发紫发红甚至溃烂的冻包，让孩子们奇痒无比，难以忍受。孩子们双脚御寒，大都从棕树上剥下棕皮，将棕皮揉软揉松，包裹在脚上，然后套上解放鞋或是胶靴，有的甚至就套上草鞋凉鞋。

俗话说，没有做不到，只有想不到。当人们冷极冻极之时，自然而然就想到了随处可见的野棉花。野棉花不用乡亲们花上一分钱，而且就地取材，用处多多。乡亲们将采摘回来的野棉花，除去茎叶和杂质，用袋子装着尽情揉搓，让野棉花变得尽可能柔软松散。处理过后的野棉花，乡亲们用来做枕头、做棉鞋、做棉帽，垫手套，垫鞋袜，打鞋垫，可谓无所不用其极。

记得冬天一到，当漫山遍野的野棉花爆炸开裂前夕，母亲就会跑遍山野，走遍田园，采摘大包小包的野棉花，提前为孩子们准备御寒避寒的东西。孩子们用上母亲用野棉花制作的御寒之物，身上总是热乎乎的，心里总是暖烘烘的，心情格外舒畅快乐。

在孩子们不小心被蜂蜇伤，或是腹泻呕吐，或是风湿疼痛，母亲还会根据她积累的经验，将野棉花连茎带叶采摘回来，按照她的土味药方为孩子们医治。她说，野棉花不仅可以保暖，还是一种难得的好药材。其实，《苗医学》就记载："（野棉花）根治疟疾，跌打损伤。"《侗医学》也有记载："（野棉花）根主治脚转筋，手脚开裂。"

随着人们生活水平的提高，乡亲们再也无人用野棉花御寒避寒了，但只要在哪里一见到野棉花的影子，仍还会"近乡情更怯"，一种温暖感顿从心起。野棉花带给乡亲们的福泽福祉和温馨暖心，乡亲们一直不会忘记它。

（2023年3月15日发表于中国作家网）

爆竹声声犹在耳

1

岁月的更替，总是那么仓促而飞速。在岁月的更替中，人们总是还时时想起过去那些萦绕在耳边的鞭炮声。那些鞭炮声总在乡间山道穿梭，在城市上空盘旋，甚至在林间房顶飞舞，给人一种振聋发聩、提振精神的力量。乡亲们说，一听见鞭炮声，浑身就来了劲，像打了鸡血，全身就有了力气，就连喝酒也要多喝一盅，吃肉也要多吃几坨。

老家的二大爷，虽过世多年，但他在鞭炮声中喝酒吃肉的豪迈劲仍历历在目。二大爷是老家出了名的"二杆子"，经不起别人唆使怂恿，只要别人夸他"猫"，他就会顺着杆子往上爬，立马给点颜色就开染房，甚至蹬鼻子上脸。猫，是老家的方言，意为很行很强的意思。比如夸二大爷吃肉喝酒很行，就说他喝酒吃肉很猫。

对于别人的夸奖夸赞，二大爷从不谦虚谦让，也从不避讳推辞，总能轻轻松松欣然接受。二大爷是一个老光棍，是"一个人吃饱，全家人不饿"的狠角色，长着一脸横肉，络腮胡子挂满了两腮，犹如沟边茂密的丝茅草。一到中年，那丛茂密的丝茅草就变成了银白色，在时光里格外显眼，昭示着二大爷已不再年轻。

二大爷的鼻子大，嘴巴大，眼睛大，耳朵大，脸庞大，脑袋大，总之头上的器官都比较大，只要能大的东西都离奇凸显，因他

226

的样子与屠夫并无二异，并且胸前的胸毛像一摊黑绿色的水草，虽然不是一名正儿八经的屠夫，但大伙儿都叫他吴大屠夫。其实，二大爷并没有杀过猪宰过羊，顶多就是屠夫杀猪时他帮忙捉过猪，刮毛时帮忙刮了几缕毛，拆肠子时帮忙洗了肠。他是根本不敢提刀直接捅向猪喉的，他特别害怕猪血喷涌而出的腥味。一见那腥味，二大爷就会呕哕不止，村里的汉子们还说二大爷那是故意做作，故意殃酸。

二大爷喝酒吃肉有一个不成文的癖好和嗜好，喜欢在鞭炮声中展示他的能量，特别是哪家过喜事时，他更要显示他的能耐。记得我二叔家结二婶子时，当天客人特别多，鞭炮也特别响，雪花也特别大。他首先备好一挂鞭炮，由村里的好事者执着，然后倒好一大碗酒，选好一满盘肉，只听好事者一声"开搞"，啪啪的鞭炮声再次响起，二大爷就开喝开吃了。

随着众人的怂恿声不断响起，随着小孩的嬉闹声不断响起，随着鞭炮的爆炸声不断响起，二大爷一口肉一口酒吃得津津有味，喝得回味无穷。鞭炮声一声紧凑一声，一声快速一声，大伙儿的吵闹声一浪高过一浪，二大爷面前的酒和肉顿时消失得无影无踪。二大爷两眼眯成了一条缝，胖嘟嘟的脸乐成了一朵花，那种快意和惬意自当不言而喻。

二大爷满嘴流油，胡茬上也浸润着酒水和油水，嘴角两边也淌下了两条水线。二大爷一手摸着油光光的嘴唇，一手摸着圆鼓鼓的肚皮，他在鞭炮声中喝酒吃肉的演技，在鞭炮戛然而止中顿时停了下来。二大爷似乎还意犹未尽，依然盯着壶中的酒、锅中的肉浮想联翩，只想再来一个好事者和他打打赌，劝劝喝，再一次乐和乐和。

乡亲们虽都不及二大爷那般在鞭炮声中抖抖酒劲，亮亮肉胆，但乡亲们一听到鞭炮声响起，就似乎觉得喜事来了，劲头来了，拼劲来了，乡亲们脸上就会舒展开了，额头的皱纹也会舒缓开去，嘴角就会禁不住向上扬起，就连头顶的头发也会树立起来。

近几年来，从市区到郊区，从城市到农村，烟花爆竹一度被列为禁物在城市和乡村燃放。渐渐地，那种接连不断、此起彼伏、震耳欲聋的鞭炮声已渐行渐远，成了人们过往中的美好记忆，也成了人们铭刻在乡愁里的永远牵挂。其实，人们依旧在想念它，渴盼它，享受它，依然想念浓浓的年味里半夜被鞭炮声惊醒的情景。

在我小的时候，母亲一听到本村或邻村噼噼啪啪的鞭炮声，就会乐呵呵地幽默地说，又在炒苞谷子了。炒苞谷子就是炒爆玉米花，玉米在高温爆花时也会发出清脆的响声。母亲的比喻十分形象，分外贴切，就如她听到雷声阵阵，就会戏谑地说，天老爷又在拖桌子开席吃饭了。母亲的幽默，母亲的诙谐，总是在不经意间，随着鞭炮声响而绽放，就如春天里盛开的一朵春菊。

记得我大哥结婚有了小孩后，母亲作为奶奶当然心疼不已。母亲在照顾孙子时，总是看不得孙子啼哭。但我的侄女那时候却眼睛水多，动不动两眼就水汪汪的，稍不注意，就哼哼唧唧哭闹不止，少则几分钟，多则半个小时。母亲一点也不含糊，也不嫌烦，总是尽量哄着孩子。

但侄女就攒着那股劲，母亲越是哄着，她越是哭闹，并且愈演愈烈，越来越起劲。实在没办法，母亲只好使出她的"杀手锏"，一边摇晃着孩子，一边学着鞭炮的声音。随着母亲嘴里发出接连不断的"啪啪啪！——""嘭嘭嘭！——"声，然后发出"嗖！——""吁！——"的声音，侄女立马笑逐颜开，扑打着身子乐得咯咯咯大笑不止。

但邯郸学步、西施效颦都是徒劳。大哥在照顾哭闹的侄女时，学着母亲的做法想逗乐孩子，但不管大哥怎么学叫鞭炮声，虽然他的学叫声更形象更逼真，但侄女就是不吃这一套，即便大哥使出浑身解数，也无济于事，最后只好又求救于母亲。大哥不知何故，母亲说，这就是隔辈亲的缘故。

2

老百姓习惯性将禁止燃放烟花爆竹称为禁鞭。在禁鞭之前，无论婚丧嫁娶、红白喜事、乔迁新居、商业开张，还是生日宴、升学宴、参军宴、谢师宴，只要乡亲们有大事小情，鞭炮是必备之物，放鞭炮也是必做之事。

即便是母猪下崽，母羊产羔，母牛生犊，为了庆贺庆贺，喜庆喜庆，乡亲们也要燃放一挂鞭炮祝贺祝贺，打打响声。母亲说，这就如母鸡下蛋，下蛋后生怕人家不知道，总是要跳出鸡窝"咯咯哒"叫唤半天，告知主人家它的功劳苦劳和辛劳。

黄水牯本名黄山，小名黄三娃子，因脾气倔强得如一头不回头的水牯牛，大伙儿都习惯性称他黄水牯。黄水牯的媳妇子就是一个岔岔嘴，心里既记不住话，也装不住话，也藏不住话，更憋不住话，整天像个大喇叭在村里广播来宣传去。媳妇子是老家的俗称，就是姑娘客、堂客、婆娘、老婆的意思。

黄牯牛家养了一头母猪，每次下崽少则三至五头，多则十一二头，猪仔的价格也颇为丰厚，这给黄牯牛家带来了不少收入，黄牯牛的媳妇子对这头母猪视如珍宝，甚至看得比她自己的生命还要重要。每当这头母猪下崽后，黄牯牛的媳妇子不仅要点上鞭炮庆祝，还连夜走村串户逐户告知，弄得全村人一脸羡慕。

有一年大冬天，村里早被积雪覆盖着，但黄牯牛家的母猪也是爱凑热闹的主，单单选在这大寒天下崽。黄牯牛的媳妇子守候着母猪下崽直到半夜，也不管左邻右舍是否熟睡，她依然将事先准备好的鞭炮燃放了两挂，噼噼啪啪的鞭炮声穿透了银白色的夜空，也肆无忌惮地穿越到乡亲们的梦境。一听见吵闹烦躁的鞭炮声，乡亲们自然而然就知道黄牯牛家的母猪又下崽了。

俗话说，乐极而生悲，否极而泰来。黄牯牛的媳妇子将母猪和猪仔安顿好后，忍不住连夜又挨家挨户敲门广而告之。碍于情面，乡亲们对黄牯牛家的喜事自是同喜同贺的，但黄牯牛的媳妇子超越常度的做法也让乡亲们不置可否，哈欠哈哈地开门和她勉强打个照面，就立即又关门入睡了，根本不想让她登门滞留。

一连几家，黄牯牛的媳妇子都碰了一鼻子灰，大伙儿都没有好脸色。出门看天色，进门观脸色。黄牯牛的媳妇子也不是不知趣的主，她气不打一处来，气冲冲地打道回府，哪知道快到家门口时，路上雪滑凌滑一个趔趄摔倒，顿时疼得她哇哇大哭，直喊黄牯牛救命。后来才得知，她的脚背扭了筋，脚踝破了骨，不得不在家躺了两个多月，才能勉强下地重新干活。

黄牯牛的儿子自小受到黄牯牛两口子的熏陶，其表现可谓有过之而无不及，在他的脑海里，早就熟记了家里母猪下崽是必放鞭炮庆贺的。第二年的冬天，黄牯牛家的母猪又要下崽了，她的媳妇子提前准备好鞭炮挂在屋前的树梢上，只等母猪下完崽就点上鞭炮庆贺。待黄牯牛的媳妇子进猪栏给母猪接生时，她懵懂不知的 5 岁儿子，却偷偷拿去灶间的火柴，提前点燃了垂挂在树梢上的鞭炮。

随着鞭炮开炸，黄牯牛 5 岁的儿子来不及躲开，小手顿时炸出了血口子，脸上也炸出了几道血痕，吓得哇哇大哭起来。更不可思议的是，母猪本要在安静宁静的环境里下崽，但突然被噼噼啪啪的鞭炮声惊吓，顿时造成难产，导致一头猪崽都未产下来就窒息而死了。

黄牯牛两口子可谓赔了夫人又折兵，不仅孩子受了重伤，还白白丢了一头母猪，剖开母猪后，母猪腹内还有 10 个未出生的猪崽。江山易改，本性难移。黄牯牛的媳妇子安静安分了一个多月，却又开始叽叽喳喳在村里叫唤开了。

为何黄牯牛两口子下个猪崽都要燃放鞭炮呢？无可厚非，除了表达喜悦的心情之外，就是要体现一种仪式感。这种仪式感，乡亲们是非常重视看重的。仪式感越强，乡亲们在村子里的存在感越强，他们在村子里就越抬得起头，只是用鞭炮的响声来表达昭示而已。

老家对春节、元宵节、端午节、月半节等传统节日，是极其重视的。在这些节日里，女婿是必须要走丈母娘家的。如果是准女婿，就要去丈母娘家接女朋友到自己家过节；如果是已结婚的夫妻，就要回岳父岳母家过节，看望一下岳父母。

俗话说，女婿拜年，鞭炮上前。女婿走丈母娘家，放鞭炮也是必不可少的程序，一则告知左邻右舍我家又有客人来了，而且还是最心疼心仪的宝贝女婿；二则所谓客走旺家门，经常有客人到来，就意味着这家兴旺发达，在村子里的地位就越高。如果一年半载，哪家从没有客人造访，也没有鞭炮声响起，这家定会被全村人瞧不起。

我有两个姐姐，自然就有两个姐夫。每次过节的时候，我就翘首以盼眼巴巴地等待着两个姐夫到来。因为只有他们一来燃放鞭炮，我就可以抢鞭炮玩了，还能依傍姐夫吃上母亲做的美餐。喜爱玩鞭炮，是孩子们的天性，孩子们将玩鞭炮叫玩炮火。

两个姐夫每次到来时，都会背着一个较小的竹制花背篓，花背篓里装着白酒、面条、红糖、饼干、罐头、麦乳精和一块腊肉或一根腊猪脚杆，外带一挂或两挂鞭炮。姐夫临近我家院坝，就将花背篓卸下来，取出鞭炮，撕开鞭炮包裹着的红纸，擦燃火柴或是煤油打火机，手脚麻利地点响鞭炮。

手脚笨拙的女婿，也会出洋相，捣鼓半天也没点响鞭炮，气得岳父岳母一顿臭骂，自当不会给出好脸色。老家后山坡的老王家，女儿自小就有点败相破相，找的女婿自然灵性不到哪里去。每次女婿到来时，都紧张得要命，哆哆嗦嗦、战战兢兢点鞭炮，但越是紧张着急，越是点不响鞭炮。虽然背篓里的礼物极其丰厚，女婿家也下了血本，但岳父母总是对他"横眉冷对千夫指"。

3

还未等姐夫手里的鞭炮声响，我就一个箭步冲出门外，清脆地叫喊一声"哥哥"，围绕在他的周围等着捡炸散的鞭炮玩。随着鞭炮声响，母亲踩着碎步，急匆匆地从房间出来，父亲也紧跟其后，到姐夫跟前去接背篓。

那时候按照老家的习俗，准女婿对岳母都得尊称叫"亲妈"，对岳父尊称叫"亲爷"。一见父母亲出来，姐夫眼睛极尖极亮，忙笑呵呵地响亮地叫几声："亲爷！""亲妈！"深沉的父亲自然只"嗯"了一声，但母亲脸上却乐开了花，虽然有些腼腆不好意思，但还是连声答道："呃！呃！呃！"父母亲迅速从姐夫肩头接下花背篓，心疼地问道："累着了吧？"然后，让姐夫轻轻松松燃放完手里的鞭炮，为他泡上热茶，点上香烟，端出瓜子。

我就像一个跟屁虫，紧跟在姐夫身后。虽然两个鼻孔挂着长长的鼻涕，也来不及擦拭，实在要掉出来了，就用衣袖呼啦一拉，鼻涕全糊在了衣袖上。天长日久，衣袖上都结下了很厚的黢黑的鼻涕痂和硬壳。多次用这种衣袖擦鼻子和脸，鼻子和脸自然而然就会被拉得通红而生疼。

随着姐夫手里的鞭炮即将炸完，地上早已是一片红彤彤的鞭炮渣，鞭炮渣里自有很多未开炸的零散的鞭炮。我在鞭炮渣里左寻右寻，细细寻找着可以再次开炸的鞭炮。不一会儿，我的手里早已捡拾到一大捧鞭炮。我缠着姐夫索要火柴或是打火机，姐夫为了确保我玩鞭炮时的安全，总是悉心陪着我尽情地玩耍。

我将鞭炮一粒粒点响，不是丢在地上，就是抛向空中，不是放在石缝里，就是藏在瓦砾间，享受着鞭炮炸开瞬间带来的乐趣和童趣。更有甚者，调皮的我将几粒鞭炮用线串着，套在狗的尾巴上，或是公鸡的脚趾上。一点燃鞭炮，狗和鸡就会吓得四处乱窜，"汪汪汪""喔喔喔"叫个不停。我在旁边就拍着手，撒着欢，欢呼雀跃着。

有时，我找来一只破旧不用的胶盆或是瓷钵，将威力较大的鞭炮放进去点燃，随着"嘭"的一声巨响，胶盆不是被炸碎，就是瓷钵飞上了天。有时，我偷偷将菜园地里的南瓜钻个小孔，把鞭炮插入进去，然后点燃。

一旦南瓜被炸裂四面飞散，母亲就会找根竹条木棒追打着我。此时，姐夫就会即刻揽责，说他没有看管看好我，将我一把揽在怀里，让我即刻化险为夷。母亲不好责怪姐夫，这本不是他的过错，母亲只好顺势教训我一顿，然后消气放下了竹条木棒。

姐夫知道我爱玩鞭炮，就故意截断一小段鞭炮下来送给我，让我对姐夫喜欢得五体投地，连声说："哥哥，你真好！"通过玩鞭炮，我和两个姐夫的关系处理得极其融洽，即便有时父母或是姐姐对两个姐夫有意见，说他们这不是那不是，我总是极力维护着他们，替他们说着好话。

为了能得到鞭炮玩耍，我也是想尽了办法，可谓无所不用其极。不是偷母亲积攒的鸡蛋去换，就是将课本当废品卖掉去买；不是用自己少得可怜的零花钱去买，就是用糖果、饼干等零食与小伙伴们调换。上初中后，有的孩子甚至用饭票和同学换鞭炮玩。在小伙伴有鞭炮玩时，如果自己手里没有，就空落落的，失落极了，羡慕死了。

为得到更多的鞭炮，玩更多的鞭炮，也没少做错事傻事糊涂事。父母一旦发现，轻则责骂，重则罚跪，定让你告饶长记性。有次因玩耍鞭炮，引燃了稻田间的稻草垛。稻草垛本是父亲囤积在那里，等冬天喂耕牛的，是耕牛冬天必备的储备粮。这下可闯下了大祸，父亲将我直接罚跪在稻田间，面对化为灰烬的稻草垛忏悔了两个多小时。直到天黑，父亲才恶狠狠地说："死起起来，滚回家去！"我才颤颤巍巍、蹑手蹑脚地回家。

爆竹声中一岁除，春风送暖入屠苏。鞭炮，也是年味里不可或缺的一剂催化剂。乡亲们觉得，年味里什么都可以少，但唯独不能少了鞭炮声。没有了鞭炮声，年味就弱了，气氛也淡了，人情也薄了，交往就浅了。就像吃腊猪蹄，如果腊猪蹄里没有盐味，再好的美食也就不堪为美食了。

小时候，过年炸鞭炮是乡亲们的不二首选，成了刻在乡亲们骨子里和血脉里的一种文化符号，也成了乡亲们表达乡音乡情乡愁的一种最贴切最通俗最直接的方式。那时候，每家每户虽然经济仍很拮据，甚至无钱购买其他年货，乡亲们可以身上省着穿，嘴里省着吃，但放鞭炮是省不了的。

每年一到腊月小年，家家户户在打年货的时候，自然不会忘记买几挂鞭炮放在家里，一是除夕团年之时必放，二是给亡人烧钱祭奠必放，三是拜年走亲戚必放。每到除夕之日，家家户户就忙活开了，烧肉的烧肉，杀鸡的杀鸡，洗衣的洗衣，劈柴的劈柴，挑水的挑水，舂米的舂米，忙得不亦乐乎。

从清晨开始，零散的鞭炮声就陆陆续续在山坳里响起，此时还没有哪家开始团年，定是那些调皮玩耍的孩子等不及开始放鞭炮了。一到中午，每家的年夜饭渐渐准备就绪，鞭炮声也开始多了起来，浓烈起来。

母亲是一个勤劳朴实而能干的家庭主妇，她从不将年夜饭做得落于人后，让全家人等着干着急。还未到中午，一大桌丰盛的年夜饭，母亲就准备得妥妥当当，全部摆上了四方餐桌，只等全家人享用了。在食用之前，还得为死去的亲人摆上碗筷，倒上酒水，请亡人们回家与亲人团圆团聚。摆好后，母亲一一呼唤死去亲人的名字，还为他们逐个夹菜舀汤。

4

亡人祭奠完毕，二哥就将两挂长长的鞭炮挂在屋当门的枇杷树上，虔诚地用火柴或打火机将鞭炮点燃。在鞭炮噼噼啪啪的炸裂声中，全家人都会聚在大门口进行观望，或是一种沐浴，旨在借力鞭炮的响声和烟火气，将旧年的邪气、恶气、歪气和晦气驱散除尽，迎来新年的喜气、朝气、阳气和旺气。

鞭炮炸完，大家迫不及待地上桌享用母亲做的美食。母亲最心疼父亲和孩子们，她首先为父亲夹菜，她说父亲是家里的顶梁柱，最为辛劳辛苦，应该享用第一坨猪蹄髈，然后为每个孩子夹菜，祝福孩子们在新的一年里健健康康、活活泼泼、开开朗朗。唯独她自己，始终夹最小的肉或是边角肉吃。见母亲这样，懂事的孩子们也会给母亲夹上最好的肉，看着母亲吃下。

嘴里虽然享受着美食，但耳朵里时时传来鞭炮的轰鸣声。此时，鞭炮声逐渐多了起来，密了起来，大了起来，几乎没有间断过。此起彼伏的鞭炮声，传遍了山谷，萦绕在田野，沉入河底，飞跃到山顶，似乎要震醒乡亲们每个人的梦想。接连不断、此起彼伏的鞭炮声，要将乡亲们的噩梦清除，将乡亲们的美梦激活。

刹那间，一声巨大的雷鸣般的鞭炮声响起，仅那余音就穿透了高山峡谷，久久回荡在山村上空，将陈家河沿河两岸的房屋、树木、大山震得连颤三抖。猛然间，听到这种鞭炮声，心里难免有些惧怕。胆小的孩子甚至会吓得大哭，一旦习惯了，只要听到这种鞭炮声，又会尾随声音去看，幻想着再次听到这种声音。吃罢团年饭，还得和二哥一起去给死去的亲人送亮。

二哥准备好冥币、油灯、香烛、镰刀和鞭炮，带着我跑遍山岗——为已逝的亲人送亮祭奠。每到一座坟茔，二哥首先将坟茔的杂草清除干净，跪在坟前，点燃油灯，虔诚地为亡人烧祭纸钱。待纸钱化为灰烬，就点燃鞭炮，在鞭炮啪啪啪的响声中与坟茔里的亲人告别，说一些思念想念之类的话。

虽然阴阳两隔，但这种特殊的互通方式，就像穿越了时空隧道，似乎真与死去的亲人见上了面，说上了话，叙上了情，立刻就会抚平祭奠者心里对死去亲人的思念、想念和伤悲，完成了祭奠者一年到头的美好夙愿。

三十的火，十五的灯。除夕守岁，必定要烧出一堆旺火。父亲和两个哥哥在进入腊月，提前就准备了各种柴块、树蔸，码垛在房前屋后，成为土墙老屋旁一道靓丽的风景。父亲将火烧得大大的，旺旺的，让全家人齐齐整整地围坐在火塘边，生怕哪个孩子烤不上旺火。一旦烤上身，全身就会发热发烫，身上、额头就会冒出热汗。父亲说，要借用旺火蒸出每个人的邪气和晦气。

父亲不轻易让哪个人离开火塘，只有到交岁之时，父亲才提着鞭炮带领全家人在院坝内放松一下。子夜12点一到，整个山村就沸腾了，活跃了，像一锅烧沸的青菜粥，大小不一的鞭炮声响彻了山谷，振奋着田野。积雪中的麦苗似乎也被唤醒了，依稀能听见它们咕咚咕咚吮吸雪水的声音。父亲也准时点燃交岁鞭炮，让一家人享受体验着这幸福激动的时刻。

除夕之夜，是鞭炮独享的夜晚，也是鞭炮独自的舞台。整个夜晚，都被鞭炮萦绕着、环绕着，被鞭炮声洗礼着、沐浴着。这一夜，山村与鞭炮同着呼吸共着命运。鞭炮声浓则山村兴，鞭炮声响则山村旺。

　　春节观灯也是孩子们趋之若鹜热衷于爱干的事情，特别是正月十五的灯会更受人们青睐。一到傍晚，采莲灯、车车灯、龙灯、狮子灯轮番上阵，做着精彩的巡演。灯队走到哪里，游人就拥挤到哪里，鞭炮声就尾随到哪里，响彻到哪里。

　　孩子们荷包里都揣着各式各样的鞭炮，鼓鼓囊囊的，不管走到哪里，都会任性地点上一个，趁人不注意就随手扔了出去，也不管是在游人脚旁炸开，还是在游人耳边炸响。小伙子为了吓唬小姑娘，专门将鞭炮点燃，丢在小姑娘的脚边，看见小姑娘吓得一声尖叫，小伙子就会乐得前仰后合，但免不了受小姑娘一顿臭骂。

　　也有小伙子和小姑娘在灯会中喜结良缘的。小伙子故意扔出鞭炮吓唬一见钟情的小姑娘，待小姑娘惊吓害怕闪躲的时刻，立刻又冲锋陷阵上演英雄救美的闹剧。待小姑娘反应过来，早已对同样一见钟情的小伙子含情脉脉了。

　　在亲人离世之时燃放鞭炮，是对亲人尊重敬重，也是对亲人难离难舍，毕竟立刻就与亲人阴阳两隔了，彼此不可能再互通任何信息了，只能看着即将变冷的尸体发呆而伤悲。我的父亲去世得早，在他56岁时就因患肝腹水不治而去。父亲走时那晚，天下着鹅毛大雪，显得格外清冷而沉闷，直到子夜时分，父亲躺在哥哥的怀里静静地去了。

　　父亲走后，二哥立马取出两挂鞭炮在堂前炸响，以示对父亲的怀念和不舍，也是与父亲作最后的告别，同时告知左邻右舍，我们的父亲已经走了，这是用炸鞭炮的方式"赶信"，跪求左邻右舍和亲朋好友来家帮忙，处理父亲的后事和丧事。

　　听到悲戚的鞭炮声和全家人的哭泣声，左邻右舍的棒劳力陆陆续续赶到我家，为父亲的后事和丧事奔忙着。父亲的灵柩放在堂屋正中，连续3夜都是在乐队的乐声中、唱歌先生的歌声中和连续不断的鞭炮声中度过的。

5

特别是正夜那晚，我跪在堂前，迎候前来祭奠祭拜父亲的亲朋好友，只要一听到那噼噼啪啪的鞭炮声，眼泪就会夺眶而出，就会情不自禁的想起父亲生前的点点滴滴。尽管膝盖跪得生疼，近乎有些麻木，但也无济于事。父亲出殡那天，天离奇地冷。品抬父亲的亲朋好友，只好脚上套上脚码子，否则就会打滑生滑，难以让父亲入土为安。

鞭炮声在前面开路，大哥作为长子手持打狗棒，在前面跪求引路。鞭炮一挂接着一挂，炸裂的鞭炮渣在深厚的积雪里留下了一条红彤彤的弯路，似乎是为父亲铺就的去往天国的曲折之路。大哥走出 10 多米，就会又跪在地上磕几个响头，跪求乡亲们顺利平安地将父亲移至墓穴。鞭炮整整炸了半个多小时，父亲的灵柩才顺利稳当地移进墓穴，填土掩埋砌坟。

父亲的坟墓修整堆砌好后，亲朋好友才在一阵鞭炮声中慢慢散去。按照老家的习俗，亲人入土后的前 3 天的傍晚都要送灯送亮，确保亲人一路走好，另外一个世界的道路更加平坦宽广。每到傍晚，二哥就会带着油灯、纸钱、香烛和鞭炮，与我一同来到父亲的坟前烧纸祭拜，燃放鞭炮。最后，在一连串的鞭炮声中，作别另一个世界的父亲。

老家不远处，是一座鞭炮作坊。基于安全起见，父亲生前是绝对不让孩子们靠近作坊的。鞭炮作坊，对孩子们来说就是一个禁地，只知道作坊里有一个制作鞭炮的手艺人黄老爹。黄老爹与我家还是远房亲戚。直到父亲去世我们长大后，才真正一睹黄老爹的真容。

尽管黄老爹的鞭炮制作坊是一块禁地，但村里也有胆大不信邪的孩子，总是偷偷摸摸溜进作坊旁边，潜伏在作坊周围，不是爬树观望，就是跳窗偷学，要么直接不声不响待在黄老爹旁边，潜心研学。尽管黄老爹对乡亲们发誓，不传艺给村里的孩子们，但孩子们好学的热乎劲也让他不忍直接赶走孩子，也就睁一只眼闭一只眼，权当没有看见，也不声张。

但天下没有不透风的墙。黄老爹让孩子们学做鞭炮的事情，还是让孩子的家长知道了。家长们一个个找上门来数落着黄老爹，埋怨着黄老爹，黄老爹本极其爱面子，让乡亲们数落得无地自容，真想找个地缝钻进去，但他还是赔着笑脸一再解释、一再表态，今后绝不让孩子们靠近作坊、进入作坊，乡亲们才一嗔一怨地嘀嘀咕咕赶回家去。

那时候，老家还没有禁鞭，黄老爹的炮火生意仍做得风生水起。见到70多岁的黄老爹，虽然满头银发，但精神仍很矍铄。因他长年被炮火烟熏火燎，满脸出现很多明显的坑疤，和黄老爹的同龄人就会取笑黄老爹为黄麻子、黄花脸，或是黄老麻子、黄花脸巴。

对于同龄人的取笑，黄老爹一点不恼不怒不愠，依然笑脸面对每一位前来购买炮火的人们。他说，做炮火就要心态好，切忌发怒生愠，因心情急躁烦躁而发生安全意外，要时刻保持头脑清醒，心情淡定，处置得当。

一到黄老爹的作坊，他就会滔滔不绝为我讲述关于鞭炮的来龙去脉和逸闻轶事。鞭炮的起源距今已有2000多年历史，相传古人用火烧竹子发出爆裂声驱逐瘟神而得名。鞭炮又叫爆竹、爆竿、炮仗、编炮等，老家习惯性叫鞭子、炮火。

唐代以前，都是燃竹而爆，直到北宋时期，有人发明了以硝石、硫黄和木炭为成分的火药，才代替了烧竹而爆的古老习俗。据说，神医孙思邈就是一个炼丹高手，常年隐居崖洞炼丹而炼制出火药，成为烟花、鞭炮的创始人和奠基人。

黄老爹说，鞭炮的制作分为炮身制作、火药制作和引线制作。炮身制作又要经过裁纸、扯筒、褙筒、洗筒、腰筒、上筒、扦引、扎引颈、结鞭等多个环节。火药制作又要经过造硝、冲硝、磨硝等几个步骤。引线制作也要经过造纸、割引线、做引、浆引等几个过程。

鞭炮的种类可谓百花齐放，按种类分为喷花类、旋转类、升空类、吐珠类、线香类等10多种，按响数分为小型类、大型类，小型类在100响至1000响之间，大型类在2000响至20000响之间。

制作鞭炮最危险的莫过于装药、打引子和冲药等几个环节，稍不留神，或是稍一疏忽，就会发生意外而爆炸，酿成不可估量的大祸。黄老爹还为我讲了李畋先师的故事，让我真正长了见识。相传唐朝宰相魏征"日管人间，夜辖阴曹"，权力极大。八河都总管泾河龙王触犯天条被判死刑，玉帝派魏征前去斩刑。

当时正值夏夜，魏征熟睡做梦正在斩杀龙王而累得大汗淋漓。皇帝李世民赶来扇扇助力魏征顺利斩杀了龙王。从此，泾河龙王怪罪李世民，经常扰得李世民坐立不安，夜不能寐，朝廷只得派秦叔宝、尉迟恭守护皇帝的寝宫。但天长日久，守护皇帝的寝宫也是一件苦差事，让秦叔宝、尉迟恭十分为难。

后来，一个叫李畋的人，想出用竹筒装硝磺点燃爆响，将鬼怪邪魅全吓跑了。有人又将秦叔宝和尉迟恭的画像贴在皇帝的寝宫驱鬼祛邪，这就是秦叔宝和尉迟恭为什么能当门神的缘故。后来，为纪念李畋，人们就尊捧他为鞭炮的祖师爷。每到四月十八日，就开李畋先师会，大办宴席，铳炮齐鸣，叩头跪谢。

如今，黄老爹的鞭炮作坊早已随着黄老爹千古而化作了一抔泥土，再也寻找不到当年黄老爹做鞭炮生意时风生水起的半点痕迹。但乡亲们一旦走进这抔泥土，就会沉下心来，想起黄老爹与他做鞭炮生意的许多难以忘怀的往事。

（2023年2月14日发表于中国作家网）

用脚丫丈量故乡

　　母亲在世时常说，我小时候就像一个赶不走、打不掉、捏不死的跟屁虫，总是光着脚丫子跟在母亲身后，晃来晃去，荡来荡去，跟着她，缠着她，黏着她，令母亲既烦忧，又倍感亲切。为何这般，其实是打小使然。

　　在我还未能学着走路时，母亲在田间做农活，不是用背篓将我装着放在树下的阴凉处，就是用裹毯将我裹紧背在她的身后。尽可能和我朝夕相处，形影不离。她时时担心着我的冷暖，处处想着我的安危，从不单独将我放在家里。一时半会儿见不着我，她的心里就发毛，焦得慌，急得不行。

　　冬日里，邻居二婶子独自将孩子绑在床沿放在火塘边，等她做完农活回家，孩子早已挣脱绑绳，掉在了火塘里烧坏了手脚。二婶子悔不当初，哭哭啼啼好一阵子，家人也埋怨了好一阵子，从此走到哪里，都将孩子绑在身上。这件事对母亲的触动很大，她总是说要吸取二婶子的教训，绝不能将孩子一个人放在家里。

　　等我饿了啼哭的时候，或是瞌睡来了吵闹的时候，母亲才能歇息一会儿，将我从背篓里取出来，或是从腰间放下来，坐在石头或锄把上，搁在她的双腿间，给我喂食奶水，或是喂食用开水冲泡的洋芋粉。只有在我吮奶吃粉的时候，母亲才可以眯一会儿，打一会儿盹，稍微放松一下紧张的心情。

　　等我吃饱喝足后，我的睡意顿时就来，母亲唱着老家的童谣或民谣，摇晃着将我哄着睡着，又轻轻地将我放进背篓里。为防止蚊虫叮咬和太阳暴晒，还会摘几片芭蕉叶和桐子叶，将我露在外面的身体遮挡住。她便趁此机会和档口，攒劲地做一把农活。总是要赶在天黑前，将地里的活计做完，绝不能留尾巴，留下"烂尾工程"。

在我会走路后，即便母亲有时极不方便带上我，用恶语斥我，用竹条赶我，意欲用耳巴扇我，甚至用棍子打我，我也会抱着母亲的双腿寸步不离。母亲走到哪里，我依旧跟到哪里；母亲做什么样的农活，我也依葫芦画瓢学着做。

即便不会做，也会一边看着母亲做，一边学着母亲做，虽然动作稚嫩，力度不够，但也学得像模像样，劲头十足。有时不懂之处，总是唠唠叨叨向母亲征询和请教。母亲也会不厌其烦地给我讲解，甚至手把手教我，提醒我该注意的事项。母亲甚至会停下手中的活计，看着我学会为止，学得像模像样为止。

每次跟着母亲，我也会带上小镐锄、小铲刀、小竹篮、小背篓，学着母亲除青草、翻苕藤、摘玉米、挖洋芋，回家时也会提着一小竹篮，或是背着一小背篓胜利的果实回家。母亲一般都会夸奖我鼓励我表扬我，但有时也假装骂我，数落我，说我脸皮真厚，有城墙转角厚。我虽然眼角挂着委屈的泪水，但依然嬉皮笑脸地回答母亲，脸皮厚就厚，因为脸厚不挨饿。

故乡，是一个多山、多石、多水、多田、多地、多树、多庄稼的小山村。孩提时代，对故乡的每一寸土地都是那么熟悉，即便蒙着眼睛，即便闭着眼睛，也绝对不会走错找错。稍大的时候，母亲就可以极度放心地吩咐我，独自去菜园摘蔬菜，去秧田里赶麻雀，去麦地里打猪草，去山林里放牛羊。

老家有一个小伙伴，从小就天生患眼疾，因无钱医治，等他长到 10 多岁时，双眼就彻底失明了。即便如此，故乡的一山一水、一草一木，也没有从他的大脑和心底抹去，而是越来越清晰，越来越明朗，越来越深刻。他的父母吩咐他到哪架山去放牛，到哪条溪去割草，他会径直走去，也会径直回来，路线不会偏离半步。

有次回故乡去，我问小伙伴为什么失明也不会走错，小伙伴露出笑脸说，因为在他眼睛看得见时，已将家乡看了个遍，摸了个遍，想了个遍，家乡的模样早已刻在了他的心底，烙印进他的灵魂，即使眼睛看不见，但心地依旧是明亮的、透亮的、敞亮的，对家乡没有半点模糊之感和疏远之感。

昔日的小伙伴虽是如我一样，也是五十而知天命的年纪，也是满头白发、一脸沧桑的模样，但从他脸颊上、从他言谈中，却看不出半点对家乡的失忆感，对家乡的记忆似乎是越来越深刻，情感越来越深厚。他甚至笑着反问我，难道你出门在外几十年，就对家乡模糊忘记了么？我当然理直气壮地回答他道，怎么会呢！不可能！

城里的有些老人好患老年痴呆症，走出高楼，走向街道，就再也不能寻原路回家，害得孩子们要求救四方寻找。即便我还未到花甲之年，但有时独自逛超市出来，在几秒钟或十几秒内，也突然不知所向，不敢贸然挪动半步，好像突然患了失忆症，让人尴尬不已，悲催不已。

乡下很多耄耋老人，不仅身体硬朗，记忆力超好，而且还能挑水担粪背柴，从没有出现认不得路回家的情况。因为几十年来，他们靠双脚丈量了家乡每一寸土地，即使家乡有多少条路，有多少架山，有多少条溪，有多少块地，他们都能倒背如流。而城里人，下楼乘电梯，外出坐的士，出门坐飞机，都是以车代步，忽视淡化了双脚的丈量，以至于对城市的模样没有半点印象，又怎不会失忆找不到路回家呢。

即便我在城里没有方向感，但在故乡却方向感十足，总不会忘记故乡的方向。那时候，老家没有公路，有的是羊肠小道，也没有车，见得最多的莫过于少得可怜的拖拉机。有的乡亲们第一次见到拖拉机时，还吓得不轻，说那铁牛会叫会喊，担心会不会咬人，弄得啼笑皆非，哭笑不得。

既没有公路，也没有车辆，不管上坡下岭做农活，还是背苕背粮去上初中，都是用双脚去丈量，用脚板去走完。很多孩子们连鞋子都没有，即便在大雪纷飞的冬天，孩子们也打着赤脚，光着脚丫，在雪地里跑来跑去，奔来奔去，蹦来蹦去。虽然只是几岁到十几岁的孩子，他们的脚板和脚趾，都是一层厚厚的老茧。即便赤脚踩板栗球，走柞木钉，一点也不含糊，一点也不惧怕。

我那时虽然大冬天能穿上母亲做的千层底布鞋，但只要气温稍转，脚能着得住扛得住，我也会主动打着赤脚、光着脚丫，在故乡的每一寸土地上狂奔、嬉戏。因为，我不忍过早穿坏母亲一针一线纳的千层底布鞋。即便上山放牛放羊，下地除草割草，进塘摸鱼摸虾，也是如此。有时不小心，脚底也会划出血口子，或是磨去一块皮，但几天过去，又是原样。

如今，即便很多年没有回到故乡去，但在梦境里总是梦见小时候的样子。只要一踏进故乡那片热土，就格外豁然开朗，格外心情舒畅，格外亲切亲和，因为故乡这片热土，我从小就光着脚丫子丈量过。

（2023年1月31日发表于《恩施日报》，2023年2月16日发表于中国作家网）

儿子的第一次

春节期间，读大学的儿子常常和我们围炉而坐，一边喝着绿茶吃着水果，一边谈论着他第一次恋爱的经历。此时，我才幡然醒悟，儿子已经长大了，已出落成一个高大帅气的小伙子了，到了谈情说爱甚至谈婚论嫁的年纪，早已不是当初那个懵懂无知的少年了。在我的记忆和印象里，儿子始终还是那个整天缠着要我背、要我抱、要我买零食和玩具的小不点。

听完儿子的第一次恋爱经历，让我刮目相看，真的是"青出于蓝而胜于蓝"，在我还是儿子那般年纪时，根本还不懂得恋爱是什么滋味，一天只知道苦读圣贤书，想早日"鲤鱼跳农门"，吃上公家饭。毫不掩饰地说，那时的我是死读书、读死书、书读死，几乎将自己读成了书呆子、书傻子。而儿子却那么优秀，有那么多女孩子钟情他钟爱他，是我万万没有想到的，也是令我特别欣慰和自豪的。

现在回想起来，儿子 21 岁的人生经历中，有许许多多的人生第一次，这些点点滴滴的过往让我记忆犹新，依然历历在目。2002年古历正月初五，儿子在当地的县人民医院剖宫产诞下。刚出生时，他眨巴着一双惊奇的大眼睛，好奇地打量着这个美丽而陌生的世界，脸上布满了许多小小的白泡白漫，鼻翼高大挺拔，耳朵宽阔垂大，一看就是一个可爱而聪明的孩子。

突然，他机敏地用舌头舔着嘴唇，哇的一声大哭起来，在场的医生提醒我，你儿子是饿了呢，赶快喂奶粉吧。我忙将儿子放在他妈妈身边，尽管她妈妈因剖宫产疼痛难忍，但一看见儿子这个可爱的小生命，脸上立刻就堆起了幸福和笑容。我手忙脚乱地冲了奶粉，用嘴吹了又吹，用手摸了又摸，生怕奶粉烫着儿子的嘴唇。

我刚将奶瓶的奶嘴放进儿子嘴里，儿子就大胆地直接吮吸起来，大口大口地吞咽着，根本不用谁去示范教他，吃饭的本事和本领可谓是与生俱来从娘胎里带来的。儿子一边吮着奶粉，眼睛还一边咕噜噜滴溜溜打着转，好像要将他的父亲母亲深深地印在他的脑海里。吃饱喝足后，儿子伸了伸懒腰，踢了踢小腿儿，摇了摇小头，也不再哭闹，用机灵的小眼睛扫视着整个房间。

后来，每当儿子饿了要喝奶粉的时候，从不哭闹，也不吵闹，而是使劲吧嗒着嘴唇，将嘴唇嗒得吧吧的响，示意大人快点给他冲泡奶粉。他外婆一见他吧嗒嘴唇，就心疼地说，我的小孙孙又饿了哦，赶忙站起身去寻找奶粉奶瓶。

儿子牙牙学语特别早，不像其他孩子那么迟那么缓。他初次和人打交道交流，虽然不能用流利的语言对话，但也能用他独特独有的方式进行沟通。在大人逗他惹他撩他时，他不是用笑脸相迎，就是用"嗯""啊""哦"等简单词汇应答，让人忍俊不禁。那种天然无邪的笑，特别具有治愈性，只要一看见儿子纯真的笑，烦恼就立刻烟消云散了，疲惫疲劳也瞬即终止了。

儿子第一次会喊人，是在一个清晨。当他吮完奶瓶中的牛奶，突然笑眯眯稚嫩地喊道："妈妈！"我和他的妈妈惊呆了，连连夸赞他，我们儿子真"猫"！猫就是很行的意思。我们趁热打铁，又接二连三教他喊"爸爸""爷爷""奶奶""外公""外婆"，儿子又奶声奶气地笑着一一喊了出来。

儿子第一次能走路，也是在不知不觉间。虽然我和他的母亲经常扶着他、拖着他、搀着他在沙发边、桌椅边行走，但他就是放不开手。只要大人一放手，他的双腿就站立不稳，立刻就一屁股坐了下去。突然有一天，我们将儿子放在沙发边的地上玩玩具，在不经意间，儿子竟自己站立起来，扶着沙发走了起来。继而，又脱离沙发蹒跚着小步向我们奔来。

看见儿子能独立走路，我们兴奋不已，激动不已，忙站起身去迎候他，紧紧地将他抱在怀里，搂在胸前，亲了又亲，夸了又夸。然后，又将他放在地上，任由他自己行走、奔跑。站在儿子前方10多米的地方，只要我们伸出双臂，喊他的名字，他就会笑嘻嘻地蹒跚着向我们扑来。

儿子从小就乖巧听话懂事，即便见着心仪的玩具，也不像其他孩子拼着命要买，以至于不买就哭闹就耍赖就折腾。每次领着儿子在玩具店溜达，儿子看见自己喜欢的玩具，比如枪啊车啊奥特曼啊蜘蛛侠啊，虽然眼睛盯着不想离开，脚步也不想挪开，但他从不主动要求要买，而是怯怯地小声对我们说："爸爸，妈妈，我就看看啊，我不买。"看在儿子懂事的份儿上，我们只好主动掏腰包一买了之。

儿子第一次面对危险是被蜜蜂蜇了。儿子4岁时，我们将儿子放在窗边的沙发上玩耍，他正在窗前跳来跳去，蹦来蹦去，兴奋极了，但不知怎的，突然就哇哇大哭起来。我们忙去一把将他抱住，问他怎么了。儿子用小手指了指他的额头，并说疼疼疼。这时，我们才看清一只蜜蜂从窗口飞进屋内，将他的额头蜇了一下，儿子的额头立刻起了一个小包。我们小心翼翼地将蜂刺拔了出来，擦了一点风油精消毒，过了一个多小时，小包才自然消失。

儿子第一次面对危险时，还不知道躲避，也不清楚避险。稍大后，我们就慢慢给他讲解安全的重要性，在日常生活中如何避险消灾。我清楚地记得，在儿子不到5岁的时候，我那天正在上班，他的妈妈带着她去麻将馆打麻将玩耍。在他饿了的时候，他妈妈给了他几元钱让他自己去外面买零食吃。

等儿子买完零食，却忘记了回麻将馆的路线，他也不乱跑，乖乖地等候在一卖菜的老大娘身边，坐在老大娘的小板凳上，安心等候他妈妈来接他。但他妈妈打麻将一时入了迷，竟忘记儿子出去买东西一事，等她反应过来，已过去几个小时。儿子左等右等，也不见妈妈来接他，直到老大娘菜已卖完，取走小板凳回家。

无奈之下，儿子只好凭着模糊的记忆，从街上慢悠悠地走回到家里。见儿子独自一人从几里路外的街上回来，我气不打一处来。当他妈妈反应过来，给我打电话问儿子回家没有，我为了吓唬她警醒她，就故意说儿子没有回来。他妈妈顿时吓得哭哭啼啼，和她的姐姐坐着麻木车在全城转悠寻找了几个小时。

我实在不忍心看她再受折磨，觉得也给了她应有的教训和警醒，我才打电话火冲冲地说，儿子回来了。儿子那时虽小，但我觉得儿子在面对危险时，表现出了少有的冷静、机智、勇敢和从容。但现在想起来，仍还心有余悸，好在当时没有遇上拐卖儿童的人贩子。就在儿子考取大学后，其他的孩子都是家长亲自送到学校报到，当时又正逢新冠疫情严重，从未出过远门的儿子却主动对我们说，他自己去上学就行。

当时，我虽然极其不放心，但一想到小时候他面对危险时的绝佳超常表现，我也就放心大胆地让他独自去了。儿子也不负厚望，他自己买火车票，自己打理行李，独自顺利地去了孝感的大学报到。儿子的独立以及胆大心细，让我又一次对他刮目相看。

儿子上学也是遗传了我的基因，第一天就背着书包欢天喜地、蹦蹦跳跳地去了幼儿园，根本不像其他孩子老是哭哭啼啼、吵吵闹闹、哼哼唧唧的。一上学，幼儿园的老师和同学们就特别喜欢他宠爱他。有一天放学回家，儿子突然兴高采烈地对我们说："爸爸，妈妈，我们班的一个女同学要和我结婚。"

我们弄得丈二和尚摸不着头脑，有点莫名其妙，细细问了儿子，原来有一个天真无邪的小女生，对儿子特别喜欢，便学着电视里大人的样子进行了表白。儿子虽然不明白结婚是咋回事，但能得到小女生的垂爱，也算是他人生的幸运，让他也体验到了青梅竹马、两小无猜的经历。儿子第一次学写作文时，也特别有趣，竟将"我在巴东有许多好朋友"写成了"我在巴东有许多女朋友"，将"好"字少写了半边，惹得老师啼笑皆非，忍俊不禁。

儿子很少生病，即便头痛脑热都比较少，也不像有的孩子三天两头拉肚子。但儿子生起病来就比较严重，记得在他5岁的时候，我刚在县人民医院做完阑尾炎手术出院不久，儿子的右腹也剧烈疼痛。一进医院检查，让我们顿时傻了眼，小小的儿子居然也患有急性阑尾炎，也急需做手术。

我始终担心儿子不堪忍受，因为我做完手术后就极其痛苦不堪，头两天都不能直接起床上厕所，需要他人搀扶帮扶。但令我没有想到的是，儿子做完手术却异常轻松，当天就能翻身起床下地上厕所。我问他疼不疼，他很轻松地说，一点都不疼啊！此时我才知道，儿子的勇敢和担当是我无法比拟的，也是我无法估量的。

在我的熏陶和教习下，儿子从小就喜欢古诗文，3岁时就能咿咿呀呀背诵骆宾王的《咏鹅》和李绅的《悯农》，时常将"鹅，鹅，鹅，曲项向天歌"和"谁知盘中餐，粒粒皆辛苦"挂在嘴边。2012年5月，在儿子10岁的时候，他写了第一首古体诗《夏夜》："人搬竹椅夜乘凉，鸡鸭猪鹅入梦乡。童伴出玩久不归，青草池塘蛙歌唱。"尽管儿子的古体诗有些稚嫩，像一首打油诗，但无不显示了他写古体诗应有的天赋。

后来，儿子也喜欢写散文，在孝感读大学第一年放寒假回家，他看见家乡宣恩发生翻天覆地的变化，就有感而发，写下了《我和我的故乡都长大了》。为鼓励儿子继续作文创文，我便将此文推荐到当地的文学刊物《贡水文澜》发表，在我出版散文集《诗意贡水》时，我毫不犹豫地将此文作为了我散文集的序言。

儿子也如其他孩子一样，也和同学打过架，让老师请家长到过学校。儿子读初中时，班主任秦老师突然给我打来电话，很严肃地对我说，你来趟学校吧，你儿子和同学打架了。来到秦老师的办公室，我虽然怒火中烧，但我还是显得异常冷静和平静，并没有不分青红皂白就劈头盖脸给儿子一顿训斥，甚至暴打一顿。

在我向秦老师问明情况后，首先悉心安抚了那个被打的孩子。这孩子和儿子本是最要好的朋友，还经常去过我家玩耍，双方大人也认识。只因一时不和，惹恼了儿子，儿子竟喊人打了他几下。在安抚完那孩子后，又给秦老师道了歉，然后才将儿子叫到一边，好好地批评教育了一番，但更多的是给他讲明了很多道理。随即，又给那孩子的家长打去电话，表达了真诚的歉意。

儿子本以为我和其他家长一样，来到学校会对他大声辱骂，甚至拳打脚踢，没想到我如此冷静地进行了处理，令儿子也对我另眼相看。从此，儿子再也没有和同学打过架。不管他在学校的好事坏事，高兴事烦心事，都会一股脑儿对大人说，让大人帮助分析提意见，我觉得和儿子之间的信任之柱，已经建立得牢不可破。

儿子也撒过善意的谎言，但我绝对理解和支持。在他读高中时，他一玩得好的哥们兄弟因失恋失意，突然萌生了轻生的念头。儿子知道后焦急万分，生怕好友出现任何问题。如果直接给班主任请假，既可能泄露好朋友的隐私，班主任也可能不会准假。思来想去，儿子只好对班主任撒了谎，称自己拉肚子疼得厉害，需要去医院买药治疗。班主任不明真相，便给我打电话说孩子病了，让我去学校将他接回家。

儿子对我并没有撒谎，而是将事情的来龙去脉一一给我说了，希望能得到我的理解和支持，准许他出校门去河边劝劝他朋友。我充分相信儿子的善良和能耐，便帮着儿子对班主任撒了善意的谎言。儿子来到河边，他朋友意气消沉，没有活下去的勇气，在儿子好说歹说相劝下，他朋友才放下了轻生的念头。我觉得儿子虽然撒了善意的谎言，但却做了一件积大德、积大善的事情，关键时刻挽救了一个年轻人的生命。

儿子也有被冤枉受委屈的时候。在儿子高中快毕业前 3 个月，班主任陈老师气冲冲地给我打来电话，让我去学校将儿子接回家反省一周。我莫名其妙地赶到学校，陈老师火气正旺，说儿子考试作弊，要家长领回家反省一个星期。当时正面临即将高考，让孩子耽搁一周上课时间来反省，我觉得未免有些不妥当不理智，但不管我怎么说好话和表决心，陈老师并不让步。

无奈之下，我只好带着儿子回家。刚走到教学楼楼下，儿子突然将我一把抱住，大声委屈地哭了起来，我这才明白儿子受到了莫大的冤枉。原来，在考试前儿子也确实夹带了纸条进场，在考试过程中，老师一再提醒不准作弊，尽管儿子看见周围有许多同学作弊，但他还是决定将夹带主动交了出来。就因为儿子这一个诚实的举动，竟让老师当作了反面典型，需回家反省。

从此一段时间，儿子与老师产生了隔阂，考试成绩呈直线下滑，让我担心不已，担忧不止。我便抽空经常给儿子谈心，说高考机会不多，是人生的转折点，一旦错过机会，就后悔莫及。儿子慢慢听了进去，不再对老师产生敌意和隔阂，一门心思抓住高中最后一段时间，拼尽全力冲刺。

高考前夕，很多家长都给孩子定了预期目标，不是预期高考分数，就是预期录取学校。我对此只字未提，儿子还是给我打来电话，问我希望他考多少分数。我很平淡地鼓励他说："尽力就好，不在乎多少分数，只要自己人生不留下遗憾即可。"儿子本以为我也会给他定目标定门槛，没想到我如此看得开，如此轻松宽松。正因为没有给儿子任何思想压力和心理负担，儿子的高考成绩也算发挥了超常水平。

在儿子报考志愿选择学校时，全凭儿子自己的兴趣和感觉，我绝不将自己的意愿强加在儿子身上。在儿子每次遇到人生第一次的时候，我都尽可能给儿子一个宽松自由的环境。在这种环境里，让儿子能独立，有主见，有思想，身心健康，心态平和，迅速成长。我对儿子的唯一要求就是，可以不成才，但必须得成人。

儿子的一生中，会遇到许许多多的第一次，很多第一次我可能有幸参与，但很多第一次，还得靠他独自去面对去闯荡。这些第一次，不管是正面的还是负面的，不管是高兴的还是伤心的，不管是积极的还是消极的，不管是成功的还是失败的，都得坦然面对，笑着面对，积极面对。因为，人生没有绝对的一帆风顺，总是"三穷三富不得到老"。

又到 2023 年古历正月初五，是儿子 21 周岁的生日，谨以此文作为特殊特别的生日礼物赠送给他。

情人节里最珍贵的礼物

今年 2 月 14 日，是每个情人向往的情人节。在情人节里，情人之间不是手持鲜花赠送表白，就是互赠礼物礼品以示爱意。我和妻子都是老夫老妻了，早没有了小年轻情人之间的那种浪漫情调和缠缠绵绵，但我还是提前给妻子发去了一个"520"红包，送去了美好的祝福话语，令妻子欣喜不已，感动不已。

傍晚，我和妻子都早早地回了家，围炉而坐观看着央视一台播放的电视连续剧《我们的日子》。电视连续剧中的故事情节十分令我们感动，在很多点上都不得不让我们流下了感动的泪水。此时，突然收到在孝感读大学的 21 岁儿子发来的微信，他说在他房间的枕头下面留有给我们的情人节礼物，让我们记得去取。妻子第一次听到情人节儿子送礼物，迫不及待地来到儿子的房间，揭开儿子的枕头一看，原来是两个鼓鼓囊囊的牛皮信封。

信封做得很是精致，极其漂亮，上面书有儿子的名字，还用采来的梅花和花草晒干后，贴出的两幅美丽图画，一看就知道儿子用心良苦，心灵手巧，内心细腻，感情丰富。这是儿子人生第一次为我们写信，而且分别为我和他的妈妈各写了一封。当看到信封和楷书的字体，我们夫妻俩不仅惊愕惊喜，也感慨感动，泪水不禁又一次模糊了我们的双眼。

原来，两封信是儿子在 2 月 11 日上学前，提前为我们写好了的。我们各自小心翼翼地打开信封，双手掂着信纸，一字不落地看了一遍又一遍。儿子的两封信是这样写的……

启敬：

老爸，好啊！

已经 21 岁的我不敢再像小时候一样，经常把爱你们的话挂在嘴边，所以平常不敢面对面说话来对你们表达，我只好选择写信这种特殊的方式，不像在微信聊天软件里随意交流，而是一笔一画地来说出我内心的想法。

在我的印象里，老爸你经常不在家，我知道你是为了我有更好的物质生活而在努力打拼，即使你人不在家里，我也能从每次晚归回来的你的身上，感受到了十足的安全感。在我的印象里，老爸你就像中国式的模范父亲一样，不善言辞，默默工作。每次从学校打回家的电话，我即使想抱怨一下埋怨一下，但又希望能听到老爸工作上的烦闷苦闷。虽然目前我做不到为你分担，但是我想和老爸你一起承受。在我的印象里，你和别的刻板老头不一样，不会强求我做任何一件事情，不会命令我做我讨厌的事，不会无缘无故地骂我，不会以长辈的口气和家长的语气要求我强迫我。

谢谢老爸从小教会我自由思想，不用强求自己，最重要的是让我平安快乐，这将让我受用一生，更使我能够独立地承担起生活中的各种事情，使我乐观、开朗，使我了解到我不是一个为了实现父母未应心愿的工具，我是一个有自我思想的人。谢谢老爸你对我的文学熏陶，以至于我现在已能用最优秀的作品自我简介，来吸引同学们和老师的目光。我的一言一行，无不受老爸你的教导和影响。很遗憾的是，我并没有对文学方面表现出浓厚的爱好和兴趣，无法与老爸你一起探索文章的奇妙和奥妙。虽然我对绘画并没有特别过人的天赋，但选择它我一点也不后悔。谢谢老爸你对我的信任和宽容，我的童年十分有趣美好，没有乱七八糟的补习班，没有比我还大的乐器来束缚我，使我可以尽情地找寻我自己真正想要的东西。我可以向你倾诉我生活中的一切，没有因为早恋受你们打骂，没有为我指定必须要考取的一流名校，我相信每个人都会想要你这样的老爸。

很抱歉我说了我不想结婚的话，因为我目前的恋爱经历和所看到的世界来说，我没有足够的能力来承担起做爸爸这样一个角色，我无法像老爸你一样，全身心地为家庭付出。我了解我自己，我更想把我的全部所得，用在我和爸妈你们身上。或许是多次的恋爱背叛经历让我退缩，也或许是还没有找到真正适合我的独立女生。但请老爸你相信，我一定做出我自己不会后悔的选择。

我马上就要大学毕业了，我的心里充满了期待，但更多的是对未知社会的恐惧和迷茫，我不知道我的未来会怎样，但请老爸你放心，我一定都能克服过去。

希望老爸身体永远健康！

你的儿子
2023年2月8日

启敬：

老妈，老妈！

不知道这会儿老妈你在干什么，也不知道你会在什么时候打开这封信，说不定还是刚打完麻将回家来呢，哈哈！

其实在我心里一直有一个疙瘩，虽然我忘记了是什么时候，但是我清楚地记得，我对你说过这样一句话，"你都不认识多少字，凭什么说我？"就因为这样一句话，我还记得老妈你回你自己的房间哭了很久很久。如果时间能够倒退倒流，我一定会扇自己几个耳光。更可气的是，哪怕直到现在我也只敢在书信上对老妈你说声对不起。我希望老妈你原谅我，但是我无法原谅我自己。以后，我会教老妈你去认任何你不会认识的字，教会你使用你喜欢的任何数码产品。说实话，我的大学录取通知书，至少有一半是老妈你教我得来的。

对我来说，老妈你才是我这21年人生经历里，遇到的最好的老师，你教给了我不同于其他老师教给我的知识，你教会我如何做人，学会如何知足懂礼，学会感激感恩。这些东西，是足够我使用一辈子的无价财富。谢谢老妈把我培养成一个正直而有爱心的人，每当我身边有朋友不去积极努力，没有上进心的时候，每当我看到有人受了挫折选择轻生的时候，我真的好庆幸我在这样一个家庭里快乐成长，我有这样一个伟大的妈妈陪我成长。我知道老妈你经常因工资少和学历低的事情而苦恼烦恼，可能感觉没办法用更多的钱贴补家用，可能没办法给我更多的生活费，但我可以打包票地说，没有老妈你，就没有现在能上大学的我。

这么久以来，家里都是老爸辛苦挣钱，老妈你全身心地在照顾我，所以我对老妈才什么都敢说，每次打电话回家，我都能开心很久很久。谢谢老妈你教我乐观、开朗，这才让我身边都是对我很好的朋友。谢谢老妈你对我的耐心和耐性，让我无时无刻都不会忘记，我有一个爱我的家，爱我的妈妈，谢谢老妈你的饭菜，那是我这辈子都忘记不了的味道。

马上我也快到大学毕业的时候，我对我未来的社会经历充满了期待，我可以从事我自己喜欢的工作，真的让我很开心。很抱歉，我对你们说出了我不想结婚这样的话。但是老妈你放心，我一个人也能照顾好我自己，我更想在我有了存款和稳定的事业后，多带你和老爸出去玩。

很抱歉我这么多年来一直无理取闹，很抱歉这么多年来我不敢面对面来对你表达，很抱歉我没有在母亲节和你的生日里送你礼物。但我在每年的生日愿望里，我都许下过老妈你永远开心的梦想和愿望。

这 21 年的所有谢谢和对不起，都是我想对你说，老妈，我爱你！

你的儿子

2023年2月8日

读完儿子的信，我们才觉得儿子才是我们夫妻俩最深爱的情人，最坚硬最安全的铠甲，儿子的牛皮信封才是我们夫妻俩在情人节里，收到的一份最珍贵的礼物。刚刚长大的儿子，早已俘虏了我们的心。

第五辑

四季悦悦而读

四季里，读一本好书，品一碗鸡汤，写一篇好评，是人之幸事，人之乐事，人之福事。一本好书，可以让你寻觅到诗和远方……

一缕乡愁著芬芳

——读宋福祥长篇小说《身后那个村庄》

2017 年 1 月，湖北鹤峰籍著名作家宋福祥的"村庄三部曲"中的首部小说《身后那个村庄》，由长江文艺出版社出版发行，《山坳上的村庄》和《走近这个村庄》会陆续问世。《身后那个村庄》共 13 章、550 余页、60 余万字，是一部现代感、厚重感、乡愁感很浓、很厚、很深、很重的杰作。这部著作的字里行间，无不充满着乡愁、流淌着乡愁、氤氲着乡愁，瞬间拉近了作者与读者、作品与读者之间的距离，让读者读来身临其境、置身其中、感同身受，认同感、归属感、亲切感应运而生。

青山绿水是最美丽的乡愁

作者宋福祥所处的鹤峰县属武陵山区，是一个出门看得见山、进门望得到水的地方，属于山清水秀、人杰地灵的栖息之地。作者开篇就说，"清河湾这个村庄里阳光普照，山花烂漫，厚重的新绿簇拥着山野，沐浴在明媚的春光里。"接着又对清河进行整体素描，将清河湾的大气与磅礴落于笔端。"清河两岸的群山更是风起云涌，连绵数百里，展示着磅礴的气势。河中的清流奔腾不息，流出了宁静与安详，也曾经暴躁与猛烈，像一条龙，承载着沿河的历史。"

即便小说主人公刘亚奇的院落里，也是"金银花的藤蔓，板栗树的花果，余辣树的姿态，麦麦冬的深沉，展示着主人的才气和兴致。"作者极其细致地刻画了主人公文人雅士的情趣、高贵的气质及置家的本领。然后，作者又细致描绘了主人公舒心甜美的心情，"他时而漫步院中，深吸着清香的气息，聆听着鸟儿的嬉闹，享受着那份来之不易的自在与安泰；时而独坐书房，阅古今奇闻，读春秋佳话，品人生哲理，写优美文字。"

作者笔下众多青山绿水最美丽的乡愁，让读者心向往之，也让读者对作品陡生一睹为快、先睹为快的迫切感，这无疑是最绝妙的引人入胜法和最温馨的招之即来计。

落后愚昧是最无知的乡愁

余光中说，乡愁是一枚小小的邮票，是一张窄窄的船票，是一湾浅浅的海峡。在作者宋福祥眼里，乡愁就是一个让人挂牵、让人疼痛、让人幸福、让人追忆的村庄。作者在序言中说，"其实我们每一个人的身后都有一个村庄，即使某个家族已经在城市里生活了许多代人，早已淡泊了对村庄的记忆，那么我敢肯定，这个家族的先辈或者说祖人也一定还留在身后那个村庄里。"

作者身后的那个村庄清河湾，呈大写的"H"型，与千千万万个村庄一样，"乡亲们生活在这样一个别具一格的村庄里，同饮一河水，同看一线天，庄稼就在这里种，儿女就在这里养，悲欢离合的故事就在这里讲，恩恩爱爱的歌谣就在这里唱……"同样，作者身后的那个村庄清河湾，虽然别具一格，但也是一个闭关自守的村庄，闭塞落后得近乎有些愚昧、愚钝和迟钝。即便见到千余只海燕聚首很自然的景观景象，也会吓得汪小妹倒退一步，抽了一口凉气，还"哎呀"一声尖叫，也会有银须老者叶明清挤出人群拱手祝贺，贺喜刘亚奇"您家今年还有大富大贵，大财大喜降临呀！真是可喜可贺呀！"在这个落后的村庄里，也滋养了一群无所事事、闲话多多的"麻将客"，整日都在组建麻将班子大战三百回合。

作者笔下记述的那些落后愚昧最无知的乡愁，让人深思、让人沉思、让人感怀，你不得不想象落后的村庄今后是如何发展的、是如何变迁的、是如何走进现代文明的。其实，这无形之中给整部作品留下了悬念，也作了最恰当不过的铺垫。

土言土语是最贴心的乡愁

古希腊米兰德说过，对人类而言，语言是治疗苦恼的医师。英国吉普林也说，言语是人类所使用的最有效果的药方。鄂西是少数民族的集聚地，特别是以土家族、苗族为最多。少数民族的语言，特别是土家族的语言更是语言的瑰中之宝，如陈年老酒越品越有滋味，其韵味醇厚而悠长。整部作品，不管是人物对话，还是场景描写，抑或是山歌对唱，都以土家族特有的语言方式和语境方式进行表达，不仅让读者感受亲切暖心，一些诙谐的土言土语也让读者忍俊不禁，不仅增添了作品的美感，也给读者带来了快乐。

当"田埂上的牯牛吼出了几声如雷的闷响，牛背上晃悠着的山娃正用粗糙的竹笛吹奏着悠扬的山歌曲调，落到河岸浅水里颤抖着的尾音儿怎有那么一点儿撒尔嗬的味道"，岸坡上采茶的老爹听得发毛，却开口骂道："个砍脑壳的山娃子，吹的是哪门子曲调哦，想你老爹早些放假伸腿杆子么？"在老爹心里，别人吹笛要钱，山娃子吹笛定是要命。但作者又说，"山娃正用粗糙的竹笛吹奏着悠扬的山歌曲调"，既为悠扬，何来要命？这种反差更加衬托出老爹当时的心情极为糟糕。

土家族有句俗语，"三母夹一公，裤子要输通；三公夹一婆，裤子要输脱。"意为3个女人和1个男人打牌赌博，或是3个男人和1个女人打牌赌博，单个人必惨输无疑。作品中就有这种类似场景描写，当柳家宝从柳树岭坐摩托车路遇汪二娘家时，汪二娘不失时机地招呼柳家宝上场打牌。但柳家宝眼见3个女人要对付自己，便有些无可奈何地说："哎呀！今天恐怕是完了，你看，这三母一公口袋掏空，……"这种戏谑性的语言对话，不仅突出了人物诙谐幽默的个性，也表现了山里人豁达的人生态度。

柳树岭那道山梁和朱家河坝茶园对唱山歌也带有浓浓的荤腥味。山梁上男人山歌唱道："醉汉离不得酒，色汉离不得牝；山彪不咬母狗子，山鹰想钓嫩母鸡……"哪曾想泼辣的采茶女人立马搭了腔："岭上的汉子是光杆，堂客下海淘金蛋；牯子大哥闹饥荒，河下的沙子好搓卵……"山里的土家人将公牛称为牯牛、母牛称为沙牛，采茶女一语双关的骂声可谓高超，可谓灵秀，可谓高雅，将山梁上的男人骂得脸红耳赤。所谓情趣由生活而来，这种山歌的对唱不仅有情趣，也有兴趣，诠释了山里人善于找乐子的特质和品质。

小人小物是最神韵的乡愁

作者在序言中说道，原来村庄的背后还有一个隐秘的村庄，世界的背后还有一个隐秘的世界，因为世界正是由许多村庄组成的。在这部作品里，不管是主人公还是配角，还是一些闲杂人等，都没有一个大人物或是明星人物出场和出现，全都是乡村那些最底层人物。这些人物，个性鲜明，特点突出，都是一个个不同身份、不同角色、不同家境的底层人物的缩影，代表着千千万万个乡村人、农村人、庄里人，他们的身后都有属于他们自己内心深处、灵魂深处的村庄。

不管是文化名人刘亚奇，还是小赌成性的汪二娘、汪小妹，还是自以为是、不可一世的章小满，还是老城迂腐的叶明清，还是精明能干的村干部邵国栋，抑或是朱家河坝的六妯娌、夏家的几姐妹、柳树岭的柳家几兄弟，还是开商店的莫全友、苏大妈，开餐馆的彭老板等等，他们身后都有一个隐秘的村庄，他们身上都有一个鲜活的故事，他们身上都有各自的秘密。欣赏作品，最关键要欣赏作品中的人物，人物才是作品的灵魂和看点。

欣赏《身后那个村庄》整部作品，你不难发现，作品中的人物原型在我们周遭的生活中都不难找到，有的人物身上也不难发现我们自己的影子，不管是他们的个性，还是他们的故事，还是他们的经历，我们皆可以对号入座，找到作品中属于自己的那个人物坐标。只要你进入《身后那个村庄》，你就会被里面众多的人物所吸引，被他们的故事所感动，被他们的情感所牵引。

错杂故事是最长情的乡愁

《身后那个村庄》是时代的产物，并非空中楼阁和无中生有，它以脱贫攻坚、乡村振兴为时代背景，以村庄里人们演绎的故事为原型，编织了一个错综复杂的故事网。这个故事网犹如毛细血管网，里面又掺杂着无数个小故事、小情节，小故事里又渗透着更小的小故事。以小故事穿插大故事，以小故事支撑大故事，以小故事衬托大故事，以小故事丰盈大故事，让整部作品有血有肉、有色有味，虚实结合，根基夯实，不显得"无病呻吟"和"无根之木"。众多故事让整个小说情节跌宕起伏、高潮迭起、错综复杂，让整部作品更有吸引力和感染力，也让作品更有看头和品头。

清河湾虽然是落后的封闭的，但每个人迫于追求完美生活和文明进步，又不得不发生各种各样的凄婉故事。这些故事有美好的，也有丑陋的，有正能量的，也有负能量的，但总的来说都是在向前迈进、向前发展、向文明靠近。就刘亚奇而言，他是村庄里唯一的文化名人和乡贤绅士，并且能力超强、资源活络，他乐于好施、乐于助人，就有了黄小娟以身相许的美好故事；就夏玉凤而言，她姿色迷人，形态优美，但却"一朵鲜花插在牛粪上"，嫁给了有生理缺陷的老公，不得不红杏出墙与欧阳树林出轨。事情败露后，她不惜花钱为心上人解脱，最终为了名誉转了门店走出了村庄；就杨秋菊而言，为了拯救整个家庭，不得不出卖自己的肉体和灵魂，最终酿成悲剧和大祸……

作者技艺精湛，编写故事如串珠一般，将村庄里形形色色的故事串在一起，同时也将村庄里的人生百态、喜怒哀乐、悲欢离合、沧海桑田关联在一起，这不仅可以激发读者的阅读欲望，还可以勾住读者的阅读胃口，让作品更具有可阅读性和可鉴赏性。同时，作者在叙述每个故事之余，会三言两语对故事进行深思，提出矛盾和问题，让人发人深省。

乡愁点滴如朵朵浪花，在整部作品中无处不在、无时不在，表现了作者浓厚的乡土情结和乡愁情结，就如作者在后记里说，"这是一部让我自己难以平静的小说。"为何难以平静，我想大抵是内心深处那份沉重的乡愁在作怪吧！但通读整部作品，唯一美中不足的是，一些语言还需进一步打磨，尽量做到精练简练，读来更加爽心爽口，就更为美哉快哉！

（2022年2月22日发表于《恩施日报》）

一幅详实漫长的历史英雄画卷
——读宋福祥人物传记《陈连升传》

众所周知，文天祥的《过零丁洋》是气贯长虹、启迪后世的名篇，尤以诗句"人生自古谁无死，留取丹心照汗青"激励和影响了一代又一代爱国志士和广大民众。读中国少数民族作家学会会员、恩施州著名作家宋福祥的人物传记《陈连升传》，给人的强烈感觉和感受就是，该书虽然是中国近代史上第一位民族英雄陈连升的生平传记，但不失为一幅翔实漫长的历史英雄画卷，是对诗句"人生自古谁无死，留取丹心照汗青"的真实诠释和完美写照。该书堪称鸿篇巨制，达 60 多万字，字里行间无不住满了英雄人物、写满了英雄事迹、充满了英雄气概、彰显了英雄气节。

时间跨度"长"彰显了英雄本色。该书从 1777 年农历三月十九日陈连升出生写起，到 1841 年陈连升在鸦片战争虎门沙角炮台阵地壮烈牺牲收笔，时间跨度长达 63 年。63 年里，陈连升从军长达 47 年，占据陈连升大半生时间有余。在从军的漫长生涯里，陈连升不忘初心，牢记使命，方显英雄本色。他身经百战，即便六十花甲仍还亲上前线，亲自指挥，亲自作战，亲自督战，在虎门销烟、官涌六战之中彰显了英雄本色，被敌方英军誉为"东方战神"。

何为战神？即不败之神也。作者曾经也有 4 年的从军经历，从骨子里和血脉里对英雄豪杰就有一种敬畏感和崇拜感。作者对陈连升充满了敬畏和崇拜，亦是他的人生偶像和追寻明星。作者在该书前言《英雄是一个民族的魂魄》里写道："英雄是一个民族的魂魄，我们每一个人都应该敬畏英雄。"在整部作品中，作者以陈连升的生平事迹为主线，但时时处处不偏离"英雄"二字主流主题，将陈连升这个主角的英雄本色刻画得淋漓尽致、入木三分。有志不在年高。陈连升少年习武，16 岁就投军从戎，19 岁就中武举，从把总、千总直干到参将、副将，他的平步青云是与他的战绩成正比的、成正向的，不枉"英雄"二字的称号和殊荣。

悲壮人物"多"提升了英雄成色。一木独秀不是春，万紫千红才春满园。作品虽然以陈连升为主角主线，但并没有拘泥局限于写陈连升一人。郁达夫说，一个没有英雄的民族是一个非常悲哀的民族，一个有了英雄而不去敬畏英雄的民族，是一个不可救药的民族。中华民族自古就人杰地灵、英雄辈出，而且注重敬畏英雄、学习英雄、争做英雄。在《陈连升传》里，我们仰望敬仰战神陈连升，同样也敬畏崇敬陈氏家族的其他英雄们，诸如与陈连升同日阵亡的长子陈长鹏、次子陈举鹏，以及 600 清军将士和 400 义勇队员。

这些有名无名的英雄们，也如陈连升一样被载入历史史册，被写进辉煌战事战绩之中，他们虽然长眠地下，却永远活在人们心中。作者以鸦片战争为"大背景"，却写实写活了众多悲壮"小人物"。小切口小切面小人物，彰显大历史大背景大民族。从这些小人物身上，我们不难看到，这是一个英雄的家族，这是一个英雄的民族，这是一方英雄的土地，他们有着英雄的血统，有着英雄的基因，有着英雄的本源，有着英雄的胆识，有着英雄的气概。作者历经艰辛，耗时 4 年，不断搜集资料史料，意在"让英雄的生命与形象鲜活起来"。终遂作者所愿，整部作品人物鲜活、个性鲜明、战绩鲜红、主题鲜亮，有效提升了英雄成色。

战争残酷"惨"增添了英雄血色。李白在《关山月》中云："由来征战地，不见有人还。戍客望边邑，思归多苦颜。"史文明也说，建立一个国家靠的不是梦想，它最终总要诉诸血和铁。这说明战争之残酷、之惨烈、之悲壮，呈现在人们眼前的不是横尸遍野，就是血流成河，不是千疮百孔，就是满目疮痍，这不得不让我立刻联想到抗日战争时期南京大屠杀中的惨烈惨景惨状来。只要哪里有战争，哪里就会有流血牺牲，就会付出沉重的代价，除非"不战而屈人之兵"。鸦片战争亦是如此。

众所周知，鸦片战争以中国失败并赔款割地而告终，但揭开了近代中国人民反抗外来侵略的历史新篇章。"鸦烟流毒，为中国三千年未有之祸"，造成国内银贵钱贱、财政枯竭、国库空虚。在作者笔下，也用众多笔墨渲染了战争的血腥和英雄的血性，增添了英雄血色。如果面对血腥而没有血性，就会溃不成军、节节败退。比如，"一艘艘渔船先后被击沉，渔民发出绝望的哀嚎。帆落船破间，海水如注涌进船内，鲜血溅出染红了海水。""占领炮台的英军蜂拥而至，围着仍然跪地怒视英军的将军遗体欢呼，当英军士兵欲举战刀砍杀分割陈连升将军的遗体泄愤时，被已经踏上沙角炮台的陆军少校伯拉特制止……"等等。

后人讴歌"真"夯实了英雄底色。作者对陈连升生平著述完结，并未戛然而止，而是引用大量后世文人对英雄人物的讴歌作品，来夯实英雄底色，让英雄人物定位显得更加雄浑厚实。如刘炳元吟道，"死所死所，一公一马"，后人还立节马碑、作七律诗分别对陈连升和他的黄骠马进行讴歌。清代爱国诗人张维屏写《三将军歌》，"三将军，一姓葛，二姓陈，捐躯报国皆忠臣"，分别吊唁了陈连升、葛云飞、陈化成将军。同时，作者还梳理了《陈连升世系表》和《陈连升年谱略图》，能让读者对英雄的家庭出身和英雄事迹一览无余、一目了然，甚至熟记于心，更加加重了读者对英雄人物的认知印象，起到了感染力和渲染力的助推作用。

（2023年5月23日发表于中国作家网）

山歌好比春江水
——读郭大国长篇小说《清江东流》

　　鄂西南恩施是一个盛产民歌、民谣的地方，八百里清江是一个孕育山歌、小调的地方，这里的人们或歌咏爱情，或歌唱劳动，或赞美生活，或托物言志，或寄情山水，看见什么、听见什么都能有感而发，然后激情地"喊出一嗓子""吼出一嗓子"，最负盛名的就数民歌《黄四姐》和《龙船调》了。读罢作家郭大国的长篇小说《清江东流》，就能以一斑而知全豹。

　　《清江东流》讲的是发生在清江流域炽热的爱情故事和传奇的抗战历史，小说注重将恩施的历史沿革、民间传说、地域风情、各类物产、山川地貌、地质构造及神奇的巫傩文化、婚丧礼俗、山水民歌等灿烂文化，通过人物生产生活、命运轨迹、心理活动及一系列生活细节展现出来，特别是山歌、民歌如山间美丽的花朵，在小说中竞相绽放，对塑造人物形象、刻画人物心理、展现人物性格、推动故事情节发展起到了不可或缺的作用，就如湛蓝碧绿的一江春水，缓缓地流进了读者的心田。

　　小说启篇别具一格。作品开篇就不同凡响，不落于惯例"序言"的窠臼，而是以歌词《清江东流》《自在谣》启篇，"蔓子哥哟，我送你去了远方／鬼子正在杀戮我们的同胞兄弟／祖国山河已大片沦丧／在太阳升起的垭口上／是你英勇杀敌的战场……""是谁安排我们在这里邂逅／虽为生计累得精疲力竭／却有妹娃儿为我情窦盛开／崇山如盘蓝天做盖／山外纵有金玉满堂万千粉黛／也难敌我土家寨里一壶苞谷老烧乐开怀……"虽寥寥数句歌词，就将读者带到了"山上白云飘浮／山下莺飞草长"的山清水秀的清江河畔，但"祖国山河已大片沦丧"，给读者呈现出一个美丽之清江、战事之清江、英勇之清江、爱情之清江，同时又是"清江古老着他的古态／江水却永远是年轻态"的浪漫之清江，还是"苦也自在，乐也自在"的豁达之清江。寥寥数语，就勾勒出了清江地域全貌、民族风貌和风俗概貌，不仅加深了读者印象，也激发了读者的阅读欲望。

地域描写别开生面。八百里清江，与北纬 30 度地理平行，但北纬 30 度是最适宜人类居住的地方，恩施就是北纬 30 度线上的一朵奇葩。为何奇葩？作者不是平淡直白来描写恩施的地域特征，而是借土家诗人诗歌吟唱来进行表达、进行诠释、进行歌颂，"地球是人类的天堂，清江是天堂里的后花园。我的一直走不出森林走不出青纱帐的鄂西。啊，我的只会搂女人不会谈恋爱的鄂西。我的盛产歌舞盛产神话盛产龙门阵的鄂西。"几句诗歌吟唱，就将一个森林茂密植物繁多、男人彪悍女人水灵、民风朴实民情善良、能歌善舞能说会道的恩施和恩施人和盘托出在读者眼前，让读者对奇葩的恩施有一个总体认知和总体印象。作者就是在这样一条神秘诡谲的清江、多情善感的清江、怪事百出的清江，将小说的主人公赵诚实、覃遵戌、覃清江推呈出来，让人耳目一新。就连覃章华出门狩猎，也要点香轧码子、作揖念歌诀，"日月照于天下，无处不明。向王降于人间，有求必应。……"

歌咏爱情别出心裁。爱情是作家笔下永恒的主题，长篇小说《清江东流》亦是如此。《清江东流》就以覃戌妹忠贞不渝的爱情故事为主线，来拓展烘托宏大的抗战历史。土家族在人际交往时，善于"烟搭桥，酒引路"，但在渴盼爱情时，就擅长以"歌为媒，歌联姻"来穿针引线。土家族是一个爱唱山歌的民族，清江人具有爱唱山歌的传统。男人唱山歌多在劳作时喊唱，喊得酣畅淋漓，如狮吼狼嚎，声震峡谷，山谷回荡；女人唱山歌多在做针线活时吟咏，吟得哀婉凄情，如烟雾袅绕，弥漫庭院，余音绕梁。赵药神巴儿赵诚实在马鹿池采药，正当他蔫蔫地坐着，痴痴地发愁发呆时，就意外地听到了覃戌妹儿的甜美的山歌声，"哄郎来哟，哄郎来，哄郎爬坡又爬岩，哄郎爬到半坡上，何不爬到妹屋来。……"从此二人结下不解之缘，并行媾和之事，生下爱情结晶儿子覃清江。即便母亲李卯香知道二人偷情之事询问时，她仍然吟唱道："诚实抱我头，我抱诚实腰。诚实怕我跑，中间插根销。"

歌唱劳动别有洞天。同样，土家族是一个勤劳的民族，清江人也具有爱劳动的传统美德，游手好闲的懒汉子、懒婆娘势必遭到唾弃，让人在背后戳脊梁骨瞧不起。清江人在劳作过程中，习惯边劳作边歌唱，如在玉米地除草时唱田歌《薅草锣鼓》，意在提振精神、消除疲劳、加快速度，提高劳动效率。有时，也借歌唱劳动传达一种爱意。长工覃章华，虽为一名底层长工，但年轻俊俏，做事实在，手脚灵巧，深得大家闺秀李卯香的青睐，特别是他编织的笆篓、蟋蟀、竹叶青蛇让她当作饰品挂在闺房墙上。覃章华也是唱山歌的好手，特别他的《青冈调》唱得让李卯香魂牵梦萦。"青冈林里水，悠悠往上涨。一涨涨到河坎上，来了个大姐洗衣裳。她蓝的洗成白，白的洗成纸一张。杉木杆杆上晾衣裳，象牙床儿叠衣裳，箱子角角儿放衣裳。我心上的妹妹瑟——我要回来——回来——回呀来，穿——衣——裳。"一曲《青冈调》，竟让主仆二人情深意笃，互赠爱情信物，在月黑夜晚，李卯香轻手轻脚摸进了覃章华的工棚，后来二人还私奔到与世隔绝的清江源头龙洞沟。

儿歌吟唱别树一帜。土家族老人特别是土家族嘎嘎（外婆）和婆婆（奶奶）在带孙子孙女、外孙子外孙女时，为了哄孩子高兴或哄孩子睡觉，都会唱出一些动听的儿歌，俨然山泉潺潺，让孩子顿时笑声咯咯，又如温柔的摇篮曲，让孩子在老人的爱抚中即刻进入梦乡。李卯香在带孙子覃清江时，看见夜空中的萤火虫，就会唱道："虫虫飞，飞到嘎嘎屋去。嘎嘎不赶狗，咬了虫虫手；嘎嘎不赶鹅，咬了虫虫脚；嘎嘎不赶鸡，咬了虫虫衣……"看见天上的明月，就会唱道："月亮走，我也走，我给月亮提笆篓。一走走到石门口，打开石门看石榴。石榴树上一碗油，送给姐姐梳油头……"同时，清江人即便骂人也骂得诙谐成趣，不落俗套，让人哭笑不得。比如他们笑话挖煤背煤的煤炭客就会唱道："嫁人莫嫁煤炭客，浑身都是黢麻黑。去年跟他睡一夜，今年都还没洗白。"还如覃章华在骂丁癸驼背时就唱道："丁毛娃他嗲，背个老南瓜。吃又吃不动，熬又熬不杷。"抓二先生在诉单身汉的苦时也夸张地唱道："单身汉，单身郎，想起单身睡的床，里面半边长青草，外面半边成麻瓢。"

抗战民歌别有风味。《清江东流》里穿插着一些抗战民歌，有时也将丧歌唱成英雄战歌，比如抗战英雄邓国强牺牲后，端公就把邓国强如何组织川军保家卫国、奔赴前线作战的经历编成山歌唱道："亡人十七八，就把刀枪拿，练就一身好枪法，保土为国家。……子弹已打完，挺身肉搏战。为了国家献肝胆，唯有白首还。……""哎呀我的哥，哎呀我的郎嘞，抗日那个到前线，战斗把命丧。丢下父母你不管，黄泉路上你走得忙。……""昨日看到亡人在，今日已经进棺材。三日未吃阳间饭，四日上了望乡台。……"这种唱词，不仅让孝子贤孙悲痛欲绝、泣声不断，也让所有吊唁人感动不已、哭声一片。还比如一位在战场中受伤的士兵在恩施疗养时唱着家乡的小调："叫老乡，快快去打仗。上战场，先去把兵当。你不当兵，我不出钱，像个靶儿哟哟，哎呀哎子撒儿哟。呃？看你怎么活？"就是小调里这种朴素的真实想法，才激发着他们去主动参军抗日、英勇杀敌。

以上列举的只是《清江东流》里山歌、民歌的沧海一粟，也只是浩浩荡荡清江里的一朵浪花，但清江这块沃土里滋长的号子、山歌、田歌、灯调、民俗歌等民歌，就如满天繁星一样闪耀，即便"庆云之瑞"的帝尧之世、"三人操牛尾，投足以歌八阙"的葛天氏之乐，都不能与之媲美。时代在变迁，山乡在巨变。民歌这多绚丽多姿的山花，将在清江河畔越开越艳，形成姹紫嫣红的态势。

（2022 年 4 月 19 日发表于《恩施日报》，2022 年 12 月 15 日发表于《贡水文澜》总第 50 期）

赋得神州万里春
——读蔡章武的赋体专集《神州赋》

初识赋体文章，还是学生时代读到杜牧的《阿房宫赋》和苏轼的《赤壁赋》。那时候一口气读下来可谓酣畅淋漓，大呼快意快哉和过瘾，犹饮百年老酒，那文字的后劲如烈酒的后劲，同艰辛涩味和烧喉辣味与之俱来的趣味、韵味、醇味和况味早已浸入心脾，荡入九曲回肠。其间，既有文字艰涩艰深，足以让人造成"字不识其音，词不知其意"的尴尬；也有文字优美如兰，足以让人产生"曲径通幽静，禅房花木深"的错觉。

赋者，以"铺采摛文，体物写志"为手段，侧重于写景，借景抒情，它是以"颂美""讽喻"为目的的一种有韵文体，起于战国，盛于两汉。王国维就将楚之骚、汉之赋、六代之骈语、唐之诗、宋之词、元之曲称之为一代之文学，足以说明汉赋就是汉代文学的典型代表。一个偶然的机会，我拜读了蔡章武先生的《神州赋》，读之喜不自胜，让我对赋体文章又有了一个全新、全貌、全域的认识和了解。

"昆仑东南方五千里谓之神州"。相传，中国远古部落首领黄帝统治的土地被称为神州。神州意为地域宽广辽阔，而蔡章武先生的赋体专集《神州赋》，意为赋之主体、赋之对象包罗万象、千奇百态，就如神州大地一般宽广辽阔、多姿多彩。作者将赋作按赋之内容分为九个部分，分别为讴颂、感时、咏怀、托物、思亲、揽胜、读史、贺赠和其他。既有对祖国大好河山的讴歌和赞美，也有对历代帝王、将相、文人的审视与评说，既有托物咏怀之胸怀和抱负，也有思亲贺赠之情深和意切，真把朗朗神州赋得如一派万里春色。

讴颂气势恢宏。讴颂者，讴歌赞颂也。在作者眼里，上至神州和家国，下至黎民和百姓，即便一山一水、一草一木，都是闪耀夺目的人文和事物，都值得作者不惜笔墨、不怜精力去为之讴颂。"讴颂"部分，以《神州赋》开篇，将祖国"倒海排山，呼啦啦南北一统；摧枯拉朽，轰隆隆东西贯通。蜿蜒兮，眺万里金城之雄伟；威重兮，仰三寸玉玺之高崧"般的壮丽山河呈现于读者眼前，犹如一棵不老的迎客松瞬间将读者引入赋体文章的浓郁氛围里。思之想来，作者将整部书作定名为《神州赋》，就不足为奇了。

尾篇《祭神农文》就如压轴戏，将具有导以心聪、强其体肤、物业齐丰、除疾祛病、社稷长庚、仁旷义远等丰功伟绩的赫赫炎帝、巍巍神农和盘托出在读者面前，让人心生敬仰敬畏。其间，不乏对中国记者、大国工匠、巾帼英雄大肆渲染和赞美，甚至对轮椅、寡妇、鳏寡等小人小物进行讴歌和盛赞，极大体现了以人民为中心的创作理念。即便寡妇，也有"人寡不孤，山川时时飞翠鸟；身老非寂，城乡处处闻玉笛"的传统美德，也再次告诫警醒人们，"莫听俗言，寡妇门前昼禽扰；少管闲语，孀妻檐下夜鸟啼。"哪怕是轮椅上的小瑛，也有"久砺深磨，身正似观峭壁；长途短涉，轮动如闻古筝。戴月披星，丹心一颗玛瑙；经霜历雪，明瞳两枚玉琼"般的坚韧和美丽。

感时与时俱进。感时者，感悟时代时令也。作者关心政治，关注时代，关怀大美时代里发生的大事小情。当今，我们正步入中国梦的新时代。作者紧扣时代，既赋中国梦、赋万里长征、赋脱贫攻坚，又赋大阅兵、赋大高铁、赋新农村，即使习近平总书记号召党员干部多回家吃饭，作者也深有感触，及时作赋回应。在《中国梦赋》中，作者"远探千年，随时序而求盛；近观百载，追梦想以图强"，将泱泱大国的梦想勾勒得绚丽多彩、璀璨夺目，让读者情不自禁同作者一起憧憬未来、展望未来而信心百倍，有道是"且看今日环球，谁人作主；展望未来世界，中国领航"！

"巍巍丰碑，镌中华之伟业；浩浩天宇，荡民族之劲风。"《长征赋》亦是如此。长征是宣言书，长征是宣传队，长征是播种机，但长征又历时久、规模大、行程远、困难巨、影响广，为中外战争史上所仅见。作者洋洋洒洒，一气呵成，将长征这件大事件赋得如宣言书、如战鼓擂、如号声响，从句子"杳杳兮万里漫道，肃肃兮千刃雄关。赫赫兮铺天雷震，蒙蒙兮弥地风烟。熠熠兮亘古经典，灼灼兮天地神幡。滔滔兮人望之流远，灿灿兮生命之攀巅"，就可以窥见一斑。作者目睹大阅兵的气势和阵势，也情不自禁发出感怀："猎猎雄风，健儿英姿壁展；浩浩剑气，壮士豪情浪翻。整整齐齐，方阵花裁叶剪；规规矩矩，队列虹排霓编。"作者步入高铁，目之所及，也会心旌荡漾，抑制不住内心激动赞吟道："东贯西通，织大地之铁网；南来北往，腾高天之银龙。"

咏怀情真意切。咏怀者，抒发情怀，寄托抱负也。三国时期阮籍就有《咏怀八十二首》，是咏怀文体最有代表性的作品。作者蔡章武先生是感情丰富、感情细腻、感情充盈之人，对身边事物和人性情绪也极为关切和上心，面对孤独、惧内，眼见陋室、阳台，陡生闲情、乡愁，他都能信手拈来，随即作赋一首，娴熟的作赋技巧，能将情怀抒发得淋漓尽致，将抱负寄托得格高意远。在《此生赋》里，作者将自己从出生至花甲各个阶段的情形，描写得生动至极、情趣盎然，让读者能产生认同感，找到归属感，如："智窦未开，其性懵懵懂懂；跬步初始，其行惊惊楞楞。""幼木始长，嫩蕊方萌。不知高天厚地，无视微虾孤蚪。"

即便如此，但作者花甲之后仍志存高远，"雀目青云，仰长天雁之翼翼；驽思边草，羡大漠骏之兢兢。已耄耋尚仰山耸屹屹，虽衰老犹赏鸟鸣雍雍。"作者将自己"两肩晨霜，有幸一世正懔懔；一襟晚照，无憾此生非泫泫"的凛然正气、浩然长气、磅然大气落于笔端，让人心生敬重敬意。在《孤独赋》里，作者在面对孤独时，也是泰然处之，照旧能"玉握瑾怀，目极九天八野；情知理晓，心寄四海五湖"，这种浪漫主义精神值得称道和学习。在《陋室赋》里，作者即便身处一凳一桌、半毫半砚的陋室，也能"倚扉而歌，瑶台天池之地；凭户而笑，阿房未央之宫"，发出"吾之陋室，何陋之有也！"的感叹。在作者 70 岁生日时，也有感而发，作《白发赋》以示纪念，将白发之来源归咎于"白露飞霜兮，染鹤发之剪剪；日暮追步兮，催银须之盈盈"，并非归咎于悲苦愁绪。作者面对白发，也能吟出"昆仑飞雪上眉梢，头顶银丝任性飘"的心宽豁达，足以与李白的"白发三千丈"之浪漫同日而语。

托物言辞凿凿。作者既咏怀言志，也托物言志，将笔角触及周遭里的小物，既赋岁寒三友松竹梅，也赋常用三品笤帚拐杖和雨伞，既赋小草落叶和老屋，也赋雄鸡良马和雕窗，既赋涛声雨声琴声，也赋雪花净水美酒，每件小物在作者眼里都能绽放出一朵美丽的奇葩，就算我们三餐不离的竹筷，作者也能将自己的志向、理想寄托在妙文里，"隐体深山，毫无拘泥之态；展姿华宴，最显谦逊之容。视高贵不卑不贱，怜贫弱勿骄勿凶，尊老迈肺腑切切，待幼童情意浓浓"。寥寥数语，就将作者自己"弃而不怨，宠而不惊。忙而不乱，闲而不慵"的处世哲学溢于言表。即便简单的听雨，也能听出个"雨徐雨疾，遵自然之规律；风柔风猛，循物象之行踪"的深刻道理；即便雄鸡一唱天下白，也仍要牢记"扩金嗓而放声，牢记使命；抖彩裳以扬腿，不忘初衷"的教诲。

同时，作者在思亲、览胜、读史、贺赠及其他等部分，也是真知灼见、喻理深刻、气度恢宏。整部《神州赋》读来抑扬顿挫、朗朗上口，既富节奏美，也富音律美，如听宫乐、如品老酒、如食甘饴，是一种美的享受。在彰显大国之美的前提下，作者尽情表现了人情之美、人格之美、人性之美和人文之美。饱学方能为赋。通读整部作品，足见作者学识渊博、功底深厚、孜孜不倦，蔡章武先生足为我辈学习之楷模、之先导。

（2022年7月19日发表于《恩施日报》）

一幅梦里水乡般的诗歌画卷
——读田词的诗歌集《廊桥追梦》

　　读田词的诗歌，犹如在哼唱一曲优美的歌词；读田词的歌词，犹如在朗诵一首绝妙的诗歌。这是田词的诗歌和歌词给人的总体感觉和直观感受。田词是"多功能""复合型"作家，既写散文、小说，也写诗歌和歌词，且成绩斐然。他出版过一部散文集、两部诗歌集和两部歌词集，其多篇散文、诗歌、小说在省级、国家级报刊发表，他的歌词被周深、陈春茸、万莉和信亚东等著名歌手演唱，并在央视、卫视等媒体广泛传播传唱。

　　《廊桥追梦》是田词新近出版的诗歌集，由上海文艺出版社出版。廊桥遗梦，本是湖北省宣恩县狮子关景区里的一道水上浮桥。倘若你在浮桥上顾盼两岸，两岸层峦叠翠，群峰莽莽，万树葱茏。林间鸟语花香，花丛蜂飞蝶舞，叫人心旷神怡。凭栏远眺，青山隐隐，白云幽幽，湖天一色，令人陶醉。廊桥遗梦景点，曾引来无数中外游客来此打卡游玩。《廊桥追梦》也是整部诗歌集里其中的一首诗作，作者用其作为作品书名，足见这首诗在整部作品中的地位和分量。

　　作者在作品代序中说："荒芜的诗田就像荒芜的农田一样，令人心痛不已，我又拾起生了锈的诗锄磨亮，撅进诗歌的深度。"其实，作者田词的诗田并无荒芜，而是一片青绿。该作品收集了作者近年来创作的近 400 首诗作，同时还出版了歌词集《鸽子花开》，可谓硕果累累，收获满满，其诗锄早已撅进了诗歌的深度和广度。通读诗集《廊桥追梦》，一幅梦里水乡般的诗歌画卷铺成开来，让读者如痴如梦、如痴如醉、心旷神怡。

作品的高度如蓝天般高远。习近平总书记强调，人民是文艺创作的源头活水，一旦离开人民，文艺就会变成无根的浮萍、无病的呻吟、无魂的躯壳。这就要求，优秀的文艺作品就要为人民抒写、为人民抒情、为人民抒怀，以充沛的激情、生动的笔触、优美的旋律、感人的形象，创作生产出人民喜闻乐见的优秀作品。坚持以人民为中心的创作导向，就是作品的高度。《廊桥追梦》正是基于以人民为中心的创作导向，触及老百姓熟知的事物，写出老百姓明白的诗歌，表达老百姓想表达的情感，涉及的都是老百姓身边人、身边物、身边事，是老百姓感兴趣的东西，是老百姓喜闻乐见的东西，从而用浅显的"小事物"折射出深刻的"大道理"。正如作者自己在不同诗作中所说，"种一些叫诗歌的禾苗""收获生活的芳香""最好的诗歌是故乡""磨子磨出的味道／都如我的乳名""家乡是一根神奇的绳索／紧紧地系着我的心""把我泡在乡愁里／泡成一坛好酒！"这些优美而直白的诗句，真正体现了人民是创作的源头活水。

作品的广度如草原般广阔。古人说，生活悲喜可入诗，人间冷暖好填词。从某种程度和意义上说，这就是指的作品的广度。意思是说，只要我们留心留意，只要我们用心用情，只要我们感性感知，生活中任何东西都是我们创作的对象、素材和源泉。不管是天上飞的飘的，地上走的跑的，水上游的浮的，地下藏的躲的，不管是动物还是静物，不管是实物还是虚像，只要我们拥有一颗悲悯的心，胸怀一腔感恩的情，就能激发我们的创作激情、欲望和灵感。《廊桥追梦》的创作指向并不局限于某一个方面，或是某几个方面，而是如撒下的一张大网，可谓包罗万象，一应俱全，作者目

280

之所及，心之所向，都能信手拈来，皆可入一首好诗。比如看见小雨滴，作者就激情澎湃，吟出"撞到画家怀里／画出画趣／画出盎然生机／撞到诗人怀里／写出诗意／写出和谐美丽"；比如看见露珠，作者就心潮澎湃，写出"你的生命短暂／却在短暂中升华／舒展了树叶／解了植物的渴意／为大地抹了乳液／你就生动了生命的意义"！这些优美动人的诗句，不仅体现了作者创作范围的广度广阔，也体现作者心胸无限宽广广阔。

作品的深度如大海般深邃。鲁迅在《关于小说的通信》里说："选材要严，开掘要深。"说的就是作品的深度问题。如其所言，鲁迅小说没有停留在事件表面所表达的思想层次，而是深入思索、深入挖掘、深入分析、深入总结，一针见血地指出当时革命党人脱离群众的致命弱点。所谓作品的深度，就是指作品在创作过程中，要具备深邃的目光，透过现象看本质，挖掘出反映社会深层次的矛盾和问题以及蕴含的哲理。如何获得作品的深度，还得依靠依赖作者对生活有深入的体验、深刻的认识和勇于揭示。就如矛盾所说，在横的方面，如果对社会的各环茫无所知；在纵的方面，如果对社会方向看不清楚，那就不可能深入一角。田词的诗歌，从表面上看，其文字通俗易懂，语言通畅流畅，没有晦涩之句，没有难懂之言，也没有小青年诗人"月朦胧鸟朦胧"般的朦胧诗意味，但从他浅显易懂的诗句里总能折射和反映出大哲理、大思考、大问题。比如作者写《比目鱼》："扁得像片纸／像一条绢／眼睛贴着眼睛／叫你比目／形象逼真／你告诉我／生活在深海层／压力大得难以生存／只好磨炼自身……"作者以物喻人，反映出社会底层人物生活"亚历山大"而又不得不顽强拼搏的社会现象和人文精神。

作品的厚度如泰山般厚实。民间有句俗语，叫"吃个粑粑也要看一下厚薄"。如果粑粑和饼子如纸张薄，嚼起来定没有滋味，也没有嚼头和嚼劲，一定是淡然无味、索然寡味的。欣赏一部作品也是如此，得看看这部作品是否具有生活底蕴感、历史厚重感和现实反观感。如果作品脱离生活、脱离历史、脱离现实，那作品就如水上浮萍、空中楼阁，悬在半空落不了地、扎不下根。好的作品，就如一坛不起眼的陈年老酒，乍一看，没什么特别，没什么神奇，没什么曼妙，但越品滋味越浓，越品香味越醇，越品醉意越深。就如中国古典四大名著之一的《红楼梦》，初看一章半节，看不出有什么过人之处，但越读越爱不释手，越看越不肯罢休，因为这部作品厚重感十足，足以支撑"中国古典四大名著"这个殊荣。田词的《廊桥追梦》是有生活厚度的，这种厚度体现在对生活的深入体验、对社会的深刻思考、对人生的深度拷问。比如作者在诗作《了了就了了》中写道："人心不如鸟心好／做事可以高调／可心不能比天高／了了就了了／和美了就好了"。作者寥寥数语，就将生活中简单的"高调做事，低调做人"的处世哲学呈现出来。

作品的温度如炉火般温暖。作品和读者之间产生的是亲近感还是距离感，就要看作品是否有温度，是否让读者产生认同感，是否能感同身受。有温度的作品就如人间烟火，最抚凡人心，能治愈人间悲苦，从中获得积极向上的力量。黑格尔说，历史深处有余温。就如奥斯特洛夫斯基的长篇小说《钢铁是怎样炼成的》，保尔·柯察金在革命战争时期自强不息、意志顽强、勇斗病魔的精神，给人以强烈的震撼，激励过一代又一代人。即便网络上一些鸡汤类文字，也让很多颓废之人、绝望之人激发生的希望，激发生的勇气，从而从一蹶不振变得重整旗鼓、卷土重来，这就是文字的温度、文字的力量。田词的《廊桥追梦》如一炉旺火，他直击人的心灵，聚焦底层冷暖，给人温暖，给予初心，助人力量，有励志、洗心的效果。比如作者在诗作《偷儿》中写道："只要精神屹立不倒／思想亘古长流／就会点燃理想／朗照邈远"；又如在《一瞬间》中写道："时间太短／一转眼／握住一转眼／梦才会圆"。作者用最朴实的语言、最简洁的词汇，给读者点亮了一盏生活的灯，指明了一条坦途的路。

《廊桥追梦》就如一幅梦里水乡般的诗歌画卷，细细品读，滋味悠长，意境深远，是一部你深夜悦读的好作品。

（2023年2月16日发表于中国作家网）

让泥土上的声音传唱更远

——读田词歌词集《鸽子花开》

　　说句老实话，我既不会写歌词，也不会谱歌曲，即便哼唱几句流行歌曲，也近乎五音不全，如山间老牛在喊，如栏内生猪在哄，全然上不了正经台面。如果说让我来评论词作家的歌词，特别是评论词作家的歌词集，就如老百姓所说，真找不到一点"哈数"（方言，分寸的意思），不懂得天高地厚，有点妄自尊大的味道。

　　但有的朋友也说，你没吃过猪肉，还没见过猪跑？你没有演过电影电视剧，难道还不会看电影电视剧？看了电影电视剧，总归有些感想感怀，将自己的看法和想法说出来写出来，也就权当评论吧。我觉得说得也没错，也有一定的道理，就大胆小试牛刀，来谈一下自己读完词作家田词的歌词集《鸽子花开》后的感受，就算关公门前耍大刀一回吧。

　　《鸽子花开》就如泥土里孕育出来的歌词作品，天然带着泥土的气息，散发着鸽子花的芬芳。就如作者在代序中所说："我一个辛苦的词人，只愿翻起泥土的香馨……"鸽子花，又名珙桐花，是国家一级保护植物，寓意和平使者。《鸽子花开》中的数首歌词已由曲作家谱曲由周深等著名歌手演唱，并在各大卫视和央视播出，传播得颇为久远。为何能取得如此轰动的效应，还是与作者追求歌词的完美分不开的。

　　作者的歌词体现着自然美。作者是从乡间走出来的词作家，对大地、对泥土、对家乡都有一种固有的特殊情怀和特殊情感，可谓根深蒂固，他的歌词都是在"下里巴人"的泥土里来追求"阳春白雪"，在泥土里寻找他的诗与远方。作者的歌词不矫揉造作，不刻意追求华丽辞藻，力求通俗易懂、平易近人，用直白的语言道出作者的心声。即便作者在写《花开中国》《中国气概》《中国自信》《中国梦》《中国人》《红船》等这么宏大的题材时，也是以小见大、以常叙情，都是自然而然从作者内心、从土地里迸发的情感。比如作者在《花开中国》中写道："黄色的粉色的红色的，落英缤纷花开中国，每一寸土地都盛开快乐，每一个民族都笑语欢歌。花开在每一个炎黄子孙的心窝，不管走在哪里，都唱着我和我的祖国！"

作者的歌词体现着视觉美。有人说诗歌或者歌词要体现一种建筑美，讲究整齐而匀称的诗行结构，这能给人带来视觉直观上的美感，正如明代著名诗人、诗歌理论家谢榛所言，"观之明霞散绮"。其实，一首歌词就是一座小小的建筑，如一座桥，如一间房，如果四面八方如刺扑棱，没有美感效果，绝对是不能入目的。田词的歌词也是极其讲究视觉美感的，运用对比、比例、节奏、主次等多种元素，达到了对称、平衡、整齐一致的和谐统一。比如《心底牵挂》，整件作品分为5节，每节的形式统一，从字数、结构、格式等达到高度一致，都如"祖国啊，你站起来了，从此再不挨打了，为五十六个儿女撑起一个家"一个模式，但情感却在一步步递进，一步步升华。如5间规则整齐的小建筑一字排开，让人赏心悦目。

作者的歌词体现着音律美。刘勰在《文心雕龙·神思》中说："吟咏之间，吐纳珠玉之声；眉睫之前，卷舒风云之色。"对歌词而言，这珠玉之声，就是要易于传唱、悦耳动听，就如谢榛说的"诵之行云流水""听之金声玉振"。歌词的音律美主要通过节奏、声调和押韵等技巧来实现和完成。节奏要体现波澜起伏，或先抑后扬，或后抑先扬，或抑扬相间，它既是歌词的外形，也是歌词的生命。而节奏因韵脚的反复出现，有利于营造歌词音韵回环的氛围美，正如朱自清说："韵是一种复沓，可以帮助情感的强调和意义的集中。"田词的歌词是十分注重音律美的，比如运用押韵。在《不怕》中写道："你穿着白大褂，写着名字透露不怕，忘记了小家，只为你我他！你舍身忘我与新冠病毒拼杀，只有防护服上的名字美如花……"

作者的歌词体现着色彩美。美国当代著名美学家阿恩海姆曾说，色彩是富于诱惑力的女性。如果世界离开色彩，将是一片灰暗，也就不存在色彩斑斓、多姿多彩的世界。如果人们长期处在没有色彩的世界里，将不可想象，所以人们对色彩的追求是大众的、固有的，就如马克思说："色彩的感觉是一般美感中最大众化的形式。"其实，歌词中的色彩有自然色彩和情感色彩。自然色彩是现实生活中的真实色彩，其鲜明、突出的颜色给人绚丽夺目的美感；而感情色彩是借力景物寄托抒发的情感，具有极强的审美价值。田词的歌词既有丰富的自然色彩，又有丰富的感情色彩。比如写《油菜花》《土家吊脚楼》《溇水绿》《同一片蓝天》等众多作品，展现的都是红橙黄绿青蓝紫等五彩缤纷的自然色彩，而《诗意家园》《故乡的歌》《乡音》等众多作品，却是触景生情，抒发作者浓厚的乡愁情怀和家乡情结。

作者的歌词体现着力量美。读一首歌词，听一段旋律，都想从中获得力量，获得快乐，提振精神，这就是歌曲的力量。音乐是人类共通的语言，无论以何种语言演唱，只要音乐响起，观众就会从中获得激情和共鸣。比如劳动号子、船工号子、高原山歌等，只要歌声一出来，就会"一石激起千层浪"，有"大漠孤烟直"的壮观，让你精神为之一振，随着它的旋律心潮澎湃、激情昂扬。但歌词是歌曲的重要组成部分，歌词的力量直接关系和影响着歌曲的力量。田词的歌词也是很讲究力量的，总是潜移默化地给人注入正能量，输入"鸡血般"的激情和斗志。比如《中国梦》中写道："中华民族，坚如长城，中华民族，气贯长虹。"《中国自信》中写道："水有道，山有形，中国制度最自信；文有脉，底蕴深，中国文化最自信。"

鸽子树和鸽子花，是植物界的活化石，它作为一种珍贵植物早已走出国门，传播甚远。宣恩也是盛开鸽子花的地方，而在这片土地上孕育而生的歌词集《鸽子花开》，也将带着它的泥土气息走得更远，传播更远。

（2023年2月17日发表于中国作家网）

表达不尽对故乡最深沉的爱
——读周仕华散文集《故乡的表达》

每个人对故乡都有着深沉的、执着的、浓厚的爱，不管是达官贵人，还是平民百姓，都是如此。故乡，是每个人的根，每个人的魂，每个人的魄，无论走到哪里，走得再远，走得再久，走得再累，故乡始终是内心深处最牵挂的那根弦，犹如时时处处牵挂最亲的家人和亲人一样。读完周仕华先生的散文集《故乡的表达》，这种感觉尤为突出和热烈。

就如作者在序言《一个人的表达》中说："故乡，一个让我牵挂又让我心痛的词。"这种对故乡的牵挂和心痛，可谓"痛并快乐着""痛而幸福着"，让人想丢也丢不掉，想甩也甩不开，是与生俱来的，娘胎娘肚子里带来的。每个人都想用言语表达对故乡最深沉、最热烈、最奔放的爱，但都会觉得理屈词穷、江南才尽。

这种心痛的感觉无法形容，无以言表，即便用再多的词汇，用再丰富的语言，也表达不尽，也歌颂不了。俨然李白的"举头望明月，低头思故乡"，高适的"故乡今夜思千里，双鬓明朝又一年"，白居易的"望阙云遮眼，思乡雨滴心"，也如鲁迅在《故乡》中说："我似乎打了一个寒噤；我知道，我们之间已经隔了一层可悲的厚障壁了。"不管他们如何表达，如何抒发，都显得苍白无力，意犹未尽。《故乡的表达》更是如此，虽言辞恳切，语言细腻，但都说不完道不尽作者对故乡姚家坡那颗火热的心。

　　散文集《故乡的表达》在谋篇布局上，可谓用心用情、匠心独具。书名《故乡的表达》直抒胸臆，直言是对故乡的表达，与故乡对白，和故乡对话，同故乡交流，没有客客气气，没有扭扭捏捏，没有羞羞涩涩，没有含含糊糊，没有纷纷扰扰。这种表达，就如小伙儿对心仪的小姑娘一见钟情的爱情表白，开门见山，直直白白，直抵人心，让人心底流蜜，心头绽放，甜得如吃甘蔗一般。散文集共分为4辑：乡愁之根、山水之魅、草木之魂、屐痕之恋。作者没有从宏大的背景和场面去抒发对故乡的热爱，而是着眼故乡的一草一木、一山一水，去观瞻，去描写，去歌颂。从情感上，也是一层更进一层，一辑更浓一辑，层层叠加，辑辑递进。作者在第一辑说，人之有根，始有乡愁；在第二辑说，一处山水，因有人的活动，而充满灵性；在第三辑说，人活草木间，其实也是一种修行；最后一辑却说，时间的刻刀，总把一切都淡化成一缕烟云。这种对故乡情感的递进，让整个作品达到了情感的顶峰，达到了艺术的高潮。

　　散文集《故乡的表达》在细节处理上，可谓细致入微、一丝不苟。作者表达对故乡的爱，不是空洞无物的，也不是虚虚幻幻、缥缥缈缈的，而是实实在在的，真真切切的，彻彻底底的。作者对故乡的爱，不是局限在喊口号上，刷标语上，而是具体到每一块土地，每一棵树，每一只鸟儿，每一条道路，每一条小溪，每一架山坡，让整个作品既有立得起的骨架和框架，又有充满意向的灵魂和血肉。国家一级作家、中国作家协会会员、湖南省散文学会副会长周伟夸赞道："故乡的山水、草木、人情、物事，在作者的笔下变得美丽而多情，细腻而迷人，丰富而厚重。"如果作品光有骨架没有灵魂和血肉，就与骷髅、枯树、朽木没有区别；如果作品仅有血肉而没有骨架和框架，也与一堆烂肉、臭肉、腥血没有差别。整部作品，如土家吊脚楼，如侗族风雨桥，既有形有貌，又有魂有魄，既有打眼的颜值，又有摄心的内涵。在每篇文章的细节处理上，不草率，不马虎，不急躁，做到一丝不苟、严丝合缝、精益求精。比如作者在《草木的表达》一文中写道："一棵不起眼的草木，都有自己独特的表达。把一腔心思，全部写在大山之中，田野之上。"作者以草木自喻，借物抒情，起到了良好的艺术效果。

散文集《故乡的表达》在创作艺术上，可谓精雕细刻、错彩镂金。南朝梁钟嵘在《诗品》卷中说："谢诗如芙蓉出水，颜如错彩镂金。"意思是说，谢灵运的诗如同刚刚出水的芙蓉，清新自然；颜延之的诗如同精心雕绘的工艺品，浓艳绚丽。读完《故乡的表达》，也有如此感觉。整部作品清新自然，流利流畅，易读易懂，没有晦涩之感，没有艰涩之味，一口气读下来如饮绿茶，如品老酒，如啜甘泉。中国作家协会会员、全国冰心散文奖和孙犁散文奖获得者刘梅花称，（周仕华）把美丽的家乡，用细细密密的文字铺排开来，读来觉得舒畅清宁。如在描写石指甲（狗牙草）时写道："'指甲'似抹了油，更光滑、舒展、精神，成天伸展着，擎起蓝天白云，风霜雨雪，也擎起生命的又一次升华。"又如写野荔枝时写道："野荔枝绝不是美味，更不是大家都宠为时尚的野味，而是无人看管的流浪者。流浪到哪里，就随遇而安地混在众树中生根、成长、壮大。"作者每一句语言，都力所能及做到精打细磨、精雕细刻、字斟句酌，不粗枝大叶，不粗制滥造，不偷工减料，绽放出浓厚的旖旎艺术光彩。

华罗庚说，锦城虽乐，不如回故乡；梁园虽好，非久留之地。即便逃离故乡再远，最终都得叶落归根。只有叶落归根才是对故乡最忠实、最诚恳的表达。如果仅用语言，即便千言万语，也难以表达到位，表达彻底，就如作者自己所说："说实话，我不敢写我的故乡。故乡让我疼痛，会让我内心隐秘的创伤再次发作。"每一个离开故乡的游子，早一点"归去来兮"吧！

花间河山美如画
——读朱俊诗歌集《花间河山》

　　《花间河山》是湖北省作家协会会员、宣恩县作家协会主席朱俊先生，于2022年9月出版的诗歌文集。《花间河山》是贡水文学丛书之一，该丛书获得恩施州第十四届精神文明建设"五个一工程"优秀作品奖。捧读《花间河山》，犹如手捧一幅优美绝美的山水画，美得惊艳，美得惊诧，美得惊奇，就像他的名字"朱俊"，可谓"天生俊气自相逐"，大有"出与雕鹗同飞翻"之势。

　　作者是诗歌老手，也是诗歌高手，其作品经常见于《星星诗刊》《诗歌月刊》《鸭绿江》《江河文学》等纯文学刊物，多篇诗作在国内比赛中获奖。《星星诗刊》的编辑任皓女士评价说，《花间河山》就像立在鄂西山水边上的吊脚楼，清新静谧、自然质朴，当春来，芳香依序释放，在天青色的水雾之中，流动着无处可放置的诗性与美学内涵。此评价可谓高矣，不得不说作者是才华横溢之人。

　　任皓女士还评价说："他（朱俊）笔下山河原野、四季更替、村庄故人，根植于传统土壤，超脱出寻常阡陌的灵性，将精神疆域拓展到更精微而高远的地带，在诗性的高峰体验中弥合一切存在的乡愁，激活了新时代乡村诗歌写作新的维度。"任浩女士从诗歌的专业角度对《花间河山》进行了诠释和注脚，可谓一语中的、精准独到。我是写散文的，我不会写诗，更不敢评诗，只是以一个普通读者的角度和视野谈一谈自己的看法和感受，权当是班门弄斧之举，还望各位不要指责和诟病。

《花间河山》的意境优美。众所周知，诗歌是需讲究意境的，而且讲究意境优美。所谓意境，是指作者在诗歌中通过形象描写表现出来的境界和情调，是抒情作品中呈现的情景交融、虚实相生的形象。同时，也包括作者诱发和开拓的审美想象空间。读过《诗经》的人都知道，其意境自然优美，平中见奇，描写的虽然都是采薇叶、采荇菜、采卷耳、采樛木、采苤苢等生活琐事和生活常事，但都给人一种美的享受。《花间河山》突出意境之美，以小见大，以平见奇。作者写序独树一帜，不走寻常路，不走老来路，而是另辟蹊径，也以诗代序，给整部作品增添了不一样的光彩。

"传说远古而来，带着罗裙锦帐／倒影在一湾碧水里，波光粼粼""一叶春色，顺江而下时／泡开了六朝古都的烟云"，这是作者序诗中的句子，读来意境之美爆满，给读者增添了想一睹为快的欲望和悬念。整部作品分为景起花间、一页河山、诗间故人、月落五更等4章，每章的章名就是一句绝妙的诗，就是一幅优美的画，就是一帧朦胧的照，就是一曲曼妙的歌。仿佛让你行进在花丛间，仿佛让你游走在山河里，仿佛让你与故人聊着天，仿佛让你在月落五更时思念着月，现场感和体验感十足。整部作品共90篇诗作，每篇诗作都凸显意境、突出意境、彰显意境，力求做到"无意境不成诗""无画面不成诗"。即便写晚院烟火、故乡的雪等这些极其普通的事物，也写得酣畅淋漓，画面感和意境美充盈。如"稻谷和星星一起／在秋季，被收割回家／晾晒，春米／窖藏了一个秋天""推窗问雪，夜里，请说实话／来的路上有没有看见／捏着梅花的人／在酒杯里掺了一捧雪花"。

《花间河山》的情感唯美。不管是散文也好，还是诗歌也罢，都需作者有感而发，不是无病呻吟。有感而发的作品有血有肉有骨，能在第一时间引起读者的共鸣和认同，抓攫住读者的心；而无病呻吟的作品空洞空泛空言，即便你强求读者读千遍阅万遍，读者也无半点印象，引不起丝毫共鸣。这犹如水中之月，犹如镜中之花，犹如空中楼阁，犹如无本之木，即便表面再美，也入不了地、扎不下根、结不了果，更入不了读者的眼，进不了读者的心。诗歌要在读者心中扎下根、结出果，就必须如春雨一样"润物细无声"，但靠的就是情感维系、感情支撑和接地气的语言。

可以说，《花间河山》的情感维系是到位的，感情支撑是有力的。作者生在宣恩，长在宣恩，宣恩就是他的家乡，即便他走到更广阔的天地，宣恩亦是他的故乡。作者对宣恩倾注着情感，感情深厚而浓厚，他用脚步丈量了宣恩的山山水水，用眼睛观瞻了宣恩的一草一木，用大脑思考了宣恩的前途和命运，这些情感都倾注在他的一诗一句间、一词一画间。字里行间都是作者的真情流露，都是作者的情感迸发，都是作者的感情抒发，这是最难能可贵的，也是诗人最高贵的品质。诗人关注着宣恩的一山一水，关心着宣恩的一人一物，关切着宣恩的一草一木，即便是云起台、凌云塔、墨达楼等这些景致景点，还是贡水河的白鹭、阳光里的月亮岩、南风里的村庄等这些小事小物，还是开出租的师傅、卖麻辣烫的嫂子、推石磨的舅妈等这些凡人凡事，作者都是感情满满、情感爆表。比如作者在《三叔的刨子》中写道："刨开过一个姑娘的花衣裳 / 一场酒宴，把姑娘变成了我的姊娘""刨开月光，碎屑散开在夜空里 / 满天星光"。又如在《睡在水井里的月亮》中写道："回乡的人饥饿的时候 / 扒拉几口月光，填饱相思的皮囊。"

《花间河山》的语言华美。诗歌的语言极其讲究，比起意境来说，有过之而无不及。如果诗歌的语言粗制滥造，像懒婆娘的裹脚布，读者读诗就如嚼蜡，就如咽粪，既恶心难以下咽，也无半点营养可言。诗歌的语言要高度集中、概括地反映生活，在抒情言志上，要饱含丰富的思想感情，并且要有丰富的想象、联想和幻想，具有音乐美、律动美和画面美。诗歌虽为静物，要达到与读者共情共鸣共享的效果，就得静中有动，诗中有画，画中见诗。只有动静合一、诗画相融，诗歌才能达到最高的艺术效果。不管是浪漫主义诗人李白，还是现实主义诗人杜甫，他们的诗作画面感强，总在诗中能想象到虚幻的画面，而且语言华美，想象力极强，常常给读者意想不到、匪夷所思的效果。

《花间河山》，其语言也是极其讲究的，做到了精练、简捷、明了，不拖泥带水，不婆婆妈妈，不连篇累赘，读起来美感十足，音乐感和律动感十足。作者的想象力也是超乎读者想象的，诗歌中不经意冒出一两句，常常给读者耳目一新、焕然一新的感觉。同时，作者的诗歌语言达到了高度和谐、高度融合、高度统一的地步，不仅实现了诗歌与自然的和谐、与人物的和谐、与万物的和谐，而且达到了所谓名言、名句、名作的高度。作者诗歌的语言，犹如在天青色的雨雾中，为你捧出的一盏绿茶；犹如在围炉间的夜话里，为你端出的一壶老酒；犹如在花丛间的月光下，为你呈现的一杯古茗……比如"大地的皱纹，千沟万壑／被南来的雨水充盈／整个村庄被喊醒／启明星消失在淡蓝的天际""贮藏在花椒壳里的相思／被手起刀落熟练收割／酥酥麻麻／山峰和月亮相拥而眠""烟锅子磕开寂寥／火红的烟头将村庄的冬季点燃／时常盯着前方的眼睛／岁月在里面打转"等。

同时，《花间河山》还有诸如韵律美、节奏美、含蓄美、朦胧美等等，在此不再一一赘述，不再一一品评。我只想抛砖引玉，望更多的读者来读《花间河山》，来评《花间河山》，来推介《花间河山》，让《花间河山》如星光灿烂，如烈日中天。

（2023年1月31日发表于中国文化报网、新华文化网，2023年2月28日发表于《恩施日报》）

愿有岁月可回首

——读胡慧芳散文集《枕水话流年》有感

《愿有岁月可回首》是胡慧芳女士的散文集《枕水话流年》中，我极其喜欢的篇什之一。"愿有岁月可回首，且以情深共白头"，初见于青年作家黄信然的小说《和花和月长少年》，化用的是汉代才女卓文君的诗作《白头吟》中的句子，"愿得一心人，白头不相离"。这句话的意思是说，愿有一段长情的岁月供我们回想回忆，两个人的感情能坚贞不渝地走到白头偕老。这是爱情的坚贞，这是爱情的忠贞，这是从一而终、始终如一、坚如磐石的爱情。

其实，生活中能与我们长情共情的，不光是人，不光是爱情，还有美景，还有乡土，还有远方的等候。就如作者笔下的撷景拾趣、乡土物语、流年情意和诗与远方。每段时光，每段地段，每段经历，都有我们值得珍惜的人与物，值得回首的事与情，值得留恋的山与水，就如作者在岁月里一再回首的古朴厚重的墨达楼、乡愁萦绕的惹溪街、桂香氤氲的贡水城，以及陌上梨花盛开的时候、道旁杏叶飘落的时候、冬季瑞雪纷飞的时候，还有作者儿子18岁的高考、烧巴岩34年的坚守、退伍老兵60年的钻石婚，还有闲暇时喝一杯酒、干渴时饮一杯茶、寂寞时读一本书……

斯人若彩虹，遇上方知有。人的一生中，会遇到很多很多的人，经历很多很多的事，会和很多的人有过交集和过往，但真正能走进彼此内心的人却少之又少，就如《增广贤文》所说，"相识满天下，知己能几人"。半生经历、半生过往之后，能有岁月可回首，能有深情共白头，是人之幸事，是人之幸运，是人之幸福。当岁月老去，当人生老去，还能徜徉在冬日的暖阳下，回首往事，追忆过往，向往未来，那种温暖和惬意远不是冬日的暖阳可以比拟的。

一旦回首，一旦追忆，模糊的过往，零碎的记忆，就会越来越清晰，就会越来越完整，就会越来越深刻。虽然有人说不应在回忆过往中生活，但适当的回忆，适当的追忆，适当的回首，能让人清醒，能让人睿智，能让人快乐。在回忆中可以思考，在追忆中可以思索，在回首中可以思量，在憧憬中可以思情。我们的过往虽然平淡，我们的经历虽然平凡，但我们要在回首中将平淡的过往和平凡的经历，书写出一段传奇，诠释出一段出彩。

《枕水话流年》就如一首浪漫的诗，一幅瑰丽的画。读罢作品，仿佛看见作者头枕悠悠贡水，斜躺在一叶轻舟竹筏边，沐浴着春日的阳光，手捧一本往事记忆的书，呷着一杯清新的茶，与贡水共话逝去的岁月和过往，与贡水共忆流年里的点点滴滴，与贡水共绘未来的美好蓝图。清澈碧水，蓝天白云，绿树青草，浅鱼飞鸟，都近在身旁，都近在耳畔。倘若此时，还能与她深情共白头的先生一同回首岁月，一同追忆过往，一同憧憬未来，那毋庸置疑，幸福感和甜蜜感，定会写满她的人生。

就如作者在《能饮一杯无》中写她的先生："先生喝酒，喝酒完后喋喋不休，或者豪言壮语，偶尔醉醺醺回到家，满身酒气，我和儿子最希望的就是喝酒的人快点鼾声四起地睡去，可有时候，他总是要继续折腾，比如，大声唱歌，嬉笑，打闹，直到精疲力竭。"作者虽然写的是她的先生，但写出了众多男人甚至女人喝酒后的共性酒态。其实，这种酒态是人生常态，是人之常情，是人间常事。

在作者笔下，却写得诙谐、有趣、灵性而幸福，作者最终也理解体谅了先生的酒态。她说："我开始明白，想饮酒的人并不一定都想醉酒，偶尔的控制不住，是需要被体谅的。"这种理解和体谅正是对岁月回首后悟出的生活真谛。其实，生活是需要被理解的，生活是需要被体谅的，因为生活都是在锅碗瓢盆、柴米油盐酱醋茶中度过。不被理解和体谅的生活，势必是艰辛的，是痛苦的，是悲哀的。

作者希望18岁的儿子能真正成为舞象之士，能成为18岁时的霍去病、孙权、康熙和查良镛，但儿子虽然面临的不是战场，却走向的是人生转折的高考考场，考场虽不及战场那般凶险，但同样辛苦而艰辛。作者陪儿子等候成绩时的煎熬，作者陪儿子去紫金港浙大报到的过往，写得情真意切，写得真情满满，将母爱的暖流全部刻化在跳跃的文字里和流转的岁月里。即便多年以后，再回首这段岁月，都会感动得泪湿眼眶，甚至涕泗横流。

即便作者写岁月里的景物景致，也写得直抵人心，扣人心弦。作者在《惹溪街里觅乡愁》中写道："去惹溪街，用身体去丈量，脚步里是细微的美好。""去惹溪街，用舌尖去碰触，味蕾里有固执的乡愁。""惹溪街，聚拢来是烟火，摊开来是人间。""它永远像站在故乡的村口等你归家的老母亲，只要跌入她温暖的怀抱，一切慌乱都烟消云散。"乡愁是每个人打不开的结，是每个人过不去的坎，但如何寻觅到乡愁？只有靠身体去体验，靠脚板去体量，靠舌尖去体会，靠感觉去述说。

作者写乡土物语，也写得有声有色、绘声绘色，让人赏心悦目。作者写向日葵："仿佛哪个调皮的顽童打翻了黄色的颜料桶泼溅而成，黄得明净，黄得透亮，黄得酣畅，不掺一点杂色。"作者写杏叶飘落："凝望杏叶从枝头飘落，翩翩如蝶，苍凉而优雅，美！美得让人无言以对。"作者写鸟："凌晨时分常常被一种鸟叫醒，那鸟的声音有些凄绝，像在念一首忧伤的诗。"作者不管写动物，还是写静物，都写得灵性灵动而富有生气生机。

作者在写流年情意，依然写得情真意切、情意深深，让人感动感怀。作者在《两个人的学校》中写道："一个讲台，两块黑板，一张课桌，一把板凳，一位老师，一个学生，略显空旷的教室里响着一老一少的读书声，有些单调，却那么清晰地穿过田野，穿过心灵。"又如作者在《脱贫路上负重前行的硬汉》中写道："三根拐杖，两个人影，安忠月和弟弟在茶地里踉踉跄跄地行走，待寻到一株嫩芽特别多的茶树前……"这些句子读来虽凄然凄凉，但给人一种积极向上、永不言败的力量。

同时，作者在写诗与远方时，写得超凡脱俗、逸群绝伦，让人豁然开朗。如作者在《不如吃茶去》中写道："一行行饱蘸雾气的茶树，仿佛层层海浪泛起粼粼波光，又像一条条绿色的丝帕，一圈圈地绕上去，把一座座山包缠成土家人的头帕状。"在《不如读书》中写道："喜欢在月朗星稀的夏夜读林清玄，出入房间的是清风，与文字对饮的是明月。"又如在《有颜色地生活》结尾写道："在柔软的心上种一朵花，能听见它成长的声音，能看见它盛开的颜色，这样的生活，才是有滋味的。"作者的文字总能抵达人的内心最柔软的部分，能随着她的文字波澜起伏、跌宕不已。

俄国著名作家奥斯特洛夫斯基说："当你回首往事的时候，不因虚度年华而悔恨，也不会因碌碌无为而羞愧。"即便因一时虚度年华而悔恨，因一时碌碌无为而羞愧，也并无大碍，也不伤大雅，只要我们随时随地有往事可追，有老友可念，有故地可游，有旧物可恋，有岁月可回首，那你就是最幸福、最浪漫、最快乐的人。

（2023年2月21日发表于《恩施日报》）

一方山水引乡愁

——读刘亚丽散文集《山水有相逢》有感

我们常说："看得见山，望得见水，记得住乡愁。"这是人们对生活家园的美好愿景，也是人们对诗意栖居地的切切期盼。何为乡愁？《诗经·小雅·采薇》里说："昔我往矣，杨柳依依；今我来思，雨雪霏霏。"宋之问吟道："近乡情更怯，不敢问来人。"贺知章感慨："少小离家老大回，乡音无改鬓毛衰。"就连余光中也说："乡愁是一湾浅浅的海峡，我在这头，大陆在那头。"

显而易见，乡愁是离不开山水的，山水是乡愁的依附和寄托。离开山水谈乡愁，就是无病呻吟，就是无本之木，就是"为赋新词强说愁"，就会"皮之不存，毛将焉附"。人们要表达乡愁，总是要寄托于山水，寄情于山水，依赖于山水。这就是所谓的触景生情、见景生情。简而言之，乡愁就是思念家乡故土的深情，隐藏在游子内心深处刻骨铭心的记忆和难以割舍的情愫，也是对大自然、对原生态生存和生活的向往与留恋。

《徜徉贡乡湿地，一方山水引乡愁》，是作家刘亚丽女士的散文集《山水有相逢》中的篇什之一，充分表达了作者深厚的乡愁情感和乡愁情结。作者描写山水，歌唱山水，推介山水，其笔下的山水犹如作者之名优雅而美丽、文雅而知性、高雅而纯洁。就如作者在《武陵寻芳贡水滨》中所说："如果将每个城市形容成一位女子，山水小城宣恩便是温婉灵秀的土家少女，素颜朝天，巧笑倩兮，美目盼兮，让人怦然心动。"作者虽在江汉平原长大，过惯了一望无垠的平原生活，但对"藏在深山人未识"的贡水河却情有独钟，来了一场不可思议的山水相逢、山水相识、山水相知和山水相思。

作者居山水观物，徜徉过黄家寨，打卡过山羊溪，行走过象鼻沟，游玩过野椒园，流连过观音堂，寻觅过茅坡营，探秘过中武当，游览过狮子关，寻梦过清水塘……宣恩的每一道山水，作者都用脚步丈量过，用真诚感受过，用情感体验过，用心灵去回味过。作者所到之地接近 30 多处，可谓走遍了宣恩的山山水水。每到一处，作者都倾注了情感，注入了心血，赋予了乡愁，抒发了情怀。作者在游玩玉佛洞时，目睹"山中藏洞，洞中有水，石钟乳琳琅满目，晶莹透亮，形态各异，雄伟壮观"的自然景观和天然景致时，就情不自禁流露出乡愁："要想成为大自然的任何一景，必须恒久地日积月累苦苦凝聚，这是造物者赋予宣恩这方热土的神奇。"

作者依山水吐韵，观看过宣恩耍耍，沐浴过乡土文化，欣赏过侗族文化，目睹过宣恩南戏，这些传统文化、民族文化、乡土文化，都是宣恩这方山水的自然产物，都是宣恩这方山水滋养的必然结果，都是对宣恩乡愁的有力阐释。一方山水养一方人。有什么样的山水就会滋养供养出什么样的子民和乡亲。宣恩这方水土肥沃而旖旎，其文化底蕴浓烈而深厚，不管是土家子民，还是苗族乡亲，还是侗族兄弟姐妹，他们开口能歌，起步能舞，有着能歌善舞的本性和特性。乡亲们"日出而作，日落而息"，在长期的农耕农耘农收的劳动生活中，学会了用歌歌唱劳动，用舞诠释劳动，为他们自己提供了文化大餐，也用歌舞表达了他们别具一格的乡愁。正如有人所说，劳动者都是一首歌，劳动中的每一个细节都是一个美丽跳动的音符，和谐社会长河中一朵斑斓的浪花；也如宣恩耍耍（一种非遗项目，土家族民间舞蹈）的传承人董兴林编写的唱词："纸笔拿来做朋友，天天舞在青山绿；不但延年又益寿，还能解除忧和愁。"

作者在山水思乡，体验过煮雪沏茶，回想过太婆遗照，感受过天使相伴，品尝过月饼脆皮，思考过水煮苹果，这些山水间的往事，这些山水间的亲情，这些山水间的疼痛，无疑就是山水里滋养的乡愁、孕育的乡愁。乡愁就是鸡毛蒜皮的小事，乡愁就是柴米油盐的小情，乡愁就是家人亲人的温暖。比如作者在《天使在人间》中说："你（女儿）是我独步天下的盔甲，也是我一击即溃的软肋""是她（女儿），我开始认识自己，我开始使自己变得更好；是她，让我明白，在这纷扰的世界，即使偶尔感到前路难行，也时刻记着天使陪伴我，正在人间。"其实，每个父母的女儿既是自己暖心的小棉袄，也是上天赐予自己的小天使，更是自己贴心的小宝贝。作者在回想太婆遗照后，也会"回头看看自己，面对一点点困难就畏首畏尾，轻言放弃，什么时候我也能像太婆一样从容不迫去面对最可怕的事情。"这是作者在拷问自己，在进行灵魂追问，也是对乡愁别样的理解和注脚。

同时，作者的语言也如山水般旖旎瑰丽，折射出浓浓的乡愁。文章标题都是诗画般的语言，清新脱俗，淡雅而芬芳。如"山羊溪，在云端与侗寨相遇""野椒园，于人世间遇见仙境""站在时光的古街，守望尘嚣繁华""在山水间，把最美的车洞坪寄给你""狮子关猕猴，跳跃在水岸心尖的灵动"等。文章的结构也是韵律般的节奏，极富音乐感和律动感。比如写侗乡老寨黄家寨，按"一瓦一屋都是历史""一枝一树都是风景""一分一秒都是良辰"递进式方法进行描述，将侗家老寨的乡愁写得极富特色。又如在写象鼻沟的万种风情时，作者亦按"初见，好似跌进桃花源""邂逅，瀑布水帘清澈间""流连，风景这边独好"的渐进式的方法渐入佳境，将象鼻沟的风情万种、万种风情勾画得淋漓尽致，将藏于深闺的绿水青山般的乡愁体现得游刃有余。还如在写苗寨茅坡营时，用"村寨：保存完好的珍宝""村民：热情淳朴似亲人""村容：绿水青山都是情"并列式的方式齐头并进，将苗寨的乡愁写得有血有肉、有神有韵，作者禁不住发出感叹："回头望一眼老寨，真想造一座木屋，砍一张桌椅，烧一壶茶水，在这里留下……"

当代作家陆梅说："纸上的故乡，心里的乡愁。"散文集《山水有相逢》恰到好处地诠释了这一点，作者将纸上、书上美丽瑰丽的故乡，化作了一条漫长的乡愁之河，相思之河，如长江之水缓缓而流，如黄河之水奔腾不息，正如诗人席慕蓉说的，"乡愁是一棵没有年轮的树，永不老去"。每个人内心的乡愁，都没有到老的那一天。

（2023年4月18日发表于《恩施日报》）

山水有“魂”　人文有“情”
——读覃遵罂、何金华合著散文集《这方山水这方人》

每个地方都有每个地方独特的山水，每个地方都有每个地方多情的人文。这种独特的山水就是这个地方的灵魂灵气，这种多情的人文就是这个地方的风情风俗。读罢覃遵罂、何金华合著的散文集《这方山水这方人》，让读者强烈感受到这一点。作品在结构编排上力求简洁明了、言简意赅，仅分为“风景篇”和“人物篇”，然后按照二人各自作品独立成章、各自成趣。

故乡的山水，家乡的人文，始终是作家笔下永恒的主题和写不完的素材，自始至终不得“打烊”。这种乡土情结、人文情愫、故乡情感和乡愁情怀，在每个人心底都扎下了根、长出了芽、生出了叶、开出了花、结出了果。这种果实有时是酸涩的、清苦的，有时又是甘甜的、味美的。常言道：“儿不嫌母丑，狗不嫌家贫。”不管家乡如何、故乡如何，但在每个人的心里都是美丽的、多情的，都不会有半点嫌贫爱富。作者二人都是宣恩这方山水土生土长的后代，充分受到这方人文的教习和熏陶，对这方山水和这方人文更是情有独钟、情深意切。

“风景篇”犹如作者提供的一幅清晰明了的导游图，将宣恩的丽山丽水呈现在读者面前。作品首篇就从不同角度、不同视野全貌书写了美丽的大宣恩，让多姿多彩的宣恩、变化多端的宣恩，立刻在读者心里形成鲜明印象和独特好感。作者虽说：“宣恩的美丽，不必刻意从文人饱满的笔墨或者游人的交口相传里寻来。"但作者写宣恩全貌概貌，却不惜笔墨、感情真挚、不落俗套，将宣恩众多美景美点一一提点出来，可谓用心用情、用尽心思、花费心血。作者文尾还温馨提议："让我们轻轻地闭上眼睛，用心去感受宣恩的美丽吧。"足见作者用心良苦，有策有略，重情重义。从小就听着歌曲《新疆是个好地方》，但读者读后也不得不说，"宣恩是个好地方"，风景这边独好。

紧接着，作者带你慢慢进入宣恩境地，感受宣恩腹地的人文美景和人文情怀。作者写宣恩的老街、写宣恩的早晨、写宣恩的花、写宣恩的树、写宣恩的河，还带你游伍家台、醉吊脚楼、看东门关、登凌云塔、观洗草坝、逛贡水河。每到一处，读者不仅对美景美点的自然景观折服，也对作者的艺术魅力叹服。作者笔下的景观皆自然成画、自然成诗、自然成趣，让读者不得不跟着作者的节奏和步伐，氲着作品的书香和墨香，情不自禁地游、情不自禁地看、情不自禁地乐。比如作者写兴隆老街，开门见山就说："大抵每座城镇都有一条以'兴隆'命名的老街，那一条条大大小小的兴隆街久经沧桑，现在几乎都成了各自城市的名片。"比如在《我的小城》里写道："我的小城，捧一碗温润的泉水，洗净历史的铅华，洗净我满身的尘埃，你的双手，写满了我的思念。"

作者在写宣恩的景色景点、景致景物时，总是感情饱满、热情爆满、浓情浸满，带着读者的思绪波澜起伏、跌宕起伏，让读者不得不丢掉平常心，忍住平淡情。如在《梦里花开》一文中说："我家院子里最终还是没有种上一丛梦花，但是我相信我的梦里也会被某处的梦花记住，在某个安静的雪夜为它开出一朵淡香味的花来。"又如作者在《凌云塔遗梦》中说："缓过神来，我还站在楼顶。朝阳冉冉升起，阳光和着春风扑面而来，温暖柔和。"如在《醉在吊脚楼》中说："对大多数土家人而言，吊脚楼是家、是故乡，是镌刻在内心深处最美好的记忆。"文末还说："不需要拦门酒，我已经醉了。"读者也如作者一样，有点"酒不知醉人自醉"的感觉，沉浸在宣恩大好河山之中了。

"人物篇"犹如作者讲述的一个悲欢离合的小故事，将宣恩的风情风俗展现在读者眼前。作者并没有聚焦宣恩本土的大人物、名人物、高人物，而是极度关注关切社会最底层人物、最基层人物、最微小人物、最普通人物。作者首先就写了名不见经传的瓦匠，瓦匠是众多"九佬十八匠"中典型代表，他们勤劳、勇敢、朴实、睿智、工细，可谓匠心之人、工匠代表，代表着千千万万的社会基层劳动者。我的父亲生前就是一个满身沾泥的瓦匠，他的做活一丝不苟、精益求精，力求每个细微处、细小处、细节处做到位、做得精。整个瓦片中都不曾留下一粒细小的石子，免得瓦片烧成后裂缝漏雨。作者笔下的瓦匠舅公，也是一个勤劳之人、慈祥之人、匠心之人，他不仅制瓦、烧瓦，还捡瓦、补瓦，凡是瓦匠所能之事，他都能尽力为之。

尔后，作者又将目光聚焦在人们熟悉熟知的年味上、砍春上、端午上、古刹上、砂锅上，还将笔端触及不在人世的二姑、民办老师父亲、传奇人物外公、被癌症折磨的三姨父、姨父的女儿三七、狩猎的姨父、记忆中的老师、学生燕燕等身上。每个民风民俗里都有一道旖旎的风景，让人流连忘返。比如在写年味儿时写道："在老家，年味儿是打扫得干干净净的院子，是炕头挂得满满的腊肉，是耐不到年三十的小孩零星放响的鞭炮，是乡亲们相互探问是否备齐的年货。"每个底层人物都是众多生活的原型，作者写出了他们的幸福快乐，写出了他们的生老病死，写出了他们的坎坎坷坷，写出了他们的悲情悲苦，让读者产生了认同感，引起了强烈的感情共鸣。每个人都有七大姑八大姨，每个人都有三兄四弟，但他们的生活情形和生活命运虽然千差万别，但都逃脱不了生老病死、悲欢离合的人生之坎。在这些人物身上，读者看到了我们自己七大姑八大姨、三兄四弟的生活情形，感触到了他们或悲或喜的不同命运，一种认同感、悲悯感、融入感油然而生。

通读整部作品，唯一感到稍稍欠缺的，还是感觉作者生活阅历不够深，对文章处理技巧不够好，写出的文章厚重感不够，没有沉入生活底层深处，有点悬在半空的感觉。同时，在细节描写、现场描写、心理描写等方面，还需下一番功夫。细节处理妥当到位，会给文章增姿添彩。以上妄议文字仅是本人肺腑之言，不妥之处，还望遵嫛、金华两位青年作家海涵。

性定菜根香

——读洪应明《菜根谭》

我们常说，心静自然凉。其实，这句话是道家哲学术语。心静指为人处世、待人接物、幽居独处时的一种自然平和心态。心静自然凉本意是说心里平静，内心就自然凉快凉爽，不焦躁不急躁不烦躁。后来指遇到任何困难、挫折和问题时，放平心态，放宽心态，以一颗平常心、平和心去处理任何事情。就如洪应明的名联："宠辱不惊，闲看庭前花开花落；去留无意，漫随天外云卷云舒。"

心静自然凉，就是一种心态性定的具体表现，性定就是一种坚强顽强的心力定力。只要性定心态平和，即便吃菜根嚼草根，也是一种美味佳肴。刘禹锡说，心如止水，鉴常明；见尽人间，万物清。洪应明的《菜根谭》，更是道出了这个天机玄机。品读此书，能让被烦恼、被压力、被世俗束缚的身心得到缓解和解脱，让你卸掉包袱，轻装上阵。只有看淡一切，不被世事纷扰，才能心如止水。

心态决定状态，状态决定成败。具备良好的心理素质和良好的平和心态，干事就会有昂扬的激情和状态。只要状态好，一鼓作气，离成功自然而然就为期不远了。就如《菜根谭》首章所阐述的"高处立，低处行"的修身之术，作者说："宁守浑噩而黜聪明，留些正气还天地；宁谢纷华而甘澹泊，遗个清白在乾坤。"意思是说，做人宁可保持淳朴自然的本性，抛弃功利之心，也要留些浩然

307

正气给大自然；宁可谢绝荣华富贵的诱惑，甘心过平淡的生活，也要留个清白声名在人世间。

"菜根"一词最早出自北宋学者汪信民的"咬得菜根，百事可做"。即一个人只要坚强地适应清贫清苦的生活，不论做任何事情，都会有所成就。明朝万历年间，洪应明因此言偶感而发，以"心安茅屋稳，性定菜根香"为主旨，写下了经久不衰的菜根箴言《菜根谭》。这些箴言融合了儒家的中庸思想、道家的无为思想和释家的出世思想，深入浅出地讲述了修养、处世、出世等方方面面的人生哲学。

《菜根谭》在古色古香的文字里，通过洞察人生百态来点化世间万事，告知警醒后人要享受平凡、活出真我，可以说是一部囊括中国5000年处世智慧的奇书。洪应明早年和常人一样，也追逐功名，但晚年就归隐山林，潜心读书立文，将自己的人生体会、读书心得和生活参悟付诸笔端，著述了300多条错落有致的语录世集。

《菜根谭》最大的特点就是以联说事，用绝妙的对联楹联阐述人生百味和人生真味，既朗朗上口，又道理深刻。即便寥寥数语，却蕴含着深刻的人生哲学和对生活的透彻感悟。楹联者，对仗之文学也。楹联通过语言文字的平行对称，与哲学中的"太极生两仪"不谋而合，阐述着"以阴阳二元观念去把握事物"的观点，这不得不说这是作者的独到之处，也凸显作者深厚的文字功底。

老子说，万物负阴而抱阳，冲气以为和。荀子也认为，天地合而万物生，阴阳合而变化起。这种无所不在、无时不在的阴阳观念，深入到了中华民族的潜意识之中和灵魂深处，洪应明以联说事，就显得理所当然而不足为奇了。《菜根谭》阐述的哲理包罗万象，从修身、慎独、宽心、交友、处世、功业，到功名、淡泊、求学、育人、静心，无所不囊括其中。他要求后人在慎独上保持自省克己，在宽心方面要达观处变，在交友方面要明心识人，在处世方面要进退自如……

作者围绕"性定"二字，不惜笔墨，不吝情感，挥毫泼墨，大肆渲染，即便一个小事小情，作者也能从中悟出一番大道理来。比如作者说："醲肥辛甘非真味，真味只是淡；神奇卓异非至人，至人只是常。"言下之意，真正的美味不是烈酒、肥肉、辛辣和甘甜，而是清淡之味；真正德行完美之人不是举止超群之人，而是行为举止与普通人一样的人。这正如庄子所说，至人无己，神人无功，圣人无名。意思是说，修养最高的人能任顺自然、忘掉自己，修养达到神化不测境界的人无意于求功，有道德学问的圣人无意于求名。

即便在第八章《淡泊》篇里，作者也强调凡事随缘，注重自我调节，有张有弛，不可刻意，不能执拗，要顺应因缘，随遇而安，只有任其自然，才能万事安乐；只有胸无物欲，才能眼自空明；只有无名多趣，才能省事心闲。正如作者所说，风花之潇洒，雪月之空清，唯静者为之主；水木之荣枯，竹石之消长，独闲者操其权。

《菜根谭》归根结底阐述的是需"静心"，要随处安然，即性定。作者说，趣不在多，景不在远；高天可翔，万物可饮；形影皆去，心境皆空；因顺自然，回归质朴；趣味在心，不在境遇。"意所偶会便成佳境，物出天然才见真机"，就如白居易说的，意随无事适，风逐自然清。

读《菜根谭》，并非如吃菜根嚼草根那么清淡，那么索然寡味，其实其味道之鲜美，其营养之丰富。读后如醍醐灌顶，顿感舒畅，让你润心，让你聪颖，让你充满人生智慧，受用一生。即便你走得再高再远，也不会弯道丛生。

第六辑
四季静静而听

穿越四季，经历四季，会发生很多很多的故事，会演绎很多很多的悲欢，如果静下来听听这些优美、缠绵、动人而诙谐的故事，你的心就会如止水般纯洁……

悠悠后母情

为了方便写下这篇文章，以下文字以第一人称方式进行叙述，但这并非是作者本人的亲身经历。——题记

我的名字叫汪晓萧，自小就是一个天不怕地不怕的男孩子，在我们家那个院子里，大家都叫我小哪吒、小阎王。如果没人盯着，我就能上房揭瓦，下河摸虾，还能爬上10多米高的大树捣毁鸟窝。即便大人数落我几句，斥责我几句，我也会吐出舌头，翻个白眼，做个鬼脸，一溜烟跑开了事。

我家住的院子是一个四合天井的院子，院子在城郊附近，院子里住了20多个邻居，其中有五六个和我一般大的小孩，我就是这帮孩子的孩子王，平时总是热热闹闹的，叽叽喳喳的，但邻里之间的关系还算融洽和睦。

我的命运似乎有点不济，在我12岁那年，父亲和母亲因感情不和大闹一场而离了婚。母亲一气之下，就随身带了几件换洗的破旧衣服出门打工，就再也没有回来。尽管我声嘶力竭地哭喊，抱住母亲的裤腿央求母亲能留下来，但母亲在登上客车的那一刻，也不曾回头看我一眼，那种义无反顾、去意决绝的眼神让我终生难忘。据乡亲们传言，母亲和一个包工头好上了，后来还结了婚生了娃。

母亲走后，我便过上了有上顿没下顿的日子，经常在院子里吃着百家饭，哪家饭熟了就在哪家吃，从来不讲客气。我生怕下顿没

有吃的，在邻居家吃的时候，也是尽量多吃点饭，多喝点汤，常常将肚子胀得溜圆，有时还因消化不良，一连几天都拉肚子。

不到半年，父亲就娶回第二任妻子，也就是我的后妈。我不曾正面瞧上她一眼，总是以一种横眉冷对千夫指的姿态看她，天生就对后妈产生了一种莫须有的敌意，总是认为后妈就是虐待孩子的虐待狂。只听我父亲管她叫杨素琴，在实在百无聊赖的时候，我还是斜眼打量了一下她。

她，低矮的个子，看起来比我还矮，瘦弱得像秋田里的一根麻秆，头上扎着一对马尾辫，脸上还有几块大大的雀儿斑，鼻梁上还有一颗大大的黑痣，一个普通得不能再普通的女人。我在心底暗暗骂道，我爸硬是眼睛瞎了啊，找这么个丑女人。本来对后妈这个特殊群体就没什么好感，加上她的形象却不及我母亲半分，我在心底便对她更加不屑一顾了。

虽说是父亲和她结婚，但父亲却听了杨素琴的意见，并没有请亲朋好友大摆宴席，而是草草请了一桌亲戚吃了一餐便饭就作数。后来听父亲说，杨素琴觉得都是二婚，不是什么荣光的事情，加上家底也不宽裕，能节省一个就是一个，还是低调结婚吧。

父亲和杨素琴结婚不到一个星期，迫于家庭拮据，父亲也只好收拾行李坐车远赴浙江打工去了，少至半年才回来一次，多则几年才回家一次。无奈之下，我只好违心地无奈地跟着70多岁的奶奶和这个矮小瘦弱的女人杨素琴一起过日子。

我和杨素琴之间很少有过对话，我也未曾叫过她一声妈，即便叫声阿姨也少得可怜，阿姨这个称呼对她来说简直就是一种奢侈。只有学校要交书杂费的时候，我才勉强向她走近，硬生生地叫一声阿姨，这声阿姨不带任何感情色彩，然后说学校要交多少元钱。她也很省事省心，也不多说一句话，哪怕多说一个字，每次都是面无表情地"哦"一声。

然后从她旧得发皱的钱包里，拿出相应的钞票递给我。尽管杨素琴和我懒得多说一个字，但每天早晨天不亮，她就将早餐煮好等着我，有时还变着花样弄出好吃的。我的衣服只要一脱下，她就及早地拿到水井边搓洗干净，晾晒在屋檐下的竹竿上。每天下午从学校回家，我都能在锅底端起热气腾腾的饭菜。

对于杨素琴对我的好，我天真地认为是一个后妈在对一个继子讨好卖乖，想给我留一个好的印象。否则，她在这个家里就难以安生地待下去。同时，我也认为这也是一个后妈应该做的，必须做的，是她分内之事。对于杨素琴的付出，我不以为然，甚至还嗤之以鼻。暗地里，我慢慢试探着挑战杨素琴的底线。

我不是在杨素琴的茶水里撒食盐、倒酱油、丢辣粉，让她在喝茶水时被呛着打冷噤直摆头，就是偷偷锯下她鞋子的鞋后跟，让她迈步走路摔一个大扑趴，要么就是悄悄拔了她自行车的气门芯，害得她上街买菜不得不来回走路。总之，我只要一逮住机会，就会妖魔作怪做出戏弄甚至伤害杨素琴的事情来。

但杨素琴却置若罔闻，好像什么事情都没发生一样，或者说这些事情似乎发生在其他人身上。她既不对我横加指责，也不对我吵闹吼叫，更不对我辱骂打骂，居然在父亲和奶奶那里都不吱声，一切都显得相安无事。但我明显感知得到，在她被呛着、摔扑趴的同时，她是清楚坏事是我干的，因为傻子都能猜得出来，瞎子都能看得出来。

有时我在想，这个后妈怎么与别的后妈不一样，不是那种母夜叉母老虎的形象，但我又转念一想，这定是杨素琴装出来的，她只是暂时不予发作而已，或者说她就是一个好欺负、任人宰割的孬女人。想着想着，我的胆子更大了，准确地说，是更加肆无忌惮了，我再一次测试了杨素琴的底线。

那天放学后，我故意不和小伙伴们一起回家，而是独自一人拖在后面在沿路的田地里寻找几种东西。在早上上学时，我就做好了预谋，随身携带了一个矿泉水瓶子。在田地里找什么呢？我在土坷垃里寻找蚯蚓和蟋蟀。草丛中、土坷垃里真多呀，我把它们一条条、一只只装进矿泉水瓶子，大约有大半个瓶子，我好不得意，心中难免一阵窃喜。

尽管我回家较晚，但杨素琴仍还在田地里收割着花生，一如既往，厨房的铁锅里仍热着香喷喷的饭菜，我记得那天杨素琴还为我炖了一大碗腊猪蹄。我狼吞虎咽吃完了饭菜，尽管嘴边还抹着油，还有滋有味舔着唇，但当我拿起矿泉水瓶子时，我依然未放弃作恶的念头。

我悄悄走进杨素琴的房间，以迅雷不及掩耳之势，就揭开杨素琴的被窝，将一大瓶蚯蚓和蟋蟀倒在了她的床上，迅疾将被子捂得严严实实，生怕蚯蚓和蟋蟀溜掉，几大步就蹿出了房间。然后，我装作若无其事地做着家庭作业，等待杨素琴回家看她的好戏。华灯初上，杨素琴才从地里回来。

从杨素琴回家到夜深人静，我没有和她说上一句话，只是在暗地里悄悄观察她的动静。杨素琴一直在忙活着家务活，不是搓洗衣服，就是剁着猪草；不是缝补衣裳，就是绣着鞋垫，感觉她始终有做不完的家务活。实在等不到杨素琴先睡了，我只得悻悻地上楼脱衣先躺下了。但我一直不想睡着，我强力睁着眼皮，即便眼皮打架，我也硬撑着，为的是等着看杨素琴的洋相。

杨素琴终于忙活完了，她洗了一把脸，泡了一会儿脚，就关掉厨房的电灯准备上床睡觉了。见证奇迹的时刻要到了，我忙从被窝里弓起身，侧耳聆听着杨素琴即将发出的尖叫。当杨素琴拧开卧室的电灯，慢无声息地脱掉衣服揭开被窝时，突然目睹被窝里一窝蚯蚓和蟋蟀时，顿时吓得"啊呀"一声尖叫，但马上她又镇定下来。

奶奶在隔壁房间听见杨素琴的尖叫，立马颤颤巍巍地走了过来，关心地问道："素琴啊！出啥事了？"我以为杨素琴会借此大发雷霆，或者至少要指桑骂槐一顿，但我想错了。听见奶奶的询问声，又见奶奶走进房间，杨素琴忙将被子重新捂上，她生怕奶奶看出什么端倪来，还一再解释说："妈！妈！没什么，就是突然看见一只老鼠吓着了！"

奶奶半信半疑，伸着头在房间打量了一会儿，就又颤颤巍巍地走了出去，边走还边唠叨："没事就好！没事就好！"我蹑手蹑脚地下床，趴在楼梯口向下张望，只见杨素琴又重新揭开被子，用卫生纸将蚯蚓和蟋蟀包了起来，从窗子口扔了出去，然后从柜子里扯出一床新的被单换上，便若无其事地睡下了。

不一会儿，我就听见了杨素琴微弱的鼾声，也许是她白天干活太累了，一上床就安然睡着了。可我怎么也睡不着，老在床上打着滚，翻来覆去想着心事。杨素琴究竟是怎样一个人？让我有点丈二和尚摸不着头脑。她是懦弱？还是胆小？还是故作镇定？我顿时觉得家里这个女人有点深不可测。我根本不知道杨素琴是在息事宁人，反而觉得她就是一个好欺负的主，是一个软柿子可以随便去捏。

我就这么和杨素琴僵持着，时不时也还会戏弄捉弄一下她。但杨素琴始终沉默着，忍受着，即便在脸上也看不出什么波澜，总是一副若无其事的样子，对我的生活起居依然照顾得极其周到。深秋的一个傍晚，杨素琴在地里收着玉米。我做完作业，就和五六个小伙伴在院子里隔壁张奶奶家的麦秸垛旁玩耍。

张奶奶和我奶奶差不多，也是70多岁的年纪，她是一个孤寡老人，满头银发，但精神十分矍铄，满脸还泛着红光，院子里的人都很敬重她。张奶奶的麦秸垛堆放在她家的牛栏旁边，方便张奶奶扯麦秸秆喂牛垫圈。

我和小伙伴们玩来玩去，耍来耍去，觉得没什么新鲜感，没什

　　么刺激感，我就想玩点刺激的玩点大的。我因是孩子王，我命令小阳子回家拿来打火机，他不敢不听，也不敢不从。小阳子一路小跑，屁颠屁颠地就将打火机拿来递给了我。因看过《火烧圆明园》的电影，我就对大伙儿说，今天我们也来一次火烧圆明园吧。

　　我将打火机擦燃，慢慢点燃了张奶奶家的麦秸垛。本来想烧一点就将其扑灭，可天不遂人愿。此时，突然刮来一阵大风，麦秸垛本来就很干枯，在大风的助力下，麦秸垛迅疾燃烧起来化为灰烬。大火也引燃了张奶奶家的牛栏，我们看着大火还一阵欢呼雀跃，自以为做了一件很伟大很了不起的事情。

　　好在张奶奶家的黄牛没有关在牛栏内，张奶奶牵出去吃草去了，才幸免一难。院子里的邻居见火光冲天，纷纷从地里跑回院子扑火。杨素琴也跑了回来，很卖力地担水救火。我以为杨素琴这次仍然会无动于衷，仍然会默不作声，但我又想错了。

　　待大家将火扑灭后，杨素琴绷着脸问孩子们这是谁干的？孩子们都知道闯了大祸，不敢作声，但又不约而同向我望了望，杨素琴顿时明白了。杨素琴先诚恳地给张奶奶道了歉，责怪自己这个后妈没有管好孩子，然后就回家将箱底父亲打工寄回来的4000元钱，全部拿了出来赔给了张奶奶。

　　张奶奶虽然通情达理，一再说不用赔，但杨素琴还是将钱塞进了张奶奶的荷包里，她还一再承诺，要帮张奶奶将牛栏重新修好。待一切事情处理完毕，杨素琴在人群中瞄到了我的身影，几大步走过来，一把拧着我就朝家里走去。尽管我的个头比杨素琴还高，身板比杨素琴还结实，但我不知道杨素琴瘦弱的身躯里，哪里来那么大的能量，她抓我就如老鹰抓小鸡一般。

　　来到家里，杨素琴顺势将房门一关，她猛地给我一个扫堂腿，我扑通一声就直接跪下去。接着，杨素琴从床头拿来父亲常系的皮带，不容分说就狠狠地向我抽打起来。她一边抽打，一边咆哮，谁给你这么大胆子居然敢放火纵火？难道你还要杀人吗？她俨然成了一头发怒的母狮。

我以为奶奶和邻居会过来劝架，便大声叫道："后妈打死人了啊！后妈打死人了啊！后妈虐待人啊！"我不叫则已，这一叫更加激怒了杨素琴，只见她将皮带扬得更高，下手更狠了，一手将我用力按住，一手使劲而频繁地抽打着。

"我让你喊！我让你叫！今天不将你打得皮开肉绽，不将你打得心服口服，我就不是你的后妈！你别以为你做的那些糗事我不知道，我知道都是你小子干出来的！你对我怎么戏弄怎么耍弄，我都能容忍！我觉得你只是一个孩子！后妈容忍你，不代表后妈真怕你，你搞清楚点！"

"今天即便天王老子都不得来扯劝！即便你爸回来，即便你的七大姑八大姨来说道，我也不得听！我还要和他们说道说道！这养的是什么孩子！你这样下去，将来不得进派出所蹲监狱吃牢饭啊？！我今天就要替老汪家教训你，你别不把后妈不当妈！……"杨素琴仍然一边抽打一边咆哮，其架势愈来愈烈。

我见喊叫无望，便直接向奶奶求救："奶奶！救我！奶奶！救我！"我回转头见奶奶在窗前伸着脖颈向里看了看，但她没有做出任何回应，只是默默地流出眼泪，向我轻轻挥了挥手，然后就走开了，意思是说别再喊叫了，没用。

此时，屋外聚满了邻居，不管年纪大的，还是年纪小的，不管是男的，还是女的，他们都不是来劝架的，而是来看一个后妈是如何收拾我这个臭小子的。大家在屋外叽叽喳喳、议论纷纷，却没有一人说一声"别打了"！相反，尽管我发出一声声惨叫，但还是听他们在说，这后妈是真打呀，这说明这后妈没有把孩子当外人，是真管他，是想让这孩子不走歪路，将来有出息。

听见乡亲们的议论声，我彻底失望绝望了，也不再奢望奶奶和

318

邻居们会来帮我说一声好话。我放下了尊严，放下了倔强，放下了臭脾气，我不再叫喊，仍由杨素琴一边抽打一边叫嚣。杨素琴也许打累了，也许见我屈服了，她便停下了手中的皮带，将皮带丢在了一边。我趴在地上动弹不得，但我并没有流下一滴眼泪。

杨素琴在椅子上坐了坐，奶奶这时才走过来拉我，用商量的口吻问杨素琴："素琴啊！还是让晓萧在床上躺一躺吧，也让他好好反省反省一下自己！"杨素琴既没有点头，也没有反对，只是长时间的沉默，奶奶看来沉默就意味着默认了呗。奶奶将我搀扶上床，让我平趴着，轻轻为我褪去大裤衩子，我顿时疼得一阵发紧。

奶奶见我屁股上青一块紫一块的，有的地方还冒出了血印，也嗔怪我道，你干吗要酿出这么大的祸事，不是邻居们扑火及时，我们整个院子都要烧完，你到时候到哪里去住啊？你爸哪有那么多钱赔人家啊？我心里暗暗对杨素琴产生了恨意，原来杨素琴你这么下得起手啊，我终究不是你的亲生孩子。但杨素琴喘了一口气，就找来正红花油，面无表情地给我抹了起来。

通过这次事件，我决定以后对杨素琴不能硬攻了，只能采取井水不犯河水的心态，不再主动去招惹她。第三天，杨素琴本来做好了一大砂锅红烧肉，想让我滋补滋补身子，让我屁股上的伤早点好起来。但对杨素琴的恨意和敌意，让我不得不对红烧肉敬而远之。杨素琴也不说话，也不劝我去吃，而是故意和奶奶将红烧肉端在我的旁边，两人大快朵颐起来。

红烧肉那诱人的香味，不得不让我屈服了，我只得违心地拿出竹筷伸向了盛红烧肉的砂锅里。转眼，父亲抽空回家了一趟。父亲一回家，我就战战兢兢地，谨小慎微地，生怕奶奶和杨素琴将我放火的事情告发出去。一旦父亲知道，我的一顿毒打绝对避免不了，我知道父亲打起来比杨素琴更狠更重，我早已领略过父亲的暴打。

父亲在家只待了3天，3天里父亲压根儿就没有提及我放火的事情。后来听奶奶说，杨素琴既叮嘱了奶奶，也叮嘱了左邻右舍，绝对不要将我放火的事情告诉我的父亲。对于杨素琴的这个决定，我既不感到庆幸，也不感到感激，而是一如既往与杨素琴保持着或冷或热、若即若离的不好不坏的关系。

父亲临走时，又将打工挣来的1万多元钱交给了杨素琴，还一再叮嘱杨素琴家里老的小的全靠她杨素琴照顾了，也要杨素琴自己别省着，想吃啥穿啥尽管去买。此时，我才彻底明白了杨素琴掌管着我家的财产大权，就连父亲也对她低眉顺眼、唯命是从。但我细想起来，杨素琴自打进我家门，她为她自己买的衣服甚少，相反逢年过节还会为我和奶奶买件新衣服回来。

一晃，杨素琴来我家整整3年了。我觉得很是好奇，杨素琴为什么不怀个孩子呢，难道她没有生育？我一次次在心底想到，杨素琴和我父亲一旦有了自己的孩子，我该是有多么悲惨，该是怎样的下场？我不敢多想。但不见杨素琴肚子鼓起来，我还是暗暗高兴。

有次放学回家，我路过院子门口时，就听见两个婶子在嚼舌根在瞎议论。一个说，汪家那媳妇儿杨素琴怎么3年了，也不见肚子鼓起来呢？莫非是这娘们儿哪里有问题吧。另一个说，你瞎说啥呢？我听晓萧的奶奶说，杨素琴是暂时不想要孩子呢，她想晓萧大点了读初中后再要孩子。听见两个婶子的议论，以前我从未对杨素琴有过任何感情波澜，但此时心底却不由自主地激灵了一下。

一个月后，我顺利考上了镇中。上学那天，杨素琴为我准备好了生活用品，还为我购置了一套新棉被，不声不响地将我送到了学校。临走时，她不像其他父母那样唠唠叨叨个不停，而是给我交好了学费，铺好了床被，就默不作声地离开了。

每次周末回家，杨素琴都将我的衣服洗得干干净净，叠得整整齐齐，还做上一顿可口的饭菜让我吃。那时我才明白，杨素琴的厨艺和手艺比我的亲生母亲好多了，她能做出很多母亲根本无法做出的饭菜。即便同一种菜，杨素琴的烧法和做法也与母亲大不一样，但我不得不承认，杨素琴做出的菜比母亲做出的菜好吃百倍千倍。

每次临走时，杨素琴都提前给我准备好了生活费和零用钱，有时还会多给我一点。她怕我不小心弄丢，每次都用一个小尼龙袋装着，放在我贴身的衣袋里。我觉得她给我钱理所当然，反正钱也是我父亲打工挣回来的。但奶奶却告诉我，你千万别这么认为，她和你爸爸结了婚，你爸的钱就是她的钱，要是她舍不得让你花，你又能咋样？事后细细想想奶奶所说的话，也不无道理。

后来发生了一件事，让我对杨素琴又有了新的看法，简直有点刮目相看。因两个同学骂我是无娘儿，我一气之下就将同学给打了，谁知他俩还还手揍我，我便拾起一块砖头就砸了过去，当时就将一个同学的头皮砸破了，鲜血汩汩地流了出来。

对方的家长知道后，不仅要我赔钱，还想揍我，即便老师一再调和也无济于事。老师无奈之下，只好给杨素琴打去电话，要她务必到学校一趟。我以为杨素琴到校后，又会拧着我一顿猛揍，在心底我早已作好了准备。谁知杨素琴到校后的做法却截然相反，让我对她的恨意顿时消减了几分。

杨素琴弄清楚事情的前因后果和来龙去脉后，知道是别人在欺负欺辱我，她随即像变了一个人，两手叉着腰，两脚在地上跺得山响，嘴里破口大骂："你们是什么家长？你们还恶人先告状！你们孩子凭什么骂我孩子是无娘儿？他有生他的母亲，现在也有养他的后娘，难道后妈不是妈吗？告诉你们，我就是汪晓萧他妈！谁也不能欺负他！谁再欺负他，我就跟谁拼命！不信你们试试……"

杨素琴就像一挺机关枪，猛烈地在向敌人扫射。被我打的同学见杨素琴这般阵势，他们闻所未闻，顿时从气势上就蔫了下来，忙扯了扯他家长的衣角，小声说："算了吧！我们也有错！我们回家吧！"同学的家长也被突如其来的骂声镇住了，也从未见过这么个弱女子竟如一个张开血口的大狮子，似乎要将他们活生生吞下。

见势不妙，家长忙拉住孩子对老师说，老师，就按您调和的办，我们回家，我们回家。然后，竟灰溜溜地走出了老师的办公室。老师见一场难以化解的纠纷，居然这么容易就被眼前这个弱女子化解了，老师也不禁对杨素琴投来了敬佩的目光。见对方出去，杨素琴又换了一副笑脸，笑容可掬地对老师道歉道，对不起，老师，都是我这个后妈没有当好，让孩子给您添麻烦了。

杨素琴拉住我就往家赶，在路边还不时在我头上扒拉来扒拉去，看我头上有没有被同学打出伤口。一路到家，杨素琴没说一句话，我也没说一句话，但我明显感到杨素琴在我心底扎下了一须根。没过几天，我的两个同学还主动和我和好了，还对我说，汪晓萧，真羡慕你有这么一个后妈，以后谁敢欺负你？我们有亲爸亲妈又怎样？还不是被你后妈吓着了！听见同学的夸奖，我似乎有了一点自豪感。

转眼，父亲总说对我放心不下，怕我总和杨素琴唱对台戏，便又请假回家了一趟。父亲这次回家，不仅给了杨素琴1万多元钱，还让杨素琴怀上了孩子。我不知道杨素琴是什么时候怀上孩子的，只是在一个周末回家，听我奶奶对我说，晓萧啊，你快要有弟弟或是妹妹了，你要当哥哥了。听见奶奶的话，我既不感到诧异，也不感到惊喜，我觉得杨素琴怀不怀上孩子，和我汪晓萧没有多大关系。

但杨素琴的这个孩子却又因我而早产夭折了，甚至还导致杨素琴终生不能再生育了。寒假期间，天下着鹅毛般的大雪，杨素琴已怀孕6个多月，肚子鼓得大大的，奶奶还说是不是怀的双胞胎。不管你是怀的一胞胎，还是双胞胎，我都没有心思去想，也不愿意去问。我任性惯了，因天气太冷，奶奶一再叮嘱我多穿点衣服，免得受冷感冒。

我自恃身体壮实而结实，耐得住寒冷，总把奶奶的话当作耳边风，一直不去添加一件衣服。但过了几天，我明显感到身体不适，有时还打着冷摆子，额头也烫得厉害，但我心强虚荣，也不好给奶奶和杨素琴去说。拖了几天，便病倒了。那天早晨，杨素琴做好了饭菜，叫了几声让我起床吃饭，我烧得迷迷糊糊，也就没有答应。

奶奶见我半天没有反应，就上楼去看，还慢一声紧一声地叫我，但我仍没有一丝反应。奶奶有点着急，嘴里直念叨，晓萧今天瞌睡咋这么大呢。当奶奶走近我的床头，一摸我的额头，顿时吓了一跳，忙对杨素琴喊道："素琴啊！素琴啊！你快来啊！晓萧发高烧了啊！都烧迷糊了！"

杨素琴听见奶奶的喊声，忙丢下手里的锅铲，就径自上楼而来。她也伸手摸了摸我的额头，还小声喊了喊我，晓萧啊！晓萧！见我仍昏迷不醒，杨素琴忙给我穿好衣服，就背我去医院治疗。进入初中的我，个子比杨素琴高出了一大截，体重也比杨素琴重了很多，她瘦弱的身子怎么背得动我？

杨素琴将我背到楼梯中间时，一不小心就摔了下去，不仅我摔下了楼梯，就连杨素琴自己也滚下了楼梯。我经过磕磕碰碰摔下，顿时就清醒过来，一眼就瞧见倒在地上的杨素琴两腿间血流不止，杨素琴也晕了过去。奶奶吓得半死，忙大声喊着邻居，救命啊！救命啊！

当邻居们赶来将我和杨素琴送到医院时，杨素琴已经流产了，孩子也在腹内夭折了。医生甚至还告诉她，以后可能不能再生育了。杨素琴知道后，没有流一滴眼泪，一直硬撑着，茫然地看着天花板。等父亲赶回来，杨素琴才对父亲说，对不起，我把你的孩子弄丢了，然后就大声哭泣着。

我是第一次见杨素琴哭泣，她哽咽着，抽泣着，这种悲痛是真正的悲从心起。我知道这一次我又是罪魁祸首，我甚至在想，我是

四季在山水间
SIJIZAISHANSHUIJIANLIUTANG 流淌

不是就是杨素琴的克星。父亲知道缘由后，大声骂着我，都是你汪晓萧不听话，不然怎会酿成如此悲剧？父亲对我一顿臭骂，我无力反抗，也无理反抗。但杨素琴马上止住哭声，反过来劝说父亲，你怪晓萧干啥？他怎么知道会发生这种事？也怪我这个后妈身体太单薄，没有用。这也许就是我命中注定的吧。

经过这件事情后，我一直对杨素琴心怀愧疚，但表面上总也不肯说出来，只是再也不捉弄不戏弄她了，也不再给她添任何麻烦了。我在心底暗暗发誓，我一定要努力学习，考出一个理想的大学让杨素琴瞧瞧。

我18岁那年，高考头一年的假期，我常常在家夜学到深夜十一二点。每次夜学，我都会关上门，不让任何人打扰。半夜，在我出门上厕所时，突然看到客厅的电视还开着，但没有开一点声音，客厅也未开灯，杨素琴却坐在电视机前一把椅子上，以看字幕的方式在看电视，一直在外面默默陪伴着我。

杨素琴已有了花白的头发，在电视机微弱灯光的闪烁里泛着光。我突然心生一份敬意，忙走过去，将电视开了一些声音，微笑着对杨素琴说，阿姨，你还是开着声音看电视吧，对我影响不大，你这样看电视多累啊。我突如其来的对她的一丝关心，竟让她眼里泛起了一层柔光。她忙说，没事没事，你学习要紧。

等我学习完了，感觉肚子也饿了，忙去厨房去找点吃的。此时杨素琴仍还未睡，她忙起身对我说，晓萧，饿了吧，锅里有热饭菜呢。等我揭开锅盖一看，锅里早已为我做好了我最爱吃的红烧肉。我一边吃着可口的红烧肉，一边微笑着看着杨素琴，我觉得杨素琴突然格外美，这种美是她的气质里散发出来的。

忽然，我的鼻子一阵酸楚，忙扭过头偷偷擦拭了一下红润的眼睛，然后郑重其事地对杨素琴说，阿姨，谢谢您！"你这孩子，谢什么呢！我是你的后妈，你亲妈能做到的，后妈我也能做到！因为在我心里，你就是我的孩子！"杨素琴仍如当初若无其事一般。

杨素琴为让我营养跟得上，每次都变着花样给我做美食美味，不管我学习到深夜几点，她都一直默默陪着我，直到我高考那一刻。高考那天，杨素琴一直等在校门外，在我进考场那一刻，她给我打着气，我和你爸都相信你，正常发挥就好。我终不负众望，大学的录取通知书如约而至。

杨素琴见人就夸，我家晓萧太有能耐了。她为了给我庆贺，竟将左邻右舍和亲朋好友全请到了家里，做了几大桌子好菜。父亲那天也回家了，一直对我持质疑态度的父亲对我不是很看好，哪曾想我还考上了人人羡慕的名牌大学，这让他有点惊诧不已。只有奶奶知道，我能有今天全靠杨素琴在背后支持支撑。

奶奶突然站起身，举着酒杯对众人说，今天我要感谢我们家大功臣素琴，没有素琴的付出，哪有晓萧的今天。杨素琴经奶奶这么一说，反倒有些不好意思，嗫嚅着双唇不知道说什么好。我忙接过话头，对杨素琴说，阿姨，您是我的后妈，后妈也是妈！您就是天底下最好的妈！千万别把后妈不当妈！

我双膝跪在杨素琴身边，轻轻地叫了一声妈，还磕了三个响头，并对她说，今天我要第一个敬您的酒，以后您就是我的亲妈，我就是您的亲儿子。杨素琴喝完杯中的酒，一把将我扶起，紧紧地将我搂在怀里，连声说，晓萧，好儿子，好儿子，妈没有白疼你，然后竟泣不成声。

进入大学后，同寝室的几个同学都要讲讲自己在老家的一些糗事，而我给他们讲的就是这个别把后妈不当妈的故事。

（2023年2月16日发表于中国作家网）

你是风儿我是沙

立秋过后，门前苍郁的枫树林被西风一刮，树叶就渐渐变红，红得像一片片燃烧的火光。

70来岁的老姜头伫立在门边，看着这一团团红彤彤的枫叶，心不免揪紧起来。他担心老婆子的疯病又要复发了，因为老婆子每年到枫叶变红坠地的时候，精神就会渐渐失常而疯癫起来。

老姜头叫姜和明，是野店溪人。一条宽阔的野店溪从老姜头门前穿插而过，使老姜头的家园充满了诗情画意。他的老婆子名叫寇巧儿，年轻的时候是文澜县城出名的大美人，也是富豪家的掌上明珠。

老婆子疯癫的时候，谁也不认识，就连老姜头她也不知道是谁，还时常怔怔地望着他，神经兮兮地问："你是谁呀？是我那死鬼老姜头吗？"

每当这时，老姜头就会痛心疾首地拉着老婆子的手说："老婆子，你怎么连我都不认识了呢？我就是你常念叨的死鬼老姜头撒！"说完这句，老姜头深凹的眼眶中就会泪水涟涟。

老姜头为了及早给老婆子瞧病，他决定在老婆子疯癫复发之前就带她到县医院去看看，以防万一。

第二天一早，老姜头把家里安排妥当，就对30多岁的儿子二蛋说："二蛋，你在家看护着，我带你妈到城里看病去了，好生看着啊。"

儿子二蛋其实也很傻很呆，但他不像母亲那样患季节性复发，可二蛋还是懂事地点点头说："老爹，你去吧，给我老妈子瞧病，我没事。"

虽然二蛋满口答应，但老姜头还是有些不放心，便委托邻居张老头帮忙看着点二蛋。

老姜头拉着老婆子的手行进在野店溪乡间崎岖的小道上，一脸的茫然和惶惑，他不知道以后的路咋走。

老婆子清醒的时候和老姜头还是相敬如宾，对老姜头爱慕有加。此时，她也痴情地挽着老姜头的胳膊有如少女般温柔，并含情脉脉地盯着老姜头雪白的头发说："我没事，今年我的病不会复发的，看你的头发又白了一圈。"

老姜头为了不给老婆子心理上任何压力，便假装轻松地说："没事，没事，我可爱的老婆子没事。"

"你是风儿我是沙，缠缠绵绵到天涯……"老姜头学着琼瑶系列电视剧《还珠格格》中的主题曲轻轻地哼唱起来。

听着老姜头有些跑调的歌声，老婆子异常兴奋和知足，她想起自己和老姜头40来年的风风雨雨，就像《还珠格格》中的主人公的爱情故事一样甜蜜一样凄苦。

她回想着躺在老姜头的怀里看《还珠格格》时的情景，每当看到动人之处，她和老姜头都会不约而同流出辛酸的泪水。儿子二蛋一看见老爹老妈哭，他也会凑过来依偎在老爹的脚边，把头埋在老爹的膝盖上"哇哇"低泣。

"叮咛嘱咐千言万语留不住，人海茫茫山长水阔知何处。浪迹天涯从此并肩看彩霞，缠缠绵绵你是风儿我是沙。点点滴滴往日云烟往日花，天地悠悠有情相守才是家……"老姜头哼唱到此处，已是泣不成声。

老婆子见老姜头如此伤悲，她便将老姜头挽得更紧了，她虽然嘴上说今年自己的病不会再患，但她还是有些忧心忡忡，两行愧疚的泪水顿时从饱经风霜的脸上滚落下来。

来到文澜县城，老姜头老两口已经有些饿了。他们踯躅着在街上走来走去，又不想走进豪华的餐馆。快到医院门口的时候，老姜头吩咐老婆子："老婆子，你在这儿待着，哪儿也别去，我给你买包子去。"

听着老姜头的吩咐，老婆子乖乖地站在原处不动，看着街上熙熙攘攘的人群和川流不息的车辆直发愣。

老姜头从早餐店花去 10 元钱买了一袋包子，心急火燎地赶回原处，生怕老婆子出事。可越是担心，不好的事情就真的跟着老姜头的脚跟撵，老婆子不见了！

不见了老婆子，老姜头一下子蒙了，手里提着的包子也"咚"的一声掉落在地上。他先是四处打量，看有没有老婆子的影子，可看得见的角角落落他都搜寻遍了，仍不见老婆子半点影子。

老姜头用手使劲捶打着脑门，嘴里还喃喃地说："都怪我，都怪我……"一个趔趄险些栽倒在地。他忙拖着他那笨重的双脚颤巍巍地冲进如流的人群寻找起老婆子来，还不时大声呼喊着："老婆子呃，你在哪呀？"

回应老姜头的只有人群的吵闹声和车子的鸣笛声，没有老婆子半点声息。老姜头急得声音都有些嘶哑了，在大街小巷寻了几个来回也没有寻着。

原来老婆子在老姜头去买包子的当口，猛一看见一辆轿车从一个小孩子身边擦身而过，差点将小孩子撞倒，她当时吓得用手蒙住了眼睛。受了这意外的惊吓，她的病顿时又复发了。她忙神经错乱地向那辆轿车奔去，口里不停地念叨着："蛋儿，你在哪里？我的孩子！"随即拥进熙熙攘攘的人群不知去向。

老婆子嘴里念着的"蛋儿"就是她的儿子二蛋，二蛋小的时候曾是一个聪明伶俐的孩子，深得老姜头两口子的喜爱。

在二蛋5岁的时候，也是一个枫叶火红的季节，他随着母亲寇巧儿到县城买衣服，母亲右手紧紧牵着他，生怕他有什么闪失。在不经意的当口，二蛋挣脱母亲的手飞速向街心跑去，可母亲还没来得及眨眼，意外就发生了。

二蛋直挺挺地躺在高速奔驰地轿车旁边，脑门上流出了一摊鲜红的血液……

母亲跑过去俯下身子抱起昏迷的二蛋，失声痛喊道："二蛋啊，二蛋，你怎么啦？你究竟怎么啦？"在好心人的帮助下，将二蛋母子送进了医院，经过医生紧急抢救总算保住了二蛋的生命，但从此，二蛋就变得傻乎乎的了。

二蛋可是父母的命根子，知道儿子出事，姜和明急匆匆地赶到医院，看见儿子仍在昏迷之中，伤势严重到了极点，他本想训斥妻子几句，但一看见寇巧儿黯然神伤，哭得像个泪人，到嘴边的狠话又不禁吞了回去。

寇巧儿见丈夫赶来，心"怦怦"直跳，她害怕丈夫数落她，责难她，不敢正眼去瞧丈夫一眼，只是静静地站在急救室门外偷偷地抹眼泪。

丈夫的宽容令寇巧儿感动，也更加令她自责和愧疚，她真想用自己的生命去换回二蛋健康活泼的身体。从此，寇巧儿渐渐变得忧郁无常起来。

在二蛋出院那天，姜和明家门前的溪水哗哗直响，门口的枫树也变得更红更艳，可这些美景在5岁孩子二蛋的记忆深处渐渐模糊起来，他已不是从前那个乖巧伶俐的二蛋了。

眼看着儿子傻乎乎的模样，再也见不着以前二蛋的身影，寇巧儿由于过度自责和愧疚，她的神经也不自然错乱起来。突然有一天，寇巧儿竟脱得一丝不挂"扑通"一声跳进了门前的溪水里，她想让溪水洗去她的过错和内疚，她也想用自己的生命挽回儿子健全的身体。可等姜和明把她从冷水中救起来时，她已经昏迷了。

好不容易将寇巧儿用姜糖水灌醒，但醒后的寇巧儿谁也不认识，只顾满山遍野狂跑，说要去找她的儿子蛋儿。

令姜和明有点欣慰的是，寇巧儿一到春暖花开的季节，她的病情就会慢慢好转直至康复，但一到枫叶变红的时候，一切又归于异常。

就这样，老姜头守护着傻乎乎的儿子和定时发病的妻子一晃就是30来年，但他对老婆子的爱始终是忠贞不渝、不离不弃。

老姜头又跑到车站意欲寻找到老婆子，可几个来回过去仍是音讯全无。

无奈至极，老姜头只好万念俱灰地往家赶，此时已是下午5点了，他又怕儿子二蛋在家又生什么意外。

回到家门口，老姜头一眼瞥见那片火红的枫林时，他不由得怒发冲冠，对着枫林就大骂道："龟儿子，你红个啥？你早不红，晚不红，偏这时红，你叫老婆子怎么办啊？"

火红的枫树林任凭老姜头怎么咒骂，只是回应着"唦唦"的树叶闪动声，它们哪里知道老姜头内心的苦楚。

儿子二蛋一见老爹回来，仍像一个小孩子似的从屋子里扑出来围在老姜头周围直问道："老爹，你回来了啊，给我带啥好吃的了？"

他猛一看见老爹哭丧着脸，还不见了老妈的影子，好吃的东西顿时对他没有了多大兴趣，他拉着老爹的衣角连声问道："我妈呢？你把我老妈弄哪去了？……"

老姜头不知道如何对儿子说在县城所发生的一切，他只好一把拉过儿子抚摸着儿子的头哽咽着说："我，我，我把你老妈弄丢了。"说完，泪如泉涌。

　　二蛋一听老妈不见了，扯起嗓门"呜呜"哭了起来，用手捶打着老姜头的前胸，埋怨道："我打你，我打你，看你还敢不敢弄丢我老妈！"

　　老姜头由着呆傻儿子的性子，让他轻一下重一下地捶打着，眼里的泪仍像倾泻的闸门涌流着。

　　夜深人静的时候，老姜头父子俩呆坐在沙发上一言不发，默默忍受着强大的自责和悲痛。他们担心着寇巧儿在外面是否冷着，是否受人欺凌，是否能找到回家的路……

　　老姜头打开那台二十一英寸黑白电视，不知哪个台又在热播《还珠格格》，那句主题曲"你是风儿我是沙，缠缠绵绵到天涯"一入他的耳膜，他的泪又不禁流了下来。只一天的工夫，老姜头明显苍老了许多，那雪白的头发看起来更白了，他不知不觉又想到了40多年前的往事……

　　40多年前，老姜头还是小姜，正是风华正茂的年纪，是野店溪有名的小木匠，他常到文澜县城给有钱人家打家具。

　　农历七月十二日，阳光明媚，被誉为"东方情人节"的土家女儿会在文澜县城举行。

　　被誉为"东方情人节"的女儿会，保存着古代巴人原始婚俗的遗风，是偏僻的土家山寨与封建包办婚姻相对立的一种恋爱方式，是土家族青年在追求自由婚姻的过程中，自发形成的以集体择偶为主要目的的节日盛会。其主要特征是以歌为媒，自主择偶。届时，以年轻姑娘为主，也有已婚妇女前往参加，通过对歌的形式寻找对象或与旧情人约会，畅诉衷情。

　　女儿会这天，姑娘们把用背篓背来的土产山货摆在街道两旁，自己则稳稳当当地坐在倒放的背篓上，等待意中人来买东西。小伙子则在肩上斜挎一只背篓，形如漫不经心的游子，在姑娘面前搭讪。双方话语融洽，机缘相投时，就到街外的丛林中去赶"女儿会"，通过女问男答的对歌形式，互通心曲，以定终身。

在县城打了半天家具的姜和明想见见街心女儿会热闹的场景，心早就像猫子在抓，忙向老板请了假，说去看看女儿会。老板见他也是一个愣头青年，哪有不让他去参加女儿会之理？准允了他半天假，并祝他早日找到意中人。

来到街心，那种热闹场面自不必说，土家青年男女都穿着节日的盛装，把整个小山城点缀得花枝招展，分外妖娆。

姜和明随着熙熙攘攘的青年男女径直来到一个摆西兰卡普织锦的女孩面前愣住了，他首先被女孩的织锦所吸引，她的织锦光彩艳丽、图案丰富、织艺精湛。

当姜和明拿着织锦和那女孩四目相对时，他的魂魄差点被那女孩勾去了。女孩的美丽不是一般人可以比拟的，犹如粉红的桃花盛开，又如小鸟一样依人，看得姜和明眼睛都直了。在他心里，这女孩就是沉鱼落雁就是绝色佳人。

"你好！你的织锦真漂亮，但人更漂亮。"姜和明主动和那女孩搭讪起来，但他毕竟是第一次和心动的女孩搭讪，他的脸不由自主地红到了耳根。

那女孩见他这么腼腆的模样，心想这男孩一定是乡下来的，城里的男孩是不会这么害羞的，便也随和回了一句："你也好！打哪来呀？"

见女孩回应了自己的问话，姜和明不禁有些心驰神往，便笑着回答道："我是野店溪的，在县城做木活，你的织锦怎么卖呀？"

那女孩见姜和明如此率真，加上姜和明的长相绝对是那种受看的类型，她也不免有些心似鹿撞，忙主动把一摞织锦摊开任由姜和明挑选。

姜和明假装很细心地挑选着一匹匹织锦，但心早已飞到了女孩的心窝。他手持西兰卡普，但两眼直愣愣地瞧着那女孩，直瞧得那女孩有些发毛。

"你买吗？不买就别老看我！"那女孩直言不讳地问道。

"买，买，当然买！"姜和明有些不知所措，忙掏出 100 元钱递给那女孩，随即很随便地拿了五匹织锦。

"能告诉我你叫什么名字吗？我叫姜和明。"姜和明似乎有些穷追不舍。

"寇巧儿，我就在县城，今天是背着爸妈出来的，他们不让我出来参加女儿会。"那女孩干脆来个竹筒倒豆子。

"寇巧儿，真好听！"姜和明不失时机地奉承几句。

姜和明和寇巧儿就这么相识了，接下来你一言我一语地谈得很是融洽很是开心，心底的那层纸也不自觉地捅开了。

女儿会过后，姜和明就趁在县城做木活的机会经常和寇巧儿约会，直到有一天，他们的行为被寇巧儿父母知道了。

寇巧儿的父母是县城殷实人家，和姜和明的乡下比起来简直是一个在天上一个在地下，不可同日而语，他们怎么会同意自己的宝贝女儿和乡下的穷小子来往呢？

禁令马上在他们之间诞生，有次姜和明去寇巧儿家楼下找她，还遭到了寇巧儿家人的侮辱和暴打，可姜和明终不死心，寇巧儿也认死理——非姜和明不嫁。父母被逼无奈，只好成天将寇巧儿反锁在房内。

有一天深夜，姜和明又贴着墙根摸到了寇巧儿家楼下，并向寇巧儿打了暗号。寇巧儿会意，就将床单撕成布条接在一起套在床方上，另一头系在自己腰间，从窗口滑了下去。他们相拥着逃到后山丛林中，整整待了一个晚上。

那晚，寇巧儿索性把什么都交给了姜和明，这是姜和明一辈子也难以忘记的月朗星稀之夜。

等寇巧儿第二天再回去时，她的父母脸黑得像千年木炭，从不舍得打她的父母一气之下竟然狠狠地甩了她两个耳光。从此，父母将窗子也用木条钉得更紧了，不给她留任何可以出逃的机会。

日子一天天过去，姜和明和寇巧儿彼此思念与日俱增，他们都在内心暗自发誓，这辈子历尽多少坎坷也要走到一起。

眼看时间如蜗牛般慢慢消逝过去，姜和明和寇巧儿相见的机会却有了一丝转机。寇巧儿由于那个月朗星稀之夜，她体内竟然有了和姜和明爱情的结晶。当父母知道这一境况后，都傻眼了！

寇巧儿的父母后悔不迭，女儿未婚先孕给他们在整个县城丢尽了颜面，他们无脸面对江东父老，便只身将寇巧儿撵出家门。寇巧儿就这么简单地投靠了姜和明，从此再也不曾回过家。

想到此，老姜头再一次泪流满面，老婆子跟他几十年不知吃了多少苦受了多少委屈，他又一次拍打着脑门，大声狂喊："老婆子，不管你走到哪里我都要找到你……"

这一夜，老姜头家的灯始终没灭，他怕老婆子回来找不着路。

第三天，老姜头正准备又去县城继续寻找老婆子，忽然听见二蛋对他大叫："老爹，老爹，快来呀，我看见老妈了。"

老姜头循声望去，只见县电视台正在播放公安局一则认尸招领启事，老姜头不看则已，一看画面他惊呆了，那躺在县城大桥之下的尸体不是他的老伴寇巧儿吗？老姜头险些晕倒，忙一把将方桌扶住。

原来，老婆子独自跟着那辆轿车追了很远很远，渐渐便被潮水般的人群淹没，就这样漫无目的地向前走着，直到夜深了也没有知觉。后来，她不知不觉又来到了文澜河边，一不小心就跌进了深水里，就再也没有起来。

直到第二天上午，一个老太婆在河边洗衣服才发现了寇巧儿的尸体，便打电话给了110……

安埋好寇巧儿，老姜头一度精神恍惚，他索性在寇巧儿坟旁搭了一个草棚，和儿子二蛋没日没夜守护在那里，他要和儿子一起给老婆子说话陪老婆子唱歌向老婆子诉说心事。

每到夜晚，野店溪的人们就会听见山头那嘶哑的歌声："你是风儿我是沙，缠缠绵绵到天涯……"那歌声似在哭泣又似在倾诉，其中的悲伤只有那一片火红的枫树林可以理解可以作证……

（2013 年 3 月 15 日发表于《贡水文澜》总第 6 期，2018 年 6 月 30 日发表于《清江》总第 159 期，2023 年 5 月 23 日发表于中国作家网）

吃篾条吐晒席

周末一大早，年轻帅气的柳局长柳云飞春风得意地挽着娇妻遛了一圈清江走廊，径直来到清江河畔"思又来"大酒店吃早餐。

思又来大酒店地处市区繁华地段，因为食品品种繁多又富有特色，而且门前场地宽绰，可以方便食客停顿各种车辆，来这里吃早餐的人便络绎不绝。柳局长也经常来这里进餐，早成了这里的熟客。

一见柳局长携妻子进来，服务小姐忙站起身近前鞠躬招呼："柳局长大驾，欢迎！欢迎！要包厢吗？"柳局长本想和妻子找个安静的包厢就餐，但眼见有很多熟人在此，怕别人说长道短，便对服务小姐说："就吃个早餐，要什么包厢啊，哪有空位就在哪吃吧。"

服务小姐忙将柳局长夫妻俩领到靠右墙可以临江而望的桌子上，很客气地说："您二位要点什么？""来两杯牛奶，两碗牛肉面。"柳局长一边眺望清江绿油油的河水，一边慢悠悠地说。当他一眼瞥见邻桌的老王时，不禁顿感一阵倒胃，吃早餐的欲望顿减三分。说真的，他不想在此见到老王，但今天却偏偏狭路相逢又让他瞧见了，他感觉这世界实在太小太小了。

老王是柳局长以前的同事，而且表面上两人的关系还很不错。但在柳局长心里总有个疙瘩，看着老王就有些不顺眼。那是 20 多年前，柳局长刚大学毕业分配到老王他们那个单位，老王那时已是科室负责人。那时的老王根本没有把这个小不点大学生放在眼里，正逢单位搞建修，他便安排柳云飞一个人打扫单位的全部卫生，还要他整天和那些灰头土脸的建修工人一同搬运建修材料。柳云飞心里很不痛快，但碍于自己在单位还没扎稳脚跟，也只好忍气吞声地整天屁颠屁颠地跟在老王身后。

但令老王做梦也想不到的是，柳云飞的仕途却如开花的芝麻一节高过一节。没过几年，便混成和老王同级别的科室负责人，而且还掌管单位的经济命脉。老王眼见青云直上的柳云飞，他才感觉到后生真的十分可畏，觉得老这样待下去没什么奔头了，便找了一个自认为有发展前途的单位率先跳槽了。几年过去，老王在新单位还是原地踏步踏，没有混出个新名堂，而柳云飞却从媳妇熬成婆当上了一统江湖的局长。

柳局长想到此，胃内又忍不住倒了一口酸水。出于礼貌，柳局长几次都想跟老王打声招呼，但老王带着孙女一直埋头吃东西，没法顾及邻桌还有一个以前单位的同事。这时，服务小姐为柳局长夫妻俩上好了牛奶和牛肉面。柳局长遛弯实在遛饿了，虽食欲不佳，但还是三下五除二就将牛奶和面条解决了，而妻子却还在慢慢品味。他真想喊一声老王，即早打声招呼了事，但餐厅的人太多，闹哄哄的，得扯起嗓子大喊，觉得这样又有失局长的身份和体面，只好违心地掏出高档手机，随意摆弄起来。但两眼还不时向老王这边张望，生怕老王一抬头就看见了他，因自己没有主动搭讪，会误会自己是在摆官架子摆领导谱，这样不好，毕竟自己现在是局长了嘛。

柳局长好不容易等到妻子吃完了，可老王此时也吃完了，只是老王5岁的孙女仍在那里吧唧吧唧地细嚼慢咽，他只好坐在原地耐心地等待。柳局长吆喝着娇妻，准备去买单，他想连同老王的单一起买了，以显示他局长的身份和大方。他忙和妻子走过去，故意和老王打了个照面，假装热情地对老王一拱手喊道："老王啊，您带孙女也在这里吃早餐啊？那您慢慢吃，我去买单，您自己就不用买了，我买啊。"在他当局长之前，他从未对老王喊过"老王"，总是假装虔诚很敬重地叫一声"王科长"，但今天他对老王叫了，认为这是顺理成章、理所当然的事。

老王"噌"地站起身，见是柳局长，似乎有点受宠若惊又似乎尴尬而又自卑的感觉，忙红着老脸说："哪有局长给下属买单的道理？应该我给局长买单。"老王说这话好像没一点底气。

柳局长拍拍老王的肩膀说："您怎么这样说呢？我们是老同事嘛，不怕您见怪，现在我工资比您高多了，应该我请您。"老王听见柳局长这几句话，不觉脸上有些臊得慌，他知道自己以前不该那样对待柳局长，这是局长在故意打自己的老脸。

老王还是故作坚持地说："那怎么行？我得请您，机会难得啊，中餐和晚餐我买不起单，就给我个面子让我请您夫妻俩吃顿早餐吧，不是您划算，而是我捡了个大便宜。"柳局长只是想买了单早点闪人，没想到这个死老王还和自己较起了真，他说什么也不让老王买单，老王说什么也要买单，两人僵持了很久也没有一个理想的结果。

柳局长见很多人都掉头像看怪物一样看着他们俩，为了这么一点小钱老是这样僵持下去，实在不值，自己局长的面子也有些挂不住，他无心恋战下去，便使出撒手锏对老王说："老王啊，别争了，还是让我买单吧，您买单得自己掏腰包，而我买单可以公家报销。"

一听这话，老王彻底蔫了，像一只斗败的公鸡，拉着孙女颓丧地走出了思又来大酒店。此时他的腰显得更弓了，步子迈得更迟钝了。老王走后，柳局长是最后的胜利者，他起身买单，"唰"地从皮夹里抽出一张崭新的百元大钞递给老板。老板收完钱，顺手扯下一张发票。

柳局长却说："发票就不要了吧，你还真以为我要报销啊，我不那么说，那个老家伙可能到现在还不会走呢。"老板一听，觉得柳局长这人还不错，是自己门缝里看人，把局长瞧扁了，心里有些对不住，脸上也有些磨不开，连声说："真不好意思！真不好意思！"老板还一直将柳局长夫妻俩送出店外，折回来还不停地夸道："好干部啊，好干部啊……"

走在回家的路上，柳局长的娇妻一直嘀咕："老板给你发票你就拿着呗，能报销就报销，干吗那么客气？有权不用过期作废，到时你后悔都来不及。"拗不过娇妻的一再唠叨，他朝娇妻瞪了一眼，没好气地说："就你头发长见识短！几十块钱你也看得那么上心！"

只是星期一早晨一上班，柳局长就吩咐司机小刘："小刘啊，你到思又来大酒店给我开 1000 元的早餐发票。"小刘违心地点点头应承下来，因为只有他明白，这个月还不到月中，柳局长已经 3 次要他到几个大酒店开千元发票了。

半年之后，柳局长因涉嫌贪污被纪检部门"双规"。几年牢狱之灾过后，老王牵着孙女再一次在清江走廊碰到他时，脊背挺得笔直，昂着头不禁揶揄地对他说："小柳啊，我请你吃大餐吧，绝对是用我的退休工资正儿八经地买单！"被称作小柳的柳云飞内心像扎满芒刺一般，脸上臊得像一瓢猪血，但还是很礼貌地勉强道了一声"谢谢"。

等和柳云飞擦肩而过之后，老王在心里一再嘀咕："不管喉咙再大再粗，吃进去的东西都是要呕出来的。人啊，不仅要为自己的吃穿住行买单，而且还要为自己的贪欲和过错买单。"孙女时不时昂起头，怔怔地望着老王，似懂非懂地点了点头。

"吃箢条嘛呕晒席啊，吞芝麻嘛吐烙饼啊……"老王再一次嘟囔起来。

（2023年3月1日发表于中国作家网）

耍酷不好玩

贾虎 20 岁从省艺术学院毕业，在县文工团当了一名小演员。他虽只有 20 岁，却早已生得肥头大耳、大腹便便。尤其在言谈举止和穿衣打扮上更是显得与众不同。用他的话说，就是帅呆了，酷毙了。

贾虎头上留着卷曲的金黄色长发，还习惯性地包着一块红艳艳的头巾，说这很有艺术明星气质。耳朵上挂着长长的耳坠，脖子上套着一根像狗链子的东西，走起路来发出叮当叮当的碰击声。鼻梁上架着一副漂亮的金丝眼镜，身上穿着色彩斑斓的奇装异服，让人看了总觉得有些不伦不类而又不男不女。

今年清明节这天，他和朋友江哲相约到乡下去给过世两年的姥姥扫墓，顺便沿途欣赏一下乡下的春光美景。这天去乡下扫墓的人真多，等贾虎和江哲赶到车站时，中巴车已坐满了人。他俩只好委屈地挤在过道上，手扶着座椅靠背，随着中巴车在坑坑洼洼的乡间小道上奔驰着。

路，实在太乱了。没多久，贾虎就被颠簸得头冒冷汗，加上他又有晕车的毛病，脸色早已煞白，一只手还使劲地按着圆鼓鼓的腹部，时而发出一声"哎哟"的惨叫。紧挨着贾虎旁边座位上的一位60 多岁的老大娘，将这一切全看在眼里。她拉着贾虎的手心疼地说："姑娘，来，你坐我的座位吧，小心腹中的胎儿！这可不是闹着玩的！"

　　贾虎被老大娘错当成了孕妇，他本想发作几句，便念在老大娘一片好心的分上，他只好没好气地说："你自己坐吧。""没事，我反正在前面一段路就要下车，还是你坐吧，腹中的胎儿要紧，有六七个月了吧？"说着，老大娘已艰难地站起身，意欲让贾虎坐下。贾虎无奈，只好硬着头皮坐了下去，反正坐着比站着舒服，他也就无所谓了。

　　老大娘临下车，还一再叮嘱江哲："小伙子，你要好好照顾你媳妇，在这偏僻的山村，千万别让你媳妇出什么问题。"江哲被老大娘弄得一头雾水，随即又反应过来，顺着老大娘的意思随口答道："大娘，你放心，我媳妇没事。"

　　经过几个小时的颠簸，中巴车终于到了目的地。一下车，贾虎和江哲就想撒尿，早已憋得忍不住了。他们不知道哪儿有厕所，贾虎便问一位老大爷，老大爷随手向前指了指。顺着大爷手指的方向，他俩急匆匆地闯进厕所，江哲哪曾想正和一个美女撞了个满怀，美女发出一声尖叫，直呼"抓流氓"。等他们羞涩地退出厕所一看，才知道大爷把贾虎当成了女孩，给他们指错了厕所。"呼啦"一声围上来好多看热闹的人，有的还扬言要打这两个小流氓，经过江哲好一阵解释总算才解围。

　　为贾虎姥姥扫完墓后，他们迷恋于这山里的景色，到处闲逛，口渴至极就顺便喝了几口山里的泉水。贾虎长年生活在城里，对乡下水土一时不合，顿时肚内疼痛难忍。江哲揽着贾虎，一路寻找着医院。这偏僻的山村哪有什么医院？经过一番艰难地打听，终于找到一个简易得不能再简易的卫生所。

　　贾虎躺在破旧的床上，一位戴着老花镜的白胡子医生拿着听诊器给他听了又听，又用枯柴似的双手在他腹部揉了又揉，然后摘下老花镜无不歉意地对江哲说："对不起，小伙子，你还是赶快将你媳妇转到县医院吧，她是难产！"

贾虎一听这话，气得一把将红艳艳的头巾扯去，敞开胸部歇斯底里地叫道："你老人家看清楚点，我是男人！"

从此，耍酷和贾虎再也没有了一点缘分。

门前弯弯一条河

知道《诗经》的博大精深，我是从"窈窕淑女，君子好逑"之句开始的。从古至今，但凡是窈窕淑女，君子都是好逑的。即便不是窈窕淑女，是萝卜白菜，也各有所爱。在情人眼里，萝卜白菜也是窈窕淑女，也是亭亭玉立的西施，是他的心肝宝贝。

明太祖朱元璋的结发妻子马秀英，虽自幼聪明，能诗会画，性格倔强骄蛮，还生得一双大脚，并非人们公认的大家闺秀，或是小家碧玉，也不是所谓的窈窕淑女之人，但她却深得朱元璋的青睐。朱元璋称帝后，马秀英全凭一双大脚打天下，位居皇后，最终成为一人之下、万人之上的人物。

《诗经》的首篇《关雎》里，那一个千古绝唱的窈窕淑女，尽管没有人知道她究竟长得怎样的沉鱼落雁，或者是怎样的闭月羞花，但她却带给几千年来无数人的遐想，甚至是浮想联翩。走进《诗经》的首页里，那一个在弯弯河水中沐浴的女子，顿时就在你的眼前闪现，特别是垂下的那一缕秀发，就如黛青色的瀑布，让你心旌荡漾。

眼前总是浮现出那么一条弯弯的河水，也不知道那条河流姓啥名谁，有没有一个很素雅或是很高贵的名字，但河水常年清澈碧绿，如窈窕淑女的眸子，很是灵气，很是灵动，很是清亮；也如蓝天碧海里裁下的一块嫩滑的绿绸，像镶嵌在窈窕淑女身上的一段锦袖。女子是想给河流取一个名字的，她想取一个彪悍伟岸的名字，如他心中梦中情人的名字那般洒脱豪迈。

一种叫雎鸠的水鸟，雌雄相随，形影不离，如一对朝夕相处的鸳鸯，在碧草葳蕤的岸边嬉戏打闹。只要那一只雎鸠偏离一点方向，另一只雎鸠就会立刻尾随而去，发出清脆的鸣叫声，不曾落下半步。女子多想自己就是那一只雌鸟啊，能伴随着她的雄鸟遨游在河水之中。

岸边的绿洲之上，芳草萋萋，参差不齐的水生植物荇菜，长得茂盛而嫩绿，散发着一股浓烈的清新味道。这种味道与女子的体香，与花草的花香融为一体，惹来众多蝴蝶驻足观瞻。那扑闪扑闪的舞姿，很是曼妙，很是动人，它能撩拨一颗静如止水的心，不再安静，不再淡定。女子也多想在河水之洲上，跳一曲曼舞，撩拨一下她的心上之人。

女子提着篮子，用柔指轻轻掐着荇菜，一根，两根，一把，两把。女子哪有心思采摘荇菜呢，她是醉翁之意不在酒，她是借采摘荇菜之名，想多看一眼河岸的心仪之人。但她心仪之人在哪里呢？是在遥远的天际，还是近在咫尺，女子也说不清楚，也道不明白。她的心可是如小鹿乱撞啊，扑通扑通跳个不停，稍有不慎，就有可能会晕眩过去，甚至会晕厥过去。

女子的脸红扑扑的，想必有点羞涩，想必有点矜持，但思念之心如河中之水漫延，控制不住啊，也抵挡不住，冲垮了她倔强的堤岸，冲塌了她最后的防线。但这种多情妩媚的女子，也是难以一时述到的。男子即便寤寐求之，即便琴瑟友之，即便钟鼓乐之，即便辗转反侧，那也是千呼万唤不会出来的。即便出来，也还得犹抱琵琶半遮面，不敢大胆示人的，更不敢大胆表白的。

女子在参差的荇菜中穿梭穿行，她左右采之，左右芼之，怎么篮子里都装不满荇菜啊，却装满了她的思念，她的想念，也装满了她的傲娇啊。男子是睡梦中也想，醒来时也想，他怎么不划过一叶小舟与女子相见呢？他怎么不学那一只雄鸟呢？他问问河水，河水也只能哗哗哗地潺流着，不给男子作任何回答。

《诗经》里并未说男子和女子的最终结果如何。其实，结果如何并不重要了，重要的是彼此心底都有那一段刻骨铭心的思念，那思念的味道，也是痛并快乐着幸福着。

我的家乡也有一条河流，它可有一个美丽而神奇的名字，名曰神农溪。它又名沿渡河，是长江走出巫峡进入香溪宽谷之后的第一条河流，被人们称之为鄂西明珠。

神农溪里引人入胜的不仅有山野情趣的自然景观，还有那一艘艘轻便的豌豆角扁舟和裸奔的纤夫。英子是老纤夫长庚叔的孙女，自幼就在神农溪侧畔长大，经常随着爷爷在豌豆角扁舟上玩耍，从小就看惯了叔叔辈和爷爷辈们古铜色的肌肤。

即便他们一丝不挂牵引着纤绳，在英子纯洁的眸子和眉睫里也是一道美丽的风景，就如碧波荡漾的河水和两岸秀丽的风光一样，那样干净，那么纯粹，让英子心旷神怡。

英子长到十八九岁，这种感觉就突然起了变化，她不敢再去瞄一眼这些男人们诱人的肌肤和结实的肌肉。她一看到这些胴体，就会脸红心跳，心率就会成百倍成千倍加速，脑子里还会胡思乱想着，究竟想的什么，她自己也说不清楚。

英子经常在河边捣着衣裳，捣衣棒在石板上发出的啪啪声清脆而悦耳，有时还伴着英子的山歌声，歌声惊艳得让林间的鸟雀子都不敢吱声了，就专门一心一意躲在枝叶间听英子歌唱。

有一天，爷爷的豌豆角扁舟上来了一个邻村的年轻后生小喜子。小喜子长得人高马大，肌体健硕，但模样却俊朗，还留有一撇诱人的小胡子。他是跟着长庚叔他们来拉纤的，因为他的肩膀宽阔，还有一把使不完的力气。

那一日，春光明媚，春花开得正艳，每朵花都绽放着笑意，英子又在河边捣衣，又在岸边唱歌。英子的歌声像长了飞毛腿，又像长了一对翅膀，一下子就飞进了小喜子的耳膜，顿时就勾去了小喜子大半条魂魄。

小喜子并不知道英子就是长庚叔的孙女，他情不自禁地与英子对唱起来。那一唱一和，就像大珠小珠落玉盘，简直是天作之合，就连长庚叔都听得惊呆了下巴，与长庚叔一起的老纤夫们都是惊得目瞪口呆，连连夸赞喜娃子也有一副浑圆的好嗓子。

开始，英子有一丝愠怒，有一丝傲慢，哪家的臭小子敢与她搭腔？哪家不知道天高地厚的臭小子敢与她比歌？她可是神农溪侧畔大家公认的刘三姐。但对唱几句，英子不得不被喜子的歌声所折服。那浑厚圆润的歌声，就如天籁之声。英子停住了手里的捣衣棒，腾地站立起来，捣衣声戛然而止，只能听见两人的合唱声随着河水的湍流声在山谷回荡。

英子忍不住向爷爷的豌豆角扁舟打望。这一望不打紧，小喜子也循声向对方望了过来，四目相对相视的一刹那，两人都惊呆了，歌声顿时都停了下来，呆呆地望着对方足足有几分钟。从此，对方的歌声和容貌都深深地烙印在彼此的脑海里，就像长庚叔的长篙，深深地插在泥沙细石里。

英子慌乱地收起没有洗完的衣裳，红晕漫过两腮，飞也似地逃回家去。喜子看着英子远去的背影，就如一道靓丽的风景在眼前一闪而过，他停下了手中的拉纤，痴痴地看着这道闪电一划而过，就如夜空里那道流星，瞬间就没有了踪影。

小喜子的原地不动，让老纤夫们佯装十分恼火。其实，老纤夫们也都是过来之人，他们深知小喜子此刻的心境，即使长庚叔当年追英子的奶奶时，也是这般尴尬而幸福的光景，但还是故意对小喜子嗔怒道，你小子是傻了吧！

好半天，小喜子才回过神来，不好意思地答道，喜子没傻呢，迅疾跟着趟赶上前去，但脑海里始终还是那道闪电、那道流星模糊的影子，尽管他有一把力气，此刻却也使不出来一点劲儿。

英子回到家，也呆了一般，无心再去洗完那几件未曾洗完的衣裳，任由它泡在木盆里发酵，就像她的思念开始发酵一样，冒出了多彩的七色泡泡。母亲诧异，奶奶更是诧异，英子今天咋啦？母亲忍不住问，傻闺女，你干吗神魂颠倒的？英子不答，只是姗姗地抿嘴一笑。

英子不敢再去河边洗衣，就干脆在自家水井边捣衣，她怕见着小喜子那伟岸的身躯和那撇诱人的胡须，她怕她心脏承受不住啊。即便不去河边捣衣，但满脑子还是小喜子啊！小喜子几日未见那道闪电那道流星再次出现，他郁闷极了，寡欢极了，没有了先前的开朗和快乐。

小喜子也不好问长庚叔那道闪电为啥不来，总是有意无意地向河边斜睨几眼，看有没有那道闪电的影子。一个星期过后，英子实在忍不住那份思念，她只想暗地里偷偷地瞄几眼她的幸福王子。

英子也如《诗经》里的窈窕淑女，即便洗几片菜叶，她也要不辞辛劳地拿到河边去洗，她也是醉翁之意不在酒呢。她哪是专心洗衣洗菜叶呢，她不是将菜叶无端地洗烂了，就是菜叶上的泥土没有洗净，常常换来母亲和奶奶的责骂。小喜子也是一样，只要见到河边有英子的影子，他就迈不动步子了，就像沉重的帆船，载不动，几多愁。

但这种一水之隔的思念持续了一年之久，他们也未曾见上一面，哪怕面对面说上一句话。一年之后，小喜子就再也未曾在长庚叔的豌豆角扁舟上出现过。有人说，他迫于"父母之命，媒妁之言"和母亲以死相逼的压力，与一个自己并不相爱的娃娃亲女子结了婚，过着一种得过且过的日子。

小喜子消失后，长庚叔的豌豆角扁舟里，再也未曾出现过英子心仪的男子。也在数年后，英子随便在小喜子那个村子找了一个男子嫁了，她想近距离地看着小喜子直到老去，虽不越雷池半步。

弯弯的神农溪，犹如《诗经》里那条不知道姓啥名谁的河流，依然缓缓地向前流动着。

（2023年4月28日发表于中国作家网）

葛藤心

"葛之覃兮，施于中谷，维叶萋萋。"这是《诗经》中《葛覃》中的句子。意思是说，葛藤长得又柔又长，蔓延到了山谷的中央，葛叶茂密一片，绿油油的，惹人喜爱。

小时候，我的姐姐就喜欢带我在山间采摘葛叶，作为喂生猪的草料，老家习惯性称作葛麻藤。春天，采摘嫩叶直接剁细煮熟了喂猪；冬天，等葛叶枯败落地之后，就将葛叶捡回家，将葛叶晒干捶碎捣细，作为冬季大雪时喂猪的储备饲料。

葛藤也有很多作用，最直接的作用就是捆绑物件。在山里砍柴，只要有葛藤的地方，就无须事先准备好捆柴的篾条，将柴砍好砍足后，割下一根粗粗的葛藤，就能将柴捆得紧紧的，牢牢的，轻轻松松扛回家。

葛藤还可以织成粗布衣物。"是刈是濩，为絺为绤，服之无斁"，就是说割取藤条，加水久煮，织成粗布衣服，穿在身上甚是舒服，永不厌倦。《越绝书》中就记载："勾践种葛，使越女织治葛布，献于夫差。"白居易有诗云："冬裘夏葛相催促，垂老光阴速似飞。"陆游也有"五月暑犹薄，中庭试葛衣"的诗句。说明唐宋时期，葛衣依然是人们经常穿着的夏季凉衣。

不怕别人笑话，我小时候就穿过葛藤织成的粗衣，并没觉得有怕丑寒碜的地方，只要能暖身就行。大冬天里，很多穷人家的孩子都是裹着一件黑黢黢、破损的大人穿过的旧棉袄。为了更好地御风避寒，大人就随便割下一根葛藤，紧紧地缠绕在孩子的腰间。

有时，也将葛藤割回家来，编织成斗笠、草帽戴在头上，天晴可以遮阴蔽日，下雨天可以避雨挡风；或者打成草鞋穿在脚上，既柔软，又耐磨，不像稻草编织的草鞋，不适应时还会磨出几个血泡。我就不适应穿稻草编织的草鞋，每次穿在脚上干活，或者走路，脚趾脚背脚跟都会磨出几个大大的血泡来，让人疼得难以忍受。

葛藤还可以用来编织筐子，用来盛装粮食和菜蔬。母亲每次到菜园里摘菜，就习惯性提着葛篮。葛篮轻巧轻便，方便清洗蔬菜后滤干水分。父亲也用葛藤为孩子们编织一些小小的篮子、筐子和篓子，方便孩子们在野外采摘窄耳根、野韭菜、灰灰菜、香椿芽等野菜，或者是用藤篓网鱼抓蟹抠黄鳝泥鳅。有时，还可以提着葛篮捡拾麦穗、稻穗和豆荚，以免粮食在野地里烂掉浪费。

山谷中，都是葛藤的影子，葛藤的世界，可谓漫无边际。葛藤之间，生长着许许多多的低矮灌木，藤缠着灌木，灌木钻着藤，藤缠着藤，黄雀在里面飞来飞去，发出喈喈的婉转鸣叫声。有位女子钻进葛藤和灌木里采割葛藤和葛叶，她采累了，汗水不仅湿透了内衣，就连外衣也弄得脏兮兮的。

那女子轻声告诉女师，她回家的心情甚是迫切，她想回家洗净贴身衣物，再洗净外衣，然后向父母请安禀报。我想，这女子定是哪家的小媳妇，或是刚过门的新媳妇儿，对父母十分孝顺爱戴。即便她向父母问候请安，也要将自己打扮得漂漂亮亮、干干净净、利利索索，这是对父母的尊重和敬重，也是女子心目中莫大的教养和规矩。

俗话说，山中只见藤缠树，世上哪有树缠藤；青藤若是不缠树，枉过一春又一春。这是告诉世间的男子女子们，只要爱慕对方，就要主动去追求。否则，爱情和幸福就会擦前而过，失之交臂而后悔不迭。

　　依据常理，男子是刚强刚毅的，他挺拔如一棵大树，能撑起一片蔚蓝的天空；而女子是柔弱温柔的，她温婉如一根细小的藤条，天生可以攀附缠绕在大树上接收阳光和雨露。在人们的美好想象和愿景中，树与藤是相互依存、相互扶持、相互依赖而共同生长着的。

　　就如《诗经》所云，"南有樛木，葛藟累之""南有樛木，葛藟荒之""南有樛木，葛藟萦之"，来表达人们对夫妻之间的美好祝愿。其中的"累"就是攀缘之意，"荒"就是覆盖之意，"萦"就是缠绕之意。只有这样，才会"乐只君子"，也才会福履绥之、福履将之、福履成之。

　　现实生活中，藤与树的关系并非维系得那么和谐美好。当树强藤弱时，藤就无法得到足够的阳光与养分，就会慢慢枯萎至死；当藤强树弱时，藤就会强夺树的养分，向更高处攀缘，将自己所缠绕的树绞杀致死。就如客家民谣所唱的："入山看到藤缠树，出山看到树缠藤。藤生树死缠到死，树生藤死死亦缠。"

　　阿槐和阿云在一个县城的小区里长大，还是楼上楼下的好邻居，因两家的父辈母辈都是要好的朋友，阿槐和阿云可谓青梅竹马，两小无猜。小时候，阿槐可以陪阿云和女孩们一起踢毽子、跳房子，阿云也可以陪阿槐和男孩子们一起打陀螺、推铁环。

　　在他们两个人的世界里没有男生女生之别，只要对方高兴，双方都会义不容辞陪对方耍个够，玩尽兴，尽管是自己并不喜欢的玩的游戏。他们的童年就如山花烂漫的春天，可谓五彩斑斓而又幸福快乐。

　　阿槐和阿云一同上幼儿园、读小学、上初中，并且都是同一个班，甚至大多时候还是同一张课桌。10多年来，好像谁离了谁都是一种失意失落，会严重地落寞不习惯。就连阿槐考取县一中后，因阿云没有考取，阿槐也毅然决然陪阿云复读一年，直至双方一同考进县一中。

在青春朦胧懂事后，爱情的绿芽渐渐在二人心底滋长，如春雨过后的尖尖玉笋，竭尽全力破土而出，似乎还能听见噌噌的破土声。当二人一起共读了舒婷的《致橡树》后，阿槐对阿云说："我必须是你近旁的一株木棉，作为树的形象和你站在一起。根，紧握在地下；叶，相触在云里。"

阿云幸福满满，一种甜蜜涌上心头，如石榴籽红润清甜。阿云乐滋滋地说，阿槐还是你做橡树吧，我当那株依附你的木棉，我们分担寒潮、风雷、霹雳；我们共享雾霭、流岚、虹霓。就这样，二人互助互勉，双双考取了同一所大学。在填报志愿时，二人心有灵犀一点通，不约而同填报了相同的财经专业。

大学生活，既是一片沃土，也是一只熔炉。它既可以将一棵小树苗培养成参天大树，也可能将一块好钢锻烧成一坨废铁。阿槐和阿云到大学后，开始一年，他们依然形影不离，除了睡觉上卫生间不在一起，其他的时间几乎都在一起。

随着时间的推移，行差踏错渐渐在阿槐身上冒出，就像一汪清澈的湖水里，任性地撒下了几瓢浑浊的泥水。阿槐迷上了烟酒，迷上了烟柳，他甚至与同学一起去街道小巷里招惹了春色，沾染了怪病。

阿槐与阿云渐疏渐离，渐行渐远，在一个滂沱大雨的夜晚，阿槐与阿云提出分手分道扬镳了。阿槐说完分手轻松自在，如云淡风轻。而阿云听说分手，却是如雷贯耳，大为惊讶惊诧，她的心沉重得如家乡那一坡的葛藤，怎么拉也拉不动，怎么扯也扯不断。

阿云的泪如滂沱大雨，如倾闸之洪，任由她在雨中奔跑哭泣，也没人拦下倾囊一丝温存。阿云跑累了哭累了，就在校园的碧草地里昏厥了过去。等到天亮，阿云依旧被大雨浇醒。

阿云跌跌撞撞地来到校园的湖边，湖里涨满了秋水。雨，还在无情地下个不停，还在无颜地倾倒而下。风声雨声湮没了阿云的哭声，阿云就如雨空里轻飘飘的残云，也如雨空里阴暗暗的秋雾。

阿云依然跌跌撞撞地向前走着，向前飘着，每移动一步都步履维艰，都如履薄冰。湖边，一面斜坡，几十级台阶。阿云真不知道脚下会有坎坷啊，就如她 20 多年来与阿槐之间不曾想到会有分开的一天一样。

只听"啊呀"一声惨叫，阿云踩滑台阶，滚落而下，"扑通"一声跌落进深深的湖水里。阿云的惨叫声，只有她自己能听见，她在湖水里的扑腾声和呼救声，也只有她自己能听见。等同学们上课时，才发现少了阿云这个人。

等同学们找到湖边时，阿云依然轻飘飘地飘浮在湖面上，如一缕白雾，如一烟轻云。但阿云的橡树阿槐来瞄了一眼，若无其事地溜开了，就像什么事情都没有发生过。他怎不知道依附他的木棉树，就倒在了湖里，如一片残荷，如一朵落英，如一絮败柳。

阿槐老家的葛藤谷里，多了一冢新坟。数月后，葛藤蔓延开去，将新冢遮掩得严严实实，将新冢湮没在深深的葛藤叶里。终有一日，那株曾经的橡树良心发现，来到葛藤谷作深深的虔诚忏悔。葛藤谷一山葛藤，依然维叶萋萋，依然维叶莫莫，依然施于中谷。

（2023年4月26日发表于中国作家网）

卷耳情

　　读到《诗经》中"采采卷耳，不盈顷筐"的诗句时，我就仿佛看见，在阳光明媚的季节里，在一片草木茂盛的草地上，一位身着粗布衣裳的女子，提着筐子正在采摘野菜卷耳。

　　只因为一心思念心尖尖上的心上人，无心采摘卷耳，筐子始终装不满。无奈之下，女子干脆一股脑儿将菜筐丢在了大路边，任由自己无端地生着闷气和闲气。

　　圆圆的菜筐，滚落了好远好远，菜筐里仅有的卷耳散落一地，女子也不想再捡拾回来。就像心上人走得远远的一样，再也见不到他半点影子。

　　女子的思念该是有多么沉重啊！女子的闷气该是有多么严重啊！无端的愁绪，无端的烦恼，就如苍耳一样粘在身上，想丢也丢不掉，想甩也甩不脱。

　　女子的心上人哪里去了呢？也不知道是什么原因，他居然放弃了宽阔的大路，骑着一匹玄黄之病的瘦马，走着幽谷狭长的小路，来到了高而不平的土石山上。

　　他定是从遥远的地方而来，就连马腿都患有疲软之病，一副疲惫不堪的样子。也许，他们曾经在哪里邂逅过，在哪里相遇过，在哪里深爱过。

　　他也深深思念采摘卷耳的女子啊，他看不见她，只好取出随身携带的酒器金罍，倒出烈酒自斟自酌自饮起来，也无须任何下酒菜，他觉得思念就是最好的酒菜。思念和着烈酒一起吞下，那是一种怎样的滋味。

既然他携带的是金罍，想必他的家境还是比较富裕的，定是大富人家的公子吧。可是与女子不得相见，想必又是贫富悬殊之大，门不当户不对，而造成父母强烈反对吧。

他又骑着他的病马，来到高高的山冈上，以为能站得高会看得远吧，在高处能看一眼他的心上人，可是还是看不见啊，她在哪里呢？

他怎么知道她待在深山的草地里在采摘卷耳呢？怎么办啊？他只好斟满名叫兕觥的酒杯借酒浇愁啊！这只名叫兕觥的酒杯，外形多像一条伏着的犀牛，那么精致，那么漂亮。但是，借酒浇愁愁更愁，酒入愁肠情更忧，他怎么越是饮酒越是悲伤呢？

他无心沿路返回，他牵着他的病马登上陡峭的乱石冈上。马儿却病倒躺在了地上，气息奄奄，就连随身的仆人也累坏了，但他们不敢埋怨主人半句。

他们也心疼主人，他们见主人高兴他们就高兴，他们见主人悲伤他们也就徒自悲伤。就连马儿也很懊恼，为什么自己在关键时候要掉链子生病啊，它该再怎么驮主人回家？难道让主人徒步走回去吗？

天晚了，采摘卷耳的女子还知道寻路回家吗？夕阳已经西下了，月亮已经爬到了山巅，她的菜筐里还是空空如也，什么东西也没有装下，什么东西都没有采回，满筐子装的都是思念，装的是悲苦，装的是愁绪，她回家该如何向父母交代？也许，她的父母还在等她采回卷耳做菜呢。

她知道，此时的家里，已点上了松油灯，鸡鸭都栖息入圈了，牛羊也入栏了，就连山里的鸟雀也都入巢歇息了，与它的伴鸟和子鸟同巢而眠着。

动物都知道回家的，为何自己一点都不想回家呢？难道她心有灵犀一点通，感应到心上人骑着病马在陟彼崔嵬、陟彼高冈、陟彼砠矣寻她想她吗？

老家将卷耳是称为苍耳的。虽然乡亲们不曾将苍耳采来做菜，但常将苍耳采来入药。

乡亲们都知道，苍耳根，可用于治疗疔疮、痈疽、缠喉风、丹毒、高血压症、痢疾；苍耳茎和叶，可用于治疗头风、头晕、湿痹拘挛、目赤目翳、疔疮毒肿、崩漏、麻风；苍耳子，可用于治疗风寒头痛、鼻塞流涕、齿痛、风寒湿痹、四肢挛痛、疥癣、瘙痒等。

苍耳子呈倒卵形，外面有疏生的具钩状刺，刺极细而直，表面还有一些油腻，粘附性极强，特别能吸附毛发。小时候，我常将苍耳子采来晒干卖进附近的药铺，换来几个几分钱的硬币。

祖父是乡间的游医，对苍耳果的药性药理知之甚清，他经常给我们讲述一个老家关于苍耳的凄婉故事。

不管是春夏秋冬，还是寒来暑往，张老爹每个星期都得做一件雷打不动的事情。用张老爹的话说，即便天老爷下凌块下刀子，他也要到老伴的坟头和老伴唠唠嗑，陪老伴说说话，他怕老伴独自一人在野外寂寞。

老伴的坟头及周边，张老爹种满了苍耳，春天一到，苍耳绿油油一大片，如老伴生前种植的一片绿油油的油菜地。如果张老爹嫌苍耳长得不够旺盛，他不是挑几担粪水泼洒进去，就是端一碗尿素播撒进去，确保苍耳长势喜人。

张老爹说，老伴生前极爱干净，他要将老伴的房子收拾得干干净净、利利索索，不能见到一株杂草和杂木。老伴生前是个勤快人，每早必将房子和庭院打扫一遍，总是呈现清清爽爽的感觉。

当苍耳子长到指头般大小，具有一定的粘附性，张老爹都会采上一大把放在老伴的坟前，他要用苍耳粘住老伴，不让老伴在另一个世界离他遥远，他要让老伴在另一个世界等他。

张老爹和老伴自小在一个村子里长大，两家的房子离得很近，用手拢着嘴在院子里喊一声，就能清晰地听见。张老爹小名叫大虎，老伴小名叫小兰。

大虎想和小兰在一起玩时，大虎就在自家屋角学猫喵喵喵叫几声；小兰想和大虎在一起耍时，小兰就在自家转角学羊咩咩咩叫几声。这是他们两个人之间的暗号，或者是两个人之间的秘密。

大虎和小兰，常与小伙伴们在一起打猪草、放牛羊，闲时就在一起玩纸板、跳房子、弹珠子、翻线叉等游戏。大虎还跋扈地约定，谁输了就在头发上撒上一把苍耳子，另一方还得在他（她）头发上搓来搓去。

老家的山坡上，到处都是苍耳，如丝茅草那么普遍。苍耳根本就不挑地儿，随便散落在哪里，都能发芽，都能劲长，都能结果。

要采摘苍耳子，无须费力去找，随时都能摘下一大把。大虎自小就是一个调皮的捣蛋鬼，他每次总是变着法子让自己去赢，其间少不了偷奸耍滑，其他小朋友根本没有赢的机会。

他每次赢了之后，都会随心所欲将一把油腻腻的苍耳子，丢在其他孩子的头发上，还肆无忌惮地揉搓着。头发短的男孩子，就会结成一块饼，头发长的女孩子，就会裹成一大坨，像极了一堆牛屎。

要想将苍耳子摘下来，要花费很大的工夫。很多小朋友回家后，家长见了头上乱糟糟的头发和一头的苍耳子，不是挨一顿臭骂，就是挨一顿毒打。

大虎对小兰有一种说不清道不明的情愫。当有其他小朋友在一起玩时，他竭力呵护维护着小兰，从不让小兰吃亏。如果有人胆敢欺负小兰，他定会第一时间冲出来打抱不平。

有次小华开玩笑，将一把苍耳子揉进小兰的头发里，导致小兰的头发乱成一团糟。小兰哭哭啼啼，委屈的眼泪将漂亮的脸蛋变成了小花猫。

大虎知道后，冲上前就给小华几拳，直打得小华口鼻鲜血直流。小华还丈二和尚摸不着头脑，愣愣地瞅着大虎。大虎还骂骂咧咧，威胁着小华，你再敢欺负小兰，我就几拳打死你。

见大虎如此蛮横，如此维护小兰，大伙儿再也不敢欺负小兰了。可小兰与大虎单独在一起玩时，情况就天壤之别了。

单处时，大虎专门欺负小兰，还变着花样惹小兰不高兴。不是往她脸上抹稀泥，就是往她头上丢苍耳；不是用毛毛虫吓唬她，就是用茸茸毛胳肢她，让小兰难受死了。

特别让小兰难受的，还是他给小兰头发上撒苍耳子。每次大虎都摘下两把苍耳子，全部揉进小兰黑黝黝的长发里，弄得小兰的头发结成了一条长长的饼。

当小兰哭得伤心的时候，大虎又小心翼翼仔仔细细将小兰头发上的苍耳子，一粒粒取下来，他尽量不将小兰弄疼。每次大虎给她取头上的苍耳子时，小兰都乖乖地服服帖帖依偎在大虎面前，任由大虎折腾。

大虎除了给小兰头发上揉苍耳子欺负小兰外，大虎对小兰都关心备至，有什么好吃的，他总是第一个想到小兰，有什么好玩的，他也总是第一时间去邀约小兰。

就这样，大虎靠用苍耳子欺负小兰的伎俩，长大后将小兰变成了他漂亮的媳妇儿。结婚后，大虎再也不欺负小兰，却将小兰当成掌中宝，从不对小兰讲重话，也不让小兰干重活。

即便后来，大虎知道小兰是石心女，大虎一点也不在乎，依然将小兰当作宝贝一样呵护着。石心女就是老家乡亲们对不生孩子的女人的俗称。这种称呼似乎对不生孩子的女人，有一种轻视和淡视。但大虎从不对小兰叫石心女。

　　大虎在房屋四周撒满了苍耳子，待苍耳长成半人高时，房子周围处处都是密密麻麻的苍耳，他要用苍耳将小兰围住，他要用苍耳将小兰粘住。

　　尽管小兰是石心女，但小兰一心想给大虎生个孩子，虽然医治了多年，却一点也没有效果。小兰主动提出要与大虎离婚，但大虎却一百个不愿意，他要守着小兰到老到死。

　　小兰40多岁时，又患上了不治之症。小兰不想再拖累大虎，在大虎外出为邻居家帮工修房时，小兰留下一纸诀别书，毅然决然饮下一瓶农药，与世长辞了。

　　等大虎赶回家时，小兰虽还有微弱气息，但还没来得及送进医院，就咽下了最后一口气。尽管小兰在诀别书上让大虎再婚，但大虎却独自一人守候着孤寂，直到他成了张老爹。

　　张老爹在80多岁时，方知自己也患了不治之症，不久将离开人世。张老爹将房子收拾得干干净净，就如当初小兰收拾的那样。

　　夜幕星河，张老爹带上老伴生前爱吃的饭菜和一盅白酒，来到老伴的坟前，他一边喝酒，一边和老伴唠嗑。那盅酒喝完，已到午夜时分。

　　由于张老爹的病情是绝不能饮酒的，渐渐地，张老爹慢慢失去了知觉，一头倒在了老伴的坟头。当天亮乡亲们发现他时，张老爹早已气息已绝，但张老爹的手里还紧紧捏着一把苍耳子，地上不曾散落一粒。

　　两天后，那块密密麻麻的苍耳地里，又多了一座新坟。乡亲们在安葬张老爹时，又在他的坟头撒满了苍耳种子。在另一个世界里，能方便张老爹有采摘不完的苍耳子，粘住他的心上人小兰。

（2023年4月10日发表于中国作家网）

虫虫飞

小时候,常跟在父母身后在稻田边玩耍。当稻子勾腰低头时,稻田里到处都是蹦跶的蚂蚱。蚂蚱也许是闻着稻香而来,它们或独处,或群居,或是一大片,有时甚至是千军万马,还发出"薨薨薨"的齐鸣声。

蚂蚱,又叫蝗虫,古时候还有一个很好听的名字叫螽斯,好像一个侠客武士的名号。《诗经》里就有"螽斯羽,诜诜兮""螽斯羽,薨薨兮""螽斯羽,揖揖兮"之句。那场面十分壮观,一大群蚂蚱集聚在一起,个个张开翅膀飞旋,发出"嗡嗡嗡"的鸣叫声,如正欲出征的奔腾万马,它们的鸣叫如行动令,如冲锋号,如集结令。

乡亲们是十分不待见蚂蚱的,因为蚂蚱对庄稼百害而无一利,都想用农药欲除之而后快,但蚂蚱的子孙就如雨后春笋,无穷匮也,怎么也消不尽除不完。蚂蚱的子孙真多,可谓"宜尔子孙",其家族繁盛,世代绵延,欢乐和睦,它们相聚在一起,"振振兮""绳绳兮""蛰蛰兮",不亦乐乎。

乡亲们因为不待见蚂蚱,还用"秋后的蚂蚱,蹦跶不了几天",来比喻某人某事已快到了尽头,也用"蚂蚱扛大树,自不量力",来讽刺那些自以为是、自不量力之人,还用"三十年的蚂蚱,老油子",来代指那些老油条。直到异地参加工作后,在一次乡下小餐馆聚餐时,才得知蚂蚱还是一道美食,其营养价值极高。

360

　　将蚂蚱洗净，用文火焙干，加少许清油焖炸，然后加上炸酥的红辣椒、红花椒、青蒜苗等佐料，吃起来格外清香，酥酥滑滑，是下酒的绝佳菜肴。如果小时候就知道蚂蚱能食，乡亲们绝不会对它嗤之以鼻，定会将它当作席上珍品。倘若如此，那些稻田里的蚂蚱再也不会"宜尔子孙"了。

　　好像外婆并不讨厌那些与乡亲们为敌的蚂蚱，每次她带我们玩耍时，就会用双手大拇指做一个翅膀状，给我们教唱儿歌，"虫虫飞，虫虫飞，飞到嘎嘎去，嘎嘎不赶狗，虫虫要咬手；虫虫飞，虫虫飞，飞到嘎嘎去，嘎嘎不撵鸡，虫虫要长须；虫虫飞，虫虫飞，飞到嘎嘎去，嘎嘎不捉鸭，虫虫伸出夹……"嘎嘎，土家方言，就是外婆的意思。即便我们再怎么闹腾，只要外婆一唱起这些儿歌，我们都会安静地、甜蜜地睡去。

　　外婆总是说，家里飞进青蚂蚱，千万不能捉它，更不能将它弄死，因为它是已故亲人回家来亲和活着的亲人的。每次家里飞进青蚂蚱，不管是母亲，还是两个姐姐，对青蚂蚱都是毕恭毕敬，小心翼翼，生怕踩着踏着。她们轻轻地将青蚂蚱放在堂屋中间的桌子上，任由它爬来爬去，飞来飞去。青蚂蚱玩累了，自然也就飞出去了。

　　外婆去世后，家里也来过几只大大的青蚂蚱。我不知道那是不是外婆回家了，但我希望那一定就是外婆。我们找来一些外婆生前爱吃的东西，放在青蚂蚱身边，但青蚂蚱都置之不理，让孩子们好一阵懊恼和伤心。我们真想那几只青蚂蚱就待在家里，从此再不飞出屋去。但事与愿违，过不了一个时辰，青蚂蚱还是慢慢地飞走了。

　　蚂蚱和蝈蝈是最要好的伙伴，经常成双成对，"喓喓草虫，趯趯阜螽。"这里的草虫就是指的蝈蝈，而阜螽指的就是蚂蚱。小时候，孩子们对蝈蝈却情有独钟，专门捕捉蝈蝈玩耍。将浅绿色的蝈蝈蝈捉在手上，用一根长长的细线套在蝈蝈的腿部，然后牵着线头让蝈蝈飞翔。蝈蝈虽然尽力展翅高飞，但因细线的另一头套在人的手上，它却怎么也飞不远。

孩子们牵制着蝈蝈，看着蝈蝈那种无可奈何、生不如死的模样，都高兴极了，兴奋极了。有时，还将几只蝈蝈套在一根细线上，让它们各自向不同的方向飞翔，就看哪只蝈蝈的力气更大。在逗玩蝈蝈的过程中，也有蝈蝈侥幸逃走的。逃走的蝈蝈似乎在对孩子们嘲弄嘲笑，发出呼呼呼的鸣叫声。

蝈蝈捉多了，就会用一个精致的篾制篓子装着，再找一些食物养着，等想玩蝈蝈的时候，就揭开篓盖或篓门，拿出一只或几只蝈蝈逗玩。多的蝈蝈也会送给邻居家的小女孩，看见她玩蝈蝈时那高兴的样子，自己心里就是一种温暖和甜蜜。蝈蝈也有一不小心让孩子们玩死的，玩死的蝈蝈尸体别无他用，只好用它来喂食蚂蚁。

孩子们一般不会喂食黑蚂蚁，他们天生天真地认为，黑蚂蚁就是坏蚂蚁，是敌蚂蚁，而只有红蚂蚁才是好蚂蚁，是友蚂蚁。孩子们将死去的蝈蝈或者蚂蚱，撕成几块，就如手撕鸡肉一样。他们仔仔细细寻找在外逡巡巡逻觅食的红蚂蚁，只要一见到红蚂蚁，就兴致勃勃地将蝈蝈肉或是蚂蚱肉放在它的前方。

红蚂蚁的嗅觉特别灵敏，只要闻到肉香，它急急忙忙就来到肉边，左嗅嗅，右闻闻，在确定是一顿大餐美餐时，它迅速就向自家巢穴奔去。蚂蚁通过触觉向同伴通信报信，不一会儿，一条长长的蚂蚁队伍倾巢而出，在这只巡逻的蚂蚁带领下，匆匆忙忙将美食佳肴运回家去。有时，孩子们也故意为难蚂蚁，潜心设置众多障碍，要么横挡一根树枝，要么搬一块石头放在蚂蚁前行的道路上。但蚂蚁依然能翻山越岭，齐心协力地将食物运回家中，我们不得不佩服叹服蚂蚁家族的凝聚力和向心力。

多年以后，我仍想起小时候那个我给她蝈蝈逗玩的邻家女孩，不知道她身在何处，她是否还能想起我。就如《诗经》里那个陟彼南山，在南山里采摘蕨菜和薇菜的女孩，她不见她的君子，而忧心忡忡、忧心惙惙呢。

又过了几年，在一个春意盎然的日子里，我回到故乡，在一个小镇的公园里，我见到一位女子正牵着她的孩子，孩子的右手里却牵着一只针线套着的蝈蝈儿，蝈蝈儿的翅膀扑闪扑闪的，发出呼呼呼的鸣叫声。猛然间才发现，那女子有似曾相识的感觉。

（2023年4月10日发表于中国作家网）

桃花灼灼开

三姑婆是我父亲的远房姑姑，是我爷爷的远房妹妹，在家排行老三。父亲称她为三姑姑，方言叫三爹，我称她为三姑婆，或是三姑奶奶。三姑婆家境甚好，据说她的爷爷和父亲都是地主出身。尽管后来地主被打倒，没收了她家的一些财产，但乡亲们都说，瘦死的骆驼比马大，她的家境比起一般的穷苦人家，还是要好很多倍。

三姑婆从小读过私塾，教书的余老先生教她读过《诗经》，她对"桃之夭夭，灼灼其华"的诗句甚是喜欢。尽管余老先生摇头晃脑地教三姑婆他们读私塾，甚是了无生趣，但她还是幻想着自己有朝一日，在灼灼其华、有蕡其实、其叶蓁蓁的时节，能之子于归，能宜其室家，能宜其家室，能宜其家人。

她甚至还做了一个甜蜜的美梦。梦见自己在桃花盛开的时节，在桃子挂满枝头的时候，在桃叶繁密茂盛的日子，她心仪的白马王子会骑着高头大马，抬着八抬大轿迎娶她来了，掀起了她头顶鲜红的盖头。她一脸羞涩，脸红扑扑的，晕淡雅雅的，像两个红澄澄的桃子。嫁到夫家后，夫家和顺美满而幸福。

三姑婆年轻时长得花容月貌，如灼灼其华的一朵桃花，是村里响当当名副其实的一枝花。三姑婆虽算不上大家闺秀，但论小家碧玉却绰绰有余。三姑婆的容貌让村子里的年轻后生都垂涎三尺，觊觎良久，巧嘴媒婆都踏破了门槛，但他们都不入三姑婆的法眼。

在三姑婆眼里，这些年轻后生都是歪瓜裂枣，都是草包棒槌，如她家门前那些歪脖子老松树和身板子歪斜的板栗树。媒婆嗔怪地说,挑金的选银的,最后挑一个傻啦吧唧的。意在说三姑婆最终也选不了一个称心如意的郎君,但三姑婆说她就不信这个邪。

三姑婆老家院子里有一株桃树,是三姑婆的爷爷年轻时候栽下的。春天桃花盛开时,这株桃树就如一顶巨大的桃花伞。人站在桃树下,微风摇曳着桃树,瞬间就会下一场桃花雨。三姑婆沐浴在桃花雨里,即刻就会被姹紫嫣红的落英裹成一个桃花人,村里的其他姐妹都说她是桃花丽人。

三姑婆喜欢在桃树下梳洗打扮,镜子里的自己,她觉得无人能及,无人能比,心里的冷艳和高傲自不必说,大伙儿都说她是桃花庵里的冷美人。虽然村里有几个自称为谦谦君子的小伙子,在桃树旁路过经过时,调皮地朝三姑婆努努嘴,吹吹口哨,还挤眉弄眼地,都被三姑婆一顿臭骂,骂他们眼瞎不识相,癞蛤蟆想吃天鹅肉,弄得他们自讨没趣,灰溜溜地一走了之。

桃花浅深处,似匀深浅妆。春风助肠断,吹落白衣裳。三姑婆就如元稹《桃花》里那个楚楚动人的梳妆姑娘。那一日,又是桃花灼灼盛开的日子。桃花艳丽得如天边飘来的一堆云霞,桃花的艳丽和三姑婆的美丽糅杂在一起,交织在一起,叠加在一起,真的是丽丽在目,让人心绪泛滥。

"黄师塔前江水东,春光懒困倚微风。桃花一簇开无主,可爱深红爱浅红。"此时,杜甫的《江畔独步寻花》从一个浑厚圆润的男子口中吟出。那男子挑着货担,货担在男子肩上一闪一闪的,一摇一摇的,一摆一摆的,有飘逸轻盈的感觉。他虽肩压重担,但仍凌波飞步,快如飓风。男子高挑挺拔,浓眉大眼,身材魁梧,面容皎洁。三姑婆只瞄了一眼,一双清澈的眸子便定格在那里,如痴如醉,如幻如梦。

那声音似晨钟洪亮,如暮鼓低沉,从山谷飘荡而来,就这带有强烈震撼和磁性的声音，让年轻的货郎成了我爷爷的三妹夫，成了我父亲的三姑父，成了我的三姑公。三姑公迎娶三姑婆那天，艳阳高照，桃花开得正艳，成千上万的蜜蜂赶着桃花盛事，在花市里赶集来了。

三姑公骑着高头大马，八抬大轿，彩旗飘飘，唢呐锣鼓，其声势浩大，让三姑婆活脱脱风光了一回。三姑婆的爹娘给她的陪嫁嫁妆也特别丰厚，她娘知道三姑婆喜欢桃花，打发的 16 床花被都是清一色的桃花被、桃花枕、桃花床单。

洞房花烛夜，三姑公掀开三姑婆的红盖头，看着清一色的桃花被，对三姑婆说，我要多子多福，你要给我生一窝胖嘟嘟的小娃娃。三姑婆嚼着红彤彤的落花生，声音嘎嘣脆响，摸着柔软的桃花被，笑嘻嘻地说，我一定早生贵子，多子多福。

但事隔多年，三姑婆的肚皮就像泄了气的皮球，怎么也鼓不起来，何来早生贵子，多子多福呢。三姑婆骂自己肚子不争气，三姑公怨自己没子嗣没福气，他倒也没怪罪三姑婆。又过了几年，三姑公的货郎担越挑越远，不回家的日子越来越多，回家的间隔期也越来越久。终于在三姑婆 30 多岁时，三姑公就再也没有回来。

又是阳春三月，桃花开满了春天，开满了山山岭岭，开满了羊肠小道。三姑婆踏着桃花落英，一路嗔嗔怨怨，一路风风火火赶到我家，欲说纳我过继给她。我那时候还小，什么也不懂，三姑婆欲哭无泪地说，我可是他三媒六聘八抬大轿娶进门的啊！说完，三姑婆一阵捶胸顿足。

母亲将我叫到三姑婆身边，征询我的意见，是否愿意跟着三姑婆去生活，我哪里舍得离开母亲，便一口回绝一溜烟跑开了。三姑婆走时，是抹着泪走的，如一朵滂沱大雨打烂的桃花。后来，过继我的事情也就不了了之了。

那时的三姑公越走越远，心越走越野，居然走到了四川成都，与一个富家小姐结了婚。三姑公在大街上挑担卖货时，突遇那富家小姐生病晕厥倒地，三姑公不分青红皂白就丢掉担子，背着她就去了医院。三姑公的货担子，也让人抢劫一空，还亏了不少钱。

三姑公成天在医院伺候着那富家小姐，富家小姐病好后，直接以身相许报恩嫁给了三姑公。因三姑公姓王，大伙儿都改口称那富家小姐为王太太。王太太的肚子可争气着呢，一连就给三姑公生下了一男一女，三姑公搂着儿子女儿，心里像喝了蜜一样甜，美滋滋的。

三姑公再也没有回老家，就连他的父母去世，他也未曾回家奔丧，都是三姑婆在家全权打理操持后事。老家的乡亲们都骂三姑公是喜新厌旧的陈世美，该请包青天把他刀铡了。三姑婆逢人就哭着说，这个死没良心的，我可是他明媒正娶八抬大轿娶进家的啊！

三姑公也心里过不去，懊恼愧疚得很，他托人回老家给三姑婆传话，甚至写信给三姑婆，他让三姑婆和他离婚，赶快找个好人家嫁了吧。三姑婆面对来人和家信，什么也不想说，始终唠叨着那句话，那个死没良心的，我可是他三媒六婆明媒正娶八抬大轿娶进门的，怎么可以和他离婚？

老家的人去成都打听三姑公，三姑公倒是亲热热情，但王太太不是甩脸子，就是摔盆子，故意把家里的家具绊得叮当响，一副不待见老家来人的样子。其实，她是生怕三姑公跟着老家来人回家再也不回去。三姑公看在一对儿女的情分上，也只好忍气吞声，不好有半点发作。

老家人回来对三姑婆说起三姑公的事，三姑婆长长一声叹息，她知道三姑公在成都过得并不好。三姑婆就这么等着，就这么熬着，一晃三姑婆就70多岁了。人生七十古来稀，三姑婆也是半截子入土的人了，她可是无儿无女啊，得多孤单啊！

后来，三姑公也多次托人打听着老家的消息，他猜想三姑婆也肯定老了头发花白了吧？她身体咋样？还喜欢那桃花吗？老家的桃花是不是还如从前那样，开得那么灼灼其华？她还喜欢在那桃花树下梳洗打扮吗？

三姑公问来人什么问题，来人都说是的，是的。三姑公自言自语，她一点没有变啊，老家一点没有变啊。三姑公还对来人唠叨，他死了之后一定要儿女将骨灰捎回老家去，撒在那一坡故土上。那些人回老家将这些话讲给三姑婆听，三姑婆顿时号啕大哭。那些人吓坏了，忙问三姑婆怎么回事，三姑婆说，没事，没事，我高兴着呢。

三姑婆心里明白，三姑公心里至今还有她，至今还想着她。三姑公90岁那年，突发急病，一病便卧床不起。在弥留之际，他再三恳求妻子和叮嘱儿女，他死后一定要将骨灰捎回老家去。王太太也老了，也看明白了世间百态，她便答应了老伴儿的请求。她噙着泪说，想回去就回去吧，我知道这么多年苦了你了。

见老伴满口答应，三姑公带着笑意离开了人世。三姑公的骨灰送回老家时，三姑婆早早地就等候在了她和三姑公第一次相见的桃树下，望眼欲穿地等着三姑公回来。

三姑婆将白花花的头发梳理得溜光，额前还留着深深的刘海，头顶还打了一个漂亮的髻，髻上还别了一把桃花夹。见三姑公的骨灰回来，三姑婆颤颤巍巍地奔赴而去，双手接过三姑公的骨灰盒，在脸上亲了又亲，顿时泪涌长流。此刻，她很高兴，她把自己笑成了一朵永不凋零的桃花。

她喃喃自语，我可是你明媒正娶八抬大轿娶回家的啊，你却弃我抛下我这么多年不回来，你今天终于回来了啊！在场的人忍不住都伤心落泪。

两天后，88岁的三姑婆也去逝了。三姑婆把自己打扮得干干净净，整整洁洁，漂漂亮亮的，并用崭新的桃花被盖着，旁边放着三姑公的骨灰盒。三姑婆一脸笑意和幸福，端庄而安详，一副心满意足的样子。我想，此时院子里的桃花应该是盛开着的，一如70多年前，那般灼灼其华。

（2023年4月16日发表于中国作家网）

青绿车前草

采采芣苢，薄言采之。这是《诗经》里描写采摘车前草的情景。芣苢，就是车前子。尽管《诗经》描写得很生动很形象，很有生活画面感，极富生活情趣感，但愚笨的我并没有弄明白采摘车前草之人，究竟是男人还是女人，究竟是老人还是年轻人，我姑且认定采摘之人是一位年轻貌美的女子吧。

春风拂面，春花烂漫，春日暖暖。只见在一片葳蕤的草地上，到处生长着青绿而柔嫩的车前草。有的车前草才冒出泥土，有的车前草才露出几片新叶，有的车前草却早早地打出了花苞儿，它们排着队赶着趟儿，争先恐后地在春天里争着宠，想沐浴到春天里最早的气息和春光。

采摘车前草之人，一个劲儿采摘着，尽管她篮子里采摘了不少，好像都塞不进去了，但她还是不停地采摘着，生怕落下哪一株，遗忘哪一片。她时而将它摘下来，时而将它捡起来，时而将它用衣襟装起来，时而将它系好衣襟兜回家去。她尽可能采摘得多一些，采摘得重一些，采摘那么多车前草干啥呢？

她是采摘回家做药材吗？想必家里定是有人生了重病，急需要车前草入药，或是家境并不宽裕，需要采摘车前草卖进药铺换点小钱，以贴补家用。我小的时候，就曾经采过车前草的茎叶，洗净晒干，或是采摘车前草子，卖进附近的药铺换点小钱。换来的小钱，不是买几粒糖果或是饼干，就是换点铅笔和纸张，心里高兴极了。

是不是女子的丈夫受了伤，或是女子的父母生了病，还是女子的兄弟姊妹有了头疼脑热。女子采摘车前草的那种迫切，无以言说，无以形容。她的焦急，她的焦虑，她的焦心，全写在她纷扰的脸上。女子薄言采之、薄言掇之、薄言袺之、薄言捋之、薄言襭之等一连串的动作，让人过目不忘，让人赏心悦目。

女子的丈夫可能是一个武夫吧，有"赳赳武夫"的气魄和气势，他是否有公侯干城、公侯好仇、公侯腹心的本领和本事，是不是国君的好干将、好帮手和好心腹，女子并不担心和在意。她在意介意的是武夫的身体，在武夫椓之丁丁、施于中逵、施于中林的过程中，武夫千万不能受半点伤害。

抑或是，她采摘那么多车前草回家喂食生猪吧。可能她家的生猪在栏内早已饿得嗷嗷叫了，都趴在栏杆上或是翻出栏杆，在急切地等候主人喂食了。我打小就知道，车前草是一种较好的猪草，生猪也比较喜欢吃。车前草不比其他的猪草，田间、路边、山间、坎边，到处都是，它们随处可以安身立命，并能茁壮成长。小的时候，家里饲养了七八头生猪，每天打猪草都要打几竹背篓，才能供应得上。

那时，我们自以为聪明伶俐，在背篓腰部处横着搁上几根树枝或木棍，然后再在上面码上一堆车前草等猪草，即使只有半背篓猪草，看上去也似乎有冒尖的一大背，心里还巴望着得到母亲的夸赞。母亲虽不是一个文化人，但孩子们这种偷奸耍滑的小伎俩，根本逃不过母亲敏锐的眼睛。她及时发现后，虽然不像父亲那般用竹条鞭笞我们，但也会很严厉地教育批评一顿，让我们长好记性。如今，能踏踏实实干事为人，全靠母亲那时悉心教育使然。

邻居家的二狗子就因为打猪草偷奸耍滑，遭到多次父母的毒打，但他却仍未有悔意，依旧我行我素，以至于长大后外出打工，虽然好不容易找到工作，就因为偷奸耍滑不老老实实干事，多次被老板炒了鱿鱼。名声臭了，走到哪里都是臭名昭著，居然无人再敢录用他，他只好逃回老家安心在地里刨食。

车前草分大车前和平车前，其外形貌端形美。大车前的叶片呈卵形或宽卵形，先端圆钝，基部呈圆或宽楔形，叶柄基部常扩大成鞘状。平车前为多年生草本，具直根，叶片呈长椭圆形或椭圆状披针形。车前草喜温暖、阳光充足湿润的环境，但他们的家族既怕涝，又怕旱，久晴久雨对它们都伤害极大。大车前生于山野、路旁、花圃或菜园、河边湿地，平车前生于山野、路旁、田埂及河边，到处可见它们的兄弟姐妹。

车前子呈椭圆形、不规则长圆形或三角形长圆形，略扁，表面淡棕色或黑褐色或棕色，有细皱纹，一面有灰白色凹点状种脐。遇水则粘，滑而膨胀，嚼之带一定的黏性。采摘车前子还需小心翼翼，要事先准备好纸张，还得警惕风吹。一旦风吹，车前子就会吹得七零八落，你之前采摘的所有工夫，就会付之东流。

唐代诗人张籍在《答开州韦使君寄车前子》写道："开州午日车前子，作药人皆道有神。惭愧使君怜病眼，三千馀里寄闲人。"张祜在《秋日病中》也写道："析析檐前竹，秋声拂簟凉。病加阴已久，愁觉夜初长。坐拾车前子，行看肘后方。无端忧食忌，开镜倍萎黄。"可见，在唐代车前草就是一剂良药，受人们极度关注和重视，居然还得从3000里外邮寄。

车前草虽然是大地上极不起眼的东西，却也给人留下了很多丰富的畅想，以及很多过往的追忆。

（2023年4月13日发表于中国作家网）

南方有乔木

《诗经》有云："南有乔木，不可休思。"能在高大笔直的乔木下休憩休息养息，本是多么惬意而又快意的事情。然而诗人却说，在南方虽有高大笔直的乔木，却不能在乔木下纳凉休息，这该有多么怅然若失。有人说，《汉广》是单相思的哀情歌，是诗经中的恋爱曲，说的是青年樵夫钟情斑斓姑娘，却始终难遂心愿的故事，即所谓的"汉有游女，不可求思"。

小时候，老家的院子里，就生长着很多松树、柏树、杉树、椿树、枫树等乔木，还有很多果树果木。喜鹊常在这些树上喳喳喳叫得欢实，不知道是在呼朋引伴，还是在唱着相思情歌。一到夏天的傍晚，乡亲们就聚集在树下纳凉，沐浴着清辉月光，摇着蒲扇，拉着家常，扯着闲白，讲着故事，唠着荤段子，将一天的辛苦和劳累抛之脑后。那种简单的幸福和快乐，顿时就写在了他们粗糙黝黑的脸上。

我的老家地处大巴山脚下，武陵山麓下，虽小得如弹丸之地，但也算是南方之隅了吧。老家到处都是崇山峻岭，到处皆是深山老林，站在院子中向远处眺望，目之所及皆是巍峨的高山。一看见这些高山，心中顿时就增添无限敬仰和敬意，就是古人常说的高山仰止、景行行止。那时候，听乡亲们述说最多的就是老樵夫伐木工王老爹的故事。

我从没有亲眼见过王老爹的样子，不知道他是怎样的何方神圣。乡亲们谈论说，王老爹已90高龄，如仙风道骨之人，穿着粗布长袍，一副银丝银鬓银须的样子，头上还盘着一个圆髻，走路仍能健步如飞，即便穿行在山间羊肠小道，依然轻盈飘逸。听乡亲们对王老爹的神乎其神的描述，我幼小的心灵就对他肃然起敬，一种神秘感和崇敬感油然而生。

年老的乡亲们和王老爹在深山老林里一起伐过木，一起拉过锯，一起吃过饭，一起饮过酒，一起吸过烟，甚至在一个被窝里躺过觉。王老爹没有娶过妻，更没有生过子，即使90高龄，仍孑然一身。但王老爹并非对女人不钟情不钟爱，相反他对他心仪的女人却是相识初见，止于终老。

乡亲们都说王老爹是一只相思鸟，是一个老情种。深山里的乔木高耸入云，一棵挨着一棵，一根连着一根，一株比一株高，一株比一株直，一株比一株壮，如那些伐木的汉子整齐地排着队，精神焕发。阳光从树端撒下来，像播下的一缕缕金子。鸟儿最是欢快欢悦，总是唱着它们最悦耳最拿手的曲目，将最动听的音乐呈现给伐木工人倾听。

王老爹20多岁就从低山的集镇，来到这深山里当着伐木工，从此基本上就与世隔绝，不曾再回家一次。王老爹在林子里，唱着小曲，吹着口哨，学着鸟鸣，喊着号子，表面一副乐天派喜乐神的样子。但王老爹的骨子里和血液里，王老爹的灵魂里和基因里，始终在思念着一个人，想念着一个人，那就是他的初恋姑娘玉豆。

王老爹思念玉豆，如《汉广》中的青年樵夫思念斑斓姑娘一样痴情。王老爹目及眼前又高又直的乔木，感叹玉豆不能与他一起在树下休憩徘徊，只有他独自一人在树下仰视乔木发神发呆。山下沿河之水清幽碧蓝，但玉豆却在沿河的另一岸，在沿河的另一端，他想要丢下斧头钢锯去沿路追寻，但无奈那路途却是多么遥远，几乎迈不动步子。

大巴山脚下的长江之水那么宽广，那么湛蓝，那么幽深，如李白笔下的桃花潭深有千尺，王老爹也不能脱去衣裳泅渡过去，因为长江之水不仅水流湍急，江水之深，而且道阻且跻，即使他坐着筏子，也难以渡过江去。望着长江之水，王老爹只能一阵惆怅，只能望江兴叹。

大山深处，不仅乔木高耸密集，而且荆棘丛生，那些杂木杂树又多又密，如云集的丝茅草，如壁立千仞的屏障。王老爹即便想飞出山林见一见玉荳，但也得不辞辛苦砍出一条荆道。即使玉荳愿意嫁给他，他也得斥巨资买一匹快马，将快马喂饱养足精神。但他只是一个贫穷的伐木工，哪有那么多钱买马呢？何况还有那浩瀚无边的江水，他只能望着浩瀚的江水空空叹息。

如果王老爹想穿越小道去见玉荳，求玉荳姑娘嫁给他。即使玉荳爽快地答应他的请求，但他也得为家里打上几捆柴火，割上几垛杂草，为父母准备好做饭的柴火茅草，还要将马驹儿喂饱养肥，免得母马驰骋山外不能喂奶而焦急挂念。他知道，他躲进深山老林里，多年来杳无音信，母亲该有多么挂念想念他，家人甚至以为他早已不在这人世间了呢。

汉之广矣，不可泳思；江水永矣，不可方思。王老爹在崇山峻岭里，在深山老林里，在南方乔木里，对玉荳姑娘一想就是70多年，从王老爹而立之年，到王老爹耄耋之年。即便过年过节，乡亲们都从山上下来，与老婆孩子热炕头，与家人团圆团聚团年，但王老爹始终不曾下山，一直蜗居在山上的茅草棚里度着他单一的寂寥时光。

其实，王老爹并不畏惧自然的阻碍，惧怕的却是人心的刻意阻隔。自然的阻碍，他都能想千方设百计跨越过去，但人心的刻意阻隔，是他想任何办法都无法逾越的障碍和鸿沟。

当初，在王老爹20多岁时，他并非就是一个伐木工人，而是集镇上一个小有名气的小木匠，乡亲们都亲切地称他为王木匠。王木匠从小就天资聪颖，品貌清秀，15岁就跟着老师傅学做木艺。老师傅对这个徒弟甚是喜爱，几乎视如己出，当儿子般看待，他将全部手艺倾囊相授，从不暗地里露一手又留一手。几年下来，在王木匠20岁左右，就青出于蓝而胜于蓝，其手艺早已超越了老师傅。

老师傅看在眼里，喜在心上，并不因为徒弟要即将抢走自己的饭碗而懊恼懊悔。他虽然明显感到，十里八乡的乡亲们更喜欢徒弟为他们打造家具，还取笑他打的家具就像他人一样古板迂腐，一点没有新鲜感和新样式，但他仍然呵呵一笑，说老了哦，老了哦，不中用了。终于有一天，老师傅让老伴儿备了一桌丰盛的酒菜，将徒弟王木匠叫到家里，举办了一场简单的别师宴。

王木匠为老师傅磕了3个响头，又为老师傅敬了3杯老酒，老师傅乐得像个孩子，就像承欢膝下一样，不禁有些老泪纵横，轻轻地将王木匠拉起。拜别老师傅后，王木匠的手艺做得风生水起，意气风发，哪家要他打个家具，或是建个房子，都得排着队等候。王木匠和玉豆相识，是王木匠在玉豆家打家具开始的。

玉豆和王木匠并不在一个村子，但王木匠的木匠手艺名气却早已传到了玉豆她们那个村子。玉豆是她父母唯一的女儿，在玉豆18岁时，已出落得如一朵水灵灵的荷花，而且落落大方，娇艳欲滴，早让村子里那些年轻后生觊觎在心，但他们都碍于玉豆和她的表哥憨子早已指腹为婚，都不敢再轻易造次。

但玉豆对表哥憨子并不怎么热心和钟情，只是慑于父母之命和媒妁之言的威力而不敢妄自反叛。玉豆父亲为让玉豆和憨子结婚时有一栋新造的吊脚楼，便在半年前就到王木匠家登门谒请匠人。

在一个秋日的午后，枫叶染红了山岚。玉豆家的房前檐下挂满了金黄色的玉米棒子和红彤彤的辣椒串。太阳暖阳阳的，玉豆正在院子里用锉子剥离玉米棒子，玉豆面前的箩筐早已装满了黄澄澄的玉米。玉豆哼着小曲儿，一脸幸福的模样。

王木匠挑着木活工具，一闪一闪的，一摆一摆的，一摇一摇的，像扭着欢快的秧歌，嘴里也喊着浑圆的号子。那号子干脆利落，清澈明亮，像空中的浮云，像溪中的流响，又像崆峒的余音。不见其人，先闻其声。玉豆早被这声音牵引过去，像着了魔，像附了身，不禁扭头向来路那边张望。

玉豆家的阿黄见有陌生人到来，忙站起身汪汪汪吠了数声。王木匠并未被阿黄吓到，他四处走村串户，恶狗厉犬见得不少，何况阿黄并不是那么凶神恶煞。玉豆不看则已，一看就被王木匠的相貌和神韵气质所吸引，一种前所未有的心跳在心脏绽放。

玉豆忙站起身，丢下玉米棒子，红晕早已漫过脸颊，像盛开的两朵绯红的桃花。玉豆假装呵斥阿黄以掩饰心中的慌乱，阿黄，喔什么喔？是家里来的客人呢！阿黄心领神会，顿时摇摆着尾巴，吠声戛然而止，在王木匠裤腿边嗅来嗅去，蹭来蹭去，它要将这个即将入门的客人的气味和样子铭刻在心。

你就是来我家帮忙建房的王木匠吗？玉豆主动向王木匠发出疑问。这声音虽伴有娇羞，却那么悦耳动听，如林间的云雀，如草间的虫鸣。是啊！我就是王木匠！王木匠忙停止哼唱号子，一本正经地答道，两眼始终盯着玉豆不放。

王木匠也曾耳闻过玉豆的美貌，但从未见过，今日一见，果然名不虚传，早把王木匠内心那汪池水搅得一片混乱，产生了一圈一圈久不散开的重重涟漪。你是玉豆？王木匠也慌乱地问，木匠工具担子差点没有护住而撞到了玉豆姑娘的身子。

玉豆羞怯地点了点头，忙一个闪身，迅速溜进屋内。王木匠忙双手护好担子，几个碎步尾随其后，将木匠工具小心翼翼地放在堂屋内，王木匠不敢贸然发出一点声响，他生怕这点声响打破他在玉豆心中的好感。阿黄最通人性，也跟着进屋，再次在王木匠身边亲来亲去，它要为它的女主人迎候最尊贵的客人。

爸！妈！王木匠来了！玉豆大声向屋内的父母禀告，但满脸的红晕依然灿若朝霞，艳若桃花。玉豆的父母听见玉豆的叫喊声，忙从里屋快步出来，大声打着哈哈，寒暄道，小王木匠稀客稀客，今天终于将你盼来了，我们可是盼星星盼月亮哦！

一阵寒暄过后，母亲忙吩咐玉豆，你愣着干吗！是青桩啊？还不快去给小王木匠倒茶。听见母亲的嗔怨，心似鹿撞的玉豆才想起给王木匠倒茶。茶叶是玉豆母亲亲自炒制的，揭开茶叶罐盖，一种清幽的香气就散发出来，弥漫在整个房间。

但玉豆手忙脚乱，不是将茶叶撒了一地，就是将开水溢出了杯子，直烫得她红润的纤手一阵钻心的疼痛，差点啊呀一声叫出声来。她忙掩饰住自己的慌乱和慌怯，双手捧着茶杯来到王木匠面前。尽管再怎么掩饰，但玉豆在将杯子呈献给王木匠时，还是不小心将茶水洒在了王木匠身上。

王木匠几乎眼神都凝固了，此时房间的空气也凝固了，就像标号极高的水泥粉被浇上水，凝结成了僵硬的一坨。刹那间，父亲在埋怨，母亲在嗔怪，他们生怕一不小心得罪了小王木匠，影响小王木匠给他们建房。

王木匠忙打着圆场解着围，没事没事，玉豆她不是故意的。玉豆见王木匠主动为她的莽撞解围，她的脸显得更害羞了，迅速扭过头，用双手蒙着眼就溜了出去。看见玉豆轻盈的背影在门框中消失，他恨不得一个箭步冲出去将她拉回来。

来到玉豆家，王木匠就忙活开了，不曾有一分一秒闲着，他不是弹着墨线，就是凿着榫眼，不是锯着木头，就是刨着木板，一板一眼，一招一式，忙得不亦乐乎。玉豆有时偷偷倚在门边看着王木匠干活，似乎一时半会儿不见王木匠，心里就像掉了魂魄一般。王木匠心有灵犀，他知道玉豆在偷偷看他，他也走了心时不时瞟几眼玉豆。

傍晚，玉豆母亲做了一桌香喷喷的饭菜。老家对匠人是十分礼遇的，像对待贵客一般，都会拿出家里最好的食材做菜。玉豆母亲炖了腊猪蹄，蒸了粉蒸肉，焖了腊排骨，烹了鸡蛋羹，还有泡蒜泡椒泡藠头，每一种菜都色香味俱全，充分激活了食客的味蕾，想大快朵颐起来。

玉豆父亲陪王木匠喝着山里的苞谷酒，苞谷酒度数较高，有火烧火燎的感觉，像要将喉咙和胃脾烧出烟来。但玉豆父亲和王木匠也是酒中仙，他们的喉管和胃脾早已习惯了苞谷酒的洗礼，他们饮酒如喝井水一般畅快淋漓。

玉豆母亲是个热心肠的土家女人，她生怕客人吃不饱喝不好，连连给客人夹菜斟酒。玉豆依旧泛着桃红，她虽然没有喝酒，但两腮比饮酒者还赤红。她也冷不丁给王木匠夹夹菜，从灶房舀饭也为王木匠带了一勺饭出来，直接倒在了王木匠的碗里，弄得王木匠好一阵尴尬，只得呵呵一笑了之。

酒过三巡，菜过五味。王木匠终敌不过玉豆父亲老姜辣，渐渐有些微醺醉意，等玉豆父亲再为他斟酒时，他就酩酊大醉伏倒在了桌子上。哈哈！这小王木匠啊，就这点酒量啊。玉豆父亲说完，又独自深深咂了一口。

不容分说，醉意醺醺的王木匠当夜就在玉豆家住下了。玉豆将床铺草抖了又抖，抖得尽量蓬松而柔软，又将家里崭新的花铺盖拿了出来，生怕怠慢了王木匠。玉豆睡在王木匠隔壁的房间，仅一堵板壁之隔，王木匠深深的呼吸声和沉沉的鼾声，是那么清晰，又是那么亲切，搅得玉豆一夜睡意全无，在床上辗转反侧直到天亮。

王木匠和玉豆一家人极其投缘，特别是和玉豆父亲顿时就成了忘年交。王木匠也不把玉豆一家人当外人，一回生，二回熟，没几天工夫，他就和玉豆一家人熟络得像一团扯不开的糍粑。王木匠在玉豆家喝酒吃饭和夜宿投宿，自然就成了常事。

眼看玉豆家的吊脚楼即将竣工，玉豆父亲在和王木匠喝酒时突然问道，小王木匠啊，我和你极其投缘，以后给我做干儿子怎么样？做干儿子？王木匠一脸惊诧，伸到嘴边的酒杯又突然放了下来，呆愣了半天，他多么希望玉豆父亲认他做金龟婿啊！一种凉意顿时袭上心头。

玉豆和憨子结婚那天，天下着鹅毛大雪，像飘着的朵朵棉花。憨子是作为倒插门女婿，走进玉豆家新修的吊脚楼的。玉豆父母对憨子是丈母娘看女婿，越看越欢喜，但玉豆看憨子却特别碍眼，就连洞房花烛之夜，她也拒绝了憨子要求她该做妻子应尽的责任，她多么希望身边躺的是王木匠啊！

那天，王木匠在玉豆家附近远远地守着，苦苦地想着，他多么想那灯火通明的吊脚楼里，那贴满喜字的窗棂里，是他陪着玉豆手挽着手枕睡，但他知道，这只能是南柯一梦了。王木匠在雪夜里蹲守了整宿。天亮后他便决定，卖掉所有做木活的家当，拜别双亲，背着铺盖卷和开山斧，冒雪踏上了上山当伐木工的路途。

可这一走，就是70多年啊！玉豆却守着她的贞洁多年，从不让憨子碰她的身子。憨子是爱她的，也从不强行占有她，他们就这样若即若离似夫妻非夫妻一样生活着。天有不测风云，人有旦夕祸福。在玉豆30多岁时，憨子在帮邻居家修屋立扇时，不小心从高空的房梁上摔了下来，当时就脑浆迸裂，当即就去世了。

尽管玉豆不爱憨子，但她记得憨子的好。在憨子发生意外后，玉豆哭得死去活来，好像大山都在静默，河水都在呜咽，田地都在沉寂。憨子去世后，玉豆未曾再嫁，一直守候在王木匠修的吊脚楼里，直到她头发变成银丝，吊脚楼变成摇摇欲坠的烂房。

南有乔木，不可休思。王老爹捋着银髯银须，依旧精神矍铄地站在乔木里，心心念念地想着玉豆姑娘。玉豆破旧的吊脚楼里，不曾熄过灯，这盏灯一直为王老爹明晃晃地亮着。因为在梦里，她梦见王老爹多次回来过，还是当初那般目不转睛地看着她。

（2023年4月22日发表于中国作家网）

悠悠野水长

"遵彼汝坟，伐其条枚。未见君子，惄如调饥。"这是《诗经》里《国风·周南》中的句子。意思是说，一位年轻的女子沿着汝河的堤坝而上，沿路砍伐楸树的枝条和树干，直到砍完也未见远征的丈夫归来，一丝忧愁突然来袭，如忍饥挨饿的清晨。她多么希望在清晨，能与丈夫在汝河之畔耳鬓厮磨，相濡以沫啊。

楸树，又名梓桐、金丝楸、旱楸蒜台和水桐等，树叶呈三角状卵形或卵状长圆形，叶面深绿色，花冠淡红色，内面具有黄色条纹和暗紫色斑点。因楸树多花而不结果实，所以《齐民要术》中说："楸既无子，可与大树四面，掘坑取栽之。方两步一根。"

也不知道年轻女子砍伐那么多楸树何用，大概是入药或是食用吧。因为楸树的茎皮、叶和种子皆可入药，就连《本草纲目》都有记载："木白皮，气味苦，小寒无毒，主治吐逆，夺三虫及皮肤虫，煎膏粘敷恶疮疽瘘，痈肿疳痔；除脓血、生肌肤，长筋骨、消食，涩肠下气，治上气咳嗽，口吻生疮贴之，颇易取效。"楸树的嫩叶可食，花可炒菜或提炼芳香油。明代鲍山在《野菜博录》中就云："食法，采花炸熟，油盐调食。或晒干，炸食，炒食皆可。"

在家乡的大山深处，随处可见河流溪流，较大的水域乡亲们称之为小河，较小的水域乡亲们就叫作小溪。很多河流溪流是登不上大雅之堂的，就连在地图上也寻觅不到一点踪迹。因河流溪流太多，就如乡亲们开枝散叶的子孙，乡亲们给他们取名，也如给多如牛毛的孩子取名一样，取得俗而不雅，乡亲们说能避邪好养易养，连鬼怪都畏惧三分。就如给孩子们取名狗娃、牛娃、山娃、树娃一样，也给河流溪流取名为诸如马河、猪蹄河、山羊溪、狗蛋溪等。

更有甚者，有些河流溪流连粗俗的名字都没有，就如那些被遗弃的孤儿，不知道姓甚名谁，其父母是谁。那些不知名的河流溪流弯弯曲曲、环环绕绕、缠缠绵绵，就如人体里的毛细血管，铺天盖地，遍布肌体，最终都走进了人体的心脏和乡亲们的心里。我家门前就有一条河流，打小就不知道它叫啥名字，就如山里的野孩子，我姑且叫它为野水吧。

野水，清清澈澈，绿绿蓝蓝，就如乡亲们缠在腰间的裤腰带，紧紧缠绕在乡村周围，把人畜、山岚、房屋、田地和树木都围圈在那一方天地里，让乡亲们受着恩泽，享着福泽。在我的记忆里，野水未曾干过，而造成供给不上人畜饮水，也未曾怒发冲冠，而发大水淹没房屋农田，总是温温柔柔、平平稳稳，波澜不惊。

在野水岸边，在山峰脚下，有两三间茅草房。茅草房周围长满了棕树、枇杷树、李子树和茂密的翠竹，一片葱茏，一片苍翠。尽管是老掉牙的茅草房，但房子内仍干干净净、清清爽爽，虽是泥土地面，也清扫得没有一丝灰尘和微小的垃圾。

房子里没有几件像样的家具，只有一套老式的衣橱和木箱，还有一张陈旧的雕花床，漆面都早已脱落不堪，床上的被褥被单，虽破旧得打了不少补丁，但洗得极其干净利索。看得出来，女主人是一个勤劳朴实而爱干净整洁之人。

房子的主人是一个老妇人，已入古稀之年，孤苦伶仃，习惯性穿着粗布对襟衣，纽扣都是老式的布制扣子，头上缠着一根黑色头巾，两鬓仍露出雪白的银丝，脚如三寸金莲，不足一拃之长，脚尖尖如利箭，整个脚形恰似等腰三角形。

孩子们都尊称老妇人为四奶奶，年龄大点的乡亲们都尊称她为四婶婶，但老妇人却有一个优雅而清丽的名字兰蔻儿。这个名字很多人是不知道的，也未曾听说过，只有年老的乡亲还依稀记得她还有这么一个名字。

兰蔻儿年轻时是大户人家的千金，排行老四，家里人和乡亲们都叫她四小姐，因受野水溪流的滋养，虽然小时候长得并不出众，但女大十八变。到她十八九岁时，已超凡脱俗，脱胎换骨，出落得如仙女一般。加上她读过私塾，还能拉得一手漂亮的京胡。她端坐在凳子上，京胡一到她手，就立即与京胡融为一体，合二为一。

那京胡之声，如泉水叮咚，如利箭飞旋，如林鸟鸣啁，如马踏声蹄，如玉珠落盘。兰蔻儿一旦在吊脚阁楼上拉京胡，就会引来乡亲们驻足倾听观看。即便他们在田间劳作，他们也会丢下劳动工具奔来观瞻。就连那些耕牛，听见兰蔻儿的京胡声，也会停下脚步发愣惊愕，发出哞哞的叫声回应。

"补锅补盆补碗补桶补搪瓷缸子啦！补锅补盆补碗补桶补搪瓷缸子啦！……"那一年的夏天，兰蔻儿正在自家吊脚楼阁楼上拉京胡，突然传来与京胡声不相和谐的补锅佬的叫卖声。兰蔻儿家的阁楼下，早已围满了乡亲们，乡亲们有的摇着草帽，有的摇着蒲扇，有的干脆扇着硬纸板，他们力所能及地驱逐着自身的暑气和酷热。

走进人堆里，补锅佬没有半点识趣，依然大声喊出他的叫卖声，几乎将悦耳的京胡声全部湮没。乡亲们齐刷刷扭过头，用异样的眼光盯着年轻壮实的补锅佬。此时，年轻壮实的补锅佬才觉得自己的叫卖声有多么不合时宜，忙停止了叫卖，红着脸怔怔地看看乡亲们，又看看兰蔻儿。

兰蔻儿也被突如其来的景况惹得极不痛快，情不自禁停止了拉胡声，将京胡置在隔壁的椅子上，轻轻地立起身怔怔地看着年轻的补锅佬。

只见年轻的补锅佬二十八九岁，右肩挑着沉重的担子，个子高大，身材颀长，留着整齐的短发，脸部古铜色，两眼炯炯有神，唇边长有两撇性感的小胡子，两腮还露出两个明显的酒窝。

在兰蔻儿紧盯补锅佬的同时，补锅佬也情不自禁地看了看兰蔻儿，在四目相对时，就如两道闪电，顷刻间融合到了一起，发出了两道亮光。稍不留神，补锅佬的担子啪的一声滑落到了地上。就这样，年轻的补锅佬和兰蔻儿相识了，彼此之间都有一种相见恨晚的感觉。

兰蔻儿性格开朗，为了瞅准机会与年轻的补锅佬有相见的机会，她忙大声吩咐家里的丫鬟云英："云英，快将家里的破锅破钵破碗破盆儿拿出来补一补。"其实，兰蔻儿家这些破东西早已被扔在柴房内，也不需要修补后再用。丫鬟云英听到四小姐的吩咐，一愣一愣的，还暗自纳闷，嘀咕道："家里有那么多新买的锅碗瓢盆，还补那些干吗？！"

见丫鬟云英不明白自己的心事，忙嗔怪道："叫你拿来补就拿来补，你在那儿磨蹭嘀咕干吗？！"见四小姐兰蔻儿发怒，云英赶忙从柴房搬出那些破旧的锅碗瓢盆，林林总总大约有 20 多宗。

兰蔻儿轻盈移步，从阁楼上下来，来到补锅佬的身边。她一边看着补锅佬潜心补锅，一边无话找话与补锅佬聊了起来。原来年轻的补锅佬名叫杨虎，是另一个村的村民。他的补锅手艺，是跟着他的爷爷学来的，他的爷爷年老走不动了，他就独自出门挑担营生了。

杨虎每补好一宗东西，兰蔻儿都让乡亲们拿回家去使用，这让乡亲们感激涕零，都夸四小姐是好人。杨虎补完了所有破损的锅碗瓢盆，兰蔻儿给了他足够的修补费，但都被杨虎婉言谢绝了。

后来，杨虎隔三岔五就会来到兰蔻儿家门口，不仅替兰蔻儿家修补破损的锅碗瓢盆，还为乡亲们一并修补，兰蔻儿都一一买单，但每次杨虎仅收点材料费。几天不见杨虎出现，兰蔻儿都会在阁楼上拉京胡，她拉出了她的思念，她拉出了她的想念。

突然几个月来，杨虎再也没有来过兰蔻儿家门口，也没有半点音讯。兰蔻儿急得不行，忙让丫鬟云英去临村打听。原来，杨虎在一次出门补锅时，忽遇一群抓壮丁的国民党官兵，官兵见他长得高大威武，是当兵的好苗子好身材，便不分青红皂白将他捆了去。

得知这个消息，兰蔻儿一蹶不振，终日茶饭不思，半个月下来，就形销骨立。她的父母亲为了让她早日走出阴影，便托媒婆与邻村的富家子弟说亲，虽然在父母看来这门亲事门当户对，而且对方男生也俊朗飘逸，但最终兰蔻儿以死相威胁强烈拒绝了。她坚信，杨虎有朝一日会回来寻她。

但杨虎一去几十年音信全无，他被抓壮丁后，随着国民党部队打仗来打仗去，最终去了台北。但兰蔻儿几十年来，一直守候在野水溪畔，日日等着杨虎归来。她在溪畔种菜，她在溪畔种地，她在野水捣衣，她在野水沐浴，她将她的思念化作了悠悠野水，绵延不断地向东流去。

直到两岸关系稍微缓和，直到杨虎在台北的老伴去世，他才给孩子们讲述那段年轻时候的往事。孩子们听后一脸惊诧惊讶，都鼓励父亲回乡寻找兰蔻儿阿姨。

杨虎在孩子们的陪伴下千里迢迢回到故乡野水河畔，当他们问及兰蔻儿的名字时，年轻的乡亲们无人知道兰蔻儿是何许人也，都纷纷摇了摇头。无奈之下，杨虎只好带着孩子们，颤颤巍巍地来到旧时与兰蔻儿经常私会的那棵巨大的泡桐树下。泡桐树屹立在野水溪边，需十多人合抱才能围成一圈，树端直冲云霄。

当杨虎一行赶到泡桐树下时，兰蔻儿将一桶粗布衣裳洗净，正欲提桶回家。在她转身的一刹那，猛然看见面前站着一位白发苍苍的老者，她使劲擦了擦朦朦胧胧的眼睛，见眼前的老者似曾相识。

杨虎一看见兰蔻儿，一下就怔住了，他确信眼前这位同样白发苍苍的老妇人，就是他日思夜想的兰蔻儿，因为兰蔻儿额前那颗美人痣，一直深深地印在他的脑海里。几十年来，没有一刻忘记过。"请问你是兰蔻儿四小姐？"杨虎迫不及待地问。

这么多年来，没有人问及过她的名字兰蔻儿，想必还记得兰蔻儿这个名字的，只有她的补锅佬杨虎了吧。兰蔻儿见杨虎似曾相识，一串老泪忍不住夺眶而出，手里装衣服的水桶咚的一声掉在地上，滚出去好远好远。兰蔻儿惊讶异然，不敢相信地征问："难道你是补锅佬虎哥？"旧时，兰蔻儿一直叫杨虎为虎哥。

杨虎见兰蔻儿还依然认得他，花白的剑眉下，两行激动的泪水顿时一倾而下。兰蔻儿三步并作两步，一下扑倒在杨虎的胸前，一边捶打着杨虎的胸脯，一边哽咽着嗔怨道："虎哥，你怎么才回来哦？！我以为这辈子再也见不到你了啊！"在场的人都感动得无不落泪。

杨虎紧紧地搂着兰蔻儿，生怕再一次失去她。征得孩子们同意，杨虎再也没有回到台北去，他请人将兰蔻儿的茅草房翻修一新，一直陪着她直到仙逝。

悠悠野水，情谊长绵。

（2023年4月25日发表于中国作家网）

惟愿人生做麒麟

"麟之趾，振振公子。""麟之定，振振公姓。""麟之角，振振公族。"出自《诗经·国风·周南》，意思是说，麒麟虽然长有长长的脚蹄、硬硬的额头、尖尖的触角，但它从来不踢人、不撞人、不触人。犹如诚实宽厚仁义的公子，虽身居高位要职，却从不伤人害人损人。

麒麟，是中国古代传说中的仁兽。据说它有蹄不踏，有额不抵，有角不触，被古人看作至高至善至美的野兽，因而把它比作公子、公姓、公族的仁厚和诚实。

汉代刘向在《说苑》中称："麒麟，麇身牛尾，圆头一角，含信怀义，音中律吕，步中规矩，择土而践，彬彬然动则有容仪。"宋代严粲在《诗辑》中说："有足者宜蹑，唯麟之足，可以蹑而不蹑；有额者宜抵，唯麟之额，可以抵而不抵；有角者宜触，唯麟之角，可以触而不触。"宋代朱熹在《诗集传》中也说："故诗人以麟之趾，兴公之子，言麟性仁厚，故其趾亦仁厚。"

相传，在鲁哀公十四年，鲁人去西郊林中打猎，捕获到一只麒麟，但大家并不知道它为何物。只有孔子见了说："这应该是麒麟。"这件事对孔子的触动很大，于是将它记在自己所作的《春秋》著作里。

同时，还作了一首《获麟歌》。这是一首赞美诸侯公子的诗歌，但这里的公子，究竟是指作为商纣西伯的文王之子，还是爵封鲁公的周公旦之子，抑或是一般的贵族公子，就不得而知了，或者是兼而有之吧。

在读《麟之趾》时，眼前就会浮现一幅美好的和谐温和画面。只见那只"不践生草、不履生虫"的仁兽麒麟，悠闲地行走在绿野翠林之中。恍惚间，麒麟化作成一位宽厚仁义的公子，微笑着向众人走来。那种慈善，那种宽厚，犹如春日暖阳，犹如雪中炭火，给人以温暖，给人以人性的光芒。

同样，读到《诗经·召南·鹊巢》时，却是另外一种截然相反的画面和景象。"维鹊有巢，维鸠居之。""维鹊有巢，维鸠方之。""维鹊有巢，维鸠盈之。"诗人虽然描写的是女子嫁人时的婚礼美好热闹场景，但一想到鸠占鹊巢这个成语，就难免有些反胃倒胃，让人有些不适之感，甚至有作呕作翻之状。这种苦态苦颜苦状，难以形容，无法言表。

我仿佛看见，喜鹊辛辛苦苦衔草建造而成的窝巢，它还没来得及居住下来享受一下，就被不劳而获的布谷鸟鸠鸠霸占而去。它们不仅住了进去，还挤得满满当当，根本容不得喜鹊再折转回来。喜鹊只能看着自己的窝巢，望巢兴叹，无可奈何，无力回天。

虽然，喜鹊一旦筑好巢，鸠鸠就迫不及待住了进去，这是喜鹊和鸠鸠的天性，正如男子必须要建好房屋家室，才能迎娶心仪的女人一样，心甘情愿让女人来住现成的新房。即便百两御之、百两将之、百两成之，也在所不惜。

就如现在的婚礼，男方需买好房，购好车，准备好高价彩礼，在迎娶时，还得安排几十辆豪华车队装点门面和铺排场面。但这也是周瑜打黄盖，一个愿打一个愿挨。联想到这幅画面，我就不禁想起小时候的一件事情。这件事情虽小，可以说是鸡毛蒜皮，但对我记忆犹新。

在 20 世纪七八十年代，老家的乡亲们烧火做饭大都是用柴火灶，一少部分条件较好的家庭才烧块煤或蜂窝煤，根本上没人用天然气用液化气灶。柴火灶必不可少的，就是要砍来足够的柴火。那时候，每家每户的自留山里的柴火，都极其有限，是难以自给自足的，就连山里的茅草都割净了，树蔸也挖尽了。

为了让家里的女人能正常煮饭做饭，很多乡亲们就起早摸黑，披星戴月，偷偷到别人家的自留山里砍柴、割草、挖蔸，有的还不惜翻山越岭，趟过小溪河流，为的是砍一捆柴火回家。我家附近有一块自留山，为确保家里在应急时能有柴火烧，父亲和母亲是不让哥哥姐姐平时去那里砍柴的，都让他们去较远的山里砍柴，老家叫蓄山养山。

一年后，这块自留山因从未遭到破坏和损坏，不仅马桑树、五倍子、黄荆条、丝茅草等灌木、杂草长得繁茂密匝，就连花栗树、板栗树、松树、枫树、杉树等较大的树木，也陆陆续续长了起来，几乎人都难以钻得进去。看着蓄好养好的自留山，全家人都十分欣喜。

可是好景不长，就在一夜之间，邻居马大叔和他的两个儿子，抹黑将我家那块自留山的树木夷为平地，全部树木、柴草都搬运到了他家的院子里，码成了整整齐齐四四方方的柴垛。

大哥本是一个火暴脾气，简直就是一个火药罐子，可谓一点即爆。当得知好不容易蓄了一年的山林被他人夷为平地，他不禁怒从心中起，恶向胆边生，他要以恶制恶，以牙还牙。顿时，他抓起挖锄和斧头就直奔马家而去，一路骂骂咧咧，一路吵吵闹闹，他要与马家父子拼命。

母亲是一个温和温柔的农家女人，她无法劝阻大哥回头。好在那天父亲在家，父亲是我们那方讲理出了名的明白人，他忙喝住大哥放下锄头和斧头，带上大哥、二哥到马家上门说理。马家自知理亏，乖乖将全部柴草送回到我家的院子里，还给父亲和哥哥郑重地道了歉。后来，父亲对大哥说，不要遇事就莽莽撞撞，不是靠拼命就能解决问题的。我想父亲这是不战而屈人之兵吧。

母亲没有读过多少书，虽然不懂"麟之趾""麟之定""麟之角"的道理，但她绝不让孩子们做以大欺小、倚强凌弱的事情。小时候，我们家虽然也很贫穷，但遇到更贫穷、更弱势的群体，母亲就会竭力帮助他们，这也彰显了母亲麒麟般宽厚仁义的率性。记得有一天，村里的孩子们，正对着一个疯疯癫癫的女人追打。孩子们不是用竹条、木棍追撵，就是用石子、泥巴追打，我那时候也不懂事，跟着伙伴们参与其中，还自得其乐。那个疯女人满脸灰尘，嘴唇上还沾满了锅灰，黑黢黢一大片。虽然孩子们对她追撵追打，但她既不发火，也不生怒，依然笑呵呵地对着孩子们傻笑。

母亲见着后，一声断喝："你们干什么？！干吗欺负一个疯疯癫癫的病人？！"母亲还将我揪了出来，一边责骂，一边狠狠扇了我一个耳光。我顿时疼得眼泪都冒了出来。孩子们见母亲发怒了，便一窝蜂散开跑掉了。

母亲把那疯女人拉进我家院子里，用热水为她洗了一把脸，见那女人一脸清秀的样子，母亲还竖起大拇指夸她长得漂亮。随后，母亲见那疯女人饿了，就从灶间端出一大碗剩菜剩饭让她吃。见她狼吞虎咽的模样，母亲心疼地说，这女人定是饿煞急饿坏了。待那疯女人吃完饭，母亲又拿出木梳子，为她梳理起蓬乱的头发。

那女人虽然疯疯癫癫，但她心里依然明白谁对她好，谁对她坏，心里敞亮着呢，也明白知恩感恩的道理。临走时，她在母亲面前站得标标正正，双手合十，弯腰为母亲行了一个九十度大礼，然后一溜烟跑开了。

那时，我家也家大口阔，但母亲却常常省吃俭用，也为附近的一家孤儿寡母接济，不是给她家送去红薯洋芋，就是送去豆子玉米，不是给她家送去柴米油盐，就是送去蔬菜瓜果。她常说，救人一急，胜造七级浮屠。

　　麒麟意合乾坤地，獬豸机关日月东。我虽不是《诗经》里所说的"振振公子"，也不是出自公姓、公族之门，但我从小就在家庭的熏陶下，在父母的教导中，学会了为人诚实、宽厚、仁义的道理。这一辈子，我愿做一只有足不踶、有额不抵、有角不触的麒麟。

　　　　　　　　　　　　（2023年4月26日发表于中国作家网）

青蒿绿

老家有句谚语，"三月茵陈四月蒿，五月六月当柴烧。"意思是说，三四月的茵陈可采食或入药，到了五六月只能当柴烧了。茵陈，又名茵陈蒿，属草本植物，经寒冬不死，因陈根而生，其嫩苗可食用，亦可入药。

"于以采蘩？于沼于沚。""于以采蘩？于涧之中。"《诗经》中所云的采蘩，就是采摘一种像艾叶的白蒿。这些采蘩之人并非民间的普通孺人妇人，而是一些夙夜在公的公侯之宫、公侯之事的宫女。她们不仅在水池边采摘，在小洲边采摘，还在山涧中采摘，忙得不亦乐乎，忙得不可开交，忙得发饰都蓬松不堪，忙的是宫中的祭祀活动。

老家是将艾叶青蒿统称为艾蒿或青蒿的。每年3到4月，普天之下就是青蒿的天地，真可谓"普天之下，莫非王土；率土之滨，莫非王臣"。不管你愿不愿意，不管你想不想闻，到处皆是青蒿的子孙，处处都是青蒿的气味。在路边，在坎边，在田边，在涧边，在河边，在林边，无不都是它们翠绿的影子。

青蒿无须春天的邀请，青蒿无须人们的期盼，它们是春天里脸皮最厚、性格最强的植物。大量的青蒿不仅影响人们路途行走，还对田间的庄稼危害极大，它们厚颜无耻地汲取庄稼的大量养分，长得高大青绿，却将庄稼排挤在它的身下，变得一身青黄，一副营养不良的样子。这有点喧宾夺主的意味，有一点本男子打成奸夫的感

393

觉。

即便人们再怎么讨厌它，用薅锄除之，用挖锄掘之，用野火烧之，用农药喷之，欲除之而后快，但它们生命力极其顽强，它们不仅"野火烧不尽，春风吹又生"，而且繁衍速度极快。只要哪里留下一小截，它就遇水则发芽，逢土就扎根，而且迅速开枝散叶，振兴它们的家族，力所能及地将疆域疆土扩充拓展。

小时候，老家房子旁边有一块1分多宽的土地，我见荒着可惜，就学着父母用镐锄将土地深翻平整，仔仔细细将泥土里的每截青蒿根捡拾出来。眼看着这块土地干干净净，平平整整，漂漂亮亮，没有一丝杂草杂物，心里高兴得无法形容。待播下玉米种子，等玉米种子发出芽来，哪曾想玉米株旁边，又悄无声息地长出了几根青蒿来，真是让人又气又急。

我哪能让它茁壮成长，必须将它消灭在萌芽状态。我又用镐锄轻轻地抠松泥土，将青蒿连根拔起，仍不解恨，故意将它置于石板上暴晒，是想让它置之死地而后快。殊不知，这截青蒿根刚刚枯萎，玉米株旁边又原地冒出一根青蒿嫩芽出来，这哪里是置之死地而后快，简直就是置之死地而后生。

等玉米株长到1尺来高，整块土地里又东一堆、西一堆地长出了许许多多的青蒿来，你越想防患于未然，却越是防不胜防。那时候，我就想象出父亲母亲种地是何种艰难。一个小小的灭艾除蒿行为就如此难以做到，何况他们还要面对大片的山山岭岭和坡坡岭岭。怪不得他们日出而作日落而息，也赶不上青蒿生长的速度。如果父母脚下的庄稼，都如青蒿那般恣意旺长，还何愁家里的粮柜粮仓不满？

青蒿并非一无是处，它也是有很多用处的。初长出的艾叶，嫩绿葳蕤，清新自然，也是食品的绝佳好料。在清明前后，家家户户都会采集青蒿嫩叶制作社饭。将青蒿嫩叶与腊肉丁、花生米、豆腐果、野韭菜、嫩蒜苗、香肠丁等食材搭配在一起，简直就是"卤水点豆腐，一物降一物"。

青蒿只服从服务于这些食材，一旦遇见这些食材，就会激发出它前所未有的美味和灵性，把它本有的嚣张跋扈和逞强个性，磨炼得荡然无存，就像老家吊儿郎当的乡痞子，谁都不服，谁都不怕，就服家里的枕边女。妻子让他往东，他绝不会自作主张往西；妻子让他打狗，他绝不会自作主张撵鸡。

青蒿的嫩叶，还可以与糯米粉搭配在一起，制作出艾糕艾粑。这种食品吃起来软糯润滑，清香四溢。如果艾糕艾粑中间还包裹一些花生、芝麻和白糖等馅料，那味道就更别具一格。据说每逢立春时分，赣州客家人就有采集艾草做成艾米果的习俗。艾米果与饺子相像，但体积比饺子要大，内包有馅，美味可口。

母亲在世时，就常采集白蒿嫩叶，与酸辣猪肠、项圈肉、酢辣椒、玉米粉等食材一起，蒸出蒿子饭。蒿子饭并非主食，而是一道美味佳肴，只有家里来了尊贵的客人，母亲才肯露一手将它烹饪出来。母亲每次做蒿子饭时，都留有余地，并不会让你一次吃够吃厌，而是给你留一份悬念，留一份念想。

民间有谚语，清明插柳，端午插艾。清明为表达对已故亲人的思念和想念，故而插柳，柳与留谐音，意为将已故亲人留在家里。端午时节，早已过了"三月三，蛇出山"的时节，各种蚊虫早已泛滥，将艾叶、菖蒲悬于门楣，一则辟邪驱邪，二则驱逐蚊虫。每到夏夜，屋里屋外到处都是蚊蝇飞来飞去，扰得人心烦意乱。

父亲就会拿出晒干的青蒿，在上面滴几滴敌敌畏农药，点燃熏赶熏杀。父亲手持一把绑好的青蒿，在手里飞舞着，从楼上走到楼下，从里屋走到屋外，虽然屋里屋外到处烟雾缭绕，浓烟滚滚，但也有效驱逐和熏杀了蚊虫，能让一家人在夜里睡一个安稳觉，消除全天的劳累和疲倦。第二天清晨起来，你可以清晰地看到，地上落下了一层死去的蚊虫，但必须立即清扫干净，防止鸡鸭啄食中毒死去。

青蒿艾叶还可以入药。《本草纲目》就记载，艾以叶入药，性温、味苦、无毒、纯阳之性、通十二经、具回阳、理气血、逐湿寒、止血安胎等功效，亦常用于针灸，所以它又被人们称之为医草。灸用艾叶，一般越陈越好，故有"七年之病，求三年之艾"的说法。

我的母亲和两个姐姐，就常常采摘艾叶、灯芯草、夏枯草等草药，熬水当茶水饮用，以消减体内重火，达到清凉解暑解毒的目的。这种药水虽味道极苦，但效果极佳，母亲便长期坚持饮用。

对于青蒿，人们又爱又恨，爱恨交织，又喜又怨，喜怨参半。时令已过4月下旬，当邂逅漫山遍野的青蒿，我又仿佛看见苏轼笔下"堆盘红缕细茵陈，巧与椒花两斗新"的情景了。

（2023年4月26日发表于中国作家网）

那年大姐要出嫁

"于以采萍？南涧之滨。于以采藻？于彼行潦。"这是《诗经·召南·采萍》中描写齐季女出嫁时，她家女奴女仆们采办祭祀用品时的热闹繁忙场景。

女奴女仆们各自提着圆篓和方筐，时而在南面溪水边采集萍菜，时而在水沟积水中采集水藻，时而用三足锅和无足锅烹煮食物，然后将祭祀用品置放在祠堂的窗户之下，一派忙忙碌碌、热热闹闹的景象。这个场景俨然一个婚姻派对，其主角就是即将出嫁的齐季女。我想，当时的齐季女该有多么幸福和甜蜜，因为众多人都在围着她转，围着她忙，焦点都在她的身上。

上供神吃，心到佛知。古代贵族之女出嫁前，须到宗庙祭祀祖先，学习婚后礼节。奴仆奴役就得为主人采办祭品、整治祭具、设置祭坛，奔走终日，劳碌不堪。正如《左传·隐公三年》中云："苟有明信，涧溪沼沚之毛，萍蘩蕴藻之菜，筐筥锜釜之器，潢污行潦之水，可荐于鬼神，可羞于王公。"

每次读到《采萍》时，我的眼眶总会有些湿润，因为我会情不自禁地想起我的大姐出嫁时的情景。大姐虽不是王公贵族之女，在她出嫁时，虽没有如齐季女大张旗鼓地去宗庙祠堂祭祀，但父母为她出嫁，也是花尽了心血，费尽了心思。姐姐是在20世纪80年代末的冬天出嫁的，记得那天天空还扬着柳絮般的雪花，一片雾沉沉的。

婚期是在大半年前，就请人合了她和姐夫二人的八字，掐指细算选的一个黄道吉日。婚期一定，家里自然就忙活开了，根本不会等到婚期前几天，再临时忙碌。这种事情，是不能打无准备之仗的，需早谋划，早打算，早安排。

母亲最先作了新的打算。本来那年，母亲饲养了7头生猪，其中4头猪仔，3头肥猪。肥猪是准备1头作年猪自食，另两头准备出栏出售换钱。然而大姐的婚期就打破了她原定的计划，只好腾出1头肥猪宰杀，用于婚期时宴请亲朋好友和周围邻居。

在喂食生猪时，母亲不仅加大了猪草的分量，还加大了玉米粉、麦麸壳、稻米壳、红薯洋芋等饲料的剂量。用母亲的话说，她只差用吹火筒吹来催长催肥了。为让生猪能吃饱快速健康成长，两个姐姐每天要去田间、山间打更多的猪草。不管天晴下雨，每天打3到4背篓猪草，是雷打不动的事情。

就如齐季女出嫁时，女奴女仆采集萍菜一样，她们在田间打，在林间打，在沟边打，在河边打，在溪边打，只要看到哪里有青绿嫩绿的猪草，她们就会想尽一切办法弄到手。她们不是夜晚在灯下砍猪草剁红薯洋芋，就是在凌晨迎曙光砍猪草剁红薯洋芋，一年四季，周而复始，从没有间歇间断过。

母亲还得悉心观察生猪的身体状况，只要发现哪头生猪不对劲，有厌食少食的情况和征兆，她就会立马请来村里的兽医诊治，生怕哪头生猪有个闪失而误了大事。有一次，母亲发现1头肥猪病恹恹的，一副没精打采的样子，吃食时吃几口就躺下了，没有了先前你抢我夺的拼命劲。母亲急得不行，趁夜让二哥请兽医来家，给那头肥猪打了几针，才渐渐好转。原来，那头肥猪也如人一样，天凉患了感冒。母亲常说，人畜一般，患感冒没什么稀奇。

按照老家的习俗，女孩出嫁时得给最亲的亲戚和家人每人做1双新鞋。大姐提前就作了打算和计划，她除了给家里7口人每人做

1双外，还得给姐夫家3口人每人做1双，同时还给外婆、舅舅、舅母每人做1双。因为娘亲舅大，舅舅还是她和姐夫的媒妁之人。十几双千层底布鞋，要在有限的时间内做出来，也是一件不容易的事情。

大姐在忙完农活的间隙，或者是选在下雨天，或者是熬夜在浑浊的灯光下，赶做大大小小的灯芯绒布鞋。她将家里穿旧的衣裳裤袜，盖破的铺笼帐盖，一股脑儿倒腾出来，用面粉熬了两钵糨糊，趁天晴打起布壳来。她还将母亲舍不得吃的一筐鸡蛋，拿去小卖部卖掉，换得几丈灯芯绒布料。布壳和灯芯绒布料，是做鞋帮必不可少的材料。

抽空，大姐又将母亲收在箱底的一沓纸质鞋样寻找出来，一双一双比照鞋样的尺寸，为每个人的鞋子下料。如果尺寸拿捏不准，穿着不合脚，就极不舒服舒适。鞋子大了就会穿不住，鞋子小了就会整脚，造成材料极度浪费，也会吃力不讨好，惹人家不高兴。在鞋料上叠千层底时，还得聚精会神，一丝不苟，稍不留神，就会前功尽弃，从头再来。因此，大姐在叠千层底时，有人给她打招呼，她就会装聋作哑，一概不理。

纳千层底也是一个细致活，既要纳得鞋底平整，又要纳得针脚均匀。慢工出细活。大姐纳鞋底时，一针一线都是那么专心致志，一针一脚都是那么细致入微。她做的鞋子，不仅美观大方，而且耐穿耐磨，深受家人和亲人的喜爱。在她忙不过来时，母亲和幺姐也会瞅准空闲给她帮忙，助她一臂之力。

家里虽不宽裕，但父亲还是想给大姐多陪嫁几宗嫁妆。父亲和两个哥哥天不亮，就到自留山里砍伐杉木，将又高又直的杉木砍回家，作为打嫁妆的上好木料。待木料干枯后，父亲便亲自登门拜访，请来姨父为大姐打嫁妆。年轻的姨父虽年纪不大，但他的木活手艺远近皆知，他打的嫁妆新婚新人皆大欢喜。

姨父来到家后，先将木料进行排列分类，然后一一弹墨解木，将木料锯解成大大小小、长长短短的木板。根据父亲的要求，按照衣柜、橱柜、碗柜、木箱、洗脸架、梳妆台、书桌等物件进行选料备料。姨父大约在我家急急忙忙、有条不紊做了两个来月，才将那些嫁妆打完。父亲又买来桐油、油漆，将嫁妆粉刷一新。看着亮堂堂、红彤彤、新崭崭的嫁妆，大姐顿时喜笑颜开，将新娘子的喜悦提前画在了眉梢。

婚期前 1 个月，母亲就将她饲养的那头最肥最重的肥猪卖掉，用换来的钱为大姐置办花铺盖、花被褥、花枕头、白帐子。为博得喜庆，母亲总是给她选取花朵鲜艳的、带红色的铺盖。那些铺盖上不是红色的牡丹花，就是淡红的芙蓉花，可谓大红大紫，大吉大利。

眼看婚期临近，父亲又走村串户挨家挨户去请帮工，按照红白喜事的惯例，需请支客的、倒茶的、装烟的、下厨的、打饭的、斟酒的、记账的、挑水的、打柴的等等 20 多人。还得提前请来屠夫杀猪宰羊，杀鸡破鱼。一大家子还需将房屋和院子打扫得干干净净，将东西放置得整整齐齐，恨不得一尘不染，窗明几净。

父亲是白案的行家里手，他将储存的油菜籽卖掉，换来几斤菜油，连夜炸出馓子、金果、棱果等面质食品，还将新鲜的猪肉烧好、洗净、煮熟，炸出酥肉、扣肉、棱果肉等。

母亲则忙着推豆腐、打糍粑、炒葵花、炒薯条、炒玉米花、炒落花生，还熬制出一盆甜蜜蜜、金灿灿、亮晶晶的苕糖。将苕糖裹在炒薯条、炒玉米花上，捏成拳头般大小的圆球，放在尼龙袋里，几个月都不会坏掉。客人来了，可以直接递上一个，客人喜爱至极。

婚期前 1 天，帮工陆陆续续到来，主人家便可以瞅空闲下来歇息歇息，放心坐一下板凳。帮工来后，依照支客事的安排，大家在左邻右舍借板凳的借板凳，借桌子的借桌子，借碗筷的借碗筷，借炊壶的借炊壶，借铜罐的借铜罐，借木盆的借木盆，一切紧张有序地进行着。

还有几个人到田间砍伐木子树和桐子树，到山林砍伐花梨木、松树和枫香树，然后锯成截，划成块，码在离厨房最近的阶沿上，以方便厨子就近取柴。

母亲还得为大姐梳头，这是她最后一次为临行出嫁的闺女梳头。母亲的木梳慢慢滑过大姐的头顶，那一梳一篦，那一梳一理，蕴含着母亲多么的不舍和深沉的爱意。母亲一边梳理，一边叮嘱大姐，到婆家后定要勤劳朴实，相夫教子，做一个好儿媳，好妻子，好母亲。母亲说着说着，眼泪在眼眶打着转，但最终忍住没有掉下来。

第二天，大姐在一片唢呐声中，在一片锣钹的敲击声中，在一片抬嫁妆汉子的吆喝声中，在一长排彩旗的飘扬中，嫁出去了，走进了山间弯弯曲曲的小路，直至消失在雾沉沉的雪山里。母亲站在院子中央，愣愣地看着迎亲队伍远去，始终没有哭出声来。

（2023年4月25日发表于中国作家网）

独爱甘棠

棠梨枝繁叶又茂，不要修剪莫砍伐，召伯曾经住树下；
棠梨枝繁叶又茂，不要修剪莫损坏，召伯曾经歇树下；
棠梨枝繁叶又茂，不要修剪莫拔掉，召伯曾经停树下。

这首朗朗上口的小诗，是《诗经·召南·甘棠》的现代白话译文。甘棠即为杜梨，又名棠梨、白棠，其叶圆而尖，花呈水红色，果实扁圆而小，累累硕果挂于枝头，像一个个圆圆的小脑袋，其味酸甜，所以称为甘棠。只因甘棠树枝干高大，古人常常将它栽植于杜前，所以又称为杜木。

《甘棠》是怀念召伯的诗作。召伯，即召公，姓姬名奭，史称燕召公，为周文王的儿子，封于燕，封地为召。该诗是睹物思人的杰作，全诗由睹物到思人，再由思人到爱物，人物交融合一。对甘棠树的一枝一叶可谓关情，既不让砍伐，也不让毁坏，更不允折枝，可谓爱惜有加，爱护有加，喜爱至极。这种爱，源自对召公德政教化的由衷感激和感谢，发自于肺腑。朱熹在《诗集传》中云："召伯循行南国，以布文王之政，或舍甘棠之下。其后人思其德，故爱其树而不忍伤也。"

民间传说，召伯在南巡的时候，所到之处不占用民房，只在甘棠树下停车驻马休息，听讼决狱，搭棚过夜。这种不扰民、不惊民、不烦民、不燥民、不伤民的为民情怀，永远活在人民心中，让人难以忘记忘怀，让人永久怀念。人们虽爱的是甘棠，实则爱的是召伯。

白居易在《别州民》中写道："甘棠无一树，那得泪潸然？"他感慨感叹道，如果没有甘棠树，怎么能说自己清白清廉？他不由得潸然泪下。他觉得，税多让老百姓贫苦疾苦，加上天干天旱，百姓就愁苦难耐。于是，他在西湖上筑了一道长堤，并蓄水灌田，写了通俗易懂的《钱塘湖石记》刻在了石头上，告诉人们如何蓄水泄水。

在他认为，只要"堤防如法，蓄泄及时"，就不会受旱灾之苦，这就是有名的"白堤"。即"白沙堤"，位于杭州市西湖区孤山路，东起"断桥残雪"，经锦带桥向西，止于"平湖秋月"。在唐朝称为白沙堤、沙堤，在宋朝、明朝时期又称为孤山路、十锦塘。白堤横亘湖上，把西湖划分为外湖和里湖，将孤山和北山紧紧连接在一起。它四季分明，春桃夏柳，秋桂冬雪。

在甘棠花飘飞舞动的时节，白居易欲被贬到南国，于是他到郊外祭奠故友。当他看到故友之墓，早已成了一堆草冢，坟墓被湮没在杂草丛中，想到自己即将要远赴千里之外，眼泪不由自主就涌了出来，写了《寒食野望吟》的诗歌。其中，"棠梨花映白杨树，尽是死生离别处"，读来尤其凄然凄厉凄凉。

棠梨并非珍贵树种，也不是珍稀植物，在老家的山山岭岭到处都是。它特别喜爱阳光朗照，但也特能耐荫、耐寒、耐干旱。棠梨的树皮呈灰褐色，幼枝呈黑褐色，单叶互生，呈菱状卵形或椭圆状卵形，基部阔楔形，边缘锯齿尖锐，上面深绿色，下面睛绿色。棠梨果实在十月成熟，梨果呈圆球形，伴有白色斑点，就如美人脸上的美人痣。

小时候，乡亲们吃的粮食是很难自给自足的，特别是在青黄不接的时候，常常要靠挖野菜、摘野果、刨树根等来充饥，有的甚至还吃过观音土。听老一辈的乡亲们说，一些乡亲们因吃观音土，而腹胀难以消化和排便，却被活活憋死。我虽没有目睹过乡亲们吃观音土，但也吃过芭蕉蔸、棕树籽、神仙树叶等东西。这些东西虽难以下咽，但能保得一时充饥。在这种情况下，能有一个棠梨吃，便是上天赐予的美食。

在老家第一栋土屋的院子里，就有两棵棠梨树，但乡亲们并不称它为棠梨，因果实较小，却叫它野梨，或野梨子。既为野，就是野生野长的，就像乡里的野孩子，得不到人的关心和关爱。但野梨一旦开花，却像洁白的雪花滞留枝头，一片惨白。不管是远观还是近视，它都如乡间的野女子，总有几分姿色姿态，不然怎么会有那么多蜜蜂和蝴蝶在树上吵闹呢。

野梨的树干也并非笔直，而是弯弯绕绕，曲曲折折，似乎经历了多少岁月的磨难和洗礼，就连树皮都是皱巴巴的，粗糙糙的，干瘪瘪的，看不出一点青春的靓丽和润泽。倘若没有那一头梨花的覆盖，你定会认为是两棵老得不能再老的老树。虽然没有枯藤老树昏鸦的气质，但也如两个老得弯腰背驼的老人，在生命里和风雨里踟蹰前行。

特别是在大冬天，当满树的树叶落尽，当满树的果实掉完，两棵梨树光秃秃的，就如两个脱光了的老龄模特，一览无余地展示在画家面前。一看见这两棵光秃秃的老树，眼前就会浮现一幅沧海桑田、斗转星移的图画。就如歌星冷漠唱的歌曲《这条街》，如今已时过境迁，沧海桑田，你已不是当初的少年。如果有一位少年少时背井离乡，云游四海，老时再回家一瞥，定会是这么一种奇妙的感觉。将来，当我老了回到故乡去，也会感同身受。

一看见这两棵棠梨，就会不自然地联想到身边的两位老人，那就是我的嗲嗲和嘎嘎。嗲嗲就是我的奶奶，嘎嘎就是我的外婆。两个老人都是矮个儿，孱弱的身子，却没有两棵野梨树那么高大。虽然她们较矮，但生活的担子仍将她们压得更矮更驼了。特别是外婆，走路都是低着头，曲着腰，像一把半圆的弯弓，像一把半月的弯刀。

尽管外婆低头曲腰，但她的精神并不差，不仅嗓音洪亮，而且动作迅捷，并不像有的老人茕茕孑立、踽踽独行，而是和大伙儿一起，每天仍在地里刨食，在灶间打转，在山间砍柴。她仍能将一家人的生活打理得井井有条。外公去世得特别早，她独自1人将我的舅舅和姨娘两个孩子养大成人，分别供他们读了高中，还为他们成了家。

外婆对孩子们，不管是对自己的孩子，还是对孙子孙女，都如棠梨那般甜蜜，那般挚爱。外婆省吃俭用，总是将最好的东西留给孩子们，悉心呵护着孩子们。记得有年秋季，粮食还未成熟收获，但粮柜粮仓的粮食已所剩无几，吃饭的问题成为全家人的难题，几乎到了揭不开锅、有上顿无下顿的田地。

外婆敲敲米桶是空的，掂掂粮箱是空的，磕磕豆柜是空的，碰碰谷仓是空的。这可咋整咋办？外婆长长叹了一口气。外婆瞅瞅院子里的野梨树，梨果还未成熟变甜，早让孩子们饿了东摘一个西摘一个洗劫一空了，只剩下枯黄的树叶和粗糙的树枝树干，在风中摇曳。

外婆瞅一眼，愁一会儿，然后开心地笑了。外婆找到一个花背篓，拿着一把镰刀就上山了。外婆知道山里一定还有一些野梨子，虽然乡亲们都在山里摘野梨子充饥，但总还能寻得一些。外婆躬着腰，驼着背，艰难地在山里穿梭着、踽踽着。

外婆看见刺笼里有一株野梨树，树上果实累累，泛着褐色的光芒。外婆一阵欣喜，由于刺条刺枝太多太密，可怎么也钻不进去。好在外婆带了一把镰刀，她便一刀一刀砍出一条道来，但她的手臂和腿上，被刺条划拉得全是血痕和扑棱。

外婆全然不顾，看着梨树上圆溜溜的果实，犹如看到了粒粒大米，她砍好一根长长的木棍，将树上的果子一个一个慢慢敲了下来。等她捡进背篓一看，差不多已经满了，够孩子们吃一天两天了。

外婆高一脚低一脚，吃力地将棠梨背回家，时令虽然是凉飕飕的秋天，但外婆却累得满头大汗，就连花白头发都让树枝抓得蓬乱不堪。孩子们见外婆摘回来这么多棠梨，都跃跃欲试想狼吞虎咽几个。但孩子们都很懂事，只要外婆不开口，他们是不会轻易动手动嘴的。

外婆见孩子们垂涎欲滴，一副迫不及待、猴急猴急的样子，知道孩子们饿极了。她忙打来一盆清水，将棠梨捡出10多个放进盆里洗净，将好的棠梨一一分给孩子们吃。但她自己，却吃着歪的瘪的坏的有虫眼的。她看见孩子们吃得津津有味，高兴极了，开心地笑了。

棠梨也是一剂良药。入秋转凉后，在孩子们感冒咳嗽难以见好时，母亲就会摘1个棠梨，加冰糖或红糖，氽水煮沸，让孩子们当茶水饮下，连续喝上两三天，症状就会慢慢痊愈。或者孩子们肚子腹泻不止时，母亲摘下1个新鲜梨果，用炭火烘至微焦，让孩子趁热去皮吃下，吃上两天也会渐渐转好。

"似有故人轻叩，再将棠梨煎雪，能否消得，你一路而来的半生风雪。"哼唱着歌曲《棠梨煎雪》，我仿佛看见外婆和母亲生前在棠梨树下为孩子们忙碌的身影。秋天里，我独爱那满山的棠梨，特别是老家的院子里那两株棠梨。

（2023年4月28日发表于中国作家网）

暮鼓晨钟中的小城

城市，习惯性在晨钟中醒来，在暮鼓中睡去，因为自古就有"暮鼓宵禁、晨钟解禁"的说法。钟声和鼓声犹如一座城市的闹钟，总是在每日里准时准点响起。唐朝诗人白居易就有《送张山人归嵩阳》诗云："黄昏惨惨天微雪，修行坊西鼓声绝。张生马瘦衣且单，夜扣柴门与我别。"

时值岁末寒冬，在一个暮云惨淡、微雪飘落的黄昏，白居易所居位于长安修行坊西的昭国坊，早已响起了宵禁的鼓声。但此时，诗人的布衣之交张山人，却身着单薄破旧衣裳，骑着一匹瘦马，冒着浓浓夜色，顶着瑟瑟寒风，敲响了他的柴门住宅，登门欲与他话别。这该是多么深厚的友谊和情谊，一生能遇有这种布衣之交，是人之幸事，人之福事，人之乐事。

在古代，所有驻有官府机构的城市，在夜晚都得实行宵禁，这是历代法律的严格严苛规定，否则就会被定为"犯夜"的罪名。唐朝的《宫卫令》就规定，每天晚上衙门漏刻"昼刻"已尽，就擂响600下"闭门鼓"，每天清晨五更三点后，就擂响400下"开门鼓"。凡在"闭门鼓"和"开门鼓"之间在大街上无故行走游荡的，皆按犯夜罪论处，还得笞打20下。

明清时期，将这一法律改为"夜禁"，规定一更三点敲响暮鼓，禁止出行；五更三点敲响晨钟，开禁通行。凡违禁者，就要笞打40下。《水浒传》中就有"早听得谯楼禁鼓，却转初更"的描写，《声律启蒙》中也有"朝车对禁鼓，宿火对寒缸"的说法。清末秀才杨兆庆留下一副对联，"暮鼓晨钟惊醒世间名利客，经声佛号唤回苦海梦迷人"，意在警醒世人不要贪图名利。

一城碧水美如画。在神奇的北纬 30°和东经 110°的交汇处，有一座浪漫小城，它是一个城在山中、山在林中、水在城中、人在景中的梦里故乡，它被称之为一生不能不去、不得不去的人间天堂，它就是仙山贡水、浪漫宣恩。在这里，不出城郭可获山水之怡，身居闹市而有林泉之致，是人们的诗意栖居地和旅游的诗与远方。

《诗经·小雅·鼓钟》有云，"鼓钟将将，淮水汤汤""鼓钟喈喈，淮水湝湝""鼓钟钦钦，鼓瑟鼓琴，笙磬同音"，诗人赞美淮水，倒不如说是在赞美宣恩的贡水。如果在贡水之滨聆听钟、鼓、琴、瑟、笙、磬、雅、南、籥等多种乐器共同演奏的音乐盛会，面对浩浩荡荡、滔滔不歇的贡水，你也会感受到钟鼓齐鸣、琴瑟和谐、笙磬同音、雅南合拍的美妙乐境。

与其他城市一样，小城宣恩也有暮鼓，也有晨钟。每天早上 7点，当鸟儿才开始啁啾，当公鸡才开始啼鸣，12 响钟声就从贡水河北岸的钟楼准时响起。钟声沉稳悠远，如洪钟大吕，气势恢宏，预示着新的一天已经开始。每天晚上 7点，当华灯初上，当霓虹闪烁，当皓月当空，12 响鼓声从贡水河南岸的墨达楼顶层也准时响起。节假日期间，兴隆老街地标性建筑天合地脊广场，还有击鼓舞蹈表演。

鼓声阵阵，雄浑磅礴，响彻云霄。鼓声既不意味着宵禁，也不昭示着一天已经结束，而是提醒远道而来的游客和本地的居民，宣恩的夜生活才刚刚开始。鼓声阵阵，只是序曲，仅是前奏，你可以走出高楼，走出小区，走出宾馆，走出民宿，到小城里随性游玩游走，享受着小城的喧嚣与繁华。玩起来闹起来嗨起来，才是你此时最想做的事情，也是你最好的选择。

走，到贡水河南岸的观瞻台，或是到文澜桥上看看音乐跑泉吧。当音乐能跑起来，能动起来，能舞起来，那是多么神奇玄妙的事情。用水艺术点缀城市，被人们称作为软雕塑。贡水河两岸到处是灯光，处处是霓虹，犹如白昼，恰似天上的街市。音乐跑泉在碧水的流淌中，喷射出彩色的交响乐，让人如痴如醉，回味无穷。它通过激光雕塑出万向归心、向心圆摇、彩虹飞渡、龙行天下、踏歌起舞、花团锦簇、鹏程万里、光芒灿烂等水上景致，让人如临仙境。文澜桥上的彩色飞瀑，如雨帘，如雨幕，如绸缎，如锦绣，虽没有"飞流直下三千尺"之气势，却有"三级鸣泉飞暮雨"的气度，同样让你惊讶惊异不已。

走，到贡水河北岸的风情街，或是到钟楼门前，看看洪崖洞式的墨达楼吧。墨达楼位于贡水河南岸，与钟楼遥遥相对，遥相呼应。昔日土人称天为墨，墨达楼意为可到达天上的楼。墨达楼临水而建，似飞龙戏水，如蛟龙擘水。如果你想一睹墨达楼的"庐山真面目"，你可以过凌波桥，上兴隆桥，直接进入墨达楼的境地。墨达楼建筑布局独具匠心，楼中有阁，阁上有亭，回廊相连，既富丽堂皇，又俊俏神奇，既雄伟壮观，又隽永别致。沿墨达楼而上，可以进入兴隆老街的腹地。兴隆老街街中有院，院中有巷，巷中有亭，亭中有阁，为清一色的吊脚楼。房屋依山而建，整条街既有土家族韵味，又有苗族的风貌，还有侗族的风情，给人一种美轮美奂的感觉。

走，到水牛渡旁的惹虹桥看看，玩玩龙游贡水吧。从兴隆老街而下，经寨遇广场，入柳叶渡地下通道，直接可以到达贡水河南边的堤岸。沿堤岸朔水而上，大约前行 200 多米，就来到惹虹桥下。仰视惹虹桥，它如一座彩虹仙桥，横跨南北两岸，有一桥飞架南北之气势。惹虹桥烟雾袅绕，人在桥上走，如在天上行。倘若你和一位翩翩起舞的女子在桥上双向奔赴，定会觉得是鹊桥相会在人间再现。还是跳上竹筏，体验一把龙游贡水吧。

"门前一口堰哪，堰里嘛水满沿哪，阳雀子来洗澡舍，喜雀来闹年哪……"跳上竹筏，就可以清晰地听见土家稀奇哥演唱的土家族民歌《门前一口堰》。歌声嘹亮悠远，如一股清流，似一曲清音，在贡水河上空回荡。坐在竹筏上，顾盼两岸，两岸皆是风景和看风景的人。每个人都是看风景的人，又都是别人眼中的风景。我羡慕你，你羡慕他，他还羡慕他。近百余只竹筏连在一起，像一条活灵活现的长龙，在河面上凫水戏水，在河面上摇头摆尾，它时而成一字形，时而成S形，时而成椭圆形，随着地形和河岸的情形而随时变换。它一个来回，大约半个钟头，或依岸前行，或穿桥而过，或绕礁而环。一百来名桡夫，手持长篙，如手舞金箍，如手握连厢，他们舞得轻盈，舞得轻巧，舞得轻松。竹筏在他们脚下，如一片鸟羽，似一张青叶。

走，到惹溪街去吃烤活鱼吧。龙游贡水玩累了玩饿了，可以直接上岸沿石级而上，来到惹溪街。惹溪街是烤活鱼一条街，是宣恩滋养各位游客肠胃的地方。烤活鱼是宣恩的镇宝菜，是宣恩的待客菜，是宣恩的门面菜。来宣恩了你不吃一餐烤活鱼，如同枉来宣恩一趟。烤火鱼一条街的热闹场面不同凡响，如侗家的长桌宴，从街头摆到了街尾，每桌皆是爆满。还有来了没有席位可坐的游客，只能无奈地到河边和惹虹桥上欣赏夜景来打发时间，还不时拿一只眼睛瞄着席位，只要哪桌的客人吃完离开，他们就迫不及待地跨步跑上前去占上。吃一口烤活鱼，咪一口苞谷酒，那真是别有一番滋味在心头。

走，到小吃街去吃吃小吃，去坝坝茶去喝喝贡茶吧。走，去逛逛超市购购物，去坐坐火车兜兜风。只要你想嗨，只要你愿意嗨，宣恩总有你嗨的地方，也总有你想嗨的乐趣。听，夜晚7点钟的暮鼓又咚咚咚敲响了，你走出房间尽情地嗨吧，直到翌日早晨 7 点的晨钟响起，你再依依不舍地从浪漫宣恩这座小城离去。

（2023年4月30日发表于中国作家网）

他日我愿育桃李

一听到哪个老师"桃李满天下"，我就对他无比崇敬崇拜。特别是对老师赞美的那些诗词，我更是喜爱有加。有人将老师比作春蚕，说"春蚕到死丝方尽，蜡炬成灰泪始干"；有人将老师喻作桃李，说"令公桃李满天下，何用堂前更种花"；有人将老师说成春雨，说"随风潜入夜，润物细无声"；有人将老师比成园丁，说"鹤发银丝映日月，丹心热血沃新花"；有人还将老师喻成"冰心"，说"一片冰心在玉壶，一枝一叶总关情"……

从小，我也曾经有一个想当老师的理想和梦想，但由于各种原因，却一直未能如愿。2022年8月，我的第三部散文集《乡土是捧老娘土》出版，它让我第一次体验到了老师这个神圣称谓的深意，也让我圆了当老师的梦想，有孩子称呼我为老师。我的门下虽无多少桃李，但他日我愿育桃李，也希望能达到"桃李无言，下自成蹊"的境界。

我的散文集自费出版后，文友何金华先生为帮助我推销书籍，便订购了40本送给了他的学生。金华先生也是一名中学老师，也酷爱文学，常忙里偷闲写点散文、小说、诗歌在文学刊物和报刊发表。他虽然年轻，但他的学生却早已不计其数。他爱他的学生，曾写了一本《陪你长大》的书稿，虽没有正式出版，但我读完书稿后，十分感动，十分钦佩。书稿蕴含着浓浓的爱意，俨然一个父亲在表达对自己的孩子最深沉的爱。但愿他的书稿能早日正式出版公开发行，让更多孩子能体味到这种博爱。

但令我没有想到的是，我的散文集却那么令孩子们喜欢，特别是令金华先生的学生喜欢。2023 年 4 月 28 日晚，我躺在床头看着散文集，正沉浸在书中无限趣味之中，特别是作者描写小时候各种乐园乐趣时，让我倍感亲切，感同身受。突然收到金华先生给我发来两封 WORD 文档书信，我迫不及待地打开一看，原来是他的两名学生张海蓉、王小芹写给我的。两个孩子表达了对我散文集的喜爱，还简单地评价评论了我的文章，同时还与我分享了她们的生活琐事，以及与父母在一起的点点滴滴。

我非常感谢两名孩子对我的散文集的喜欢，对我文章的喜爱。现在的孩子真是了不得，小小年纪写出的文章就如此老练老道，让人刮目相看。我虽然现在成了一名业余作家，还出了 3 部散文集，第四部散文集《四季在山水间流淌》正在出版之中。在孩子们看来，同样有点了不得，同样对我有点崇拜，相反我却崇拜这些孩子们。因为在我还是她们那么大时，也就是我在读初中时，我的作文写得还一塌糊涂。

就如当初我的语文老师张斌老师，在现在收到我出版的书籍时，还直截了当地说，当初他并没有看出来我能有当作家的天赋。事实确是如此。张海蓉和王小芹现在就能写出如此妙笔生花的文章，想来你们将来定能成为大名鼎鼎的作家。黄巢在《题菊花》诗中说："他年我若为青帝，报与桃花一处开。"我相信，你们只要能坚守喜爱文学的初衷不改，将来定能成为文学的青帝，能挥剑直至苍穹顶。

后来还收到金华先生给我发来黄滕意同学的书信，这封书信虽然还未完结，但他与我一同分享了他所认识的山泡儿。读了他的书信，我觉得他就是我的忘年交，就是我童年的小伙伴。如果能有机会，真想和他一起在山间寻找山泡儿，享受酸滋滋、甜蜜蜜山泡儿的滋味。金华先生说，还有几名同学都给我写了书信，只是还未来得及打成 WORD 文档，我一并谢谢这些孩子们。

在这之前，我的连襟哥哥的孙女俊妮在读小学时，就特别喜欢看我写的文章，她都习惯性称我为师傅，而不叫我姨公。每次到她家去，她都要缠着我问这问那，问一些关于写作文方面的问题，有时还即兴写出一篇作文，让我给她修改修改，我觉得她是我的最小文友和最小桃李。

妻子也常在我耳边唠叨，她说她一个朋友的孩子看了我的散文集，想和我面对面交流，或是一起聚聚吃个饭，谈论谈论文学。《诗经·魏风·园有桃》中说："园有桃，其实之肴。"意思是说，园中的桃树长得茁壮，树上的果实是极其美好的佳肴。但诗人却"心之忧矣，我歌且谣"，我不知道诗人有什么好忧伤的，还放声歌唱。但愿我的每部散文集都是满树果实的桃林，让孩子们能吃上佳肴般的美味桃果。

赵简子栽种桃李，夏得其荫，秋得其实；而栽种蒺藜，夏不能摘叶，秋只能得刺。如果有机会，他日我愿育桃李，多栽桃李，多育桃李，让更多爱好文学的小伙伴，能青出于蓝而胜于蓝。

（2023年5月7日发表于中国作家网）

附两名学生的信笺：

写给吴联平老师的一封信

亲爱的吴老师：

你好！非常荣幸，在社团老师的组织下，我读了一本你写的书《乡土是捧老娘土》。读了这本书，让我认识了你，也认识了你的母亲，你的母亲很善良，知恩图报。在你写下的那些故事中，我也看到了我自己的父母亲。

在书中，远房太太将房子借给你们家，并叮嘱自己的侄子不能将借给你们家的房子收回去，这让我看到了那个时代邻里之间最纯真的美。母亲也会隔三岔五就拿点面条或者鸡蛋去看望远房太太，逢年过节或者在远房太太生日的时候，母亲就会将自己平时舍不得吃的腊肉拿去孝敬太太。你的母亲也会教导孩子们要对远房太太怎么怎么好，以后要怎么怎么报答远房太太……母亲的善良不是用面条或是鸡蛋可以衡量的，刻在骨子里的善良价值千金，我诚心诚意地赞叹你母亲的优良品行与高尚品德，我也从这个故事中得到了洗礼。

在《乡土是捧老娘土》这本书中，还有一个日日劳作的人物，那就是你的父亲。人们都说"父爱如山"，你把这个词展现得淋漓尽致。你们家境贫困，供不起太多孩子读书，但父亲却选择让你继续读书，牺牲了二哥的就读机会，可以看出父亲对你深沉的爱，这也是一种无奈，没有办法的选择。

父亲也是一个很严厉的人，有一次你的大哥带着你们兄弟姊妹5个人一起去到操场的稻草垛里玩耍，大家玩累了，就全都钻进稻草垛里睡着了，就导致了你们几个人很晚了也没有回家。父母亲到处找你们找不着，这使得父亲很着急。当父亲终于找到了你们时，你们都挨了骂，当然哥哥是被父亲教训得最严厉的那一个。我可以想象当时的场景，简直太恐怖了。假如是我，我肯定会大哭大闹，但大哥却不哭不闹也不顶嘴，只是默默地为自己犯下的错买单，他也不怨恨父亲。想到平日里我跟家里人闹了小矛盾，就会赌气不跟他们说话，或者是不吃饭等等，现在想想，那真是太幼稚啦！

我的爸爸平时很少说话，但也算不上凶，可以说是面瘫吧，一天下来总是板着一个臭脸，不知道的以为谁欠了他八百万一样呢。虽然说他看起来很凶，但他总是做着最温柔的事。还记得2020年夏天的一个夜晚，我同妹妹一起在阳台嬉闹，由于我们过于疯狂，不慎将玻璃门弄坏了。本以为会得到爸爸妈妈的一顿臭骂和毒打，没想到爸爸只是唠叨了几句，没有再说别的，然后就请来了修理师傅，这是我第一次觉得他是如此的温柔。

第二次，是在近期发生的事。也不知道老妹儿是什么原因，没有读书的动力，三天两头请假，星期天去学校也赖在家不去，总是拖到星期一才骂骂咧咧地赶往学校。直到她亲口说出"不想去上学"这几个字时，妈妈急得流眼泪。父母常年在外地上班，每到逢年过节或是家有急事才得以回家，但总是只待一个月左右，就匆忙地外出上班赚钱。老爸知道妹妹不想读书后，就跑回来陪我妹，临近中考地生会考，爸爸却给我妹妹请了1个月的假期，带她去浙江好好嗨皮了1个月。我也不知道怎么评判他这样的做法是不是正确，我只知道，离考试越来越近，老妹儿将要面临的是地生会考，别人都已经开始备考了，爸爸却带她去玩，我也问过爸爸会不会后悔现在自己做的事情，他却只是淡淡说了句"顺其自然"。他的表情很平静，甚至还带着微笑，我知道他的心里在想什么，或许是每个人表达爱的方式不一样，我相信他这样一定也有他的道理。

读完《乡土是捧老娘土》这本书之后，让我知道了爱有千万种表达方式。在书中，你的父亲就把爱藏在心底，是默不作声的。你写下的那些故事，也让我深刻体会到了家庭的温馨与美好。看完了这本书，我还想看你更多的书。

张海蓉

2023年4月24日

写给吴联平老师的一封信

亲爱的吴老师：

您好！我是宣恩县李家河思源学校阅读社的一名学生，我读了您的作品《乡土是捧老娘土》，读完后深受触动，于是想要予您一封书信。

首先，我对您感到十分敬佩。前几天，我看到了这样一段话，它出自我特别喜欢的一个博主。他说："在乡村路还没有被水泥路覆盖，还是一片泥泞的时候，走出过资产千万的大富豪；走出过核物理研究的教授；走出过 670 分的小镇做题家。乡亲们修的这条水泥路把他们送到了山的那边，可疑惑的是，他们就像除夕那晚令人目眩神迷仰望美慕的烟花一样，升到星空灿烂绽放以后，再也没回来过……"

是啊，村子里的新房越来越多，每家却只亮着一盏灯火，风来了又走，心满了又空，老一辈积攒了 360 天的趣事儿，一个过年就说完了，风儿听不懂老人们的缄默，它只知道呼呼地吹过，听着耳边的呼呼声，我心里倍感空洞，有种说不出的难过。但是，吴老师，您并没有成为那束消灭的"烟花"，您成了家乡的一名作家，您将那些关于家乡、关于亲人的故事，用优美的文字描摹在了纸上。对此，我认为您是属于那道救赎的"光"，我感受到了那道"光"的温热。从《乡土是捧老娘土》中，我深切体会到了您对家乡的热爱与怀念，还有您母亲对您无微不至的爱，以及您对母亲的感与恩，我相信您对故乡巴东的情，是千年的风雨也吹不尽的，等到云雾散开，您会展露您心中最真实的情感，最真切的怀念。您是一名优秀的宣恩作家，您属于"浪漫宣恩"。

其次，因为您是我们宣恩的作家，所以您的文章读起来特别亲切，处处透露着我们宣恩的文化气息，让我爱不释手。本来我是不爱阅读的，我常常搞不懂作者的思想，但您的文字让我一读就懂，且情感鲜明，让人感同身受，特别是描写您母亲的部分："来，闺女！让孃孃好好看看！""母亲还嗔怪我，说我怎么不会待客，不懂事，怎么大老远来的稀客，你都不拈一夹？""是不是没有招待周到人家，让人家生气了？""母亲在火炕屋檐房听见了动静，忙说：'拐了'，就三步并作两步来到厨房。母亲焦急地问妻子：'媳妇儿，你怎么样啊？'随即俯下身子，使出她吃奶的力气抱了几下妻子，也没有抱动半下，母亲心急如焚大声拉来我和二哥帮忙。……"对此，一个知心母亲和一个热情婆婆深刻烙印在我的心中，久久不能忘怀。这让我联想到了我的奶奶，她也曾在院子里一步一蹒跚，只是为我做一碗面条，可是那已经是两年前的事了，那面的味道我如今再也感受不到了……

除此之外，母亲的土药方，母亲的咸菜也令我意外，这些都是我儿时的记忆。记得曾几何时，我也看到过用火罐去瘀血，现在却不怎么常见了。但咸菜仍令我神往，那味道，光是想想就会分泌口水。这些都是您的文章贴近生活，在日常生活中表达深切的情感，读来起简单淳朴，深入人心，别有一番韵味。

最后，在阅读您的文章时，我也开始重新审视了自己，回忆了过去的点点滴滴，回忆了"父母的那些恩""老家的那些俗""身边的那些物"和"过往的那些事"，那些真的很精彩，很浪漫。从你的文章中，我还领悟了宣恩的美，领悟了身边的情。

《乡土是捧老娘土》真的是一篇很好的散文集，也是我忘不了的一番乡土情！

王小芹

2023年4月24日

梅子落地有声

每次下班晚饭后和同事一起散步，都要经过一块梅园。梅园的名字叫梅园堡。梅园堡里栽满了各种梅花。早春里，梅花开得闹腾，开得妖娆，开得妩媚，只差将整个春天开在这块土地里，让其他各种花朵无不艳羡，引来大量游客驻足欣赏，拍照，打卡。

暮春，梅子开始变黄，渐渐坠落，发出一声声滋溜滋溜的声响，与土地来一次最美妙的碰击和邂逅。宋朝词人周紫芝说，梅子生时春渐老，红满地，落花谁扫。词人感慨春天易逝，惋惜梅花凋谢，真是"梅子初青春已暮"。这让我不得不想起《诗经·召南·摽有梅》里的诗句，在梅子落地之时，在树上梅子仅剩七分、三分和全部落地时，一位年轻貌美的女子大胆示爱的情景。

晚春，梅子黄熟，纷纷坠落，像一颗颗黄色的珍珠落于地上。梅子树下，一位姑娘见此情景，敏锐地感到时光无情，抛人而去，顿感自己青春流逝，却嫁娶无期，便情不自禁以梅子兴比，情意急迫地唱出了怜惜青春、渴求爱情的恋曲，发出"求我庶士，迨其吉兮""求我庶士，迨其今兮""求我庶士，迨其谓之"的感叹，她意在提醒庶士们"花枝堪折直须折，莫待无花空折枝"。如若真的等到无花再折枝时，那就只有悔意和恨意了。

以前，曾写过关于梅花的散文，但对于梅子，却涉及得少之又少。歌星李荣浩唱了一首《乌梅子酱》的歌曲，我是没有吃过乌梅子酱的，不知道味道如何。但李荣浩唱道："你浅浅的微笑就像乌梅子酱，我尝了你嘴角唇膏薄荷味道。"想必，乌梅子酱的味道是多么美妙，是多么玄妙。如果有机会尝尝乌梅子酱，定会好好的吃上一口。

但梅子酒还是饮过的。将成熟的梅子采摘下来，洗净滤干，放进高度酒里浸泡一段时间，然后倒出来饮之，其滋味就别具一格了。我的一个同事年轻时可谓气盛，经常与妻子吵嘴闹矛盾。同事有个爱好，就是好饮一杯梅子酒。他与妻子结婚开始几年，真的是三天一小吵，五天一大闹，将婚前好不容易构建的爱情，慢慢消耗殆尽。

妻子以为是他好喝梅子酒的缘故，便在一次大吵大闹的时候，一气之下，将他储存梅子酒的玻璃坛，一铁锤敲了下去。可想而知，玻璃坛香消玉殒，梅子酒流失一地，满屋除了氤氲着妻子的愤怒外，还氤氲着浓浓的酒香。同事见妻子将他的酒坛毁于一旦，气愤至极，将拳头扬得高高的，但最终没有落到妻子身上。

几年的好事多磨，夫妻俩最终破镜重圆。妻子为表达自己的歉意和悔意，便主动去超市寻了几个漂亮的酒坛，为丈夫泡起了美酒。她不仅为丈夫泡梅子酒，还泡杨梅酒、刺梨酒、木瓜酒、枸杞酒等。但同事却疏于饮酒了，只是有时抿一口，呷一口，不再狂饮浪饮，不再放浪形骸。此时，夫妻俩明白，酒坛里泡的不是酒，而是泡的夫妻间的感情，只有越泡才越浓，越泡滋味才越长。

若无梅子雨，焉得稻花风。梅子坠落时，是常伴有雨声的，还有稻花的香味。梅子的清香和稻花的芳香，可谓珠联璧合，相得益彰。南朝梁元帝在《纂要》里就有解释，"梅熟而雨曰梅雨"。唐朝诗人柳宗元就写有《梅雨》，吟道："梅实迎时雨，苍茫值晚春。"梅雨季节，天空连日阴沉，降水连绵不断，雨量时大时小。南方就有一句俗语，叫"雨打黄梅头，四十五日无日头"，说明梅雨时段较长。

　　乡亲们将梅雨又称为霉雨，是因为梅雨时段较长，很多地方都因为潮湿发霉长霉了。记得小时候，在梅雨季节里，不仅晒干的粮食返潮了，木质家具也长霉了，墙角都长出了青苔，就连熏好的腊肉也长了一层浅浅的白毛，好似覆盖的一缕白霜。但这并不影响腊肉原有的香味，将腊肉烹制出来，仍还美味可口。

　　梅子还可以制作出很多美食的。比如绿豆酸梅汤，就有生津止渴解暑热的功效。夏季来临，酷暑难耐。将绿豆淘洗干净滤干，浸泡 1 小时左右，然后加火煮熟，一并加入酸梅，煮至绿豆爆开炸裂，加入白糖即可。食之，甜润爽口。

　　制作出的乌梅甘草茶，也有生津润肺，解毒抗癌的功效。将乌梅清水泡软去核切半，将党参洗净切片，甘草洗净，在砂锅上文火慢熬，然后加入茶叶煮沸，去渣取汁即可饮用，古人就有"谩摘青梅尝煮酒，旋煎白雪试新茶"的做法。

　　郎骑竹马来，绕床弄青梅。这是李白《长干行》里的诗句，形容男女小时候天真无邪地在一起玩耍，也指男女幼年时的亲密无间。我突然想起邻家那个小女孩来。我和邻家小女孩差不多大，经常在一起放牛牧羊，砍柴打猪草，好得就如亲兄妹一样。

　　老家的山林里，也可以见到一些不大不小的梅树，冬天凌雪而开，姹紫嫣红。我常将梅花摘一小枝，插在她的头发上，美得就像电影里的林黛玉，看得我有些傻眼。她没有半点羞涩，只是乐得咯咯咯地笑。那笑声，像水牛脖子上的铃铛，传得悠远悠远。

　　那些白色的山羊，灰色的山羊，黄色的耕牛，黑色的水牛，听见她的笑声，竟也傻不拉几地忘记了吃草，抬头静静地看着她。青梅还未成熟，我们就迫不及待地摘几个品尝，酸得牙齿咯咯咯地响。那些青梅子，青得像一颗颗大大的绿豆，绿得又像一颗颗绿宝石。

　　我用荻花茎将一颗颗青梅子串联起来，做成了青梅环，挂在她的脖子上，她又是一阵咯咯咯地笑，还站起身，撒开手，旋转几圈，真像风一样的美少女。我那时候觉得，她极美贼美，长大后一定要找她这样的美少女做我的枕边人。

随着时间的推移，我和她一起上了小学，上了初中，但由于家庭原因，她只读到初二就辍学了。辍学的她，少了几分朝气，多了几分忧郁，少了几分灵气，多了几分老成，每天跟着父母在地里劳作着。她学会了播种，学会了锄地，学会了收获，就连男人常做的耕田打耙、插秧薅秧，她也学会了，早早地成了一个女汉子。她不再那么清秀，多了几分村姑的刚烈。

那年晚春，又是梅子挂满枝头的日子，老远就能闻到青梅的酸味儿。周末，我从寄读学校回家，正碰见她在地里劳动，满脸的汗水从她黝黑的脸颊淌过。她看见我，怔了一下，略带羞涩地说，老同学，放学了啊。我驻足，她停下手里的锄头，寒暄几句。还能给我串一环青梅吗？她突然问，眼里满是期许和期盼。我无言，只是默默地点了点头。

我忙放下书包，向山林里的梅树冲去。不一会儿，一串青色的青梅环挂在了她汗涔涔的脖子上，她如小时候那样，撒开手，在原地旋转了几圈，好像那个风一样的美少女又回来了。她自言自语地说，我今天真美。我看见她的浪漫，微微地笑了。

又过了两年，她18岁，我上了高中，高中是在县城读的。又是梅子坠落的时候，我看见她随着迎亲的队伍，从山里梅子树下经过，唢呐声一声一声在山间响起。她阴郁着脸，像梅雨的天，没有半点新婚的喜悦。几颗梅子从树上坠落下来，砸在了她的身上，她只抬眼望了望，又慢慢踟蹰前行。

18岁的少女，正如一颗青梅，却早早就被人采摘了。又到了暮春时节，当我经过那块梅园，我又仿佛听见了梅子坠落时发出的滋溜滋溜的声响。

（2023年5月5日发表于中国作家网）

行露浓浓待日晞

古时民间有句俗语，冤死不告状，屈死不见官。这虽然有失一些偏颇，但在一定程度上暴露出古代司法的不公不正不平。

"谁谓女无家？何以速我讼？虽速我讼，亦不女从。"这是《诗经·召南·行露》中的句子。意思是说，谁说你还未成家，你却早已妻妾成群；凭啥你和我打官司，让我上公堂，让我抛头露面，让我颜面扫地，即便你让我上公堂，我也绝不屈从服从，这里的"女"同"汝"，就是你的意思。

这是一个贞女烈女对强势强权的一种竭力控诉和抗争，她拒绝逼婚，不畏强暴。她以物喻人，加以讥讽、嘲讽和质问。她说，鸟雀虽有坚硬的鸟喙，但它却知道不来啄穿我的房屋；老鼠虽有尖利的牙齿，它却知道不来打通我的墙壁。而你明明早已有家室妻妾，为何还要强娶于我？即便打官司上公堂，我也无所顾忌，绝不服软服怂。

自古就有节妇烈女一说。何谓节妇？清代《礼部则例》中就有规定，节妇是指"自三十岁以前守至五十岁，或年未五十而身故，其守节已及十年，查系孝义兼全厄穷堪怜者"，以及为夫守贞的"未婚贞女"。

何为烈女？烈女包括"遭寇守节致死""因强奸不从致死，及因为调戏羞忿自尽"，以及"节妇被亲属逼嫁致死者、童养之女尚未成婚、拒夫调戏致死者"等等。

423

每年各个地方的族长、保甲长都要向官府公举公荐节妇烈女，而各级官府都要给予相应表彰。京师、省府和州县都要修建矗立大牌坊的"节孝祠"，被旌表的妇女被题名于坊上，死后设位于祠中，每逢春秋供人祭祀。官府还特别发给本家30两"坊银"，为其建坊。

节妇烈女的名字还会被列入正史和地方志，那些节烈事迹特别突出的，甚至还会得到皇帝的"御赐诗章匾额缎匹"。当时所盛行的《女学》《教女遗规》《女学言行录》《女范捷录》等教育女子的书籍中，就大肆宣扬了贞节观念。这些举措把对节妇烈女的崇尚推崇到了极点，成千上万的妇女或自愿、或被迫终生寡居，甚至以身殉夫。这不得不说，这是古时女人的悲哀。

据《古今图书集成》记载，节妇烈女在唐代虽仅有51人，但到宋代就增至267人，而到明代竟高达26000人，这不得不说节妇烈女在古代十分被推崇。

古代贞洁烈女较为出名的有孟姜女、金翠莲和李师师。

孟姜女哭长城的传说，在民间广为流传，其夫万喜良被魏王征召修筑长城，因劳累饥饿而死，埋于长城之下。孟姜女寻夫哭至卫辉池山段长城，感天动地，哭倒长城，露出其丈夫尸骨。至今，在卫辉池山乡歪脑村一带还流传着这个故事，山上依然能见到孟姜女哭塌长城的泪滴石。新乡市区还有孟姜女河、孟姜女路、孟姜女桥等名称和景致。

金翠莲是《水浒传》中的人物，东京人。书中这样描写她，"蓬松云髻，插一枝青玉簪儿，裊娜纤腰，系六幅红罗裙子。素白旧衫笼雪体，淡黄软袜衬弓鞋。娥眉紧蹙，汪汪泪眼落珍珠。粉面低垂，细细香肌消玉雪。若非雨病云愁，定是怀忧积恨。大体还他肌骨好，不搽脂粉也风流。"真是活脱脱一位风韵风流风骚女子。

金翠莲同父母到渭州投亲不遇，母亲在客店身患重病而亡，欠下店主不少债务。当地恶霸郑屠见翠莲年轻貌美，将其强占为妾，却被郑屠之妻赶出家门，只好随父流落街头，被迫到酒楼卖唱，后被鲁达、史进二人相救，受赠其银两，才得以返乡。

李师师，北宋末年青楼歌姬，汴京人，曾得到宋徽宗宠爱，擅长歌舞，深谙诗词。她与诸多文人墨客、达官贵人关系甚好，是公子王孙、贪官富商争相光临的对象，事迹多见于野史和小说。

她原本是汴京城内，经营染房的王寅的女儿，3岁时父亲把她寄名佛寺，老僧为她摩顶，她突然大哭。老僧认为她很像佛门弟子，因为大家管佛门弟子叫"师"，所以她就被叫作王师师。在王师师4岁时，父亲因罪客死狱中，只好流露街头。经营青楼的歌妓李蕴，见她是个美人坯子，将她收养在家，并随其改姓，唤名李师师，并教她琴棋书画和歌舞侍人。

据传，秦少游还为李师师吟诗一首，"远山眉黛长，细柳腰肢袅。妆罢立春风，一笑千金少。归去凤城时，说与青楼道。遍看颖川花，不似师师好。"但李师师为宋徽宗唱了一曲《万里春》，却得到宋徽宗的宠爱。"千红万翠，簇定清明天。为怜他种种清香，好难为不醉。我爱淙如何？我心在个人心里。便相看忘却春风，莫无些欢意。"宋徽宗听了她柔绵婉约地弹唱，如痴如醉，仿佛坠入梦中，以手不自觉地和拍相击，与李师师调笑起来。

众所周知，中国古代封建社会约束妇女的行为准则和道德规范，被称为三从四德。所谓"三从"，最早见于周、汉儒家经典《仪礼·丧服·子夏传》。在讨论出嫁妇女为夫、为父服丧年限时，说"妇人有'三从'之义，无'专用'之道，故未嫁从父，既嫁从夫，夫死从子"。为夫、为父服丧年限一般为：为夫3年，为父1年。

意思是说，女孩子在出嫁之前，要听从家长教诲，不要胡乱反驳长辈训导，因为长辈们的社会见识丰富，有根本性指导意义；出嫁之后，要礼从夫君，与丈夫一同持家执业、孝敬长辈、教育幼小；如果夫君不幸先己而去，就要坚持好自己的本分，想办法扶养小孩长大成人，并尊重自己子女的生活理念。这里的"从"，并不是表面上的顺从、跟从之意，而是辅佐、辅助的意思。

"四德"，最早见于《周礼·天官·内宰》，内宰是教导后宫妇女的官职，负责逐级教导后宫妇女的阴礼和妇职，其中较高职位的九嫔，能"掌妇学之法，以教九御妇德、妇言、妇容、妇功"。

"四德"中的德、言、容、工，就是说做女子的，第一是品德，能正身立本；其次是语言，要有知识修养，言辞恰当，语言得体，知书达理；再次是容貌，出入要端庄稳重持礼，不要轻浮随便；最后是工治，即治家之道，包括相夫教子、尊老爱幼、勤俭节约等生活细节。

牝鸡司晨，惟家之索。说的是男女内外有别，男尊女卑，即所谓的"男主外，女主内"，体现男女位置和分工极其明确。男人在家外主要从政、打仗、服役、种地、打猎、经商等，而女人在家内主中馈、务蚕织、生儿育女、孝敬公婆等。主中馈即老百姓说的泡茶弄饭的意思。这种位置和分工的界限，往往就造就了女子"大门不出，二门不迈""男女授受不亲""内言不出，外言不入"等礼教礼规。

当然，婚姻家庭组建的原则就是男为内、女为外。即女子以"利内"为目的，要利于男方家庭的传宗接代、和睦兴旺。男人称自己的妻子为内人、贱内，称女方的亲属叫"外戚"，又说生个闺女是"外人"，就可能是由此而来。

我突然想起老家有些地方的民风有些让人费解。你若调戏调情他家的闺女，与他开个玩笑话，打情骂俏几句，一家老少会置若罔闻，甚至还会高兴，咧着嘴笑；而如若你调戏调情他家的媳妇，一家老小会勃然大怒，甚至会和你真刀真枪拼命。因为在他们的潜意识和骨子里，总认为闺女始终是别人家的人，而媳妇才是自己家里的人。

　　"厌浥行露，岂不夙夜？谓行多露。"路上露水浓浓，在草尖上滚动着，在树叶上吸附着，在泥土上浸润着，但为啥不走也路，还是担心露水太多而湿鞋湿脚吧。

（2023年5月7日发表于中国作家网）

泉水淙淙流

毖彼泉水，亦流于淇。这是《诗经·邶风·泉水》中我最喜欢的一句诗句。"毖"是泌的假借字，形容泉水涌流的样子。"淇"是淇水，是卫国的一条河流的名字。这句诗的意思是泉水清清汩汩流，一直流到了卫国的淇水里面。

2023年5月6日晚，我又收到文友何金华先生给我发来的，他的学生段梦瑶给我写的一封书信。书信是用圆珠笔正正规规书写在作文本上，金华用手机拍照发过来的。书信的一字一句娟秀清秀，娴雅大方，很多地方还用白色的改正液改正过，足见段梦瑶同学用心用情。这封书信虽短，不足千字，但纸短情长，就像一股涓涓细流，又像一股淙淙泉水，流进了我的心田，震撼着我的心灵。

去年9月，我的散文集《乡土是捧老娘土》由中国书籍出版社出版，这是我的第三部散文集公开出版发行。这部散文集出版后，深受很多读者的喜爱和喜欢，因为在这部散文集里他们大都看到了他们自己的影子，看到了他们母亲的影子，看到了他们过往的影子，有着浓厚的认同感和亲切的归属感。

这部散文集以长篇散文《凡间圣母》开篇。《凡间圣母》长达25节，45000余字，记录了我的母亲一生的整个艰难历程，可谓磕磕碰碰、坎坎坷坷、沧海桑田，一生并不顺利顺畅，而是命运多舛的人生。全书分为4辑，即父母的那些恩、老家的那些俗、身边的那些物、过往的那些事。

　　我的散文集为何受到众多读者的喜欢，特别是受到当地土生土长的读者的垂青，大概是因为我所写的母亲，是无数个土家族母亲的典型代表，她的身上无不彰显着所有土家族母亲都具备的坚毅、坚韧、顽强、勤劳、朴实、节俭、大爱等优秀品质。我写我的母亲，实则是在写他们的母亲，在写千千万万个土家族的母亲。

　　读我的母亲，就如读整个土家族母亲的厚重历史。我的母亲只是整个土家族母亲的一个缩影和代表。但令我没有想到的是，我的散文集却也深受"00后"甚至是"10后"孩子们的喜欢，这是我始料未及的。

　　我的散文集出版后，曾向"00后"和"10后"孩子们的父母进行过推介，我都是以孩子们写作文范本的初衷和本意进行推介的，没有想到孩子们的骨子里却是真喜欢。孩子们的喜欢情况，我曾在散文《他日我愿育桃李》中说过，也陆续收到诸如张海蓉、王小芹等学生的书信。昨日又收到段梦瑶同学的书信，真让我有点心旌荡漾。我想，我的散文就如一泓淙淙泉水，悄无声息地流进了孩子们的心里。

　　都说大人和孩子是有代沟的，何况我一个"70后"的半老头和"00后""10后"的孩子们，应该是代沟深壑的，因为中间相差了30至40年。但在体验父爱母爱时，我们的距离却又那么近，近得近乎是一个时代出生的人。不管是什么年代的人，在这个感受上都是相通的，都是心有灵犀的。

　　这是因为父爱母爱都是平凡的，又都是伟大的，既是无私的，又是纯粹的。就如张海蓉在写她的父亲，就如段梦瑶在写她的父亲母亲，他们给予孩子们的爱，也如淙淙泉水，在慢慢浸润，在长长细流，在无私润泽，是真正的"润物细无声"。而孩子们就如宽广的大海，他们在体验着"大海终须纳细流"的奢侈。只有等到这股细流干涸干枯时，他们才懂得这股细流的弥足珍贵。因为我自己就有这种切肤之痛。

父爱母爱在给予子女时，既无须发声，也无须回报，从不像母鸡下蛋要咯咯咯吵闹半天，生怕别人不知晓；也不像外人在给予施舍时，要"一礼还一答"，要"吃人一碗，还人一席"。他们总是默默无闻，他们总是竭尽所能，他们总是倾尽所有，但总还"吃力不讨好"，得不到自己孩子的理解和认可。

我的散文集《乡土是捧老娘土》在潜移默化地影响着孩子、熏陶着孩子、改变着孩子，以我的切身亲历和亲身经历，让孩子们渐渐理解、明白父母的苦衷和父母的艰难。就如段梦瑶，她从小父母就外出打工，一直跟着祖父母一起生活，导致她与父母亲的感情淡化淡薄，甚至关系处理得并不很好。

在年终父母回家过年时，别的孩子是欣喜若狂，而她却是心如止水，显得异常平淡，一副无所谓的样子。我想，她的父母在见到这种情况时，既会自责，也会伤心。自责的是自己长年外出打工，没有在身边陪伴孩子左右，伤心的是与孩子就像陌生人一般冷漠。他们肯定希望，在他们回家面见孩子时，孩子能给他们一个紧紧的、温暖的拥抱。因为他们在外面，也有辛酸，也有委屈，是孩子们从未见到的。

但好在段梦瑶是一个懂事的孩子，她勤奋好学，她唯以学习成绩报答父母，不让父母操心，不让父母担心，不让父母失望。其实，段梦瑶这样的留守孩子，在乡村极其普遍，就连城里很多孩子也如段梦瑶一样，长年远离父母，不曾有半点陪伴和交流，这也是很多父母在要求孩子懂事乖巧时，也急需克服和解决的问题。但愿留守孩子和父母之间的心灵，不再遥远，不再隔阂，不再代沟。

泉眼无声惜细流，树阴照水爱晴柔。我愿我的《乡土是捧老娘土》如一股清泉，能带给孩子温暖，滋润孩子心田，拉近他们与父母的距离，让他们健康茁壮成长。

（2023年5月7日发表于中国作家网）

附段梦瑶的书信：

致吴联平老师的一封信

吴联平老师：

　　您好！

　　纵观您的《乡土是捧老娘土》整本书，一字一言表达的都是，您对母亲的深切怀念与最真挚的情感。岁月的划痕，一点一点刻在您的心中，您母亲的一言一行以及各个细节，无不体现出一个母亲对自己子女的无限疼爱。朴质无华、平凡伟大的农村妇女心中，蕴含着亲切朴实的情义，那是出自《乡土是捧老娘土》的最真切亲情。

　　全书虽没有像其他书籍一样厚重，但翻开一看，全书一大半都写的是"父母的那些恩"，最后才是写的贴近我们生活的一些事物。可见，您对父母的情感十分强烈，或许是真情实感才能如此表达，如此流露。

　　亲情对我们每个人来说，都并不陌生，可能有的人所受家庭影响，感受得有强有弱。然而，在这本书中，情感则表达得很强，感人至深，无不体现着这样深沉的父母之爱。

　　您的父亲总是一副严厉的面孔，平常一直沉默寡言，而母亲则显得和蔼可亲，从她的脸上总是透露出慈祥。每当您或是兄弟姐妹犯了什么错误或是不听话，遭到父亲教训的时候，你们的身后总会出现那个熟悉的身影，她的脸上显而易见显得心疼不已。待父亲拿起棍棒让你们长记性时，母亲便会立刻护住她的孩子，用瘦弱的身躯替孩子们承担一些皮肉之苦。尽管已经打得她背上留下几道清晰可见的伤痕，红肿与鲜血交织在一起，使人感到后怕，但她也丝毫不动，仍尽全力护着她怀中的孩子，自己默默忍受痛苦，足以表现出母爱之伟大。

上次在一本杂志上看到一句话，它是这样说的——"大爱都是朴素和敦厚的，它琐粹而细小，藏在生活中某一个不起眼的细节里，像一滴水渗透进了土壤。"是啊！这正像这本书中的父母之大爱。

看完《乡土是捧老娘土》这本书，在很多情节中让我的眼眶泛起了泪花，深深地触动了我的心，让我联想到了我的家庭。

我的父母他们不善言辞，不知如何同我一起聊天，更别说如何表达了。但从他们所做的平凡事情中，我能感受得到他们对我浓浓的爱。我是一名留守儿童，自幼同祖父祖母一同生活，跟父母亲的交流自然少之又少。年底他们外出回家，我从不像同龄的留守儿童那样期待，只是将其当作一件极其平常的事情，一副无所谓的态度，这也以致于是我与父母亲关系冷淡甚至不好的原因。但父母亲对我的爱却是热烈的，他们让我不愁吃不愁穿……我想要的，他们都尽量满足我，我理解他们，他们也有自己的难处，我所能做到的就是懂事，尽力努力学习，让他们少一点失望与惆怅，减轻点压力。

或许这封信写得并不好，但我用文字表达了自己的感受，那也便让我心满意足。

祝

平安健康，事业顺心！

您的读者　段梦瑶

2023年5月6日

伐木丁丁鸟鸣声

乡下手艺人都会有个忌讳忌言忌口，什么东西该吃什么东西不该吃，什么话该说什么话不该说，什么事该做什么事不该做，他们都分得清清楚楚，理得明明白白。

听乡下老人们说，风水先生是绝对不吃狗肉的，大概与俗语"猫来穷，狗来富"有关。他们认为，风水先生吃狗肉对狗不尊重，狗就自然不会主动跑到风水好的地方来。道士先生是绝对不吃牛肉的，大概也与"道祖骑牛，赵公跨虎"有关。这是因为青牛是道家祖师老子的坐骑，而黑虎是财神爷赵公明的坐骑，谁能忍心将自己的坐骑吃掉呢？

民间有"九佬十八匠"之说。"九佬十八匠"是对民间靠手艺吃饭、靠手艺谋生、靠手艺娶妻、靠手艺持家、靠手艺养老的各种能工巧匠的统称。他们不仅是中国民间技能娴熟的高超艺人和匠人，更是中国几千年传统文化、非物质文化的缩影和积淀。

"九佬十八匠"在乡下就是一碗香饽饽，既受身无一技的乡亲们羡慕和仰慕，也令老嫂子、大姑娘、小媳妇们爱慕和倾慕。他们觉得有技绝不压身，在农村只要拥有一门独门绝技，就不愁生路和活路，就会生活不愁、衣食无忧。用他们的话说，就可以随便吃香的喝辣的，即便抽烟也比别人高人一等，可以随时从衣兜里抠出一支廉价的纸烟，而不是老吧唧吧唧一捏即碎老掉牙的叶子烟。

所谓"九佬"，一般分为站三佬、坐三佬和勾三佬。站三佬指站着做手艺的赶仗佬、弹棉佬、榨油佬，坐三佬是指坐着做手艺的劁猪佬、钻磨佬、补锅佬，勾三佬是指勾着腰做手艺的渡船佬、杀猪佬、打卦佬。所谓"十八匠"是指以金、银、铜、铁、锣、石、木、雕、画、皮、秤、弹、鼓、染、瓦、篾、梳、漆等为谋生手段的工匠。

小时候，常能在乡间听到"磨剪子呢，戗菜！""补碗补盘补盆补锅啦""劁猪啦！骟牛啦！阉狗啦""弹棉花！弹棉絮！弹棉被啦"等的吆喝声。这些吆喝声，就像从大山深处传来的鼓乐，能震动十里八村；又像山沟里萦绕的一股清音，能润心养肺。乡亲们只要听到这些手艺人的吆喝声，就会争先恐后地跑出房来，在院子里簇拥着匠人，叽叽喳喳讲着需求，嘻嘻哈哈谈着价钱，一片欢声笑语，在轻松和睦的氛围中就洽谈好了一笔生意。

"伐木丁丁，鸟鸣嘤嘤。出自幽谷，迁于乔木。"这是《诗经·小雅·伐木》对木匠在山中伐木场景的描写。即便普通的伐木劳动，也是那么惬意有趣，可谓是"伐木声声咚咚响，嘤嘤群鸟相和唱"。《诗经》中还有《伐柯》《伐檀》《山有枢》等对木匠劳作的描写，如"坎坎伐檀兮，置之河之干兮""山有枢，隰有榆""伐柯如何？匪斧不克"等等。

王木匠就是九佬十八匠的一个典型代表人物，隶属于站三佬、坐三佬与勾三老之间。王木匠一生似乎与"大"字结下了不解之缘，他不仅长得五大三粗、膀大腰圆，而且还长着大脸盘、大耳朵、大眼睛、大鼻梁、大嘴唇、大下巴、大肚腩、大长腿、大脚丫，还能使出一身大力气，就连吃饭喝酒也是大块吃肉大碗喝酒，加上一脸络腮胡和满身浓汗毛，把男人味3个字勾描得淋漓尽致，曾让十里八村的老嫂子、大姑娘、小媳妇为之倾倒、为之迷倒。

村里泼辣味十足又有些涎皮赖脸的张寡妇一看见他，就会逗王木匠："王木匠！今晚给老娘捂脚呗！""王木匠！今晚给老娘挠背呗！"王木匠虽然男人味十足，但他毕竟还是没有开折的"童子娃"。张寡妇的泼辣劲弄得王木匠一阵害臊，脸红得像一盆猪血，顿时吓得不知所措，也不知所云，只好一见张寡妇就躲。有时情急之下，也会对张寡妇说几句，你是癞蛤蟆想吃天鹅肉！你是丑婆娘照镜子，想得美！

在酷热的大热天，为更好发挥他的大力气，王木匠也不顾男女老少是否在场，索性就赤膊上阵，仅穿着花格布大裤衩子，露着古铜色大臂膀子，挺着椭圆形大圆肚子，光着毛茸茸大粗腿子，踩着轮船样大脚板子，抡着亮晃晃的大斧头子，飞溅出白花花的大木屑子，洒下亮晶晶的大汗珠子，在乡村也不失一道亮丽的风景。

主人家若有未出嫁的大姑娘或小丫头片子，就会心似鹿撞怦怦乱跳，红着脸躲在门背后偷窥偷视。稍不留神就可能被自己父母撞见，父母就会不分青红皂白骂她们不知羞耻不要脸，外人撞见还会更难听地骂她们骚蹄子，把她们比喻成叫春的野猫子。如果主人家有大媳妇大嫂子，她们就会明目张胆地在王木匠大肚腩上狠捏几下，恨不得捏出一股水一股油来，习惯性开开玩笑，打打闹闹，过过干瘾邪瘾。惹得王木匠有些心神不定、神魂颠倒，又心痒难耐。

王木匠名叫王黑子，只因从小皮肤黝黑发亮，父亲就给他取名黑子。王木匠读过几年小学，喝过一点墨水，成绩虽不名列前茅，但记忆力甚好，几乎能过目不忘。王木匠酷爱看小人书、小说书，他看过的小说，都能随随便便讲给乡亲们听，如果乡亲们不休息不睡觉，他可以讲几天几夜绝不重复。特别是讲《聊斋志异》中的那些鬼故事，讲得绘声绘色，听来身临其境。乡亲们听得聚精会神、目瞪口呆，连眼睛都不眨一下，小孩子们也会被鬼故事吓得直往父母怀里钻、衣服里躲。

王木匠的木活活计绝对上乘，但他最擅长的还是为乡亲们修建猪楼猪圈。只因王木匠身胚大、个子大、力气大，能独自扛起碗口粗的横梁架上猪楼。简单地说，就是他 1 个人能独自修好 1 间或几间猪圈猪楼，能为主人家节省不少帮工、劳力和经费，深得乡亲们喜爱。所以，十里八村修建猪圈猪楼基本上是王木匠包了，即便排队等着工期，乡亲们也心甘情愿。

按理说，修建猪圈猪楼的匠人就得忌口，在干木活修建猪圈猪楼的过程中，要少讲话、少说话，最好做到三缄其口不说话。因为乡亲们希望木匠修建的猪圈猪楼喂养的猪，都能憨吃哈睡横长膘，既不拱圈，也不嘈楼。如果木匠在修建过程中，老是叽叽歪歪，老是唠唠叨叨，那猪圈猪楼养出的猪势必喜欢打闹，不是喜欢哼哼唧唧，就是喜欢拱圈嘈楼。

王木匠虽然技艺精湛，但年轻的时候也有点不谙世事，不懂得忌言忌口。在修建猪圈猪楼的过程中，虽然有人提醒他让他少开口少说话，但他就是不信邪，非要让他那顺溜的嘴巴潇洒个够、快乐个够，要过足话瘾话痨。他一边做着木活，一边大声哼着歌谣，只要遇见有人路过，他就会拉着路人看他一边干活，听他一边讲着动听的历险故事。

王木匠那顺溜的嘴最爱讲俏皮话，还会攒言子（即说歇后语），虽然乡亲们不愿他在修猪圈猪楼时扯闲白散白，但只要他一开口，大家又会情不自禁地想去听。有次，王木匠正在给一贯不讲道理比较难缠的胡癞子家修猪圈，正遇上村里的干部来收"三提五统"和农业税、特产税。村里的干部好说歹说，胡癞子就是赖着有钱也不交。王木匠可看不惯这种赖皮人，就开门见山对胡癞子进行炮轰。

"胡癞子！你是蚂蚁子心大，自以为了不起！你是月光下照短裤，自以为东西有好粗好大！"

"胡癞子！你是屋檐上挂粪桶，臭名在外！你是茅厕里吹唢呐，名（鸣）声好听不好闻！"

"胡癞子！你是猪鼻子上插葱，装象！你是猪身上插鸡毛，装清（轻）高！"

"胡癞子！你是厕所里点灯，找死（屎）！你是冷水烫老母鸡，一毛不拔！"

"胡癞子！你是屎壳郎滚牛屎，混（粪）球一个！你是鹅卵石放进鸡蛋里，混蛋一个！"

"胡癞子！你是骆驼生驴子，怪胎！你是闺姑娘生细娃，丑得很！"

"胡癞子！你是抱着元宝跳井，舍命不舍财！你是烂草鞋上镶绸缎，不成体统！你是猪苦胆里放太阳，胆大包天！"

……

"胡癞子！天干地支坼，皇粮国税少不得！这是古训！你有什么资格不交？你胡癞子未必会大过天？"

王木匠接二连三的炮轰，直骂得胡癞子晕头转向、面红耳赤，也让在场的乡亲们过足了耳瘾，大家一阵哄堂大笑，然后各自散开。逼于无奈，胡癞子只好乖乖地从箱底的布包里取出现钱，一五一十地交给了村里的干部。

说来也巧，王木匠修建的猪楼喂养的猪就是不吃不长，整天在猪圈猪楼里不是打架殴斗，就是大声哼哼唧唧吵闹，要不就是拱门栓、啃柱头、翻栅栏、掀猪槽，不仅不长个不长肉不长膘，还将猪圈猪楼捯饬得稀巴烂，让主人家感觉既霉气又晦气，大家都认为是王木匠话多的缘故。王木匠这下可惹怒了马蜂窝，特别是村里那些老嫂子、大姑娘、小媳妇，都骂王木匠那臭嘴就是痒，有朝一日定要将王木匠那臭嘴用针线缝上。

那日，王木匠正在村东头给老李家修猪楼。村里五六个最为泼辣的大嗓门老嫂子和小媳妇，背着篾背篓，提着竹篮子，相约一起出门扯猪草、薅苔秧，听见王木匠又在那叽叽歪歪个不停。三个女人一台戏，何况不止三个女人。几个女人一见王木匠还不忌口，顿时眼睛一眨，一窝蜂就风急火燎地跑到王木匠身边，将王木匠一下就按倒在地，用手指使劲捏着王木匠的上嘴唇和下嘴唇，欲要用缝衣针将其缝上。

王木匠虽然个子高力气大，但一人难敌四手，蚂蚁都能撼大树，何况五六个富态体胖的女棒劳力。王木匠说不出话，支支吾吾连连告饶。几个女人哪里肯依，又七手八脚摁着他，连扯直扯他脸上的挂耳胡、嘴唇上的长胡须以及胸前的密胸毛，直痛得王木匠哇哇乱叫，不停扭动着身子。几个女人似乎还不解气，她们又相互眨了眨眼睛，挤眉弄眼了几下，便上下其手、左右开弓要去扯王木匠的大短裤。王木匠一个激灵，连忙挣脱双手，使劲抓住大短裤不撒手，即使几个女人用力掰他的手指，他也不松开。

继而，五六个女人又抬的抬头，抓的抓手，抱的抱脚，将王木匠整个身子仰翻叉平摊式抬了起来，使劲左右摇晃着、摆动着，犹如筛稻谷糠筛火土灰一般，这就是乡亲们常说的"打油"。王木匠四肢乱弹，整个身子剧烈扭动，好在几个女人也玩累了，才好不容易从虎口里挣脱身子，飞也似的跑开了。

经过这次深重地折腾，王木匠不管走到哪里修建猪圈猪楼，他都保持三缄其口一言不发，即使有人故意惹他逗他，他也能保持定力绝不开口。乡亲们也学他一样，也给他攒了一个言子并流传至今："王木匠修猪楼，百口不开！"只是再一次巧的是，至此以后王木匠修建的猪圈猪楼养的猪，都大口地吃、安静地睡，长膘也像用吹火筒吹了一样，一膘贴着一膘，一膘包着一膘，让乡亲们开心不已。

令乡亲们更为高兴的是，王木匠在30多岁的时候，用他巧舌如簧的三寸不烂之舌，将村里的村花春花姑娘迎娶进了家门。迎娶那天，吹吹打打好不热闹，乡亲们在喝喜酒敬喜酒的时候，又给王木匠攒了一个言子："王木匠娶媳妇，全凭一张寡嘴。"王木匠知道乡亲们在骂他，但王木匠一眼瞥见餐桌上那些猪肚牛肚，马上计上心来回敬道："大伙儿吃喜酒，全靠猪肚牛肚！"意思是说，没有你们这些猪肚子牛肚子，怎么喝得完我的喜酒。

（2023年5月2日发表于中国作家网）

微雨燕双飞

初夏，雨天，绵绵，我随意听着一首首流行歌曲。容祖儿演唱的《小小》飘进了耳膜，那细腻、婉转、优雅的歌声，像瓦片上滴滴答答的落雨声，又像屋檐下欻欻吵吵的落水声。

雨天里，迷迷蒙蒙，细雨霏霏，云烟交织，群燕飞舞。群燕忽上忽下，忽左忽右，忽前忽后，翅膀和尾羽还发出嗞嗞嗞的吱溜声，将最美的舞姿呈现在初夏里，将最美的旋律迎合在雨声里。

院子里，雨幕中，屋檐旁，几个孩子光着膀子，穿着裤衩，光着脚丫，在玩着泥巴，堆着小城，说着童言无忌的悄悄话。"虎子哥，用泥巴给我捏一座小城吧，将来娶我进城。"小女孩扎着小辫子，一脸泥巴，满目希冀，仰头虔诚地望着同样一脸黄泥的小男孩，两只眼睛像水汪汪的泉水，睫毛一闪一闪的，像两弯初开的新月。

小男孩，虎头虎脑，短寸头，大眼睛，高鼻梁，厚嘴唇，小小年纪就有点膀大腰圆的气势，一副圆滚滚的身材。小女孩经常用小手捏小男孩的手臂和脸上的细肉，哇，肉肉的，软软的，好舒服呢。小男孩任由小女孩捏着掐着，一点儿也不烦躁，一点儿也不生气，还很享受很快乐的样子。

"好啊！燕子！我给你捏一座大大的城吧，这座城里只有我们俩。"小男孩随即答道，忙抓起一把黄泥开始揉捏起来。小女孩所希望的小城样子，慢慢在小男孩手里凸显出来。雨水滑过小男孩的脸颊，小女孩忙用小手去揩，小男孩顿时成了一个花脸猫。"花脸猫！花脸猫！你是一只大花脸猫！"小女孩咯咯咯地笑，笑得小男孩脸红扑扑的，有点羞怯，像五月刚盛开的桃花瓣。

"我的心里从此住了一个人，曾经模样小小的我们。当初学人说爱念剧本，缺牙的你发音却不准。我在找那个故事里的人，你是不能缺少的部分。小小的手牵小小的人，守着小小的永恒。"多么优美的旋律，多么动人的歌词，像清脆的雨声滴落在心坎里。

方文山作词，周杰伦作曲，容祖儿演唱，真的是天作之合。也许，方文山就是那个捏小城的男孩子虎子，不然他怎么能写出这么形象这么动人的歌词。但容祖儿是不是那个想嫁进小城的女孩子燕子呢？如果是，那定是一段传奇的佳话。只是，周杰伦算什么呢？周杰伦也可能是那个捏小城的小男孩子吧。

看着雨天群燕旋飞的景致，突然就想到了《诗经·邶风·燕燕》的诗句用在此处，是多么贴切，是那么恰当，是多么适宜。"燕燕于飞，差池其羽。""燕燕于飞，颉之颃之。""燕燕于飞，下上其音。"我默默吟哦了几遍。雨中的景致，将我穿越到了儿时那个懵懵懂懂的年代。

虎子和燕子在一个院子里住着，是我儿时的小伙伴。在燕子心中，虎子就是标准的邻家大哥哥大男孩的模样；在虎子眼里，燕子也是邻家小妹妹小女孩的形象。虎子仅比燕子大两岁，但却是燕子的守护神。

在燕子刚出生的时候，虎子的母亲抱着两岁的虎子去看她，见邻居生了一个小妹妹，虎子的母亲当即就对虎子说，虎子，以后她就是你的亲妹妹，你要保护好她呢。懵懂不知的虎子眨巴着眼睛，眯起眼睛笑，似乎就将母亲这句话刻在了心里。

但燕子的母亲不知道咋地，尽管用了多种偏方，想了多种办法，她就是不能催出奶水供燕子吮吸。无奈之下，燕子饿了的时候，燕子哇哇哭的时候，她的母亲只好抱着她来到虎子家，让虎子的母亲喂奶。

一来二去，虎子的母亲干脆就让燕子认她做干妈。在两个孩子成长的过程中，虎子的母亲总是下意识地熏陶虎子，要虎子好好保护燕子。她有一个自私的想法，她是想将来让燕子做虎子的媳妇儿，做自己的儿媳妇儿。她一见到燕子，就特别喜欢。

她将这个想法给燕子的母亲唠叨过，燕子的母亲权当是一个玩笑，况且她还是燕子的奶妈，也就顺口答应下来。但这个想法对两家的男人而言，都不置可否，都在酒杯碰酒杯的时候，一笑而过，一饮了之。还说，都什么时代什么年代了，还兴定娃娃亲啊！

男人只管喝酒，只管碰杯，只管说笑，全没有当一回事。因为两家都是过得命的交情，平日里都是相互帮助，相互扶持，比亲兄弟还亲。虎子的父亲和燕子的父亲，也是从小玩到大的伙伴，在下河游泳时，虎子的父亲还救过燕子父亲的命。当时，燕子的父亲不谙河水的深浅，一下水就抽筋沉底了。

农村娃和城里娃不大一样，因为穷人家的孩子早当家。乡下的小小人，在生活里都是小大人。虎子不仅带着燕子一起拾柴火、割羊草、挖野菜，还领着燕子一起捡麦穗、摘野果、玩游戏。早晨或傍晚，还一起放牛放羊，打猪草，割牛草。每次，虎子都帮着燕子，尽量不让燕子自己动手。

每次虎子带着燕子干了坏事，虎子总是一人担着，从不牵连燕子。有次虎子和燕子放牛时，他们的牛没有看住，不小心将邻居家的玉米苗吃了一大片。邻居找上门来，两个孩子免不了要挨揍。虎子知道挨揍躲不掉，就干脆去燕子家替燕子挨了打。

虎子和燕子在田野里奔跑，在山林间追逐，整天嘻嘻哈哈，快快乐乐的样子。他们一起爬树木，掏鸟窝，捉螃蟹，网鱼虾，滚泥塘，钻果园，摘野果，捕蜻蜓，喂蚂蚁。不管虎子干什么，燕子都会寸步不离地跟着。她觉得，跟着虎子哥就特别幸福，就特别安全。

他们最喜欢在一起挖野韭菜、折耳根，扯嫩青蒿、马齿苋，采荠菜、荸荠，摘刺梨、毛桃。不管是采摘野菜，还是采摘野果，虎子都让燕子的篮子先满，把好的野菜和野果让给她。即便回家后，燕子也是形影不离地跟着虎子，只要一时半会儿未见虎子，就会跑到虎子家问干妈，虎子呢？

乡下没有什么好玩的玩具，即使有玩具可玩，穷人家也无钱可买，他们除了跳绳跳房子，就是推铁环玩弹珠，要么就是打纸板、翻线叉、抓石子。燕子虽是女孩子，但她还是愿意和虎子一起玩泥巴，玩男孩子玩的游戏。因为泥巴有泥土的清香味，再就是虎子能用泥巴给她捏很多好看好玩的东西。

什么马儿，牛儿，狗儿，猫儿，什么鸟儿，鱼儿，虾儿，蛐蛐儿，只要燕子想要的东西，虎子都能依葫芦画瓢捏出来，尽管有时捏得不是很像，但燕子都说好看，好看。虎子还是最爱给燕子捏小城，捏房子，然后在小城的院子里捏几只形态各异的燕子。

每次虎子给燕子捏小城时，都会童言无忌地说，燕子，我长大后要八抬大轿将你娶进小城。虽然那时，虎子和燕子都不知道八抬大轿是什么意思，也不知道娶燕子是怎么一回事，那都是虎子的母亲经常胡诌，让虎子长大后一定要八抬大轿娶燕子，虎子和燕子也就都跟着这么说。

乡下的初夏特别美，乡下初夏的雨天就更美。雨天里，烟雾缭绕，朦朦胧胧，瓦房上还冒出湿润润的炊烟，田野里的庄稼也披着一层虚无缥缈的雾纱。一群燕子在灰蒙蒙的天空里上下翱翔，翻旋飞舞。

乡亲们说，这是燕子在求雨呢。虎子和燕子不懂，老是追着大人问，燕子为什么要求雨呢？大人们不知道怎么回答孩子好，只好说，就像我们的燕子为什么要跟着虎子哥一起玩一样，燕子也喜欢在雨天里跳舞呗。虎子和燕子都眨着眼睛，似懂非懂地明白了。

虎子哥，下雨天，我们玩什么呢？那就玩泥巴吧。虎子和燕子一拍即合。因为乡下只有泥巴可玩，又不用花钱，可以随随便便地玩。虎子领着燕子，都只穿着短裤衩，拿着镐锄和撮箕，在门前的空地里挖来了几撮箕软软的、糯糯的、黏黏的黄色泥巴，因为他们看见村里的瓦匠爷爷做瓦片时，就是用的这种黄色的泥土。

雨，并不是很大，像筛子筛着。虎子和燕子张开着小小的手臂，仰头旋转着，像空中炫舞的燕子一样，沐浴着初夏的雨水，快乐得也像两只空中飞旋的燕子。雨水撒在他们的头发上，撒在他们的小脸上，撒在他们的胳膊上，顿时成了一串串细细的水流。

大人们也不管孩子们，任由他们在雨天里疯玩，因为乡下的孩子都是这么玩的，不像城里的孩子一淋雨就生病，乡下的孩子可结实着呢，就像铁打的铁疙瘩一样。玩累了，就开始蹲下来拨弄着那些泥巴。那些泥巴像案板上的面粉，经雨水一淋，顿时就凝结成了一块，绵绵的，软软的。

用泥巴玩什么呢？他们只好从最简单的捏树木、捏黄瓜、捏玉米棒子开始，然后慢慢捏出蛇、鸟、鱼、狗、猪等动物，因为这些东西都是他们在乡下最常见的，大脑中总有一些形象的轮廓。虎子每捏出一个东西，燕子都拍着巴掌说，虎子哥真猫，捏得真像，然后露出一排缺齿的牙齿傻笑。猫，是当地方言，就是很行的意思。

虎子看见燕子一嘴的缺牙，就逗着她乐，学着大人戏谑孩子们一样唱道："缺吧齿，刮猪屎，刮一碗，没了胆，刮一盆，没了门，刮一锅，爬上坡……"燕子见虎子戏谑她，顿时眉毛一蹙，假装生气，用拳头打着虎子。虎子咯咯咯地笑，一边捏着泥巴，一边讨好地说，我也是缺吧齿呢。

别生气了，我给你捏一间房子吧，然后给你捏一座小城，长大后八抬大轿娶你进城，妈妈就是这样说的。虎子说完，燕子蹙着的眉毛渐渐舒展，又喜笑颜开。虎子先给燕子捏了一间小小的房子，然后在房子外面捏了一座小小的城，城里还捏了树木，还有鸡鸭，还有停在院子里啄泥的几只燕子。

他一边捏，一边说，你长大后要嫁给我哦，然后伸出小小的手指和燕子拉钩，"拉钩上吊一百年，不许变！"两个孩子的笑声在雨声里回响。就这样，两个孩子经常在雨水里捏着小城，玩着泥巴，直到上了初中。

虎子的学习成绩一直很好，而燕子对学习并无兴趣，每次周日要从家到寄读学校上学时，她都哭哭啼啼，如上刑场一般。尽管虎子多次给她打气鼓励，但燕子还是败下阵来，初三没有读完就直接辍学回家务农了。

虎子上了县里的一中，又考取了大学，他和燕子之间的距离渐渐地远了，就如《诗经·召南·江有汜》中所言，"江有沱，之子归，不我过。"就如大江一样，最终会有支流，即便姑娘要出嫁了，也不愿到我这里来。燕子无形之中和虎子走不到了一块儿。

又是一个初夏的雨天，燕子嫁人了，没有等到虎子将她八抬大轿娶进他们儿时营造的那座小小的城里。唢呐声在雨水里吹响，就像呜咽悲情的小河。燕子走时，虎子照例在屋檐旁捏了一座小小的城。

多年后，虎子从发达城市回到家乡，带着妻子儿女看望父母，伫立在房檐下，仍能想起小时候小小的故事，他忽然想起晏几道的几句词，"落花人独立，微雨燕双飞。记得小苹初见，两重心字罗衣。"但他不知道他的小苹燕子，已被风尘刻画成了什么样子。

（2023年5月9日发表于中国作家网）

第七辑
四季欣欣而饮

四季里有美食美味，也有美酒美醇。美酒可以陶冶情操，可以联络情感，但美酒不能贪杯，否则就会百害无一利，甚至酿成悲剧……

王乡医骂酒

对于酒的印象，我是从"酒癫子"一词开始的，但并没有一见钟情的感觉。相反，心里倒有一点小小的抵触或是厌恶。小时候，每当晚上听到附近药铺王医生喝酒发狂的时候，母亲总是会说酒癫子又在发酒癫了。孩子们很害怕酒癫子，遇到孩子们不听话的时候，大人总是用"喊酒癫子来给你打针"来恐吓孩子。只要酒癫子发狂，孩子们都躲得远远的。

家乡的药铺并不像现在的村卫生所或是乡镇卫生院，也就是方便家乡父老乡亲头疼脑热可以随时买药、打针而开办的，仅一个医生而已。稍大的卫生所离我们家还有几十里山路，还得蹚过一条小河，遇到孕妇生娃、绞肠痧、阑尾炎等急病啥的，那真的是远水救不了近火，王医生的药铺自然而然就派上了用场。

王医生50多岁，花白的头发，一副弥勒佛的模样，肚子明显地鼓了凸了出来，不喝酒的时候，给人一种慈眉善目的感觉，医德医品也极佳，从不见死不救，或拖延救治，总是先治病再收钱，甚至倒贴钱给乡亲们拿药，深得父老乡亲的尊敬和爱戴。

乡亲们看病后，王医生总是用小本记着医费药费，都是等到秋后卖点粮食，或是年底卖个猪仔，再将医费药费及时补上。遇到哪家补不上来，王医生也不去督促催促。那时候，乡下没有做锦旗的地方，乡亲们凑了一点钱，扯了一匹红布，请教书先生在红布上写上"医者仁心"4个大字，由村里绣活极好的李大娘绣好后，乡亲们敲锣打鼓、鞭炮齐鸣地送了过去。

尽管父老乡亲知道王医生喝酒后喜欢发酒癫，但为了感恩感谢王医生的治病救命之恩，乡亲们还是愿意给王医生送去一篮青菜萝卜、一筐鸡蛋鸭蛋，外加一瓶苞谷老烧。对于乡亲们的馈赠和谢礼，王医生也是在盛情难却的情况下才肯收下。那时候的白酒不是用酒壶或是专门的酒瓶盛装，乡下人都是习惯性带着打吊针后的盐水瓶子去买酒，一个盐水瓶子正好可以装上 1 斤苞谷老烧。

王医生为了方便乡亲们打酒买酒沽酒方便，每次乡亲们打吊针后的盐水瓶子，王医生都让乡亲们免费拿了回去，还一再叮嘱乡亲们要用开水煮后消毒才能装酒。小的盐水瓶子，乡亲们也一并拿了回去，那些喜欢"扯冷疙瘩"的乡亲可以揣在裤兜里，酒瘾来了或是干活累了，可以随时扯上一口，吧唧一口，既可以解渴解馋，也可以解乏解困。

我家就在王医生药铺隔壁，尽管活蹦乱跳不头疼不脑热，肚子也不痛身上也不痒，我和小伙伴们也会凑到药铺嬉笑玩耍，甚至冷不丁从后面爬到王医生的背上、肩上捣蛋，揪王医生的头发，捏王医生的鼻子，扯王医生的耳朵，对王医生没有一点畏惧戒备之心。

王医生也不恼也不怒，既不吓唬孩子们，也不轰走孩子们，还顺势一把将孩子们从后背扯到胸前，不是用浓密的胡茬亲上一口，就是用厚实的手掌戳孩子们的胳肢窝，弄得孩子们咯咯大笑。童年里，欢笑留在了王医生的药铺里，快乐留在了王医生的随和里。

都说酒是兴奋剂和癫子水，一点不假。王医生一喝酒，就与工作状态中的他判若两人。直到后来读书懂得人是猴子进化来的，我才明白猴子变成人需要几亿年的漫长进化，但人变成无规无矩的猴子，却只要小小的一杯癫子水来浇灌。

每到夜晚，慈善随和的王医生就会炒几个小菜，煨一锅小炒肉，依偎在饭桌边，坐着小木椅自斟自酌自饮起来。特别是在夏天，王医生会将小小的饭桌搬到星空里、月光下独饮。遇到有蚊虫叮咬，他就会将干枯的艾蒿点燃，放在饭桌边驱蚊灭蚊。

王医生喝酒，很少邀请酒伴酒友，他的酒伴酒友就是山里的大山、森林、房屋、电杆、星星和月亮。王医生喝酒，也很少用酒盅、酒杯、酒碗，而是拿着盐水玻璃瓶子直接往喉咙里灌。粗俗莽撞的乡亲们，也不好意思主动与王医生喝酒，他们觉得自己不配做王医生的酒伴酒友。闻着肉味，氤着酒香，胆大的孩子会窸窸窣窣溜进药铺门口的玉米地里悄悄偷看。

只见王医生就像梦游之人，几口炒肉下肚，他就放下篾制筷子，双手抱着盐水瓶子咕咚咕咚猛灌几口，就像其他人干渴后在猛灌深井里的井水。没几下，就急迫地打着肉嗝酒嗝，脸开始红晕起来，醉意慢慢写在他的脸上。继而，王医生也不说话，脸随即阴沉下来，又拿起竹筷夹了几筷小菜和炒肉送进嘴里。菜和肉将他的腮帮撑得鼓鼓的，猪油菜油渐渐从嘴角溢了出来、流了出来。

待饭菜再次下肚，王医生再次放下竹筷，双手抱着盐水瓶子咕咚咕咚又灌了起来。数声咕咚咕咚之后，王医生的眼睛红了起来，脸上的青筋暴了出来，手臂上的红斑堆了起来，神色开始晕乎起来，意识开始模糊起来。

王医生将盐水瓶子向前托着举着，先敬星星、月亮，再敬大山、大树，就连门前最高的老玉米也敬了一下。眼见盐水瓶子里的酒水见底，王医生啪的一声将盐水瓶子摔在地上，盐水瓶子碎了一地，玻璃碴溅得地上到处都是。随即，筷子也不要了，饭碗也不要了，都丢在了地上。

王医生转过木椅，差点一个趔趄摔倒，手指着星星、月亮和大山、大树就开骂起来。乡亲们也不知道王医生眼里的星星、月亮和大山、大树，究竟指的是谁。他先骂别人不要脸，再骂别人不重情，后骂别人不仗义，还骂别人不道义，甚至还骂别人不爱国、不顾家、爱贪财等等，那是骂得天昏地暗、天晕地转。

王医生一边骂，还一边哭，闻着王医生的骂声和哭声，乡亲们都窃窃私语，议论着、猜测着、揣摩着王医生究竟经历了何种人生经历。乡亲们也不去相劝，也不知道如何相劝，任由王医生的骂声和哭声在乡村回荡。闹到半夜，王医生骂累了，也彻底醉晕了，便一头倒在饭桌上呼呼地打起了鼾声。

躲在玉米地里的孩子，好不容易等到王医生睡着了，便几个箭步跑向王医生的饭桌，狼吞虎咽着饭桌上剩余的饭菜。王医生一觉醒来，意识开始清醒，眼见自己的饭菜被吃光，仍不恼不怒不愠，还假装隔空喊话，饭菜香吗？好吃吗？偷看偷吃饭菜的孩子，一听见王医生喊话，生怕王医生又发狂发癫起来。

在第二天上班，给乡亲们号脉问诊的时候，王医生也会主动问乡亲们，我昨晚喝酒后是不是又无酒德无酒品了？乡亲们抹不开面子，不是轻轻地摇摇头，就是连说没有没有。乡亲们的大度和宽容，倒是弄得王医生一百个不好意思，他发誓要好好医治宽容他的乡亲们，让乡亲们健健康康，无大病小情。

（2023年2月24日发表于中国作家网）

老祖父藏酒

　　我家似乎没有喝酒的祖传，更没有喝酒的基因，但却储藏有很多的美酒。祖父是一个自学成才的乡村土医，而且博学多才，医术高明，他的房间里堆积的医书成山成岭。祖父最擅长的就是给小孩子看病治病，方圆几十里的小孩，不管是头疼脑热，还是肚子胀肚子疼，还是身上长疮长包化脓，还是夜哭不停不止，祖父都有独门绝技，而且手到病除、药到病除。

　　记得小时候，很多孩子耳根下面都好长"抱耳风"，即一种流行性腮腺炎，疼痛难忍，吃饭难以下咽，吃药打针都不见效，但祖父用碗盛装一点冰凉的井水，用手指蘸点井水，一边在患者耳根轻轻揉捏，一边嘀嘀咕咕唠叨着秘诀，第二天"抱耳风"就自然消失了。

　　还有很多孩子吃鱼心急，被鱼刺卡住喉咙是常有之事，祖父也是化上一碗"九龙水"让孩子喝下，孩子当即就无事了。祖父治疗这些病症时，看似有点神奇传奇，有点虚幻玄幻，但深究个中缘由，也无不包含着很多科学道理和科学依据。比如所谓化"九龙水"，就是采用冰凉的井水，利用人体肌肉热胀冷缩的原理，快速将鱼刺冲下。

　　祖父的房间里，不仅医书多，而且酒水多。这些酒水，都是十里八村的乡亲们，为了感谢祖父救治救命在过年过节送给祖父的。这些酒水，不仅有盐水瓶子散装的苞谷老烧，也有穿着"正装"、贴有商标的瓶装酒，甚至还有竹叶青、白沙液、邯郸大曲、贵州大曲、汾酒、泸州老窖、西凤酒等老牌上等美酒。

严格地说，这些酒属于祖父一个人的，祖父从不让儿孙靠近这些美酒。父亲是祖父的长子，按家乡的风俗惯例，父母老了就得跟着长子一起生活，祖母过世得早，祖父理所当然就得跟着父亲一起过。但祖父怕给儿孙增负担添麻烦，也就独自居住一间房间，另起炉灶，这间房间不仅摆满了琳琅满目的医书美酒，还摆有床铺、橱柜、餐具等，本来就很小的房间，就显得更加拥挤，更加窄逼了。

祖父虽然美酒满屋，但从来不喝酒饮酒，他说怕喝酒酒醉误事，一旦酒醉糊涂号错脉、开错方、拿错药，轻者耽误病人治病，重者会危及病人生命。但对于远道而来的病人，祖父不仅给病人治病，还给病人管饭。只要喝酒对病人的病情无害，祖父都会劝病人喝上一杯。

有年冬天，天下着鹅毛大雪，巍峨的大山已是白雪皑皑，山里的羊肠小道早已不见了踪影，就连高大的松树上也结满了厚厚的冰针，屋檐前也挂满了长长的冰凌，呈现出"千里冰封，万里雪飘""千山鸟飞绝，万径人踪灭"的壮观景象。

我陪着祖父蜗在他的房间烤火，一边玩着"翻叉叉"的游戏，一边听祖父讲解古人饮酒后的逸闻趣事。祖父虽不饮酒，但爱看与酒有关的历史典故，他说可以从中学到很多做人的道理和处世的妙法。比如李白斗酒诗百篇、曹操煮酒论英雄、焦大借酒耍泼疯、宋太祖杯酒释兵权、孙皓以茶代酒敬太傅、欧阳修醉翁之意不在酒等等，祖父对这些历史典故总能信手拈来。

突然听到屋外有人叫唤，老吴先生在家吗？老吴先生在家吗？祖父忙向屋外张望，我也紧跟其后。只见门口站着一位老先生，头发花白，两鬓银髯，穿着打着补丁的棉衣，手拄一根结实的竹棍，全身上下都被厚厚的积雪覆盖着，在雪风里瑟瑟发抖。就连阿黑，也只是轻轻地叫唤几声，就围着老先生摇起了尾巴，好像早就认识似的。

　　一见来者，祖父便知是慕名而来请求治病的。祖父搀扶老先生进屋坐下，倒上一缸热茶驱寒，忙问老先生是否是为治病而来。您真是眼明之人，一看就知道我的来意，老哥子真是好眼力，老神医呢！老先生趁机对祖父连声夸赞道。

　　祖父哈哈大笑，什么老神医啊，看得多了，见得多了，一猜就十之八九不离谱，也就是见多识广呗。看您身子骨还挺硬朗，一定是为老伴身体有恙而来吧，老嫂子是不是患有什么难言的妇科病？老先生见祖父一说一个准，便又无不佩服得五体投地。

　　老先生和祖父一见如故，像久熟的老友，像久别的故人。顷刻间，两人说话彼此之间便没有任何顾虑顾忌了。后来才知道，老先生从邻省巫山县慕名而来，是村里的一名老教书先生，所以说话老带着教书先生的腔调和味道。老先生一五一十地给祖父讲述老伴的病情，当时年幼，我根本听不懂他们之间谈论的妇科病话题。只见老先生眉毛紧蹙，一副忧心忡忡的样子，讲到伤心处，眼里还噙满了眼泪。

　　见老先生对老伴如此重情重义，祖父忙对老先生竖起大拇指。老嫂子今生能遇到像老哥子这样重情重义的男人，实属不易，也是老嫂子的福气。老哥子敬请放心，老嫂子病情没事，您按我开的方子抓药，让老嫂子按时坚持一段时间服下，她的病情定能好转治愈。

　　见祖父如此保证，老先生的眉毛渐渐舒展开了，露出了长时间以来难得的微笑。祖父三下五除二就为老先生开好药方，让老先生收好揣好，还一再叮嘱要按药方上的剂量抓药。老先生小心翼翼揣好药方，起身深深给祖父鞠了一躬。见老先生行如此大礼，祖父忙向前搀扶，并说老哥子太客气了。

　　老先生再次双手打拱告别，感谢吴老神医，如果老伴能像吴老神医所言起死回生，过年我定要背着猪脑壳、腊猪蹄和几瓶美酒来拜谢。见老先生要走，祖父忙诚心挽留道，难得和老哥子有缘，也一见如故，天也不早了，您还是暂留寒舍明日再走。

老先生拗不过祖父的盛情挽留，只好勉为其难地留了下来。祖父不仅是治病高手，也是厨艺精角，不到半晌功夫，一桌丰盛的晚餐已摆到老先生面前。祖父从酒架上拿下一瓶泸州老窖，对老先生说，今天与老哥子一见如故，您今天一定要喝喝您的家乡酒，我不胜酒力，就以茶代酒陪您，忘掉不开心的事吧。

老先生也不再推辞，今天能遇到吴老神医是我的荣幸，也是我老伴的福气和运气，我一定要喝得醉意微醺。老先生说得不假，也不用祖父多劝，老先生自斟自酌，居然一瓶泸州老窖就见底了。祖父见老先生如此酒量，连夸海量海量。酒精稍微发作，醉意就渐渐写在了老先生的脸上，说话也逐渐打舌起来。

当晚，老先生便和祖父同床睡下。睡至半夜，老先生神志模糊，起床小解，摸索半天才将祖父提前准备好的夜壶摸到，来不及将夜壶嘴对准，就唰唰唰小解起来，祖父来不及阻拦，一泡黄尿洒得满地都是。老先生好不容易才将夜壶放在桌边，回到床里裹着被子睡下。

数阵鼾声过后，老先生口渴难忍，在梦里都在找凉水喝，便糊里糊涂起床，抱着夜壶就喝了起来……第二天，祖父便将老先生的糗事说了出来，羞得老先生有点无地自容，只差找个地缝钻了进去。

当年年底，老先生的老伴果真如祖父所言，病情痊愈。老先生高兴得手舞足蹈，当即决定要背着猪脑壳、腊猪蹄和美酒来登门拜谢，一是感谢祖父的高明医术，二是对那夜醉酒糗事表达自己的歉意。

（2023年2月24日发表于中国作家网）

忆童年沽酒

酒，是老家的待客之道，也是迎客的必备之物。父亲生前常说，无酒不成宴席，无酒难成礼仪。但父亲并非一个嗜酒之人，只是偶尔劳累之余，或是不慎扭伤擦伤之后，父亲才勉强抿上一口。即使只抿上一小口，感觉父亲也是极其艰难、极其难受的样子。

家里存放储存的酒并不多，价格也不算贵，无非就一瓶两瓶苞谷老烧而已。即使来客后，家里存储的酒不够，哪怕饭菜已端上饭桌，客人已经正襟落座，临时买酒也还来得及。方便的话，站在院子里，向着酒家的方向一阵吆喝喊话，酒家也会主动迅速将酒送来。遇到合适，酒家也就顺便吃了喝了再走。

苞谷老烧，都是从邻居远房叔叔旭叔家买来的。老家的习俗称叔叔为爸，比如大爸、二爸、幺爸等，算是对长辈的一种刻意尊敬尊重，即便比自己小的毛孩子，只要辈分比自己高点大点，见面也都得如此礼貌地称呼，自然而然也称旭叔为旭爸了。旭爸的小酒作坊就在我家屋后，酿出的苞谷酒极其天然自然，酿酒的玉米都是父老乡亲自己种的，有虫子的玉米都被乡亲们自觉地剔了出去。

虽为小酒作坊酿的酒，但酒的味道和度数并不逊色于大酒厂里的酒，旭爸的酒也算一种烈酒、烧酒、猛酒。就像土家汉子的烈性、刚性和血性，给人一种说一不二的耿直爽朗感觉。酒一旦进入舌尖和喉管，就有一种火烧火燎的感觉，但再喝几口也就自然温润多了、平和多了。

土家汉子也是一样，初次见面总给人一种鲁莽鲁夫、难以亲近的感觉，但相处久了，也会觉得土家汉子也有温柔、温存、细腻、柔软的一面，是值得结交、久交、深交的良友。旭爸也是一个土家汉子，他的性格就如他酿的烈酒一样，刚烈而耿直。

旭爸个子高大，挺拔帅气，年轻时当过兵，参加过对越自卫反击战，退役后为减轻国家负担，主动放弃工作安排，在自家开起了一个小酒作坊。旭爸的刚烈耿直和高大帅气，散发着土家男人的无穷魅力，不用吹灰之力，就征服了我年轻漂亮婶子的心，主动从几十里路开外的老谭家，跑上门来结为了秦晋之好。

俗话说，大的出门小的苦。不管大的出没出门、在没在家，我家打酒跑腿的事，自然而然就落到了年纪最小的我的头上，因为我下面再没有人可支派指使了。只要父母或是哥姐们一声吩咐，我都得健步如飞，一趟子、一梭子的工夫将酒打回来。

尽管有时父母吩咐哥姐们去打酒，但也应了老家一句俗语，叫"大懒支小懒"，最终跑腿的苦差事还是落到我的头上。打酒稍有不慎，也会存在被挨打的风险。每次打酒，母亲都会交给我一个棉线网兜或尼龙网兜，方便我将酒瓶提溜住，防止酒瓶从手中滑落到地上。

尽管我人小，有时也有自作聪明和马虎大意的时候。记得有个下雨天，家里来了客人，正好没有酒了，提前也没人在意。等饭菜摆在桌上以后，才发现几个酒瓶都是空空如也。母亲急促地吩咐我将酒打回来，如往日一样，我提溜着棉线网兜就开跑。等旭爸用漏斗给我灌满酒瓶，我也没有及时将酒瓶装进网兜，便一手拿着网兜，一手握着酒瓶，就飞奔起来。

旭爸小酒作坊到我家有一段黄泥羊肠小道，还有一定坡度和斜度，遇到下雨天，黄泥路就很光很滑。稍有不慎，不是摔个仰面朝天，就是摔个狗啃泥。我一边跑，一边唱着童谣。殊不知，脚下一打滑，网兜和酒瓶同时从手中滑落飞了出去。只听"啪"的一声脆响，酒瓶正好磕在岩石上摔得粉碎，里面的酒全部泼了出来，"咕咕咕"地渗进了泥土里。

我即刻傻眼了，两眼冒着金星，顾不得屁股上的泥巴和疼痛，只好爬起来找到网兜，哭哭啼啼向家里走去，"嘴上无毛，办事不牢。"一进门，母亲知道缘由后，对我大声喝道，"你就不知道走慢点？"母亲又大声责问。但母亲又马上从洗脸架上扯下毛巾，为我擦去脸上的泪水和屁股上的泥巴，还轻轻为我揉了揉疼痛的屁股。

父亲是暴躁脾气，与母亲截然相反，见我没有将酒买回来，还摔碎了酒瓶，气不打一处来，气冲冲走到我面前，未等我反应过来，就"啪"的一下给了我一个大嘴巴子，还大声吼道："这么大个人了，你是吃干大饭的啊？"

见父亲如此火冒三丈，客人忙尴尬地从桌上走下来护住我，对父亲责问道："你干吗呀？打孩子干什么？不就是一个盐水瓶子嘛！"父亲稍稍平息，仍气呼呼地对我说："自己拿个瓶子，再跑一趟，将酒打来。""你还要他跑一趟，不就是因为跑摔倒了嘛！"母亲在旁边对父亲埋怨了一句。

尽管挨了打，我也还得擦干眼泪，再次将酒稳稳当当打回来。因此，从那个时候起，就明白了"在哪里跌倒，就在哪里爬起来"的道理。第二次，我就慢下速度，小心翼翼地走了个来回。自然而然，这顿饭客人吃得不开心，酒也喝得不尽兴，父亲脸上始终带着怒色愠色。父亲为了让客人尽量多喝点，他自己也勉为其难地斟了一小口作陪。

稍大点后，又一次去旭爸的小作坊打酒。那一次，旭爸酿的新酒正好从酒甑中溢了出来，一股酒香弥漫了整个坊间。旭爸用烧制的酒罐将酒水接下，用一张极薄的尼龙纸将罐口封住，盖上一块红布，罐口用胶带缠紧，严防空气溜进酒罐，罐口上面再压上一块预先准备好的青石板。

在旭爸接酒离开的空当，有几个十几岁的捣蛋孩子正在试酒。他们有的辈分比我大一辈，有的甚至比我大两辈，按老家的习俗还得叫大两辈的孩子为"爹爹"。在这群孩子中，我的辈分算是最低最小了。他们用一个小搪瓷盅子，接满一盅酒，一个个轮流一口一口地抿着、咂着、喝着、饮着。酒量大的，还一下喝下一大口，辣得他们直吐舌头，烧得他们直喊爹妈。也有夸下海口的，说一下能喝下一盅。

他们见我提溜着酒瓶，站在一旁默不作声，又见我辈分最低，个头最小，就想拿我打趣欺负我。首先要我挨个给他们叫爸爸叫爹爹，我哪里肯叫。其中一个大点的孩子就来按住我的头，非要我叫他爸爸，我硬着头既不肯低下，也不肯叫喊，还横了他几眼。

见我不肯服软，一下惹毛了这群孩子，他们捉的捉手，按的按头，掰的掰嘴，要给我灌酒。我紧闭着嘴唇和牙齿，他们便找来了旭爸常用的老虎钳子，准备来撬我的嘴。当时，我真想旭爸就在身边，我知道只有他才能唬住这群毛孩子。

我最终寡不敌众，被他们灌进去一大口烈酒。顿时，我的舌头辣得如辣椒般刺痛，喉咙烧得如旺火在燎。正当他们还想给我灌第二口烈酒的时候，突然听到旭爸一声断喝："你们在干什么啊？欺负他最小，脸上有光吗？"见旭爸到来，那群毛孩子一溜烟跑得全无踪影了。

我一下扑在旭爸怀里，委屈地哭了起来。旭爸轻轻地摸着我的头，拍拍我的后背，哄了我好一阵子。旭爸给我打好酒，劝我早点回家。我提溜着酒瓶，晕晕乎乎地向家走去。走到半道，感觉天旋地转，一个趔趄便栽倒在地，什么也不知道了。等母亲找到我的时候，我却在路边草地里呼呼地睡着了，但手里的酒瓶却紧紧抱在胸前，时时没有离手撒手。

（2023年2月24日发表于中国作家网）

殷光棍讨酒

老家的迎客酒既让人心向往之，又让人望而生畏，因为有"进门一杯酒，从辰醉到酉"之说。所谓迎客酒，就是家里来了客人，先不敬热茶，而是先敬一杯或是一盅苞谷酒。待客人喝完一轮酒后，再献上热茶解酒。敬酒时，还端出葵花、花生、板栗、南瓜子等果品下酒。如果没有果品之类，就喝净酒、净喝酒，老家俗称"扯冷疙瘩"。

爱好喝酒的人，当然就喜欢串门走亲戚；不爱好喝酒的人，就畏惧串门走人家。父亲和母亲是好客之人，虽然自己滴酒不沾，但只要客人一到来，一盅苞谷酒是免不了的。母亲常说，过门为客。既为客，当然得敬酒。对客人敬酒，方显大气大方。进门无酒，老家就得说这家不懂礼仪礼俗，还骂这家人是"啬嘎子"，意为吝啬之人，谁也不愿意被父老乡亲冠上这个臭名号。

老家迎客酒的礼俗虽是热情好客的象征，无形拉近了乡亲们之间的距离，大伙儿好得可以一圈子人共饮一盅酒，谁也不嫌弃谁，谁也不说谁的嘴脏唇臭，但也不知不觉养了少数"酒罐罐""酒癫子""酒疯子""酒面糊"等嗜酒之人。嗜酒之人为了讨得一盅酒喝，无事也要找个理由、找个借口登一下邻居的"三宝殿"，不是今天到东家去借半斤盐，就是明儿去西家去讨两斤米，但醉翁之意不在借东借西而在酒，似乎讨酒喝成了他们的职业习惯。

乡亲们虽然厌烦这种嗜酒之人，但碍于情面，基于面子，谁也不愿意撕破脸皮不给这种人敬酒，即使一日见一百次，也依然相敬如宾。我家住在一座比较向阳的山梁，惯称阳坡，常年日照时间长，加上门前视野开阔，方圆几百里大山的情形能一览无余，深得邻居们的喜爱。如今，二哥将老屋夷为平地，建楼房时也依然在原地修建，不曾舍得搬离半步。

一遇到下雨天，乡亲们闲着无事，就不约而同来到我家和我的哥哥姐姐们打扑克牌，不是打"双升级"，就是玩"追猪赶羊"，输者不是贴纸条，就是蹲凳子椅子。来打牌的邻居，一边打牌，一边喝酒扯冷疙瘩，一边嗑着南瓜子，玩得不亦乐乎，开心至极。

阳坡的背面俗称阴坡，常年很难见到阳光，即使见到阳光，每日日照时间也极短，大家开玩笑地说，阴坡里的阳光昙花一现，像小孩子的小雀雀。有一户殷氏人家就住在阴坡里，养了一个儿子叫殷实，书也读得不多，读了3年小学就跑回家了。即使他的父亲用火钳捶他，他既不流泪，也不告饶，更不归校，老师和家长迫于无奈，只得放弃他让他辍学了。

辍学的殷实渐渐学会了饮酒甚至嗜酒，变成了乡亲们眼中的"酒面糊"，每天无所事事，直到40多岁也无媒婆为之提亲，更无哪家女子相中与他。40多岁在老家来说已算老光棍了，他只好整日和一群20多岁的小光棍们混在一起。

老光棍殷实虽然懒惰，但脑瓜子并不差，信息也灵通，每天都知道哪家有牌局，只要有牌局的地方，就会有苞谷酒可喝。老光棍殷实从早到晚，逐户赶场，由近及远，再由远及近，直喝到半夜三更、东倒西歪才肯回家。老光棍殷实是我家的常客，虽然懒惰成性，但父亲母亲并没有嫌弃他。

父亲是乡亲们眼里最有名望的说客，大家都说他能将死的说得起死回生，能将弯的说得直杠杠的，但这种褒奖似乎在老光棍殷实身上并不奏效。只要殷实一到我家来，待母亲给他端来一盅酒后，父亲总是苦口婆心地教导他、开导他，教他男人要有男人样，要活得有男人面子和男人气概，活得有男人滋味。

面对面前香飘飘的苞谷酒，面对父亲热乎乎的唠叨，老光棍殷实每次都是笑眯眯地点头答应，还表态说要攒劲娶上一个媳妇子生娃。但"屋檐水滴在现窝窝"，殷实喝完苞谷酒走出我家门后，依然是涛声依旧，懒惰成性仍是"线头头"，从不知道回头是岸。

有年夏天的一个下雨天，天热得发毛，大伙儿无聊至极，又不约而同来到我家来打扑克牌，大家直打到半夜三更才离场。老光棍殷实从早到晚一直跟班在场，大家打心底不愿意和他玩牌，自然死不松手将牌权交予与他，即使上厕所撒泡尿拉坨屎，也将手里的牌提前递与他人，生怕殷实钻空子将牌抢到手。

邪门就邪在老光棍殷实死猪不怕开水烫，对于乡亲们的不亲不和不睦，他根本不屑一顾，还死皮赖脸地说大人有大量，不和你们小人们计较。老光棍殷实虽然没有机会打上一手牌，但他坐在旁边看牌观战当一个忠实观众，也从早看到了三更半夜，既不厌烦，也无瞌睡，一直抱着酒盅和葵花籽不肯撒手。

自然而然，待大伙打牌离场的当口，老光棍殷实已喝得"儿不认母"和"谁都不服只扶墙"的程度，好在他脾气极佳，喝酒后不吵不闹不寻事滋事，这是乡亲们还唯一夸赞他的地方。大伙都散场了，殷实也不好意思再在我家待下去。虽然父亲母亲怕他醉后误事，一再挽留他在家和我一同睡下，但殷实还是执意摸黑走了出去。

对于"酒面糊"殷实，我是打心底不待见的，见他执意摸黑回家，正中我的心意，我生怕父亲母亲硬拉他住下。我惧怕"酒面糊"殷实和我一起睡，一是怕他鼾声如雷，二是怕他乱蹬被子，三是怕他在床上现场直播呕吐在床。但父亲还是从牛栏阁楼上，扯下几根玉米秸秆绑好，点燃递给殷实作为火把照亮。

从我家到老光棍殷实家，要经过一段坟地，而且近在路边，坟地里七零八落地葬下了几十个亡人。小时候，晚上我一个人根本不敢从此路过，总感觉背后阴森森的，脚下轻飘飘的，迈不动步子。即使现在梦里梦见小时候从那里经过，仍吓得喊不出声。

老光棍殷实拿着父亲做的火把，晕晕乎乎、摇摇晃晃地挪动着步子向家走去，一不小心火把就熄灭了，他鼓动着腮帮子靠近火把猛吹。没想到火把突然猛燃，老光棍殷实来不及避让，火苗一下就点燃了他的眉毛，一下就烧得精光，一根不剩，还差点殃及池鱼烧着他的头发。

但没走几步，火把就像有意和老光棍殷实捉弄，一下子又熄灭了，但这次不管殷实怎么吹火，火把就是不肯再燃起来。殷实好不容易摸到坟地路旁，见路旁一座坟墓前点着一盏煤油灯，这是亡人当日生辰亲人祭奠为之点上的。殷实摆了摆晕乎乎的头，顿时一个激灵，以为碰见乡亲们传说的鬼火了。待殷实用醉意蒙眬的眼睛细看，才知道不是鬼火，而是一盏煤油灯。

但此时殷实醉意正浓，已到酩酊大醉的程度，正欲来到坟前弯腰捡起煤油灯，没想到一个扑趴栽倒在地，哇哇呕吐起来，呕吐物正好覆盖在煤油灯上，煤油灯即刻熄灭了，殷实周围又一片漆黑了。

殷实还以为回到了自己家门口，使劲拍打着墓碑的墓门，还闭着眼睛气冲冲地喊道："妈，妈，儿子回来了你干吗不开门啊？还把灯也吹熄了！"喊着喊着，殷实竟晕晕乎乎睡着了，在墓碑前打起了如雷般的鼾声。第二天一早，我的叔叔上坡做农活，路过坟地看见殷实仍在呼呼大睡。

见老光棍殷实脸上的眉毛全光了，大伙儿也不知道是被火把燎的，都说是因为殷实惹恼了坟墓里的亡人，被亡人一根一根拔光了。听到大人们的传说，孩子们对这截路段就更加惧怕了。如果哪家孩子不听话闹脾气，大人就恐吓道，不听话就丢到坟地里拔眉毛去，闹脾气的孩子顿时就会鸦雀无声。

（2023年2月24日发表于中国作家网）

二赖子吃酒

小时候，老家不管是遇到红事还是白事，乡亲们都得到场捧场，不用主人家散发帖子，都会不请自来。即使平时心里有点小疙瘩小摩擦小矛盾，大家也会主动摒弃前嫌，大大方方笑笑嘻嘻地到场。

去时，顺便捎点面条，带点黄豆，提点大米，打点老酒，有钱的人家凑个 5 到 10 元的份子钱，就算是人到人情到了。和主人家特别亲的人，进门还会燃放一挂鞭炮，以示打个响动，闹个氛围。这种到红白喜事人家去凑个热闹、吃个便饭、喝杯老酒、捧个人场的事情，老家统称为吃酒。

只要在路上碰到熟人，就会主动打声招呼，问候一句，某某家吃酒去（老家方言读 kě，挨着四川巫山附近的还读 qiě）不去。大家答应得也很干脆利落，要么去要么不去，从不含含糊糊、遮遮掩掩。如果去，大家尽量邀在一起、挤在一堆热热闹闹地去。不管是红事白事，吃酒都得连续吃上几天。因此，小孩子们不仅天天盼望着过年，还盼望着日日有酒吃。

吃酒时，也会经常遇到白吃的主和白吃的货，什么也不带，什么也不拿，还混吃混喝连续几天，一点都不含糊，一点都不脸红，一点都不羞涩，一直等到主人家的红白喜事过完，还依依不舍不肯离去。乡亲们对这种白吃白喝的行为，形容为"两个肩膀抬个猪脑壳"。因此，有人东西拿得少的，份子钱凑得不多的，也会很谦卑地说道："我今天是两个肩膀抬个猪脑壳进门，什么也没拿。"

老家有个二赖子，就是一个白吃白喝的主。他虽然是老赖家的一根独苗，长得也是人高马大，因平常好吃懒做，性格脾气还二球，头上又长着一块明显的癞子，所以大伙儿很不客气地称他为二赖子。二赖子平常头发不洗不理，像一把绵长的野草，始终遮盖不住头上深深的癞疤，给人一种邋里邋遢的感觉。不管在哪里相见，大伙都不想不愿搭理他。

二赖子的父母也是老来得子，将二赖子看得如掌上明珠，简直含在嘴里怕化了，捧在手心怕摔了。因此，将二赖子惯养溺爱成了一个地地道道的混世魔王。20岁那年，二赖子因为偷盗邻居老张家的一头黄色耕牛，被派出所抓去关了几年。在关押期间，母亲年事已高，受不得这种打击和屈辱，一场大病便夺去了老人的生命。

老伴走后，二赖子的父亲也因孤单寂寞，长久思念老伴成疾，然后一病不起，加上无人照顾照看，在一个秋风瑟瑟的夜晚，也随老伴而去。不管是二赖子母亲去世，还是二赖子父亲过世，都是好心的父老乡亲们帮忙打理料理后事，直至将老人安葬入土为安。

二赖子从牢里出来，听说二老不幸去世，他竟无一点伤心之色，也无一滴眼泪流出，乡亲们都说二赖子是铁石心肠。大伙私下议论说，即使养条狗养只猫，时间长了，相处久了，动物对主人家也会产生感情，更何况是人，何况二赖子自己是父母身上掉下来的肉。但二赖子就是这么一块又臭又硬的石头，竟然油盐不进、滴水不进。

方圆几十里，只要听说哪家有红白喜事，二赖子从不缺场，而且是第一个报到，甚至比主人家请的帮工到得更早。二赖子也不管主人家嫌不嫌弃、欢不欢迎，他都会一副邋遢样卡点到主人家吃饭饮酒，并且一日三餐，三餐必醉，不醉不归。

有年冬天，我家隔壁村的老王家结儿媳妇。老王家家境还比较富裕，即使在那个物资匮乏的年代，其他乡亲们一年到头一头猪都难以杀上，但老王家在办喜事时却能杀3头猪，这不得不让乡亲们刮目相看。当然，席面上的菜肴更是上乘，很多菜肴乡亲们还从来没有吃过。

二赖子一听到老王家办喜事的风声，提前一天一大早就来到了老王家院子里。只见老王家院子里摆满了猪肉，帮忙的邻居来往穿梭，忙得不亦乐乎。烧肉的烧肉，洗菜的洗菜，切丝的切丝，划柴的划柴，就像过盛大节日和庆典一般。二赖子一看到猪肉，恨不得直接抱着生猪肉就啃，一副馋样写满在他的脸上。

虽然没有半个人搭理他，但他似乎将厚黑学学得极好，亦将老家的谚语"脸厚不挨饿"学到了境界，学到了极致。二赖子在院子里东逛逛西荡荡，即使见到扫把倒了也不愿搭一把手。乡亲们都在心底狠狠地骂道，龟儿子！像个癞客包（老家方言，意为蟾蜍），戳一下动一下！他戳了动都不动！大家看见他都心烦，不是投来鄙夷的目光，就是瞟来不屑的表情。

二赖子根本不管大家如何看他，依然昂着头挺着胸，大摇大摆、无所顾忌地在院子里蹀来蹀去，还一副悠然自得的模样。好不容易等到饭熟，席面上的菜肴还没有上完，二赖子就迫不及待地溜上桌，自己满满地倒了一碗酒，因倒得多倒得急，酒从碗边不断溢了出来。

二赖子忙将嘴巴凑了上去，一口就将碗中的白酒扯下去一大口，还舔了舔桌上洒的白酒。那副馋样，不亚于刚从牢房里放出来一般。接着，不等其他人坐满，就拿着大碗用锅铲海底捞将铝锅里炖的猪蹄肉舀走了一大半。二赖子也不顾乡亲们嫌弃的模样和表情，依然我行我素地大口吃着肉、大口喝着酒，一副旁若无人的样子。

等大家好不容易吃完，二赖子早已吃下3大碗饭，喝下两大碗酒，打着饱嗝，剔着牙缝，一副吃饱喝足的样子。突然，体内酒精发作，二赖子如一堆肉泥从板凳上瘫倒在地上。乡亲们一边大声骂着，一边将二赖子拖出门外，放在猪圈旁边，泼了一瓢冷水醒酒。

老王家娶亲正期那天，二赖子照旧又喝了几大碗酒，醉意早萦上心头。当一阵阵噼噼啪啪的鞭炮声响，当吹吹打打的迎亲队伍到家，二赖子一看到老王家娶的新媳妇眼都绿了。原来，老王家娶的新媳妇，正是二赖子小学时候的女同学，二赖子还暗恋过骚扰过她，只因为自己什么都没有，这位女同学对他不屑一顾。

见自己喜欢的女同学今日要与别人洞房花烛夜，二赖子心有不甘，他的疯劲癫劲赖劲立马涌上心头，两眼发红露出凶光，直接跑上去就要拉扯新娘子，甚至还要亲吻新娘子。新娘子吓得一声尖叫，一下就躲到了新郎的后面。

众人见二赖子耍泼，忙上来一帮人将二赖子架了出去，丢在猪圈边。二赖子大声哭着，大声骂着，无所不用其极地耍着疯、耍着泼。但尽管他的声音再大，也被百鸟朝凤的唢呐声淹没了。二赖子见无人搭理他，心里更气更愤，一时找不到发泄的出口，只好返回桌边拿起酒瓶又猛灌了起来。

老王家堂屋里，新娘和新郎拜完天地、拜完父母和拜完祖宗，正欲牵手走进洞房时，突然听到一个厨子大声叫道："不好了！不好了！二赖子在茅厕里淹死了！"大家也顾不得新郎新娘入洞房，慌慌张张跑向茅厕一看，只见二赖子直挺挺地飘在粪坑里，早已没有了生命迹象。

原来，二赖子猛灌了几大口白酒后，既想撒尿，又想呕吐，便兜兜转转、跌跌撞撞向茅厕走去。那时候的茅厕都是挖一个既大又深的土坑，为了能积攒更多的人大粪浇灌庄稼，挖的粪坑竟有一人多深，然后上面放几根杉木。年长日久，不仅杉木表面打滑，而且杉木受潮已变成烂木。

二赖子本来体重较重，又醉得摇摇晃晃，好不容易走进茅厕，踩在烂木上正欲撒尿，几个摇晃就将杉木震断了，一头就栽进了粪坑里。二赖子酒也吓醒了一半，再也顾不得纠缠新娘子的事情，大声喊着救命，但因茅厕隔正屋较远，又加上正屋正闹哄哄一片，救命声根本无人听见。二赖子就这么一命呜呼了，乡亲们都说这是被粪坑里的酒鬼接走了。

（2023年2月24日发表于中国作家网）

犟老汉戒酒

但凡喝酒醉酒之人，大都动过戒酒的心思和念头，但真正能坚持戒下来的人却少之又少。老家的犟老汉从年轻的时候就开始信誓旦旦戒酒，但直到老得弯腰驼背甚至到死也没能戒下来。

犟老汉大名蒋进玖，是他父亲给他取的大名。蒋进玖的父亲曾是老家祖父他们读私塾时的教书先生。听祖父说，蒋老先生是喝酒的老手和高手，即便到了古稀之年、耄耋之年，每餐饭也要喝三两酒才肯罢休，否则就像酒虫在肚内腹内蠕动一样，让蒋老先生难以消停。

蒋老先生去世那天，还拌着腊猪蹄喝了一大杯酒，然后醉意朦胧地躺在藤椅上晒太阳。春日的太阳暖洋洋的，软绵绵的，蒋老先生躺下一会儿就进入了梦乡。开始，蒋老先生还呼吸均匀，打着微弱的鼾声。没曾想，蒋老先生就这样睡去再也没有醒来。蒋进玖抱着父亲带有余热的尸体伤心欲绝，哭了好一阵子，才肯让乡亲们将蒋老先生的尸体抬进屋里。

蒋老先生生前喝酒在醉不醉的时候，总喜欢摇头晃脑地在书房里大声吟诵李白的《将进酒》，特别是对其中的"君不见，黄河之水天上来，奔流到海不复回。君不见，高堂明镜悲白发，朝如青丝暮成雪。""天生我材必有用，千金散尽还复来。""古来圣贤皆寂寞，惟有饮者留其名。"等句子更是青睐有加，常常吟诵得抑扬顿挫、感情迸发、指点江山、热血沸腾，就如大诗人李白附体一般。

　　自从有了儿子以后，蒋老先生希望儿子也如自己一样爱酒，也如自己一样善于饮酒，还同样爱读与酒有关的古诗文，便一厢情愿地给儿子取名蒋进玖。虽然蒋老先生有意培养，蒋进玖虽然遗传到了父亲喝酒的本事，但父亲对酒文化的造诣，他一点皮毛都没有学到。简单地说，他就是一个大老粗、大莽夫，对与酒有关的古诗文是一窍不通。

　　蒋老先生家里就像一个卖酒的小卖铺，专门请木匠做了一个储酒柜，储酒柜里储藏了很多泡的白酒。白酒里泡的东西，都是蒋老先生自己上山采摘来的天然无污染的野果野味，比如刺梨酒、桑葚酒、木瓜酒、草莓酒、梅子酒、枸杞酒等等，甚至还有蛇酒、蜈蚣酒、蝎子酒等。蒋老先生经常对着这些酒坛里的野果野味说，美酒泡着你们，我泡着美酒，哪个来泡我呢。

　　老伴在一旁听见，总是白他几眼，怒火中烧地问，都一大把年纪了，还老不正经，你还想哪个来泡你啊？蒋老先生哈哈大笑，一把抱住老伴，爽朗地说，当然是你泡我呢。见蒋老先生像一个老小孩、老顽童，老伴随即又破涕为笑，用小拳头轻轻打了几下蒋老先生，再次骂了一句蒋老先生老不正经。

　　蒋进玖 5 岁时，蒋老先生就开始用木筷蘸酒让他试酒。蒋进玖似乎是天生喝酒的料喝酒的主，自从尝到酒味，就双手抱住蒋老先生蘸酒的筷子不放，甚至还自己将筷子伸进酒盅酒碗蘸酒。稍不如他意，就大哭不止，甚至在地上驴打滚，他的犟劲在小时候就绰绰有余地表现出来了。

　　见儿子犟劲十足，蒋老先生就称呼儿子为犟牛儿。长大后，人们便称呼蒋进玖为犟小子。年纪逐渐变大，长出白胡子白头发的时候，人们就改称蒋进玖为犟老汉了。从小到大，对于父亲和乡亲们给自己赐予的名号和绰号，蒋进玖也欣然接受，还感觉特别亲切，特别温暖。

10 岁时，蒋进玖就能轻而易举喝上一小盅白酒了，既不脸红，也不晕乎，跟无事一般。渐渐地，蒋老先生便逐渐有意无意给他加量，到十八九岁的年纪，就可以喝到两大碗白酒了。这在当地来说，不能不算是一个奇迹。

但人总有一个极限，喝酒也是如此。蒋进玖总认为自己喝酒是海量，是无限量，便无所节制、无所控制地喝酒，终于有一天便喝"翻翘"（方言，意为出事）了。在蒋进玖 20 岁那年，蒋老先生正好过五十大寿。亲朋好友都来了，蒋老先生拿出了自己珍藏多年的木瓜酒。那酒味甜而不腻，清醇可口，喝下去滋味悠长。

喝了两大碗酒后，蒋进玖的大舅便提议蒋进玖："大外甥！你是我们这方出了名的喝酒高手，人称喝不醉。今天你就露一手让大伙儿看看！"这正中蒋进玖的下怀，他也想在父亲 50 大寿的喜庆之日，露一手为父亲助助兴，便问大舅怎么个喝法。

大舅说，你年轻我年老，你喝得我喝不得，今天是你父亲五十大寿，大伙儿都相当高兴，有子不要父上前，今儿就不扯你父亲，你喝一碗，我们大伙喝一小盅。见大舅也没有什么十分过分的要求，再加上又在自己家，蒋进玖便爽快地答应了。

蒋进玖母亲也高兴，迅速为大伙儿斟好了酒。没多大工夫，蒋进玖又咕咚咕咚喝下去两大碗酒，大伙喝了两小盅。但在蒋进玖喝下第五碗酒的时候，刚喝下去一半，就见蒋进玖渐渐不对劲了。蒋进玖脸红得如猪肝，眼睛充着血色，意识也模糊起来，眼里的人影都成了双影重影。

蒋进玖有意识地甩了甩头，仍无半点奏效，仍无半点清醒的迹象，猛地从条凳上站起，用脚将条凳向后踢了踢，条凳顿时倒了下去，双手托起饭桌，一下就将饭桌掀翻在地，桌上饭菜和酒水全部洒落一地。然后，双手指着大舅骂道，你个死老头子，你喝什么喝？你欺负我年轻啊？！

　　见儿子如此无礼，蒋老先生几步走过去，就给蒋进玖连扇了几个耳光，手印顿时深深地印在了蒋进玖的脸上。此时，蒋进玖根本不认识人，就连父亲也不认识，还开口骂了父亲几句，气得蒋老先生自己扇了自己一个耳光，连声说都是自己造的孽，还对着蒋进玖的大舅和大伙作揖赔礼道歉。

　　不言而喻，大伙不欢而散，怨气十足地离开了蒋老先生的家。本是一件高兴快乐的事情，让蒋进玖这么一闹，俨然成了方圆十里八村的笑话和笑柄。蒋老先生也被气得大病了一场，发誓要让儿子戒酒。蒋进玖酒醒后，也后悔不迭，跪在父亲面前连连忏悔，狠狠扇了自己几个嘴巴，还特意登门去大舅家磕头作揖，信誓旦旦地发誓，此生再不沾酒。

　　酒瘾如毒瘾如赌瘾，一旦埋下祸根，就很难根治。蒋进玖也和其他人戒酒一样，也是三分钟热度，戒酒热情激情一过，又被酒坛子打回原形，看着酒坛子看着美酒心里就特别亲切，一喝就刹不住车，喝醉就经常闹出出格的事情。

　　就在蒋进玖25岁结婚当晚，因为高兴也多喝了几杯，醉后居然将送亲的高亲大舅子打了。后来，在老丈人六十大寿时，喝醉当场将火锅掀了，还烫伤了好几个人。再后来，更不可理喻的是，在蒋进玖儿子结婚的当晚，酒醉后竟然进错了房屋，跑到儿子新房去了，弄得儿子儿媳好一阵尴尬。

　　每次醉酒做出出格的事后，蒋进玖都是悔不当初，发誓不再沾酒喝酒，但每次发誓都如放屁一般，被风一吹连臭味都烟消云散了。有次中午，蒋进玖又喝了几杯酒，晕晕乎乎的，看见院子里的鸡鸭饿得咯咯嘎嘎直叫唤，决定去屋里抓几把苞谷喂一喂。哪曾想，迷迷糊糊竟走进了儿媳妇房间。

　　此时，儿媳因为犯妇科病在家卧床，正坐在便桶上小解，吓得儿媳提着裤子大声骂了几句老流氓。正巧被耕田回家喝茶的儿子撞见，儿子眼冒火光绿光，质问父亲在干什么。蒋进玖顿时吓得不轻，虽然个性挺犟，但人品作风还是没有问题，被儿子一问，也舌头打战结结巴巴地说，没，没什么，我抓苞谷子喂猫呢。情急之下，竟将抓苞谷子喂鸡说成了抓苞谷子喂猫。

因气愤过度，儿子儿媳死磕着要和蒋进玖老两口分家。蒋进玖迫于无奈，也只好遂了儿子儿媳的愿分了家，还把大头的家庭财产分给了儿子。半年后，儿子儿媳拆了分得的旧房，在山下建起了新房，和蒋进玖老两口隔得远远的。

在蒋进玖 60 多岁时，因喝酒太多太猛，胃喝坏了，肝也喝坏了，患了严重的肝癌。医生一直叮嘱要他戒酒，他虽然当面满口答应，但背地里还是偷着扯几口冷疙瘩解瘾解馋。在一个大冬天，老伴赶集卖菜久久没有回来，蒋进玖琢磨着无聊，又索性偷偷喝了一大杯冷酒。不曾想，坐在火塘边烤火睡着了，一头栽进了火坑再也没有爬起来。

火塘将他烧着了，继而引发大火烧了整个房子。等乡亲们发现时，房子早已化为灰烬。乡亲们好不容易在灰烬中找到了蒋进玖的遗骸，蒋进玖早已被烧得只剩几截大的骨头了。乡亲们摇摇头，无不叹息地说，要是早点戒酒，怎么会落得被活活烧死的下场。

（2023年2月24日发表于中国作家网）